U0679166

猎罪者
我在重案队的日子

PART 1

万安 著

上海文化出版社

序言
一个刑警的日常

亲爱的读者朋友们：

大家好。

我是一名从事刑事侦查工作二十多年的刑警，同事们都亲切地称我为"老法师"，已过不惑之年的我仍奋战在侦查重大刑事案件一线，白天持枪，晚上持笔。我的从警生涯中，参与侦破过七百多起大案要案，四次与死神擦肩而过，曾带队生擒过黑帮老大，面对面审讯过跨国毒枭，不远千里抓捕过连环杀人杀手，更深入过东南亚电诈、赌博园区，搜集新型犯罪情报……

与各类命案、积案打交道，是我的日常工作，加班加点是"家常便饭"，遇到复杂难啃的案件，更是不分昼夜鏖战攻坚。例如，《猎罪者》中描写的"明珠案"就是典型代表，许多曾办过该案的老同志、老领导，即便在退休之后也对此案念念不忘。风餐露宿、千里缉凶，甚至命悬一线，都是为了心中那个"命案必破"的执念。每件命案的顺利告破，背后都是无数次案卷翻阅、挑灯夜战的案情分析会和南上北下实地排查的汗水；一个个疑似人员的排除，侦查视线的逐渐聚集，到最后的抓捕，都凝聚着无数干警的心血，甚至是看不见的牺牲。

随着时代的发展，犯罪也在升级，新型非接触性犯罪已占所有犯罪总量的九成，对人民群众的生命和财产安全造成了严重危害。作为刑警，破案是天职，面对"来无影，去无踪"的新型非接触性犯罪，必须"魔高一尺，道高一丈"。《猎罪者》中以万子良为代表的侦查员，就是侦破该类案件的佼佼者，这背后是无数个日日夜夜的默默付出。越挫越勇是性格使然，在不断失败中不断学习前行，向通信工程师学习，向银行业务员学习，向计算机专家学习，甚至向犯罪分子学习，看他们如何"钻空子""打擦边球"，直至把自己变成这方面的专家。然而，专家不是好当的，在看到女儿的作文中"专家就是专门不回家"时，我也一度黯然神伤，但为了守护一方平安，我觉得都是值得的。

刑警是和平年代奉献牺牲最大的一支队伍，有着许多闪耀人性光辉的好故事，我作为公安作家有责任、有义务，深耕刑警创作的这片热土，从自己以及战友们的刑侦生涯入手，让创作灵感与刑侦破案全面深度碰撞，从刀光剑影中挖掘到"温润莹泽"的故事，再经过精心雕琢润色，最终将新作《猎罪者》呈现于读者面前。

"为民铸剑"是我的座右铭。刑警就是要把毕生的才华和智慧，忠诚和汗水，熔铸成一把正义的利剑。这把剑，寒气逼人，削铁如泥，剑锋所指，所向披靡；这把剑，时时刻刻都将斩断伸向人民群众的罪恶之手！

刑警万安

2023 年 6 月 1 日

·目录·
CONTENTS

PART 1

第一章
密云不雨

风雨如晦，一夜惊魂

今年第一号台风"黑猫"，在东海市沿岸悄然登陆。

狂风裹挟着倾盆大雨，灌进这座繁华的海滨城市，乌云如同天幕一般翻滚着，压向城市上空，仿佛随时会砸下来，给每个人的心头笼上一层阴霾。

说来也奇怪，今年的台风来得特别早，不知是福是祸。

东郊区沿江沿海，受台风影响最大，一处靠山的荒僻工地，因遭受暴雨持续冲刷，山体不住地向下滑落，泥土混合着雨水，向低洼处流淌。

"轰隆隆……"

一道闪电撕裂九天，照亮了整个世界，映现出苍白的大地，紧接着雷声炸响，震耳欲聋，犹如天神的怒吼。

世界明亮起来的刹那，一根泛黄的骨殖混着黄色的泥浆，从高处滚涌下来，徐徐漂向前方。

若隐若现之际，看得出那是一截人的趾骨！

循着泥浆往上，杂草丛里不知道什么时候，裸露出半具人的枯骨。

枯骨半边在黄泥中，半边完全裸露，随着泥浆的滚涌，裸露的越来越多，枯骨黑洞洞的眼眶，仰望着昏暗的天空，仿佛是在无声地呐喊，又似乎是在奋力地挣扎。

闪电稍纵即逝，枯骨立时被黑暗吞噬，似乎从未出现过。

新城区。

东海市公安局，刑侦总队。

风雨中的刑侦总队大楼，颇显庄严肃穆，如同一根定海神针，巍然矗立，即便被阴霾笼罩，也透着无形的威严。

刑侦大楼内整洁庄重，威严的警徽高悬在一楼大厅。白色墙壁上，是铿锵有力的誓言：对党忠诚、服务人民、执法公正、纪律严明。

大楼6层区域，属于警中之警、号称"尖刀上的刀尖"的重案支队，此时仍灯火通明。

"重案支队，重案支队，出现场……"

走廊里突然传来支队接警电台的声音，让今晚值班的刑警们，精神陡然一振。

命案来了！

一探组办公室里，探长陈强留着倍儿精神的寸头，眼睛深邃有光，鼻梁高挺，面容棱角分明，小麦色的皮肤透着干练勇猛，似有万夫难敌之威风。听到电台的通知，他立刻放下手头刚刚结案的"5·23杀人案"卷宗，从工位上唰地站了起来，快步走出办公室，瞪着警惕的眼睛。

"哪里的案子？"

"头儿，刚接到总队指挥中心指示，滨海区大丰派出所报案，花园社区1组92号有老人上吊了，需要去排除一下他杀。"一个清脆空灵的声音，如银铃般从接警值班室里传来。

循声望去，一个扎着乌黑马尾的轻盈身影从值班室跑了出来，快速来到陈强面前，跃跃欲试。来人正是陈强的新部下，一探组刑警胡秋飞，她五官清瘦精致，一双水汪汪的大眼睛里透着些许俏皮。

"让我去吧？"胡秋飞主动请战。

"你刚转正不久，这方面经验还不足，还是炮哥去一趟。"陈强有些不放心地安排。

"头儿，求你啦！"

陈强略作沉吟，转向身后的联排工位，又看了看胡秋飞殷切的眼神。

"好吧，你也一起去，回来做一份案情汇报，练练手。"

"收到！"蔫了下去的胡秋飞顿时兴奋起来，脚尖一踮，转身去收拾装备。

"头儿，都忙一天了，现在都十一点多了，外面风大雨大，咱们能不受这个罪吗？又不是什么惊天大案，让搞技术的兄弟们去看看得了。"炮哥从工位上露出头，耷拉着眼皮，指着手表，慵懒道。

炮哥本名叫惠俊豪，浓眉广颡，燕颔虎腮，皮肤黝黑，一头短簇簇、硬刷刷的灰白头发，一脸密密实实的胡茬，身高近一米九，仿佛现实版的人猿泰山，给人极强的压迫感。

陈强心里明白，"天大热，人大干"，自己探组的探员们也是近期顶着烈日刚刚忙完一起命案，不过他还是决定姑且无视惠俊豪的"建议"。

"有现场了？"

一位穿着裤头背心，有些微胖，目光深邃的老刑警，从浴室里走了出来，他手里端着洗漱脸盆，花白的头发整齐地梳理在一旁，显得精神矍铄。

"仇老师，您就休息吧。"陈强恭敬道，"今天是您值的最后一个班，再有几个小时，手续一办就退休了。"

"不打紧。"

仇老师大名仇志明，原来是重案支队副支队长，从位子上退下来后，就一直在陈强探组里待着。听到有案子，他快速换上衣服，吃了两片药，给随身带的杯子里泡上满满的浓茶和枸杞，便向楼下走去。

陈强还想劝说，却被仇志明笑着拒绝了。

"炮哥，看人家仇老师，现场勘查小组的同志还在等着。"胡秋飞催促惠俊豪道。

"得，咱就是这个吃苦的命。"惠俊豪站起来伸了个懒腰，招呼胡秋飞道，"走吧，小飞飞，带你长见识去。"

说罢，惠俊豪陡然来了精气神，一扫刚才的慵懒，如同出笼的猛虎，大步走出办公室。

陈强正要回去继续看卷宗，不料刚一转身，发现不知何时，支队长金建民一脸严肃地站在办公室门口，他胸脯横阔，头发早已花白，圆润的脸庞上，有着被岁月的刻刀精心雕琢过的痕迹，无声地诉说着过去的激情岁月。

"仇老师都下去了，你身为探长，为什么不去？"金建民有些不满地问。

"这种小案子，我……"陈强想要解释一下。

"什么叫小案子？案子就是案子，没有大小之分，何况还关系到人命。"金建民严肃地说。

陈强面露愧色，低下了头。

"今天晚上，韩玉朗总队长值班，谁在偷懒怠工，谁在一线奋战，他看得清清楚楚。"金建民有意提点这个得力下属。

陈强脸色微变，心中泛起一股波澜，生出些许后悔。

"在领导面前干好一件事，比背后干一万件更有用。"金建民直言不讳道，"这个道理不用多说，你应该有切肤之痛吧……再过两年我就要退休了，退休之前我有两个愿望：一是破获明珠案，二是希望你成为副支队长。不要再错过机会，明白吗？"

"明白！"

"不要让你父母失望。"金建民挥了挥手，示意陈强离开。

陈强退出办公室，稍微松了一口气，随即神情又变得凝重了。陈强的爷爷是新中国成立后东海市第一批公安干警，一生为东海公安事业鞠躬尽瘁。陈强的父母也都是功勋卓著的老警察，父亲曾经担任过老城区分局分管交通的副局长，母亲是原治安总队户政处的老处长，二老虽然已经退休多年，但是对陈强的要求依然很高。陈强一边打电话，一边快速下楼，在暴雨中拦下已经启动的警车。

上车前，他抬头望向16楼最边上的一间办公室，看到灯火通明的窗户前，隐约有一个人影。

陈强心中一紧，钻进了警车。

16 楼，总队长办公室。

韩玉朗站在窗前，玻璃上映出他的影子——面白如玉，双眼如炬，留着漆黑的大背头，儒雅温润。

他指间夹着一根香烟，烟雾袅袅升起，与吹打在窗户上的冰冷雨水形成鲜明的对比。

身后的墙壁上，挂着一幅名家书法——"诚敬静谨恒"，笔画遒劲有力，恢宏大气。书法下面，摆放着许多奖章和奖杯，旁边还有一艘半米长的航母模型，被擦拭得纤尘不染。

韩玉朗深深地吸了一口香烟，酝酿了几秒后，吐出浓浓的烟雾，在他的视线里，四辆警车先后闪着红蓝色的警灯，划破了夜幕的黑暗，渐行渐远，消失在狂风暴雨中。

一个半小时后，花园社区。

四辆警车的警灯闪烁，疾驰在乡村道路上，破开狂风暴雨，笃定前行。

最前面那辆警车里，惠俊豪掌握着方向盘，开到最大的雨刷"扑哧扑哧"刮着风挡玻璃，如同盆泼一般倒灌下来的雨水，使惠俊豪的视线严重受阻，惠俊豪只好按捺住急迫的心情，减缓车速。

"我去！"前方突然出现一个大泥坑，惠俊豪突然猛打方向盘避开，又猛摁了两下喇叭，提示后面的警车。

胡秋飞心里一惊，顺势从口袋里摸出一片巧克力塞进嘴里压惊："仇老师，明天的荣休欢送宴，陈探长已经安排在滨江五号了，韩总和金支都会来。"

东海受国外影响，在职场上大多会直呼人名，且胡秋飞上班的时候，仇志明已经从副支队长的位置上退下来多年，但因为在一个部门，她出于尊敬，依旧习惯于尊称仇志明为仇老师。

"那地方很难订的，是景观房，你徒弟宋立那边安排的饭店就退了吧。"惠俊豪补充道。

"虎子是倔了一点，"仇志明感慨道，"我好说歹说才让他答应。放心吧，那边已经退了，到时候还有一位神秘嘉宾也要来。"

"谁呀？"惠俊豪好奇道。

"暂时保密，到时候你们就知道了。"仇志明卖个关子。

"仇老师，退休了第一站准备去哪儿旅游啊？"胡秋飞笑着问道。

"和老伴儿去趟西安，她说了快二十年了。"仇志明笑着说。

"十三朝古都啊，那里的小吃真是一绝。"惠俊豪接话道。

胡秋飞、仇志明和惠俊豪聊得热火朝天，陈强却一路心事重重，一言不发。

不多时，车速渐渐放缓。

"头儿，没路啦！"惠俊豪看着前方的路况，提前招呼道。

陈强沉浸在回忆中，似乎没有听见，依旧望着车窗玻璃出神。

"该下车了。"见陈强没有反应，胡秋飞拍了拍他的肩膀道，"陈探长？"

一声"陈探长"打乱了陈强的思绪，把他拉回现实，但不知什么时候，他的右手已经伸到背后，紧紧握住了随身带的黑色甩棍。

"下车！"

陈强定了定神，发现警车已经停稳。他松开甩棍，迅速套上黑色的制式雨衣，拉开车门，顶着狂风暴雨直接跳了下去。

这是一栋简陋的农宅，水泥墙上嵌着廉价的瓷砖，围墙上立满了玻璃碴，入户大门敞开着，上下总共有四层，从造型看，应该建于 20 世纪 90 年代。

陈强三步并作两步来到院门的屋檐下，胡秋飞、惠俊豪和仇志明紧随其后。

随后到来的警车上，陆续下来两个技术员，手里提着锃亮的铝合金现场勘查箱。

为首者徐家君，现场勘查小组组长，中等身材，戴着眼镜，双眼炯炯有神，五官清秀，光洁白皙的脸庞透着精明强干的冷峻。

"强哥，杀鸡焉用宰牛刀，你怎么亲自来了？"徐家君问道。

"看了一夜的案卷,出来透透气。"

"哎哟,仇老师大驾光临,失敬失敬。"徐家君有些吃惊地看向仇志明。

"倒是你,'小日本',怎么也亲自来了?"仇志明打趣道。

"手底下没兵,只能自己来了。"

仇志明皱了皱眉,似乎没有听懂。

"都别理他,《火影忍者》看多了。"

搭话的人名叫王涛,是现场勘查小组的副组长,长得浓眉大眼,皮肤呈古铜色,稍显黝黑,头发倔强地支棱着,一副不苟言笑,生人勿近的样子。

"涛哥,你怎么也来了?"

"最近痕迹室和刑科院搞课题,出差的人多,轮到我顶班。"

陈强露出恍然之色,接着招呼胡秋飞道:"联系一下派出所接应的同志。"

胡秋飞拨打电话,却始终没有人接听。

"负责录像和拍照的同志呢,也没有来吗?"

"在这儿呢,下午痛风又犯了,搬这机器有点吃力。"

陈强循声望去,一位中年技术员扛着录像机,正缓缓地从警车里一瘸一拐地挪出来。

那人名叫蔡坤,长得珠圆玉润,一双眼睛充满智慧,笑起来整个人像一尊慈眉善目的"弥勒佛"。

"哎哟,蔡老,你早些说呀!"徐家君急忙迎了上去,帮忙抬录像机。

"没事,没事。"蔡坤摇了摇头,苦笑道,"已经吃了药,还顶得住。"

蔡坤身边跟着一位青年,正一手撑着雨伞,一手吃力地扶着蔡坤。

"哎,万高工,你可是图像室的未来啊,这风雨天,黑灯瞎火的,万一有点闪失,损失可太大了。"王涛打趣地跟那个青年说。

"王组长,叫我小万就行了。"

雨水打湿了万子良的头发,帅气的脸庞轮廓分明,这些年在东海市的磨砺,让他的平和带上了一抹倔强。

"蔡师傅才是图像室的高工，我可不敢当。"

"你这么努力，迟早会成为高工的，不算叫错了。"

"谢谢吹捧。"万子良有些尴尬，转移话题道，"师傅，确定这里是花园社区？这里明明是乡下嘛。"

"近四年城镇改革加速，乡村都被划进了社区，花园社区是其中之一，应该错不了。"

"这基建搞得也不怎么样啊，连电都停了。"

"宏观调控资金不足了吧。"

忽然，一阵狂风袭来，万子良手中的雨伞被刮跑了，蔡坤站立不稳，抱着录像机摔倒在地。万子良心里一惊，赶紧去扶蔡坤，谁知蔡坤圆润的身体在湿滑的地上打起了转，一时半会儿竟起不来，众人见状，一起过来帮忙。

片刻后。

"大家都要注意安全，开工。"陈强直接布置任务道，"小飞飞、炮哥，我们一起去附近走访。徐法医、仇老师，现场交给你们了。"

"放心！"

徐家君送走陈强他们，用手电照了照漆黑的农宅现场，隐隐感到一丝不安。

"根据派出所的报案情况，死者是在卧室上吊的，像这种老式居民楼，一般都是三楼住人，由我来负责。蔡老你腿脚不便，排查一楼。涛哥去四楼。仇老师，您在楼下接应一下就好。"

"明白。"

"小万，你去二楼勘查，注意，不要破坏任何痕迹。"徐家君顿了顿，着重交代万子良道，"如果有情况，不要擅自行动，立刻联系我们。"

万子良傲然道："我是警院科班出身，法医、痕迹，都会。"

"不要大意，你学的只是皮毛。"蔡坤提醒万子良道，"咱们干图像的，以往都是跟在法医、痕迹后面，这次是一个机会，一人勘查一层楼，你要好好珍惜机会，有不懂的地方就问。"

"知道了。"万子良不服气道。

"大家快点找到尸体，勘查完现场，好早点回去。"王涛瞥了一眼万子良道，"这台风越来越大，花园社区又大面积停电，安全要紧。"

"安全第一。"仇志明提醒道，"你们搞技术的虽是二线，也是在刀尖上跳舞，有需要随时喊我。"

"那就行动吧。"王涛率先一步穿过院子，直奔四楼而去，徐家君大步流星紧随其后。

"有什么了不起，法医和痕迹都过时了，以后刑技中心，电子物证才是王道。"万子良落在最后面，悻悻地嘀咕道。

万子良举着手电筒，踩着坚硬的水泥楼梯上到二楼，楼梯间的墙皮已经泛黄脱落，高处挂着蜘蛛网。

从楼梯上来，是一条长长的过道，过道的铁质栏杆锈迹斑斑。楼梯右边有三个房间，左边有两个房间，有的房门洞开，有的房门紧闭。

一阵狂风吹来，半开的木质窗户"哐哐"作响，紧接着又发出鬼哭狼嚎般的啸叫声。

"东海怎么还有这么破的鬼地方？将来买房子一定要离这里远一点。"万子良稳住心神，咽了一口口水，正准备从最近的房间开始勘查，忽然听到身后不远处传来"喵喵"的微弱叫声。万子良循声找去，只见一只小黑猫被困在了过道外挂的破旧木箱里。

木箱里积满了雨水，眼看就要没过小黑猫的头顶，小黑猫浑身湿透，瑟缩在角落里，无助且害怕。然而，救助小猫并非易事，湿滑的铁栏杆让万子良无处下脚，万子良几次尝试发现够不着，于是顾不得危险，毅然翻出了栏杆，将小黑猫救了出来。

随后，万子良赶紧调整状态，全身心投入勘查工作。他推开虚掩的房门，只见里面摆满了杂物，从窗户外灌进来的雨水打湿了大片地方，剩余部分一览无余。

万子良按十字交叉法拍照固定现场后，转身来到旁边的房间。十字交叉法是警方拍摄室内现场概貌的常用手段，即站在房间的四个角对房间进行拍摄，这样可以完整记录房间内所有情况。

房门紧闭，万子良拿出随身携带的塑料卡片对准简易的门锁捅了几下，门被打开了，里面堆满了纸扎的兔子灯，看样子是元宵节没卖出去的存货。这里的窗户也是开着的，半个房间都被雨水打湿了。

万子良盯着一只只红眼睛的诡异兔子，敏锐地察觉到不对：明知道有台风，为什么房门大开，不关窗户？难道死者昨天就已经身亡？或是抱着必死的心态，关不关窗也无所谓？

万子良带着疑问依次排查拍照，直至来到最里面的房间，站在紧闭的房门前。突然，他的手电光跳了一下，光线迅速变暗。

"坏了，没电了？"

他迅速打开手机的电筒功能，光线稳定下来，但跟现勘手电相比，还是太过昏暗。

万子良深吸一口气，慢慢走到房间中央，仔细打量房间的情况，仍觉光线晦暗不明。

"咔嚓！"

一道闪电划过阴沉的夜幕，好像一把利剑，把天空劈成了两半，瞬间将整个房间照得雪亮。

陡然间，一个头发花白的老头瞪着猩红的双眼，伸着舌头，张牙舞爪地悬浮在万子良面前。

紧接着，轰隆隆的惊雷一声又一声，把大地震得瑟瑟发抖。

万子良顿时被吓得手足无措，头皮发麻。他屏住呼吸，睁大惊恐的双眼直愣愣地望去。

老头面目狰狞，直勾勾地盯着万子良，吐着半截暗红的舌头，浑浊的老眼瞪得老大，里面布满血丝。更诡异的是，他枯黄的双手并非下垂，而是向前直勾勾地伸着，似乎在抓什么东西。

万子良毕竟是训练有素的刑警，更是一名坚定的无神论者，他强行按捺住惊慌，打算呼叫徐家君，告诉他尸体找到了。刚一转身，又一道闪电亮起，再次照亮了整个房间。

不料更诡异的一幕出现了，刚才那个恐怖的老头竟然如影随形，又悬浮在他面前。万子良凭借着仅存的一点理智，举起手机照亮，转向身后确认，还好，尸体还在那里。

他闭着双眼，硬着头皮转身，向前快步走去。谁知，那老头与他结结实实撞了个满怀，瞬间的接触，让他寒毛倒立，那双枯黄的手如同冰冷的铁钩，插进了他的怀里。

这一瞬间，万子良只感到脊梁骨发冷，现场遭遇的一切已经超出了他的认知，难以言喻的恐惧几乎把他淹没，身体不自觉地颤抖起来。

一道狂风灌进来，把房门重重摔上，发出一声巨响，万子良双腿一软，跌坐在了地上，万念俱灰。

"怎么回事？"

也许只是一刹那的工夫，但万子良感觉过了很久，此时一道温和的声音在万子良耳边响起。

蔡坤的到来，让他如遇救星。

"尸、尸体……"

"一具尸体而已，被吓成这样？"蔡坤颇有些责怪地说。

"他、他跟着我……"万子良不敢转身，用右手指向身后道。

蔡坤举起手电筒，顿时也愣住了。

"呜呜……"

窗外的风雨声更大了，发出梦魇般的呜咽声。

"蔡老，小万，什么情况？"

二楼过道的楼梯上传来急促的脚步声，惊醒了愣住的蔡坤。他扶起万子良，面容古怪道："只是一面镜子而已。"

万子良稳住呼吸，强迫自己转身，看向刚才那个位置。通过手电筒的光亮，他看见了一面衣柜镜，刚才看到的尸体，只是镜子的镜像。

"手电筒没电了，看走眼了。"万子良有些羞愧地说。

蔡坤正想说些什么，却见徐家君、王涛跑进来，问道："出什么事了？"

"年轻人心性浮躁，自己吓自己。"蔡坤有些恨铁不成钢地说。

徐家君眼睛一扫，看到了那面镜子，瞬间了然，不由失笑道："干咱们这行，胆子小了可不行啊！"

"哎呀，亏你还是刑警学院科班毕业。"王涛也跟着打趣道，"把咱警院的人都丢完了。"

万子良远远地躲到一边，悻悻不语。

徐家君、王涛相互对视一眼，也不再多言，绕着尸体转了一圈，勘查起现场来。

蔡坤看出万子良的窘迫，摇摇头道："你去一楼吧。"

万子良如蒙大赦，忙不迭地点头，转身逃离了这里。对于要强的万子良而言，刚才那一幕真是太丢人了，他甚至因为太过羞愧难当，忽略了徐家君的声音："老王，看死者双手的位置，不像是上吊死的……"

从二楼下来，万子良惊魂甫定，全身冒着一阵阵凉气。

他强打起精神，和在一旁抽烟的仇志明打了个招呼，便开始排查一楼的房间，逐一拍好现场照片，不一会儿，他便来到农宅侧面的厨房。

厨房大约十六平方米，最里面砌着半人高的老式灶台，有左右两个灶眼，上面吊着腊肉。灶台前面是一张齐腰高的案板，上面堆放着豆腐、蔬菜，还有醒发的面团。案板对面是一个等人高的老式橱柜，通体乌黑，橱窗上刻着莲花纹路。厨房里阴暗潮湿，地上全是水渍，混杂着霉味、油烟和生肉、生菜的味道，真是一言难尽。

万子良站在门口拍了两张照片，正准备离去，忽然抽了抽鼻子，感觉有点不对劲。厨房特有的味道里，似乎夹杂着其他怪味。他有点不确定，又闻了闻，怪味愈加明显，不禁心生疑惑，循着味道的来源找了过去，发现这怪味竟来自橱柜。

万子良走到橱柜面前，双手握住油腻的把手，同时向外用力，打开了柜门。

瞬间，一股浓重的血腥味喷薄而出，如同打开了地狱之门：橱柜里面，赫然塞着一个老妇人！

更恐怖的是，那老妇人的脖子上似乎有一条血痕，血肉模糊，滴答着黏稠的血，披散的花白头发下，瞪着一对惨白的眼珠，幽幽地注视着万子良，死不瞑目。

"是谋杀！"

万子良惊骇之际，那老妇人倒了下来，将他压倒在地，一道道殷红的血顺着老妇人的脸滴在他身上，染红了现场勘查服。

浓烈的血腥味以及强烈的压迫感，令万子良顿时头脑眩晕，一股透彻心扉的凉意穿透身体，刺入骨中……他屏住呼吸，抓住老妇人双肩，使尽全力想把她推开，然而收效甚微。

"仇老师，快来啊！"万子良大声呼喊仇志明来帮忙。

仇志明闻声，顿感不妙，扔掉烟头，大步奔了进来。看见眼前的一幕，心里也是一惊，稍作镇定，便动手帮万子良脱困。

这时，又一道闪电亮起，万子良愕然发现，头顶除了仇老师，竟多了一道鬼魅般的人影。

人影手握菜刀，不由分说就朝仇老师身上连砍数刀，仇志明被人从身后偷袭，压根没有时间反应过来，鲜血从他的颈间喷涌而出，他用手捂住脖子，闷叫一声倒在了血泊中。

人影杀红了眼，得意地怪叫一声，举刀猛然向万子良脖子砍下去。

万子良惊恐万状，下意识向旁边侧身，躲过了致命一击。

菜刀剁在了老妇人的尸体上，就在这个当口，万子良看清了人影的相貌：十五六岁，留着一头黄毛，满脸狠戾之色。

黄毛一击失手，拔出菜刀，老妇人的鲜血溅了万子良一脸。不容万子良有所反应，黄毛怪叫着又向他的脖子砍去。

万子良退无可退，被黄毛结结实实砍了个正着，"扑哧"一声，菜刀先划破现场勘查服，继而深入皮肉，锋利的刀刃似乎又被什么东西阻滞，渗出的鲜血浸透了衣衫。

猛然遭遇此等重击，万子良的脑海一片空白，无法形容的刺痛和沉重感袭遍他全身的神经，视线也渐渐变得模糊。

在彻底陷入黑暗前，他看到面目狰狞的黄毛，如同地狱里青面獠牙的恶鬼，高高举起寒光四射的菜刀，再次砍向他的脖子。

"当！"

千钧一发之际，斜刺里冲来一根甩棍，正中下落的刀刃，迸发出一道火花，发出金属猛烈交击之音。

万子良透过模糊的视线，看见甩棍的那一头正是陈强。

黄毛猝然遇袭，只觉得握刀的手掌发麻，差点拿捏不住，龇牙咧嘴地发出野兽般的咆哮，举着菜刀朝陈强扑了过去。

陈强身体微弓，以迅雷不及掩耳之势向后退了两步，在黄毛手起刀落之前，甩棍早已抽向黄毛持刀的手腕。

甩棍化作一道残影，瞬息之间精准命中黄毛的手腕，传出一声闷响，好像是骨头断裂的声音。

黄毛吃痛松手，菜刀落在了地上，他困兽犹斗，突然起脚又朝陈强踹去。

陈强毫不退让，只是侧身，手上棍影翻飞，迅如雷霆，接连抽出四下，命中黄毛的左肩、右肋、左膝盖和右脚踝，都是人体的脆弱处。

"啊、啊、啊、啊……"黄毛接连发出惨叫，踉跄着扑倒在地。陈强迅速骑身上去，右腿跪压在黄毛身上，一手抓起黄毛手腕，一手从腰间取出手铐，"咔嚓"一声扎上了背铐。

万子良眼前一黑，失去了所有知觉。

金光护身，命里有劫。

滨海区中心医院。

急诊抢救室外，红灯依旧猩红刺眼。

急诊室里，由于颈动脉被切破，导致大量失血，引起诸多并发症，仇志明经过一夜的急诊抢救，依然没有脱离危险，医院特地连夜从市中心的大医院调来了专家医生团队，继续全力以赴，展开抢救。

整个房间弥漫着浓郁的压抑气氛，汗流浃背的医生们专注而迅速地执行着各自的任务，无声地传递着各式精巧的医疗器械，生命体征监测仪上的曲线时高时低，剧烈地跳动着，显示仇志明的状况极不稳定，但医生们依旧毫不妥协地与死神较量着，力图挽回他的生命。

急诊室外，聚集着仇志明的家属和同事，个个眼圈红肿，心里默默地向上苍祈求着最好的结果。一群人中，一位剑眉虎目的中年男子颇为惹眼，但见他长吁短叹，极度烦躁地在走廊上来回踱步。此人正是仇志明的徒弟，三探组资深探长宋立，长得敦实硬朗，黝黑的脸庞上坑坑洼洼，好似立地阎罗。

"都怪你，"宋立走到陈强身旁，虎目圆睁道，"师傅如果有事，我饶不了你！"

在警队里，师徒关系如同父子，陈强自知理亏，"哼"了一声，将头偏向一边，不再多言。

宋立却不依不饶，一把揪住了陈强的衣领。

"哼什么哼？别以为我不敢揍你。"

惠俊豪腾地一下跳起来，一把抓住宋立的手腕。

"放开！"

"一探组，牛气啊！"

随着一声暴喝，宋立的三位得力助手，庞隆、虎鹏、鲍青，江湖人送外号"龙虎豹三人组"，摩拳擦掌将惠俊豪围住，眼看局势将一发不可收拾。

"都住手！"

一声振聋发聩的怒吼，在众人耳边炸响。金建民脸色铁青，双眉紧锁，声音里充满了愤怒和不满，每一个字都仿佛带着雷霆万钧之势，散发着令人胆寒的气息。

"仇老师还在抢救，你看看你们一个个，像什么样子！"

金建民锐利的目光，扫过在场的每一个人，逼迫他们直视自己的错误，刚才剑拔弩张的氛围，瞬间像泄了气的皮球。

"强子，你们去看看万子良怎么样了。"

"哟，你醒啦？"一个充满朝气的声音忽然在耳边响起。

万子良脑海里映出一个身影：身材偏胖，身穿一套黑色的工作西服，脸上永远一团和气，鼻边拧起一旋笑纹。

熟悉的回忆，让万子良逐渐清醒。

他适应了一下强光，缓缓睁开眼睛，确定自己现在身处病房，周遭主色调是白色。病房里共有两张病床，他躺在靠里的那张，外面那张空置着，阳光从窗户洒入，明媚而温暖。

他继续移动视线，对面一个小胖子正在挪动东边墙角的氧气瓶，与他脑海中的身影重合。那是与他一起合租的室友，安琪生。

万子良转动眼睛，寻找丢失的记忆，很快便想起一切。

"你怎么在这里？"

"累死了。"安琪生放好氧气瓶，拍了拍手掌道，"你昨天晚上受伤了，昏迷不醒，你师傅把你送过来后，急着回去办案子，就联系我来照看你了。"

万子良试图坐起来，但因为躺得太久血液不畅，四肢酸麻，竟然用不上力。安琪生搭把手，把他扶了起来。

"再说，除了我，还有谁？"

"仇老师怎么样了？"

"不知道。"

万子良欲言又止，心里泛起不好的预感。

"你搬氧气瓶做什么？"

"气行于地，形丽于天，因形察气，以立人纪。这东西挡在窗户口，隔绝生气进来，风水不好，不利于你恢复。"安琪生随口解释了一句，还未说完就意识到了不好。

"什么乱七八糟的……"万子良脸色微沉道。

"知道你是打假卫士，信则有之，不信则无，也是为了你好。"

"怪力乱神，封建迷信……"万子良嘴上不饶人，不过还是满怀感激地看着安琪生道，"真心谢谢你，我欠你一个大人情。"

"哎哟，自己人说什么呢！你先缓缓，我去叫医生过来。"安琪生实在顶不住，拔腿跑了出去。

"嘶！"

万子良刚缓了一口气，忽有所感，发出吃痛的呻吟，摸向痛感的来源，那是他被黄毛砍中，至今仍令他心惊肉跳的地方。

"咚咚！"

突然响起的敲门声打乱了万子良的思绪，不等他回应，病房门被人从外面推开，露出一张熟悉的面孔，是蔡坤。

"师傅。"万子良跟蔡坤打招呼。

"就你一个人？"蔡坤看他一个人躺着，关心地问道。

"小安子叫医生去了。"万子良疑惑道，"师傅，你怎么来了？"

"来看看你伤得重不重。"蔡坤不苟言笑道，"不只是我来了，还有……"

万子良循声望去，看见徐家君、王涛、陈强、惠俊豪，以及提着水果篮的胡秋飞，陆续步入病房，大家脸上明显带着疲惫和焦虑。

"小万，没大碍了吧？"徐家君跟万子良招呼道。

看着这些熟悉的面孔，万子良心中泛起暖意。

"只是一点皮外伤，谢谢大家关心。"

"没事就好。"陈强走上前来道，"小万，昨晚的事非常抱歉，是我考虑不周。"

"陈探长，应该是我谢谢您才对。"万子良真心感谢道，"多亏您及时赶到，制伏凶手救了我。"

"自己兄弟，那都是分内的事。"

"仇老师怎么样了？"

"不太好，还在急诊室抢救。"

"我去看看他。"

万子良说着就要起身，却被陈强摁了下去。

"你好好休息吧，那边有人盯着。"

"昨晚那个案子进展如何？正常情况下会有派出所的同志接应，昨天晚上却为何没有？"

"受台风'黑猫'影响，花园社区上游的河口决堤，镇里的干部、派出所民警，带着社区的年轻人，都跑去抢险救灾了，因此没能接应我们。老人和孩子有的被转移了，有的因为胆小也不敢开门。"陈强解释道，"另外，农田里的大棚薄膜被吹到了高压电线上，导致电路故障，使得整个花园社区一片漆黑，看起来像座鬼城。"

万子良恍然大悟，难怪昨晚处处透着诡异。

"经过连夜突击审讯，已经确定袭击你和仇老师的那人，就是本案的真凶，名叫傅小强，是两位受害者的孙子。"

"孙子？"

"傅小强，十五岁，父母在市里打工，他天天沉迷网络游戏，是一个网瘾少年。当天，他不知道为什么，失手掐死了爷爷，布置成上吊自尽的样子，抢了银行卡就去上网。刚刚下到一楼，正巧奶奶回来，知道他又要去上网，就劝他说晚上要来台风，外出不安全，他反而恼羞成怒，跑进厨房拿了菜刀把奶奶也杀了，藏进了橱柜里，继续跑出去上网，直到网吧停电。他在网吧睡了一觉，晚上回来时，看见你发现了奶奶的尸体，就想连你和仇老师一起灭口。"陈强把案犯的情况和案情经过详细介绍了一遍。

徐家君补充道："尸检结果确定无疑，错不了。"

万子良惊愕之余，心情久久不能平息，窗外照进来的阳光，也不再温暖，反而有一种孤寒之感。弑杀至亲，一个十五岁的少年怎么做得出来？

"小万，你可能想象不到，傅小强受审的时候，想的不是认罪和悔过，而是一直在强调，他玩某款游戏有多厉害。"胡秋飞秀眉紧蹙道，"从犯罪心理学角度来看，这种涉世未深的青少年，一旦沉迷于网络，就会分不清虚拟和现实，搞不好就会萌生出杀人的念头。"

"禽兽不如。"王涛感慨道，"网络游戏害死人啊！"

"不光是沉迷于网络游戏这么简单。"陈强斟酌道，"傅小强的杀人动机确实太蹊跷，按理说当天晚上，他包夜上网的钱是有的。"

"从傅小强决绝的杀人行为来看，误杀的概率不高。"

"我们扣留了傅小强在网吧经常使用的三台电脑，可惜大部分的聊天数据已经被删除。"陈强直言不讳道，"今天还有一个不情之请，希望你尽快康复，协助我们调查。"

"没问题，电子物证是我的专长。"万子良明白陈强的意图，赶紧应承道。

"太好了，主要是死者老傅两口子太可怜，辛苦了一辈子，还要靠在集市上摆地摊为生，连一件像样的衣服都没有，省吃俭用的钱都给孙子花了。"

"七八十岁了，还摆地摊谋生啊？"胡秋飞诧异地问道。

"那不然呢？他们又没有退休金，只能活到老干到老，劳动最光荣嘛。"惠俊豪愤慨道。

"作孽呀，这不是光荣，而是整个社会的耻辱。"

"穷人的挣扎，不值得赞美。"徐家君语气沉重地说。

"话说回来，傅小强的父母不在身边，他没有受到好的引导，也是悲剧发生的原因之一，尤其是在乡下，这种情况不少。"蔡坤唏嘘道，"世上很多事情就是这样，有计划、有安排的都不是大事，真正的大事都是在不经意间发生的。"

"蔡老，高见！"徐家君竖起大拇指道，"我干法医这么多年也发现是这样，很多被害人的生命仿佛是被某种程序左右，在自己还没意识到的某个瞬间，生命就已经被开启了倒计时。"

"我老同学刚刚出版了一本书《犯罪与环境》，讲的就是这方面的事情。"蔡坤感慨道，"干我们这行的，见惯了生死，人是最有灵性的生物，面临死亡时，或多或少会有一些反常的举动。"

"不会是我们痕迹室主任'康神'吧？"王涛好奇地说。

"听说他仅靠半枚残缺的指纹，就破获了三十年前的连环杀人案。"胡秋飞兴奋地说。

"通过足迹就能分析出犯罪嫌疑人不仅身患小儿麻痹、有听力障碍，而且还是个杀猪的，我当时以为他在开玩笑，没想到把人抓回来，果然就是这样。"王涛的话里充满崇敬。

"那可是万里挑一的痕迹神人，公安部特聘专家，只可惜造化弄人。"蔡坤颇为遗憾地说。

万子良曾经也听过不少关于"康神"的传说，不过，在他看来，痕迹只是经验科学，概括起来无非是"手、足、工、枪、特"，都是些传统项目，根本无法登上大雅之堂，尤其面对新型的高智商犯罪，显得格外过时。但是对于《犯罪与环境》，他倒是颇感兴趣，因为他不知道自己今年一直做怪梦，算不算反常行为。

"咚咚咚！"

这时，敲门声又响起，安琪生推门而入。当他看见病房里面站着六个人，特别是还有一个野头野脑的大个子，顿时眼皮一跳，以为走错了房间，赶紧看了一眼门牌，确定没有走错，这才露出笑脸。

"各位好。"安琪生愉快地和大家打了声招呼。

"昨晚冒昧联系你，多亏你照顾他了。"蔡坤连忙说道。

"蔡老师，您这是哪儿的话，我跟他是室友，远亲不如近邻，我不来谁来啊？"安琪生连连摆手道，"对了，急诊余主任来了，让她再给小万看看。"

话音未落，一位戴着眼镜的女医生穿着白大褂，表情严肃，带着两名女护士缓缓步入病房。

蔡坤等人赶紧让路，让余主任对万子良进行检查。

检查完万子良脖子上的伤痕，余主任问了几个简单的问题，认真道："没什么大碍了，等会儿就能办手续出院。不过三天之内，每天要来换一次药，避免伤口感染。"

"谢谢余主任。"

余主任又交代了几句生活中的注意事项，便带着护士离开了。

"既然没事了，我们就放心了，说起来，你也真是侥幸。"蔡坤神秘兮兮道，"幸亏你戴的这个东西帮你挡了傅小强那一刀，这玩意儿是护身符吧？"

蔡坤掏出证物袋，里面封着一个护身符。护身符整体以青铜打造，约小拇指大，上宽下窄，光滑无比，形似没有剑柄的宝剑，略带一点铜锈，正面刻有奇奇怪怪的文字，唯一美中不足的是护身符上有一道明显的刀痕，细长的铜链已经断裂，破坏了整体的美感。

"是的，叫什么金光护身符。"万子良认出那个物件，不免有点惊讶，没想到是这个东西救了他的性命。

看到金光护身符，安琪生的表情顿时亮了，朝万子良挤眉弄眼，掩不住的得意和炫耀。

众人从未见过这等稀罕物，七嘴八舌地议论起来。

"你什么时候也信这个了？"蔡坤把金光护身符递过去说道，"不过，干刑警危险无处不在，有个物件保佑总是好事情。"

"蔡老，其实就是看着好看，当个工艺品戴在身上。"万子良伸手去接金光护身符，"没想到，这玩意儿误打误撞，还真救了我一命。"

安琪生抢先一步把金光护身符夺在手里，赔笑道："蔡老，他现在不方便，还是我替他收着吧。"

"不行、不行，这个东西是傅小强犯罪的重要证据，我就是觉得太过巧合，拿来看看，一会儿还要带回去。"蔡坤说着从安琪生手里抢过了护身符。

"公务在身，我们就先回去了。"陈强知道师徒还有话要说，便站起来告辞道，"小万，电脑的事情拜托了。"

"包在我身上，没问题。"

徐家君和王涛也趁势告辞。

"我送送几位警官。"

安琪生把他们一直送到了电梯，才挥手告别。

"政治处在帮你申请工伤，我还帮你请了三天假，你调整好心态再上班。"病房里，蔡坤跟万子良说道。

"谢谢师傅。"

"我有一个远房表亲，是东海本地人，"蔡坤刻意压低声音道，"前两年拆迁，在新城区分了三套房子，他家只有一个女儿，人品可靠，在国企上班。我想问问你的意见，如果你有想法，我介绍你们认识，以后也好有人照顾你，不用老麻烦小安子。"

万子良愣了一下，没想好怎么回应，却见安琪生已经回来。

"不麻烦，不麻烦，都是我应该做的。不过蔡老您说得对，他是该找个女朋友了。"

蔡坤笑意更盛，等着万子良的答复，万子良却犹豫不决，突然，门外传来一个清脆动听如百灵鸟般的声音。

"他有女朋友了！"

话音未落，一条光滑细白的大长腿从门外跨了进来，沿着长腿往上看，中短牛仔热裤，盈盈一握的小蛮腰，黑色的古奇小皮衣，清水芙蓉般的脸庞透着桀骜不驯，光洁的脖颈上朋克风定制款项链彰显着个性和财力，一颦一笑间，富贵自然流露。

万子良、安琪生、蔡坤同时望去，表情却是各不相同。

"你是？"

"老头儿，我是他女朋友，苏桐。"

安琪生突然"哎哟"一声，瞪大了眼睛道："您真是大小姐啊，没有听错吧？"

"你认识我？"

"不认识，不认识，我哪儿能认识您啊！"安琪生满脸堆笑，近乎谄媚道，"我是坤德集团旗下德胜房地产中介公司的业务员，有幸在公司的宣传海报上见过您的照片。今天见到您真人，可比照片漂亮多了。"

"那你，可以出去了。"苏桐瞬间变了脸，一脸傲慢地下了逐客令。

安琪生霎时愣住了，表情凝固，不知道如何进退。

蔡坤也有点尴尬，起身对万子良道："既然你有女朋友了，就当我刚才没说过。你们年轻人先聊，我回去了。"

"师傅，师傅，不是这样的……"万子良有心解释，蔡坤却不给他机会。

"蔡老，我送您。"安琪生偷瞧了一眼苏桐，识趣地跟着蔡坤出了病房，并随手带上了门。

不多时，病房门被推开一条小缝——隔门有耳。

"那是我师傅和室友，请你以后尊重一些。"病房里，万子良严肃地对苏桐说。

"我又不会和他们打交道，尽量吧。"

"你怎么知道我在这儿？"

"那你就别管了。"苏桐走到万子良身边坐下，得意一笑道，"看我男朋友，不行吗？"

"大小姐，请你自重。"万子良无奈地向病床里面移了移，皱起眉头道。

"我感觉你出事了，给你打了 N 个电话。"苏桐看向万子良的脖子，关切道，"做刑警也太危险了，我让老爸给你换个工作吧，肯定比做刑警好，也正好让他见见你。"

"我牙口好得很，不想吃软饭。"万子良别过头，避开苏桐的目光道，"纠正一下，我们只是合约关系。"

"那又怎么样？可以假戏真做嘛，我这么漂亮，你不心动吗？"苏桐撩了一下头发，不经意间尽显青春靓丽，即使万子良内心拒绝，也忍不住为之侧目。

"后悔了？"

"没有。"万子良收回思绪道，"答应你的合约，我会一条不落地履行……"

"那就好。"苏桐打断万子良道，"这是我送你的小礼物，感谢你的救命之恩。"

苏桐从随身的小包内拿出一个定制款的 18K 金 Zippo 打火机，随着"咔嚓"一声，一股红艳艳的火苗蹿了出来，带着一股暖意。

"这太贵重了吧，再说我也不会抽烟。"

"Zippo 打火机可是纯爷们的象征……你拿着它在我身边，我有安全感。"苏桐说着合上打火机，塞到了万子良的手里。

万子良还要推辞，却被苏桐使劲摁了下去。

"大小姐，合约到期后，咱们做普通朋友行吗？"

苏桐轻蔑一笑，拿起旁边果篮里的橘子，自顾自剥起来。

"我要是不答应呢？"

"你是千金大小姐，我是乡下穷小子，我们不在一个世界。"万子良侧过身子，横下心来道，"你看也看完了，我现在很好，可以走了。"

"你——！你真是一根呆木头，走就走！"苏桐凤眼圆睁，气得直跺脚，"还有，我告诉你，只要是本小姐看上的，就没有得不到的，咱们走着瞧！"

苏桐气哼哼地走出病房，撞上偷听的安琪生，顿时火冒三丈。

"你听够了没有？"

"够了，够了。"

"你，进去告诉他，"苏桐指着安琪生的鼻子道，"下下个周末，陪我去看拍卖会。"

不待安琪生回话，苏桐便走进了电梯。

"大小姐放心，准确传达、严守承诺。"安琪生说完，一头扎进病房，苦笑道，"万老板，你都听到了？"

"我不是老板。"万子良面无表情道。

"兄弟，你够可以的啊，不声不响就把'小凤凰'泡到手了。"安琪生嬉皮笑脸道，"她可是我们老板的女儿，坤德集团的唯一继承人，超级小富婆，快说说，你是怎么做到的？"

"烦死了，走，去看看仇老师。"

接二连三的问题让万子良烦不胜烦，直接掀开被子，从床上跳了下去。

万子良和安琪生来到急诊抢救室，仇志明的情况依旧不容乐观，他老伴杜阿姨哭得死去活来，万子良心中充满了内疚和懊悔，要不是为了救自己，仇志明也不至于被人偷袭。

万子良沉默了很久，思考着该如何弥补自己的过失，也许只有更努力地工作，将案件彻底查清楚，才能对得起仇志明。万子良的眼神里不觉透露出深深的忏悔之意，期盼着获得杜阿姨等人的谅解和宽恕。

三个小时后。

办好了出院手续，万子良拿着两盒药，安琪生提着水果篮，两人心情沉重地出了医院，走向医院大门东侧的公交车站。

"不说就不说嘛，拉什么臭脸。"安琪生边走边嘀咕道，"多点沟通，少点抱怨，多点理解，少点争执……"

万子良瞪了他一眼，情绪似乎处在爆发的边缘。

"说真的，我看'小凤凰'没说错，你堂堂一个刑警，连小混混都对付不了，干脆别做刑警，换个职业得了。"安琪生认真说道。

"跟你去做？几年都签不了一单合同的销售，我丢不起那个人。"

"你的命里有劫，关系你的生死，就在今年。"安琪生口若悬河道，"你以前不相信，现在总信了吧？"

这时，一辆109路公交车迎面开来。

"哎哟，车来了。"安琪生急忙把水果篮塞给万子良，转身狂奔过去，边跑边回头喊道，"有时间再跟你说，我先走了。"

"干吗去？"

"上班啊，有个美女在等我。"安琪生挤眉弄眼道，"一个月好不容易攒了一天假，本来想凑整睡懒觉的。你也别太操心，吉人自有天相……"

万子良提着水果篮走到公交车站，找了个没人坐的长凳坐下，看着匆匆而过的行人，静静等待他那条路线的公交车，他还没有从昨天晚上的事情中走出来，思绪飘回了五年前。

那时候，万子良第一次来到东海市，他背着行囊站在浦江边，对着绚烂如画的浦江美景暗下决心，一定要在东海混出个模样，买套属于自己的大房子，把远在外地的父母也接过来，跟他一起在东海享福。

为了这个目标，他一直努力着。然而，这城市越大，却越让人心慌。

万子良的背影孤单地立在这都市的洪流中，远远看去，竟然有一种凄凉感。

欺下媚上，山雨欲来

6月4日，上午8点。

太阳在东海市上空绽放出耀眼的光芒。

东海市公安局，刑侦总队大楼庄严矗立。

旁边，有一座环形五层小楼，门口挂着两块铜牌，分别是"东海市公安局刑事技术中心"和"东海市公安局刑事技术科学研究院"，在阳光下熠熠生辉。

万子良康复归来，脖子上的纱布已经换成了大号创可贴，再被衣领一遮，看不出丝毫异样。万子良正要步入刑技楼大厅，忽听轰鸣声传来，转身望去，只见一辆崭新的银色大众宝来轿车飞驰而来，扬起大片灰尘，再一个风骚的漂移，停进了泊车位，整个过程格外令人瞩目。

车门推开，下来一个身材臃肿、五官挤在一起的年轻人，蓬乱的头发像鸡窝一样，人送雅号"鸡窝头邓小胖"，大名邓小南。

"你休假回来了？"邓小南老远便跟万子良招呼道。

明明是康复归队，却被他说成了休假归来。万子良心里一沉，装作没听见，掉头进了刑技楼大厅。

邓小南觍着脸，小跑着追上来皮笑肉不笑道："小万，你等等我，走那么快干吗啊！"

万子良头也不回，进了电梯，毫不犹豫地按下楼层键"4"。刑技楼一楼是刑事技术科学研究院，二楼有痕迹室，三楼有法医室，四楼有图像室，五楼有毒理化室，行内人称"四室一院"。这里是整个东海市刑事技术的核心，从人员到设备都堪称一流。特别是刑事科学技术研究院，号称刑事技术黑科技的摇篮，是省部共建的国家级重点实验室，全国只此一家。按照世界法庭科学协会的排名，第一是美国FBI下属的刑事技术实验室，第二就是东海的刑事技术实验室。

眼看电梯就要关上，突然从外面伸进来一双五指粗短的小手，接着，邓小南觍着脸硬挤了进来。

邓小南用眼角余光瞥了一眼万子良的穿着：上身是一件没有品牌的浅蓝色短袖衬衣，下身是深蓝色警裤，裤脚洗得发白，皱皱巴巴地泛着油光，黑色的警用皮鞋也明显破旧了，一副穷酸样子。

邓小南再看看自己，衣着笔挺，皮鞋锃亮，不觉撇了撇嘴，露出鄙夷之色。

"啧啧，小万啊，你是坐公交车来的吧，身上一股穷人的味道。"

"嗯。"万子良往旁边靠了靠，吐出一个单音节。

"公交车上人多吧。"邓小南亮了亮车钥匙，嘴角噙着得意的笑容道，

"这年头，没车是真不行，虽然自己开起来累一点，路上堵一点，这面子问题，说什么也不能落……"

万子良抿着嘴，恨不得堵上耳朵，只求电梯再快点。

"仇志明咋样了，听说退休宴都退了，宋老虎没把你吃了吧？"

"叮！"

电梯终于到了，一提到仇志明，万子良心里像打翻了五味瓶，他立刻打断邓小南："到了，邓小胖。"

不容邓小南反应，万子良快步走出电梯，直奔更衣室而去。

邓小南慢了一拍，跟着走出来，望着万子良油亮的警服裤子，笑容渐冷。

万子良换好天蓝色的夏季短袖制服，走进图像室的大办公室。

大办公室位于电梯侧面，隔着一道玻璃门，共有三十个联排工位，还有一间小办公室，归图像室主任孙鼎文和图像高级工程师蔡坤共用。

万子良走到自己的工位坐下，旁边一脸雀斑的同事小戴凑过来打招呼："小万，你没事就好。听说仇志明的情况不乐观，好不容易熬到退休的，结果出了这个事，唉……"

"善者神佑，希望他能挺过这一关。"万子良回应道。

"你跟鸡窝头邓小胖遇上了吧，是不是跟你'凡尔赛'他的新车了？"

"你怎么知道？"

"你不在的这两天，小胖'凡'了个遍，能漏了你才怪。"

"嘁，不就凑钱买了辆破车嘛，有什么了不起的。"另一边的短发女同事小赵也凑了过来，插话道，"等小万考上高级工程师，甩他十条街都不止。"

"秃子头上的虱子——明摆的嘛，"小戴应和道，"小万可是咱们图像室未来的领军人物。"

"邓小胖想跟小万争，还差着十万八千里呢！"小赵附和道。

忽然，小办公室的门打开，孙鼎文走了出来。他身材瘦小佝偻，脸色蜡黄，头发蓬乱，像顶着一团杂草。

看到孙鼎文出来，小戴和小赵脸色微变，急忙回归工位，各忙各的工作去了。

孙鼎文昂着头环顾一圈，看到万子良后，迈着八字步走过去。

"小万啊，伤好点了吧？"

"谢谢孙主任关心，快痊愈了。"万子良回答道。

"这么快？"孙鼎文突然意识到这话不合适，改口道，"咳咳，我本来想去看你的，听蔡老说，你伤得不是很重，只是受了点惊吓，加上这几天工作忙，我无法抽身……"

"我理解。"万子良敷衍道。

"不过，不是我说你，你的这个业务水平还是有待提高啊，连小毛贼都对付不了，仇志明也跟你一起吃挂落，你可是科班出身，这不是给警察丢人吗？"孙鼎文话里的奚落之意十分明显。

"可……"万子良嘴唇嚅动，想出声争辩。

这时，蔡坤走了过来，替他解围："小万的精力在技术上，那天晚上天黑，凶手突然偷袭，不怪他。"

"蔡老好。"万子良精神一振。

蔡坤笑着点头，正要说话，却被孙鼎文打断。

"蔡老，不能因为小万是你徒弟，就向着他说话吧？"孙鼎文一边挥拳比画，一边信誓旦旦道，"拳击冠军，晓得吧。要是我在现场，那些小毛贼，三拳两脚就能干倒，绝不给组织添麻烦。"

万子良还想争辩，却被蔡坤用眼神制止。孙鼎文却还不满足，又挥舞着拳头来到邓小南身边。

"别说是我，就算换成小南，也不会发生这种事。"

邓小南挺起小肚腩，笨拙地挥动拳头，跟孙鼎文你来我往，丑态百出。

"师傅，看我的下勾拳还可以吧？"

"不错。"孙鼎文投去了赞赏的目光，"是金子总会发光的。"

图像室的同志们实在看不下去了，尴尬得肠子都要断了，但又无可奈何，只能呆呆地看着两个"鸡窝头"表演。

万子良直摇头，心里明白这出戏是演给他看的，不禁暗自嘀咕道："还金子？玻璃碴只会反光。"

"孙大圣，赶紧收了神通吧。"蔡坤强颜欢笑道，"我们是二线搞技术的，不比一线的侦查员，但防身技能不能差，都要引以为戒，特别是小万。"

"蔡老这句话，有点水平。"孙鼎文收住了拳脚，佝偻的脊背瞬间高了一截，转向整个大办公室。

"咳咳……"

众人都停下了工作，聚焦到孙鼎文身上。

"刚接到通知，去中心318会议室开会，还是刑侦体制改革的事。总队为了更好地破获陈年积案，打破不同专业之间的壁垒，培养复合型人才，准备从各个部门挑选出得力的人手，去重案支队工作，咱们图像室也不例外。"

"主任，咱们图像室谁去啊？"小戴在旁边问了句。

"急什么？会还没开呢，我怎么知道？再说，这是我能决定的吗？"孙鼎文眼睛一鼓，像只好斗的大公鸡，撇着嘴道，"总队党委才能决定，谁去都有可能。这次刑侦改革的原则是二线充实一线，我先打个预防针，到时候谁被点到了，可不要闹负面情绪，我们是纪律部队。"

众人交头接耳，窃窃私语，猜测谁会是那个"幸运儿"。

孙鼎文背着双手，迈着大八字步走进电梯，下到了三楼。他刚刚从电梯出来，旁边的电梯也在这个时候到了。

电梯门打开，总队长韩玉朗、支队长金建民和指挥处处长谢刚信步走了出来。

孙鼎文两眼放光，一个箭步冲了上去，一手挡住电梯门，一手做出请的姿势，低眉顺眼，俯首帖耳。

"韩总、谢处、金支，这边请。"

"你怎么在这儿？"

"正准备叫上中心领导，一起下去迎接，没想到，您三位先到了。"

"不用拘泥于这些繁文缛节。"

"孙主任，头发要好好理一理了。"

"是，是，是……"

韩玉朗瞥了孙鼎文一眼，径直走向318会议室。

金建民和谢刚紧随其后，他们看孙鼎文的眼神，有一种难言的鄙夷。孙鼎文顿觉尴尬，像一只哈巴狗远远地跟着，不好意思再说话。

　

四楼图像室。

"小万，要想不落人口舌，只有自己足够强大。"蔡坤语重心长道。

"明白。"

"身体恢复得怎么样？"

"医生说还要静养两天。"

蔡坤交代了两句，便一瘸一拐地回了小办公室。小戴和小赵又凑了过来，一起八卦。

"老孙头就是吹牛，他跟邓小胖真要在现场，还左勾拳右勾拳，说不定早就吓尿了。"

"是呀，吹牛只是瞬间，不要脸才是永恒。"

"他们都是东海市警校中专毕业的，一个车头，一个车尾，连发型都一样。"

"老孙头这次去开会，会调谁去一线侦查支队呢？"

"不管谁去，小万都不可能，他可是咱们图像室的顶梁柱。"

"我觉得，陈新的希望比较大，他博学多才，身手又好，又是本地人，熟悉各种情况，符合调配的要求，而且他对一线刑事侦查也很感兴趣。"

万子良不想继续聊天，起身往外面走去。

"干吗去？"

"电子物证实验室，天狗AI追踪系统。"

万子良头也不回地走出了办公室，一路前行经过照片打印区、录像编辑区，来到了图像室最深处的电子物证实验室，实验室门口挂着"涉密场地，外人免进"的牌子。

由于智能手机和电脑的普及应用，高科技犯罪手段也进入了数字时代。因此，电子物证实验室成了刑事技术中心重点扶持的实验室，相比图像室传统的照相、录像刑侦手段，电子物证技术堪称图像室的未来，甚至是整个刑事技术的未来。

真正能玩转这项前沿技术的人并不多，万子良就是其中一个。更吸引万子良的是，国家的司法体制形成了以法庭为中心的审判制度，越来越轻口供、重证据，电子物证因此成为关键性证据。虽然体制内的鉴定机构对案件鉴定不要钱，但非公鉴定机构的鉴定费用却水涨船高，每1G信息，收费从一千到一万不等。

前几年，国家开放了私人司法鉴定机构的权限，但必须有两个高级工程师，机构才有资格开具相关鉴定书，一夜之间，东海市多出两百多家私人司法鉴定机构，但高级工程师的人员缺口很大。一旦考出来，就算不去上班，只是把高级工程师的资格证租给机构，一年也有三十万的收入。而且万子良拥有一个得天独厚的优势——目前除了公检法单位，社会上根本没有其他专业培养体系。

对于一个没钱、没关系、没人脉，从外地到东海市来发展的年轻人来说，靠一手独门技术吃饭，这是最便捷的一条路，万子良为此付出了很多。

电子物证实验室分为多个工作区域，远程勘验区、介质检验区、密码破解区、数据恢复区、分析研判区，万子良现在要去的，是他近期专攻的数据恢复区。

他换上蓝色大褂，套上防尘鞋套，满怀憧憬地推开了玻璃门，眼前的一切是那么熟悉和亲切。这里配备了各种顶尖的实验设备，数据恢复激光解析系统、数据介质检验分析工作站等，数个曲面显示屏上呈现出不同的数据，科技感十足。

万子良眼神专注而执着，他坚信只要功夫深，铁杵定能磨成针。他翻开在职研究生的专业教材，打开工作站开始数据恢复实验，立刻进入到忘我的状态，把刑侦改革这件事彻底抛在了脑后。

忽然，王涛推着小推车，带着三台电脑主机，推开了实验室的门。

"小万，这就是傅小强用的电脑，刚刚刷完指纹。"

"涛哥，怎么亲自送过来啊？"

"必须的，我也要学习一下。"

在王涛的协助下，万子良将三台电脑的硬盘拆了下来，逐一连接到数据恢复工作站上。随着一串串绿色的代码在屏幕上闪过，硬盘内被删掉的数据逐渐被恢复了。

"涛哥，现在破案跟以前真是大不一样，"万子良一边操作着电脑，一边感慨道，"就像消灭小偷的不是警察，而是支付宝一样。"

"是呀，所以市局才要与时俱进，搞刑侦体制改革。"

"我不是说这个。"万子良神秘一笑道，"非接触性犯罪听说过吗？"

"这个概念挺别致，怎么说？"

"传统的犯罪都是接触性的，因果关系非常明显。但随着互联网的快速发展和智能手机的普及，很多犯罪行为并不需要接触，就会产生很严重的后果。"

"明白了，就像电信诈骗，现在每十个案子九个都是电信诈骗。"

"是的，传统的诈骗之所以越来越少，是因为要当面接触才能发生，失败后被抓的概率又很高，而在网络上进行诈骗，隐蔽性强、针对面又广，关键是被发现了还不容易被打掉。"

"现在正是传统接触性犯罪向新型非接触性犯罪发展过渡的重要节点。"

"你还记得去年寒假的时候，有一个16岁的职高女生在家里自杀的案子吗？"

"勘查现场的时候，她妈都哭晕了好几次。"王涛唏嘘道，"当时一直怀疑女生有抑郁症，分局打算以此结案。"

"后来我在她的电脑和手机里发现了她真正的死因，是被网络上一个名为渣男的黑客用木马病毒侵入了手机和电脑，发现了她一些不可告人的小秘密，从而以此要挟，每天都要她拍裸照和裸体视频。渣男隔空猥亵，并以此牟利，而小姑娘又不堪其扰，又羞于启齿，最终越陷越深，选择了轻生。"

"你是怀疑傅小强，也是被人在网络上教唆利用？"

"不排除这样的可能，要不他拿他爷爷奶奶的二十万棺材本去网吧干什么呢？"

说话间，被傅小强删掉的海量聊天记录慢慢恢复。万子良在分类梳理的过程中果然发现了端倪，一个网名为"挥手湮灭"的网络游戏装备贩子，进入了他的视野。

6月4日，下午。

东郊区，荒僻工地。

晴空万里，天上没有一丝云彩，太阳把地面烤得滚烫。

这片工地背靠一座小山丘，左边是浦江入海口，右边是郊野公园，前方一览无余，可以看见市区，地理环境相当优越，如今却长满荒草，残垣断壁，泥泞不堪。

几个年轻的测量员穿着橙色工服，顶着烈日，各自扛着仪器走进这片工地进行测绘工作。

随着时间的推移，测绘进行至尾声，他们也来到了工地深处。

测量员小冯打前站，他来到工地靠山的位置，正准备放置测量仪，不料脚下一个趔趄，好像踩到了什么东西。

他往后退了一步，向踩过的地方看去，只见湿润的泥土中夹着一小段黄褐色的东西，好像一块石头，却比石头更细长。

小冯擦了把汗，蹲下捡起那块"石头"仔细查看，发现竟是一块骨头，他不禁露出疑惑的表情。

远处，同事以为小冯在偷懒，忍不住催促："小冯，测量仪放好了没？"

"这就好。"小冯应了一声，起身放置仪器，不料眼角余光发现不远处的草丛里，一块黄白相间的石头一闪一闪的，像是在跟他打招呼。

小冯抬头仔细一看，不觉心里一惊，这分明是一个泛黄的骷髅头。他想起手里的骨头，吓得大叫一声，跌坐在地，只感觉阴风阵阵。

"骷髅头，有……有死人……"

小冯脸色煞白，丢下仪器，向同事跑了过去。

骷髅头后方，散落着一片泛黄的骨骸，在松软的泥土中若隐若现，如从地狱里爬出来一般，终于见了天日。

两小时后，太阳渐渐西下，天地一片金黄。

炽热的高温依然考验着户外工作的刑警们的意志。荒僻的工地现场，已经拉起警戒线，现场勘查小组的同志们忙着布置标示牌，铺排现场勘查盖板，他们穿着闷热的现场勘查服挥汗如雨，用执着彰显着正义的光芒。

万子良端着照相机拍下一张张现场照片，额头、鬓角渗出豆大的汗珠，伤口被浸湿了，火辣辣的。旁边，邓小南扛着录像机记录现场的概貌，但明显心不在焉。

远处，惠俊豪和胡秋飞对几位测量员分别进行询问，了解事情的经过以及这片工地的相关背景。

中心现场，王涛带着痕迹人员寻找其余的骨骸，用专业的工具把骨骸一点点清理出来。徐家君和两名法医用毛刷刷掉骨骸上残余的泥土，并根据人体结构分别排列在黑色的拉尸袋上。

金建民浓眉紧蹙，等待着汇总信息，预感这个案子并不简单。

忽然，在外围走访的陈强气喘吁吁地大步跑了过来。

"金支，韩总来了。"

金建民恍惚了一下，转身朝警戒线外看去，只见一辆牌照为东A00803 的黑色帕萨特，正缓缓停在警戒线外。

"走，快过去。"

帕萨特车门打开，韩玉朗和谢刚先后下来，打量着四周的环境。

"韩总，正准备打电话汇报，怎么亲自过来了？"

韩玉朗拿出香烟，递给金建民一支，声音温润："刘局很关心这个案子。"

"刘局？怎么会关心这个案子？"

"嗯，刘局日理万机，能关心这个案子，证明不简单。"

谢刚殷勤地给韩玉朗点上香烟。韩玉朗吸了一口，缓缓吐出一口烟。

"抽完这根烟，再进去看看。"

"老仇咋样啦？"

"还是老样子，人没有醒。"

"老仇为刑侦事业奋斗了大半辈子，临了却出了这档事。"

"那天我也有责任，应该拦着点。"

"现在说什么都晚了，再说了，老仇是个认死理的人，他要去，十头牛都拉不回来。"

"今天晚上我们再去看看他。"

眼看香烟燃尽，陈强见机行事，朝警戒线内的胡秋飞喊道："小飞飞，拿几副三件套过来。"

胡秋飞拿来两副三件套，毕恭毕敬地递给韩玉朗和谢刚。

三件套是现场勘察必备装备，由鞋套、手套、头套组成。韩玉朗和谢刚穿戴好三件套，进入警戒线，没走出几步，忽听身后传来汽车的引擎声。他们回头望去，只见一辆牌照为东 A00110 的黑色奥迪 A6 从远处绝尘而来，停靠在帕萨特前方。

韩玉朗立即退出警戒线，朝奥迪 A6 的方向快步跑了过去，金建民和谢刚紧随其后，脸上都写满了惊愕。

车门打开，刘卫国先走了下来，他身穿白色高级警监警服，身材精瘦，头发花白，皮肤黝黑，带着一种军人特有的铁血气质。

身后，秘书小夏诚惶诚恐地跟着下来，提着公文包，亦步亦趋。

警戒线外，韩玉朗面带微笑地迎上刘卫国。

"刘局，您不是在市局开经侦新闻发布会吗，这么大热的天，怎么也亲自来了？"

"市里面的主要领导倒是很关心新闻发布会，作为即将退休的老刑警，我就不掺和了，由胡新福总队长代为发言就好。"刘卫国又道，"老仇醒了吗？"

"刚给宋立打过电话，还没有。"韩玉朗回道。

"老仇是我非常敬佩的一位老哥，要不惜一切代价把他救回来。"刘卫国话锋一转，"我有一种强烈预感，这个案子应该不简单，现在情况怎么样？"

金建民递给刘卫国一副三件套，给陈强使了一个眼色："过来介绍一下情况。"

陈强看了一眼神情严肃的刘卫国，顿时汗透衣衫，似乎又想到了什么，不由得心头一紧，说话都有些结结巴巴。

"刘……刘局，根据走访得知，这……这片工地在十年前，本来是一个别墅群，后来因资金断裂，项目搁置了，现在市政府重新规划，要在附近新建一条环城高速的延伸线，负责测绘的工作人员在作业过程中，发现了一具疑似被侵害的尸骨，就……就报给我们了。"

"疑似被侵害？"刘卫国面沉似水道，"我没记错的话，你是老城区公安局陈永明局长的儿子陈强吧？"

"是的。"

"老仇，也是你探组的？"

陈强脸色煞白，瞬间低下了头，也许是天气太热，豆大的汗水从额头上渗了出来。

"紧张什么？"金建民拽了拽陈强的衣角，小声道，"有我在。"

陈强顿时有了主心骨，定了定神，继续汇报。

刘卫国一边听取汇报，一边穿好三件套，秘书小夏急忙掀起警戒线，刘卫国沿着铺好的黄色踏板走进中心现场，韩玉朗等人紧随其后。走近中心现场时，谢刚朝万子良和邓小南招了招手，示意他们过来。

"刘局和韩总亲临现场，多拍两张工作照。"

"是。"

两人神情一凛，各自拿着设备走到侧面，找准合适的角度，拍下刘卫国和韩玉朗等人各个角度的工作状态。

"咔嚓！"万子良又拍好一张照片后，准备绕过邓小南，换个角度再拍，不想无意中瞥见录像机的显示屏上，磁带的标识红灯在闪烁。

"磁带都用完了，你还在拍什么？"万子良提醒道。

邓小南似乎没听见，保持着僵硬的动作。

"哎，脑子是个好东西，可惜你没有。"

"啥意思？"邓小南后知后觉道，"你说我没脑子？"

"快把磁带换了吧。"

听见这边的动静，韩玉朗望了一眼，令邓小南备感压力。邓小南再看录像机的显示屏，果然是磁带用完了，顿时涨红了脸。

邓小南急忙从口袋里拿出备用的磁带，手忙脚乱地换上，快步走到侧前方，远距离对准刘卫国等人，重新开机拍摄，弥补刚才的过失。铺好的踏板数量有限，容不下太多人落脚，邓小南只能下到土地上，一步步后退着拍摄，笨拙得像一只企鹅。

突然，邓小南背后响起一个愤怒的声音："邓小胖呀邓小胖，你是第一次出现场吗？"

邓小南无知无觉地往身后看去，发现徐家君正怒目相对。

"徐组长，别闹。"

"看你脚底下！"

邓小南低头看去，发现后脚跟踩到了半截骨骸，旁边的王涛也一脸嫌弃地瞪着他。

"邓小胖，人家减肥减腰、减屁股，为什么你非要从脑细胞开始减。"徐家君鄙夷地数落道。

"啥意思，呵呵，你咋知道我在减肥？"邓小南意识到情况严重，急忙抬脚跳到旁边，试图插科打诨蒙混过关。

"你们孙主任是怎么想的？今天这么大个局，竟把你放出来。"王涛对于邓小南近乎痴傻的言行，实在有些看不下去。

"老天爷绝对是公平的，给了你丑的外表，还会给你低的智商，以免显得不协调，对吧邓小胖？"徐家君毫不掩饰地奚落道。

没了师傅在身边，邓小南就是门背后的老虎，只会杵着傻笑，完全不知所措。

"名门之后，这边请。"万子良一个箭步过来，把邓小南拽到旁边，一是缓解尴尬，二是免得他挡路。

"你咋知道我是名门之后？"

"谁不认识天蓬元帅？"

玩笑间，刘卫国等人来到近前。

"徐组长，请介绍一下勘查进展。"

"报告刘局、韩总，由肋软骨的钙化程度推断，死者年龄在 20-25 岁之间，没有生育史，除了一条附着在盆骨上的女士内裤，没有发现其他衣物。"徐家君擦了一把额头的汗水，严谨且恭敬地说道，"舌骨断裂，应该是被掐死的。尸体高度腐败，已经白骨化，由骸骨的腐败程度和周围环境初步推断，死者应该是在八九年前遇难的。具体情况还要等尸骨完全清理出来后判断。"

"嗯。"刘卫国若有所思，点了点头道，"初步尸检的信息匮乏，但也不能就此放松。"

"陈强，你回去查一查八九年前东海市失踪的20-25岁的年轻女性，看看有没有可用线索。"

"是！"陈强绷紧身体，声音洪亮地回应。

"小王，痕迹方面有发现吗？"

王涛抖了抖汗湿的现场勘查服，认真道："各位领导，从痕迹角度来看，这具尸骨真正的埋尸点，应该是在这座小山丘的腹地。从尸骨上附着的土壤分析，应该埋得比较深。这段时间周边施工，导致地基沉降，再加上前两天台风'黑猫'肆虐，尸骨被狂风暴雨冲出来，才会出现在这里。初步可以断定为杀人埋尸。"

"具体理由？"

"尸骨上除了一条内裤，没有发现任何可以证明其身份的物件，所以这里并非第一现场，可以推断死者是在被杀之后被凶手埋在这里的。说句题外话，这里还真是一个山清水秀的好地方。"

"韩总，后续支队会发动刑侦条线，尽一切办法寻找线索，尤其是外来流动人员、疑似失踪人员等。"金建民适时表态道。

"这样最好。"韩玉朗点了点头，对徐家君道，"徐组长，你这边也要尽快利用最先进的颅像复原技术，恢复死者生前的容貌，方便金支他们缩小侦查范围。"

"明白。"

"我想提醒各位一点，"刘卫国话锋一转道，"不要只看眼前这件案子，要从宏观角度看待问题。"

"刘局的意思是？"韩玉朗不确定地问。

"明珠案。"刘卫国沉思道，"不用再赘述了吧。"

"您怀疑这件案子跟二十年前……"韩玉朗脸色突变道。

其他人也瞬间紧张起来，仿佛有无形的压力落在他们心头，氛围一时令人压抑得可怕，只有邓小南没心没肺，上来多补了几个镜头。

"干刑警，要大胆假设，小心求证。"刘卫国铿锵有力道，"受害者是年轻女性，被人掐死后，几近赤裸被埋在荒郊野外，发案时间又大约在九年前，你们不觉得可疑吗？"

"从时间线和作案手法上来说，确实符合明珠案的特征。"韩玉朗恍然大悟道，"还是刘局火眼金睛，一眼便看到了本质，否则很可能错过这个串并案的重要机会。"

"请刘局放心，我们一定会全力以赴，尽快查明该案跟明珠案的关联。"金建民赶紧跟着回应。

"金支，如果有查阅档案的需求，指挥处全力配合。"谢刚接话道。

"你们都是刑侦精英，能力毋庸置疑。"刘卫国轻轻颔首，语重心长道，"等你们的好消息，也算了我一桩心愿。"

不久后，金建民送刘卫国和韩玉朗离开。忽见远方残阳西下，留下一片火烧般的晚霞，不知为什么，他的心情忽然无比沉重，有种山雨欲来风满楼的感觉。

第二章
或跃在渊

凶神索债，见义勇为

傅小强的案子终于水落石出，正如万子良所料，陈强的怀疑得到了印证，万子良的心情也好了许多，这也许是对昏迷不醒的仇志明最好的交代。

那个网名为"挥手湮灭"的网络游戏装备贩子，真名项天桥，根据网络 IP 地址，发现他就躲在老城区的一处居民楼内，正是案件的幕后操盘手，虽然傅小强和他并未见过面，但是他整天在网络上给傅小强洗脑，骗他的钱去买游戏装备，从几百上千直至上万。

傅小强越陷越深，而项天桥也贪得无厌，不断怂恿、教唆傅小强不择手段地骗钱、偷钱去买装备，致使他和爷爷奶奶的关系越来越恶化，直至那天晚上，傅小强在教唆下将爷爷奶奶杀害，把他们的棺材本钱全部拿去买装备，而害怕东窗事发的项天桥，则指使傅小强删掉了所有通信记录。

根据万子良对项天桥的进一步追踪，发现他在全国以同样的手段教唆的未成年人竟有百人之多，上百个家庭竟因为他一个人的贪婪而变得千疮百孔，甚至支离破碎。陈强等人当机立断，将教唆犯项天桥抓捕归案。

万子良也因此获得了刑技中心的季度嘉奖，这让他的信心陡增，颁奖大会上他关于非接触性犯罪的发言，让总队很多领导注意到了他的特长，而非接触性犯罪的理念也在领导们的脑海中渐渐生根发芽。

在搞清案件的同时，万子良感受颇深的是，现在的许多孩子只沉迷于手机和电脑，怪不得越来越叛逆。他以此典型案例为基础，又搜集了近年来大量非接触性犯罪案例，在蔡坤的指导下，夜以继日地撰写《非接触性犯罪初探》的论文。

弯月如牙，点缀着忽明忽暗的星光，悬挂在天穹上，与城市灯光遥相呼应。

新城区。

一辆153路公交车缓缓停在"顺昌路"站，车门打开，一股热浪袭来，热气浇身，安琪生瞬间大汗淋漓，一种置身于桑拿室的感受让他几近窒息。他拖着疲惫的步伐，背着公文包，双手抱着两个锦盒，从后门跳了下来。

他驻足目送公交车在空旷无人的街道上远去，才紧了紧手中的两个锦盒，走向公交站不远处的通达公寓楼。

他乘坐电梯来到606号门外，腾出手摸出钥匙，打开了房门。

室内，灯火通明。

房间虽小，却五脏俱全，门口的八卦镜，桌子上的文昌塔、开运竹，财位上的小鱼缸，看得出是按照高人指点精心布局过的。

卧室内的一张书桌上堆满了与计算机相关的书籍，万子良一身短衣短裤，正坐在桌前埋头撰写论文。

"万老板，我回来啦。"安琪生有气无力地喊了一声，抱着两个锦盒直奔卧室。

"小安子，今天回来这么晚？"

"你以为谁都像你们警察，旱涝保收啊？"安琪生苦着脸道，"我们是靠业绩吃饭的，公司不养闲人，不拼命不行啊，哎哟……"

安琪生还没有说完，忽然看见厕所门大开着，顿时脸色大变，快步跑过去关上。

"给你说过多少次了，厕所乃独阴浊水之地，厨房乃孤阳燥火之地，孤阳独阴相邻直通，则气场不稳定，影响整体宅运，一定要把厕所门关上，这样风水才能畅通，步步高升，财运亨通。"

"天天注意这注意那，也没见你发财啊，你来东海市这么多年了，还不是一单都没谈成，真是个奇葩。"万子良改口道，"哦，不对，你有一单谈成了，那就是连哄带骗找我合租，跟你一起分摊房租，对吧？我当时真是信了你的邪。"

"我可没有骗你，咱们是签了合同的，条款你也同意了。"安琪生涨红了脸道，"最多是没有告诉你，我是你的合租室友。"

"这还不算欺骗？你对'欺骗'两个字，怕是有误解吧。"

"这话说得，太没良心了，你当时急着找公寓，又不想多出钱，除了我这里，上哪儿找每个月两千块的一居室公寓？这儿离你们单位又近，紧邻公交车站，旁边还有二十四小时便利店……老兄，我是帮你忙好不好？"

"义弟，要不要请你吃饭，以示感谢？"

"那倒不用，各取所需嘛。"安琪生笑道，"给个面子，咱不提这事儿啦！"

"人给你留面子，是你首先得有脑子啊！"

"没脑子，能在公司混这么久吗？"

"还不是靠你师叔罩着你。"

"你不懂，我五年磨一剑，是在憋大招呢。"安琪生自豪道，"不过，我刚刚谈成了一单，再也不用担心没业绩，被老板炒鱿鱼了。"安琪生自豪道，"要么不出手，一出手就是别人干不成的凶宅。"

"凶宅？"

"锦园小区有一套凶宅，听说一家三口都横死于刀下，房子空置了五年都没人敢问，这套公寓便成了远近闻名的凶宅……"

"老城区四明路锦园小区，没有电梯的老破小？"

"你怎么会知道那里？"

"我出的现场……"万子良眯起眼睛道，"那是一个灭门惨案，由夜盗转化成凶杀，男主人姓邹，一家三口被杀掉，案子发生在顶层五楼，应该是 502 号，还是二十世纪澳门风格的装修，勘查现场的时候，那是真的惨，满屋子都是血。"

"真的啊！"安琪生来了兴致，"快说说，到底是咋回事？"

"那时我刚刚参加工作，也是大夏天，是师傅蔡坤带我出的第一个现场。"万子良手里转着笔缓缓道来，"案情不复杂，就是两个毛贼在凌晨3点左右，趁夜深人静的时候，从楼顶翻窗进了502室。其中一个毛贼在屋内翻箱倒柜的时候惊醒了男主人，男主人身强力壮，大喝一声，就将这个毛贼摁在地上一顿暴打，没想到另外一个毛贼却拿出尖刀，从背后将其残忍杀害。这时卧室内的女主人和女儿也已经被惊醒，看到眼前的一幕，大喊大叫起来。两个毛贼一不做二不休，冲上去又将女主人和女儿乱刀捅死。唉，真是人间地狱，惨不忍睹啊！"

"后来呢，两个毛贼抓住了吗？"

"抓是抓住了，这种案子不难破。"万子良叹了口气道，"就是怪可惜的，听师傅蔡坤说，这种案子不是个例，每年都会有类似的案例发生。"

"还真是，从玄空派角度看……"安琪生摇着脑袋，掐着手诀道，"火生土，邹家灭门案引子应该和丁火相关……丁火……"

"什么丁火，打住啊！"万子良做了一个"收"的手势，不屑一顾道，"案发原因是这家主人疏于防范，从犯罪学的角度来说，顶楼来往的人较少，往往是容易被侵害的地方，便于犯罪分子作案，再加上这家男主人夏天打开窗户透气，又给了犯罪分子可乘之机。之所以会发生灭门惨案，还是源于男主人的过激行为，原本那两个毛贼也只是进屋偷点东西而已，可是男主人却上前跟一个毛贼发生了搏斗。"

"照你这样说，家里进贼就应该坐以待毙呗。"

"那也未必，"万子良分析道，"你在明处，贼在暗处，如果家里进贼，不要轻易惊动他们，先搞清楚是一个人还是多个，等他们走了再报警也不迟。反之，一旦惊动他们，后果不堪设想。"

"你说得在理，不过，案发肯定还有其他的原因。"

安琪生换下了布洛克皮鞋，一股浓烈的脚臭味在房间里弥漫开来。

"这味道太……"万子良皱着眉头，捂着口鼻道，"你鞋一脱真是十里'飘香'，不用点蚊香赶蚊子，却得去买口罩了。"

"脚虽臭，还没有臭名远扬，我会继续努力哒，争取做到五毒避让，妖魔俯首，哈哈哈。"安琪生也自知不妙，将皮鞋提溜到了阳台上，屏住呼吸道，"后来这房子怎么样了？"

"打败我的不是你的天真，而是你的无鞋（邪）。"万子良用手扇着令人窒息的气味，"听说这房子后来被粉刷一新，又换了新的家具，做公寓出租了。"

"死过人的房子，哪那么好租哦！"安琪生清了清嗓子道，"我谈了个美女客户，就愿意租下那套凶宅。"

"凭啥？"

"就靠它。"安琪生指着两个锦盒神秘道，"仙人我自有妙计。"

"就这？搞封建迷信那一套嘛。"万子良满脸鄙夷道，"没文化真可怕。"

"道不同不相为谋。"安琪生话锋一转道，"上次联系的那事儿，给你师弟说得咋样了？"

"明天周末，倒是可以去。"万子良狐疑道，"你师叔真的要领养退役警犬？"

"那还用说，他在电视上看到了你们的退役警犬，生活条件艰苦，需要领养的消息，动了恻隐之心，才让我先去看看。"

"我们的警犬都是大型犬，他有地方养吗？"

"把那个'吗'字收回去。"安琪生自豪道，"我师叔可是住大宅子的主，有机会带你看看。"

"那就好，看就不看了。警犬辛苦一辈子了，能让它去个好人家，也是一个好的归宿。"万子良心平气和道，"警犬队比较远，我让师弟方正明天早上开车来接我们。"

"太好了，还是你面子大，这个月的夜宵我包了。"

"好，不要后悔。"

"君子一言，驷马难追。"安琪生眼珠一转道，"不过还得麻烦你和师弟一下。"

"又有什么鬼主意？"

"碰头地点，能不能改到锦园小区，等我早上把单子签了？"

周末，上午9点，老城区。

烈阳高照，热浪滚滚。

208 路公交车从四明路东边驶来，于热浪滚滚的氤氲中，停靠在车站内。车门打开，安琪生怀里抱着两个锦盒，艰难地从拥挤的人流中挤下车，抹了一把头上的热汗。

"警犬队的师弟小方刚才发微信了，说他已经在锦园小区大门口。"

"哎哟，那还愣着干啥，赶紧走啊！"

安琪生率先走出车站，跑进人行道的树荫里，直奔锦园小区。万子良手搭凉棚，紧随其后。

锦园小区位于四明路中段，从公交车站过去，有三百多米，就这么一段距离，万子良和安琪生走下来，已是汗流浃背。

刚到小区大门附近，万子良便开始四处张望。

"叭叭！"

连续两道喇叭声响起，只见一辆黑色的越野车停靠在小区大门对面，万子良挥了挥手，加快脚步走了过去。

越野车的驾驶门推开，走下来一个身材魁梧的年轻人，寸头四方脸，戴着墨镜，穿着黑色作训服。年轻人朝万子良招了招手，便往万子良这边跑过来。

"小方，你来得这么早，辛苦了。"

"我从家里过来的，刚到不久。"小方摘下墨镜，爽朗道，"这位是？"

"安琪生，我室友，今天请你过来，就是因他而起。"万子良介绍道，"方正，小我两届的师弟，在警犬队工作。"

"等一下，今天天热，车里太闷，我去把巴特也叫下来，透透气。"方正说着，便跑到越野车的后备箱。

后备箱打开，只见一条德国黑背威风凛凛，一身油亮的黑袍，外形威猛强悍，肌肉匀称发达，还有一对竖直的耳朵，如天线一般。

"巴特，下来。"

警犬巴特"嗖"的一声钻出铁笼子，却没有胡乱跑开，而是停在小方身边，吐着红舌头，等待下一步指令。

"好巴特，真乖，我们走。"

方正拿出牵引绳给巴特套上，随手关上后备箱，大步流星来到了万子良面前。

安琪生看见巴特吓了一跳，急忙退避三舍。

"妈呀，这么大一只，不会咬人吧？"

"巴特受过专业训练，不会随便攻击人类，是吧，巴特？"方正对着巴特说道。

"汪。"巴特聪明地应了一声。

安琪生又退了两步，躲到万子良背后，警惕地望着巴特。

"瞧你那点出息。"万子良忍俊不禁，揶揄道，"要不是了解你，真怀疑你身上是不是有违禁品。"

"我从小就怕狗，条件反射嘛。"

"就这，还要养警犬？"

"是我师叔养，又不是我。"安琪生嘟囔了一句，又好奇地问道，"警犬也可以带回家吗？"

"警犬就像他们自己的孩子，感情很深，形影不离，周末休息带回家很正常。"

"万师兄，接下来怎么走？最好快点弄完，我下午还要回队里。"方正打断他们的聊天，说回正题。

"小安子，带路吧。"

"直接进去就行，这边走。"安琪生赶紧走到前面带路。

从小区大门进来，是一条笔直的林荫道，知了藏在树叶间，声嘶力竭地鸣叫着，令人平添许多躁意。林荫道两边，分布着一栋栋五层高的居民楼，常年风吹日晒，楼体外墙的瓷砖大多脱落了，露出里面的水泥和砖头，伸出阳台的晾衣竿如万国旗，胡乱停放的电瓶车东一辆，西一辆，丝毫看不出这里在 20 世纪 80 年代，曾是享誉东海市的权富之地。

"去哪里？"方正再次问道。

"9 栋 3 单元。"安琪生指向前面的岔路道，"那里进去就是了。"

方正沿着他手指的方向看去，只见岔路口后面是一个小型健身园，错落着十几件陈旧的健身设施，不少老人和儿童聚集在这里，三五成群，躲在树荫下纳凉、唠闲嗑。

从岔路刚拐进去，一种强烈的惶恐感占据了万子良的心头，似乎那天的警灯还在眼前闪烁，他忍不住打了个激灵，明显感觉到骤然间阴寒了许多。

看见有外人进来，健身园里所有人的目光齐刷刷地望了过来，一个坐在轮椅上的残疾儿童，也许是看到了威武的警犬，流着哈喇子，呜呜地朝他们叫着，手脚兴奋得直抖。

"汪汪！"

9栋2单元的楼道里，先是传来两声放肆的狗叫，随后蹿出一条灰白的影子，冲进健身园中上蹿下跳，尽情地撒着欢。

这声狗叫，将老人们的视线都吸引了过去，原来是他们的"老朋友"，一条眼睛碧蓝、穿着骷髅头布衣的哈士奇。

紧接着，一个留着披肩发、颧骨高耸的中年女人从2单元走了出来，冲飞奔狂蹿的哈士奇尖声大叫："君君，乖儿子，慢点跑，先拉屎去。"

哈士奇装作没听见，又飞蹿了许久，才渐渐有所消停。哈士奇故伎重演，逐一打量着老人们。

"畜生，快滚。"

老人们见到这狗，纷纷嫌弃地驱赶。最终，哈士奇跑到那个残疾儿童面前，高高撅起屁股，"噗"的一声拉出一坨又长又黑的狗屎。

一股令人作呕的恶臭，瞬间传开。

"呜呜……"

残疾儿童行动不便，又苦于无法说话，只能呜呜地呻吟，手脚抖得更厉害了。儿童轮椅后面的小保姆后知后觉，放下了手机，看到眼前的一幕，出离愤怒，冲中年女人一阵叫骂。

其他老人也跟着一起兴师问罪，对李阿姨指指点点。

指责声、咒骂声此起彼伏，将李阿姨卷入舆论的旋涡，然而，李阿姨却不当一回事，反而朝人群翻了个大白眼。

"我儿子拉屎，你们管得着吗？哪个棺材盖没盖好，让你们爬出来了？不服气，你们也拉啊！"

老人们气得浑身发抖，李阿姨见势更来劲了。

"乖儿子，有屎有尿拉干净了，臭死他们。"

狗儿子君君"嗷呜"一声，做出撒尿状，气得小保姆追着它打。谁知这洋畜生还会声东击西，它跑了一圈又绕回儿童面前，趁小保姆没追上，抬起一条后腿，滋出一条淡黄的曲线，打湿了儿童的裤脚，气得儿童翻起了白眼，差点背过气去。

小保姆忍无可忍，追上来作势欲打。

"洋畜生，打死你！"

谁知，狗儿子君君反应奇快，不等保姆打过来，便一蹦一跳地跑开了，一边跑一边撒尿，还不时回头咧开大嘴，仿佛在无情地嘲讽。

李阿姨更是看得哈哈大笑，拍手称快。

"Welcome to the hell（欢迎来到地狱），哈哈哈。"

儿童憋红了脸，指着李阿姨支支吾吾，却说不出话来，一个不留神，竟从轮椅上摔落下来，顿时大哭。保姆惊叫一声，立刻跑回去，想把儿童扶上轮椅，奈何儿童又肥又壮，一时竟扶不上去。

万子良看到这一幕，赶紧上前帮忙，安琪生也过去搭了一把手，三人齐心协力，终于将儿童扶上了轮椅，哭声渐止。

哈士奇越跑越疯，李阿姨见状一惊，急忙追过去。

"君君，快回来。"

眼看李阿姨伸手抱住了它，却不料被它挣脱，一溜烟跑进绿化带，转眼便不见踪影。

"君君，别乱跑。"

李阿姨撒丫子追了过去，穿着拖鞋，脚下打滑，一个不留神摔了个大马趴，蜡黄的大脸结结实实地摔在了刚才乖儿子君君拉的狗屎上，真是肥水不流外人田，一点都没浪费。

老人们无不幸灾乐祸，但说的话讳莫如深。

"看吧，欺负我们这些老住户，遭报应了吧。"

"我就知道，小邹一家三口的冤魂，不会放过她的。"

……

李阿姨从地上爬起来，擦着脸上的狗屎，听见老人们的议论，似乎想起了什么，脸色瞬间煞白，但嘴上还是不饶人。

"呸，什么破鬼地方，老娘明天就回国去了，看见你们一帮老不死的就烦。"

她嘴上尖酸刻薄，脚下跑得更快，不消几秒钟，便跑出了健身园，追她的乖儿子君君去了。

"小安子。"

忽然，一个略带疲惫的声音在大家耳边响起。

三人回头，只见一个年轻女子正往这边走来。女子二十岁出头，一张雪白的瓜子脸，双眉弯弯，笑靥如花，扎着乌黑的马尾，上身着白色T恤，下身穿修长的牛仔裤，提着一个LV的小号托特包，浑身上下散发着青春的气息，只是眉眼之间带着几分憔悴。

"哎哟，张黎姐姐。"安琪生笑脸相迎道，"有失远迎。"

"小安子，你来得挺早啊！"张黎注意到万子良和方正，转而错愕道，"这两位是……"

"我朋友。"安琪生答道，他又转向万子良介绍道，"美女姐姐，我客户。"

万子良鸡皮疙瘩掉了一地，看长相安琪生明显比张黎大，却一口一个"姐姐"，听着太别扭了。他强忍着不适，冲张黎点头示意。

"小安子，502那套户型，主要是价钱合适，可以长期租下来，不过……"

"张姐姐，借一步说话。"

张黎满脸疑惑地跟过去，安琪生小声道："张姐姐，不瞒您说，我添了两件法器，化煞挡煞。一件是五福玉瓶，到时候摆在客厅，增福增财；一件是五行八卦符，贴在门上，镇宅理气，包您财运亨通。"

安琪生说的这两件神秘的法器，就在他抱来的锦盒里。

"管用吗？"

"那必须的啊！这两件法器，来头可大了，是我师叔特意请白云观的住持给开光加持过的。"

"你师叔是谁呀？"

"电视上最火的那个，《国学文化传承人》栏目的特邀嘉宾，你有印象了吧？"

"东海大学杨教授？"

"就是他，张姐姐……"

安琪生使出浑身解数，喷得唾沫星子乱飞，眼看就要到手的单子，不能让它再飞了。

"小安子，能不能再便宜点？"

"张姐姐，给您的价钱，真的是在公司范围内能给的最低价了。"

"不一样的，毕竟出过人命，不是正常房子，不管换成谁，都不敢放心住啊！"

"您这个价位，能租到这样的两居室，还是在市中心，绝对是破天荒了，找不出第二家。您要实在不满意，那就再加点钱，我再给您换个地方，保准比这里好。"

听到"加钱"两个字，张黎似有难言之隐，长长叹了一口气。

"算了，我也是个爽快人。话都说到这份上，也只能这样了，按昨天说的，把合同签了吧，我好下午搬过来，免得再麻烦你了。"

这么着急？这个念头只是一闪而过，安琪生便被喜悦淹没。

"张姐姐，请。"

安琪生喜笑颜开，从背后的背包里拿出准备好的合同和笔，翻开签字的那一页，递给张黎。

见交易已经达成，万子良由衷地为他开心，拍了拍安琪生的肩膀："小安子，抓紧时间，小方下午还有训练。"

"你们在门口等我好了，马上就好。"安琪生也兴奋地说道。

"走，巴特。"方正冲巴特吆喝一声。

"汪，汪。"

　　两人一犬离开后，张黎扫码付钱，"嘀"的一声完成交易。安琪生则拿出钥匙，双手递给张黎，随后交代水电气费、物业费等注意事项。

　　"骚货，你挺会躲啊！"

　　忽然，前方岔路口方向传来一个暴虐的声音，如晴天霹雳。

　　熟悉的声音令张黎陡然一惊。

　　说话间，迎面走来三个流里流气的地痞，一个留着黄毛，一个叼着香烟，一个露着文身，一看就不是善茬。

　　为首那人，五官奸猾狰狞，一身肥膘，板寸头皮上有一道狰狞的疤痕，如同攀爬的蜈蚣，两只赤裸的胳膊上，左边文了一条"带鱼"，右边文了一只"小龙虾"，看起来颇为古怪。

　　张黎看见为首那人，瞬间露出惊恐之色，赶紧将自己贴满水钻的新款苹果手机藏了起来。

　　"豹……豹哥……"

　　"骚货，你以为搬了家，躲到这个鸟不拉屎的地方，老子就找不着你了？"

　　"豹哥，我真的没有钱了，求您行行好，再宽限几天，等这个月有钱了，一定第一时间还。"

　　"操，当初借钱的时候，好像不是这么说的吧？"

　　"我把本金还给你们了，怎么又多出来这么多利息？"张黎带着哭腔道，"早说就不借了啊！"

　　"笑话，要工作没工作，要资产没资产，上大学期间就借了二十二万的网贷，就你这红得发紫的信誉，谁他妈的会借给你钱？"豹哥的声音陡然高道，"天底下有白吃的午餐吗？没有利息，你让咱兄弟喝西北风去啊？别给我废话，今天你还也得还，不还也得还。"

　　"真的没有钱了。"

　　"没钱？好办。"豹哥冷笑道，"我这儿有个杵门子（赚钱的办法），看你模样还不错，买卖成快（来钱快），还不要笨头儿海（高代价），只要你肯卖，用不了三个月，肯定能还完。"

张黎听懂了豹哥的黑话，瞪大了双眼。

"豹哥，求你放过我吧，我一定尽快还。"

"不识抬举。"

豹哥一把拽住张黎的头发，猛地往后一拉。张黎猝然遇袭，被拽出了好远，一个没站稳，扑倒在地，无助地痛哭起来。

"哥几个，请张小姐走一趟吧。"

"豹哥，瞧好吧。"

"别跟我争啊，我最喜欢抓小婊子了。"

豹哥身后走出一高一矮两个小混混，向张黎步步逼近。张黎惊惧万分，苦苦哀求："别过来，我不跟你们走，救命啊……"

危急关头，安琪生毅然跳出来，挡在张黎面前。

"各位，各位，都是朋友，有话好好说，别动手啊……"

两个小混混看着表情怪异的安琪生，一时摸不着来路。豹哥皱了皱眉，挺身走上前来。

"敢问这位排琴（兄弟），哪条道上的，报个万儿（名号），别伤了自己人。"

安琪生一脸茫然，听不懂豹哥的黑话，他清了清嗓子，故作镇定。

"张姐是我客户，给个面……"安琪生话没说完，便看见一道阴影狠狠朝脸上抽来，不容反应，他便被抽飞了出去。他的耳朵嗡嗡作响，眼前一片金星，半张脸火辣辣的，迅速红肿起来。

"谁裤子没提好，把你这个玩意儿露出来了。"豹哥一搭脉便知安琪生是个生瓜蛋子，飞扬跋扈道，"英雄救美，也不撒泡尿照照。"

安琪生双眼充血，一下跳了起来，朝豹哥扑了过去。

"跟你拼了！"

豹哥也被吓了一跳，他没想到这个生瓜蛋子会反扑，急忙闪身躲开。

两个小混混闻言，纷纷露出狰狞之色，朝安琪生扑了上去。

安琪生双拳难敌四手，转眼之间便被打得鼻青脸肿。他狠劲儿也上来了，抱住其中一个高个子小混混，一口咬住对方腰间软肉，疼得小混混嗷嗷直叫。

豹哥一手揪起张黎的头发,一手扼住她的喉咙,面目狰狞。

"天王老子来了也救不了你。"

"救、命、啊!"

张黎惊恐万状,从嗓子眼里艰难地挤出三字。周围看热闹的居民们心惊胆战,纷纷逃回了家中。

万子良和方正听到身后的尖叫声,顿时变了脸色,大感不妙。

"不好,出事了。"万子良霍然转身往回跑。

"巴特,走。"方正反应更快,叫上巴特,迈开大步,原路冲了回去。

不消片刻,只见安琪生抱头蹲在地上被两个小混混围殴,张黎倒地不起,正被一个胖子欺辱。

"住手!"方正大喝。

打红眼了的小混混哪里听得进去,仍旧拳打脚踢。唯有豹哥,斜眼看向方正,渐渐眯起了眼睛。

方正见喝止无用,立刻拍了巴特脖子两下。

巴特展开四肢,化作一道闪电,朝小混混狂冲过去,发出威严的吼叫。

"妈呀,好大的狗!"

两个小混混见到巴特冲过来,吓得面如土色,一把推开安琪生,连连后退。

与此同时,方正一个箭步冲上去,探出宽大的手掌,瞅准破绽,抓住豹哥的胳膊,往右边一钻,往下一压。

"疼、疼、疼……"豹哥手臂受力,肥胖的身体不受控制,转了个圈背对过来,被方正死死压在地上。

两个小混混见大哥被揍,挥拳朝方正砸来。方正急忙松开豹哥,侧身一闪,顺势一个高抬腿,正中矮个子小混混胸口,把他一脚踹飞出去,和高个子小混混撞在一起,摔了个狗吃屎。

"妈的,老子弄死你!"豹哥揉着胳膊,闪在一边,气急败坏地掏出匕首。

"警察,住手!"万子良举起警官证,义正词严。

豹哥脸色骤变，藏起了匕首，不敢轻举妄动。

"警官，误会，都是误会。"

"禁止打架斗殴，不服去派出所说！"

"有眼不识泰山，多有冒犯，见谅……"说着豹哥转身就跑，一溜烟就不见了。看见豹哥跑路，两个小混混也不敢久留，赶紧从地上爬起，狼狈逃窜。

万子良终于松了一口气，急忙扶起安琪生。

"没事吧？"

"没事，幸好你们及时赶来。"安琪生吐出一口血水道，"哎哟，疼死我了，真是钱难挣，屎难吃。"

"还好吧？"方正扶起张黎道，"他们是什么人？"

"要债的，我欠了他们钱……"张黎哽咽道，"天天被他们骚扰，泼油漆，扔粪便，实在没有办法才想着搬到这里来，没想到还没搬过来，又被他们找到了，呜呜……"

"他们下次再来，我建议你直接报警。"方正认真地告诫张黎。

张黎低着头，抽泣得更厉害了，似乎有难言之隐。

"家家都有本难念的经，不是所有事情找警察都能立即解决的。"安琪生在一旁小声说。

"没错，那个豹哥一看就是老油子，知道警察的底线在哪里，只要他不越线，真就拿他没办法。"万子良有点无奈地说。

"唉……"

世界上的罪恶，有看得见的，但更多的是看不见的。警察能打击罪恶，却无法拯救每个人的苦难。生而为人，谁都不想深陷罪恶之中，若是不幸陷入，无论是谁都会有深深的无力感。

"丁零零！"万子良的手机响起，打破了尴尬的沉默，来电显示"小凤凰"。他皱了皱眉，思忖片刻，选择了接听。

"你在哪里？我被人挟持了，在滨江马克西姆餐厅……"

第三章
突如其来

██ ██ ██ ██ ██ 🕵 ██ ██ ██ ██ ██

蝇营狗苟，冷暖自知

东海市滨江的十里洋场，是中国近代历史的见证，被称为"万国建筑博览群"，马克西姆法式餐厅便位于此地中段，闹中取静，极富异国情调。

餐厅内以法式暗金色为主调，富丽堂皇，尽显欧洲宫廷高贵风格，每一个角落都经过精心布置。价格不菲的意大利大理石拼花地板，捷克水晶灯具，花纹繁复的抱枕，高背红木座椅，缓缓流淌的莫扎特《小夜曲》，无不彰显着客人的身份和品位。

靠窗临江的位置，苏桐一头栗色长发，一身宝石蓝的淑女长裙，靠在高背座椅上，手里拿着手机不停地翻看信息，眉眼间露出些许无奈。

苏桐对面坐着一个西装笔挺的年轻人，梳着精致的三七分油头，戴着金丝边眼镜，时不时抬一下眼镜框，满是油光的脸上布满了暗疮，色眯眯的眼上顶着黑眼圈。

年轻人拘谨地端坐着，望着靓丽的苏桐，眼中不觉多了几分火热，不过他的家教不允许他在这种场合放肆，他正了正领带，捏着嗓子装腔作势。

"苏小姐，作为一名gentleman（绅士），有必要做一下自我介绍。何英，Stevin 何，三十二岁，毕业于 USA, University of Pennsylvania（美国宾夕法尼亚大学），金融硕士，何鸿根市长是我叔父……"

"直接说重点。"苏桐头也不抬，继续翻着手机道。

何英被这么忽视，心下有所不满，还多生出了几分不服气，他的家世在东海算是一流的，不仅叔父是副市长，父母也是国企高管，就连他自己也在东海证券任副总裁，年薪三百万元以上，可谓又富又贵。

何英正准备继续夸夸其谈的时候，服务生推着餐车过来了，严格的家教告诉他要暂时按捺。

服务生戴着白色的手套，端上两份前菜奶油菊苣沙拉，便优雅地退了下去。

等服务生刚一走远，何英便迫不及待说道："坦白地讲，我对苏小姐你很 satisfied（满意），如果你不介意，我想多了解你一点，方便我们增进 feeling（感情）。如果，我是说如果，能组成 family（家庭），两家长辈肯定很乐意，有了他们的 blessing（祝福），我们就能走进 Marriage Palace（婚姻殿堂）。"

苏桐被何英刚才的一段话搞得彻底没了胃口，她避开何英灼热的目光，看向窗外。灿烂的阳光下，江面上游艇如织，可是她内心却感觉不到温暖。她皱了皱眉，连敷衍都懒得做了，低头给万子良发了个信息：你还要多久到？快受不了这个自恋狂了。

何英见苏桐态度冷淡，不免有些尴尬，眼中多了一抹愠色，但仍维持着表面的礼貌。

"苏小姐，不知你对我们的 future（将来），有什么 plan（计划）吗？"

"闭嘴！"苏桐终于抬起头，越过他看向四楼餐厅的大门。

马克西姆餐厅大门外面，一辆出租车飞驰而来。

出租车还未停稳，万子良便开门从车上下来，火急火燎地奔向餐厅。肥头大耳的餐厅迎宾穿着黑西装，戴着耳麦，上下打量着万子良，不觉流露出轻视，伸手拦住万子良。

"先生，请问有预约吗？"

"我找人。"

万子良用力推开迎宾，迎宾却伸手再次将他拦下，态度生硬。

"不好意思，这里是会员制，不接待散客。"

"警察办案，让开！"

万子良顾不上解释，直接掏出警官证。迎宾看到警官证愣住了，万子良趁机快步进入了餐厅。

也许是空调开得太低，万子良刚刚踏入餐厅，顿觉冰冷无比，忍不住打了个寒战，这里似乎比锦园小区502号凶宅还要冰冷许多。

万子良搓着胳膊坐电梯来到四楼，目光扫视，寻找苏桐的位置，终于在一个靠窗的角落看见了站起身的苏桐。

"苏小姐，你什么意思？"何英不悦地问道。

"我男朋友来接我了。"苏桐厌恶地瞥了何英一眼道，"要不是老爷子硬逼我过来，就你这一言难尽的长相，真是浪费我生命。"

"苏小姐，何出此言？"何英很是不解地问。

"我猜你是凌晨一点出生的吧。"苏桐突然莫名其妙地说道。

"你怎么知道？"何英诧异地问道。

"傻瓜，因为那时候，正好是丑时。"苏桐戏谑地说，眼神中尽是嘲讽。

何英呼吸一滞，似乎没反应过来，眼看着苏桐离去。

"你没事吧？"万子良语气急促地对苏桐说。

"亲爱的，本来有事，不过你来了，就没了。"苏桐笑靥如花，欢快地迎了过去。

万子良看了一眼脸色通红的何英，似乎意识到什么，正想开口，却被苏桐挽住胳膊，拽着往外面走去："别看了，一只癞蛤蟆而已。走，带你买衣服去，不然人家以为你是乞丐呢。"

走了两步，苏桐回头道："何大公子，我是中国人的胃，吃不惯洋餐。"顿了顿，又故意高声提醒道，"请别忘了你的大门，太下作了。"

苏桐的声音清亮，宛若银铃，引起了其他客人和服务员的好奇，众人纷纷将目光投到何英身上。

众目睽睽之下，何英怒到极致，脸色青一阵白一阵，本就油光可鉴的大脸显得更加油亮。他下意识地低头一看，发现不知道什么时候，西裤的拉链门竟然敞着，还露出了半截白色衬衣。

他急忙转身，慌乱地伸手去拉拉链，因为羞愧难当，一时间竟然拉不上，而其他人的眼光依旧落在他身上，让他如芒在背。一时间，他心里的怒火再难控制，霎时本性毕露，暴躁得像一头野驴。

"滚，看什么看！"

……

翌日。

阳光明媚，万里无云。

邓小南开着爱车驶入刑侦总队大院。他挺着小肚腩从车上下来，正准备跟一旁停放助动车的同事们显摆显摆，却忽然听到大门外面传来一阵炸裂的豪车声浪，引人侧目。

接着，一辆酒红色的限量版保时捷卡宴停在了总队大门外，格外扎眼。车门推开，万子良戴着墨镜从副驾驶位走了下来。

邓小南眨了眨眼，确定没有看错，那确实是万子良。

在邓小南狭隘的记忆里，万子良是跟穷鬼画等号的外地人，他每个月的工资除了寄给家里，全都拿去考研了，吃穿用度相当拮据，否则不会跟人合租，甚至这半年以来都没有买过新衣服。

然而，现在万子良却鸟枪换炮，坐豪车，穿名牌，即便老远看去，也能看出派头不小。

邓小南愕然不已：万子良这是中彩票了，还是傍上大款了？

万子良感觉有无数双眼睛在盯着自己，浑身很不自在，正准备进入总队大门，却见卡宴车窗降了下来。

"下班来接你。"苏桐坐在车里，摘下墨镜，温柔地对万子良说道。

"不用，我自己回去。"不等苏桐回答，万子良便逃也似的直奔刑技中心。

"小样，看你能装到什么时候。"苏桐看着万子良的背影，露出了得意的笑容。等到他远去后，才重新戴上墨镜，踩下油门，轰然远去，留下一片烟尘。

万子良避开所有视线一路狂奔，只想快点去更衣室，把苏桐昨天给他买的这身行头换下来。

没想到，邓小南不怀好意地堵在刑技中心门口："行头不错嘛，巴宝莉。"

万子良右眼皮直跳，敷衍了一声，快步越了过去。邓小南恍惚了一下，愈发肯定自己的猜测。

"嘁，傍上大款了，我还以为多清高呢。"

大厅电梯旁边有一个公告栏，用于张贴内部通知，平时，除了重大通知，很少有人在此停留，然而今天，这里却聚集了不少人，还在低声议论着。

万子良本想快点去更衣室，但看见这个场景，知道肯定有重要通知，于是缓了一步，钻进人群里张望公告的内容。

"通知上说，从今日起正式执行，所有调配人员即刻去各部门报到。"

"这么着急，看来总队党委是下了很大决心的。"

"法医室的江新月被调到重案支队行动技术探组了。"

万子良费力地挤到前排，往公告上看去。当他的目光一行行地下移，终于在倒数第三个看到了图像室，调配到重案支队一探组，再往后面是……

这一刻，万子良突然愣住了，"姓名"那一行里，赫然写着"万子良"。

"怎么会这样？"

万子良顿觉天旋地转，仿佛整个世界塌陷了一般，因为调到重案支队，就没有资格考高级工程师了。安琪生关于他流年不利的命理判词，突然回响在他的脑海中。

他打了一个激灵，急忙冲出人群，直奔电梯，想要去问个清楚，可电梯这个时候也与他作对，迟迟不来。他急不可耐地拐进了安全通道，三步并作两步往楼上跑去，心中默念：肯定是弄错了，肯定是……

邓小南看见万子良惊慌失措的背影，仿佛早有预料，露出得意之色。

万子良爬上四楼，喘着粗气跑进了图像室，在同事们怪异的目光中，直接冲进了小办公室。

"师傅……"

孙鼎文和蔡坤似乎在争辩什么，蔡坤脸色阴沉，孙鼎文则淡定自若。

看见万子良闯进来，孙鼎文本能地露出厌恶，本想呵斥他的无礼行为，却又像是想到了什么，摆出一脸坏笑。

"毛毛躁躁的，干什么？"

"师傅，怎么会是我，是不是搞错了？"万子良气喘吁吁地问蔡坤。

"你还是问孙主任吧。"蔡坤语带火气地说。

万子良呼吸一滞，看向孙鼎文。

"小万啊，别急，坐下来慢慢说。"孙鼎文假意关心道。

蔡坤摇着头走去关上房门，避免被人偷听。孙鼎文则端起茶杯，吹了吹水面，慢慢地喝了一口。

"小万啊，正想跟你说说这事，经过总队党委和刑技中心领导的慎重决定……"孙鼎文貌似亲切地说。

不等他说完，万子良脱口问道："为什么是我？"

"因为你优秀啊！"孙鼎文一脸理所应当的表情。

"我……"

"对你以后的前途，绝对是大大的好事。"孙鼎文不疾不徐道，"这次刑侦改革，你是图像室最优秀的技术员，你不去谁去？"

"可……"

万子良喉咙哽住，无助地望向蔡坤，蔡坤无奈地摇摇头。

"我知道你对图像室感情很深，舍不得离开，开会的时候，我也给你争取过了。这是总队党委做的决定，我也没有办法更改。你是科班出身，应该知道作为警察，最重要的是什么。"

"啥？"

"遵守警察法，对吧？你可以有意见，但当前最重要的，是按照调令去执行。"

万子良如坠冰窟，他知道孙鼎文的每一句话都是虚情假意，在其伪善的面具下都是幸灾乐祸。总队党委的决定，一定有孙鼎文的推波助澜，他是以此来排除异己，好让自己的徒弟邓小胖轻松拿到高级工程师的资格。

"蔡老，小万是你徒弟，还是你来说说吧，我还有事，就不打扰了。"许是感受到万子良即将爆发的愤怒，孙鼎文果断甩锅蔡坤，拿起一份文件溜出了小办公室，脚步要多轻快有多轻快。

"师傅，真的没有办法了吗？"万子良近乎绝望地望向蔡坤。

"做人要低调，否则遭人嫉妒，你始终不听……现在调令已经下来，我也无从更改，还是去执行吧。"蔡坤叹息一声，无奈地说。

最后一丝希望破灭，万子良所有的梦想、所有的努力瞬间灰飞烟灭，化为泡影，一时顿觉心如死灰，整个人仿佛行尸走肉。

他甚至不知道自己是怎么走出小办公室、图像室、刑技中心，又怎么走到重案支队的。

大办公室里所有同事都同情地望着他，却没有人上来搭话，只是偷偷打量，小声议论。

唯有邓小南挺着肚子，扬扬得意。

刑侦大楼 6 层，重案支队。

支队长办公室，金建民和陈强一起打量着前来报到的万子良，露出满意之色。

"我听孙主任说过你，电子物证方面的青年专家，傅小强的案子，你是首功一件，来重案支队，确实有点屈才了。"

"没有他，我也来不了。"万子良语气有些酸涩道。

"哦，我希望你能理解总队党委的决心，培养复合型人才，有效打破专业壁垒，是出于打击日益猖獗的高智商犯罪的需要，也是为了顺利开展积案攻坚工作。"金建民未察觉万子良话里别有意味，还是鼓励道。

"嗯。"

"复合型人才也是尖兵，只有到第一线，才能更好地锻炼本领。"金建民继续道，"重案支队是市局青年干部的培养基地，多少人想来还未必能来，其中以一探组最为突出，你就去一探组吧。"

万子良重重点头。

陈强带万子良走出支队长办公室，来到一探组办公室门口。

"小飞飞，炮哥，组里来新人了。"陈强冲办公室里大声说道。

万子良走进办公室，一眼便认出了胡秋飞。惠俊豪则懒洋洋地转过身，似在意料之中。

"大家好。"万子良有气无力地跟大家打招呼。

"大家都认识，就不介绍了。"陈强拍了拍万子良，指向惠俊豪和胡秋飞中间的工位道，"就坐这里吧。"

这里曾经是仇志明的工位，上面干干净净，似乎被提前擦拭过，还放了一盆绿植，翠意盎然。

"小万刚来探组，暂时不安排任务了。小飞飞，先带他熟悉一下。"陈强随口对胡秋飞交代了一句。

"好哇。"胡秋飞爽快地应下。

陈强点了点头便转身坐下，拿起"7·13"系列杀人埋尸案的卷宗，仔细翻看起来。

万子良走到自己的工位，这里没有图像工作站，也没有专业相机，更没有曾经朝夕相处的同事，他曾经引以为自豪的，能够让他实现东海梦的电子物证技术，从现在起和他彻底绝缘了。

万子良呆呆地坐在工位上，一言不发。胡秋飞蹦蹦跳跳地凑了过来，往他的桌子上甩出了几包麻辣鸭舌。

"万高工，久仰大名。叫我小飞飞就行了，东海大街小巷，没有我找不到的小吃。旁边那个是惠俊豪，我们都叫他炮哥，他的爱好是吹牛……"胡秋飞快言快语地跟万子良介绍着。

"小飞飞，谢谢你的鸭舌……"万子良还沉浸在自己的世界当中，显得有些手足无措，不知道如何回应。为了缓解尴尬，他打量起一探组办公室。

陈强身后的荣誉墙最引人注目，上面挂满了一探组的诸多荣誉，列举着经手的重案要案，所有的案件后面，都有"已破获"字样。突然，万子良的目光凝在荣誉墙旁边的小黑板上，上面用加粗的黑体字写着"'7·13'系列杀人埋尸案，未破获"。

万子良正在失神之时，惠俊豪漫不经心地探出头来："小飞飞，你这么说就不地道了，我是凭真本事吃饭，什么时候吹牛了？"

"炮哥，你的反射弧也太长了吧？"胡秋飞调侃道。

"这都不重要，好不容易来个新人，你不能损我形象啊，在道上谁不认识'炮爷'，很有面子的好吧？"惠俊豪非常自豪地说。

"我又没有说错。"胡秋飞吐了吐舌头，俏皮道，"头儿可以做证，你就是爱吹牛。"

听她搬出陈强，惠俊豪懒得接话茬，转而看向万子良："这些都不重要，以后就是自家兄弟，有事儿吱声，炮哥护着你。"

"谢谢。"万子良没精打采地回应道。

"头儿，是不是按规矩要吃个入伙饭？"胡秋飞高声倡议道。

"是啊，最近不是在医院，就是在单位。"惠俊豪来了精神，附和道，"天天吃食堂，嘴里都淡出鸟了。"

陈强放下卷宗，瞥了两人一眼，早就看透了他们的小九九。因为仇志明的事情，他并没有太高的兴致。

"行吧，还是老地方，给小万接风洗尘。另外，去叫一下季探长，一直麻烦她，两个探组顺便搞个联谊。"陈强简单交代几句。

胡秋飞欢快地跳了起来，一蹦一跳地跑出了办公室。

"小万，季探长是女中豪杰，比爷们儿还爷们儿，名如其人'季一瓶'，一瓶高度白酒的量，你可别被她灌醉了……"

万子良突逢大变，根本没有听见惠俊豪跟他说了什么，也不知道胡秋飞何时回来的，只感到一晃眼，一天时间就匆匆过去了。

告别白昼的灰，夜色悄悄弥漫开来，属于城市的霓虹灯光正在远方跳跃，窜来窜去的人影如同鬼魅一般彼此交错，无所依归。这城市，隐约有一种沦落的美。东海的夜，就是这么令人沉醉。

"季探长发消息说，她们已经下去了，我们也出发吧。"陈强从工位上站起来，收拾好卷宗，招呼大家出发。

万子良恍然惊醒，低头看了一眼手机，现在已是晚上7点，早就过了下班时间。

惠俊豪早已收拾好东西，在座椅上伸着懒腰，长长地打了一个哈欠，用眼角余光打量万子良，似乎发现了什么。

"走啊。"胡秋飞热情招呼道，"晚上头儿请客，千万别客气。"

"老地方"距刑侦总队不远，在三条街外的新市南路，因为是晚高峰，路途拥堵，他们足足用了半个小时才抵达。

刚下车，万子良便闻到空气中充斥着浓郁的火锅底料香味，直往鼻腔里钻，香味来自面前的火锅店，店门上面黄底红字写着"老谷重庆火锅"。

一辆白色别克轿车沿着路边停好，车上先后下来两位风格迥异的都市丽人。第一位清纯可爱，戴着眼镜，眼睛清澈明亮，神色有一些拘谨，透着不谙世事的青涩。另一位则气宇轩昂，明显有"大家姐"的气质，留着齐耳短发，英姿飒爽。

"这位就是支队鼎鼎有名的女中豪杰，行动技术探组的季探长。"

"哦，铿锵玫瑰。"

"年轻的，是从法医室刚刚调来的江新月。"

万子良露出恍然的神色，想起今天那张公告上，确实有江新月的名字。

两方人马会合，在陈强的带领下，直接进了"老谷重庆火锅"。

一进店门，顿时感觉如同进了桑拿室，天气本就闷热，酒味、烟味、汗味，混合着火锅底料浓郁的香味，随滚滚热浪扑面而来，激荡着热情的麻辣诱惑。食客们推杯换盏间，无不满头大汗。四周角落里各有一台大风扇，嗡嗡作响，声嘶力竭地扇动着，却依旧难降燥热。

"老谷，还有位子没？"陈强扫视一圈，看到了忙进忙出的谷老板，高声喊了一句。

谷老板头戴小白帽，肩膀上搭着毛巾，嘴里叼着烟卷，宽厚的脸上写满了故事，他把两盘热气腾腾的羊肉给客人放下后，立刻迎了过来。

"哎哟，陈总啊，可有些日子没来了，快里边请，哪能没你的位子啊！"

谷老板带他们来到角落，背靠一个大电风扇。

"陈总，坐这儿咋样？有风扇，凉快。"

"好，还是老样子，一人先来一箱大绿棒子，要冰透的。锅底要麻辣的，越麻辣越好。其他菜，你看着上呗。"

谷老板一一记下来，便跑去和小伙计搬啤酒。

"都坐吧，自己人，就别客气了。"陈强随意地招呼道。

万子良摸了摸油腻的桌椅，发现还有蟑螂乱爬，多少有些硌硬，于是挨着胡秋飞，找了个相对干净的位子。其他人则见惯不怪，纷纷落座。

不一会儿，谷老板便给每人脚下放了一箱冒着冷气的冰镇啤酒，服务员端上来一汪火红热辣的牛油锅底，咕嘟咕嘟翻滚着，冒着热气，一盘盘牛肉、羊肉、毛肚也先后端上了桌，让人馋涎欲滴。

季亦萍拿出一瓶啤酒，用牙咬开，朝大家举了举。

"第一瓶，先敬仇老师。"说完她仰头就喝，咕嘟咕嘟，一瓶酒眨眼间就喝没了。

"季探长打样了，一探组也不能含糊。"陈强表情沉重，也拿起一瓶，朝大家示意道，"敬仇老师。"

惠俊豪一个手刀削掉了啤酒瓶盖，没等陈强开喝，便一口灌了下去。

其他人跟着照做，一起举着啤酒瓶碰了一下，仰头便喝。胡秋飞和江新月不胜酒力，只喝了小半瓶。万子良勉强喝完了一瓶，冰爽的金黄色液体刺激得他直打酒嗝。

一瓶冰啤下肚后，一盘盘羊肉、毛肚也倒进了沸腾的火锅中，鲜美的食材和鲜红的辣椒在锅中上下翻舞，大家甩开腮帮子大嚼大咽，煞是酣畅淋漓，心头压抑多日的阴霾似乎烟消云散了。

"哎，季探长，什么时候把你男朋友带来，我们再喝一场。"陈强挑起话头。

"什么男朋友？找大师看过了，说我不宜早婚，来喝酒。"季亦萍信口胡诌。

"哈哈哈，什么大师，忽悠的吧？"陈强玩笑地说道。

"看看你比我还爷们，哪个男生敢接近你呀！"惠俊豪打趣道。

"炮哥，猥琐发育，别浪，喝酒。"胡秋飞打岔道。

"就是，谁不想做一个优雅的淑女，只是生活把老娘逼成了女汉子。来，再走一个。"季亦萍豪爽地说道。

"季姐，这就是你选择从警的原因吗？"万子良好奇地问道。

"说来话长。"季亦萍喝了一口闷酒道，"我爸去世得早，家里没男人，受欺负。"

"不好意思。"万子良抱歉地说。

"没事，都过去了。"季亦萍毫不在意地说，"我妈带着我从西北老家到东海投奔亲戚，在郊区开了一家杂货店供我上学，可是家里没男人，在哪儿都一样，邻里还有一些街头小混混，时不时到我们家来捣乱。我当时暗下决心，一定要把家里撑起来。穿上警服的那一刻，我回到家里的小卖部，就静静地坐在那里，从此再也没有小混混敢到我们家讨便宜了。"

"为了家里的顶梁柱，支队的顶梁柱，"陈强颇为感动道，"一起，敬一下。"

众人高高举起酒瓶，为刑侦总队第一女汉子喝彩。

觥筹交错间，季亦萍问起胡秋飞："小飞飞，你家里条件那么好，都是机关干部，为啥要到刑侦一线来？"

"我从小就喜欢看《黑猫警长》，三年级的时候写作文，我的理想就是长大以后成为一名女刑警，匡扶正义。"胡秋飞充满激情地回忆道。

"眼睛瞪得像铜铃……啊哈哈啊哈哈黑猫警长……森林公民向你致敬，向你致敬，向你致敬！"惠俊豪立马戏精上身。

"炮哥，你别闹。"胡秋飞一本正经道，"记得在我十三四岁的时候，我爸带我去派出所办理身份证，一名干练利落的女民警接待了我们，给我留下了深刻的印象。我当时暗下决心一定要报考警校，虽然家里面不支持，但我毅然决然报考了警校，可惜那一年我体能测试没有过，我肠子都悔青了……还好，后来通过不懈努力，我终于如愿以偿，不仅当了警察，而且还来到了刑侦总队，成了尖刀探组的一员。"

"真是一个励志的从警故事。"陈强伸出大拇指道,"来,为了小飞飞的理想,一起干一杯。"

"小飞飞,真心难得,你是打心底喜欢刑警这个职业。"惠俊豪难得一本正经地夸了一句。

"怪不得警服穿在你身上,就显得那么神气。"季亦萍不吝赞美道。

"季姐,你穿上警服也不差呀,改天我给你介绍一个配得上你的大帅哥,也是穿制服的。"胡秋飞不改八卦本色。

"算了吧,小飞飞,你还单着呢,大帅哥还是留着给你吧。"季亦萍失笑道。

"你可以把你的婚恋资源介绍给炮哥啊!"江新月接口插话道。

"炮哥现在可是单身贵族,潇洒得很,他说再也不会落入婚姻的万丈深渊了。"胡秋飞喝着酒还不忘损一句惠俊豪。

"你们不懂,炮哥口是心非,万丈深渊,下去了也是鹏程万里。"季亦萍义气地帮惠俊豪站台。

"瞎说,我就是这孤星命。不谈了,喝酒。"惠俊豪打个哈哈。

"孤星命是托词,你还得筑巢引凤啊!"陈强适时点拨道。

"没错,房子不能不买。我一直在研究楼市走势,根据专家的分析,没有只涨不跌的行情,建议观望。"惠俊豪说起房子,很是惆怅。

"专家? 搬砖的砖吧?"胡秋飞调笑道。

"是呀,中国最不靠谱的就是专家。"季亦萍也开起玩笑。

……

酒过三巡,菜过五味。惠俊豪实在忍不住,索性脱了上衣光着膀子,露出了身上陈旧的伤疤。陈强也掀起T恤,露出半个肚子。季亦萍不愧是女中豪杰,一时兴起,又拿起酒瓶子跟惠俊豪和陈强对吹。

万子良心事重重,吃了没多久便咽不下去了。惠俊豪刚刚跟季亦萍吹完一瓶,见万子良情绪不高,一把搂住他的肩膀。

"我是粗人,不过我的眼睛很毒,看得出你喝了不少墨水,咣当一下,来了我们一探组,跟粗人共事,心里肯定不舒服,对不对? 你要说不对,这瓶酒我就吹了。"

"我……我没有这个意思……"万子良全身紧绷，支支吾吾道，"只是……"

"不管有没有，既来之则安之，咱们以后都是兄弟，是兄弟，就把这瓶酒吹了。"惠俊豪不由分说，拿话激万子良。

大家向万子良看了过来，万子良顶不住压力，只好拿起酒瓶。

看着万子良喝完，惠俊豪哈哈一笑，竖起大拇指："够兄弟，讲义气。"

惠俊豪站起来一脚踩在凳子上，如铁塔一般，猛地削开一瓶啤酒，仰脖就往下灌。谁知江湖老辣的炮哥，边喝边倒，冰凉的啤酒顺着他的脖颈、肩膀流得满地都是。

"哎哎，洗澡吗？"

"这瓶喝了不算啊！"

这一刻，在酒精的作用下，万子良觉得自己有那么一点融进了这个新团队，这是他在图像室的时候从来没有过的感觉。

恍惚间，万子良环顾一圈，发觉陈强等人的脸色都是一片潮红，在滚烫的火锅的熏蒸之下，更是落汗如落雨，电风扇完全成了摆设。

万子良不由心中一热，觉得自己应该主动点，他想了很久，终于找到一个话题："'7·13'系列杀人埋尸案是个什么案子啊？"

"'7·13'系列杀人埋尸案是所有积案疑案中，性质最恶劣、影响最大、最具有挑战性的一个，至今未破，好比数学界的哥德巴赫猜想，被誉为皇冠上的明珠一样，所以我们私下里都叫明珠案。好多有实力的都惦记着呢，尤其是那个三探组。"胡秋飞娓娓道来，"根据现在掌握的线索，前两天发现的那具骨骸，应该也是其中之一。"

"魔高一尺，道高一丈。"万子良疑惑道，"刑侦总队这么多牛人，居然都没能把他抓到？"

"嘁，那是没落到我手里。"惠俊豪顺了口啤酒道，"要逮住这小子，揍他个满面桃花开。"

"又吹牛。"胡秋飞往锅里下了一把茼蒿，说道，"罪犯再狡猾，总有一天会露出马脚。"

"再狡猾的狐狸，也干不过好猎手。"惠俊豪一脸傲然道。

"只是凶手作案很诡异，除了发现是杀人埋尸以外，毫无破绽可言，除了最开始的两年，后面作案越来越少，直到四年前，就再也没有出现了。"胡秋飞继续说道。

"不是没有出现。"季亦萍一边涮着鸭肠，一边纠正胡秋飞道，"很有可能是凶手作案更隐蔽，隐蔽到我们察觉不到，特别是埋尸地点，以现有的思路和手段很难找到。"

"这都不重要。"惠俊豪打了个酒嗝道，"这个案子影响很大，性质很恶劣，我刚参加工作那会儿，是闹得最凶的时候，东海好多小姑娘，晚上一过8点都不敢出门了。"

万子良暗自咋舌，没想到这个案子如此受重视，便在心底记下了。

"这次刑侦改革，一定跟明珠案有关。"陈强夹了一大口羊肉道，"上面希望借这个机会，把所有的积案疑案，肃清一空。"

"听见没？以后这个案子，就是你这种复合型人才的努力方向了，加把劲儿。"惠俊豪放下筷子，嘿嘿一笑，拍了拍万子良的肩膀道，"你们孙主任排挤人的那些小九九，搞不好还真的歪打正着了。"

万子良心里一沉，无言以对。他闷了一口啤酒，看向江新月："小江，我们都是从刑技中心过来的，咱们可不能懈怠了。"

江新月扶了扶眼镜，显得有些腼腆，红着脸嗯了一声。

"说到刑侦改革，我要提前恭喜一下。"季亦萍看向陈强，举起酒瓶道，"咱们重案支队的人事也快要变动了，我在网上看到你的任职资格考试已经通过，提前恭喜。"

"嗨，只是一个考试而已，我已经三十五岁了……"陈强与季亦萍碰完后一饮而尽，淡然地说道，"能不能当得上这个副支队长，还要总队党委说了算。"

忽然，胡秋飞顶了万子良一下，小声道："如果有谁能破了明珠案，肯定是大功一件，仕途坦荡不在话下，是不是很有动力……"

"胡秋飞！"

胡秋飞小心翼翼地转过头，看见陈强略带愠怒，便缩了缩肩膀。

"刑警的荣誉是使命，是责任担当，是不忘初心，是早日抓出凶手，保护群众的人身财产安全。"陈强放下啤酒瓶，板着脸孔，似乎又想起了往日的场景。

"嗨，'胡球飞'是看小万不开心，哄哄他。"季亦萍又咬开一瓶啤酒，用地道的西北话圆场道，"来来来，喝酒，老陈、炮哥，感谢支持，再走一个。"

"季姐，请讲普通话，我名字是'秋水共长天一色，落霞与孤鹜齐飞'的意思。"胡秋飞有些不满地说道。

"哈哈哈，'胡球飞''胡球说''胡球整'……你这名字也就是在东海行得通，在整个西北估计都没人敢叫。"惠俊豪一脸坏笑道，"来来来，东风吹，战鼓擂，他们仨酒量不行，不跟他们喝。头儿，你来不来？"

"来！"陈强脸色稍缓，拿起一瓶酒。他们互开玩笑，化解了尴尬，胡秋飞如蒙大赦，赶紧装乖宝宝。

"小万，总队领导把你放到我们尖刀探组，也是煞费苦心。"陈强语重心长道，"小飞飞刚才所言，也不是完全没道理，希望你在新的平台建功立业，有所作为。"

"明白，我会努力的。"

万子良望向室外，见城市灯火通明，驱散了浓郁的夜色。谷老板趁城管们都下班了，搬出一张张桌子放在外面的人行道上，吃夜宵的食客们纷纷坐了上去，不一会儿便也坐满了。

万子良无心于市井的烟火，他心中一片茫然，侦查专业自己一窍不通，电子物证技术上的努力也眼见付诸东流，还有那篇没有写完的论文，想起这些，他感觉自己如同无根的浮萍。

百无一用，明珠难明

万子良失眠了，一整夜都在思考一个问题：到底做错了什么，老天爷要这么玩我？

将近黎明，他迷迷糊糊地睡着了。在残破的梦境中，他又梦到了那个诡异的"图画"。"图画"中飞出无数冤魂，张牙舞爪，围绕在万子良身边，掐住他的喉咙，令他难以喘息，扯着他往下拖拽，似有沉入"图画"的趋势。

"啊——"万子良猛地睁开眼，不停地喘着粗气，汗透毛巾被。这是今年以来，他第七次做到这个怪梦。他看了看床头的闹钟，显示早上6点，同寝室的安琪生仍在呼呼大睡。

稍作收拾，万子良便浑浑噩噩地出了门，上了公交车，到了刑侦总队。他甚至不知道，自己为什么这么早来到这里。

也许，他需要的那个答案，只有这里才能找到。

万子良走进重案支队更衣室，看见惠俊豪正往外走，穿着黑色运动短裤背心，不由恍惚了一下，没想到炮哥竟然也来得这么早。

"去健身房练练，出出汗。"惠俊豪比画了一个拳击的动作，向万子良发出邀请。

"练练？"万子良似乎还没清醒过来。

"做我们这行的，随时都会有危险，没有好身手可不行。"惠俊豪嘿嘿一笑道，"先去了，快来。"

不等万子良回应，他便离开了更衣室。

万子良愣了许久，苦笑一声，如同牵线木偶一般换上运动服，奔健身房而去。

其实，他并不想去健身房，因为他有自知之明，当年考警院的时候，被分到技术专业，就是因为他这副身板，根本不是格斗的料。加之先前在图像室，他着重于电子物证的研究，忽略了锻炼，身手已经和普通人无异。

刑侦总队健身房位于综合楼二楼，占据了半个楼层，里面摆满了跑步机、登山机、哑铃等健身器材。在健身房中央，还摆设了两个擂台，用于实战格斗训练。

万子良来的时候，健身房里只有寥寥数人。惠俊豪正对着一个沙袋拳打脚踢，汗水不停地滚落，沙袋不住地左摇右摆。三探组的"龙虎豹"三人组，也在一个角落活动，相互切磋着，只是没见宋立的身影。

陈强穿着一身红色的运动短裤背心，手里握着一根甩棍，站在一个皮人面前，不断重复挥舞，早已经汗流浃背。

陈强的动作简单实用，步伐只有进、退和侧身，类似击剑的步伐，挥棍横挡，下劈和左右斜劈，总共七个动作，但是配合起来，却千变万化，进退有据。陈强的速度极快，几乎只能看见甩棍残影，力量也是极大，甩棍砸在皮人上，砰砰作响，有千钧之力。

惠俊豪热完身，朝陈强叫道："头儿，好久没对练了，上次惜败，今天不会再让你了。"

"走！"

陈强戴上一副红色的散打拳套上了擂台，惠俊豪紧跟着上去，跟他碰了碰拳后，各自后退两步，四目相对进入了状态。

两人不断游走，一边寻找对方的破绽，一边试探性地攻击，一时之间，竟然僵持不下。

"万高工，你来得这么早啊！"万子良正看得出神，身后突然传来胡秋飞的声音。

胡秋飞穿着一身粉色的紧身运动装，英姿飒爽。

"刚到，头儿和炮哥比我早多了。"万子良感慨地说。

"那肯定啊，头儿可是东海警界有名的棍王，曾是市运动会75公斤级散打冠军，每天早上6点就来训练了，雷打不动。不过别看炮哥比他大三岁，比起徒手实战，可不比头儿差。"

正说着，万子良就看见擂台上对峙的双方突然缠斗在了一起。

陈强率先发现破绽，一记右勾拳，打向惠俊豪的侧脸。惠俊豪反应机敏，抬起右臂格挡。按说这个时候，他应该同时出拳，袭击陈强的破绽，可他却反其道而行之，不仅没有出拳，反而用他如铁塔一般的身躯猛地向前冲锋，往陈强身上撞去。

陈强脸色微变，双手格挡在身前，抵挡惠俊豪的撞击，不料惠俊豪力量奇大，撞得他双手发麻，忍不住连连后退，胸口更是难以呼吸，差点岔了气。

陈强乱了节奏，惠俊豪乘胜追击，双手如同铁钩，抓向陈强。

"喝！"

惠俊豪双臂用力，扭转身躯，企图给陈强一记过肩摔。

陈强自知力量不足，在惠俊豪发力的同时，抬起右腿膝盖，踢向惠俊豪腰间。惠俊豪预感到危险，身躯一侧，同时手上发力，向前一扔，不仅躲过了突袭，借力打力，还把陈强重重地摔了出去。

陈强骤然受力，仰面扑了出去，就地一滚，卸掉了力量，重新站了起来。

就在这时，耳边突然传来风声，惊得陈强脸色剧变，刚要做出反应，却见惠俊豪探出两只大手向他腰间扣过来。

陈强已无余力抵抗，只觉腰身仿佛被老虎钳夹住，用不上半点力气。惠俊豪抓住机会瞬间发力，把陈强从地上拔了起来，接着"嘿"的一声低吼，往护栏上面砸去。

陈强被狠狠地砸在护栏上，护栏猛然受力，大为变形，接着又将陈强反弹回来，"噔噔噔"扑出好几步，才勉强稳住了身形。

陈强浑身颤抖，惠俊豪刚才那一下虽然留了余地，却把他震得不轻，他喘了两口大气，便抬头大喝："再来！"

"好！"

惠俊豪如猛虎下山朝陈强冲过去，两人又缠斗在了一起。庞隆、虎鹏、鲍青也被这精彩的一幕吸引过来，心里暗自叫好。

万子良不禁暗暗咋舌，惠俊豪和陈强两人是完全不同的格斗类型。陈强偏向于技巧，步伐轻灵，惠俊豪则是靠蛮力，一力破十功，以命搏命，手段也极为不俗，稳压陈强一头。

"咱们也去练练吧？"胡秋飞忽然跃跃欲试，向万子良发出邀请。

"我？"

"对啊，头儿和炮哥是总队的翘楚，我一招都挡不住，以前只能自己练，现在你来了，终于可以对练了。放心吧，我很弱的。"

胡秋飞的散打训练一直只做基本功训练，可以说只是她变相减肥的一种方式。考研的时候，因为压力过大，她暴饮暴食，体重一度超标，后来靠着强大毅力不断地运动，这才逐渐达标。今天她虽然向万子良提出了挑战，可心里还是没底，下意识地摸出一块巧克力塞到了嘴里。

万子良心里也直打鼓，当年在警院的时候，文检专业一共四十三名同学，除了两个娘娘腔，就他一个纯爷们。由于他严重偏科，散打考试两年没过，败在两个娘娘腔手下不说，居然被女同学揍得鼻青脸肿，要不是贾宝文教授保举，他恐怕得降级。不过，看到胡秋飞满心期待的样子，他不由得脑子一热，点头答应。

胡秋飞欢呼一声，当即拿来两副散打拳套，一副递给万子良，一副自己戴上，抢先上了擂台。

万子良紧随其后，跟胡秋飞对峙起来，仔细回想着当年学到的一招半式。

胡秋飞一声大喝，右腿直直地向万子良胸口踹出。

如果是陈强或者惠俊豪，遇到这种满是破绽的打法，只要身体一侧，一脚踢向她的左腿，就可以拿下这个回合。奈何对手是万子良，他眼前一花意识到了不好，也想做出反应，身体却不受他指挥，根本来不及格挡。

胡秋飞看着文弱，力量着实不轻，竟把万子良一脚踢飞了出去。看见万子良吃痛，胡秋飞急忙上前搀扶。

"没事吧？"

万子良脸色发白，努力想站起来，奈何胸口实在太痛，索性坐在擂台上，喘着粗气。庞隆、虎鹏、鲍青看得直摇头，不禁笑出了声。

"没事，休息一下就好。"

这边的动静也惊动了陈强和惠俊豪。

"小万，你这身板不行啊！"惠俊豪调侃道。

"你以后得多练练，不然遇到危险，自己都保护不了，怎么去匡扶正义？"陈强皱了皱眉，没有想到万子良竟然这么弱。

"头儿，我努力。"

"炮哥，继续。"

胡秋飞确定万子良没事后，像往日一样来到沙袋面前，继续训练基础动作。

看着他们的身影，万子良胸口的疼痛慢慢地没那么明显了，但他心里苦涩无比，感觉自己百无一用。

晨练结束，大家各自洗澡换好衣服，去食堂吃了早餐，回到探组办公室，开始一天的工作。

万子良刚刚坐下，陈强便走了过来。

"小飞飞，你带小万去档案室，把明珠案的卷宗借过来，让他好好了解一下，有不懂的地方，再给他讲讲。"

"好嘞。"胡秋飞招手道，"走吧。"

万子良应了一声，跟胡秋飞直奔档案室。

档案室隶属于指挥处，在刑侦大楼二楼，保管着刑侦总队的所有卷宗和档案，一排排金属档案架铭刻着曾经的激情岁月。

胡秋飞带万子良找到管理员，开门见山道："小董，头儿让我们来取一下明珠案的卷宗。"

"胡老师，不是刚刚才把明珠案的卷宗还回来吗，怎么又跑来领了？"

小董是指挥处的文职，生得白白净净，戴着一副黑框眼镜，有着明显的书卷气。

"来新人了。"胡秋飞介绍道，"小万，刚从图像室调到一探组，头儿让他多了解一下明珠案的情况。"

万子良跟着点头，善意地笑了笑。

"你就是那个万高工啊……"小董欲言又止，露出恍然之色道，"稍等，我去给你们拿。"

"哎，等等。"胡秋飞说着，从口袋里掏出几包小零食，放在小董的桌上道，"喀什的牦牛肉干，要不要试一下？"

"这么客气干啥？"

小董转身进了存档区，轻车熟路地找到存放明珠案的档案柜，取出一个档案袋，返回接待区，递给胡秋飞。

"不对吧。"胡秋飞狐疑道,"明珠案总共有四个案子,十套备份,怎么就剩下一个案子了,其他的呢?"

"都让其他探组借走了,你们再来晚点,说不定这一个都没了。"

"这么夸张?"

"有就拿着吧,这还是特意留的,要不,全被三探组拿走了。"

见胡秋飞不接,小董递给万子良,又拿出一张借阅凭证,指了指签字栏:"在这里,签个字。"

万子良签好字,完成了交接。

回去的路上,万子良不解道:"小飞飞,各探组对明珠案好像都很重视啊!"

"上有所好,下必甚焉。"胡秋飞看了看周围,小声道,"刘局、韩总、金支都这么重视明珠案,各探组敢不重视吗?电梯到了……"

电梯门打开,胡秋飞抢先进去,按下6楼,等万子良进来后,又补充了一句:"这可是在领导面前表现的大好机会。"

"难怪。"万子良点了点头道,"想不明白,刘局高高在上,东海市这么多案子,他怎么会如此关心这个案子呢?"

"说来话长了。"胡秋飞狡黠一笑道,"明珠案的第一个案子,发生在东郊区,那时候刘局还是东郊区分局刑侦副支队长,他是从部队转业过来的,做事特别认真,什么手段都用上了,可凶手反而越来越猖獗,在他的眼皮子底下作案不断。"

"后来呢?"

"后来,他一路高升,成了副局长,明珠案却一直没破,所以每当有新线索,他都会特别关注,这几乎成了他的执念。"

万子良总算理清了前因后果,恰好这时到了6楼,他和胡秋飞走出电梯,看着手里的卷宗,感觉沉甸甸的。

"真有这么难吗?"

"嗯,怎么说呢?案情不算太复杂,主要是线索太少。"胡秋飞斟酌道,"凶手曾有四次作案,分别是滨海区一次,西郊区一次,东郊区两次,加上前两天的骨骸，东郊区便有了三次，作案手法极为隐蔽。"

"连环杀手啊？"

"是呀，被害人是二十岁到二十七岁的年轻女性，遇害前都被剥光了衣物，掐死后埋到了地下，除此之外，没有其他线索。"

万子良暗自忖度：只有这两条线索，还都是被动发现，难怪案发二十年了，一直没有新进展。

"哦，对了，还有最重要的一点，五个受害人四个身份不详，只有一个因为有吸毒史查到了身份，是个性工作者。"

"既然是性工作者，直接往这方面侦查，不可能毫无收获吧？"

"这你就不知道了，近二十年内，我们和治安总队一起多次排查过全市失足女，这个群体庞大，约十万人，而且隐蔽性和流动性很强，初步估计有四百多人行踪不明，这里面具体有多少人遇害目前不得而知，搞不好是一个惊人的数字，这还仅仅是失足女。"

"那凶手的作案动机是什么呢？"

"作案动机一直以来都是疑点，也许是报复性杀人，也许是为了抢劫而杀人灭口，也许是性变态杀人……因为线索太少，目前难以做出准确判断。"

"这么多年，就一直没啥进展？"

"为了能尽快破案，只要一有线索，我们便会立刻开工，东奔西走，南下北上，付出了极大的努力。"

"炮哥身上的刀疤，不会和明珠案有关吧？"

"那是炮哥最不愿意提起的事情。"胡秋飞尴尬一笑道，"有机会，还是让他亲自跟你说吧。"

万子良渐渐意识到明珠案的恐怖之处，应该是传统接触性犯罪的顶流，难怪如此受重视。不过如今凶手早已销声匿迹，要想破案确实难如登天。

回到办公室，万子良翻开卷宗仔细研究起来，希望从中找出一些端倪。

6月6日，芒种。

凌晨3时30分。

通往南郊区古林镇的偏僻马路上，一圈圈蒸腾的雾气如同无形的海浪，拍打着天地万物。浓浓的黑夜里，万物晦暗不清，藏在泥土下、躲在田沟里、隐于枝叶间的虫蛙，发出刺耳的嘶鸣。

"咕叽、咕叽……"

令人牙酸的摩擦声于黑暗中滋生，由远及近融入虫蛙的嘶鸣，形成特殊的曲调，仿佛恶鬼的亡灵曲，令人毛骨悚然。

声音的来源是一辆破旧的三轮车，蹬车的人一身黑衣，戴着黄色草帽，帽檐压得很低，仿佛地狱来的鬼差。三轮车后面铺着一层草席，草席下面似乎藏着什么东西，微微地晃动着。

黑衣人骑着三轮车穿行在黑夜里，忽隐忽现，仿佛幽灵在寻找地狱的入口一般。

忽然，前方的黑暗里亮起一点绿光，绿光逐渐膨胀，变成了光团，缓缓飘浮到空中，明灭不定，格外阴森诡异。

与此同时，更多的绿色光团从黑暗中滋生出来，一起飘浮在空中，好似在张望着什么，又似在迎接着什么，天地间的虫蛙嘶鸣也在这一刻达到高潮，震耳欲聋。

黑衣人阴郁的目光穿透黑暗，看见那些光团后，是一个个硕大的人头，头上银发乱舞，绿色光团则是它们的眼睛，幽幽地注视着他。

黑衣人倒吸一口凉气，瞪大了眼睛，瞳孔收缩到极致，想看清楚眼前的一切。

终于，他看清了那些"人头"，分明是一座座坟头，"头发"是坟上的荒草，那些绿色光团则是一朵朵鬼火。

黑衣人松了一口气，继而脚下发力蹬起三轮车，不料这时，逼仄的道路前方射来一两道惨白的光束，如同黑夜里的闪电，破开浓厚的黑幕，照到三轮车上。

灯光后面，是一辆大型货车。

黑衣人下意识低下头，抬手按了按帽檐，遮挡照射来的光亮，三轮车因此变得缓慢。

大货车按响喇叭，喇叭声如同两道惊雷炸响，惊得黑衣人身躯一震，把帽檐压得更低了。

眼看大货车即将与三轮车交错，不料三轮车上的草席突然向上翻开，跳起来一个白花花的胴体，那分明是一个长发女人，她几乎全裸，只穿着一条黑色内裤，脸上浓妆艳抹。

"救命，救命啊！"

女人果断翻下三轮车，朝相反的方向死命狂奔，一路跌跌撞撞，声嘶力竭地大声呼救，听起来凄厉无比。女人甚至没有察觉到脚底已经被石子划破，鲜血淋漓。

她满怀恐惧，一心只想逃离这里，只想活下去。

发现女人的动静，黑衣人猛然大惊，回头看过去，女人已经跑出数米。他本想追上去把女人抓回来，却见大货车已经到了面前，惨白的灯光打在他身上，若非帽檐遮挡，他的脸必将一览无余。

黑衣人咬了咬牙，果断放弃追赶，脚下猛地一用力，突然踩空，差点翻车，他"哎哟"一声惨叫，强忍疼痛，骑着三轮车落荒而逃。

泪雨横飞，将军辉剑

滨海区中心医院。

ICU病房内，仇志明全身插满管子，监护仪的报警声此起彼伏，炽烈的灯光昼夜长明，医护们正拼尽全力进行最后的抢救，由于严重的基础性疾病和大出血导致的并发症，除了心脏，他的其他脏器都已经出现了不同程度的衰竭。医生切开他的气管，给他上了呼吸机和血液透析，注射了适量的镇静药物，降低氧耗……

这段时间，杜阿姨害怕错过抢救，作息都跟着仇志明转，除了吃饭、上厕所，几乎一直待在他的床边。她给他放他们一起听过的歌，跟他讲西安旅游的避坑指南，把他的手指甲、脚指甲修剪得整整齐齐，为他的四肢做超长时间的按摩。由于作息紊乱，杜阿姨原本圆润的脸上坠着两个大大的黑眼袋，身体日渐消瘦。

然而这天，主治医生还是说出了那句残忍的话："在签名栏里填上'继续抢救'，或者'放弃治疗'。"杜阿姨愣在了那里，内心不知是慌乱还是绝望，她还未来得及在沟通单上写下她的抉择，监护仪上的电波就成了一条直线。

长长的"哔"音结束，主治医生沉痛地宣布了死亡时间。杜阿姨的魂仿佛这时才回到自己身上，她跟跄着爬到仇志明床边，不停地呼唤他的名字。宋立情绪失控，将手中的瓷碗摔得粉碎。仇志明女儿更是瘫软在地哭成了泪人……

6月7日，上午9点。

苍天垂泪，化雨诉悲。

东海市细雨蒙蒙，整个城市笼罩上一层悲情的灰色。

东海市殡仪馆，瞻苑厅。

庄严，肃穆。

东海市公安局、民政局等相关单位为仇志明同志举行隆重的追悼哀思仪式。

瞻苑厅大礼堂上方悬挂着黑底白字的横幅：沉痛悼念刑侦英雄仇志明同志，左右两边悬挂着对联：鞠躬尽瘁典范长存，疾恶如仇毕生无愧。

瞻苑厅中间，仇志明面无血色地躺在冰冷的棺椁中，身上盖着党旗，棺椁里布满了白色、黄色的菊花，棺椁前摆着仇志明威严的遗像。瞻苑厅四周摆满了条条挽联，诉说着仇志明同志鞠躬尽瘁、忠诚履职的一生，人们手中的朵朵菊花，寄托着对铮铮警魂的无限缅怀。

刘卫国副局长率领刑侦总队干警代表，身着夏装执勤警服，胸前佩戴着白色的小花，面对仇志明的遗体，整整齐齐站满了整个大厅，紧随其后的群众代表一直站到了大厅外，无不肃立默哀，潸然泪下。仇志明的妻子杜阿姨几乎一夜白了头，她和女儿由专门的民警陪同，站在遗体的右前方，形如枯槁。

宋立神情悲愤地站在第一排，也许是没休息好，显得有些精神恍惚。

身后的战友们无不怀着对仇志明的无限怀念，对人生无常的无限感慨，以及那种永别的痛苦与彻骨的冰凉，而陈强和万子良更多的是一种自责和无奈。

刘卫国副局长缓步走到仇志明遗体旁边，献上鲜花，心情沉痛地三鞠躬，随即走到发言台，代表东海市六万警员发言。

"仇志明同志的一生，是勤恳奉献的一生，正义凛然的一生，是为党和人民的刑侦事业舍生忘死的一生。我和他曾是一起并肩作战的战友，在侦查明珠案的艰难岁月里，他是益友，更是良师。他虽然离开了我们，但他那种无私无畏、惩恶扬善的精神，永远值得我们学习和铭记。他用自己的热血、勇敢和无畏，诠释了人民警察的神圣使命，彰显了人民卫士的勇气担当。作为一名优秀的刑警，他英勇无畏，默默奉献，在临退休的最后一个班头依然冲锋在前，他用实际行动和生命履行了自己的刑警誓言，捍卫了法律的尊严，保护了国家和人民群众的生命财产安全。经东海市公安局决定，追授仇志明同志'东海市刑侦英雄'荣誉称号。让我们一起，向英雄致敬，敬礼！"

刘卫国说罢抬手敬礼，在场所有警员无不动容，肃穆庄严地向仇志明的遗体敬礼。

沉痛的哀乐响起，集体敬礼结束，公安干警和后排的干部群众井然有序地走上前，分批向仇志明同志的遗体敬礼献花，寄托哀思，慰问家属……

葬礼是为活着的人准备的，人们需要一个宣泄悲伤的仪式。

盖棺时，钢钉钉得咚咚响，一下一下锤击在人们的心上。杜阿姨和女儿哭天抢地，死死拉住棺材不肯松手。宋立再也撑不住，泪盈于睫，猛地阖上眼，扑通一声跪在师傅的棺椁前，伏地痛哭，嗓子却发不出一点声音。

直至遗体送到了火化车间，追悼厅里只剩下家属和一些同事，悲怆的气氛达到了顶点。杜阿姨已经神情恍惚，工作人员与她说话时，她总是答非所问，仿佛灵魂被人从身体里抽离了，整个人变得麻木、迟钝。

宋立也呆呆地站在那里，身边"龙虎豹"三人组将他稳稳地扶住，师傅仇志明的音容笑貌、点点滴滴，一一在他脑海里浮现。入警之初，是师傅带着他接触各类大案要案，手把手教他如何摸排走访，一字一句帮他修改结案报告。"记住，你是刑警，你越沉稳淡定，嫌疑人心里越没底！"这句话仿佛就在耳边，让他多次避免了重大危险，与死神擦肩而过。生活上，师傅对他的照顾也是无微不至，虽然总是唠唠叨叨说个不停，言语间却满是对徒弟的亲切嘱托。而今师傅却连自己准备的荣休宴都没吃上，想到这里，宋立眼里闪烁着一股无法遏制的怒火，牙齿咬得咯咯作响，情绪逐渐失控。

"浑蛋！"

宋立一拳重重地砸在了陈强的脸上，陈强并没有躲闪，被打得一个趔趄，向后退了两步。

宋立不依不饶，又一拳直奔陈强面门而来，陈强口鼻窜血，但依旧不躲。眼看陈强要吃大亏，惠俊豪暴喝一声，如人肉战车般从旁边撞了出来，将宋立顶飞了出去。万子良站在一旁，心里突突直跳，被眼前的一幕吓傻了。

庞隆、虎鹏、鲍青见大哥被打，脖子上的青筋突起，一并冲了上去，将惠俊豪团团围住。好汉难敌四手，何况是三位训练有素的刑警。往日的恩恩怨怨，瞬间爆发。

"别打了！"胡秋飞声嘶力竭，企图将四人分开，奈何她人单力薄。

"师傅退下来，本来是跟着我三探组，你非得横插一脚。"宋立从地上爬起来，口无遮拦道，"没有你，师傅会出事吗？"

陈强盯着宋立，吐出一口血沫，无言以对。

"要不是金支、韩总支持，上次你谈判失利，副支队长的位置就应该我上。"宋立尖刻地说道。

"今天给仇老师送行，我不跟你计较。你是他徒弟，但我和仇老师的感情未必比你浅。"陈强此时心里万分沉痛，不想说这些不合时宜的事。

"真刀真枪干，你不一定是我的对手。"宋立不依不饶道。

"虎子别闹了，老仇看见你们这样，他在九泉之下也不会瞑目的。"杜阿姨带着哭腔的声音不大，却极富穿透力，瞬间让宋立冷静了下来。

宋立长叹一声，极不情愿地和陈强一起，将惠俊豪和"龙虎豹"三人组拉开，而仇志明遗体的火化时间不知不觉已经到了，不消片刻，仇志明的遗体即将化作一缕青烟。

三日后。

重案支队，大会议室。

刘卫国副局长面色蜡黄，居中而坐，旁边是韩玉朗和金建民，重案支队和刑技中心的干警们肃然而坐，大气都不敢喘。会场气氛显得沉凝肃穆，仿佛有座无形的大山压在每个人头顶上。

"会议开始之前，我先来宣布一项重要决定。"刘卫国环顾所有人，不怒自威道，"根据公安部相关部署，从这个月开始，开展为期三年的积案攻坚行动，行动代号为'辉剑行动'。本次行动旨在践行以人民为中心的'人民至上、生命至上'理念，全面起底梳理命案、积案线索，推动命案、积案能破尽破。我担任此次'辉剑行动'领导小组的组长，韩玉朗同志任副组长，市局将会同有关部门加强督导检查，定期通报各单位命案、积案的侦破进展和破案情况，对全市积案、疑案来一次大清除，你们有没有信心？"

"有！"所有人铿锵有力道。

"有信心就好。"刘卫国满意地颔首，语气稍缓道，"韩总，这次行动非同小可，要高度重视，总队结合各部门实际成立工作专班，制定工作方案，细化责任措施，确保工作项目化、措施清单化、责任具体化，由指挥处统一协调。"

"是。"韩玉朗应道。

"金支，开始吧。"刘卫国示意金建民继续主持会议。

金建民点头示意，看向法医室主任徐家君，案情分析会正式开始。

徐家君轻车熟路，点下面前笔记本电脑的回车键，前方的电子大屏上立刻出现了一幅3D复原画像。

"这是法医室和刑科院用3D颅像复原技术还原的'6·4'杀人埋尸

案中女性死者的相貌，"徐家君严肃道，"从骨骸来判断，死者身高应该在168 厘米左右，发育良好，身材匀称。"

众人看向电子屏幕，只见一个高挑的年轻女人，留着披肩长发，五官端正，瓜子脸，两边颧骨略有一点窄，下颌却相对较宽。

徐家君操作电脑，放大女人的脸部，让大家看得更清晰。

"我从死者的骨髓当中提取了她的 DNA 信息，与我们现有的 DNA 信息库进行比对后，没有发现与之相匹配的人员，证明死者生前没有吸毒或者犯罪前科，所以身份暂不明确。"

"有没有比对过，和'7·13'系列杀人埋尸案的其他受害者，有什么共通之处？"刘卫国沉声问道。

"有的。"徐家君调出另外四张颅像复原图，"这四张图片，受害者从体态和面部特征上来看，确有相似之处，五名死者的牙齿完好，通过牙釉质磨损以及肋软骨钙化情况综合推断，年龄都在二十至二十七岁之间。"

"颅像复原的相貌，只是一个大概，细节方面未必吻合，不确定的因素还比较多。"韩玉朗开口道。

"是的，颅像复原技术并不能精确复原面部特征，"徐家君咬着嘴唇道，"有一定臆测成分。此外，我们对骨骸的腐败程度和埋尸地周边的土壤进行了检测分析，结合周边植物的生长情况，推测出埋尸的时间应该在夏天，这一点也和前四起案件高度吻合。"

"哦，又是夏天。"刘卫国眉头紧锁，喝了一口茶，想起了那个让他辗转难眠的夏天，脸色逐渐阴沉下来。

金建民转向刘卫国和韩玉朗，请示他们有没有要问的，两人示意他继续。

"王组长，痕迹有什么发现？"金建民转向痕迹组负责人王涛询问。

"各位领导，我把痕迹的情况简单汇报一下。"王涛操作笔记本电脑，在电子屏幕上放出一组案发现场照片，清了清嗓子。

"埋藏骨骸的地方位于发现骨骸的北方五十米高坡处，由于施工地基沉陷，再加上台风的强力作用，致使埋尸地坍塌。埋尸坑比正常的单人墓穴要大上一倍有余，埋藏深度也较深，与'7·13'系列杀人埋尸案的四起案子基本一致，综合徐主任提供的尸检结果，可以确定'6·4'杀人埋尸案的凶手就是'7·13'系列杀人埋尸案的凶手，建议作并案处理。"

听到"并案"两个字，刘卫国挺直了腰背，眼中精光闪烁。

金建民察觉到刘卫国的态度，当即扫视其他人："同志们，有没有不同意见的？"

众人都正襟危坐，没有丝毫声响。

"那好，就作并案处理。"金建民敲定下来道。

"王组长，你怎么看埋尸坑会挖得稍大一些，埋得也比较深？"刘卫国深邃的目光紧紧盯着王涛，众人也将目光投向了他。

"这个问题一直困惑着我。"王涛有些猝不及防道，"一般来说，根据地势，有'平原浅葬，山区深葬'之说。东海市并非山区，一般下葬的深度在一米二左右，而'7·13'系列杀人埋尸案的埋尸深度一般在一米三至一米四之间，这很有可能是凶手的生活习惯，也就是说他可能来自山区，但也不排除凶手为了逃避打击，故意埋得较深。而埋尸坑为什么会挖得稍大一些，这个倒是有悖常理……"

"确实不太符合逻辑，不过这倒是可以作为进一步侦查的抓手。"

金建民看到王涛面露难色，伸手示意他暂停，看向面带瘀伤的陈强："陈强，你是主办探长，你来说说。"

陈强站起身来，看了一眼正襟危坐的刘卫国和韩玉朗，不由得身体笔直，双手紧紧攥着裤管，额头上早已沁出了细密的汗珠。

"各位领导，大部分杀人犯，特别是连环杀人犯，对作案地点都有所偏好，会在自己感觉很舒服的地方杀人，也就是刑侦学上讲的锚定点，比如凶手的住处或工作地点等。"

"当年，按照这个思路找了不少锚定点。"

"只可惜一无所获。"

"是呀，几个郊区都跑遍了。"

三个老战友相视苦笑，继而又看向陈强。

"埋藏骨骸的工地，不是第一作案现场，根据'远抛近埋'的规律，我们对埋尸地的周边村镇和工厂进行了细致走访，寻找这个锚定点，但因为时过境迁、环境复杂、人口流动性较强等原因，暂时还没有发现什么线索。"陈强顶着巨大压力客观陈述道。

"行了，你先坐下吧。"金建民皱了皱眉道，"惠俊豪，你也来说说。"

陈强心里咯噔一下，心扑通扑通狂跳，拼命给惠俊豪使眼色，而惠俊豪并不领情，似乎胸有成竹。

"各位领导，根据颅骨像复原图，我在周边走访的时候，发现那里鱼龙混杂，什么二货都有……没费什么劲，顺便干掉了一个盗窃团伙，他们专偷机场笔记本电脑，已经移交给当地派出所了。"

惠俊豪声如洪钟，众人的表情却逐渐变得古怪。宋立冷哼一声，"龙虎豹"三人组甚至窃窃偷笑，炮哥一到重要场合，又自信地"跑题"了。陈强默默地低下头，叫苦不已。

金建民无奈地朝惠俊豪挥了挥手，转向胡秋飞。

"尊敬的各位领导，"胡秋飞明眸善睐，条理清晰地汇报道，"我有两点建议。"

"哪两点？"金建民脸色稍缓。

"第一，凶手有很强的控制欲。从犯罪心理学来讲，用双手扼颈的方式掐死对方，而不是用刀或者用钝器击打头部等方式，这样的凶手一般都有极强的占有欲和控制欲。第二，凶手要事先挖好一个又大又深的坑，势必要有充沛的体力和挖坑的技巧，具备这两种素质的人，大多来自底层，可能从事建筑工作或者从事农业劳动。"

"很好！还有什么？"金建民赞赏地肯定道。

"还有……"胡秋飞受到鼓励，斗志昂扬道，"凶手深居简出，应该是一个人作案。"

"有什么根据吗？"韩玉朗突然插话道。

"这个……"胡秋飞看向陈强，流露出求救的信号。

"韩总，凶手这么多年来，一直未被发现，一人作案的概率非常高。"陈强严肃道，"刑侦有句老话，一人作案是金门，两人作案是银门，三人作案是铜门。"

"有点道理。"韩玉朗又看向万子良道，"小万，组织上把你从刑技中心调过来，你有什么想法，试着说说看。"

"韩总、各位领导，我刚来重案支队，还不是很熟悉。"万子良眼角一跳，拘谨道，"通过观察现场照片，发现这五个埋尸地，水草丰茂，环境都很不错。"

此言一出，大家又是一阵哄笑。陈强冷汗不止，心里叫苦不迭，恨不得找根针把万子良的嘴巴缝上。

"这也算一个特点。"金建民暗叹一声道，"不过，你还是要多学习，要从专业角度去分析。"

大家的探讨发言告一段落，金建民请示道："刘局、韩总，还有没有要指示的？"

"暂时没有。"刘卫国喜怒不形于色，深沉道，"老韩，还是请戚荣所长介绍一下他那边的新发现。"

南郊区古林镇派出所戚荣所长年逾四旬，长得浓眉大眼，敦实憨厚。他在面前的笔记本电脑上点了一下回车键，前方电子屏上出现了一段没有声音的模糊视频。

视频中，一个神情慌乱的女人，上身裹着蓝色工作服，下半身穿着黑色线条裤，脚上一双黄胶鞋。女人惊恐万状，泪水打花了妆容，留下一道道黑色痕迹，她一路跌跌撞撞地跑进了古林派出所受理大厅。

值班的辅警接待了女人，准备做接警笔录，在去给她倒水时，女人却意外地悄悄逃走，视频也到此结束。

戚荣暂停了视频，看了看神情严肃的刘卫国，用手摸了一把花白的头发："这段视频发生在前天夜里凌晨 3 点 30 分，女人自称叫'李娜'，前来报案说，有人掐她的脖子，要杀她。辅警询问原因，她回答说应该是抢钱。在讲述案情时，她明显对自己的职业有所隐瞒，不料辅警在给她倒水的时候，她悄悄跑了。"

"看来是个从事灰色职业的人，很有可能就是性工作者。"韩玉朗吐出一口烟，补充道，"害怕拔起萝卜带出泥，自己也会被关进去。"

"是的，韩总。"戚荣点头道，"早上我去上班，听说了这件事，通过辅警的描述，联想到了明珠案，我以前在分局刑侦队干过，知道情况紧急，就马上上报了。"

金建民双眼放光，盯着戚荣："监控有没有查到线索？"

"没有。"

"有没有找到目击证人？"

"没有。"

两个"没有"，让金建民神色黯然。

"金支，你也知道，古林镇比较偏僻。"戚荣难为情道，"第一时间我就发动全所的同志去寻找目击证人和有用的监控视频，可惜一无所获。"

知晓了前因后果，众人意识到事情的严重性，神情也愈加凝重，纷纷议论起来，猜测明珠案凶手时隔多年，是否真的又出来作案了。

刘卫国斟酌片刻，质疑道："从视频上来看，这个女人的形象、职业和其描述的被侵害行为，确实符合'7·13'系列杀人埋尸案的作案手法，但仅凭这些线索，并不能直接认定是该凶手作案。"

"刘局的意思是说，搞不好可能是作案情节类似，或者模仿作案。"韩玉朗声音温润道。

众人交头接耳，频频点头，性工作者虽然来钱快，但其工作容易引发纠纷，双方经常一言不合就会大打出手，最终导致各种惨案。

此时，季亦萍突然站起来说："刘局、韩总、金支，我有几点要补充。首先，不管是'7·13'系列杀人埋尸案的五起案子，还是前天晚上李娜这起案子，都有一个共同特点，那就是周围没有监控，也没有目击证人，这证明凶手应该是之前踩过点，选择偏僻地点作案。其次，这些案子都发生在夏天。再次，更重要的是从监控录像上看，李娜一个人跑到派出所，所穿的衣服和鞋子并不符合其身份，很有可能她是趁凶手不注意，光着身子逃出来的，随手拿了别人晾晒的衣服穿上再去报的案。从以上三点分析，李娜案跟我们的'7·13'系列杀人埋尸案确有相似之处。"

季亦萍分析得有理有据，这就等于间接证明，前天晚上的李娜案，很有可能是明珠案的凶手再次作案，但仅凭这个分析，还不足以并案。

刘卫国思忖一番道："金支，你怎么看？"

"刘局,我有两个疑问。(一)如果是'7·13'系列杀人埋尸案的凶手,那么他在时隔四年后,为什么会重新作案?(二)李娜既已落入他手里,为什么能逃脱出来?"金建民提出了自己的看法。

刘卫国不着痕迹地点了点头,突然一阵激烈的咳嗽打断了他的思路,韩玉朗见状赶紧递上纸巾。

这两个问题确实值得深思,众人或皱眉沉思,或小声议论,一时之间,陷入了僵局。

片刻后,一个声音突然响起:"报告刘局,我谈谈不成熟的想法。"

刘卫国平复了一下喘息,循声望去,发现是宋立,其他人的目光也聚焦到了宋立身上。

"各位领导,如果九年前的'6·4'杀人埋尸案和二十年前的'7·13'系列杀人埋尸案是同一凶手所为,那么凶手现在的年龄不会低于四十岁。另外,我认为凶手这四年可能不在东海市,而是转移了作案地点,或者出于特殊原因无法作案,比如进监狱了,或者出了国,或者生了病。"

"不错,很有想法。"刘卫国频频点头。

韩玉朗掐灭香烟,适时道:"那就按这个思路,在全国公安系统内做一次全面大排查,看看外地有没有类似案件,以及我们出入境管理局有没有类似情况。再联系一下司法局,查一查监狱系统近四年的入狱在押人员,有没有近期放出来的可疑对象。还有各大小医院也去走访一下。"

"好的,韩总,马上安排落实。"金建民应了一声,转向宋立道,"这个任务由你牵头负责。"

"请领导们放心,东郊区'6·4'杀人埋尸案发现后,我已经在联系安排了。"宋立胸有成竹道,"争取尽快有个结果,也是为了我师傅的在天之灵。"

"谋定而后动,做得非常不错。"刘卫国听到宋立提起仇志明,不禁感慨道,"我跟你师傅是老战友,之前还答应参加他的荣退宴呢。我知道明珠案也是他的一块心病,以前我俩经常在一起谈论这个案子,希望你不要让你师傅的在天之灵失望。"

陈强发现自己的手心里全是热汗。金建民隐晦地瞥了陈强一眼,有些恨铁不成钢。

"第二个疑问。"刘卫国又看向戚荣道,"发现问题以后,你们有没有找到这个李娜?"

"刘局,我第一时间上报分局,并根据李娜留下的联系方式请她过来配合调查,但电话打不通,是假的,身份信息也是假的。根据人像比对系统显示,全市范围内查无此人。"

"最新的人像比对系统也查不出此人?难道人间蒸发了不成?"刘卫国拍了一下桌子,不禁有些愠怒。

"刘局,嗯……可能是监控的像素太低了。"戚荣有些心虚,不敢与刘卫国对视。

会议室的气氛更加凝重了,众人不再交头接耳,室内落针可闻。

"刚才这个视频你们都看到了,不管李娜案涉及的凶手是不是'7·13'系列杀人埋尸案的凶手,我们都不能掉以轻心。"刘卫国语气沉重道,"同志们,有一点是可以肯定的,在东海市有这么一个凶手存在,挖地三尺也要把他刨出来。"

所有人都保持沉默,等待刘局的最高指示。

"在李娜报案时,辅警没有给予足够的重视,没有及时发现问题的严重性,这是我们内部的问题!"刘卫国深出一口气道,"不能因为是凌晨报案就疏忽职守,不按流程和规范接警,更不能因为她职业特殊,就罔顾她的生命安危。从今天开始,从基层派出所到市局单位,开始逐级自查自纠,不许再出现此类麻痹大意的态度问题。"

"是!"戚荣当即站起来,做出有力的回应。

刘卫国按了按手,示意他坐下,继续道:"无论这个案件是否跟二十年前的'7·13'系列杀人埋尸案有关,但从这件事可以看出,东海市的犯罪团伙,又有了冒头的苗头,刚好借这次'辉剑行动',打一打罪犯们的嚣张气焰。"

"刘局高屋建瓴,分析得很透彻,我们一定全力以赴加强整改。"韩玉朗又点了一根烟道,"对'7·13'系列杀人埋尸案,我们不能放松警惕,东郊区的'6·4'杀人埋尸案,前天晚上的李娜案,都是很好的突破口,我希望尽快看到结果。"

"请领导放心，保证完成任务。"金建民神情庄重，目光深远。

从会议室出来，外面已是黄昏，流霞覆盖了半个天空，给这座城市披上了火红的外衣。

万子良刚刚走出会议室，手机就振动起来，是苏桐发来的微信：还要多久下班，我来接你。

万子良显得有些犹豫，不知该如何回复。这时，身后传来陈强的声音："小万，你等一下。"

万子良顿住。陈强大步走来，道："明天上午，总队各支队以探组为单位，有一场射击比赛，不知道你的枪法怎样，我们去地下靶场练练。"

"我……"万子良有些犹豫。

"小万，这都不重要，你只要不是零环，我们就能夺冠。"惠俊豪走上前来，拍了拍万子良的肩膀笑道，"这次'辉剑行动'，市局投入了很大警力，现在是暴风雨前最后的宁静，咱们不光要准备，还要适当释放一下压力，不然暴风雨还没来，自己就先垮了，多不值啊！"

万子良并不知道这个压力并非完全来自"辉剑行动"和明珠案，还来自宋立和陈强。

"压力是不可避免的，关键是如何缓解。目前最好的办法，就是运动转移法。头儿让我们去射击，也是这个意思。"胡秋飞一副跃跃欲试的样子道，"俗话说，临阵磨枪，不快也光。"

"我以前是搞技术的，没有……"万子良心里直打鼓，他的射击跟格斗一样，全部荒废了。

万子良正想着能不能拒绝，却被惠俊豪搂住肩膀，拖着他往地下靶场走去。

"还愣着干啥，走着，有我炮哥罩着怕什么？"

刑侦总队，地下靶场。

靶场在地下一层，分为射击区和观摩区两大部分，中间用防弹玻璃隔开，四周包着深蓝色的隔音板，观摩区的内侧贴着射击注意事项。射击区长 33 米、宽 12 米、高 4.2 米，设置有主靶标和副靶标。主靶标为五道悬挂式自动报靶设备，能够预设 25 米、15 米、7 米的射距，自动切换射距。

射击用的配枪是国产 QSZ92 式九毫米手枪，简称 92G，枪身为黑色，弹夹容弹有十三发、十五发两种，在射击比赛时，为了避免卡壳，通常每个弹夹只配备五发子弹，每人每次两个弹夹，共十发子弹。

陈强探组四人领了配枪和弹夹，戴上隔音耳罩，在各自安全员的带领下走进射击区，分别站到自己的靶位前，一字排开，拉开架势，准备射击。

陈强迅疾拔枪，率先打出第一枪。"砰砰砰……"一连打出五枪，枪枪中靶。他拔枪、瞄准、击发、收枪、换弹夹，一连串动作利索从容，节奏感极强，仿佛随枪起舞。

换好弹夹，陈强干净利落又是五枪，枪枪中在靶心附近。

与此同时。

惠俊豪摘下耳罩，连开九枪，他开枪、换弹夹的频率，比陈强还快上两分，在打最后一枪时，他大声喊道："只要凶手敢露头，我就毙了他！"

"砰！"话音未落，惠俊豪打出第十枪，正中靶心。

此时，惠俊豪旁边，比他慢了几拍的胡秋飞才刚刚打完第四枪，万子良更是一枪未发。

忽然，万子良的手机响了，他拿出来一看，是苏桐打过来的，旁边的安全员提示他不要受干扰。

万子良毫不犹豫，果断挂了电话，双手握枪，再次瞄准靶心。

另一边，陈强和惠俊豪的成绩下来，陈强九十二环，惠俊豪九十四环，两人走出射击区，来到观摩区。

惠俊豪嘿嘿一笑说："头儿，不好意思，比你多了两环。"

陈强看着自己的成绩，没有多少意外，似乎惠俊豪的成绩理应比他好。

陈强透过防弹玻璃看向万子良，见他把手机放回去，却一枪都没有打，不禁皱了皱眉。

"什么情况？"惠俊豪也焦急地看了过来。

射击区内。

安全员："放轻松，放轻松。"

万子良浑身不自在，扭扭捏捏地说："好久没碰枪了，有点生疏。"

话音未落，万子良却见旁边的胡秋飞已经打完十枪，成绩也出来了，总共八十三环。

"吔，比上次多了三环。"胡秋飞欢呼雀跃，蹦蹦跳跳地来到了观摩区。

惠俊豪嘿嘿一笑道："小飞飞，可以啊，有进步。"

"嗯呢，我会努力的。"胡秋飞重重地点头，做了个挥拳的动作。

陈强投去鼓励的目光。

借此机会，胡秋飞眼睛一转道："头儿，我表现这么好，有没有奖励啊？"

陈强心领神会道："你想吃什么？"

胡秋飞眨着水汪汪的大眼睛道："我知道一家新开的新疆爆辣炒米粉，可好吃了，我们去试试好不好？"

"不是不可以。"陈强若有所思，"不过前提是，咱们必须赢了明天的比赛。"

胡秋飞刚要欢呼，一听后半截话，瞬间就蔫儿了，苦着个脸，显得有些委屈。

"不就是比赛嘛。"惠俊豪拍着胸口说道，"小飞飞，有你炮哥在，其他探组都是弟弟。头儿，准备好请客吧。"

陈强没有接话，而是聚焦在万子良身上，眼睛里精光闪烁。

胡秋飞的成绩出来后，万子良顿觉压力不小，好像被推到了悬崖边上，索性牙一咬，硬着头皮豁出去了。

万子良双手握枪，在安全员的示范下，调整姿态，按照射击的要领，闭上了左眼，以右眼瞄准靶心，三点一线，扣下扳机。

"砰！"

一声枪响，子弹飞射出去，划过一道弧线，落于靶墙之上，巨大的后坐力震得他虎口发麻。

这一枪，脱靶了！

观摩区，陈强眉头紧皱，明显有些不悦，惠俊豪神情古怪，胡秋飞面露同情之色。

万子良涨红了脸，恨不得找个地缝钻进去。他重新抬枪，接连扣下扳机，又换了弹夹，枪声回荡之际，已然开出了八枪，在靶墙上留下了八个弹孔。

强大的后坐力让他整条手臂酸麻，连手指都在颤抖。

观摩区的显示屏上，三枪脱靶，三枪环外，两枪外环上，成绩真的是稀烂。

看见这样的成绩，陈强的脸色阴沉如水，惠俊豪和胡秋飞两人心情也极为复杂。

万子良回头望去，感受到他们的目光，内心极度焦虑，强烈地想改变现状。他强迫自己抬枪，哪怕成绩再烂，也要打完最后两枪，不能当逃兵。

"丁零零！"万子良的手机再度响起，闹个不停，他本来就心气不顺，这下更是心烦意乱，假装自己没有听见，扣下了扳机。

第九枪响后，陈强等人听见一声惨叫，只见万子良丢开配枪，左手捂住右手的大拇指，指缝间鲜血淋漓。

安全员急忙捡起手枪，退掉子弹，关上保险，用随身带的纱布捂住了万子良的伤口，扶着他走出了射击区。

万子良刚刚迈进观摩区，陈强跨步上前，脸色阴晴不定地说："小万，怎么回事？"

万子良捂着手指，嘶嘶倒抽着凉气，已经无力回答。

"握枪姿势不标准呗。"惠俊豪道出了关键。

标准的握枪姿势，应该是虎口对准枪把和枪身连接处，大拇指与中指、无名指和小拇指共同握住枪把，保持枪身方向，食指则轻扣于扳机上。

万子良握枪的时候，由于技术不熟练，再加上心浮气躁，大拇指竟没有握住枪把，而是直直地竖起来，被套筒弹回来的反冲作用夹住了大拇指的皮肉，撕裂了一大块。

"小飞飞，送小万去医务室，快。"陈强阴着脸说道。

"万高工，我们走。"胡秋飞反应过来，忙去扶起万子良。

看着万子良的背影，陈强已经无话可说，甚至眉眼间露出了几分埋怨：这小子到底是高才生，还是来给我拖后腿的？

惠俊豪劝道："头儿，小万毕竟刚来，以前又是搞技术的，难免会不适应，咱们多给他点时间，本领不行，可以慢慢练嘛。"

"炮哥，我记得你来的时候，不到半天就适应了。"陈强瞥了惠俊豪一眼道，"他来三天了，整天魂不守舍，技能更是一塌糊涂，大战在即，你要我怎么给他时间？"

惠俊豪瞪大了牛眼，一时竟无言以对。

"我给他时间，刘局、韩总、金支，还有'辉剑行动'和明珠案，谁来给我时间？现在本领不到家，到了战场上，是要送命的，我不可能每次都像傅小强案那样救他……"陈强越说越气，惠俊豪叹息一声，暗自摇头。

医务室。

经过消毒、包扎，打了破伤风针，万子良的大拇指疼痛已经不再明显。

胡秋飞陪在他身边，叽叽喳喳说个不停："你放心吧，头儿他很大度的，我刚来的时候，也经常脱靶，把头儿和炮哥急坏了……不过只要坚持练习，肯定会越来越好，枪法都是用子弹喂出来的。"

万子良低头不语，眉眼间充满自责，身旁的手机设置成了飞行模式，上面有十九个苏桐打来的未接电话。

胡秋飞瞥了一眼他的手机，还要再劝，却见陈强沉着脸进来。

陈强扫了一眼万子良的伤势，面无表情道："明天开始，你就不用来一探组了。"

这句话仿佛当头棒喝，在万子良脑海里反复回荡，震得他心神失守，大拇指残留的疼痛也没有了知觉。

恍惚间，万子良的心里升腾起难以言喻的悲哀，仿佛坠入了无底的深渊。

"头儿，万高工他……"胡秋飞想给万子良求情，还没说完，就被陈强挥手打断。

"万子良大拇指伤得不轻，这几天去总队信访办，养好了再回来。"

突如其来的转变让万子良猝不及防，他不可置信地望着陈强。

"头儿，你吓死我了，我还以为，你不要万高工了呢。"胡秋飞虚惊一场道。

"好了，小飞飞，我还有事，先走了。"陈强怒其不争地望着万子良道，"你底子太薄，自己还是多上点心。"

"我会的。"万子良的回应显得没什么底气。

陈强也不深究，来去匆匆，跨过门槛的时候，嘴角不自觉地翘起，好像阴谋得逞。

虽然陈强留下了他，可万子良却高兴不起来。来到重案支队，便意味着他失去了成为电子物证专家的希望，即便这里是青年干部的培养基地，但对他这样一个刑侦菜鸟来说，又有什么意义呢？

万子良看不见前方的路，眼里尽是迷茫。

……

第四章
潜龙在渊

颠倒黑白，风云突变

翌日早晨，湛蓝的天空中挂着火球般的太阳，云彩也消失得无影无踪，仿佛被烧化了。这是一年中最难挨的日子，让人一筹莫展。

经过昨晚的休息，万子良的大拇指已经不再疼痛，只是裹着厚厚的纱布，实在有碍观瞻。

他像往常一样早上 7 点 30 分出门，于 7 点 42 分在楼下的公交车站挤上 537 路公交车。

从公寓到总队，总共有十站路，因为早高峰，本就狭小的车厢里更加拥挤不堪，几乎是人贴着人，车内的空调也失去了作用，车厢里充斥着难闻的怪味和汗味，发酵开来令人作呕。

万子良强忍着恶心在人群中随波逐流，挤到中间靠窗的座位旁站定，望着窗外向后闪去的风景，缓解心里的压抑和不适。

一阵婴儿的哭声在车厢里回荡开来，给本就拥挤的空间平添了几分烦躁。

"怎么回事啊，吵死人了！"

"能不能安静点？"

"哎哟，怎么还拉粑粑了！"

"臭死人了，让不让人吃东西了！"

因为一个婴儿拉粑粑，车厢里尽显人生百态，愈加吵闹不堪。

万子良充耳不闻，趁到站换乘时面前座位上的乘客下车，迅速占住了座位，身体紧挨着窗口，大口呼吸着新鲜空气，随后拿出手机无聊地翻看起来。

537 路公交车一路前行，穿过热闹的居民区和繁华的 CBD 商圈，来到了中山路时，车厢内空了一半，不再那么拥挤。

万子良放下手机，望着窗外熟悉的街景，心里默默盘算，过了这站还有两站就到总队了。

"哟，我手机呢，我手机哪儿去了？"

一个突兀的声音在车厢里响起，吸引了乘客们的注意。

万子良循声望去，只见那人穿着黄色 T 恤配破洞牛仔裤，留着小胡子，头发锡纸烫，鹰钩鼻，三角眼，瘦高瘦高的像根竹竿。

竹竿在身上摸个不停，把口袋摸了个遍，就是不见手机的踪影。

万子良前面的座位上坐着一个小黑胖子，半秃的脑袋晒得油光锃亮，他一看竹竿的窘境，顿时露出了然的神色。

"哥们儿，估计你遭人扒了，认栽吧。"

公交车上拥挤不堪，鱼龙混杂，是小偷小摸的天然温床，专找手机、钱包下手，每天发生的类似情况不知凡几。

竹竿看着小黑胖子，断然摇头道："不可能，我刚才还看时间来着。"

"嘁，随便你。"小黑胖子黑着脸，不再枉做好人。

突然，竹竿眼睛一转想到关键，拉下脸来，扫视车上所有人。

"扒手肯定还在车上，妈的，偷到老子头上来，有本事站出来！"

众人面面相觑，没有一个人肯伸出援手。

"不承认是吧？好，老子有办法找到你。"竹竿看向小黑胖子，脸色缓和了几分，恳求道，"哥们儿，麻烦手机借我用用，我打个电话。"

小黑胖子还没回话，已然有人坐不住了，蠢蠢欲动起来。竹竿早有察觉，厉声怒吼道："都他妈给我坐好，否则老子就当是你拿的。"

竹竿虽看起来干瘦，但他刺耳的声音加上狠戾的神色，着实给人不小的压迫，乘客们都不想惹事，便乖乖坐了回去。

竹竿又看向小黑胖子道："哥们儿，我的手机一万多呢，麻烦帮个忙呗。"

"喊，谁是你哥们儿，你还是找别人吧，我马上到站了。"小黑胖子完全不给竹竿面子，起身站了起来，走向后车门的位置。

眼看公交车再有几十米就要到中山路车站了。

竹竿无奈之下，只好另找他人，而距离他最近的就是万子良。他可怜兮兮地恳求道："兄弟，麻烦帮帮忙，手机借我用用。"

万子良同情竹竿的遭遇，也出于刑警的职业道德，不想让扒手得逞，他果断拿出手机递给了竹竿。

"谢了，兄弟。"竹竿接过手机，一边输入手机号码，一边斜睨着三角眼监视其他人，骂骂咧咧道，"操，老子看你往哪儿藏。"

"叮咚！中山路到了，下车的乘客请从后门下车……"

车厢内响起到站提醒，车速开始放缓，慢慢地驶进站台。

几乎同时，竹竿拨通了电话，在万子良面前打开了免提，"嘟嘟嘟……"竹竿睁大了三角眼，只要有手机铃声响起，他就会毫不犹豫地冲过去。

"主人，那孙子又来电话啦……"

一道搞笑的手机铃声在车厢中骤然响起，钻进了每个人的耳朵。

537路公交车靠站停稳，前后车门缓缓打开。

乘客们精神一振，看向声音的来源，公交车司机也通过后视镜查看车厢内的情况。

谁知那声音竟然来自那个小黑胖子身上。

竹竿愣了一下，立刻凶相毕露："死秃子，挺会装啊，把老子的手机还来。"

小黑胖子吓了一跳，恰好此时车门已经打开，他赶紧跳下车，撒丫子就跑。

"站住！"竹竿反应神速，跳下车就追。

小黑胖子看着腿短，跑起来却不含糊，像一阵黑旋风专往人群里钻，再加上抢占了先机，瞬间甩了竹竿一大截。

车厢里，乘客们全都趴到一侧窗口上，伸长脖子津津有味地看着这场追逐大剧。

"哎，等等……"

万子良见竹竿追了下去，出于职业本能也跟着追了下去，帮忙一起抓小黑胖子。

竹竿和万子良一前一后追出了几十米，小黑胖子见逃不掉，推开一个挡路的路人，顺势钻进前面的弄堂，不见了踪影。

竹竿见势不妙，对身后的万子良喊道："兄弟，你往前边追，我进去绕着堵，他跑不掉的。"

"好。"

万子良继续往前狂奔，竹竿则拐进弄堂，紧追不舍。

中山路附近全是老式里弄，道路四通八达，弄堂连着弄堂，随便从哪条岔路进去，都有七八个出口，分布在四面八方，不认路的外人进去，不被绕晕就不错了。小黑胖子钻进去，一眼没看见，便已不知所终。

万子良突然醒悟过来，一下愣在了原地，神色慌张道："坏了，我手机。"

万子良失落地回到公交车站，见537路公交车已经开走，他只好再等下一辆。

万子良心里羞愤交加，像一条丧家之犬，受着时间的煎熬，浑浑噩噩地来到了总队信访办。

刑侦总队信访办在刑侦大院门口单独的一栋小二层楼里面，主要负责登记信访事项，受理刑事案件报案。

万子良失魂落魄地走进信访办，看见一个满头白发的老刑警正坐在工作台后面摆弄着几个药瓶，倒出里面的药丸，分门别类地放好。

这个不起眼的老刑警就是曾经赫赫有名的"打黑英雄"，扫黑支队的刑警於跃。话说老於当年那可是总队的风云人物，在一线冲杀，可惜被黑社会性质组织打断了一条腿，落下了终身残疾，再加上一身的慢性病，不得不退居二线。

老於的警服领子有些乌黑，肩膀上飘满了头皮屑，饱经风霜的脸上积蓄了几十年的风风雨雨，略显病态的疲惫，看起来似乎有六十岁多了，其实他的真实年龄只不过五十岁出头。

对这样的老侦查员，万子良非常敬重，他调整好心态，露出微笑："於老师，我是万子良，陈强探长让我来配合您的工作。"

老於看了万子良一眼，继续低下头摆弄着药瓶："小万是吧，你提出的非接触性犯罪的观点，在总队很有名气。陈探长给我说过了，来来来，给你介绍下工作流程。"

见老於如此和善，万子良拘谨的心松缓了不少，他换好警服振作精神，一下就进入了工作状态。

"你就坐这儿吧。"老於指着自己旁边的座位道，"信访办的工作很简单，就是有群众来了，把信访内容记录好。"

说到这里，老於已经倒好了今天要吃的药丸，他拿出一沓表格递给万子良："这是信访表格，按上面填就行了，填好以后，交给总队分管部门，咱们就算齐活了。"

万子良接过表格，仔细打量着需要填写的内容。

趁着这个当儿，老於抄起十几颗红红绿绿的药丸一把倒入口中，表情逐渐变得痛苦，于是他赶紧拿起一杯温水灌了下去，头往上一仰，好似慢慢吞下的不是药，而是日子的苦涩。好半天，他才顺过气来。

真如老於所言，信访办的工作极其轻松，大半个上午过去，一个信访群众都没有。

老於倒是很健谈，回忆起仇志明当年和他同一个宿舍时的情景，白天，他们奋战在刑侦前线，峥嵘岁月何惧风流；晚上，他们在宿舍里分享心得，彼此鼓励，畅想未来。没想到在退休的当天，仇志明出了意外。

老於唏嘘着，却越说越起劲，转而又吹起自己当年在黑道上叱咤风云的故事，讲起腿脚好的时候跑马拉松的传奇，还有国学养生上的心得等等，可是万子良并不喜欢这些，没听几句便觉得乏善可陈。

老於看万子良兴趣寥寥，自己也确实体力不支，再加上药力的作用，不一会儿便趴在座位上昏昏睡去，打起了呼噜。

往常，万子良会拿出研究生教材，利用任何碎片时间，汲取书中的知识，而今天他翻开书，却发现一个字都看不进去。

他逐渐意识到，自己已经不在图像室，看书写论文还有何用？霎时间，悲愤的情绪汹涌而来，加之被人骗了手机，他的心里禁不住一阵绞痛。

过了一会儿，老於晃晃悠悠地站了起来，对万子良说道："小万，我去上个厕所，看着点。"不等万子良回应，老於便跛着左脚，一瘸一拐地离开了。

万子良翻着研究生教材，越看越讨厌，索性反手一扔，将书丢到了地板上。

"轰隆隆……"

突然，一道惊雷在城市上空炸响。

万子良不禁泛起疑惑，昨晚看过天气预报，没说今天有雨啊。

不过仲夏的天气，说变就变，天气预报不准也是常有的事，正好借这场大雨，缓一缓燥热的天气。

他心里自嘲一声，自己都到这步田地了，竟还有心情管天气。他失落地弯下腰身，捡起地上的教材，等他再抬起头时，本就阴云密布的天空，变得更加晦暗不明，仿佛有什么东西，要从天外降临下来。

万子良觉得怪异，抬头望去，不知道什么时候，大厅外有一个人影正朝他的工作台走来，因为是逆光，看不清那人的面容，只能看见那人穿着白色中山装，卓尔不群，好似飘飘欲仙的得道高人。

万子良精神一振，知道信访群众来了，急忙坐直了身体。等那人走到近前，他终于看清了"高人"的面容。

那人五官清癯，剑眉星目，一头乌黑的头发，一丝不苟地梳成侧分背头，精神昂扬，气息悠长，挺直的鼻子在光线下显得更加硬朗，透出卓尔不群的气质，瞳孔中不时散发着不可捉摸的黑色流影，神秘莫测。

值得注意的是他那双剑眉中间，有一颗极小的美人痣，万子良还是第一次看见男人长美人痣。

那人信步走到万子良面前，露出让人如沐春风的笑容："警察同志，我反映情况。"

"请坐吧。"万子良拿出表格，按照流程问道，"姓名，反映什么问题。"

"我叫杨君松，木易杨，君子的君，松树的松。想来问一下，我姐姐的情况。"来人一一告知。

万子良在表格上写下今天的日期：6月9日，再写上杨君松的名字："请说说具体情况。"

"好的，警官。"杨君松温和道，"我家祖籍姑苏，姐姐杨芸二十年前来东海市打工，两年后突然音信全无，我找了她很久，都没有找到她的下落。"

"失踪十八年了？"万子良停止记录，略感惊讶道，"怎么现在才来反映情况？"

"实不相瞒，姐姐失踪以后，我第一时间就在东海市报了警，后来也在老家报了警，可就是找不到她。"杨君松失落地说。

万子良心里暗叹，杨芸这种情况，极有可能已遭遇不测，否则不可能这么多年没有音信，而杨君松十八年如一日坚持找她，可见是个执着的人。

"年龄？"

"失踪那年她二十三岁，本来我们约定，每过半个月就会见一面，但那年6月之后，她就突然没有消息了，失联到现在。"

"有没有照片？"

"这是她的照片。"杨君松从中山装口袋里，拿出来一个手绢，里面包着一张照片，递给万子良。

这是一张半身彩色照，照片上，杨芸穿着朴素，扎着马尾，两颧略窄，下颌稍宽，许是营养不良，脸色有点苍白，不过看得出来，是个美人坯子。

杨芸眉心也有一颗美人痣，万子良用照片对比杨君松，美人痣一模一样，眉眼也很相似，是姐弟无疑。

"照片扫描存档，还有没有其他补充的？"万子良一边打开扫描仪，一边整理材料。

"有。"杨君松补充道，"我和我姐姐分开的时候，各自有一件信物，是爸妈生前留下的玉佩，一人一半，自幼随身携带，从不离身，她那一半是一只凤凰。"

杨君松从脖子上取出一个玉佩，玉佩的质地很一般，是寻常的青白色，上面刻着一条龙，合上杨芸的那一半，就是龙凤呈祥的寓意。

万子良接过玉佩，仔细看了看，做好相关记录。

"好了，如果确认没有问题，请在后面签个字，留个联系方式。"万子良把表格推给杨君松。

"我希望你们尽快立案。"

"立案？"万子良错愕道，"十八年都一直没有立案吗？"

"是的，东海和老家都没有立案。"

"那不应该呀，我反映一下。"

"谢谢。"杨君松浏览了一遍，签上姓名，留下电话，再退还给万子良，"如果有姐姐的消息，请一定及时告诉我。"

"放心吧，只要有消息，会第一时间通知你。"

杨君松千恩万谢，在闪电惊雷之中，起身告辞。

恰好这时，上厕所的老於回来，正看见杨君松的背影。

"啧啧，杨教授又来了，真是姐弟情深啊！"

"於老师，您认识他？"

"我来信访办五年了，他年年这个时候都会过来信访，想不认识都难。"老於面容古怪道，"如果我没有猜错，你不常关注国学养生吧？"

"您怎么知道？"

"难怪你不认识。"老於笑呵呵道，"这位杨君松是我们东海大学建筑系鼎鼎有名的教授，尤其精通国学养生，与政商两界交往密切，经常能在网上看到他的身影……我可是他的忠实粉丝。"

"国学养生，呵呵。"

万子良不觉恍然，难怪杨君松进来的时候，会有一瞬间失神，想必就是他没有看到老於吧。

"於老师，为什么这么多年，我们一直没有立案？"

"不是什么失踪案件都能立案，没有领导打招呼，像他这种情况只会办受理。"

"难道没有打招呼就不作为了吗？"

"活还是要干的，只是如果没结果，影响了破案率，领导的升迁之途就会出问题。"

"难怪。"

"可惜了，其实他姐姐这件事，我们都心知肚明，基本上凶多吉少。"老於自顾自道，"他每年坚持来，就是因为没有立案，他心里不放心。唉，有这样一个弟弟，也是他姐姐的福分。"

杨君松贵为东海知名大学教授，但在亲情面前，还是跟普通人无异，万子良敬佩他能做到十八年如一日来为姐姐申冤，更佩服他遭受丧亲之痛，还能如此坚强。不过，一个精通国学的教授居然算不出自己姐姐的生死去向，难道只是为了寻求心理上的安慰？

"咦，天又晴了。"

万子良忽然发现刚才还电闪雷鸣的天空，不知何时风消云散，气候又恢复了先前的酷热。

这鬼天气，雷声大雨点小，白指望了……

齐心协力，各显神通

中山东路，一条不起眼的弄堂。

小黑胖子从弄堂口露出头，贼眉鼠眼地四处乱瞟，确定没有问题后，他转过几乎没有脖子的脑袋，望向了弄堂深处。竹竿正跟一个戴着鸭舌帽，看不清面容的中年人低声交谈着什么。

片刻后，竹竿递过去一个手机，中年人递出一沓百元大钞，一手交钱，一手交货。竹竿接过钞票，蘸口水数了数，冲中年人点点头，便朝小黑胖子走来。中年人钻进了岔路，瞬间不见了踪影。

小黑胖子迎上竹竿，急切道："欣哥，多少钱？"

"不多不少，六毛。"黄欣把钞票往手心一拍。

"可以啊，刚开张就六毛。"小黑胖子露出贪婪的喜悦。

"石头，瞧你那点出息。"黄欣瞥了石军一眼道，"这算什么，跟着欣哥，以后保你吃香的、喝辣的。"

"欣哥，这钱咋分？"

"五五分。"

"谁五？"

"你五，你二百五。"

"五成，不是三百吗？"

黄欣剜了石军一眼，摸出三张"红鱼"塞到了他的手里。

"欣哥，你让我追鸭，我绝不撵鸡，让我往东，我绝不往西。"石头看到钱立马喜笑颜开，转念一想，又犯了嘀咕，"咱们刚从号子里出来，这么干不会有事吧？我可不想再回去了。"

"瞧你那点出息，咱们一没偷，二没抢，是那个傻小子自己给我的，就是到了派出所，我说追你的时候手机跑丢了，警察也拿咱没办法。"

"嘿嘿，欣哥真厉害。"

"要与时俱进，不断地学习，罗翔老师的刑法视频，看过吧？"

"啥？好吃吗？"

"光知道吃，你这脑子真的跟石头一样，号子白蹲了，法盲。"黄欣不屑道，"要学会用法律的武器保护自己，学罗翔，心飞扬，懂吗？"

"嘿嘿，我学欣哥，当大哥。"

"少拍马屁，就你这样也配当大哥？"黄欣嗤笑道，"想干大事，得学会用脑子，君子爱财，取之有道。"

"哥说得对，咱们现在干吗去？"

"本想带你去见大哥，大哥中午有生意，去了不合适，等晚上再去拜见。"黄欣扭头往弄堂里走去，潇洒道，"去花差花差（消费）。"

与此同时。

一辆黑色的吉普，从刑侦总队地下车库驶向了信访办。

车上，胡秋飞兴高采烈道："炮哥，你那两枪十环真是太漂亮了，几乎打在一个点上，直接把老宋他们的心态打崩了。"

"那是，也不看看我是谁，三探组怎么和我们比？哥们儿曾经可是'枪王'。"惠俊豪手把方向盘，毫不谦让道，"想从虎口里夺食，拿第一名，他们做梦都没门儿。"

"好了，别吹了。我们公交分局的'枪王'是矮子里面拔将军，和刑侦总队不可相提并论。"陈强目视前方，低声道，"我们的目标是明珠案，现在还不是高兴的时候。"

"你说得对，说得对。"惠俊豪偃旗息鼓道，"说真的，你真有先见之明，把小万打发到信访办，否则这次肯定被三探组拿第一。"

"兵法之道，奇正相合，不然怎么敢做你们的头儿？"被惠俊豪点破心事，陈强不禁得意道，"信访办到了。小飞飞，叫小万出来，我们去小小地庆祝庆祝。"

胡秋飞下车，跑进信访办："万高工，咱们庆功去。"

"庆功？"万子良不明所以。

"今天上午的射击比赛，咱们探组拿了总队冠军，头儿请我们去吃新疆大餐。"胡秋飞兴奋地对他说。

万子良想起昨天在射击场尴尬的一幕，如果自己参加比赛，别说拿冠军了，搞不好拿个倒数第一，心里不免更加失落。

"你们去吧，我不饿。"

胡秋飞察觉到不对，正想说些什么，却见陈强和惠俊豪走了进来。

"叫个人，怎么这么久？"陈强面色不虞道。

"头儿，万高工说他不饿。"胡秋飞一边说着，一边跟陈强和惠俊豪使眼色。

看见陈强进来，万子良强打起精神，但还是掩不住颓废的眼神。

"小万，出什么事了？"陈强目光老辣，一眼便看出了问题。

万子良低头不语，显得有几分倔强。

陈强刚想追问，老於叹了口气，道出缘由："今天小万上班的时候，手机被人骗了。"

"手机多少钱？"

"立案的标准是三千块，刚好差了一块。"

万子良默默点头，如果想报案他早就报了，关键是作为刑警，这是一件很丢人的事情。

"嗨，这都不重要。"惠俊豪大咧咧道，"多大点事儿啊，不就是个手机嘛，我给你找回来。"

"炮哥……"万子良愣了一下，不敢相信。

"我公交分局四大名捕，并非浪得虚名。"惠俊豪晃着脑袋，松松垮垮道，"抓两只手欠的小耗子，还不是分分钟的事儿。"

陈强看了一下手表，沉吟道："现在离吃午饭时间还早，既然炮哥有把握，那你们就跑一趟吧。"

胡秋飞听到有行动，顿时两眼放光，跃跃欲试："头儿，你不去吗？"

"杀鸡焉用牛刀，我在就行。"惠俊豪语气轻松道。

"呵呵，我先过去点菜，你们完事早点来，两个小时，够不够？"陈强简单交代道。

"得嘞。"惠俊豪抓着万子良就往外走，"要不了一个小时，保准完活儿。"

胡秋飞快步追出去，跟惠俊豪和万子良上了车，直奔中山路而去。

11 时 40 分。

537 路公交车中山路车站。

惠俊豪将吉普车靠边停下，三人纷纷下车。

"炮哥，这儿刷了黄线，不能停车。"万子良提醒道。

"知道。"

惠俊豪从口袋里掏出一张黄色的纸条，往车窗上一拍，贴得稳稳当当。万子良定睛一看，居然是一张交警的抄报单。

"瞒天过海。"胡秋飞莞尔一笑道，"自己贴个单，就算交警来了，见已经有贴单了，就不会再贴了。"

万子良目瞪口呆，感觉自己眼前敞开了一扇新世界的大门，违章停车还能这么玩儿。

惠俊豪也不多解释，带着二人径直走向公交车站后面的那排店铺，放眼望去，什么五金店、家具店、便利店，应有尽有。

"炮哥，怎么查啊？"万子良不解地问。

"简单，先查监控。"惠俊豪随口回道。

"这里有天眼？"万子良有点诧异。

"查天眼得有公务诉求，不是谁都能查的，为这点小事，不值当。"惠俊豪指向那排店铺道，"除了天眼，这些小店铺基本也有监控，你早上在这里被骗，肯定能拍到那两只小耗子。"

"不对啊，炮哥，刚才万高工不是已经说过那两人长什么样了吗，描摹出来就行了，干吗来看监控啊？"胡秋飞有点纳闷地问。

"小飞飞，你说的是不是警务手机上面的描摹软件，"万子良插话道，"根据目击证人的描述拼图的那种？"

"那玩意儿有用吗？真正的描摹得有专业的模拟画像专家，别说咱们几个不会，就是整个东海都没几个这样的人才。"惠俊豪翻了个白眼道，"找他们帮忙，黄花菜都凉了，而且这种小事，人家都不稀罕搭理你。你俩也别乱问了，后边看着行，这种江湖上的事儿我来。"

"用头儿的话说，你这叫人渣堆里长本事，扮上江湖余孽了。"胡秋飞调侃了一句。

说话间，三人来到那一排店铺前，惠俊豪抬眼一扫，定格在了家具店，迈着长腿，毫不犹豫地走了过去。

"炮哥，这么多店铺，为什么不去其他店铺啊？"万子良虚心请教。

"其他店铺的监控，都是朝里照的，防止有人小偷小摸。家具店里都是大家伙，谁没事来偷他们？也只有家具店的监控摄像头有朝外的。"惠俊豪简单解释道。

万子良恍然，原来一个监控都有这么多学问。

这家名为"宏光"的家具店面积不大，老板娘是个中年妇女，正猫在柜台后面一边刷着手机，一边吃着外卖，惬意得不行。

看见有客人上门，老板娘赶紧放下手机，再仔细一看，发现领头的是惠俊豪，不禁面露惊讶："哎哟，这不是炮爷嘛，什么风把您吹来了？"

听到老板娘的声音，胡秋飞和万子良对视一眼，惠俊豪不止一次说过，他做反扒民警的时候，辖区群众见了他，都会管他叫"炮爷"，大家都觉得他在吹牛，现在亲眼所见，敢情真不是吹牛啊！

"嘿嘿，罗姐，出来透透风。你家监控好的吧，早上八点半左右，有两只小耗子从你这儿经过。"惠俊豪看向门脸上方那个朝外的摄像头，直接道明了来意。

罗姐顿时心领神会："明白，监控在电脑上，里面请。"

罗姐将惠俊豪让进了柜台，点开柜台上的电脑，调出监控画面，确认时间点，快进，一幕幕监控画面迅速从眼前闪过。

"小万，你也来看看。"惠俊豪招呼万子良过去确认一下。

万子良盯着监控画面，一眼就认出了早上那两人："就是他们。"

惠俊豪及时按了暂停，拿出手机，给监控上的两个人各拍了一张照片。

"得嘞，罗姐，完活了，谢了哈。"

"哪里话，前些年多亏了炮爷您，抓了不少毛贼进去，不然，中山路指不定什么样子呢。"

惠俊豪嘿嘿一笑，简单寒暄了两句，便带万子良和胡秋飞回到车上，一脚油门，直奔前方。

"炮哥，又去哪儿？"

"中山东路，红振老街。"

"去红振老街干啥？"

"多用用脑子，好好想一想。"

说话间，惠俊豪拿出手机，点开微信，把小黑胖子和竹竿的照片，发给了不少人，并附上文字：哥几个，找找这两只耗子，应该就在红振老街附近，急要。那些人的备注，无一不是中山路附近派出所的基层民警、辅警。

"炮哥，你怎么知道他们在红振老街？"

"我给你算算，537路公交车，是从老西门开过来的，那边全是商业中心，过了一大片高档居民区，就是CBD办公区，对吧？"

"对啊，有什么问题吗？"

"也就是说，537路公交车经过的地方，都是相对发达的区域，而那两只小耗子骗你，肯定是临时起意，否则不会只骗一个手机，可他们选择在中山路下车，这说明什么？"

万子良茫然摇头，不明所以。胡秋飞却想到了关键："说明距离他们的落脚点很近。"

"小飞飞，有长进啊！"惠俊豪赞赏道，"不错，只有在熟悉的环境，才能在最短时间里摆脱追踪。"

"有道理。"

"他们这些唱双簧的，多半是社会底层。物以类聚，人以群分，渣人都在人渣堆。中山路附近的人渣堆，不就是红振老街吗？"

万子良算是听明白了，惠俊豪用的是排除法，在最短的时间内，用最简单的办法，缩小了犯罪分子的活动区域，真不愧是经验老到的侦查员。不过就这样锁定红振老街，是不是有点太武断了，万子良还是有点蒙。

"我知道了，红振老街毗邻东城区，住户大多是外来务工人员和本地的混混，是附近唯一一个人员复杂的老式里弄，内部环境更是复杂，他们只能躲到那里。"胡秋飞回想起了陈强曾经的教导，激动地抢答一句。

"知道的还不少嘛。"

"那是，谁让整个新城区，只有这一个'宝地'。"

东海市规划建设时，西边为老城区，东边为新城区，新老城区外围，分布着东西南北四个城区，再外围是范围更大的郊区，环环相扣，层次分明。

新城区是东海市的经济中心，市容建设最完善，基本看不见如此破旧的老式里弄，而从中山东路出去，就是东城区的范围，红振老街夹在两地中间，没人疼没人爱，一直没有被规划，至今仍是一块破败不堪的地方。

万子良明白了缘由，不禁暗自感叹，要当好一个侦查员，还真不简单，既要上知天文、下知地理，还要深入了解人间百态，更要有敏锐的侦查嗅觉，而惠俊豪的侦查嗅觉，真是难以形容的敏锐，胡秋飞也不差，稍微一点拨便明白了，唯有自己，到现在才想明白。

"嘀嘀。"

惠俊豪的手机传来一条微信：小黑胖子叫石军，或石一军，外号石头，是个小偷，前段时间进去过。竹竿叫黄欣，外号黄皮子，当过夜场保安，因为猥亵妇女也进去了，前两天才被放出来。半个小时前，他们进了红振老街的大华大排档。

惠俊豪把手机递给万子良，嘿嘿一笑。

"炮哥，这么长时间了，会不会已经卖了？"万子良没有信心地说。

"这还不简单，卖了就赔呗，实在不行，按江湖规矩办。"惠俊豪目视前方，毫不在意。

万子良愣住了，听惠俊豪这口气，怎么有点吓人，搞得跟黑吃黑似的。

"炮哥，你这么门儿清，以前是不是做过卧底啊？"胡秋飞好奇地问。

"卧底？你港片看多了吧。"惠俊豪不屑一顾道，"跟这帮坏人斗，就得比他们还黑，门道儿多着呢。"

惠俊豪一踩油门，扬长而去。

12 时 18 分。

红振老街，大华大排档。

黄欣和石军一身酒气，嘴上泛着油光，两人说说笑笑地从大排档里走出来，好不惬意。

大排档对面，惠俊豪给后座的万子良和胡秋飞比了个手势，让他们先待着别动，自己下了车，朝黄欣和石军走去。

惠俊豪装作漫无目的地闲逛，悠闲地点上一根香烟，顺嘴吐出一个烟圈，松松垮垮地过了马路后，恰好挡在黄欣和石军面前。

正走着的两人一愣，被突然出现的人猿泰山吓得后退了两步。

"你就是黄欣吧？来来来，给你说个事儿。"惠俊豪痞痞地坏笑着，主动跟黄欣打招呼。

"你谁啊？"

"我这万儿可不响，说了你也不知道。来，你先抽根烟。"惠俊豪摸出一根烟，给黄欣递过去。

黄欣接过烟，打量惠俊豪："看你眼生得很。"

"都是张口吃八方，有缘才能到一方，借一步说话？"惠俊豪控制着微表情，示意路边不适合说话，而且谈话内容只能对他一个人说。

黄欣虽还是有些怀疑，但听惠俊豪一口江湖话，自己也是有大哥罩的人，便没有想太多，跟他走进了路边的弄堂。

"啥事儿？"

话还没有说完，惠俊豪抽到一半的烟头，忽然往黄欣衣领里一扔，烫得他大叫一声，原地跳了起来。

趁这个机会，惠俊豪一把搂住他脖子，用力一夹，往墙壁上一推，按得死死的。

石军见势不妙，转身就跑，不料刚转身，就看到万子良和胡秋飞出现在他面前，堵住了他的去路，面目不善，胡秋飞手上还掂着两块半截砖头。

发现来人是万子良，石军在心里骂了娘，知道东窗事发，债主找上门了，下意识地转身再跑。

石军刚跑出两步，胡秋飞猛地砸出砖头，正好砸在他脚下，偏上一分，他那只脚就中招了，吓得他一个激灵，腿一软直接扑在了地上。

"石军，砖头可不长眼，再敢动一下，砸烂你的头。"胡秋飞杏眼圆睁，掂着另一块砖头，对石军虎视眈眈。

"别打，别打。"石军抱着头趴在地上，愁眉苦脸道，"少侠，把我当个屁放了吧。"

街头打架，砖头堪称神器，石军见胡秋飞如此彪悍，早就憋着粑粑的他，也许是受了惊吓，一个没忍住，"扑哧"一声拉在了裤裆里，顿时一股恶臭四散开来。

石军惊慌失措地跪在地上，兜着一裤裆屎，再也不敢乱动，生怕惹怒了胡秋飞，给他头上砸两个血窟窿。

"呸，猪狗不如，脏东西。"

说时迟，那时快，胡秋飞拎着砖头快步跑到了石头跟前，踩下了他的两只鞋，远远地踢了出去。

万子良捂着鼻子，看傻了眼。平时古灵精怪的胡秋飞，竟然有如此彪悍的一面，真是女中豪杰，他自愧不如。

"黄皮子，你个看花场的小色坯……小样，别以为你穿上马甲老子就不认识你了。"惠俊豪恶狠狠道，"老子今天心情好，不然卸你两条梢条子（四肢）。"

"大哥，兄弟太念作（下作），黑了招，你是哪路的？留一口（手下留情）。"黄欣哆哆嗦嗦地对着黑话切口，心中忌惮不已。

"我是你炮爷，看你这属样（来头），带这么个脏货，一盘道就衰了，扑风的雏（刚出道的小混混）吧？"惠俊豪瞥了眼弄堂口的石军，蔑视道。

石军脸上冷汗淋漓，浑身臭气熏天，像被抽了骨头一般瘫软在地，逃也逃不了，动也不敢动。

"炮爷眼硬（眼力高明），兄弟认栽。"黄欣被吓破了胆，不敢不服气。

"这我兄弟，按规矩办，吐出来，两清。"惠俊豪指着不远处的万子良。

黄欣斜眼望去，看见了万子良，一切了然，不由得吞了口唾沫："大哥，不是我不吐，已经卖了。"

"卖给谁了？"

"街边的手机贩子，我也不认识。"

听见手机被卖了，万子良心里凉了一截。

"小兔崽子。"惠俊豪凶相毕露道，"钱，拿来！"

这是愿意放他一马的意思，黄欣赶紧掏口袋。惠俊豪手更快，探出大手把他口袋里的钱全都掏出来，零零碎碎加起来，大概有五六百。

"出门在外，就这么点钱？"

"刚从苦窑（监狱）出来，就这么点了。"

"便宜你小子了，今天放你一马，下次招子（眼睛）放亮点，不然剁了你。"

说完，惠俊豪给万子良和胡秋飞使了个眼色，三人快速离开了弄堂，发动汽车，绝尘而去。

汽车渐行渐远。

石军目光呆滞，眼中饱含泪花，他一边擦着裤子上的屎，一边看向黄欣哭诉："欺人太甚了，什么鬼路子啊，这么野。"

"妈的，你也够野的，怎么就拉了？"黄欣脸肿得老高，嘴里呜哩呜喇道，"唇典（黑话）说这么顺溜的大哥，还知道咱们底细，肯定来路吓人，没打折你胳膊腿儿就不错了。"

"此仇不报，以后还怎么混呀？"

"妈的，混个屁……你的毅力也够强大的，怎么就忍不住拉到裤裆里了？以后叫你屎军毅算了。不对，你以后叫屎拉裆算了，没出息的烂屁眼。"

"呜，我也不想……都是苦窑里……"

"屎拉裆，赶紧找个水龙头冲冲。"黄欣捂着鼻子一脸嫌弃道，"泡个澡去去晦气，等晚上见了大哥再说吧。"

打今儿起，石军除了"石头"这个外号，又多了一个新外号——屎拉裆。

12点40分。

为了早上的射击比赛，惠俊豪早饭都没吃，到现在已经是饥肠辘辘，心里一直惦记着诱人的烤肉，不由得踩足油门，吉普车风驰电掣，抄近路直奔新疆餐厅。

新城区，曲阳路上的阿尼巴伊德新疆餐厅，是远近闻名的网红餐厅，除了烤肉，最有名的小吃就是爆辣炒米粉，那是女生的最爱，从上午十点到晚上十二点打烊，食客络绎不绝。

惠俊豪停好车，三人进了店门，眼睛一扫，便找到了陈强的位置，纷纷围坐过去。此时，餐桌上刚刚端上来一大盘烤肉烤馕，滋滋冒油。

"搞定了啊！"惠俊豪看了看手表，神采奕奕道，"差不多刚好一个小时。"

"可以呀，不辱使命。"陈强拿起一把烤肉递给惠俊豪道，"来，趁热吃。"

惠俊豪当仁不让，狼吞虎咽起来。陈强顺势又拿了两把烤肉，递给了胡秋飞和万子良。

陈强见万子良有些闷闷不乐，眉峰微扬道："手机没拿回来？"

惠俊豪左右开弓，嘴里塞满了烤肉，撇了撇嘴，示意胡秋飞解释一下。

胡秋飞叽叽喳喳，把过程说了一遍："情况就是这样，只拿回来五百六十块钱。"

"手机贩子拿了手机，很快就会刷机转卖，即便找到他，没有证据，他也不会承认，只能认倒霉了，就当花钱消灾吧。"惠俊豪嘴里含着烤肉，有点含糊地说。

"能拿回来五百六十块钱，总比白跑一趟强。"陈强若有所思道，"还有一只烤羊腿，马上就来，今天都敞开了吃。"

"哇，他们的羊肉爆赞，都是从新疆空运过来的。"胡秋飞边吃边点评。

"我出去一下，你们慢慢吃。"

陈强走到店外面，拨通一个号码，说了几句便挂了。回来后看了一眼情绪不佳的万子良，脸上浮现出一抹淡淡的笑容。

不一会儿，穿着民族服装的维吾尔族姑娘，端着一盘色香味俱全的烤羊腿款款而来，眼未见其物，香味已扑鼻。

还未等服务员放下烤羊腿，胡秋飞便直接上手，撕下一块外皮金黄油亮的羊腿肉，放入口中，大快朵颐起来。

阿尼巴伊德的烤羊腿可真是一绝，口感酥脆鲜嫩，肉味浓郁，清香扑鼻。

"来来来，小万，你身板薄，多吃点……"陈强招呼了一声。

惠俊豪也不客气，撕了半条羊腿，狼吞虎咽起来，不一会儿便热汗淋漓，腮帮子上全是油光。

万子良情绪低落，手机里不仅有很多珍贵的照片和视频，还有不少他研究电子物证的学习资料和心得体会，这可是他上班五年以来的所有心血。他只吃了两串烤肉，便没了胃口。

陈强知道他心情不好，也不强求，边吃边找话题。惠俊豪见缝插针，插科打诨，抖出少侠一砖拍出屎的梗来。胡秋飞见招拆招，也说了不少惠俊豪的糗事，惹得大家哈哈大笑。

一个小时后，大家风卷残云，将桌上的美食吃得一点不剩，微微挺起了肚子，准备鸣金收兵。

"刺啦！"

一辆黑色的丰田面包车停在了新疆餐厅门外，车门打开，下来一个剃着小平头的壮汉，穿着一身巴宝莉黑色休闲服，戴着大狗金链子。

壮汉威风凛凛地走进新疆餐厅，目光一扫，看到陈强这桌，立刻屁颠屁颠地跑过来，咧开嘴露出两颗大金牙，赔着笑脸："哎哟，陈总，可找着您了。"

"嗯。"陈强似有所料，发出一个单音节。

"您大人有大量，真是大水冲了龙王庙，不好意思。"

万子良和胡秋飞都愣住了，这是闹的哪一出？

惠俊豪倒是看出了端倪，这壮汉不就是虹江路二手市场收旧货的"大B哥"吗，他今天怎么会跑到这里来？

陈强稳如泰山地坐着，瞟了壮汉一眼，继续剔牙，用下巴指了指万子良："跟他说。"

壮汉立刻心领神会，拿出一部华为手机，捧到万子良面前："这位兄弟，手下人有眼不识泰山，已经教训过他了，您大人不记小人过，笑纳了吧。"

"这，这是我的手机？"万子良惊讶地说。

"看看是不是，是你的就拿着。"壮汉赔着笑说道。

万子良反应过来，急忙接了过来，按下开机键，输入密码，查看手机里的隐私和资料，果然一样不少。

见万子良收下手机，壮汉的表情也放松了不少，再次毕恭毕敬地看向陈强。

"好啦好啦，大B。"陈强挥了挥手，随口打发道，"以后叫你的人收东西小心点。"

"是是是，陈总教训的是，你们继续，不打扰了。"壮汉如蒙大赦，后退了好几步，才转身出了餐厅门，逃也似的上了黑色面包车，疾驰而去。

"呼之即来，挥之即去。"惠俊豪赞叹道，"真霸气！"

胡秋飞也坐不住了，显然刚才这一幕也让她振奋不已。

"头儿，刚才哪位？"

"线人。"

胡秋飞恍然大悟，惠俊豪揉了揉肚子，也若有所思。

万子良捧着手机，内心不可名状的情绪奔涌，最终凝聚成一句话："谢谢，头儿。"

"小事儿，客气什么，该咱们的面子、里子，一样都不能少。"陈强站了起来，拍了拍万子良的肩膀道，"信访办的流程你都知道了，明天就回探组来吧，马上就有重要任务。"

万子良默默地点头，这一刻，千言万语都不如这个动作，同时，他也亲身体会到了，什么叫作尖刀上的刀尖。

大海捞针，各怀鬼胎

夏夜。

东海市，南城区。

车水马龙喧嚣依旧，霓虹灯下，来来往往的红男绿女，编织着夜的美景，却依然抹不去黯淡的色彩。

迈过天地汇夜总会的门槛，便能闻到奢靡的气息，这里鱼龙混杂，三教九流皆有。入目处尽显奢华，地上铺着意大利的大理石拼花地砖，头顶挂着捷克的水晶吊灯，到处摆设着描着金边的欧式家具。西装革履的"少爷"和穿着蓝色晚礼服的"公主"们，笑容满面地迎接着天南海北的"有钱人"。

专供 VIP 客户的 888 号，是天地汇最豪华的总统包间，分为两个区域，外面是 K 歌区，里面是娱乐休闲区，这里也是宝泉信息咨询公司的"长包房"。

此时包厢中，十几个穿着背心短裤，身上描龙画虎的混混，聚集在昏暗的娱乐休闲区，有的在打台球，有的在赌骰子，有的抱着浓妆艳抹的陪酒公主，在角落里打情骂俏，一片乌烟瘴气。

桌子上堆着数不清的啤酒瓶、生蚝壳、烧烤铁签，还有几十个啤酒瓶。其中有一个混混，蹲在桌球角落里，津津有味地嗦着螺蛳粉。酸臭味弥散出来，混合着酒味、烧烤味和烟味，那叫一个令人窒息。

外面 K 歌区比里面好上一点，桌子上散放着果盘、烧烤和黑方威士忌。黄欣倍感亲切地打量着包厢内的一切，他的脸上指印未消，身后的石军换了一套新衣服，手上拿着冷透的烤腰子，鼓起腮帮子艰难地咀嚼着。

在黄欣崇拜的眼光中，站着一座"肉山"，"肉山"不是别人，正是前几日与万子良等人交过手的豹哥。

豹哥名叫李果良，早年从皖南来东海跑码头，靠着心狠手辣和贪得无厌，与一群乌合之众成立了宝泉信息咨询公司，他担任副总。

李果良左拥右抱，两个浓妆艳抹的陪酒公主衣着暴露，他右手拿着话筒，嘶唱着《真心英雄》，左手在陪酒公主身上游走，揉捏她的敏感部位，引得娇嗔连连。

石军没来过这种地方，嘴里吃着冷透的烤串，眼睛却在不停乱瞟，贪婪地看着眼前的一切，口水涟涟。

李果良唱完《真心英雄》，抱着两个妞坐回沙发上，黄欣赶紧凑上去，殷勤地递上一根烟，把今天的遭遇一五一十讲了一遍。

"豹哥，那人自称炮爷，是个暗挂子（恃强凌弱的习武人），我说我是豹哥的人，这货却说他打的就是豹哥……"

"去，给老子点歌。"李果良松开两个陪酒公主，在她们屁股上各拍了一巴掌，等两个妞去了点歌台后，他的脸色骤然阴沉下来。

"蠢货，给你说过多少次了，做事要用脑子，怎么还去做这种低端的活，一点技术含量都没有。"

"不是，豹哥，我跟石头刚出来，手头有点紧，腿也没那么长，想就近盘盘地皮（用不法手段搞钱），谁想到，他们吃生米儿（黑吃黑不讲规矩）……"

"贼不空手，骗不回头，都让人家找上门了，还不是没脑子？"李果良怒气不减道，"行里行外，哪个不是一山更比一山高，有能耐的人多着呢。你都蹲了几回了，还没学会长记性？"

"豹哥，这哪是在打我的脸呀？"黄欣侧过脸颊道，"打狗还要看主人呢不是？"

"操！还真下黑手。"李果良瞥了一眼道，"咱们地盘上，有炮爷这号人物？"

黄欣刚想说些什么，却突然听见身后传来一个金石交错的声音。

"吃了熊心豹子胆了，我不称爷，谁敢称爷？"

黄欣转身望去，见后排的沙发上，居中坐着一个赤裸上身的彪形大汉，大汉戴着劳力士金手表，脖子上挂着纯金佛牌，面目狰狞，全身肌肉虬结，胸口左右两边各有一套凶神恶煞的文身，左边文的是"骷髅头"，右边文的是"奥尼面具"。

李果良这座"肉山"在彪形大汉面前，瞬间变成了毫无气场的"小土包"。

大汉名叫朱宝泉，江湖人称"宝爷"，是宝泉信息咨询公司的总经理，李果良的大哥，靠着一套狠辣的劈挂掌，在东海市打出了一片天下。

朱宝泉一出声，整个包厢骤然安静下来，所有人都把目光聚焦到了他的身上，洗耳恭听他的"教诲"。

"宝爷，洗手间没人。"一个小弟毕恭毕敬地伸出手道，"这边请。"

朱宝泉从晦暗中站起来，缓缓走向K歌区旁边的卫生间，即使不动声色，他全身仍散发着慑人的气场，令人不寒而栗，每走一步地面仿佛都在颤抖。

黄欣有点把持不住，吓得直咽唾沫。石军更是愣在原地，双腿发软，刚咬了一口的烤串，从嘴里掉到了地上，他差点又跪下。

"宝爷问你话呢，还不快说！"见朱宝泉走出来，李果良赶紧呵斥黄欣。

"宝爷好。"黄欣急忙上前汇报道，"那人自称炮爷，我听得真真的，绝不会错。"

"炮爷？"

朱宝泉停下脚步，似乎在思索什么，整个包间的气氛愈加凝重了。小弟打开了卫生间的门，朱宝泉冷哼一声，走了进去。

片刻后，朱宝泉出来，声音轰隆隆道："道上敢以'爷'自居的，不是'大哥'就是条子（警察），这个炮爷的'炮'，怕是炮局（公安局）的'炮'吧，黄点不清（方言，不识时务）。"

李果良恭敬道："大哥的意思是，那炮爷真是条子？"

"出来混，错了要认，被打要站稳。不管是不是，这事都过去了。"朱宝泉不容置疑道，"别因为一点小事，招惹了条子，耽误了火做（大生意）。"

"是，大哥。"李果良弯下腰，恭顺地应了一句，转身对黄欣声色俱厉道，"宝爷的话听见了？这件事揭过了。"

"听见了，以后烂在肚子里。"

"继续。"朱宝泉不屑一顾地瞥了眼石军，转身走回休闲区，"哼，小赤佬。"

石军这才发现，朱宝泉的后背上文了一只斑斓猛虎，张开血盆大口，随着朱宝泉走动，老虎也"活"了过来，仿佛要从背上扑出来，择人而噬。石军吓得一个激灵，心里战战兢兢，低下头不敢再乱瞟。

"继续，继续。"

朱宝泉回到沙发上坐下，招呼身边的小兄弟们，喧闹声再度响起。

沉重压抑的气氛终于有所缓和，黄欣和石军还是大气不敢喘，畏惧到了骨子里。

"别在那儿杵着了，给你个杵门子（挣钱的方法），"李果良瞥了一眼黄欣道，"糊口去，小年子（生意），练练手。"

"多谢豹哥，一定办好。"

"四明路锦园小区有个叫张黎的豆儿（丫头），欠了我们不少钱，想办法挖点银子出来，肉偿也可以。"李果良露出淫荡之色道，"记住了，我们是有公司的人，做的是正经买卖，合理合法地搞钱，不是耗子会的混子，把你以前那套收起来，多动动脑子。"

"是，豹哥，您是我师傅，以后我跟您多学着。"黄欣低眉顺眼道。

"豹哥我混世界，全凭三样东西：脑子、义气、兄弟。"李果良看了一眼石军道，"这就是你带的新兄弟？"

听李果良提到自己，石军立刻绷紧了身体。

"石头是我在苦窑里结拜的兄弟。"黄欣侧过身子，把石军让出来道，"出来没活路，想在公司求口饭吃。"

"怎么进去的？"

"在工地上偷钢筋。"石军如实回答。

"祖上什么营生？"

"啥意思？"

"屎拉裆，豹哥在问，你爸是干啥的？"

"噢，老爷子开个小卖部。"

"出身平平，脑子也不好使。"李果良随手打发道，"既然是你兄弟，那就让他挂个职吧，你亲自带他，如果出了幺蛾子，家法不容。"

"是是是。"黄欣赶紧扯了扯石军道，"还不快谢谢豹哥！"

"谢谢豹哥，我一定好好干，绝不给公司丢脸。"石军深鞠一躬，对李果良感恩戴德。

"走吧，走吧。"李果良随意挥挥手打发他们。

黄欣没有立即退走，而是看向桌子上剩下的没人吃的一把烤板筋，露出希冀之色。

"拿走吧。"

"谢谢豹哥。"

黄欣大喜过望，抓起剩下的烤板筋，带着石军退出了包厢。

包厢外，黄欣把凉透的烤板筋分给石军，石军毫不客气，大口吃了起来。

"欣哥，豹哥身上的文身，怎么是带鱼和软脚虾啊，一点都没宝爷的文身霸道。"

"你个拉裆货，懂个屁！"

黄欣一巴掌拍在石军后脑上，传出"啪"的一声闷响，石军"哎哟"一声，被打了个措手不及。

"豹哥文的那是天龙和毒蝎，只是后来长胖了，文身才走了样。"

"真的很像带鱼。"

石军知道说错了话，往嘴里拼命又塞了几块板筋。

"说起来，你小子也真够幸运的，才来拜山头，就有幸见到了宝爷，够你以后吹了。"

"这都是欣哥牛呀！"石军奉承道，"欣哥，宝爷他们来这里耍，得花不少钱吧。"

"开玩笑。"黄欣与有荣焉道，"宝爷他们的总统包，光包间费少说就要两万，加上公主、酒水，一晚上至少要花十万。"

"乖乖哟，这么多钱。"石军一脸羡慕道，"这算不算一掷千金？"

"屄拉裆，你考研呀，成语还懂得不少。"黄欣继续吹嘘道，"告诉你，天地汇只有宝爷能把烧烤拿进去，这叫什么？这叫实力，叫面子。跟着宝爷混，准没错儿。"

"太好了，进去之前，服装厂门口有个摆摊算命的瞎子，说我今年能走大运。"

"喊，那还用说，我小的时候就有一个算命先生说我命好，是遨游骨，嘴大吃四方。"

"怪不得欣哥在哪儿都能混到一口吃的。"

"那还用说，我走过南闯过北，厕所后面喝过水。混了这么多年夜场，见的世面大了。"

"欣哥，你以前不是夜场的保安吗，站在门口算混夜场吗？"

"滚滚滚！"黄欣脸色一僵，又一巴掌拍在石军的后脑勺上，恼羞成怒道，"狗嘴吐不出象牙，吃都堵不住你的嘴。"

翌日，上午。

按照宋立的侦查思路，一探组兵分两路，陈强和万子良前往东海市第二监狱，惠俊豪则和胡秋飞去滨海区的滨海监狱。

陈强和万子良开着警车一路向北，用了一个半小时，风尘仆仆地赶到了目的地。

监狱办公室的副主任马杰长得白白净净，神似天王巨星刘德华，早已经等候在大门口，接到陈强和万子良后，快速办理好相关手续，便带着二人走进了监狱。

这是万子良第一次走进监狱，他好奇地四处打量，周围是一圈高墙，墙头上缠绕着电网，白色的墙上用黑体字写着红色的标语：强化教育监督，坚持惩防并举。各个主要出入口，都有荷枪实弹的武警来回巡逻。

高墙下的空地上，剃着光头的犯人们身穿蓝色的囚服，在管教们的监管下，喊着响亮的口号，整齐划一地跑步，神情略显麻木。

"罗狱长，陈探长他们来了。"

马杰带着陈强和万子良来到狱长办公室，罗狱长头发花白，瘦削刚毅，马杰为双方做了介绍后，便退了出去。

"罗狱长，我们这次过来，主要是想了解一下四年前判刑入狱，并在最近出狱的犯人情况。"陈强开门见山。

"东海五座监狱，在押人犯加起来近五万人，第二监狱算小的，在押人数只有八千多人，四年前判刑入狱，最近出狱的犯人也不是一个小数目，有没有更具体的方向？"

万子良拿出了工作笔记本，认真地记录起来。

"目标对象，身体强健，有较强的控制欲，对女性有变态执念，从事过体力劳动的社会底层人员，年龄在四十至五十岁之间。"陈强道。

"具体情况，狱侦科的包德荣同志比较熟悉。"罗狱长轻轻颔首，面露思索之色，道，"他天天和犯人们打成一片，现在让他过来，你们再沟通。"

罗狱长打了个电话，不一会儿，包德荣便敲门进来。

包德荣油头粉面，中等身材，眼睛非常明亮。

听了陈强的简单介绍，包德荣思索片刻道："按陈探长的要求，我们监狱在四年前判刑入狱，并于今年出狱的犯人，总共有三十二人，完全符合条件的只有一个。"

"谁？"

"回泽强。"

"他是什么情况？"

"他本是苏北农民，身高体壮，四十岁出头，一直未婚，四年前因强奸罪入狱，在狱中我跟他打过交道，感觉这个人愣头愣脑的，也没什么朋友，他于今年3月出的狱。"

"知道他现在在哪里吗？"

"目前在东海工地上当小工。"

"回泽强，泽强……"陈强对这个名字很感兴趣，"工地具体的地址是？"

"南郊区大场镇市八建的工地。"包德荣翻看了一下工作笔记，"不过，回泽强不太合群，经常和人发生矛盾，搞不好现在不在这个地方了也有可能。"

"噢，这小子还是条独狼！"陈强顿时大喜过望，此人跟他心里刻画的明珠案凶手画像越说越像，几乎完美重合。

"请把回泽强的联系方式给我们。"

包德荣不仅给了联系方式和地址，还把三十二人的资料一并拷贝给了陈强。

眼看到了午饭时间，陈强婉拒了罗狱长的安排，带着万子良一路风驰电掣向南郊区大场镇而去。

艳阳高照。

北郊区通往南郊区的绕城高速公路上，一辆帕萨特警车穿梭在车流中，闪着警灯，呼啸而过。

"头儿，能慢点吗？这一路上全是大卡车。"万子良坐在副驾驶上，双手死死拉着把手，一脸惊恐道。

"去晚了，回泽强就跑了。"

"这款帕萨特，中保研的碰撞结果，A柱断裂，车毁人亡啊！"

"别怕，相信我的车技，刑警的荣誉至高无上，剩下的交给浩然正气。"

陈强说着快打方向盘，脚下把油门踩到了底，警车如离弦的箭，再次超越了一辆集装箱卡车。

丰富的办案经验告诉陈强，战机稍纵即逝，而且在常年的办案过程中，他发现了一条很有趣的规律："一山容不得两强"，即凡是犯罪嫌疑人名字中有"强"字的，必然会栽到他陈强的手中，正如上次的傅小强。此时，多年的艰辛也化作源源不断的斗志，明珠案他势在必得。

南郊区市八建的工地上，陈强和万子良费了九牛二虎之力，才将回泽强摁在了沙子堆里，扎上背铐后，押回了刑侦总队。

然而，事与愿违。

经过连夜突审，回泽强确实栽到了陈强手中，只不过与明珠案毫无关联。他出狱后一边在工地打工，一边在夜间拦路抢劫、强奸夜归的独身女性，在出狱后短短四个月内，已经作案八起，只不过这些女性出于羞耻心而没有报案。

虽然抓获了一个夜间行凶的恶魔，但是陈强依然闷闷不乐，他心心念念的明珠案的线索再次断掉，而他接下来所要面对的却是出入境管理局、各大医院，以及各个省市的海量协查情报。

6月14日，周末。

新城区，通达公寓。

接连几日的高强度工作让万子良疲惫不堪，昨天更是加班到凌晨，回来后倒床便睡，迷迷糊糊中，他又陷入了那个梦境。

跟以往不同的是，梦中那幅诡异的"图画"这次竟然格外清晰，好像有无形的力量正在把它凝聚起来。

万子良屏气凝神，睁大眼睛，试图看清"图画"的真容。

就在这时，他的耳边响起手机铃声，"图画"如同被打碎的镜子，瞬间支离破碎，梦境也自此消散。

万子良猛地睁开眼睛，额头上冷汗淋漓。

手机铃声再次响起，他抓过来一看，现在已是早上8点钟，来电显示是苏桐。

"呆木头，到你楼下了。"

"能不能不去啊？"

"不行，你答应我的，陪我去看拍卖会，再有一个小时，拍卖会就该开始了。"苏桐撒娇道，"你要有契约精神，好不好嘛？"

"好吧，马上下来。"

挂断电话，万子良吐出一口浊气，掀开被子翻身下床，简单洗漱一番，换上苏桐给他买的名牌服装，转身出了门。

睡在下铺的安琪生此时已不见踪影，一大早就跑业务去了。

一下楼，万子良一眼便看到了扎眼的红色保时捷卡宴，他拉开车门坐了进去，见苏桐打扮得格外用心：米色的齐肩长裙，略施粉黛，红唇鲜艳，一头栗色长发披在肩头，妩媚与清纯并存，令他眼前一亮。

在马达的轰鸣声中，保时捷卡宴化作一道红色闪电，驶入了都市的滚滚洪流。

半小时后。

北城区，CED（中央娱乐购物区）。

CED位于北城区中心的建德路，与新城区CBD齐名，只是这里更注重于娱乐购物，遍布高级商场和娱乐场所，其中最显眼的一颗明珠，便是位于建德路中段的嘉鑫国际拍卖总会。

该拍卖会是以经营中国文物艺术品为主的综合性拍卖会，总部设于东海市，每年会在各大主要城市定期举办"四季"拍卖会，今年夏季最大的一场重量级拍卖会，便是在东海市总部举办。

红色保时捷卡宴在会场外停下，苏桐和万子良先后下车，立刻有服务生迎上来，把车停进泊车位。

苏桐走到万子良身边，自然地挽上他的手臂。感受到胳膊上的柔软触感，万子良有些害羞，想把手臂抽出来，却被苏桐死死拉住。

"干啥？"

"别动，社交礼仪。"苏桐白了万子良一眼道，"土包子，啥也不懂。"

不容万子良反驳，苏桐便拽着他走向会场入口。

"2号VIP包间。"

"两位嘉宾，请这边走。"迎宾毕恭毕敬，单手指引。

正当此时，一辆白色的宝马轿车从远处缓缓驶来，稳稳停在会场门口。

车门打开，入眼的是一袭红色的长裙，包裹着凹凸有致的傲人身材，紧接着下来了一个美若天仙的女人，肌肤胜雪，红唇如火，双目犹似一泓清泉，顾盼之间，自有一番清雅高洁的气质，但那冷傲灵动中，却颇有勾魂摄魄之态，举手投足间，更是妖媚到了骨子里。

女人名叫虞霖，已过而立之年，早年是东海市歌舞团的台柱子，后来被苏桐的父亲苏坤德看中选进坤德集团，因其美艳的相貌和出众的能力，如今已是坤德集团的总裁助理。

虞霖下车后，另一边车门也被推开，杨君松穿着白色中山装走下车来，正想跟虞霖说话，却见一辆黑白双拼色的迈巴赫紧随其后驶来。

看见那辆限量款的迈巴赫，虞霖眉头一蹙，走到杨君松身边，低声提醒："葛峰和郭槐这两个鬼也来了。"

杨君松微微颔首，目视着迈巴赫停下。先从副驾驶下来一个面容清瘦的助理，穿着黑色西装，提着黑色公文包。

助理跑到后车门，一手拉开车门，一手挡在车顶，毕恭毕敬地请下来一位五十多岁的中年人，身穿金色西装，留着黑白参半的背头，即便戴着金丝边眼镜，也挡不住他人渣的本质，不经意间，凶光毕露。

此人名叫葛峰，早年是泥瓦匠出身，当过包工头，跟着苏坤德一起白手起家创办了坤德集团，是当之无愧的二把手。

葛峰偏头吐了口浓痰，用皮鞋在地上蹭了蹭，接着抻了抻笔挺的西服，忽然，他看见了虞霖和杨君松，心里一惊，随后咧开嘴角，皮笑肉不笑。

"哟，东海第一名媛，你不是跟苏董去海天盛筵了吗，怎么也在这儿，是看上什么字画玉器了吗？"

"苏董看上了一些字画，想让我拍下来送客户。"虞霖妩媚笑道，"葛总，你怎么也在这儿？"

"随便看看。"葛峰神色一僵，嗓音陡然阴冷道，"苏董无利不起早，那可真是辛苦虞助理了。"

"不辛苦，葛总看上的什么东西，一定要放小虞一马。"虞霖毫不畏惧，针锋相对道，"咱们在同一屋檐下，可不要相互拆台竞价呀！"

"哼！"葛峰目光转向杨君松道，"杨大教授，你也对字画感兴趣？"

"葛总言笑了，我一介穷书生，如何买得起字画？"

葛峰还想说些什么，这时，他对面的车门打开，一位中年男人一瘸一拐地走了下来。

此人名叫郭槐，阴山派传人，身材清瘦，穿着黑色暗纹唐装，五官棱角分明，额头高高耸起，颇有"头角峥嵘"之感，薄薄的嘴唇勾勒出冷酷的弧线。如今，他通过朋友介绍，以私人国学顾问的身份跟葛峰有着密切合作。

"槐四爷，刚才上车没发现，你这腿怎么瘸了？"

"喝多了，上楼崴了脚。"

"司机送你回家的时候还可以啊！"

"年纪大了不胜酒力。"

"以你的酒量，不应该啊！"

"人有失足，马有失蹄，不提也罢，该进去了。"

说话间，郭槐一瘸一拐地步入会场，但他的眼睛却斜着看向一边的杨君松，目光阴冷刁钻。

葛峰瞥了一眼虞霖，微微一笑，快步追上郭槐，并肩齐行。

虞霖望着葛峰和郭槐的背影，眉头轻蹙。

"阿松，你放心，就算砸锅卖铁，我也会全力帮你的。"

"Elisa，谢谢你，我们进去吧。"

虞霖轻点蛾首，挽起杨君松的手臂，不经意间，她抬头望了一眼碧蓝的天空，只觉得阳光酷烈。她俏脸一寒，旋即眼中流露出一抹担忧。

一望无际的云海，蓝天浩瀚。

一架印着坤德集团 logo 的波音 747 私人飞机从三亚飞往东海市。飞机舱内布置成了酒吧模样，五彩的氛围灯随着欢快的爵士乐不断变换，调酒台后的酒柜上，摆放着数不清的国内外名酒，穿着比基尼泳装、长发披肩的美女调酒师神情专注，纤细的手指握着银勺快速地搅拌着杯中冰块，随后双手不停翻飞，真是秀色可餐。

穿着低胸露背装的兔女郎们，腿上套着诱人的黑色网袜，脚下蹬着艳红色高跟鞋，端着调好的酒水和蛋糕在人群中来回穿梭。

西装革履的商界精英们手里拿着香槟或坐或站，被莺莺燕燕的气氛环绕着，身边不乏身材火辣的中外模特和容貌艳丽的二三线女明星，更有甚者，在欢快的音乐声中跳起了贴身热舞，肆意纵情享乐，忘乎所以。天上人间，如临云端，不外如是。

其间，一个身着粉色西装的高挑男子与周围显得格格不入，他一头金黑相间的二八分油头，戴着粉框的三角眼镜，左耳打着三个钻石耳钉，对周围的莺莺燕燕视若无睹，十分冷淡，与周围的氛围显得有些格格不入。此人名叫陆茵，是坤德集团监事会的新任理事，更是集团董事身边的红人。

一个兔女郎端着80年的"路易十三"穿过热闹的人群，来到商务谈判区，把酒水递给一个金发碧眼的乌克兰模特。

模特酥胸高耸，接过酒水后，殷勤地俯身送到一个精瘦的中年男人手边。男人身穿蓝色暗格定制西装，细长的丹凤眼中透着精明，怀中还搂着一个长相甜美的模特。

男人名叫肖碧池，是东海市滨海区华晨房地产开发公司的总经理，也是滨海区人大代表，区政府重点扶持的企业新秀。

肖碧池对面正是上市公司坤德集团的董事长苏坤德，他一身白色西装，套着臃肿的身材，地方支援中央的发型露着惨白的头皮，冰冷孤傲的眼睛里充满了自负，厚实的嘴唇间发出老虎般威震天下的霸气。

苏坤德左右各有两个美女相伴，面前的桌面上，除了酒杯和果盘，还放着两份文件，一份是签约的合同，一份是填海的批文。

肖碧池缓缓地品了一口"路易十三"，又抬起手上的COHIBA雪茄，志得意满地吸了一口，吞云吐雾后，香气弥散开来，充斥着整个商务谈判区，令人无比陶醉。他看着桌上的两份文件，喜怒不形于色。

"苏董事长，没想到你在海南三亚别有一番天地，这次海天盛筵，真是让人回味无穷啊！"

"肖总这是哪里的话，凭你的实力，举办一场海天盛筵，还不是分分钟的事儿？"

肖碧池不置可否，又吸了一口雪茄后，垂眼看向桌上的文件。

"有填海批文在手，滨海区青霞湾这块地，开发后至少价值一百二十亿，苏董为什么非要急于出手？"

肖碧池真正问的是这块地的隐藏问题，像这样的地产项目开发周期太长，稍有不慎便会把他拖垮。

苏坤德看着肖碧池的眼睛，笑而不答。

"苏董不给个理由，我们小门小户的，跟你们上市公司不好比啊，冒不起这个险。"

肖碧池身边的美女模特把一颗剥好的龙眼送到他嘴边，他一口贪婪地吃了进去。

"兄弟，那我就实话实说。去年滨海区换届，新来的区委书记我不太熟悉，我担心开发力度受影响，增大开发成本，不像肖总你年轻有为，现在是滨海区重点扶植的企业，比我这个外来和尚好念经啊！"

"苏董客气，东海政界，你朋友比我多。"

"县官不如现管。"苏坤德虎目圆睁，一本正经道，"有填海批文在，我可以跟肖总保证，不出五年，这块地至少翻一番，现在只要八十亿的本钱。"

"有的时候看着是块肉，吃到嘴里就是毒药。"肖碧池看了一眼不远处雌雄莫辨的陆茵，目光一闪道，"可我怎么听说，你们葛总故意亏了好几个项目，让你们坤德置业在二级市场股价暴跌……"

"股票暴跌，是大盘不稳。"

"还有人说，葛总趁股价暴跌，联合了一批资本，甚至不惜给日本人做狗，准备夺你的权，所以你才亲自出马找我卖青霞湾这块地。"

"怎么可能？道听途说的消息，信不得。"苏坤德连连摇头，底气十足道，"你不知道，我跟葛总一起创业，从泥瓦匠、包工头做起，一路风风雨雨，那可是拜过把子的生死兄弟。"

"生死兄弟？"肖碧池冷哼一声，抽了口雪茄道，"苏董，咱们都知根知底，你再瞒着我，可就没意思了啊！"

"是，我们是受了点影响。商场如战场，胜败乃兵家常事。但我们毕竟是上市公司，瘦死的骆驼比马大。"苏坤德拿起酒杯，不容置疑地朝肖碧池比了过去，"无非是丛林法则。一句话，干了这杯酒，青霞湾你吃肉，我喝汤，有钱大家一起赚。"

苏坤德给乌克兰模特递了一个眼神，乌克兰模特立即端起酒杯，送到肖碧池手上，用生硬的汉语道："干杯，祝你们合作愉快。"

肖碧池就坡下驴跟苏坤德碰杯，一饮而尽，一切尽在不言中。大家都是明白人，以利相交，各取所需。肖碧池之所以敢从苏老虎口中夺食，是因为他对青霞湾这个项目已经跟踪多年，做足了功夫。还有陆茵本是葛峰的心腹，能全程陪同，让他深感苏坤德的手段非同一般，更重要的是新来的领导会为他兜底。

干完杯，肖碧池大笔一挥签好合同，突然不经意地露出了坏笑："我记得苏董的司机兼保镖阿忠和大美女虞助理，从来都是不离身的，特别是虞霖，那可是歌声动听、舞姿曼妙啊，这次怎么一直不见他们？"

苏坤德脸色一沉，眼前浮现出虞霖的身影，随即失声大笑："肖总好记性，小虞身体不舒服，这次不方便，下次我一定让她陪肖总多喝两杯。"

肖碧池不置可否，转头看向舷窗外，前方烈阳当空，浩瀚的云海金光闪闪，如同一座座金山银山，夺人眼目。

嘉鑫国际拍卖会现场。

虞霖挽着杨君松走入环形的拍卖会场。会场分为两层，入口处设有楼梯，可以通往二楼的 VIP 座位。

一楼会场前方除了一个圆形的拍卖台外空无一物，场内所有灯光都聚焦在拍卖桌上。拍卖台前方大约十米范围，被隔离带圈了起来，后边是一排排座椅，已有不少嘉宾落座。会场两边设有自助餐台，上面有点心、水果和饮料，供嘉宾休息取用，衣着笔挺的服务人员和安保人员正在来回忙碌。

本次与会的嘉宾更是形形色色，除了西装革履的社会精英，或是喜爱此道的收藏家，还有不少形貌各异，颇有江湖习气的"陌生人"。

分辨起来很容易，上层人士讲究礼仪，讲究精致，即便是那些收藏家，也会有得体的打扮，让人挑不出毛病，而那些"陌生人"，大多不在乎礼仪，穿着也很随便，三五成群地聚在一起窃窃私语。

杨君松目光流转间，将所有人收入眼底，与虞霖轻声耳语："Elisa，这次真传本显世，不仅国内各大门派派了传人来，日韩、东南亚和欧美华侨的相关组织和机构看来也想来分一杯羹。"

虞霖随着杨君松的话音看向会场内的嘉宾，果然看见了身子矮、腿不直的日本人，金发褐瞳的欧美人，皮肤黝黑、颧骨高耸的东南亚人。

"阿松，这将是一场龙争虎斗，你有把握吗？"

"尽力而为吧。"杨君松温润地笑道，"Elisa，走吧，我们上去。"

忽然间，虞霖似乎感应到了什么，心中猛地一跳，转身环视四周。

在虞霖的视界终点，一位身着黑色中山装的人混迹于嘉宾人群当中，此人身高体壮，发达的肌肉在肩膀和两臂间突起，他蓄着一头如钢针般的短发，手上戴着白手套，似乎也正隐隐地看着她。

看见那人的瞬间，虞霖心里咯噔一下，仿佛遭到雷击，她一下松开杨君松，刚刚还妩媚娇艳的脸蛋上顿时花容失色。

"Elisa，怎么了？"

"我，我好像看见吕阿忠了。"

杨君松略显错愕，顺着她的目光看去，却只看见来往的嘉宾和服务人员，不觉失笑道："一朝被蛇咬，十年怕井绳。"

"可能是吧。"

虞霖将信将疑，再次挽住杨君松一起走上了二楼，可是她心里总感觉不安，频频左顾右盼，仿佛阿忠就在身边。

坤德号波音747飞机在东海机场降落后，苏坤德昂首缓缓走了下来，后面跟着助理小胡。

忽然，助理小胡手上的电话响起，他拿起来一看，立刻小跑到苏坤德身边，轻声道："董事长，阿忠的电话。"

苏坤德拿过电话接听，里面传来熟悉而沉闷的声音。

"老爷，我看见大小姐来嘉鑫拍卖会了，葛峰和郭槐也来了，还有……"

"还有什么？"

"还有……还有虞助理跟杨教授，他们举止很亲密……"

听见"亲密"两个字，苏坤德瞬间瞪大眼睛，狠狠地摔出手机，如猛虎般嘶吼一声："贱人！"

第五章
履霜冰至

■ ■ ■ ■ ■ 🎩 ■ ■ ■ ■ ■

忍辱含羞，明争暗斗

嘉鑫国际拍卖总会，二号 VIP 包间。

包间内部装修得像高级会所，一眼望去极尽奢华，繁复的灯饰发出冷冽的亮光，照在柔软的羊毛地毯上，让人有一种非花钱不可的冲动。

包间面临拍卖台的一侧是落地玻璃窗，从上往下俯视，拍卖会场尽收眼底。旁边一排真皮沙发，沙发扶手上放置着话筒，用于拍卖报价。包间内设有专门的休息区，一脸假笑的服务员殷勤地伺候着，软包的墙壁上挂着名人字画，画里人物的眼睛似乎能攫住人的心魂。

此外，包间还是经过特殊装修的，里面可以听见外面说话，外面却听不见里面的声音，私密性极高。这样的 VIP 包间总共有九个，呈半环形，众星捧月般包围整个拍卖会场。

"豹哥？"

万子良坐在沙发上，等待拍卖会开始，忽然看见一楼嘉宾席倒数第三排，一身黑色西装的李果良正趴在一个穿着运动套装的大哥耳边窃语，这个大哥不是别人，正是朱宝泉。

万子良与李果良不打不相识，他没想到一个街头混混竟然也会出现在这里。疑惑之间，他看向朱宝泉，还没来得及细看，朱宝泉便有所感应，偏头向他看过来，凌厉如剑的目光令万子良心中一紧，赶紧低头避开。

万子良心里直打鼓，等他情绪平定，再抬头去看时，朱宝泉和李果良竟已不知所终。

"咦，葛峰也来了。"

苏桐惊奇地发现 1 号包间内，葛峰和郭槐手举香槟，有说有笑，相谈甚欢。

葛峰察觉到苏桐的目光，眼睛看过来，挥了挥手，用口型打招呼："大侄女。"

苏桐假装没有看见，视线挪向了别的地方，葛峰也不气恼，笑得更欢了。

相比于葛峰，万子良更注意郭槐，不知道为什么，他一见到郭槐，就觉得他身上有一种孤傲冷僻的气质，让人心生不可遏制的厌恶。

许是察觉到万子良的目光，郭槐也斜着眼睛向他扫了一眼，但也仅仅是一眼，没有过多停留。

"你认识他们？"

"嗯？"

万子良刚想搭话，忽然察觉不对劲，他看见 9 号包间的杨君松正在朝自己微笑，虞霖陪在杨君松身边，也在朝这边张望，她看见苏桐后，露出了些许愕然，转瞬又恢复如常，并颔首致意。

万子良没想到会在这里见到这位有情有义的大学教授，忍不住想起初见时的场景，以及老于对他的评价，不觉好感倍增，微笑示意。

苏桐看见虞霖后，却一脸厌恶之色。

"大骚货，狐狸精。"苏桐咬牙切齿道。

"咚咚咚！"

此时，拍卖会的负责人费经理敲门而入，他一脸职业微笑，手上还拿着一瓶黑桃 A 香槟。

"大小姐，打扰了。"费经理对苏桐大献殷勤道，"今天莅临本舍，真是蓬荜生辉啊，知道您喜欢香槟，特意给您带了一瓶。"

"费经理有心了，谢谢。"苏桐敷衍道。

"这是我的荣幸。"费经理转脸收起微笑，把香槟交给服务员，颐指气使地吩咐了几句，接着又满脸堆笑道，"大小姐，5号包间的何英先生，想请您过去一叙……"

听见"何英"这个名字，苏桐皱起眉头，脸色骤冷。

"你告诉他，本姑娘没空。"

费经理脸色一僵，转眼又恢复如常。

"那就不打扰大小姐了。"

苏桐挥了挥手，打发走费经理后，忍不住嗤笑道："马屁精。"

"人家给你送香槟，你这样诽谤人家，不太好吧？"

"他为什么送香槟？"苏桐撇嘴道，"还不是为了拍我爸马屁，这种势利小人，我最瞧不起。"

"不要把别人都想得那么不堪嘛。"

"有钱能使鬼推磨。"苏桐莞尔一笑道，"再有钱，能使磨推鬼。"

万子良恍然大悟，没想到费经理的"善意"竟有这么多心机，有钱人的弯弯绕真复杂。

香槟开启，5号包间的何英隔着玻璃向苏桐热情地打起了招呼，苏桐却视若无睹。何英的表情逐渐变得尴尬，当他看见万子良的时候，马上明白了一切，愤然向万子良竖起了中指，面目狰狞丑陋。他是看不起万子良这样的穷人的，对他来说，和穷人打交道，哪怕是短暂的接触，都会被粘掉一层皮，只会消耗你宝贵的生命，拖累死你。人世间，只有权力和金钱在一起碰撞，才有可能绽放出灿烂的烟火。

万子良有些闷闷不乐，苏桐却不以为意，陪在他身边翻看着拍品目录，她悄悄看中了一件贵重的礼物，明代铜象耳宣德炉，准备拍下来送给万子良，让他开心开心。

四个小时后。

"下面是第九件拍品，也是今天压轴的宝物。诸位请看，隐世已久的绝品古籍《青囊经》。"

在专业拍卖师窦先生的主持下，压轴的古籍被工作人员请上拍卖台。此书长约三十厘米，宽约十七厘米，开篇宏大，是具有皇家威仪和气魄的古书。

《青囊经》一出现，现场观众无不身体前倾，伸长脖子，企图看到更多细节。

杨君松忍不住站了起来，走到落地窗前，想要看得更真切一些。郭槐更是热血沸腾，隔着老远距离，都能看见他目露精光。

窦先生神情庄重，徐徐介绍。

《青囊经》是汉初三杰之一留侯张良得自黄石公的天书，他得此书后，助刘邦打败项羽，开创汉家四百年天下。晋代郭璞得之，撰写《葬书》。唐代杨筠松得之，著有《奥语》《天玉》。后来历经战乱，《青囊经》原本遗失，又被明代刘伯温得到半卷，助朱元璋驱逐鞑虏，恢复中华，开创大明三百年江山。"

整个拍卖会场鸦雀无声，落针可闻。

"众所周知，朱元璋生性多疑，滥杀功臣，刘伯温为了自保，上交了半卷《青囊经》，从此《青囊经》藏于皇宫大内，一藏便是六百年。我们现在流传的《青囊经》，虽有上、中、下三卷之称，但只是它的总纲而已。"窦先生环顾四周，继续道，"百年前，八国联军侵华，两次火烧圆明园，抢走无数珍宝古籍，《青囊经》赫然在列，落入日寇手里。时光荏苒，百余年后，我司多方打探，数次求购，方才让这半卷天书回归。今天拿出来拍卖，希望它能得遇明主，造福苍生。"

这是窦先生第一次把一个物件的来历讲得如此清楚，在座嘉宾不仅没有不耐烦，反而听得津津有味。饶是心情酸楚的万子良也忍不住抬头侧目，这书真有这么厉害？

窦先生走到拍卖桌前，指着书衣继续介绍。

"此书曾藏于皇宫大内，自是皇家气象。首先，此书书衣以多层宣纸硬裱，外层以黄绢连脑包裹，可见皇家对它之珍重。其次，书叶采用上等的树皮纸，有淡淡的树叶香气，美观大方，共有 188 页。"

说到这里，窦先生翻开书，展示第一页内容，继续道："整卷《青囊经》都是用朱、墨笔写成，朱笔用来绘制边栏界行，墨笔用来书写题名和正文，整体端庄美观，朱墨灿然。这第一页的内容，便是总纲，相信在座诸位都不陌生。"

万子良从包间内的液晶屏上看到《青囊经》第一页，用台阁体工工整整地书写：天尊地卑，阳奇阴耦，一六共宗，二七同道，三八为朋，四九为友，五十同途，阖辟奇耦，五兆生成，流行终始，八体洪布，子母分施……

这些字万子良都认识，只是组合在一起，便不知其意了。安琪生手里也有一本《青囊经》，他曾拿出来看过，开卷之语便是上面这些文字，但相比起来，安琪生那本假得不能再假了。

介绍完，窦先生高声宣布："此书价值如何，诸位嘉宾比我更清楚。老规矩，下面是鉴赏时间，各位可自行上来观赏。"

话音落下，台下嘉宾蜂拥而上，一股脑挤上拍卖台，上下打量，议论纷纷，判定其来历和真伪。

杨君松和郭槐隔空对视，针尖对麦芒。

十五分钟后，竞拍正式开始。

古怪的是，窦先生宣布竞拍开始以后，许久都没有人报价，似乎都拿不定主意。对于这种高档的拍品，价格上不封顶，在摸不清对手实力的情况下，报价的担心棒打出头鸟，为他人作嫁衣。

终于，有人坐不住了，4 号包间有人站出来，用蹩脚的中文开腔，打破了现场的宁静。

"鄙人是'九菊一派'的山本犬养，从京都远道而来，誓要拿下此天书，既然各位有意避让，鄙人就不客气了。五百万。"

看喊价之人的体态，听其语气，众人瞬间明悟，此人正是日本"九菊一派"有名的大师。"九菊一派"在业界以绝妙阴毒著称，其理念就是以世间万物为我所用，甚至将人作为工具布局设阵，也是其极为常规的操作。

山本犬养话音刚落，7号包间立刻有人跟价。

"六百万，思密达。"

"六百五十万。"

6号包间喊价的尾音有些颤抖，显然来自东南亚。

包间内，葛峰提醒郭槐道："你有多少把握？"

"那要看葛总的决心有多大。"郭槐阴恻恻笑道，"只要苏坤德不出手，《青囊经》便是囊中之物。"

"好。"葛峰看着对面的杨君松，眼中精光闪烁。

"一千万。"

郭槐从座位上站起来，用他那阴恻恻的嗓音，报出了一个惊掉万子良下巴的天价。

郭槐很聪明，一出口便高达一千万，当真是大手笔，让不少人暗中咋舌，这个报价是很多人的承受极限。

"一千零五十万。"

"一千一百万。"

……

短暂的安静后，一次次报价如雨后春笋，又此起彼伏地响起，把这场拍卖会推向了高潮。

杨君松在静待时机，不鸣则已，一鸣惊人。

听着一个个报价，万子良本就激荡的心绪掀起了海啸，感觉自尊受到了肆意的践踏。他悲从中来，心想：就算没有刑侦改革，即使他考上了高级工程师，但和这场拍卖会的买家们相比，他仍然是一个穷人，自己的东海梦是何等的可怜和卑微啊！

思及此，万子良浑浑噩噩地朝包间外走去。

"你去哪里？"苏桐意外地回头问。

"出去透透气。"

包间外面是一条长长的走廊，这里报价声终于小了一些，万子良漫无目的地往前走去。

9号包间。

"已经一千七百万了，还不出手吗？"

见杨君松仍未出手，虞霖不禁替他着急。

杨君松目光如炬，盯着那些举牌的嘉宾，气定神闲。

"再等等，等喊得差不多了，再来一锤定音。"

道理是这个道理，虞霖还是不放心，她对杨君松的家底可谓一清二楚，如果超过了底线，也许还没有出手就要被迫放弃。

"两千万。"

郭槐喊出了新的报价，瞬间镇压全场，先前喊价的那些人，都沉默了下来，显然两千万是他们所能承受的临界点。

片刻后，最开始喊价的山本犬养，仍贼心不死："两千零二十万。"

"两千一百万。"郭槐咬了咬牙，继续加价，瞟了一眼山本犬养，眼光里充满了蔑视。

山本犬养垂头丧气，偃旗息鼓，终于没了声音。

"两千一百一十万，思密达。《青囊经》是我们大韩民国的，风水是我们的非物质文化遗产，理应归我所有。"

此言一出，简直令人作呕。

"两千二百万。"郭槐嗤笑一声，从容喊道。

瞬间，会场内鸦雀无声，众人的目光全聚焦到了郭槐身上，坐在旁边的葛峰跷着二郎腿，更是摆出一副"有钱任性"的架势。众人连连摇头，无不扼腕痛惜。

"两千二百万一次，有没有继续报价的朋友？"

窦先生敲下拍卖槌，充分发挥煽风点火的职业操守，希望有人再抬一把价格。

台下悄然无声，显然大家已无能为力。

郭槐站在落地窗前，并没有力压全场的快感，反而斜眼看向杨君松，他知道在场这么多人，只有杨君松才是他的对手，而杨君松一直没有出手，无疑是想憋个大招，后发制人。

葛峰也眯着眼睛，一直在远远地注视着虞霖，目光闪烁间，透露出一抹狠戾。

"两千五百万。"

杨君松终于报价了，出手便抬了三百万，狠狠压了郭槐一头。现场所有嘉宾不约而同心中一跳，真正的决战开始了。

郭槐早就在等着杨君松，跟葛峰对视一眼后，笃定地喊道："两千六百万。"

"三千万。"

杨君松看着气定神闲，其实手心也在冒汗，他能拿出的报价只有这三千万，一旦超过这个价格，他便无能为力了。

杨君松在赌，赌郭槐背后就算有葛峰，也不可能任由他肆意挥霍。

听见杨君松的报价，嘉宾们都炸锅了，没想到杨君松不声不响，竟然是最有实力的，一次加价三百万，一次加价四百万，这份魄力、财力，他们自愧不如。

现场的气氛紧张到了极点，众人再次齐刷刷地看向郭槐。

剑拔弩张之际，郭槐与葛峰却默契一笑，葛峰拿起话筒不紧不慢道："窦先生，中场休息。"

窦先生略有犹豫，温和笑道："当然可以，休息十五分钟。"

葛峰和郭槐潇洒转身，来到休息区，四仰八叉地靠在沙发上，品着香槟，养精蓄锐。葛峰看了看手表，他知道苏坤德今天并未到场，一定不会特别重视，更猜出来三千万很可能就是杨君松和虞霖的极限，他们故意拖延时间就是为了制造压力，最后一锤定音。

9号包间休息区，虞霖秀眉紧蹙，不停地来回走动，忧心忡忡。

"怎么办，苏董给南城区天港大厦的项目，只预留了这三千万资金，这是我们能拿出来的极限了。"

南城区的天港大厦项目，如今正处于拆迁阶段，距离正式开发还有很长一段时间，虞霖私自做主挪用预留资金，先助杨君松达成所愿，到时候再想办法还回去，却没有想到葛峰的决心竟然如此之大。

"时也，命也，看来是命中注定啊！"

看着失落的杨君松，虞霖心中一狠，继而下定了决心。

"还有一个办法。"

"事到如今，山穷水尽，还有什么办法？"

虞霖没有解释，拨打了一个号码，电话接通后，她语气冰冷地说道："小黑皮，动手吧。"

"明白。"电话里传出一个雄浑却带着讨好口气的声音，"大姐头，瞧好吧。"

听到"小黑皮"三个字，杨君松似乎猜到了什么，眼中闪过一丝明悟，随即又露出担忧。

"早跟你说过，小黑皮是混江湖的，做事不择手段，你让他们掺和进来，有辱斯文，真是有辱斯文。"

"斯文能当饭吃吗？"

"成何体统？这哪是一个大学教授能干出的事情啊！再说了，万一让苏董知道了怎么办？"

"苏董那边，我自有办法。"虞霖展颜一笑，灿若牡丹。

杨君松叹息不已，闭眼揉起了太阳穴。

1号包间休息区。

"槐四爷，《青囊经》到手，就要看你施展了。"

葛峰斜靠在沙发上，抽着雪茄，吞云吐雾，目光看向对面的郭槐，狭小的眼睛内，凶光不停闪烁。

"自古真心留不住，唯有套路得人心。"

许是想到即将拿到《青囊经》，郭槐阴冷的脸上浮上了一层红润，声音却还是那般阴森。

郭槐还想说些什么，却听见有人大声拍门，立刻闭嘴不言。

葛峰吩咐助理道："小叶，看看什么情况。"

小叶三步并作两步，急忙打开包间门。不料刚把门打开，就看见一只大手朝他脸上抓来，揪住他的头发，拽向卫生间。

"小伙儿，来给你说个话。"

"哎呀，松手！"

那手掌力量奇大，扯得小叶头皮生疼，仿佛要把他天灵盖掀下来，出于本能，他只能顺着手掌的力量，跪倒在洗手间内，随后便听见"嘭"的关门声。

"谁？"

葛峰和郭槐大惊不已，闻声而动，同时站起来向门口望去，不敢轻举妄动。来人不是别人，正是拍卖会一开始便消失已久的朱宝泉和李果良。

朱宝泉关上门，挪动身躯，如同金刚一般缓缓走向葛峰，随手抓起葛峰的酒杯，拉来一把椅子，大马金刀地坐下，竖起手指，放到嘴边，再指了指卫生间，示意葛峰倾听。

洗手间里传来一阵阵痛苦的哀号，以及拳拳到肉的闷响，葛峰听出是小叶的声音，瞬间眼角狂跳。郭槐定在原地，眼神略显慌乱，显然已经料到朱宝泉来意为何。

半分钟后，小叶的哀号渐渐变小，卫生间门被推开，李果良肥胖的身躯从里面走了出来，意犹未尽。

"大哥，那小子真不经打，没几下就蔫了。"

郭槐斜眼瞥向李果良身后，小叶被打得鼻青脸肿、口鼻窜血，如一摊烂泥半趴在马桶上面，气息萎靡，李果良右手的拳头更是被鲜血覆盖，一片猩红。

"保安，保安呢？"

"省省吧，你就是喊破喉咙也没有用。"

"你们到底是谁？"

葛峰在大脑里快速检索，只觉得二人面熟，却不记得在哪里见过。

"哼。"朱宝泉品了口香槟，凶狠地道，"我是谁不重要，你是聪明人，应该知道怎么做。"

"是苏坤德让你们来的？"

"呵呵。"朱宝泉偏头看向落地窗外，提醒道，"听，拍卖会开始了。"

落地窗外，窦先生朗声宣布："休息结束，现在继续进行拍卖。刚才杨先生报价三千万，有没有出价更高的嘉宾？"

所有嘉宾看向了1号包间，而他们的视野里却一直空无一人。

"姓郭的，我不喜欢别人挑战我的耐心，请吧。"

朱宝泉冷眼看向郭槐，毫不掩饰威胁和压迫。

"要是，我不答……"

"应"字还没出口，便听见一道破空声，朱宝泉手里的酒杯呼啸而出，正中郭槐右腿脚踝。

郭槐"啊"的一声惨叫，右腿直接跪在了地上，剧痛加身，他的脸皮不断抽搐，嘴里"嘶嘶"倒抽凉气，本就微瘸的右腿，这下是真的瘸了。

"不识好歹。"朱宝泉小惩大诫，盯着葛峰威胁道，"葛总，我的耐心有限。"

葛峰心有不甘，迟迟未做决定。

李果良目露凶光，把手指关节掰得咔吧作响。朱宝泉更是凶神恶煞，一副立刻要吃人的模样。

"呵呵，二山当前，事难成。"郭槐突然苦笑一声，抬头盯着朱宝泉和李果良道，"事已至此，看来是无力回天了。"

"槐四爷，咋回事？"

"今天出门前，我卜了一卦，得了上山下山的艮卦，寓意两座山阻塞前路，宜止不宜进。我本以为这两座山，是杨君松和虞霖，没想到看走了眼，竟应在你们二位身上……"

朱宝泉咧嘴而笑，露出大黄牙。

葛峰听出郭槐的退让，再看看李果良带血的拳头，也只好低头认栽。他神情恍惚地走到落地窗前，拿起话筒，一脸绝望地瞪着9号包间的杨君松。

"杨教授又硬又高，我自愧不如。"

大局已定，杨君松脸上露出一抹喜色，他跟郭槐一样，早上也卜过一卦，得了个好事多磨、险中求胜的履卦，现在果真是应验了。

嘉宾们都傻眼了，明明最有实力的郭槐，怎么突然不跟了，发生什么了？不应该啊！

葛峰无视其他人的错愕，丢开话筒，转向朱宝泉："满意了吧？"

"葛总是聪明人，我们走。"朱宝泉果断转身，打开门先行离开。

"葛总，你现在就可以报警，等我们兄弟从局子里出来后，再找葛总好好叙旧。"李果良擦了擦拳头上的血，威胁道，"哦，对了，还有葛夫人和葛公子，在东郊区的盛世别墅18号，没错吧。"

葛峰冷眼看着他，不置一言，这么赤裸裸的威胁，他岂会听不出来？但他并不害怕这两人，他真正怕的是朱宝泉和李果良背后的人。

李果良冷笑一声，挪动肥胖的身躯，紧随朱宝泉而去，留下一个嚣张的背影。

朱宝泉和李果良走远后，葛峰怒不可遏，掀翻了休息区的茶几。

"苏老虎，你他妈的，够狠！"

郭槐宣布放弃后，结局已毫无悬念，《青囊经》归杨君松所有，拍卖会就此结束。

消防通道里，万子良隐约听见窦先生的宣布，知道今天这场噩梦终于要结束了。他穿过漫长的走廊，快要走到2号包间门口时，忽然目光一顿，看见李果良整了整衬衫的领子，从1号包间得意扬扬地走了出来。

"怎么又是这个衣冠禽兽？"

2号包间。

苏桐拿着手机，正准备拨打万子良的号码，却见万子良意志消沉地推门进来。

"去哪里了？真是的。"苏桐神色稍缓，指向放在休息区的一个锦盒开心道，"我给你买了一个小礼物，宣德炉。"

"那是你买的，我不要。"

"我送给你的，你必须要。你不要，我扔了。"

"扔了吧。"万子良了无生气道，"我有点累，先回去了。"

不等苏桐回应，万子良逃也似的不见了踪影。

"呆木头！"

苏桐心中一疼，像被针扎了一般，继而气急败坏地抱起那个锦盒，"哐当"一声，价值一百万的宣德炉，被狠狠地砸在了地上。

挫锐望绝，否极泰来

嘉鑫国际拍卖公司，地下车库。

万子良"逃之夭夭"，苏桐才真正意识到，自己伤害到了他。她没等拍卖会完全结束便匆匆离开，来到地下车库，打算追回万子良，当面向他道歉。

正当苏桐准备拉开驾驶座的门的时候，不料吕阿忠突然出现，仿佛一面墙挡在她面前。

看见戴着白手套，表情万年不变的阿忠，苏桐本能地露出憎恶。

"大小姐，老爷请你听电话。"阿忠把自己的手机递给苏桐。

苏桐看向手机，来电显示为：老爷，正在通话中，显然是有备而来。她犹豫了片刻，接过手机。

"老爸，我现在有急事……"

"不管你有什么事，现在马上回来，去给何公子道歉。"

"我不去。"

"放肆！"苏坤德的声音陡然变高，"上次你跟何公子相亲，中途跟那个小刑警跑了，已经让我很没面子了。你知不知道，何副市长的电话，已经打到我这里了。"

"我不是筹码，你想跟他家联姻，你自己找人嫁过去，我不去。"

"反了你了？为了那个小刑警，你敢这么跟我说话。"

"就算他是小刑警，也比何英那个废物强，强一万倍。"

苏桐把手机扔给阿忠，转身打开车门，要钻进驾驶位。

"大逆不道！"电话里传来苏坤德的咆哮，"阿忠，把她给我带回来，面壁思过。"

"是，老爷。"阿忠跨前一步，按住苏桐的车门，面无表情道，"大小姐，老爷请你回去。"

"让开。"

阿忠不动如山，平静地望着苏桐。苏桐恼羞成怒，拿起手提包打砸阿忠手臂，却无济于事。

"大小姐，请恕阿忠无礼。"阿忠探出如老虎钳一般的大手，死死擒住苏桐的肩膀。

"你放开我，放开我……"

苏桐奋力挣扎，阿忠却置若罔闻。苏桐气愤之下，朝阿忠手臂狠狠咬去。

阿忠吃痛大叫，松开了手掌。

苏桐挣脱束缚，乘胜追击，右腿向上撩出一记歹毒的断子绝孙腿，正中阿忠的胯间，隐约有蛋碎的声音。

阿忠千年不变的蚂蚱脸，瞬间变成了酱紫色，两只眼睛布满血丝。阿忠死死捂住下体，"嘶嘶"倒抽凉气。

苏桐趁此机会钻进驾驶位，锁死车门，点火发动，马达瞬间轰鸣，一气呵成。

阿忠见状暗叫不好，强忍着疼痛，快跑几步，张开双臂，挡在车前面，试图以血肉之躯，拦下任性的苏桐。

"滚开！"

阿忠却像死士一般，纹丝不动。

"大小姐，请你不要让我难做……"

未等阿忠说完，苏桐发狠踩下油门，伴随车轮的剧烈摩擦，车如离弦之箭，化作一道红色闪电，向阿忠碾压过来。

阿忠霎时瞪大了双眼，奋力向右扑出，电光石火间，这道红色闪电从他面门前一闪而过，继而一个漂亮的漂移，朝地下车库出口奔去。

地下车库，收费口。

苏桐一边拿着手机扫码付费，一边焦急地回头张望着。

"快点，再快点……哎哟，输错号码了……"

越急越容易出错，苏桐的心怦怦直跳，双手颤抖。忽然，她从后视镜里看见阿忠已经追了上来，顿时花容失色，手机也掉在了车里。

苏桐把心一横，企图开车闯关，岂料阿忠猛地冲过来，用备用车钥匙打开车门，他一把抓住苏桐的左臂，把她拉下车来。

"救命啊，有人绑架……"苏桐用右手死死拉着方向盘，大声呼救。

"大小姐，对不起了。"阿忠脸色一沉，一个手刀劈向苏桐的后脖颈，苏桐顿觉眼前一黑，软绵绵地倒下。

新城区，通达公寓。

万子良如一条丧家之犬，逃回了房间，紧闭门窗，躲在狭小晦暗的墙角，迷茫的心如同荒芜的战场，不知该何去何从。

时间无声流淌，不知不觉，夜已深沉，房间里一片漆黑，如同黏稠的水域，紧紧包裹着万子良，他沉浸在自己的世界里，不知疲倦，不知饥饿，直到听见电话铃声，才有了一丝知觉。

万子良行将就木般慢吞吞地拿起手机，来电显示：妈妈。他的眼中终于有了神采，接通电话："妈，打电话干啥呢？"

"你这孩子，没事就不能给你打电话吗？你爸他想你了，让我问问你最近咋样。"电话里传来母亲吴小丽和蔼的声音。

"我也想你们。"

"小良啊，听你师傅说，你出任务受伤了，还换了工作。"吴小丽忧心忡忡道，"是不是真的？"

万子良闻言眼角酸楚，隐隐泛着泪光，父母跟他远隔千里，却时时牵挂着他，可以想象，如果得知他工作上的遭遇，二老将会何等担忧。

"妈，我好着呢，只是一个小意外，早就养好了，新同事也对我很好，不用担心。"

"你这说的都是什么啊，电话给我。"电话里传来父亲万承纪的声音，"小良，你去找你们领导说说，换回原来的岗位，侦查员多危险啊！"

"爸，这是总队党委的决定，没办法改的。"

"你这孩子，咋就这么轴呢。"万承纪暴躁道，"你不去说，怎么知道不行？存心气我跟你妈是吧？"

万子良有苦难言，只能沉默以对。

"看看看，又是这副臭德行，都是你给惯的，你自己跟他说。"

"小良啊，你别怪你爸，他前两天做的梦不好。"吴小丽重新接过电话，语重心长道，"担心你在外面出事，你爸就给你师傅蔡坤打了个电话，问了问你的近况。"

"嗯。"

"唉，你小时候身体不好，动不动就发烧，有几次烧到翻白眼，去县医院也查不出原因，把我和你爸都快吓死了，多亏仁德寺算命的曾瞎子，要不命都没了。曾瞎子还说你二十七岁要注意……"

听见"曾瞎子"这个名字，万子良脑海里自动浮现出一个戴着墨镜的佝偻老人，穿着黑色长褂，手上拿着一根竹杖。

"妈，没其他事我先挂了。"万子良扔开手机，烦躁地扯了扯头发。这时，电话又响了起来，他一把抓起手机，设置了飞行模式。

世界总算安静了。

南城区，天宝华庭。

这里是东海市最负盛名的高级别墅，住户非富即贵，其中36号别墅别名"神仙居"，归于苏坤德名下，用于金屋藏娇。

"梅姨，倒杯水。"

虞霖打开别墅门，呼唤着保姆的名字，娇媚的脸蛋酡红如花，醉意盎然，更添了几分妖媚，动人心魄。

"神仙居"里却无人应答，黑漆漆一片。虞霖顿觉恼怒，一边开灯，一边抱怨："人哪儿去了？"

灯光亮起，虞霖瞬间酒醒，惊出了一身冷汗。

不知什么时候，苏坤德竟坐在沙发上，几缕地方支援中央的长发从头顶耷拉下来，露出惨白的头皮，眼神如恶虎般阴鸷地看着她，似要择人而噬，杀气弥漫。

"苏……苏董？"虞霖花容失色道。

苏坤德一言不发，只是看着她，散发出阵阵戾气。

虞霖心里咯噔一下，但她不愧是当过演员的人，心理素质极好，装作没事人一样，醉醺醺地走过去，媚态毕现。

"苏董，可算回来了，人家这几天，想死你了。"

虞霖走到苏坤德身边，如同往日那般，搔首弄姿地靠到苏坤德身上，岂料苏坤德霍然起身，狠狠一巴掌扇到她脸上，"啪"的一声，一记清亮的耳光。

虞霖被打翻在地，脸颊火辣辣地疼痛，本就酡红的脸蛋，显得愈加红润，愈加妖媚动人。

"为什么？"

"贱人，你今天跟谁在一起？"

苏坤德俯下身，一把揪住她的头发，狠狠按在沙发上。

"杨教授。"

"叫得这么亲热，难怪不跟我去三亚，原来是找妍头去了。"苏坤德嘶吼道，"贱人，你真当我老糊涂了，不知道你们的勾当？"

"不，不是你想的那样，苏董，你误会了。"虞霖眼角含泪，不住地摇头。

"还敢骗我？"苏坤德又一个耳光扇在虞霖脸上，状若疯癫。

"苏董，你真的误会了。"虞霖捂住脸颊，嘴角流出了鲜血，"你听我解释，我跟杨教授去拍卖会，都是为了你啊！"

"为了我？"

"你不在东海的这段时间，葛峰和郭槐得到消息，拍卖会上有奇书《青囊经》出世，他们预谋收入囊中。郭槐的本事本就不弱，若让他得到，连杨教授都不是对手。"虞霖哽咽道，"我担心对你不利，便邀杨教授前去阻止。"

拍卖会的结果，苏坤德早已知晓，甚至连大概过程都知道得八九不离十。不过他身在海南三亚，对葛峰的谋划一无所知，而他又笃信玄学，听完虞霖的解释，一时心存犹疑，是否错怪了虞霖。

虞霖见苏坤德神色稍缓，乘胜追击，转移话题。

"葛峰狼子野心，找阴山派的郭槐做帮手，你不得不防。不过杨教授说，只要他参透《青囊经》的真要，便再也不惧郭槐。到那个时候，你就能高枕无忧了。"

苏坤德最大的心病，便是葛峰蓄谋已久的夺权篡位，虞霖以此为突破口，巧舌如簧，如泣如诉，不消片刻就说服了苏坤德。

"小心肝，是我不好，错怪你了。"

苏坤德扶起虞霖，她顺势坐在沙发上，梨花带雨，楚楚可怜。

苏坤德坐到她身边，握着她的手，安慰道："我受人蛊惑，错怪你了，是我不好。"

"苏董，我的心里只有你。"虞霖顺势倒入他怀里，委屈巴巴道，"为了你，我什么都愿意。"

"我信，我都信。"

苏坤德挺着啤酒肚，轻轻拍着她的后背，沙哑的嗓音轻言细语，阴鸷的目光却在不停地闪烁。

"苏董，好久没来了。"

虞霖媚眼如丝，愈发妖媚娇柔，苏坤德对上她的眼神，还没有说话，她便主动送上红唇。

虞霖本就是天生尤物，此时更是动人心魄，饶是苏坤德心思深沉如海，也不禁心中火热，下腹蹿起一道邪火，紧紧抱住了虞霖。

不消片刻，"神仙居"里春意盎然，两条白花花的肉体，在客厅里来回蠕动，动人的娇喘声经久不绝……

通达公寓。

安琪生每天朝六晚九，累得像狗一样，最大的乐子就是晚上下班回来找万子良吐槽不如意。

"累死人了，苟扒皮，真不是个东西，凶宅那种晦气东西，有人买才见鬼了……"

自从安琪生把锦园小区那套凶宅租给张黎后，其顶头上司德胜房地产中介公司苟经理，发现他确实有这方面天赋，恰好今年以来，坤德集团推出了一个"凶宅"项目，专门买卖出租出过人命的凶宅，便推举他去做凶宅销售。

听见"凶宅"两个字，正常人都是避之不及，安琪生因为家学传承更觉得晦气至极，要不是为了大好前途，他早就撂挑子了。而坤德集团的高层经过深入调研，却发现了其中巨大的利润空间。

"咦，万总又跟小凤凰约会去了？"

安琪生抱怨到一半，发现屋里黑漆漆的，什么动静都没有。他哀叹一声，无力地打开客厅灯，放下公文包，回卧室更换衣服。

忽然，安琪生发现角落里蜷缩着一个人影，吓得跳了起来。

"谁呀？"

那人影依旧纹丝不动，默不作声。

安琪生仔细一看，原来是万子良，继而抱怨道："万总，人吓人会吓死人的，你好歹开个灯啊，咱不差这点钱。"

万子良沉默不言，手里摆弄着 Zippo 打火机，火光明暗之间，双眼失去焦距，仿佛没有了生机。

安琪生根据以往的经验，看出万子良心情不好，嘀咕一句后，转身脱掉工作服，换上一件舒适的 T 恤。见万子良还是坐发呆，他立刻有了主意，去床头拿起那本泛黄的《青囊经》，随手翻开一页，大声地朗读起来："无极而太极也，理寓于气，气囿于形……"

安琪生边读边看万子良的反应，见他还是无动于衷，走过来帮他宽宽心。

"万总，想开点。"

万子良瞟了他一眼，依旧沉默不语。

"命运不会给你讲道理的，只会把你一巴掌拍到地上，再跟上一句：傻子，学着点儿。"

安琪生自以为很幽默，竟哈哈笑了出来。万子良本就心情沉重，此时听见安琪生聒噪，联想到今天拍卖会上的种种情形，更是心烦意乱。

安琪生得寸进尺，故意凑到万子良耳边大声朗读："这个日月星宿啊，它刚气上腾，这个山川草木呢，它柔气下凝……"

万子良的无名怒火自脚底升起，贯穿头顶喷薄而出，激得他腾地从地上跳起来，夺过安琪生手里的书，狠狠撕扯起来。安琪生本想挑逗一下万子良，开解一下他的心情，不料适得其反。

"让你读！"

"哎哟喂，别撕啊，这可是我师爷留给我的宝贝。"

"我警告你，再来惹我，别怪我不客气。"

万子良把《青囊经》横竖撕成四片，扔向安琪生，转身翻上了高低床的上一层，用毛巾被盖住头脚，没了动静。

安琪生五官拧在一起，仿佛吃了一只蜈蚣，百爪挠心，那叫一个欲哭无泪。

刑侦总队，一楼食堂。

万子良强打起精神走进食堂，按照以往的标准，拿了一个鸡蛋、两个肉包、一碗咸豆浆，随便找了个位置坐下。

"小万，过来。"

万子良麻木地循声望去，看见蔡坤正在朝他招手，似乎专门在等他。

"师傅。"万子良走过去坐下。

"昨晚你妈打电话来，说你心情不是很好，出什么事了？"

万子良露出惊愕之色，母亲竟把电话打到了蔡坤那里，真是儿行千里母担忧，心里不禁又一阵酸楚。

"昨天想了一晚上，不想读研究生了。"

"为啥？"

"按照规定，我现在是重案支队的侦查员，已经没有资格考高级工程师了，上研究生还有什么用呢，又花钱又浪费时间。"

"这么说，你想重新开始，好好做侦查员？"

"不，我根本不是做侦查员的料，连小飞飞都打不过，枪法也不行，还被小混混骗了，我感觉我就是个废物……"

蔡坤眼中闪过明悟，看出他的心结所在，只有解开心结，才能获得新生。

"每个人的命运不同，人生哪可能一帆风顺？所谓祸兮福之所倚，福兮祸之所伏。有困难不可怕，可怕的是在困难面前倒下。"

万子良茫然地抬头。

"这次刑侦改革，是因为在传统接触性犯罪与新型非接触性犯罪此消彼长的背景下，总队需要培养刑侦与数据情报全能的复合型人才作为突破尖刀，尤其是可以把大数据转为可用情报的特殊性人才。"蔡坤严肃道，"你能被挑出来，足以证明总队党委对你的重视，是挑战更是机遇。刑侦技能不足，可以从头学习，除非你不想学。"

"师傅，我……"

"至于考研这件事，你的初衷是想考上高级工程师，将来有更多机会，这是人之常情。现在换了岗位，失去了考高级工程师的资格，这才心灰意冷。可越是这种时候，你越不能放弃，还要再加把劲儿，发挥你在电子物证方面的特长，这对你将来有好处。"

"可我已经不在图像室了。"

"这就是我等你的原因。"蔡坤温和笑道，"我已经向政治处提出申请，保留了你的考试资格，你可以继续考高级工程师。孙鼎文他们不在的时候，你随时可以来实验室，我会辅导你完成实验，并完善你的天狗 AI 追踪系统，顺便你也把你的论文写完。"

"师傅，你不是骗我吧？"

"你觉得呢？"

"啪！"万子良狠狠扇了自己一巴掌，引来不少人侧目。他无视那些目光，只觉得脸上火辣辣的，确实不是在做梦。

这真是久旱逢甘霖啦！他激动地站起来，向蔡坤深深鞠了一躬。

"谢谢。"

"路已经铺好了，能不能走下去，还得看你自己。当然，重案支队那边你也不能放松，那里也是很多侦查员梦寐以求的地方，以你的天赋和悟性，只要肯努力，今后必有所为。"

"明白,我一定会努力的。"

"现在什么暗网、加密货币、地下社交软件等,隐蔽性非常强,贩毒、洗钱,各种非法交易大行其道,传统的侦查手段很难发现他们的蛛丝马迹,天狗追踪系统必然会派上大用。"

万子良的目光渐渐坚定,窗外的阳光瞬间明媚了。

"你自己再好好想想,别忘了给你爸妈回个电话。"蔡坤拍了拍他的肩膀,端上餐盘转身离去。

望着蔡坤的背影,万子良重拾信心,绝对不能让师傅失望,更不能让那些看不起自己的人得逞,他现在已然拥有了东海两个最顶级的平台,他要依托刑侦改革的东风建功立业。

万子良跟苏桐的差距也被蔡坤的话点醒:是啊,每个人的命运不同,我万子良和她苏桐本就不是一个世界的人,我何必为此而苦恼,何不珍惜眼前,让自己变得更优秀呢?

无能为力的事当断,生命中无缘的人当舍,心中的贪欲、杂念当离。目光所及皆是回忆,心之所想都是过往,只有放下执念,心才能回归安宁,人才能茁壮成长。

此后的一个月,陈强带领一探组埋头扎入明珠案中,明里暗里与宋立较起了劲。与宋立的思路不同,陈强是对东海市内的可疑人员进行精准排查,并根据外省反馈的情报信息,亲赴外地逐个甄别。陈强这么做,虽破获了一些积案、疑案,可对明珠案来说,却是零进展。

接连的挫折和失败,让侦查陷入绝境和迷茫,包括陈强在内的一探组的士气低到冰点。再这样下去,这支尖刀队伍便没了锐气和斗志。

关键时候,金建民挺身而出,为一探组打气助力,把他们从悬崖边上拽回来。金建民以一名老侦查员的身份告诉他们,侦查最忌自乱阵脚,要想破获明珠案,心态必须摆正。

后知后觉的陈强于是放下思想包袱,带领探组稍事休整后,调整好心态,以全新的士气重新投入工作中,迎接新的挑战。

这一个月,万子良也没有闲着,除了积极融入一探组,虚心向陈强他们请教，他还要学习研究生课程，在蔡坤的指导下完成实验，以及应付偷偷跑出来和他见面的苏桐，他恨不得把自己分成四份，可是分身乏术。

对待苏桐，万子良严格按照合约，无论她提什么要求，如何无理取闹，都尽可能满足。然而，由于万子良始终保持与苏桐的距离，原来心中朦胧的爱火便渐渐熄灭了，气得苏桐直跺脚。

人生最好不相见，从此便可不相欠。

也许，这是他们之间最好的相处方式。

凶宅遗事，夜半歌声

7月25日，立秋后的第二天。

安琪生如往日那般早上6点起床，穿戴整齐，朝气满满，然后天南地北地跑业务，直到下午5点钟，根据公司苟经理的安排，来到东城区福政路37号，一栋历经沧桑的民国别墅。

这栋别墅原名瑞公馆，当年是国民党要员的官邸。由于战乱和一系列历史原因，瑞公馆出了很多稀奇古怪的事情，直到20世纪90年代末，没有人再敢住在里面，于是便成了东海市远近闻名的凶宅。

按照安琪生的思路，肯定是离凶宅越远越好，奈何今天日子特殊，有一位总公司的大人物要来这座凶宅搞活动。大人物就是集团新任理事陆茵，全权负责坤德集团的凶宅项目。

整个东海市有三千多套出过人命的凶宅，而且每年以一百套左右的速度在增长。这些凶宅无人问津，被人避之不及，坤德集团以低廉的价格收购，加以包装，重新销售，从而获取暴利，这也是坤德集团预计利润最大的增长点。

唯一的难处在于，如何说服客户心甘情愿购买、租住这些凶宅。该项目由杨君松提出，从立项到实施历经多年，一套凶宅都没卖出去，租赁情况也不容乐观，眼看是个好项目，却亏了很多钱，导致坤德集团内部流言四起。杨君松设计出了一套解决方案，结果陆茵作为该项目的新任负责人，今天却要大展身手、横插一刀。

拍卖行事件后，葛峰怀恨在心，对苏坤德展开了猛烈攻势，近乎明目张胆地拉帮结派，企图夺权篡位。坤德集团外，更有竞争对手虎视眈眈。这时的坤德集团，可谓内忧外患不断。

陆茵身为坤德集团的一方诸侯，无疑是一个香饽饽。葛峰和苏坤德都想争取、拉拢陆茵，可陆茵却态度暧昧，谁都不得罪，试图借凶宅项目一炮而红，待价而沽。

前有因，后有果。在高人的指点下，陆茵决定借助网红直播带货的模式，亲自去凶宅直播试睡，这样做，一是可以借助凶宅博人眼球，提高该项目的知名度，把自己打造成网红，毕竟现在流量就是金钱；二是通过直播试睡，可以打消购房者的偏见，让凶宅量价齐升；三是经过一番炒作，既能堵住坤德集团内部的悠悠众口，又能借以抬高自己的身价。如此精于算计，可谓一石三鸟。

好巧不巧，陆茵看中了安琪生负责的福政路 37 号瑞公馆。

黄昏，天黑沉沉的，像玉帝打翻了墨汁瓶。

天气闷热，热得树上的蝉儿声嘶力竭。

空气中隐约有一股潮湿的泥土气味，一场暴雨眼看就要来了。

安琪生早早来到瑞公馆大门外的福政路上，等候陆茵大驾光临。

远远望去，瑞公馆背靠东平森林公园，毗邻浦江，是一座掩映在绿荫、中西合璧的经典民国别墅。别墅主楼地上三层，地下一层，共二十二间房，当年曾被评为东海市十大洋房之一。

瑞公馆红砖褐墙，古朴文雅、柔和凝重，玄关处吊灯样式简约，二楼弧形阳台视野更开阔，别致的空铸梅花窗栏，室外草坪一角，布置有小桥流水，彰显着曾经主人的品位。两条鹅卵石铺砌的小路，一条通往福政路大街，一条通往森林公园，位置幽雅清静。与其说陆茵无意中选择了瑞公馆，不如说他看中了这个东海市知名洋房别墅的潜在价值。

不过由于年代久远，无人居住，褐色的外墙上爬满了细密的青藤，仿佛一根根从地狱探出来的触须，要把瑞公馆拽回地狱。入目处皆是浓郁的青色，如今分明是炎炎夏日，可瑞公馆给人的感觉却有一种难以言喻的阴冷。

安琪生掏出手机看了看，将近下午6点整，正是大地阳气消亡的时候，按照师傅的讲法，在阳气消亡的时候进凶宅，尤其是这种怨气极重的大凶宅，凶多吉少。

正当安琪生胡思乱想之时，一辆骚包的粉色英菲尼迪停在了他面前，副驾驶门被推开，下来一个文质彬彬的助理，小跑到后座拉开车门。

陆茵从车上下来，一身粉蓝色西装衬托着高挑纤弱的身材，白皙阴柔的白狐脸，当真雌雄莫辨，不经意间，露出一种漫不经心的傲慢。随着陆茵下来的，还有一只雪白的博美犬，全身肉滚滚的，戴着一副宠物眼镜，尾巴翘得老高，和主人一样。

第一眼，安琪生竟把陆茵当成了女人，而且是很有气质的漂亮女人，可是据他所知，陆茵是个男人啊，难道认错了？更怪的是，谁会给狗戴眼镜呢？

陆茵牵着狗，上下打量着阴森的瑞公馆，助理则招呼安琪生过去："你就是瑞公馆的销售？来，陆总有话问你。"

安琪生确认没有听错，那个漂亮"女人"就是陆茵。他赶紧小跑着迎上去，低眉顺眼，面带微笑："陆总好，我是安琪生，叫我小安子就行了，苟经理让我在这儿等您。"

谁知，安琪生还未走近陆茵身前，那只博美犬狗仗人势，跳着脚、歪着头"汪汪汪"地叫了起来，吓得他一激灵。

"什么味儿啊，熏死人了。"陆茵拈起兰花指捂住了鼻子，厌恶地避开安琪生，嗓音阴柔道，"好了，君君，乖儿子，乖。"

"对不起，陆总。"安琪生知道自己身上的汗臭和劣质香水引起了陆茵和他狗儿子的不满，往后退了几步，继续觍着笑脸恭维。

"陆总，这个点进凶宅，咱们是不是烧一把香，敬敬鬼神再进去？"安琪生说着从随身的包里取出了一把香和打火机。

"搞什么飞机？收了收了！"

"陆总，还是烧一烧吧，图个吉利。"

"少废话，收起来。"陆茵一脸嫌弃道，"小钱，赶紧准备吧。"

小钱应了一声，从车后备箱里取出一个手提箱，里面是今天直播用的设备以及陆茵的随身用品。

"小安子，带路吧。"

沿着鹅卵石小路，安琪生心不甘，情不愿地在前头带路，后面陆茵牵着狗儿子君君，小钱提着手提箱。路上畅通无阻，安琪生很快走到瑞公馆院门前，推开黑色的铁艺院门，发出"吱扭扭"的声响。

瑞公馆庭院中有一个喷泉水池，左右两边各有一个喷泉，彼此对称，中间竖立着白色大理石的小天使雕像。喷泉已经枯竭了，水池里铺满枯叶，几根稀疏的杂草从枯叶中露头，随风而动，呈现出一幅破败景象。

喷泉水池后面种着两棵茂密的槐树，枝叶垂落千条万缕，一簇簇雪白的花朵在枝头绽放，一阵晚风吹来，枝叶随风起舞，像极了女人的头发，沙沙作响，阵阵幽香随风荡漾，槐花飘落下来，落在槐树下成片的野菊花上，让原本嫩黄的色泽更加鲜艳。四五只蛾子在花间嬉戏，如梦如幻，成为院里唯一的异色。

穿过庭院便是瑞公馆的正门，一走近这里，周围温度骤降，好像掉进了冰窟窿，不知哪里来的阴风伴着霉味，一阵接着一阵直往骨头缝里钻，让前面带路的安琪生不由得打了个寒战，心中暗骂：让你烧香不烧香，不知死活的东西，一会儿看你怎么死！

狗儿子君君仿佛见了鬼一样，瞪着黑溜溜的圆眼，浑身颤抖着缩成一团，夹起尾巴"呜呜呜"地叫着。

"乖儿子，怎么啦？"陆茵发现了异常，任凭他怎么拉君君，君君就是赖在地上畏缩不前。

陆茵没办法，只好让小钱把自己的狗儿子送回到车上。没有了君君的陪伴，陆茵心里空落落的。

陆茵在门口驻足，看见门楣上雕刻着巴洛克式的多曲线纹饰，再打量门后厅内的布置，视线尽头是一个红木壁炉，因为年代久远，壁炉已经发黑，即便站在大厅外也能闻到一股陈腐的味道。

红木壁炉上方，南洋风格复古绿的墙壁上挂着一幅巨大的油画，画的是当年东海市名人名媛的聚会场景，画上人物活灵活现，仿佛要从画中走出来。陆茵看见画的时候，画上人物也在看他，形成诡异的对视。

陆茵缓步走进大厅，顿觉视野开阔，当年这里专门打通了三个房间，用来社交和开舞会。最引人注目的，莫过于头顶由八十九块色彩不同的玻璃面板拼接而成的巨型天花板，同样精彩的是，由六种不同釉面意大利地砖拼成的地板，就连窗户上的印花都是色彩斑斓。

室内陈设极具年代感，柱式水晶吊灯、红木雕花桌椅、装饰有象牙雕刻的留声机、红木基座的铜质电话机，还有绿色的羊绒沙发、暗红色的天鹅绒窗帘，以及空置的紫檀木博古架，无不彰显出富贵。

大厅两边各有一座合抱楼梯，通往二楼和三楼，由红木制成，精雕细刻，如龙盘虎踞，更似鸾翔凤集，可谓巧夺天工。

陆茵审视完毕，向安琪生抬了抬下巴："说说吧，宅子啥情况。"

"瑞公馆始建于 1932 年，历时四年建成，占地 3,200 平方米，建筑面积 1,588 平方米，有 22 间房，民国时期在东海可是有名的豪宅，现在也是东海市重点文物保护单位。这宅子的主人是国民政府的一个什么局长，据说在当时呼风唤雨，有钱有势。"

"妥妥的豪宅，怎么就成了凶宅呢？"

陆茵走上右边的楼梯，安琪生赶紧跟上，继续讲述。

"蒋介石败退台湾的时候，那个局长逃去了台湾，据说他最喜欢的三姨太跟他的司机跑了，不过这传说还有另一个版本——陆总小心台阶。"

两人上了二楼，映入眼帘的是一条走廊，朝南的一边是一排印花窗户，晚风吹拂进来，暗红色窗帘随风飞舞，哗啦啦作响。

"和凶宅有啥关系？"

"问题就出在三姨太身上。"安琪生眼睛不安地朝四周看了看，压低声音道，"这个三姨太是当红歌女出身，喜爱穿红色旗袍，当时极负盛名，唱得一口好曲儿。局长临走的时候，不知是什么原因没有带走三姨太，三姨太相思成疾，在一个暴风骤雨的夜晚，就在二楼楼梯上吊死了，据说还被野狗叼走了尸体，尸骨无存。红颜薄命，造化弄人啊……"

"嗽，什么造化弄人，都是胡扯淡。"陆茵一脸不屑道，"有钱就有好命，没钱只能等死。上等人，命运都掌握在自己的手中，好比我，有上市公司股份，年入百万……只有下等人，才会相信什么命运，随波逐流。说出来吓死你，光我家君君一年都要花二三十万。"

"轰隆隆！"远处传来一阵雷声，紧接着，一阵疾风吹起了暗红色的窗帘。

陆茵心头一惊，看来今晚难免有一场暴雨。

"这房子不漏雨吧？"

"放心，已经简单修缮过，没发现有漏雨的地方。"

"瑞公馆还有啥奇特之处？"

"陆总，这边走。"安琪生指着窗外，继续讲述道，"在那个兵荒马乱的年月，死个把人本来算不得大事，怪就怪在外面那两棵老槐树上。"

"哦，两棵破树，有什么好怪的？"

"陆总您是不知道，槐树是木中之鬼，既能镇宅，也能招鬼，那两棵千年老槐树一雌一雄，是当时有人拍那个局长的马屁，从浙江省郭家坑深山里请来的千年老槐。三姨太死得不明不白，怨气滔天，魂魄吸收了槐树的阴气，竟然变成了厉鬼，每逢暴雨之夜，必定出来作祟……"

"一派胡言，还一雌一雄！"陆茵摘下墨镜，厉声道，"槐树是雌雄同株的，七八月份开花的那是国槐！狗咬汽车——不懂科学。"

"我只是复述一下经过。"

"继续。"

"新中国成立后，这座宅子先是作为东城区房管局的办公室，工作人员经常发现有红衣女鬼出入宅子，猜测是三姨太的鬼魂，觉得这里不吉利，便搬离了这个地方。后来陆续住进来九批房客，都说看见了红衣女鬼，并在之后莫名其妙地死了。"

"怎么死的？"

"有的上了吊，有的煤炭中毒，有的得了重病，有的精神失常……从此，这里便成了东海市最有名的凶宅。"

"打住！今晚，我就让你们看看，什么是科学，什么是反迷信主播。"

两人来到卧室门口，陆茵捂着鼻子朝里面望了一眼，先行一步的小钱已经支好直播设备。

这个卧室位于二楼走廊的尽头，就是当年三姨太的房间。三姨太喜欢绿色，整个卧室里面，以绿色为主色调：绿色的窗户和窗帘，绿色的床铺和沙发，连墙壁都是绿色的，可谓绿到了极致。三姨太更爱美，房间里竟然布置了三面镜子。

"陆总，明天一大早各大媒体的记者都会来报道，小费都已经安排好了。没什么事，我就先走了。"小钱请示道。

"嗯，记住，有钱能使鬼推磨。"

"陆总所言极是。"小钱诚恳道，"真的不要我陪吗？"

"去吧，去吧，区区一个瑞公馆能奈我何？以后凶宅还多着。"

"万一……"

"没有万一。"陆茵自信满满道，"我有高人指点，怕什么。"

"陆总保重。"

"明儿早上再来接我。对了，把我乖儿子君君照顾好。"

"放心，我就是把亲娘老子忘了，也要照顾好君君。"

"哎，小钱，那个东西准备好了吗？"

"都准备好了。"

小钱长出一口气，逃也似的快步离开。

陆茵走进卧室仔细打量一番，不禁皱起眉头，指着房间中央的落地镜："这是哪个混账安排的，放这么多镜子干吗？"

安琪生心头一惊，抬头看去，除了那面落地镜，床铺两边的墙壁上也各有一面镜子，确实有点多了。

"这里的装修布置都是以前留下的老样子，可能因为三姨太她以前是唱歌的,爱美……我们除了打扫卫生,一样都没动过。"

陆茵神色稍缓,这次直播的旗号是挑战原生态,既然是原来的老样子,确实怪不到安琪生,陆茵不耐烦地挥了挥手。

安琪生脚下跟抹了油似的,恨不得多长出两条腿,比小钱跑得还快,直至跑到福政路上,瑞公馆里的阴冷感才稍有减轻。

安琪生不敢放松,从公文包里拿出一根青翠的柳条,在身上拍了个遍,随后像躲瘟神似的,把蔫了吧唧的柳条远远扔开。

"哼,晦气死了。"

忽然,安琪生像是想起了什么,转头望向瑞公馆,露出一抹疑惑:这里面的布置,跟我上次来的时候,好像有点不一样啊!

随即他又摇了摇头,觉得可能是自己想多了。恰好这个时候,阵阵狂风吹来,掀起一片尘土,惊飞公园野鸟,树叶发出飒飒的响声,如泣如诉。

"要下雨了,忘带伞了,我赶紧坐公交车回去。"

安琪生顶着大风快步离开福政路,心里直犯嘀咕。

他身后,森林公园里飞出的一群乌鸦盘旋在瑞公馆上空,"哇哇"叫个不停。

不多久,沉闷的雷声越来越大,似乎要冲出浓云的束缚,撕碎云层,解脱出来。耀眼的蓝光急骤闪过,"咔嚓嚓"的巨雷随之轰响,震得人身心收紧,大地动摇。一霎时,雨点连成了线,"哗"的一声,大雨就像天塌了似的,从天空中倾泻下来。

陆茵按照直播计划拿上拍摄设备,把瑞公馆从上到下每个角落都走了一遍,真是"好主题"碰上了"好天气",陆茵的"凶宅试睡"直播仿佛原子弹爆炸,一时间圈粉无数,成了所有视频平台有史以来最火爆的直播间。

眼看着粉丝数量从个位数一下飙涨到上百万,直播间里又是送花,又是刷游艇,打赏不断,陆茵更是来了兴致,在经过三姨太上吊的楼梯时,他故意将灯光调暗,再添油加醋地讲解一番,惹得屏幕前的观众惊叫连连。

时间过得飞快，眼看已是深夜时分。

陆茵志得意满，和几个网络大V说说笑笑，便算完成了一大半直播，剩下的一半只需倒头睡觉即可，明天一觉起来就等着采访和庆功，从此一炮而红，走向人生巅峰。

陆茵回到三姨太的卧室，跟直播平台上的粉丝互动一番，便换了睡衣准备入睡，然而粉丝们意犹未尽，还是异常活跃，讨论会不会遇到鬼，会不会看见三姨太。

"我把你，一心一意当达令……"

半夜三更，熟睡中的陆茵忽然在梦里由远及近，隐隐约约听到"咿咿呀呀"抑扬顿挫的声音，好像是一个女人在唱歌，歌声若有若无，直达灵魂深处。

陆茵从床上惊坐起来，直播还在继续，悠悠的歌声似乎是从卧室外传来。这时，猛地电光一闪，照得屋角雪亮，四周听不到别的响声，只有雷声轰鸣和大雨滂沱。

"你对我，简直一点没反应……"

陆茵惊疑不定地从床上下来，循着声音，打开手机的电筒，拉开卧室门，不料开门的瞬间，迎面撞来强大的推力，差点把他掀飞出去。他好不容易扶门稳住，发现那阵怪力是从走廊窗户倒灌进来的狂风，暗红色的窗帘在狂风中飞舞，如同游荡的鬼魅，影影绰绰。陆茵心里一紧，明明关好的门窗，怎么被大风又吹开了？

"我对你，千方百计献殷勤……"

呜呜乱吼的风中，歌声如影随形。陆茵循着歌声找去，穿过走廊，来到右边的楼梯，准备一探究竟，歌声却忽然消失了，只有走廊里的风声还在呜呜作响。

陆茵站在楼梯上，朝一楼客厅里张望，下面黑漆漆的，一点动静都没有，又仰头看向三楼，除了窗外风声、雨声、雷声交织成一片，还是什么都没有。

"奇怪，明明听见了。"陆茵暗自嘀咕，准备返回卧室继续直播，可就在他转身的瞬间，眼角余光忽然看见另一边的楼梯上，站着一个穿着红色旗袍的女人，正幽幽地望着他。

空灵的歌声，若有若无地从女人那里传来。

第六章

有戒勿恤

■ ■ ■ ■ ■ ■ 🎩 ■ ■ ■ ■ ■ ■

玄蕴拘魂, 魄人象生

东海市不可知之处, 一间晦暗的密室中。

中央有一座高台, 前方置一张长桌, 桌上有一个香炉, 炉中香烟蔼蔼, 两边各有一只烛台, 台上风烛煌煌。

不知何时, 有一人身穿皂罗袍, 走上高台站定, 抑扬顿挫地念诵起咒语。风色乍起间, 那人转动背影朝向东方木桩上的像生, 暗自掐算着时间, 静默不语。

东城区, 福政路 37 号瑞公馆。

陆茵亲自来直播, 就是为了借助坤德集团的平台成为流量网红, 由此赚更多的钱, 没想到钱没挣到手, 却真的见了鬼。

"报警! 对, 报警……"

陆茵冷汗直流, 保持着最后一丝理智。他跑到床头找出手机, 拨打求救电话, 却因为太慌乱, 撞翻了直播设备, 设备的互动界面上正在统一刷屏: 主播怎么了, 不会真的有鬼吧?

设备摔到地上, 屏幕破裂, 不久便黑屏, 直播就此终止。

"您好，这里是东海市 110，请讲。"

电话接通，陆茵正准备求救，忽然感觉背后吹来一道阴风，直往脖子里钻，吹得他全身鸡皮疙瘩乍起，整个人都僵住了。

"咕噜。"他咽下一口唾沫，缓缓转身，窗外暴雨如注，一道惨白的闪电骤然划破夜色。

窗边落地镜的中央浮现出一个长发覆面、身着红色旗袍的女人，隐约可见美丽的轮廓。女人猛地抬头，用泛白的、没有瞳孔的眼睛幽幽地注视着陆茵。

美玲床旁边的两面镜子，也各自浮现出红色旗袍女人，齐刷刷地抬头，向陆茵注视过来。

陆茵寒毛直竖，瞳孔缩到极致，不可遏制地颤抖。

手机里又传出接警员的声音："喂，请您说话，喂？"

陆茵如闻仙音，慌乱地拿起手机求救，竟发不出声音，无论他如何用力，喉咙如何滚动，都只有难听的"呜呜"声。

接警员又问了几句，见还是没有回应，便挂断电话，断绝了陆茵的希望。

忽然间，三个旗袍女人被咒怨驱使，悬空而立，将陆茵包围在中间，咧开血盆大口，伸出鲜红的指甲，向他扑来。

陆茵神色骤变，转身开门，恨不得多长两条腿，用出吃奶的力气，踩踏着吱吱作响的木质地板，连滚带爬地逃出卧室。

旗袍女人张牙舞爪，身形晃动，瞬间合并为一人，吟唱着"索魂魔音"，穷追不舍。

陆茵跑到楼梯口，忽然想起高人的指点，跑向左边的楼梯，因为左边离大门最近，能以最快速度逃出瑞公馆。他只顾身后的旗袍女人，却忘记了她就是在这里上吊的。

陆茵跑下楼梯，跑啊跑，跑啊跑，一楼近在咫尺，可每当他跑到最后一阶楼梯，便会瞬间回到楼梯顶端，就这样周而复始，永远都跑不完。

又一道闪电乍现，照亮整座瑞公馆，晃花了陆茵的眼睛，他一不小心脚下踩空，从楼梯上摔了下去，瞬间鼻青脸肿，头晕眼花，崴了脚腕，漂亮的白狐脸在地上蹭破了皮，划出一道长长的口子，鲜血流淌，痛得他倒吸凉气，手机也被摔得老远。

旗袍女人紧随而来，俯冲到陆茵面前，脸贴着脸，双手攀上他的肩膀，扼住他的喉咙，越来越用力，试图掐死他，把他拽入地狱。

陆茵手脚乱蹬，试图挣脱，岂料旗袍女人力大无穷，竟然挣脱不开，渐渐地，他的脸色开始苍白，呼吸变得困难，视线模糊不清。

千钧一发之际，一枚黄色的平安符从陆茵身上掉落下来。

陆茵一个闪身，抓起旁边桌上的老式电话机朝旗袍女人砸去，岂料电话机竟透体而过，砸在后面的墙壁上，摔得稀巴烂，女人也瞬间不见。

"真是见鬼了！"陆茵一边咒骂着，一边顶着风雨往外跑。当他跑出瑞公馆后，以为自己安全了，还没来得及庆幸，又听见索魂的魔音从身后再次侵袭而来。

陆茵不敢回头观望，任凭雨水抽打在精致的脸上，咬牙继续狂奔。

瑞公馆外面有两条路，一条往南通往福政路，一条往东北通往森林公园。他本想逃到福政路上找人求救，岂料狂风太邪乎，竟吹断了路边树木，恰好挡在前路上。

陆茵从左边绕过断树，试图从草坪上逃跑，这时雷电同时袭来，照亮前路，他忽然看见前方站着一个青面獠牙的恶鬼，吓得他胆战心惊，赶紧逃向右边，岂料右边前路上也有一个红发绿眼的恶鬼立于风雨中，挡住了他的去路，幽幽地注视着他，伺机而动，吓得他肝胆俱裂。

晦暗的密室里。

忽然，圆台上那人心生感应，猛地睁开眼，右手五指平伸，指尖朝上，大拇指掐中指指根，念念有词。片刻后，那人走下圆台，闲庭信步，打开一道密门，消失在门外，室内恢复平静。

晦暗中，只剩燃烧的灯火。

另一边，刑侦总队。

万子良撑着雨伞，顶着狂风暴雨来到门卫室。

安琪生早已等候多时，身上被雨水打湿，略显狼狈，他递给万子良一套食盒，眼神幽怨。

安琪生按照约定承包万子良一个月的夜宵，万子良提出新要求，只在值班的时候送，算下来今天正好是最后一次。

"小安子，谢了。"万子良接过食盒道，"风雨大，注意安全。"

安琪生眼睛骨碌碌一转，欲言又止。

"有话就说，有屁就放，别吞吞吐吐的。"

"万总，我看你印堂发黑。"

"少来少来，本来没事，"万子良转身走向刑侦大楼，"被你这个乌鸦嘴一说，就难说了。"

安琪生撇了撇嘴，撑开破旧的雨伞，与万子良背向而去。忽而狂风骤急，暴雨如海水倒灌，淋得他全身湿透，只好原地驻足。他把雨伞顶在前面，等风雨稍小些，心里却直嘀咕：奇了怪了，今儿是什么日子，哪儿来的妖风邪雨？

片刻后，安琪生脚下不敢慢吞吞，再不快点，就该赶不上末班公交车了。

万子良提着食盒往回走，忽然心生感应，抬头望去，见胡秋飞趴在一探组办公室的窗户上，对自己望眼欲穿，不觉露出笑容，加快了脚步。

办公室内，陈强和惠俊豪正在整理近期关于明珠案的新卷宗，胡秋飞虽回到了座位，眼睛却瞥向门口，根本无心工作。

不时，万子良走进办公室，招呼大家："吃夜宵了，小安子请客。"

胡秋飞打开食盒，下面摆着皮蛋瘦肉粥，四块炸猪排，还有一小碟咸菜，不算多么精致，分量却绝对足够，四个人分一分刚刚好。

陈强终于看完卷宗，起身活动了一下颈椎。

"小万，你这个室友真不错。"陈强一边分粥一边笑道，"白吃白喝好几次了，怪不好意思的，替我们谢谢他。"

"头儿，不用跟他客气，这都是我打赌赢的。"

惠俊豪吃完炸猪排，吸了吸手指头，随口问道："小万，你咋不住支队备勤室，现在租金又涨了，外面租房子不便宜吧。"

胡秋飞正大快朵颐，指着万子良的办公桌，含糊不清地抢答："炮哥真没眼力见儿，你看万高工的工位，比你的脸还干净，就咱们那个备勤室，跟猪窝一样，还动不动就要出现场，万高工受得了才怪。"

惠俊豪摸了摸胡子拉碴的脸庞，不服气道："不是挺干净的嘛，怎么就跟猪窝一样？"

"也不全是因为这个，主要是我写论文和学习需要一个安静的环境，备勤室不适合。"万子良赶紧解释了一句。

"嗯，倒也是，居住环境很重要。"

惠俊豪说着打开手机，看了看东海房产 App，他关注的几套房子又涨价了，未来丈母娘提出来的要求怕是难以完成了，不由得深深叹了一口气。

谈笑间，吃完夜宵已经是后半夜，陈强、惠俊豪和万子良去了备勤室休息，胡秋飞则去了接警值班室。

清晨，6点。

"重案支队，重案支队，出现场……"

胡秋飞趴在办公桌上睡得正香，突然听见接警电台里传来指挥中心值班班长的声音，陡然惊醒过来。

整个走廊，回荡着接警电台的声音。

果真让安琪生这个乌鸦嘴言中了，命案又来了！

备勤室里，陈强从行军床上跳起来，套好衣服，大声喝道："炮哥，小万，我们走。"

万子良精神一振，紧跟上去。惠俊豪睡眼惺忪，看似懒散，行动却不比万子良慢。

寻踪觅迹，无处问因

7月26日，6时50分。

东城区，浦江边。

狂风暴雨后，天空骤晴，浦江上万舸争流。此时的东海市已是一片喧嚣。初升的骄阳无情地炙烤着大地，浦江边仿佛蒸笼，滚滚热浪扑面而来。

案发中心现场是一处防潮堤，前方是汹涌的浦江，后面是茂密的东平森林公园和观潮台，堤上矗立着无数防潮墩，纵横交错，经受着浪潮的冲刷，人迹罕至。

防潮墩的夹缝里卡着一具白花花的男尸。男尸面部朝下，肢体因断裂而扭曲，由于浪潮的冲刷近乎半裸，粉色的法兰绒长款睡衣半遮半盖，露出半个屁股，皮肉也因江水浸泡而肿胀泛白，面部塌陷青紫一片，难以辨认原貌。

东城区公安分局、滨江派出所和刑侦支队的同志们，在尸体周围拉起了蓝白相间的警戒线，头顶上空，三架无人勘查机嗡嗡震动，实时监控着现场的情况。

刑技中心现场勘查小组早已到达现场，他们穿着统一的深蓝色现场勘查服，戴着三件套，顶着越来越炽热的阳光，进行全方位现场勘查。

徐家君带着助手小肖对男尸进行初步尸检，王涛带着助手小孟勘查现场痕迹，摆放标示牌，测绘现场草图，图像室的小戴对现场方位、概貌和重点部位进行拍照取证。

陈强一脸凝重，率领着一探组在警戒线外向滨江派出所的郑文彬所长和侯青山副支队长询问情况。

"郑所长，什么人报的案？"

"早上5点02分，一艘从闵行运往太仓，船号CN20001872690的'金秋'号货运砂石船经过这片江域时，掌舵的船长发现岸边有尸体，就报到我们这里了。"郑文彬体型臃肿，声音洪亮有力。

烈日下，陈强手搭凉棚抬头望去，浦江在东北方的尽头汇入长江，无数油轮货船正在长江和浦江上往来，川流不息。

惠俊豪和胡秋飞拿出笔记本，一字一句认真记录，只有万子良早上走得太急，忘了带笔记本，显得有些不知所措。

陈强向他飞了一个眼刀，万子良顿感压力，立刻拿出手机点开便签，打字记录要点。

"这片防潮堤很偏僻，很少有人来这里，不能排除杀人抛尸，毕竟三年前这里曾发生过一起碎尸案，你应该还记得吧？"

陈强微微颔首，三年前那起碎尸案也是他经手破获的，死者是一名二十三岁的女性，因感情纠纷被男朋友分成了八段，臀部和两条大腿从桥上扔下漂到了这里，发现的时候已经高度腐败……为了这起案子，一探组在三伏天北上南下、风餐露宿、千里押解，整整跑了三个月，当时的场景如今还记忆犹新。明珠案还没有线索，又来了新案，这让他更感棘手。

当务之急，是尽快查明尸体的来源，并确定死者身份。

与侯支、郑所简单寒暄了几句后，陈强沉吟片刻，转身吩咐惠俊豪和胡秋飞。

"炮哥，小飞飞，你们去周边走访一下，看看昨天晚上附近有没有什么异常现象。"

惠俊豪吆喝一声和胡秋飞离去。陈强带着万子良拉起警戒线，跨过一个个防潮墩来到男尸旁边，徐家君和小肖早已汗流浃背。

"徐主任，有什么发现？"

"小肖，你把勘验记录整理下。"徐家君起身对陈强道，"陈 sir，死者为男性，正值壮年，全身多处骨折，死亡时间不长，但至少被浸泡了六个小时以上。"

"'小日本'，能不能具体一点？"

"往前推，入水时间是今天凌晨 1 点到 2 点。"

"那个时候狂风暴雨，确实是作案的最佳时机。"

"错了，时间还要往前推。"王涛一边测绘现场草图，一边走过来，严肃道，"老陈，我查询了这片江域近三年的水文信息，显示每一年的7月25日晚上都会在12点50分左右涨潮，六个小时后持续消退，根据'小日本'的判断，死者在水里泡了六个小时，那么死者至少在12点50分以前就已经死亡并被江水浸泡，由于受到潮汐影响，尸体位置也会偏移十至十五米，为此，我们要扩大中心现场的侦查范围。"

陈强下意识看向不远处，痕迹室的小孟和小付正在堤坝上艰难地向前搜索，一丝不苟地寻找着可疑的痕迹和物证。

"不愧是中国刑警学院王牌专业的高才生，颇有些康神的味道了。"徐家君竖起一根食指，左右摇晃道，"不过，你还要考虑风雨因素，实际浸泡时间可能不到六个小时。要相信，真相永远只有一个。具体死亡时间等我把尸体运回去解剖，会有一个准确的结果。"

"死因是什么？"陈强盯着男尸问道。

"尸体身上有多处骨折，甚至是粉碎性骨折，还有多处擦伤和瘀血。"徐家君指向尸体头部道，"初步判断，致死的原因是颅骨碎裂，脏腑因压力移位、破裂，出血性休克而亡，符合高坠死亡的特征。"

"高坠？"

"还不能完全确定。"王涛收起画好的现场草图，"现在有两个问题亟待解决，一是，尸体是江上来的还是岸上来的，二是，死者是生前入水还是死后入水。"

"身份不明，来历不明，很棘手啊！"陈强望向徐家君道，"你有办法确认吧？"

"世界上没有解不开的谜题，这个谜题只能我来解了。"徐家君撇嘴道，"第二个问题比较简单，等我回去做个硅藻实验就能判断，至于哪里来的……"

"的确，浦江是全国有名的黄金水道，这里二十四小时都会有大量的航船通行，从痕迹的角度讲，尸体从船上坠落再被航船的螺旋桨打断肢体的可能性也是有的。"

陈强瞥了一眼万子良，确认他做好笔记后，接着问道："还有其他发现吗？"

"来看这里。"徐家君指向男尸的双脚道，"尸体两只脚底血肉模糊，我判断应该是砂石摩擦所致，右脚的伤痕明显比左脚剧烈，证明死者生前应该有穿鞋逃命的行为，右脚的鞋子先跑丢了，一段时间后，左脚的鞋子也跑丢了，才会出现这种情况。"

"有凶手在追杀？"

"此外，尸体的睡衣上发现了这些附着物。"

徐家君从小肖手里拿过一个塑料证物袋，袋子里装着残破落叶、青色杂草、干枯的树枝和小块的淤泥。

"这是死者最后接触的环境？"万子良一眼认出。

"宾果，答对了。"徐家君得意扬扬道，"枯枝、树叶且不说，青草肯定不是江里的，这样一来，就能大致判断来历了，对吧，涛哥？"

堤坝附近都是水泥浇筑，漂过来的枯枝烂叶很多，唯一长有青草的地方，只有堤坝后面的东平森林公园。

王涛不禁抬头望去，视界终点是斜上方二十多米高的东平森林公园观潮台，那个位置不仅符合高坠身亡特点，而且正下方的堤坝距离发现男尸的位置，恰好只有十米出头，符合被涨潮江水移动的距离。

"如果尸体是从观潮台上下来的，肯定会有痕迹。"王涛立刻叫来助手小付道，"去观潮台上，看看有没有可疑痕迹。"

小付提着现场勘查箱快步离去后，王涛又招呼小孟："你跟我来，着重勘查观潮台下方区域。"

酷日当空，热浪从地面上滚滚升腾。

王涛蹲在岸堤地面上一寸寸搜寻，汗水滴到地面上，腾起一阵水雾，转眼便被蒸发干净，可他却浑然不觉。

"找到了！"王涛发出喜悦的惊呼。经风吹日晒、浪潮冲刷已经龟裂的水泥地面上，赫然嵌着一枚米色纽扣，他用镊子小心地取出来，放在阳光下观察，米色纽扣上面明显有被挤压刮擦的痕迹。

王涛把纽扣放进证物袋，三步并作两步，跨过一个个防潮墩，来到男尸旁边。

"'小日本'，你快看看，这颗纽扣是不是尸体身上的。"

徐家君接过证物袋，仔细比对男尸睡衣纽扣上的印花图案。

"错不了。"

"推测果然没错，尸体很可能是从观潮台上下来的。"

"涛哥，我有必要提醒你，虽然纽扣上面有挤压痕迹，但如果是被浪潮冲上来的，同样会留下类似的痕迹。"徐家君提醒道，"你不能太武断了，要客观地看待问题。"

"浪潮冲上来是向前、向后的作用力，从观潮台坠落是向下的压力，两种力造成的痕迹是截然不同的。"王涛自信满满地反驳道。

"瞧瞧瞧，牛脾气又上来了，你不能总是主观臆测，咱们得量化，讲证据、讲科学。"

"大胆假设，小心求证，也是技术员的核心工作。"王涛条理清晰道，"等小付勘查好观潮台，找到同样的青草，再下结论也不迟。"

"如果没有痕迹呢？"

"昨天晚上那么大暴雨，没有痕迹也很正常。我会再做侦查实验，直到确认尸体的来源。"

"私情往往会妨碍推理，让人远离事实真相。"徐家君翻着白眼，甩出一句动漫名言。

"喊，少来。"王涛黑着脸坚持自己的判断，不疑有他。

观潮台。

小付沿着水泥护栏，眼睛瞪得像铜铃一般，仔细寻找可疑的痕迹。忽然，他目光微凝，发现了一处新鲜的剐蹭痕迹。

"涛哥，有发现。"

王涛侧目看过去，见小付现在的位置正好在发现纽扣的斜上方，便向徐家君挑了挑眉，颇有炫耀的意味："这里交给你们了。"

只要确定剐蹭痕迹跟坠亡有关，就能确认尸体的来源。

"两位大仙，你们继续，我去东平森林公园管委会走访一下，看看有没有可疑迹象。"陈强大概了解了现场的情况后，准备再去查访一下其他线索。

"头儿，我呢？"

"吃饭的家伙都没带，你去有什么用？"陈强恨铁不成钢道，"警犬队快来了，你留在这里接应他们。"

陈强转身离去，徐家君拍了拍万子良肩膀："年轻人，你我同是曾行走于世间黑暗的人。"

"徐主任，啥意思？"万子良一脸蒙地问。

"这都是小事儿，下次注意就好了。"

万子良简直无语，这个"小日本"，这都什么时候了，还这么中二。

7时40分。

方正牵着威风凛凛的巴特，和两名带犬民警进入中心现场，巴特老远看见万子良，兴奋得直摇尾巴，"汪汪"叫个不停。

万子良迎了上去，抚摸巴特的脑袋。

巴特歪着头露出特有的笑容，"汪汪"两声热情回应。

万子良带方正他们来到尸体面前，方正拍了拍巴特的后背："去，嗅。"

巴特凑到尸体身上，抽动着鼻子，从上到下闻了个遍，冲方正"汪"了一声，表示已经记住了。

另外两条警犬依次上前，记住尸体的味道，在方正的安排下，一名民警带着警犬沿着河堤搜索，他自己则和另一名带犬民警与万子良一起上观潮台搜索。

观潮台。

王涛猫着腰，手拿钢尺，仔细测量水泥护栏上的剐蹭痕迹，寻找发力点和受力点。万子良和方正等人上来，跟王涛打了个招呼，便着手追踪气味。

共有两条小径从东西两个方向通往观潮台，方正当场做出判断，分配任务："强子，你走东边这条路，我带巴特和师兄走西边，有消息随时联系。"

方正拍了拍巴特右肩，巴特"汪"了一声，低首细嗅，走在最前面。方正和万子良紧随其后，走向了西边的小径。

巴特训练有素，脑袋一直低伏，抽动着鼻子，向前仔细搜寻，遇到岔路和可疑痕迹都会停下仔细辨别，再继续往前。

森林公园树荫遮天蔽日，不见丝毫阳光，偶尔树叶晃动，光线从缝隙钻进，如同利剑般刺眼。

因为昨晚的风雨，水汽还未消散，林间弥漫着薄雾，如同飘荡的白纱，阳光洒在白纱上，折射出彩色的霞光，微风吹来，白纱涌向四面八方，霞光跟着翻滚，梦幻异常。

不多时，两人一犬穿过森林，来到了一片大草坪。

巴特突然狂抽鼻子，向右侧方跑去。

通过气味，巴特发现前方小径旁有一只巴宝莉的彩虹拖鞋，周围草坪的淤泥也有被人为压过的痕迹。方正捡起彩虹拖鞋，交给万子良。

万子良把拖鞋放进证物袋，又蹲下身来仔细观察草坪上的草，和刚才在尸体上发现的草相比对，应该是同一类型。他提取了两根青草，放进了证物袋。

两人一犬继续往前追踪，三十分钟后，在巴特的带领下，两人来到了小径尽头，看见一扇黑色的铁门虚掩着，穿过铁门，眼前豁然开朗，一栋民国风格的大别墅坐落在森林公园边上。

"汪汪汪！"

巴特兴奋地摇着尾巴，示意方正这里就是气味的源头。

方正和万子良默契地点了点头，沿着鹅卵石小路来到别墅门厅前，大门依然突兀地敞开着，巴特朝里面狂吠不已，证明死者应该就是来自这里。

万子良向大门里面张望，只见黑洞洞的客厅里了无生气，只觉得里面阴风阵阵，虽然是酷暑天，却有一种深入骨髓的莫名凉意，不禁皱眉：这是什么鬼地方？万子良急忙打开警务手机定位，手机显示：福政路37号，瑞公馆。

万子良定睛观察，发现其中一棵槐树的断枝挡在了路上，他绕过一片断枝，望向别墅门外面的福政路，心里泛起了怀疑：奇怪，如果死者深更半夜被人追杀，为什么不去宽敞明亮的福政路上，反而选择跑进阴森茂密的森林公园呢？

这不符合常理……

"汪汪！"

若非被方正死死拉住，巴特早已冲进瑞公馆。无奈之下，方正只好请示道："师兄，要进去吗？"

"我们不是现场勘查人员，不能随便进去，以免破坏现场痕迹。"万子良理智地说，"稍等，我联系一下陈探长。"

万子良打通陈强的电话："头儿，观潮台往西大约三公里，紧挨着森林公园有一座别墅，叫瑞公馆，地址是福政路37号，疑似第一现场。"

"你联系下侯支和郑所，让他们先派人把现场保护好，再联系涛哥赶紧过去勘查，我了解完情况马上就到。"陈强在电话里迅速做了安排。

8点40分。

瑞公馆外拉起了警戒线。

王涛带着小孟和小付提着现场勘查箱，气喘吁吁地小跑过来，身上的现场勘查服已泛起了一层白色的盐花。

现场勘查的基本原则：先地面，后空间；先体外，后体内；先静态，后动态；先固定，后提取；先重点，后一般；先易变，后稳定。这是经历无数次实践总结出来的。具体到此案，便是以瑞公馆外到福政路、森林公园铁门为外围现场，瑞公馆内部为中心现场。

初步勘查完外围现场，王涛等人正式进入瑞公馆。

瑞公馆本就光线不好，昨晚暴雨过后，更显阴冷潮湿。

王涛换上了三件套，快步穿过庭院，走进了瑞公馆，站在厅门前，打开现场勘查灯向里张望。

由彩色玻璃拼接而成的巨型天花板在室外阳光的透射下，呈现出一片梦幻的景色，色彩斑斓的拼花地面上，泛着雨水的湿痕，雨水甚至打湿了沙发和家具，左边合抱楼梯下有一只巴宝莉彩虹拖鞋，以及一张诡异的黄色符篆。

王涛深吸一口气，熟稔地俯下身来，借助现场勘查灯避开地面的痕迹，在小孟和小付的配合下，很快铺出一条隔板通道，不多时，三人便来到左边的合抱楼梯附近。

空旷的客厅寂静无声，斑斓的色彩随着光线的流动而闪烁。

王涛蹲在盖板上小心翼翼地把彩虹拖鞋放进了证物袋，递给小孟，又全神贯注地用镊子轻轻夹起黄色符篆，仔细端详起来。

"重要物证，放熏显箱，看看有没有指纹和特殊痕迹。再拿一个证物……"

王涛的"袋"字还没说出口，就听见一阵阴森恐怖的笑声。

这声音似乎是从红木壁炉方向传来，壁炉上方的大型油画中的人物正俯视着他们，诡异地微笑着。三个人心里一紧，仿佛冰冷的蛇爬在了脊背上。

王涛屏气凝神，瞪大了眼睛循声找去，发现这怪笑声好像来自红木壁炉的缝隙里。他快步走过去，趴在地上用现场勘查灯照过去，怪笑声却戛然而止。

王涛暗自纳闷，难道是自己听错了？小付和小孟也闻声赶了过来。

王涛起身，用灯照向油画。

"啊哈哈哈哈，啊哈哈哈哈……"

怪笑声再次响起，王涛竖起耳朵仔细分辨，这声音果然是来自红木壁炉下方，他再次趴下身来，打着灯仔细寻找。

"妈的，是个手机。"

王涛将手机捞了出来，手机来电显示：小钱。

"什么人呀，用这个声音作铃声，硬生生地搞出了恐怖片的感觉。"王涛把手机交给小孟道，"快去，拿给万高工，让他处理一下。"

小孟点了点头，立刻跑了出去。

万子良接过小孟送来的手机，接通了电话。

"陆总，路上遇到堵车了，还要晚半个小时到，媒体记者已经过去了。"

"我是刑侦总队万子良，陆总出了点状况，请你尽快到瑞公馆配合我们调查。"

挂断电话，万子良本想打开手机翻一下通话记录，确认死者的身份，可是手机设有密码锁，只好等行动技术探组过来，交给季亦萍他们处理。

与此同时。

东平森林公园管委会，经理办公室。

一张破旧的办公桌，两张廉价的布沙发，铁皮柜上沾满了黄色的烟油。

陈强坐在沙发上，手拿笔记本，正在向对面的余经理了解相关情况。余经理体形微胖，穿着黑色 T 恤，粗壮的手指间夹着一支香烟。

"瑞公馆后面的黑铁门是什么情况？"

"铁门啊，原来是为了方便房管所的人出入，专门给他们开的后门，后来这里慢慢没人住了，可是总有人偷奸耍滑，从那里逃票钻空子，我们就联系房管所负责人把它给锁死了。"

"最近有人打开过吗？"

"应该没有吧。"余经理忽然改口道，"不对，也不能说没有，前些日子有流浪汉翻墙进来，踹坏了那扇铁门，我联系了房管所，准备请他们来维修，可他们说现在房子已经被坤德集团买下了，交由德胜房地产公司管理。我又联系了苟经理，这个苟经理真狗，办事儿拖拖拉拉，具体什么情况，我也不清楚。"

陈强又了解了森林公园值班备勤的情况和周围的情况，一一记下要点。

10：23 分。

一辆由奔驰商务车改装的多功能现场指挥车遥遥驶来，停靠在瑞公馆外的福政路上，车门打开，金建民和季亦萍穿着警用马甲从车上走了下来。

二人刚下车就被一群媒体记者围得水泄不通，记者们拿着长枪短炮试图采访，被派出所民警一一拦住。

等候已久的陈强和惠俊豪立刻迎了上去。

金建民仔细打量瑞公馆一番，嗓音沉稳道："案件性质明确吗？"

"金支，这个案子蛮妖的，死者尸体在浦江防潮堤上被发现，而可能诱发死者身亡的地点却在瑞公馆，具体是他杀、自杀或者是意外事件，目前还不清楚。"

"不要放过任何一个细节，死者身亡的真相往往就藏在里面。"

"是。"陈强看向季亦萍道，"季探长，这是陆茵的手机和直播用的手机，还有监控视频，请尽快处理。哦，对了，两部手机检测完以后要交给王组长，他回去还要再熏显指纹。"

季亦萍转身上了多功能指挥车，江新月在车内待命，稚嫩的脸上神情严肃。

车内不仅设有先进的通信联络设备，还有行动技术专业所需的图侦工作站、电子物证工作站、手机追踪定位系统等车载便携式设备，是移动的综合办公室。江新月坐到工作台前，把U盘连上工作站，在智能跟踪软件的协助下，有条不紊地分段处理，收集有用线索。

季亦萍取出直播手机，初步检查一番后，发现直播手机屏幕碎裂，打开后直接黑屏。她微微一笑，将直播手机连接电脑，启动相应的解析软件，电脑屏幕上闪过一串串绿色的代码。

"金支，这边走。"陈强掀开警戒线，为金建民带路。

"陈强，目前是你的关键期，怎么能让这些记者围过来？"

"这些记者是陆茵特地请来的，还有一些网络大V，真是乌烟瘴气。"

"都是钱闹的。"金建民放眼望去，不由得摇了摇头。

媒体记者、网络大V为了抢头条新闻，早已对准自家的摄像设备，滔滔不绝地播报起来。

"陆茵身死瑞公馆究竟为何？旗袍女鬼索命，瑞公馆的离奇传说，又一次得到验证……"

"此案扑朔迷离，是情杀、仇杀，还是意外身亡，竟让警方陷入绝境，欲知真相如何，请关注本人持续报道……"

……

各种不实播报甚嚣尘上，在东海市引起了轩然大波。

大槐树下，万子良和胡秋飞对助理小钱进行询问。

"你最后一次联系陆茵，是什么时候？"

"昨天下午送陆总来瑞公馆的时候，在后面都是通过直播互动的。"小钱懊恼道，"都怪我，都怪我，昨晚太累了，我看着直播睡着了，没想到会出现这种事情。"

"昨天下午几点？"

"大概是6点。"

"还有其他人吗？"

"小安子，具体名字叫安、安……"

"安琪生？"万子良神情一滞。

"对对对，就叫安琪生，德胜房地产中介公司的。"

万子良顿时愣住了，难道今年真是时运不济，连身边的人都要一起连累？

胡秋飞向陈强汇报情况，陈强做出指示，两人带着小钱开车疾驰而去。

另一边。

季亦萍提取出直播视频，转手交给江新月。

"直播时间出来了，从昨天晚上7点整开始，到11点04分57秒，共四小时四分五十七秒。"

"好的，大姐头。"江新月答应一声，开始有条不紊地工作。

季亦萍把陆茵的手机连接上电脑，打开ADB驱动，输入解码指令生效后，再重启手机，季亦萍白净纤细的手指在键盘上跳跃，片刻间，密码便被破解。

"昨天晚上陆茵报过警。"

"啥时候？"惠俊豪精神一振。

"11 点 05 分。"

"这个情报很重要，死者没有遇到危险是不会报警的。"

惠俊豪立刻拿起手机，联系陈强汇报情况。

"炮哥，赶紧跑一趟市局 110 接警中心，把接警录音拿回来，做一下声纹鉴定。"陈强在电话里直接吩咐惠俊豪。

"好嘞。"惠俊豪说着向季亦萍竖起了大拇指。

陈强和金建民换上三件套，踩着痕迹盖板，从右边的合抱楼梯上了二楼。

因为窗户未关，昨晚风雨吹打进来，二楼走廊一片水渍，也冲刷掉了大量痕迹。小付蹲在湿滑的地面上，一寸一寸地往前挪动，用现场勘查灯寻找蛛丝马迹。

走廊尽头，小孟猫着腰，站在卧室门口，把磁性粉刷在铜质门把手上，提取上面的指纹。

看见金建民上来，两人纷纷起身。

金建民刚要迈入卧室，忽听王涛的声音乍起："不要进来。"

"哎，老王，怎么说话呢？"

"提取现场气味。"

"金支来啦！"

"不好意思，谁来都不行。"

"哎，我说老王……"

"强子，不要打扰。"金建民打断陈强，两人站在卧室门口，闻见一阵淡淡的幽香飘出。

卧室内，王涛从身前现场勘查箱里拿出一个气味提取器，提取器的玻璃瓶内装着灵敏度极高的白色附着粉末，瓶身由密封的橡皮管连接着橡皮球和呈喇叭状的吸附口。

王涛屏住呼吸，将吸附口放到床上枕头边，捏了三下橡皮球，瓶内的白色粉末因气流的冲击而上下飞舞，将吸进来的气味完全吸附住。提取到床上的气味后，他将提取器封存好，贴上标签，放回现场勘查箱。他继续走到落地镜面前，如法炮制，提取镜框上的气味。

金建民很有耐心，没有进去打扰。他打量着卧室的布置，卧室整体坐北朝南，东边墙壁正中是一张民国风格的美玲床，床铺两边的墙壁上各有一面镜子，两边床头柜上各有一盏绿色的台灯，正对着西边靠墙的梳妆台，东北角的位置放着两张绿色沙发，西北角的五斗橱上摆放着唱片机，房间中部靠近窗户的位置也竖着一面落地镜，正对着美玲床。

11 时 20 分。

新城区，德胜房地产中介公司。

仲夏季节本就炎热，到了中午，更是热浪滔天。一种不祥的预感一直让万子良魂不守舍，汗水把他整个人都浸湿了。

万子良和胡秋飞停好警车，便火急火燎地走进房地产中介公司，引来公司一众员工的侧目。此时，安琪生带着一位顾客要去看房子，正好被堵在了门口。

11 时 25 分。

刑技中心一楼，法医解剖室。

解剖室简洁而冰冷，中间是一张不锈钢解剖床，上方挂着做手术用的无影灯。墙角安装着三百六十度无死角的监控探头，靠墙是一排不锈钢的处置柜，两边的墙壁上装有负压净化空气系统，可即便这样，室内的福尔马林的味道仍令人窒息。

徐家君穿上无纺布解剖服，戴好橡胶手套，将所需的解剖工具依次摆放在医用转轮架上。他打开无影灯，神情专注地看着解剖台上那具冰冷惨白的男尸，小肖负责记录，小邱负责拍照。

正式解剖前，徐家君小心翼翼地用棉签分别提取十根手指甲缝隙的残留物，交给小邱封存，送往 DNA 室做鉴定。

小肖负责提取尸体指纹，却发现尸体手指处的皮肤因泡水而肿胀，怎么也打不上，急出了一头汗。

"用吹风机吹干，再试试。"徐家君提醒道。

　　随着吹风机的轰鸣声，两只湿漉漉的手渐渐干爽，小肖再次涂上油墨，成功打上了指纹。

　　小邱举起照相机，在徐家君的指导下，对男尸正面、侧面、面部、手脚等形态进行拍照记录。男尸被脱掉了粉色睡衣，只剩下一条粉色的平角内裤。徐家君用剪刀剪开内裤，突然"咦"了一声，只见男尸的阴茎上赫然刺着一个粉色的倒三角文身，三人瞬间睁大了眼睛。

　　"生殖器上面刺文身，真是绝无仅有。"

　　小邱赶紧找好角度，给文身来了几张特写。小肖耸了耸肩膀，如实做好记录。

　　徐家君将一根三十厘米长的体温计塞进男尸的肛门里，测量尸体温度。等待期间，他围着男尸转了起来，仿佛虔诚的朝圣者。突然，徐家君走到男尸头部，俯下身扶了扶眼镜，平视尸身，目光幽幽。

　　"告诉我，是谁要杀你？"

　　"不急，我们慢慢来。"徐家君旁若无人，轻笑一声道，"你肯定会告诉我答案。"

　　男尸寂静无语，满身惨不忍睹的伤痕仿佛在无声地倾诉。

　　"徐主任，体温计时间到了。"

　　徐家君的思绪被小邱打断，他直起身来，神态恢复如常，平静地取出体温计查看数值。

　　"直肠温度 15 摄氏度，按照夏季的系数……"

　　徐家君心里默算，抬头看了一眼墙上的电子计时钟，时间显示：7 月26 日，14 点 15 分。

　　"考虑到昨晚暴雨气温降低的影响，死亡时间应该在十五小时前左右，也就是 7 月 25 日晚上 11 点 30 分前后。"

　　"厉害了，徐主任。"

　　"少拍马屁。"徐家君洒脱一笑道，"别看这些事情好像简单又琐碎，却往往会成为破案的关键。"

徐家君接过小肖递过来的卷尺，逐一仔细测量。

"死者男性，尸长175.34厘米，全臂长59.36厘米，手长18.66厘米……"

徐家君眉头紧锁，双手按在男尸头部，一寸一寸地向下抚摸。

"死者颅骨破裂，左眼球脱落，鼻骨断裂，左脸撕裂伤，上颌擦伤，下颌断裂，符合头部先着地的特征……"

小肖认真地做好记录。小邱根据徐家君的指点，摆好标尺拍摄照片，一个个冷漠的数字伴随着唰唰的书写声、快门的咔嚓声，在解剖室内回荡，宛若生命终结的进行曲。

"不会让任何一个人不明不白地死去，生命需要尊重和敬畏。现在解剖正式开始。"徐家君颇有仪式感地陈述一番，明显带有日本动漫《海贼王》的风格。

切开男尸的大脑后，徐家君的瞳孔骤然一缩。

扑朔迷离，疑点重重

14时49分。

安琪生做完了询问笔录，还是讲了一堆怪力乱神的东西，被万子良多次打断。不过，看来安琪生与陆茵的意外身亡并无直接关系，万子良一颗悬着的心终于放了下来。但不知道为什么，他还是有一丝隐隐的不安。万子良带着安琪生穿过明亮的走廊，走进了法医解剖中心，福尔马林和血腥腐败的味道混合在一起，刺激着他们的鼻腔。

解剖室外，徐家君在操作台旁指着提取好的心包血和肾内尿液，给小邱布置任务。

"徐主任，这位是安琪生。"万子良见缝插针道，"过来辨认一下尸体。"

"小万，你带他进去吧。"徐家君察觉到安琪生的不安，轻声安慰道，

"死亡是生命最终的归属，只是方式不一样。别紧张，仔细看看，他是不是你认识的陆茵。"

安琪生哭丧着脸，身体紧绷，忙不迭地点头。他自从进入解剖室，就一直低头看着地面，生怕乱看一眼尸体都会被晦气找上身。

15 点 20 分。

刑科院，声纹鉴定实验室。

声音和人的指纹一样，都有独特性。每个人的声音都不一样，每种物体摩擦碰撞发出来的声音也不一样。

惠俊豪不仅从 110 接警指挥中心拷贝来了陆茵的报警录音，而且还凭着他的一身本领，从坤德集团拿到了陆茵生前的影像资料。他第一时间将所有的检材和样本送到了声纹鉴定实验室。

声纹鉴定实验室位于刑技中心四楼，内部简洁明亮，大型智能化声纹采集系统集麦克风集群、多标签入库、声纹建模和声纹验证等功能于一体。各种音频正是通过这套设备转换成曲线语图（声纹），鉴定人员再根据语图所反映的音频、音强与时间等语音特性进行分析研究。

年逾六旬的赵成文教授戴着高度近视眼镜，率领两名实验员坐在声纹鉴定工作站前，紧盯大屏幕上的声纹图谱，逐一标定识别特征点。

实验室外，惠俊豪焦急地走来走去，时不时透过落地玻璃窗看看，见赵成文不动如山，他急得直挠头皮。

刑技中心，DNA 室。

DNA 室按照国际标准分为四个相对独立的区域，DNA 提取区、PCR 扩增区、检测区和数据分析区，以一条走廊贯穿。这里是整个刑侦总队最干净的地方，为了实验结果的准确性，所有进出的人员都要通过风淋设备除尘，洁净度在万级左右。

DNA 室的平原主任身材敦实，穿着白大褂，手里拿着刚刚打印出来的 DNA 报告，从检测区走进数据分析区，突然，手机响起，来电显示：徐家君。

"平主任，已从陆茵昨晚喝水的杯子、刷牙的牙刷上提取了DNA检材，马上就到。"

"放心，我亲自操刀比对，死者的DNA刚刚做出来，先在公安部的库里滚一下。"

平原一边用肩膀夹着电话，一边打开DNA比对数据库，"啪"的一声按下回车键，电脑屏幕上的字幕快速滚动起来。

刑技中心，毒化室。

微量物证拉曼光谱实验室干净整洁，一尘不染。

王涛把从现场提回来的气味瓶递给技术员汤维，汤维小心翼翼地将瓶中的白色粉末放进拉曼光谱分析仪，随着一道道蓝绿色的光线闪过，纳米级的微区检测正式开始。

不多时，白色粉末中吸附的气味成分变成一幅幅光谱显示在电脑屏幕上，汤维有条不紊地分析起来，逐一确认成分名称。王涛一边频繁查看手表，一边罗列发言提纲，内心很不平静。

下午5点。

重案支队，会议室。

金建民居中而坐，两边围坐着一探组、赵成文教授、行动技术探组，对面是法医徐家君、痕迹王涛等人，大家奔波了一天，体力、脑力的消耗都快达到了极限。

"生前入水还是死后入水？"金建民开口问道。

"呼吸道和肺部硅藻试验结果显示，死者应该是死后入水，身上多处擦伤系死后在潮水的作用下与防潮墩碰撞形成。"徐家君调出一张尸体照片道，"有趣的是，在陆茵生殖器上发现了一个三角形文身，应该是有某种特殊的含义。"

"准确地讲，应该是一个粉色的倒三角文身。"胡秋飞惊讶道，"陆茵竟然是同性恋。"

金建民投去询问的目光，她稍作调整，做出解释。

"粉色倒三角是男同性恋的标志，黑色倒三角是女同性恋的标志，这些标志最早来源于纳粹集中营。陆茵文在阴茎右侧面的粉色倒三角，证明他很有可能是男同性恋。"

"说的是嘞。"徐家君恍然大悟，对小肖悄声道，"赶紧去从死者的肛门提取一下 DNA。"

"是。"小肖合上法医笔记本，快速离开。

众人面色古怪，没想到陆茵表面主流光鲜，竟然隐藏有这种身份。

"死亡时间是什么时候？"

"通过提取死者胃内容物，最后进餐时间为昨天，也就是 7 月 25 日下午两点左右，食物为牛肉和蔬菜，根据消化情况看，应是在昨晚 10 点到 12 点这个时间段内死亡……"

"可以肯定，死者死亡时间应该在昨晚 11 时过 5 分以后。"季亦萍插话道，"根据死者的报警电话和直播突然中断的时间综合推导，死者在 11 时 05 分前后，应该还在瑞公馆内，也就是大约 20 分钟后跑到观潮台发生了坠亡。"

"是的，你的推断和我的不谋而合。"徐家君神色一肃道，"死者的心包血、肾内尿液经毒化检验，还发现他生前服用过……"

徐家君引而不发，看向了王涛。

"你说的是这款吗？"王涛操作电脑，放出一张安眠药瓶的照片道，"在陆茵卧室发现的安眠药瓶。"

"陆茵的助理小钱也承认，陆茵的睡眠不好，经常服用安眠药。"万子良接话道，"这瓶安眠药就是直播那天晚上给陆茵准备的。"

"NO！NO！NO！他服用的不是安眠药。"徐家君抛出重磅炸弹道，"只检测到了甲基苯丙胺、曲马多和吗啡碱的代谢成分，根本没有安眠药的成分。"

"吸毒？"陈强目光一凝。

"是的。"徐家君笃定道，"通过比对已知毒品，死者的代谢成分跟一种新型毒品完全一致，这种毒品是刚刚从日本传入我国的，俗名'招魂丸'。"

"据说'招魂丸'价格昂贵，只在上层吸毒人群中流通。"

"该毒品具有极强的致幻后遗症，在解剖时，发现陆茵的大脑脑干有多处孔洞，这是常年吸毒才有的特征，证明他有六年以上的吸毒史。"

"瘾君子。"金建民眼眸低垂道，"徐主任，你对案件性质的判断是什么？"

"陆茵的死亡大概率是吸毒后导致的意外事件。"徐家君沉吟片刻，扶了扶眼镜道，"具体来说，陆茵是在服用'招魂丸'后出现了极强的幻觉，认为有人在追杀他，在精神亢奋的状态下，冒雨从瑞公馆后门一路逃亡至森林公园观潮台，于当晚深夜11点30分左右，意外坠亡。"

从法医学的角度而言，结论合情合理，众人纷纷小声议论起来。

"证据是客观存在的。"徐家君继续补充道，"另外，还有两个关键性证据，一是，死者陆茵尸体上没有抵抗伤，二是，陆茵十根手指甲里没有检测出其他人的DNA。换句话说，如果有凶手存在，他们肯定会产生接触、对抗，这些证据再次证明，不存在他杀的可能性。"

"王组长，你怎么看？"

"金支，我的结论跟徐主任相反。"王涛严肃道，"应该是他杀。"

众人闻言，一片哗然。

"依据是什么？"

"证据是客观存在的，但是证据的可靠性，以及逻辑的严谨性，还有待商榷。"

王涛连接好电子大屏，调出现场照片，郑重其词。

"陆茵的尸体在江水里泡了一晚上，双手十指指甲里的DNA很有可能丢失或被污染，从而导致无法检测。"

"这倒是有可能，继续。"

"尸体没有抵抗伤，和有没有凶手加害是两回事，毕竟尸体的颈部还有瘀青和抓挠的痕迹。"

"这个可以是自己形成的，不能说明问题。"

"别急。最可疑的是，昨晚陆茵打电话报警，必定是看到了凶手或者可疑的人和事，从而在楼梯上跌跌撞撞地逃跑，在一楼丢出古董电话自卫，都可以印证这一点。"

"会不会是吸毒以后产生的幻觉？"

"我觉得不像，陆茵被凶手追杀，要逃出瑞公馆，为什么不选择最佳路线，即从大门逃到有监控和路灯的福政路上，而是背其道而行之，逃向了阴森茂密、泥泞难行的森林公园？这不符合逃生的正常逻辑。"

"指望吸毒的人做出理性选择，就跟指望母猪上树一样。"徐家君翻着白眼道，"牵强附会。"

"此言差矣。"王涛针锋相对道，"瑞公馆门外的那棵断树不偏不倚，正好挡在去福政路的路上，这一点很蹊跷，我严重怀疑有人做过手脚。"

"哦，有相关人为破坏的痕迹吗？"

"由于暴雨，目前没有发现什么。"王涛顿了顿，依旧笃定道，"按照正常逃跑的逻辑，陆茵也可以从草坪上绕过去，不过他并没有选择这么做，现场一定有其他的人，迫使他选择了逃往森林公园。"

"那只是你的主观臆断。"徐家君断然道，"破案要的是实实在在的证据。"

"咱别抬杠，还真有。"王涛调出中心现场照片道，"大家请看，不到二十平方米的卧室内居然有三面镜子，特别是这个落地镜，位置摆放得极为突兀刻意。"

"是的，一般房间摆上两个已经很多了，而这个卧室却摆了三个，还相互映照。"金建民点了点头，回忆道，"房间里还有一股异香。"

"房间里的异香，经微量物证鉴定是陆茵平常使用的香水。值得注意的是，在这个落地镜上还提取到了特别的气味。"王涛拿出一套微量物证报告，胸有成竹道，"经毒理化室鉴定，提取气味的物质成分属于醇类和酯类的芳香类物质，通俗来讲，就是酱香型白酒的味道残留，证明至少两天以内，有喝过一定量此类白酒的人进过卧室，与这个落地镜有过密切接触。"

"陆茵酒精超标吗？"

"不但没有，而且数值为 0。"

"瑞公馆有流浪汉逗留的情况，"陈强提出疑问道，"会不会是流浪汉留下的？"

"瑞公馆的临时负责人安琪生也有过这样的说法。"万子良附和道，"昨天上午，他专门叫了两个清洁阿姨去打扫。"

"经调查，安琪生、小钱以及打扫卫生的两个阿姨都没喝酒。"王涛摇头道，"根据微量物证鉴定报告，残留气味属于中高端白酒，常见于茅台系列酒，流浪汉没有消费能力，所以我高度怀疑，这是凶手不小心留下的。"

"还有什么反常的地方？"金建民浓眉紧锁道。

"还有，"王涛简明扼要道，"陆茵的逃亡距离总共 2863.3 米，接近 3000 米，陆茵的年龄为 42 岁。"

"这又能说明啥问题？"

"呵呵，以国家男运动员的标准来看，30 至 44 岁，一级运动员 3,000 米标准时间为 13 分钟、二级运动员为 14 分 05 秒、三级运动员为 15 分 20 秒，而一般中国城市男性，在这个年龄段能全程跑下来就已经很少了，如果还能在 20 分钟左右全程跑下来，就算相当不错了。"

"你怀疑陆茵是长跑健将？"

"可据初步调查，陆茵并没有长跑的习惯，平常也不爱运动，这就是最大的疑点。"

"请详细说明。"

"从法医死亡时间推断，陆茵用 20 分钟坚持跑了全程，还是冒着暴雨，在一双鞋子跑丢，几乎全程赤脚的情况下，这必定是有凶手在追杀他，威胁到了他的生命，在求生本能的驱动下，他才能完成这个不可能完成的任务。"

"老王，请你不要忘了，吸食了毒品就可能会完成这个不可能完成的任务。"徐家君腾地从椅子上站起来。

"如果不是人为驱赶，吸食了毒品以后，大概率会是在原地打转。"王涛也起身相迎，针尖对麦芒。

"扯远了，都坐下。"金建民示意徐家君和王涛坐下，语气和缓道，"瑞公馆内外，有没有嫌疑人新鲜的指纹和鞋印？"

"目前没有发现。"

"哎，这不就得了。"徐家君底气十足道，"没有指纹和鞋印，你那些疑点只是推测。"

"指纹和鞋印只是证据链上的一个环节，并不能为案件定性。"王涛据理力争道，"现场重建以及对死者的行为分析，更能说明问题。"

"对死者的行为分析，那只是你的主观臆断，虽然有一定道理，但不能作为证据使用。"徐家君断然道，"痕迹学本就是经验科学，王组长，咱们办案是讲证据的。"

两人一时争执不下，众人也交头接耳，陈述着自己的观点。

一刻钟后。

"大家静一静。"金建民正言厉色道，"徐主任说得没错，经验和分析不能作为证据。赵教授，请问声纹鉴定的结果怎么样？"

"金支，各位同事，死者陆茵报警的录音一共 24 秒，经声纹分析发现了两个情况。"赵文成抬了抬高度近视眼镜，在大屏幕上投射出一幅幅音频波形图。

"第一种情况是，报警录音除了接警员的询问声外，卧室里只有呜呜声，并没有形成对话。"

"呜呜声是谁的？"

"通过鉴定比对，是陆茵发出来的。"

"会不会还有其他人？"

"没有。第二种情况是，报警录音的背景音只有风声、雷声和雨声。"

"会不会人的声音太小，被背景杂音覆盖了？"

"如果是人的声音或是动物的声音，即使在背景音当中非常微弱，通过专业的手段也会发现端倪，遗憾的是，并没有发现有其他人在现场的任何声音。"

赵教授的结论一出，现场哗然。

"这不可能，如果现场没有凶手，反常的逃跑路线怎么解释？"王涛皱起了眉头，有些坐不住了。

"我来谈一下我的想法。"胡秋飞试着分析道,"人在应激情况下的选择,往往跟他的潜意识有关,除非现场有直接证据,证明有人强迫他做出选择。"

"他的潜意识是舍近求远吗?这不符合逻辑。"

"小飞飞说的有理,推测可以有,但必须得到证实。"

话说到这份上,除非王涛有新的证据,否则再难以反驳徐家君的结论。

"王组长质疑和求证的精神,值得我们所有人学习,我同意保留意见。"金建民中断了争执,转而望向季亦萍,"季探长,有什么发现?"

"金支,各位同事,我将视频监控、死者手机的通信情况作一下简短的汇报。"季亦萍铿锵有力道,"陆茵身份特殊,最近七天的通信来往非常复杂,跟坤德集团内部、各界名流大咖都有密切的联系,其中,他与一个他备注为'国学大师',名为杨君松的人联系较多。"

"杨君松?"万子良略感意外,内心不由得嘀咕起来。

"还有,近三个月,每个星期陆茵都会定时联系一个人,最近一次联系是在昨天上午10点,通话时间为1分56秒。"

"这个人是谁?"

"康瑞养老院的院长范恒盛。"

"啥情况?"

"经联系范院长确认,陆茵的父亲陆福海就在康瑞养老院里。"

众人都感到惊讶,陆茵表面那么光鲜,年入百万,竟把父亲放在养老院?这不符合常理。

"既然陆茵父亲健在,只要采集到陆福海的DNA,就能彻底确认男尸的身份,形成证据链的闭环。"

"明天,走访陆福海,了解陆茵的相关情况。"

"好,抓紧走访。"金建民微微点头,又看向季亦萍道,"小季,监控情况如何?"

"瑞公馆周边监控一切正常。"

"内部监控呢?"

"很遗憾,瑞公馆闲置多年,内部并没有安装监控设备。"季亦萍遗憾道，"不过，回来前，我们已经在瑞公馆各隐蔽点安装了红外摄像设备，如果有凶手返回现场，会在第一时间反馈。"

根据以往的经验，凶手作案后出于各种原因，有时候会返回现场，这种概率不是很高，但是，不怕一万，就怕万一，季亦萍的安排无可厚非。

"小万，谈谈你的想法，锻炼锻炼。"金建民看向万子良，语气中肯道，"小钱和安琪生，询问情况如何？"

"是，金支。"万子良精神陡然一振道，"报告金支，我们分别对两人进行了询问，他们所说基本一致。其他的方面并未发现异常。"

"是真的没有异常，还是没有发现啊？"金建民板着脸质问道，"小万，以后要学会质疑，用侦查员的思维去看待一切。"

"是，金支。"

金建民殷切的目光投向陈强，对他的判断寄予厚望。

"金支，各位战友，我汇报一下。"陈强扫视了一下在场的同事，沉稳有力道，"刚才，徐主任从法医的角度分析得很透彻，王组长思维缜密，不放过任何一个可疑的点。"

"你支持哪一方？"

"现在大家的分歧主要围绕有没有凶手展开，如果有凶手，那么杀人动机是什么？无外乎仇杀、情杀、谋财害命和过激杀人。陆茵作为坤德集团的新任监事，主抓凶宅项目，在第一次直播即将大获成功之际，却意外高坠身亡。假设是因为职场斗争，那么常见的手法为下毒、雇凶杀人或者制造交通事故，显然陆茵的死不是这样。"

"职场杀人往往是因为有了巨大的利益之后产生分歧，而这个凶宅项目刚刚起步，显然并不是这样。"

"金支分析得透彻，更重要的是，陆茵当选新任监事并没有什么竞争对手，凶宅项目也是他一手主抓。"

"其他可能性呢？"

"如果是仇杀和情杀，往往会对尸体进行报复性的残害，例如，用榔头反复敲打头部、切割生殖器等，可我们并没有看到这些；由夜盗转化的凶杀就更不像了，一点痕迹也没有。"

"嗯，你的结论。"

"综合分析，我基本认同徐主任的看法，但为了慎重起见，明天我们再进一步开展调查走访。"

金建民若有所思，沉吟片刻。

"尽快确认陆茵的人际关系，他最近的状态，有没有感情、财物和人际纠纷。"

"王组长，带着你的那些疑点，尽快复勘现场，务必面面俱到，用证据说话。"

"金支，我也立刻开展尸体复检工作。"不等金建民点到自己，徐家君主动道，"做法医病理学切片，不放过任何一个可疑点。"

金建民满意地点点头，正准备往下安排，却听见"咚咚"的敲门声，紧接着会议室大门被推开，指挥处处长谢刚出现在门口，给金建民快速使了个眼色。

金建民精神一振，立刻会意，他刚刚站起身来，便看见总队长韩玉朗脸色阴沉地走了进来。

"韩总，您百忙之中……"金建民惊讶地迎了上去，其他人也纷纷起身。

发现大家面色疲惫，韩玉朗脸色稍缓，抬手下压，示意大家坐下。

众人坐了回去，等待韩玉朗进一步指示。

韩玉朗落座，不怒自威，问道："案子情况如何？"

"韩总，目前看来，像是由于吸毒而引发的意外事件，不过还有一些疑点，需要进一步确认。"

"嗯。"韩玉朗嗓音温润道，"瑞公馆这个案子涉及凶宅直播、女鬼索命等封建迷信，子虚乌有的舆论甚嚣尘上、愈演愈烈，这样的舆情对我们很不利。"

"是的，我们会尽快给公众一个交代。"

"刚才刘局打电话来询问情况，市局党委要求我们尽快破案。同志们，命案不过夜是我们的优良传统，我希望在黄金七十二小时内，能给全社会一个满意的交代。"

"保证完成任务。"金建民挺身严肃道。

"继续，不打扰了。"

韩玉朗面无表情，带着谢刚起身离去。

一探组办公室，灯火通明。

陈强等人各泡了一桶方便面，抚慰疲乏，祭奠"五脏庙"。

"你们对这个案子怎么看？"陈强边吃边问道。

"头儿，今天涛哥说的那些疑点，全都是他的怀疑，没有一个是直接证据，我支持'小日本'和季姐的观点，否则那么大的现场，不可能没有痕迹。"胡秋飞率先说道。

"小万，你觉得呢？"陈强看向万子良。

"抛开涛哥的疑点不谈，那扇铁门早不坏，晚不坏，偏偏这几天坏了，会不会太巧合了？"万子良一边打开卤蛋，一边眉头紧锁道。

"这个角度很新奇啊，这么说，你支持涛哥的判断？"陈强挑眉道。

"我支持用证据解决疑点。"万子良谨慎道。

"万高工，友情告诉你哦，有时候证据也会骗人的。"胡秋飞提醒一句。

"我们的任务，是从所有证据中找出事实的真相，而不是唯证据论，更多的，是要靠这里做出判断。"惠俊豪指了指脑袋，示意头脑才是破案的关键。

"头儿，你怎么看？"万子良想听听陈强的指导意见。

"很简单，七十二小时内，必须破案。"陈强简要说道。

万子良愣了一下，似乎没有听明白。陈强却未留意，继续安排明天的工作。

"小万，小飞飞，你们上午去康瑞养老院，下午去走访杨君松。"

"涛哥在现场发现了一枚平安符，我怀疑出自杨君松之手，你们找他确认一下。"

"炮哥，明天我们去坤德集团再深入了解一下陆茵的工作近况，还有那两个保洁阿姨，也顺便再走访一下，工作做细、做实。"

"坤德集团那两个法务油光水滑，狗眼看人低。"惠俊豪推开泡面盒，伸了个懒腰，打着哈欠道，"得嘞，这活儿还得是我，手拿把攥，瞧好吧！"

"还要探探陆茵的私生活方面，他的私生活，肯定不简单。"陈强目光炯炯道。

大家填饱肚子后，抓紧时间休息，明天还有一场硬仗呢。陈强自己翻出明珠案相关案卷，白加黑连轴转，继续研究起来。他心里憋着一股气，因为这两天没有看见三探组的人，据说三探组的人去外地，已经发现了明珠案的重要线索。对他而言，明珠案才是一切的关键。

第七章
商兑未宁

金絮其外，池鱼之殃

备勤室里，万子良倒在行军床上酣睡，气息浑浊沉重。

忽然，他的身躯猛地一颤，仿佛受到了电击，眼帘不住地闪动，似乎想睁开，但受某种莫名的力量禁锢，无论他怎么用力，都睁不开丝毫。

最后，万子良从床上掉下来，发出沉闷的响声，总算挣脱了噩梦，意识也回到了现实，全身都被汗水浸透了。

"几点了？"万子良的响动惊醒了旁边床上的陈强，他一个伏地挺身，转头瞄向窗外，天色已经大亮。

陈强看见地上的万子良，眉心一拧，也没有多想，率先走出备勤室："兄弟们，抓紧时间，开始行动。"

"头儿，你也太拼了。"惠俊豪睡眼惺忪地爬起来，嘴上抱怨着，速度却是不慢。只见他甩了甩头，瞬间进入工作状态，跳下床向万子良伸出手。

"领导发话了，咱们可不能掉队。"

万子良抓住惠俊豪的大手站了起来，一起走出了备勤室。然而，噩梦中的场景依旧挥之不去，为什么会在怪梦里看到陆茵？

可能是工作太累了⋯⋯

7 月 27 日，8 时 30 分。

老城区，康瑞养老院。

据小钱讲，陆茵平时生活奢逸，至今没有成家。三年前，父亲陆福海因脑梗瘫痪，他无暇照料，便把父亲送进了老城区的康瑞养老院，平时不管不问，但在案发当天中午，陆茵却破天荒地去见了陆福海。

康瑞养老院始建于 20 世纪 90 年代初，实行封闭式管理，建筑呈“回”字形，共五层楼高，每一层又分为不同的区域，老人们的吃喝拉撒睡全在里面。

万子良和胡秋飞顶着烈日，风尘仆仆地来到康瑞养老院，在院长办公室见到范恒盛院长。他们道明来意，范院长全力配合，带他们乘坐电梯，前往四楼 B 区 418 室陆福海的房间。

电梯里，范院长主动介绍起陆福海的基本信息：“陆福海，汉族，属兔，六十九岁，籍贯安徽……”

万子良表面笃定，心里却纠结不已。胡秋飞没有多想，继续跟范院长交流，一路出了电梯，来到陆福海房间门口。

范院长推开房门，万子良赶紧收敛心神朝房间内看去，设施一应俱全，干净明亮，为了方便照顾老人，房门对面的窗户降低到了膝盖处。窗户前，一张电动轮椅上坐着一个枯瘦老人，正痴痴地望着窗外。

“他就是陆福海。这两年他的思维能力下降了，脾气倔得很，你们说话悠着点，别惹恼了他。”范院长提醒道。

陆福海反应迟钝，过了好几秒才回过头。他眼窝深陷，胡子拉碴，脸上全是老人斑，瘦得皮包骨头。

“你说什么？”他指着自己的耳朵，声音沙哑道，“没听见。”

范院长了解陆福海的毛病，直接凑到他耳边介绍万子良和胡秋飞：“我说，这两位警察同志来找你了解情况。”

陆福海这次听清了，眼神警觉，上下打量万子良和胡秋飞。

“陆老您好。”万子良主动上前，大声道，“我们是重案支队的侦查员，找您了解一下陆茵的情况。”

“想问啥啊？”

陆福海情绪比较稳定，应该还不知道陆茵坠亡的消息。

"老爷子，陆茵前天中午来见过您，对吗？"

"是啊，他来带我去吃饭。"陆福海想了好一会儿，张开嘴，指着稀疏的黄牙道，"吃那个什么牛排，牙都掉光了，咬不动啊！"

范院长搬来两把椅子，示意万子良和胡秋飞坐下慢慢聊。

"除了吃饭，还跟您说了什么？"

"小陆子，不是出了什么事吧？"

"老爷子，您多虑了，就是来问一下情况。"

"哦！"陆福海愣了一会儿道，"记起来了，他说要去搞什么直播，做大网红，能挣好多好多钱，以后买大别墅，再找机会把我接回去。这孩子什么都好，就是太孝顺了，这儿不是挺好的嘛！"

万子良抬头望了一眼窗外，看见那些没精打采的花草和老旧的建筑设施，不禁暗自摇头，陆福海对"孝顺"两个字只怕是有什么误解。

"那他有提过，跟谁有过节吗？"

"不知道啊！"陆福海扯着嗓门道，"这孩子心气高，有事都放在心里，谁都不说，报喜不报忧。"

胡秋飞小声提醒万子良道："陆茵也许有心理洁癖，很难真正相信别人，包括自己的父母，他只相信自己。"

万子良微微点头，换了个问题："老爷子，那您知道他是同性恋吗？"

"你说啥，我听不清？"陆福海又指了指耳朵。

万子良无奈，凑到陆福海耳边重复了一遍。

岂料陆福海勃然大怒，撒泼咒骂起来："这个逆子，歪门邪道啊，断了陆家香火啊……逆子，畜生啊……"

陆福海越说越激动，使劲拍打轮椅，状若疯癫，不知何时他已经将万子良当成了陆茵，一把抓住万子良的衣领，拼命来回拉扯。

胡秋飞见势不妙，正要阻止，岂料陆福海突然发力，连人带轮椅一起撞向万子良。万子良猝然遇袭，来不及反应，只觉身体失重，不受控制地向后栽倒。

慌乱间，万子良忽然觉得这一幕好熟悉，好像在哪里经历过。

梦，昨晚做的那个噩梦！

万子良心中呐喊，想到梦里真正的杀机，是他落地处的一双双利爪，他赶紧用眼角余光一瞥，瞬间毛骨悚然，范院长拿来的椅子尖角，正对他的后脑和脊椎。

电光石火间，万子良双眼一闭，却没有想象中的疼痛，反而软绵绵的，背后传来"哎哟"一声痛呼。椅子角上横着一条手臂，手臂的主人正是范院长。

原来，范院长险之又险地救下了他，手臂也磕到椅子角上，刺痛让他的脸变了形。

"范院长，没事吧？"万子良赶紧扶起范院长。

"磕，磕到麻筋上了，不碍事。"范院长手臂又红又肿，他顾不得疼痛，看向癫狂中的陆福海，果断道，"陆老又发病了，你们先出去回避一下，这里我来处理。"

万子良和胡秋飞对视一眼，只好退了出去。

范院长联合护工好一阵手忙脚乱，才安抚好陆福海的情绪，看样子，短时间内很难再找他询问了。

不过刚才的"意外"，给万子良提了个醒儿，以后遇见"兔子"得绕道走。

有些东西，你可以不信，但不能不敬畏。

万子良终于明白陈强每天早上号召他们练功的深意，身为一线的侦查员，必须得有强壮、灵敏的体魄，才能应对各种突发情况。他暗下决心，一定要补上这个短板。

离开养老院，万子良与胡秋飞按计划走访杨君松。

一路上，万子良瞧着车窗外，只见一片欣欣向荣，人头攒动，不禁目光闪动。

"从心理学上来说，陆茵属于'先天同性恋'。"胡秋飞掌控着方向盘，唏嘘道，"这先天的呀，他无法选择，用科学的话讲就是基因变异导致的。他们有着异于常人的性取向，会持续一生，即使遇到各种阻碍，也永远不会改变。"

万子良沉默了，他愈加能体会陆福海的愤怒和无奈，难怪说会断了陆家香火。当然，就算陆茵不是同性恋，他现在高坠而亡，香火也断了，也许这就是他们陆家的命。

8 点 40 分。

新城区 CBD，坤德集团大厦 30 层，会客厅。

坤德集团的运营总监余向东一身深蓝色的西装，左边眉尾的那颗红痣让他显得多了三分贵气，他坐在落地窗前的沙发上，和面容瘦削的法务总监施仁正一起接受陈强和惠俊豪的询问。

"陆总罹难，作为同事，我深感同情，至于他的私生活……"

余向东坐姿傲慢，姿态拿捏，眼看要和盘托出，施仁正急忙扶了扶金丝边眼镜，抢过话头。

"两位警官，余总跟陆总只是同事关系，绝对没有逾矩，陆总的私生活，我们也不是很了解。"

"不对吧，余总，"惠俊豪无视施仁正，盯着余向东嘿嘿笑道，"我可是打听到，陆茵很喜欢你的美人痣，经常往你身边靠。"

"警官，道听途说你也信？"余向东不悦道，"我可是金融学院的高才生，博士后，已经结婚了，儿子都六岁了。"

"余总，最近这段时间，陆茵在工作上有跟人发生过争执吗？"陈强换了个话题继续问。

"我主要负责公司总体运营，"余向东眼神飘忽道，"对具体项目方面，不是特别了解，两位可以去具体部门问问。"

"会去的，不过在此之前，还想见见苏董，不知是否方便。"

"怕是要让两位失望了。"施仁正靠在沙发上皮笑肉不笑道，"苏董是市人大代表，日理万机，他正在和市里的几位领导会晤，暂时不方便见客。"

"集团的总经理葛峰呢，怎么电话也不接？"

"葛总这几天在休假，不在公司，两位可以等他回来了，再约时间见面。"

惠俊豪观察着余向东的微表情，再看看施仁正傲慢的表情，忍不住冷哼一声："不愧是大公司，说话滴水不漏，说了半天等于啥都没说，成心不配合呗……"

"惠警官这是哪里话，配合警方工作是我们的义务。"施仁正毫不掩饰轻蔑，轻描淡写道，"我跟你们刘局、韩总也算老朋友了，不看僧面看佛面。其实，我们也很忙。"

"操，什么鬼？"

惠俊豪猛地站起来，眼看就要发作，却被陈强按住。

坤德大厦共有99层，顶层面积一千余平方米，是董事长苏坤德的办公室。这里是清一色的落地窗，可以从四面八方俯瞰东海市的景致，黑色大理石地板、华丽繁复的垂钻吊灯、整套西番莲阳雕紫檀木办公家具，每一处细节尽显雍容华贵。办公室西边区域有微缩高尔夫球场，闲情逸致上来时，苏坤德通常会打上两杆。

苏坤德坐在紫檀木的办公桌前，跷着二郎腿，抽着高斯巴雪茄，吞云吐雾，眼前屏幕上显示着会客厅里的情况，一览无余。他阴鸷的眼神关注着余向东等人，看不出喜怒之色，如同蛰伏的猛虎，静待猎物的出现。

"咚咚！"

敲门声响起，不容苏坤德回应，虞霖一袭红色长裙像精灵般优雅地走了进来。她扫了眼监控画面，习以为常，没有半点异色，继而柔声细语："苏董，董事会让我问问您，凶宅项目准备让谁来接手。"

作为坤德集团的主推项目，凶宅项目变成了香饽饽，要钱有钱，要人有人，不知有多少人眼红，如今陆茵不在了，自然是明争暗斗。然而，苏坤德的态度尤为重要。

仿若未闻，苏坤德缓缓吐出烟圈，盯着监控画面若有所思。

虞霖迟疑了一下，轻咬红唇，魅态毕现。

"苏董，给陆茵打下手的虞青波从项目开始一直在抓，能力有目共睹，是咱们自己人，不妨让他试试……"

"知道了。"苏坤德根本不接话茬，不容置疑道，"叫钱秀玲来一下。"

虞霖愣住了，眼前立刻浮现出一个中年女人，胸部塌陷，面容泛黄，却浓妆艳抹，留着小波浪卷发。这个女人是坤德集团的财务总监，看来凶宅项目跟弟弟无缘了。

"还不快去？"

"好的，这就去。"

虞霖收敛心神，巧笑嫣然，退出办公室，转身的刹那，笑意全无，继而面沉似水。

苏坤德瞥着虞霖的背影，眼中寒光闪烁，似笑非笑。

9点20分。

新城区CBD，悦仙阁。

坤德大厦往东两公里，在群楼环伺之中有一座三进四合院，曾是清朝嘉庆年间，嘉庆皇帝赐给荣国公的宅子，名曰"荣国府"，如今被坤德集团收购，打造成了私人会所，名曰"悦仙阁"。

悦仙阁大门外蹲着两个大石狮子，两扇深红色的兽头大门，非常气派，寻常时候不开正门，都是从东角门入，西角门出。正门之上有一红底金字的大匾，上书"敕造荣国府"，这块匾额旁边另有一蓝底金字的小匾，写着"悦仙阁"。在虞霖的安排下，杨君松便住在这里。

酷日炎炎，知了声嘶力竭。

万子良和胡秋飞停好车，打开车门的瞬间，一股热浪袭来，只要一露头，汗水便滚滚而下，令人烦躁不堪。他们来到悦仙阁外，短短两分钟路程，身上便湿透了。迈进悦仙阁的一瞬间，阵阵沁人心脾的清凉带着花草的清香袭遍全身，舒爽宜人。

不愧是御赐的宅邸，果真是藏风聚气，冬暖夏凉。

"两位，请问有预约吗？"身着绚丽旗袍的接待员带着职业化的微笑。

"重案支队的，找杨教授。"

"请两位跟我来。"

服务员在前面带路，过了东角门后的垂花门，两边是抄手游廊，正中是穿堂，里面放着一个紫檀嵌大理石屏风，转过屏风，是三间厅房，厅后便是正房大院，雕梁画栋，青砖绿瓦，浑然天成。两边的穿山游廊里挂着各色鹦鹉、画眉等雀鸟，叽叽喳喳叫个不停。

一路走来，万子良只觉得十分讲究，可谓院内有园，园外有院，院园相通，如同缩小版的紫禁城。

穿廊过院走了一阵，服务员带万子良和胡秋飞来到后院，庭院面积不大，五脏俱全，设计更是巧夺天工，假山茂竹、小桥流水一应俱全，可谓是一步一景。

庭院中央，杨君松身着白色练功服正在练习五禽戏，身体舒展间，如虎、如鹿、如熊，动作圆活如意，竟有难以言喻的韵味。

一套五禽戏下来，杨君松满头薄汗，通体舒泰，助理立即迎上去，给他一条毛巾擦汗，又指了指万子良和胡秋飞。

"不好意思，让两位警官久等了。"杨君松歉意地招呼。

"大热天的，多有叨扰。"万子良客气地说。

出任务前，陈强特意给万子良交代过，杨君松不仅是大学教授，还跟政商各界关系密切，要注意走访态度。

会客室，几人分主客坐下。

杨君松坐到红木茶台后，亲自烧水烹茶，笑着寒暄："我观万警官骨骼清奇，天庭开阔，尤其是眉骨，仿佛伏犀，乃是绝佳的好面相，未来可期啊！"

万子良面色古怪，想起安琪生有过类似的判词，说法大同小异，却是截然不同的结果，且不说哪个真哪个假，这些玩国学的，好像都喜欢给人看面相。如果是安琪生，他早已当场驳斥，但杨君松身份不同，他只好委婉地直奔主题。

"杨教授，今天过来是想找你了解陆茵的情况。"

杨君松不慌不忙倒出两杯茶，分别捧给万子良和胡秋飞。

"不知两位具体想了解什么？"

"陆茵在东平森林公园观潮台坠亡了。"

"哦，我刚刚知晓噩耗，陆总这件事真的很遗憾。"

"我们调查了陆茵的通话记录，发现他在 7 月 24 日下午 4 点，跟你有过一次两分钟的通话。"

"有这回事。"杨君松心胸坦荡道，"他提出想要来见我一次。"

"你见他了吗，什么时候见的，目的是什么？"胡秋飞接连抛出三个问题，试探杨君松的反应。

"见了。"杨君松娓娓道来，"大概是当天下午 6 点钟，他就坐在你们的位置上跟我有过一番畅谈，他告诉我，他要去瑞公馆直播凶宅试睡，想测吉凶如何。"

"你是怎么回答的？"

"凶宅项目虽然有利可图，但凶宅乃污秽之地，阴煞之气极重，用现代科学观点来解释，就是磁场和频率不好。"

"陆茵什么反应？"

"他为名利所惑，执意要去。"杨君松面露惋惜道，"我只好送了他一张平安符，希望保他平安无事，没想到，还是出了意外……"

万子良拿出装平安符的证物袋："是这枚平安符吗？"

"是的，是我写的。"

"杨教授，能否麻烦你再写几张？我们需要做文件检验，还有你们悦仙阁那天的监控，我们也要看一下。"

"当然没问题。"

杨君松叫来助理，准备好黄纸、朱砂和毛笔，提笔蘸满朱砂在黄纸上一气呵成，画出一道平安符箓，最后点上三枚符脚，这张平安符箓便算完成了。接着又连画五道平安符箓，一并交给了胡秋飞。

在助理的安排下，胡秋飞和万子良到监控室看了 24 日当天的监控，发现杨君松所言不虚，陆茵的状态都很正常。今天的走访任务告一段落。

杨君松将胡秋飞和万子良送到悦仙阁门口，目送二人远去后，正准备折身返回，一辆黑色丰田埃尔法突然停在他面前，带着一股压抑的气息，随后车上下来一个穿着黑色西装，留着一小撮胡子的中年人。

"杨桑，好久不见。"

"山本犬养！"

杨君松骤然大惊。

万子良和胡秋飞驶离悦仙阁，却没有发现停车场的隐蔽处停靠着一辆红色保时捷卡宴，苏桐发动保时捷卡宴追了上去，不紧不慢地跟随着。

最近这段时间，苏桐明显感觉到万子良对她的"疏远"，她也曾撒泼打滚，甚至威逼利诱，万子良却铁了心和她保持距离，以至于她觉得，万子良在外面有人了。

尤其是这两天，她给万子良打了二十多个电话，万子良要么接通了敷衍几句了事，要么以工作繁忙为由拒接，这更坚定了她的猜测。当她得知万子良今天要出外勤时，便偷偷尾随其后，摆出捉奸的架势。

小凤凰亲自出马，不信抓不到现行。

车上，万子良拨通陈强的电话汇报了走访情况，陈强迅速做出判断，分配了新的任务。

"头儿怎么说？"

"让我们先回去，下午跟涛哥复勘现场，剩下的走访，他跟炮哥去就行了。"

"快12点了。"万子良看了看手表道，"先找个地方吃饭吧。"

"前面云海路上有一家特别好吃的肠旺面，美食博主的打卡胜地，电视台也报道过很多次。"

"肠旺面？"

"我们本地人不吃辣，通常爱吃黄鱼面，不过，这家贵州来的面馆，开了快三十年了，整个东海市就此一家，别无分店，天气越热越火爆。"

万子良应了一句，目光瞥向后视镜，发现后面不远处的红色保时捷卡宴，眼里露出一抹难色。

肠旺面店没有显眼的招牌，只有小小的一间店面，里面摆着六张桌子，两台大吊扇呼呼地吹着，看起来极其简陋，食客却是络绎不绝，酷热的天气，宁愿排着长龙也要过一过嘴瘾。

万子良和胡秋飞排了十分钟队，要了两碗肠旺面，抢到了靠近店门的凉快位置，坐下来大快朵颐。

肠旺面红而不辣，油而不腻，脆而不生，对胡秋飞这个本地吃货来说，有着难以抵挡的诱惑，她已经顾不得形象，夹起一大筷子面条送进嘴里，用力往上一吸溜，面条便没了大半，再吸溜一口，另一半也没了，那叫一个畅快，浑然不觉汗流浃背。

万子良相对较斯文，一边吃面，一边注视着停在街对面的红色保时捷，忽然计上心头，露出一抹坏笑。

"小飞飞，你慢点吃，油点子都飞到脸上了。"

万子良拿起一张餐巾纸，动作温柔地替胡秋飞擦掉鼻尖上的油点子。

胡秋飞满不在乎地挥了挥手，叽叽喳喳道："这有什么啊，吸溜着吃才叫痛快。"

万子良觉得没擦干净，又重新擦了一次。

"可你是小仙女啊，要注意形象。"

胡秋飞撇了撇嘴，对于吃货来说，只要有好吃的，什么形象、小仙女全是浮云，而她要做的就是不畏浮云遮望眼。

"老板，再来一碗，要大份儿的，多加一份大肠。"

万子良则瞥向街对面，笑容玩味。

红色保时捷内，不知何时苏桐已经拉下了墨镜，炉火中烧，盯着万子良。

尤其当她看见万子良反复帮胡秋飞擦拭油点子时，情绪霎时决堤，炉火在胸中翻腾，如同压力过大马上就要爆炸的锅炉，这可是万子良对她从未有过的温柔。

"呆木头，果然有人了！"

苏桐越想越气，她霍然推开车门，不顾来往车辆人流，径直穿过马路，如同优雅的猫，尖叫着，露出尖利的牙齿，直奔万子良而去。

"叭叭叭！"猛然间，剧烈的喇叭声在街道上炸响，一辆载满兔子毛绒玩具的小货车像是脱了缰的野马，撞向了道路中央的苏桐。

看着撞来的小货车，苏桐瞬间傻眼了，身体仿佛有千斤重，难以挪动分毫。

她的瞳孔里，小货车不断被放大，直至完全占据了她的视线。

戕魂初现，疑象频仍

"刺啦！"小货车司机看见前路有人，下意识狠狠踩住刹车，但因为强大的惯性，小货车根本停不下来，仍狠狠地撞向苏桐。

苏桐双眼一闭，脑海里一片空白。

电光石火间，一条敏捷的手臂从斜刺里猛抓过来，拽开苏桐，让失控的小货车有惊无险地从面前溜出去二三十米远。

……

苏桐死里逃生，终于回过魂来，这才愕然发现竟是万子良救了自己。

早在苏桐即将横穿马路之前，万子良便看见路口拐弯处一辆载满兔子毛绒玩具的小货车在等红灯，凭着警察的直觉，万子良意识到情况不妙，于是不假思索，急忙冲了出来。

"不要命了？"

苏桐本就觉得委屈，再被万子良一吼，种种情绪袭上心头，眼泪不自觉地夺眶而出，却还要强地挣开万子良。

万子良大感头疼，苏桐什么都好，就是这大小姐脾气实在是和尚打伞——无法无天，于是他不由分说地再次拽起苏桐。

苏桐本来还想挣脱，不想万子良根本不给她机会，直到把她拉到路边安全地带。

"说吧，为什么跟踪我？"

面对万子良的质问，苏桐有些慌神，浑然忘记自己是来"捉奸"的，语气闪躲："你最近对我不冷不热的，我怀疑你外面有别人了。"

"就为这个？"

"这个还不够吗？你别忘了，我们可是有合约的。你老实说，你跟小飞飞是怎么回事，是不是有一腿？"

"你不是都看见了吗？"

"好哇，你们果然有一腿……"

苏桐气得直跺脚，对万子良拳打脚踢，又哭又闹。路过的行人见了，纷纷投来好奇的目光。

胡秋飞跑了过来，看到眼前的一切，心知是发生了误会，连忙道："你就是苏桐吧，老听万子良提起你，今天总算见到真人了。我是小飞飞，他的搭档同事。"

"真的假的？"苏桐将信将疑，有所收敛道，"他怎么说我的？"

"他说你是他女朋友，不仅聪明漂亮，还特别温柔善良。"

"算你还有良心。"苏桐喜笑颜开，冲万子良幽怨道。

"我跟万子良就是普通同事，再说就他这小胳膊小腿儿，连我都打不过，谁看得上他啊，你千万别多心。"

"你看不上那是你没眼光，我就觉得他挺好。"苏桐反倒不乐意了，挡在万子良前面，扬起脖子道，"我看上的男人，肯定是世界上最好的。"

胡秋飞几句话便说开了，果然最懂女人的还是女人。

"好了，实话跟你说吧，刚才就是逗你玩呢……"万子良和盘托出他对胡秋飞的亲昵举动，就是想逼苏桐主动出来，免得再引起其他误会，毕竟跟踪刑警办案，那可不是小事情。

"不是在骗我吧？"

"不然呢？"万子良没好气道，"我跟小飞飞是兄弟，天天在一起，真要有点什么，早就发生了，用得着你来跟踪？"

苏桐终于转忧为喜，知道万子良心里肯定有怨气，赶紧抓住他的手臂，半娇半嗔："对不起嘛，人家错了还不行嘛，以后保证不会了……"

万子良刚想说些什么，苏桐却话音一转："我来找你，还有重要情报呢。"

"重要情报？"

"你们不是在查陆茵吗？"苏桐娓娓道来，"我给你说，陆茵这个人纯

216

属小人得志。他以前跟葛峰走得很近，但是最近这段时间，他们好像闹了矛盾，还在公司吵了一架，不少人看见了呢。"

"你确定？"万子良脸色微变。

"呆木头，不要怀疑我好不好，我可是坤德集团的副总经理，这些高层的事，我怎么可能不知道？"

"你等等，我打个电话。"

万子良瞬间意识到这条情报极为重要，当即走到旁边，打电话汇报给陈强。

13 时 05 分。

坤德大厦。

陈强和惠俊豪走出坤德大厦，没走几步，头上便滚落下豆大的汗珠。他们快步上了车，却没有急着离开，而是打开被太阳暴晒的警车车门，让如烤箱般的汽车降降温，顺便再整理一下走访笔记。

"姓余的和姓施的，扯了半天淡，啥有用的信息都没有。"

"小万说，陆茵跟葛峰有过纠纷，而且闹得很大。目前来看，葛峰的嫌疑最大。"

"这些都不重要，他人不在，咱们老虎吃天——无从下嘴啊！"

"苟经理已经联系好了瑞公馆的清洁阿姨，我们先去碰碰头。"陈强略作沉吟道，"知道有葛峰这个人，就不怕他跑了。"

与此同时。

在短时间内，苏桐跟胡秋飞互加了微信，迅速建立起闺蜜般的友谊。

万子良看了看手表，只好以工作为由连哄带骗地打发走了苏桐，跟胡秋飞驱车来到瑞公馆，进入中心现场，跟复勘的王涛等人会合。

当万子良经过断树时，总觉得有什么地方不对劲，却又说不上来。他没有多想，径直进了瑞公馆大厅，厅内五彩斑斓，还是一如既往地阴冷诡异。

瑞公馆大厅。

万子良放眼望去，只见左边的合抱楼梯上有两个年约四旬的中年男子，穿着刑科院的白色工作服，一个面容清癯，气质儒雅，一个体形微胖，戴着黑框眼镜，两人相互配合，正用看似很神秘的仪器，从楼梯墙壁上的一块焦痕处提取表面物质。

"哇，连刑科院特招的明教授和贺教授都来了。"

"涛哥初勘时，通过足迹和掌纹推测，陆茵曾在楼梯上来回奔跑，疑似出现了鬼打墙，想必两位专家应该是来分析原因的。"

胡秋飞恍然大悟，主动上去跟两位教授打招呼。两位教授是学术大拿，工作时心无旁骛，点头客气了两句，便继续投入自己的工作。

万子良和胡秋飞上了二楼，快步穿过走廊，发现主卧大门紧闭，于是放轻手脚，将门推开一条缝隙。

主卧里一片幽暗，形成了密闭的暗视场，唯一的光源是蔡坤手中状若橡皮管的高功率光源。

蔡坤戴着护目镜俯身在床边，双手举着光源，淡蓝色的强光一寸寸地照射，所有痕迹在强光下无处遁形。

王涛陪在蔡坤旁边寻找可用的痕迹，不错过任何细节。蔡坤照完一遍，仍然没有特别的收获。

"小王，再换紫外线波段的镜片试试。"

床头柜上放着一个铝合金箱子，里面有不同波段的镜片。王涛摘下护目镜走到床头柜前，先拿出一张英文说明书，仔细对照一番后，他从箱子里拿出一枚淡紫色的镜片转身递给蔡坤。

"王大组长呀，紫外线的波段是365纳米，这是425纳米的，拿错了。"

"蔡老，这玩意儿全是洋字码，颜色嘛也差不多，也太难整了。"

王涛焦头烂额，只好重新更换，恰好看见万子良来了，如同看到了救星："哎呀妈呀，万高工你总算来了。"

"王师兄，你这是整的哪出啊？"

"图像室这件宝贝除了你跟蔡老，谁都玩不转，我这个临时工就更不

218

行了，快来江湖救急。"

多波段光源设备既能激发痕迹或背景的荧光，也能利用痕迹与背景对各种色光吸收率的差别增强痕迹反差，通常配合痕迹室复勘现场使用。万子良在图像室时，只有他跟蔡坤玩得转，也是因为这个原因，陈强才有意安排他来复勘现场。

"师傅，我来吧。"

万子良驾轻就熟地找到紫外镜片，熟练地更换起来。

蔡坤也不矫情，让万子良接过光源配合王涛继续勘查，自己则退居二线进行指导。毕竟年纪大了，身子骨不如从前。

"涛哥，有没有我能帮忙的？"胡秋飞积极请战道。

"有，请出去。"王涛耿直道。

"干不了技术活，干苦力总可以吧。"

"别捣乱，等有结果了，自然会告诉你。"

"瞧不起人。"

万子良先后换了三组波段的镜片，仍然没有可疑痕迹，现在又换第四组波段的镜片。由于习惯原因，他在安装镜片时上下晃动光源，致使新换的红外线强光四射而去，却因为他这个无意的动作，视线里有不同寻常的东西忽然一闪而过，他顿时心生警觉。

"不对，好像有东西。"

"啥情况？"

"上面有奇怪的东西。"

循着刚才的感觉，万子良抬起头看向卧室天花板，却只见上面除了民国款的扣顶吊灯，什么东西都没有。

蔡坤和王涛尽皆肃然，不敢打扰他，跟着抬头看去，天花板上空空荡荡的。

万子良不为所动，渐渐眯起眼睛，回想刚才那个瞬间，视线里多出那个东西前，曾被红外线强光快速扫过。他再次举起红外线强光打到天花板上，一寸寸地搜寻，当他扫到吊灯的灯罩中心时，刚才出现过的那个东西再度浮现在视野里。

"找到了。"

天花板上的吊灯样式古朴，直径有半米左右，灯罩以七彩琉璃制成，宛若倒扣吸附在天花板上的莲花。万子良看见的东西应该就隐藏在七彩灯罩里面，这里非常隐蔽，常规视线难以看见，不过这东西对红外线的反射特别强烈。

"我上去看看。"王涛当机立断搬来一把梯子，"蔡老，帮把手。"

蔡坤扶住梯子，王涛爬上去，先查看吊灯边缘，透过缝隙，再朝灯罩里面看了看，果然发现了不同寻常之处。

"这个吊灯最近被人动过。万高工，你也上来帮把手，把它取下来。"

万子良从人字梯的对面爬上去，找到固定螺丝，用螺丝刀麻利地拧开，两人合力把吊灯取了下来。

"看。"王涛指着吊灯边缘一枚清晰可见的指纹，看上去非常新鲜油腻。

"会不会是装修工人留下的？"

"不排除这种可能。我先提取出来，回去再做微量物证，看看到底是什么成分留下的，这么油。"

王涛说着便开始提取指纹，却忽略了灯罩下的一片诡异。

胡秋飞听到动静也走了进来，她识趣地没有插话，却发现万子良仰着头，盯着天花板目不转睛，不由跟着抬头看去。

"这红红的一片，是什么东西？"

曾被吊灯覆盖的天花板上竟有一幅诡异的红色图案，神秘而古朴，复杂而多变，只是看上两眼便会让人头晕目眩，似一个旋涡，要吞噬人的灵魂。

图案中央悬挂一根长钉，约有三寸长，上方下尖，共有四面，每一面都刻有古怪的图案。长钉的正下方，便是卧室大床的正中心，势欲钉穿床板。

看着那幅图案，胡秋飞心头猛跳，胸口憋闷得不行，阵阵恶心袭上喉头，她赶紧挪开了目光，可万子良却依旧盯着那幅图陷入沉思。

在万子良眼里，这幅图无比熟悉，似乎在哪里见过，却一时又想不起来，这种感觉阴森而邪恶，仿佛图案里面封印着无数冤魂厉鬼。

这种感觉令他非常厌恶，就像他那天在拍卖会上，看到葛峰身边的郭槐一样。

"这幅图是新的老的？"

"现在不好判断，看样子是贴上去的。"

"这幅图画的是什么？如此奇怪！"

"搞不好跟案子有关。"

"稍等，提完指纹就把它弄下来，拿回去做相关鉴定。"

其实，刚才取吊灯时，王涛就已经发现那幅图案，不过他更在意的是指纹。

万子良一直沉默不语，听着同事们的对话，他渐渐回过神来，暗道自己是不是想多了，这里毕竟是凶宅，有镇宅驱邪的符箓并不奇怪。只是这幅图似能摄人心魄，让他久久不能平静。

17 点 32 分。

陈强和惠俊豪分别对两位清洁阿姨进行询问，没有得到任何有用的线索，不免有些失望。他们刚走出德胜房地产中介公司，便接到了季亦萍打来的电话。

"老陈，我调查了近一年来陆茵所有的通话记录，发现跟他联系最密切的号码是坤德集团的总经理葛峰，通过手机基站分析，他们通话后的目的地同时指向一个地方。"

"什么地方？"

"东城区全岛酒店 72 层，唯爱俱乐部。"

"全岛酒店。"陈强沉吟片刻道，"知道了，多谢。"

瑞公馆。

黄昏时分，斜阳如火，晚霞醉人。

刑科院两位教授已经先行一步返回，复勘任务还剩下庭院里那棵奇怪的槐树。槐树断了一根大枝丫，正好挡在路中间。王涛凭借经验，怀疑有人在树的断痕处动过手脚。

"涛哥，你为啥觉得这棵树有问题啊？"

"都过来。"

王涛放下肩上的折叠梯，来到断树面前，又从工具箱里拿出一个放大镜凑到断痕上面。

"断痕表面看起来不规则，而主要筋皮位置断裂的植物纤维却相对平整，这肯定不是自然形成。"

"怎么证明呢？"

"很简单，先做一下横断面的比对，再提取断痕上的植物纤维，拿去毒理化室做个微量物证。"

"师兄的意思是，如果是工具造成的，必然有金属成分。"

"嗯，世间万物，存在必留痕。"

王涛胸有成竹地拿出工具，开始提取断痕上的植物纤维。

万子良自打见到这两棵槐树起就感觉有哪里不对劲，却又说不上来。微风拂动，树叶沙沙作响，似有潺潺的溪水声在耳边响起。

随着响动，万子良神情专注，渐渐进入忘我状态，眼前浮现出一个画面：7月25日晚上，风雨交加，电闪雷鸣，陆茵本想逃到福政路上找人求救，岂料狂风太邪乎，竟吹断了路边树木，恰好挡在前路上……

不对！那夜的雨虽然是大了一些，却还不到台风级别，一棵粗壮的槐树的大枝丫怎么会被轻易吹断？

这个疑点不断放大，占据了万子良的心。

另一边。

王涛左手拿证物袋，右手拿镊子，先提取了地面枝丫断面上的植物纤维，再搭好折叠梯，慢慢爬上去，仔细观察槐树断枝的横断面。

"万高工，你也上来看看。"

万子良顺着梯子爬了上去，王涛搂住身边的一根树枝，侧身让出半个身位。

"你看，这筋皮位置的断裂处像不像有人用刀割过？"

"还真是有点像，涛哥你别动，我拍张照。"

王涛提取完植物纤维先行下去，万子良则选好角度，拍了几张照片。

正当万子良准备下去之时，突然，一双青色的眼睛鬼魅一般从树上倒挂下来，直扑他的面门。

"啊？！"

万子良下意识闪躲，身体却失去重心，直接向后栽倒。

一条婴儿手臂粗的青蛇好似一条小青龙，正倒挂在槐树上，吐着长长的芯子，幽幽地望着下方。

"小万，你没事吧？"

"小万……"

万子良脸色煞白，吓得魂飞魄散。幸好折叠梯不高，下面是柔软的草坪，他摔在草坪上，虽然满身污渍，却是有惊无险。王涛和蔡坤赶紧将他扶起。

胡秋飞看了看青蛇，又看了看万子良，不由得捧腹大笑起来。

"哎哟，疼死我了。"万子良惊魂未定道，"怕蛇，是条件反射。"

"老话说，但凡阴气重的秽浊之地，都会有妖兽盘踞，说不定是被陆茵的冤魂引来的。"胡秋飞故意吓唬万子良。

"别胡说，哪有那么邪乎。"王涛呵斥道。

"就是，说啥风凉话！"万子良懒得再搭理她，哆哆嗦嗦道，"谁会捉蛇，赶紧把它弄走，吓人。"

"打蛇上棍走，这种事，还是我来吧。"蔡坤强忍着笑意，从断树上撇下一根树枝，熟稔地把倒挂在槐树上的青蛇叉了下来，放到草坪上任它游走。

现在正值盛夏，瑞公馆又背靠森林公园，有蛇虫鼠蚁很正常，好在蔡坤气场平和，那青蛇自然也是温顺。

万子良长出一口气，拍了拍身上的泥土，看向王涛："师兄，这里除了断痕以外，好像还有哪里不对。"

"这两棵槐树，很有灵性。"

两人一起看向断树，绞尽脑汁，苦思冥想，寻找那种感觉的来源，却还是没有结果。恰好这时一道凉爽的晚风吹来，吹散了夏日的燥热。

"南风知我意，吹梦到西洲，舒服啊！"胡秋飞忙里偷闲，享受着晚风的吹拂。

她这句话像是一颗火星，点燃了燎原之火。万子良瞬间眼前一亮，王涛也向他看过来，两个人心有灵犀。

"风向有问题！"

因为夏天一般只有东南风，而那槐树的断痕是自西北向东南断裂，与正常的风向刚好相反，这一点更加验证了他们的猜测。

想到激动处，万子良拉住胡秋飞指着断树，欣喜若狂："小飞飞，你立大功了！"

"啥呀，背诗也能立功？"胡秋飞一脸蒙。

20 点 18 分。

东城区，全岛酒店。

酒店高 72 层，坐落于最繁华的商业地段，毗邻英国领事馆，地理位置得天独厚，是东海市唯一一家超五星级酒店。

因为晚高峰的原因，陈强和惠俊豪在路上堵了两个多小时，终于在天边最后一抹晚霞落入地平线时，进入了全岛酒店。

在迎宾小姐的接引下，他们上了电梯，直达唯爱俱乐部所在的 72 层。"叮"的一声，电梯门打开，一片昏暗之中，粉色氛围灯勾勒出暧昧的情调，阵阵诱发荷尔蒙的香水味从四面八方冲进鼻腔，令人头晕目眩。

陈强和惠俊豪没走几步，便被两个彪形大汉伸手挡住去路，一个满身肥肉，像极了相扑选手，一个满脸大胡子，穿着黑色皮背心。

"站住！私人俱乐部，不接待外人。"

"哎哟我去，属大象的吧？"惠俊豪本就人高马大，没想到这两个人的模样更是夸张。

陈强直接拿出警官证："我们是市局重案支队的，请配合一下工作。"

岂料那两个壮汉根本不买账，站在那里不动如山："不好意思，这里只认会员，其他一概不认。"

"了你们了。"惠俊豪瞬间炸毛，骂骂咧咧道，"妨碍刑警办案，找死是吧？"

"不服，弄死你。"两个壮汉拉开架势，打算硬杠到底。

剑拔弩张之时，陈强看到金建民发来的微信，他脸色微沉，立刻打字回复：知道了，师傅。

"炮哥，走。"

"啥？"

惠俊豪傻眼了，就这么算了？陈强已经走回电梯，他只好怒气冲冲地转身，朝两个壮汉秀了秀砂锅大的拳头。

两个壮汉面露讥讽，伸出中指，对他的威胁不屑一顾。

惠俊豪进了电梯，不等陈强按下楼层键，便急吼吼道："头儿，不像你风格啊！"

"为帅者，用智不用勇。"

"啥意思？"

"跟他们起冲突没任何好处，还会打草惊蛇。"陈强眯起眼睛道，"为了这个案子，明珠案已经耽搁了两天，现在最缺的是时间。"

"那咋办？"

"正门不让进，就走偏门。"

"得嘞，瞧好吧。"

两人来到一楼大厅，惠俊豪一马当先，很快便找到了全岛酒店的保安队长，他递过去一支香烟，拿出当反扒民警时练就的口才，不一会儿便跟保安队长打成一片。

片刻后，惠俊豪得意扬扬地回到陈强身边："套出来了，确实有安全通道，不过有些麻烦。"

"刑警不怕麻烦。"

"那倒是，一半乘员工电梯，一半得走上去。"

两人摸到了酒店后厨，乘上员工电梯，到了酒店50层，再找到安全通道，一路爬上72层，竟然脸不红气不喘。

陈强站在72层的安全通道前，看着被锁死的安全门，给惠俊豪使了个眼色，惠俊豪立刻会意，从随身带的小包里取出一个牛皮小袋，在里面选出两根细弱探棒，熟稔地插进锁芯，轻轻摆弄几下，"吧嗒"一声，门锁便被打开。惠俊豪比了个"OK"的手势，轻手轻脚地把安全门推开一条缝隙。

门后，灯光暗红，浓香扑鼻，一条通道往前是一个大型酒吧，卡座里的男人一个个举止亲密，周围墙壁上，设置成LED灯光效果，不停地变换着骷髅头、黑色蝴蝶等投影，全场回荡着暧昧的爵士乐。远远望去，酒吧后面还藏着一排排私密的房间。

确认没人注意后，惠俊豪率先闪身进去，陈强紧随其后。他们正准备下一步行动，不料背后突然走来两个相互依偎的男人，一个壮如野牛，一个娇小靓丽，野牛靠在娇小的男人怀里，娇声娇气："亲爱的，今天开心，人家都听你的。"

惠俊豪听得一阵恶寒，全身起了一层鸡皮疙瘩。陈强却担心暴露，有样学样，拉起惠俊豪的手臂抱住自己，顺势低头靠在他肩上："做戏要做全，别暴露了，抱紧我。"

惠俊豪恍惚了一下，似乎没有想到陈强还有这样一手。但他也是老刑警了，知道暴露的后果，纵有千般不愿，还是搂住了陈强的腰，装作亲昵的样子："老婆，你想不想我啊？"

直到那两人走过去，惠俊豪才赶紧分开，刚想吐槽，却听陈强招呼道："跟我来。"

惠俊豪只好收起心思，跟陈强顺势钻入一个没人的卡座，轻车熟路地开始物色打探情报的目标。

刚坐下不久，一个戴着黑色口罩的男服务员走上来，柔声细语地问："两位，请问喝点什么？"

"两杯山崎威士忌。"陈强镇定自若道，"中号冰球，谢谢。"

服务员走远后，惠俊豪翻着白眼开始吐槽："这酒不便宜，回去能报销吗？我身上没带多少钱。"

"瞧你那没见过世面的样子。"陈强白了他一眼道，"这儿是会员制，走记账的。别说废话，跟我去后面看看，小心穿帮。"

惠俊豪跟上陈强，乔装成情侣，穿过酒吧，来到尽头的那一排房间。陈强本想从这些房间里找一个"老手"进行突破，询问陆茵的情况，岂料还没走出多远，就听见一个粗鄙的声音宛若乌鸦乱叫般刺耳。

"小宝贝，多喝两杯。"

"哎呀，干爹，今天没少喝。"

"人家当然想葛总您啦！"

"阿萍，嘴真甜。"

陈强心中微动，发现声音是从不远处的洗手间里传来，继而里面走出一个穿着金色西装的男人，搂着一个雌雄莫辨的年轻人，两人正不紧不慢地走向一个房间。

葛峰！

陈强双眼放光，真是瞌睡来了遇到枕头，得来全不费功夫。

陈强给惠俊豪递了个眼神，两人一起跟上葛峰，等葛峰跟阿萍进了房间正浓情蜜意之时，陈强知道机会来了，便一脚端开房门，跟惠俊豪闯了进去。

已经脱光的阿萍正坐在葛峰大腿上，听见有人闯进来，顿时花容失色，抓起衣服挡在胸前，尖叫连连。葛峰也变了脸色，扯着乌鸦嗓子大喊大叫："保安，保安……"

惠俊豪如同猛兽出笼，不由分说，一个箭步冲上去，掐住葛峰的脖子，把他死死地按在床上。

"老实点儿，不然头给你拧断。"

"你……是老东西……派你们来的？"深深的窒息感让葛峰艰难地挤出几个字，他惊恐的瞳孔里倒映出惠俊豪凶神恶煞般的面孔。

惠俊豪没理会，只是控制住局面，这时，陈强缓步走了过来。

"啊……不要打我，我什么都不知道。"

眼前的一幕彻底吓坏了阿萍，他尖声惊叫，连滚带爬，试图逃离此地。可他一抬头，却发现陈强挡在门口，正冷眼看着他。

"如果我是你，绝对不敢乱动。"

"大哥，别打我……"阿萍识趣地就地蹲下，双手抱头，纤细的身体不受控制地颤抖。

"炮哥，先放开他。"陈强上前拿出警官证对葛峰道，"找你了解点情况。"

惠俊豪嘿嘿一笑，退到旁边，宛若一尊护法金刚，给人的压迫感极强。

询问即将结束之时，惠俊豪突然闻到空气中传来一阵温热的臊味，下意识抽了抽鼻子："咦，什么怪味儿，这么臊？"

不知何时，阿萍屁股下面多了一摊淡黄色的尿渍，汇聚成一条溪流，蜿蜒流淌，恰好流到了惠俊豪脚下，把他那双崭新的李宁牌球鞋围在了中间。

"我去，又完蛋了！"

惠俊豪赶紧跳出"包围圈"，不停地跺脚，想把鞋上的尿液甩掉，可一旦沾上了，岂能轻易甩掉？这种尿液里搞不好就会带有艾滋病、梅毒等一些强传染性的病毒，鞋子一旦沾上，再碰上伤口会很麻烦。去年分局的几个兄弟在执法时，被一个吸毒的烂仔误伤，疑似被感染了艾滋病，到现在还在防疫中心进行阻断治疗，一直无法正常上班。惠俊豪一想到这里，别提多糟心了，再加上上次台风天出现场，已经毁了他一双新买的耐克球鞋，双重的暴击让他怒火中烧。

惠俊豪将一身的怒气甩向阿萍，他双眼圆睁，举起蒲扇般的巴掌，一脸匪气冲天。

"你他妈的成心放毒，找死呢！"

阿萍吓得支支吾吾一句话都说不出来，屁股下面的尿渍淌得也更快了。

"任务要紧。"陈强在后面及时提醒了一句。

"真他妈的晦气。"惠俊豪强忍着怒气，越看越糟心，索性骂道，"你个衰货，赶紧滚蛋，再让炮爷看见你，打得你妈都不认识。"

228

阿萍不敢相信惠俊豪会放自己走，一时间竟然愣住了。

"妈的，滚蛋！"

阿萍反应过来，连滚带爬地逃出房间，只留下一地腥臊。

陈强示意惠俊豪把门关上，再次审视葛峰。

"葛总，继续……"

片刻后。

仓皇逃走的阿萍换了条新裤子，带着看门的两个彪形大汉急匆匆地原路返回。

阿萍一脚踹开房门，指着陈强和惠俊豪，怒火中烧地尖叫："就是他们！"不知他"雌性"的身体里哪里来的爆发力。

两个壮汉不假思索地冲进房间，以人形战车的气势撞向陈强和惠俊豪，要把这两个入侵者碾成肉泥。

陈强回头一看，脸色剧变。

该死，暴露了！

燕蝠之争，晦暗如泥。

惠俊豪一见人形战车，就知道来者不善，只能硬碰硬。他想都没想便挡在陈强面前，使出绝活"铁山靠"，朝冲在最前面的"相扑手"撞去。

岂料在碰撞的瞬间，他只觉得自己撞的不是人，而是一堵富有弹性的肉山，一个不慎竟被那肉山弹了出去，踉跄着退了好几步，吃了闷亏。

紧随其后的大胡子甩动两条肌肉雄健的臂膀，朝惠俊豪腰间抱去，惠俊豪新力未生，落脚未稳，眼看就要吃亏。

"唰！"

千钧一发之际，忽然响起抽打声，只见一根黑色短棍从惠俊豪身后抽出，疾若闪电般狠狠地打在大胡子的手腕上。

大胡子吃痛收回左手，一张黑脸变得更加凶暴，咆哮一声后，朝陈强扑了过去。"相扑手"也不甘落后，一起扑向陈强，把陈强夹在中间。

在两座肉山中间，陈强如同暴风雨中的扁舟摇摇欲坠，但常年的训练让他临危不乱，他"唰唰唰"挥舞甩棍，化作一道道残影，快、准、狠地抽在两个壮汉身上，发出"啪啪啪"打手板似的清响。

两个壮汉呼声连连，却因为皮糙肉厚，非但没退，反而激起了兽性，竟不顾漫天棍影也要与陈强拼个你死我活。

危急时刻，惠俊豪调整好身形，突然暴起，轰隆隆冲向大胡子。

"活腻了！"

惠俊豪伸出砂锅大的拳头，重重地砸向大胡子右肋，大胡子预感到危机，挥手格挡，却被惠俊豪看准机会，变拳为抓，抓住他的小指和无名指，借着前冲的惯性，一个滑步扯到大胡子身后，以两根手指为支点，大胡子的整条手臂被拧向他的肩头。

"噉！"大胡子吃痛，身体后仰，发出杀猪般的号叫。

惠俊豪一招得手，又一脚踹在大胡子的膝盖上，疼得他不得不半跪在地。

"凭你，也想跟炮爷过招，嫩了点！"

大胡子噉噉直叫，疼得脸都变了形。惠俊豪索性一不做二不休，一记手刀打在他的后脖子上，直接把他打晕过去，免得他聒噪。

与此同时，陈强奋起神威，以灵巧的身法围着"相扑手"游走，伺机以甩棍攻打要害，"相扑手"虽皮糙肉厚，力量惊人，无奈身形臃肿不堪，只有挨打的份儿。

相持片刻，"相扑手"已是鼻青脸肿，全身瘀青，连陈强的影子都扑不到，反而一不留神把自己绊倒了。陈强抓住这个机会，一记甩棍抽在他脸上，直接把他打晕了过去。

解决了两个大敌，陈强汗透衣背，瞥向门口的阿萍，目光如刀，吓得阿萍一下跌倒在地，战战兢兢。

"我、我……"阿萍"我"了半天，什么都"我"不出来，反倒是他屁股下一摊淡黄的尿渍又蔓延了出来。

"衰货。"陈强无视阿萍，转身看向葛峰道，"照顾好你的干儿子，告辞。"

不等葛峰回应，陈强便走出了房间。惠俊豪朝葛峰嘿嘿一笑，快速跟着离开，在经过阿萍身边时，朝他脸上啐了一口唾沫。

"孙子，你胆儿挺肥啊！"

"我错了，爷爷。"阿萍如遭雷击，两股战栗。

"什么玩意儿，呸！"

惠俊豪想起自己的新鞋，忍不住又啐了一口，扬长而去。

葛峰终于反应过来，看着满地狼藉，脸色阴沉无比，冷冷地长出一口气，拿出手机拨通一个号码。

"姓郭的，老子今天倒了八辈子血霉，被警察找上门了，你那劳什子厌胜术，到底他娘的管不管用……"

7月28日，10时。

重案支队会议室。

韩玉朗手上掐着半根香烟，居中而坐，左右两边分别围坐着金建民、谢刚，以及重案支队、刑技中心的骨干，氛围肃穆。

韩玉朗环顾众人，声音徐徐，掷地有声："同志们，陆茵案从案发到现在，已经过去将近六十个小时，距离黄金七十二小时的尾声，还有十二个小时。在这六十个小时里面，主管经济的何副市长已经打了好几个电话过来，市局党委也问我进展如何……我没有办法回答，我希望听到一个准确结果。"

会议室内鸦雀无声，落针可闻。

"时间紧，任务重，别的就不说了。"金建民转向徐家君道，"还是从你开始，直接说结果。"

徐家君微微颔首，操作笔记本电脑，投影出十三张照片。

"通过尸体复检，对陆茵的头发进行了全面的抽样检查，发现断口较为整齐，并非因反抗而形成的断裂毛糙和弯曲，可以断定为自然断裂。"

电子屏上显示着不同头发端口被放大后的照片，细节一目了然。

"我的结论跟昨天一样，现场不存在凶手，而是一起因服毒致幻导致的意外事故。"

万子良暗暗点头，"小日本"果然有两下子，头发断口的发现确实是有力证据，不过，他跟王涛的发现，应该远比这个有力。

王涛向金支请示后，直接表明态度。

"我同意中心现场也就是瑞公馆楼内，当晚不存在凶手的判断，但是不是意外事故，下定论还为时尚早。"

韩玉朗微微抬头，又续上了一根香烟，示意王涛说下去。

王涛投影出七组照片，神情严肃。

"在复勘时，用多波段光源照过现场，基本上是陆茵本人和瑞公馆工作人员的手脚印，以及相关活动痕迹。"

"既然不存在凶手，为什么不会是意外事故？"

"现场不存在凶手痕迹，不代表没有凶手。"

王涛又调出三组照片，并放大第一组照片，上面是一枚清晰可辨的指纹。

"这是在陆茵房间吊灯上发现的一枚指纹，这枚指纹虽然不会直接导致陆茵身亡，但是非常可疑。"

"疑点在哪里？"

"指纹非常新鲜，而且还从中提取出了甘油三酯。"

"动物油？"

"准确说，应该是陆生温血动物的油脂，比如猪油、羊油、牛油等。"

"是谁的指纹？"

"目前并未发现匹配对象。"

"这能说明什么？"

"这说明不久之前，有我们不掌握情况的人进入过瑞公馆陆茵房间，动过卧室吊灯，留下了这枚指纹，而这个人与在卧室镜子上留下白酒气味的人，很有可能是同一个人。"

"有神秘人来过？"

"此神秘人很可能是在酒足饭饱之后，到瑞公馆对陆茵进行了迫害。"

"王组长，你这只是推测，不能形成证据闭环。"徐家君提醒道，"神秘人为什么没有留下足迹？监控视频为什么没有影像？"

王涛一时无言以对，沉默了一下："这正是要努力的方向。"

"这个问题先跳过。"金建民果断道，"还有什么重要发现？"

"有的，金支。"王涛调出第二组照片道，"这幅图和钉子出现在卧室吊灯内部的天花板上，痕迹很新鲜，应该是近期画好贴上去的。微量物证鉴定显示，构成图案的主要成分为汞，含量高达 86.2%，俗称朱砂。"

"文检鉴定做了吗？"韩玉朗吐出一口烟，追问道。

"目前没有样本，只是和杨君松画的平安符箓相比较，应该不是出于同一人。"王涛继续补充道，"此外，图案和钉子请民俗专家看过，图案是某种镇鬼避邪的符箓，钉子是民国时期的老物件，应该是跟图案配套的法器，目前无法确定是否跟案情有关。"

众人顿时面露难色，纷纷议论起来。

万子良看着那幅图案，心里再次泛起强烈的不安，说不清，道不明，总感觉在哪里见过。

"王组长，还有什么发现？"

"重点在这棵槐树和其断枝。"

王涛信心满满地调出第三组照片，韩玉朗坐直身子，定睛望去，陈强也瞬间绷紧身体，竖起耳朵倾听。

"先说第一个疑点，我查过案发当晚的气象资料，以当晚的风力很难让这棵槐树的大枝断裂，我怀疑该断枝除了有风力作用外，还有人为痕迹。"

"你怀疑有人为折断的可能性？"

"是的，我提取了槐树断痕处的植物纤维，做了微量物证，遗憾的是，并未发现金属成分。"

"那就是正常的风力作用咯？"

"不能排除金属成分被案发当晚的雨水冲掉了。"

"还是推测。"徐家君反驳道，"就说你想多了。"

"别急，还有第二个疑点。断枝的位置违反了物理现象，简单来说，夏季应该是东南风，风往西北吹，因此断枝的位置应该在断树的西北方向，然而，实际位置却在东南方向，显然是有人刻意为之，这也佐证了第一个疑点。"

众人又纷纷交头接耳，议论起来。

"我有必要提醒你，你的怀疑精神值得肯定，但不能无视其他可能。"

"什么可能？"

"比如受局部龙卷风影响。"

"龙卷风？！"

王涛眉头紧皱，显然忽略了这个因素。

"尽管是个例，但东海市最近几年可没少出这方面新闻。"

万子良见王涛独木难支，急忙出声支援："局部龙卷风是偶然事件，不可能这么巧合吧？再说案发当天，并没有局部龙卷风的预报。"

"首先，纠正一下，世上所有的巧合都属于偶然事件。"徐家君微微一笑道，"其次，局部龙卷风属于突发性极端天气，无法被预测。"

"这……"王涛喉结滚动，没有了反驳的底气。

"徐主任，陆茵为什么不走正门，仅仅一根断枝是不可能挡住他的去路的。"万子良坚持道，"难道还是因为龙卷风？"

"小万，如果仅仅凭空推测，那么龙卷风还真有可能会挡住陆茵的去路。"徐家君针锋相对道，"假设陆茵刚跑出瑞公馆的时候，本打算从正门逃脱，此时，突然刮起了一阵龙卷风，折断了树枝，断枝在空中飞舞，随时有可能砸向靠近的人，于是陆茵在无奈之下选择了从后门逃跑。"

万子良沉默了，他是科班出身，深知办案要讲证据，这些推测不能形成法庭证据的闭环。

王涛也沉默了，没想到自己精心准备的复勘证据，却在现场讨论时被彻底驳倒。

"王组长，你的结论是什么？"

"金支，虽然还有几个疑点……但就目前掌握的证据看，现场确实不存在凶手。"王涛吐出一口浊气道，"综合来看，按照司法程序和对证据的要求来讲，不得不说，陆茵意外身亡的可能性很高。"

这一刻，王涛略显疲惫，仿佛失去了支撑，腰背不再笔直。而万子良却心有不甘，一种强烈的直觉在他心中燃烧。

金建民转向韩玉朗，见他点了点头，便看向刑科院的专家："贺教授，你们的意见呢？"

贺教授抬了抬眼镜，投影出一张照片，是瑞公馆大厅左边合抱楼梯墙壁上的一处焦痕。

"鉴于王组长怀疑陆茵曾在楼梯上来回跑的举动，也就是民间所谓的鬼打墙，我们进行了严谨的检测，之所以会导致这样的行为，很可能是一种电影效应。"

"电影效应？"

"瑞公馆墙壁的涂料里含有四氧化三铁成分，同时，又在墙壁上发现了球状闪电的痕迹。"

"球状闪电？"惠俊豪大惑不解道，"闪电还能是球状？"

"惠警官，不要着急，世间万物看似复杂，其实背后都有其科学道理。"贺教授徐徐解释道，"球状闪电俗称滚地雷，通常在雷暴时发生，为圆球状的闪电，这是一种真实的物理现象，产生时非常亮，近圆球状，直径15至40厘米不等，通常仅维持数秒，最长可维持两分钟，颜色除常见的橙色和红色外，还有黄色、紫色和幽绿色。球状闪电的危害较大，可以随气流起伏在近地空中自在飘飞，有时候还可以通过门窗进入室内，甚至可以在导线上滑动，会悬停，会无声消失，有时候也会因障碍物而爆炸。"

"这跟鬼打墙有什么关系？"

"简单来说，四氧化三铁在闪电的作用下有类似于录像带的功能，比如，有人在电闪雷鸣的天气路过瑞公馆的墙壁，那么他的身影和声音很可能被记录下来，在之后的某一天，又会在闪电的作用下出现在墙壁上。"

"还有这种事？"

"当然，而且是有先例的，北京故宫墙上的女鬼事件就是这个原理。"

"故宫女鬼"这个案子，在座的人都听说过，发生在1992年。

当天天气不好，故宫博物院没有闭馆之前，突然电闪雷鸣，下起了雨，游客们意外地发现，故宫的红墙上出现了一排穿着清宫装的宫女，那种画面，就像是放映的电影一样，一闪而过，随后便消失不见了。当时这个事件轰动一时，还上了新闻头条。

"这么说，陆茵遭遇鬼打墙跟墙壁上的录像有关？"陈强有些犹疑地说。

"陈探长，这也是我想说的，但陆茵当晚具体看到了什么，就不得而知了。不过综合来看，刑科院一致认为，徐主任的结论更准确，这是一起意外事件。"

"我可能知道陆茵看见了什么。"万子良突然低声道。

"什么？"

"我查阅了瑞公馆的历史，档案上有明确记载……"

瑞公馆的第一任主人是民国时期的一位财政局局长，名叫韦建。他有三房姨太太，大太太是明媒正娶的大家闺秀，育有一女；二姨太是个戏子，家境不好，从小患有肺结核，身体一直不太好，靠药罐子度日；三姨太是当时的名媛，头牌歌女，但是不能生育，后来这位三姨太与韦局长的司机勾搭成奸，由于时局动荡，韦局长虽有所耳闻，却一直不予计较。

蒋介石败退台湾时，这位韦局长花光积蓄却只弄来三张船票，安排自己、大太太和女儿趁夜去台湾，丢弃了二姨太和三姨太。他们走后不久，病榻上的二姨太得知了这个消息，情急之下血痨发作，大口大口地吐血，把病毒带到了瑞公馆的每个角落，最终不治而亡。

三姨太得知消息后，不敢再住在瑞公馆，便拿出所有私房钱交给司机，求他带自己离开这里，谁料司机拿到钱财后竟然抛弃了她。三姨太心如死灰，便在一个雷电交加的雨夜吊死在了瑞公馆的大厅，位置恰好是在合抱楼梯上。

听完万子良的讲述，季亦萍分析道："小万，你是想说，陆茵在服用'招魂丸'致幻后，再加上电影效应，便看到了三姨太的影像，甚至是妖魔化的影像？"

"是的，瑞公馆闹鬼的根源，很可能就跟墙壁上的影像有关。"万子良点点头。

"电影效应需要进入房间的球状闪电赋能，可是以前那些住进去的居民，要么死、要么疯怎么解释？"徐家君质疑道，"他们可没有服用'招魂丸'致幻。"

"我觉得最早一批住进去的人，可能跟二姨太留下的结核病毒有关，被感染后死亡不是没有可能，加上三姨太留下的影响，误以为是鬼魂作怪，疯掉就很正常了。"万子良说了自己的判断。

"搞不好陆茵也是因此幻觉加重，才会做出超乎常理的鬼打墙行为。"王涛力挺万子良的说法。

万子良微笑着，向王涛暗竖大拇指："从心理学的角度来说，看见超自然现象会无限放大内心情绪，从而做出超乎常理的行为，比如恐惧、逃亡，都属于这一类。"

"咚咚！"韩玉朗掐掉燃尽的香烟，敲了敲桌子道，"我们现在是讨论案情，不是讨论闹鬼，不要偏题了。季探长，你说说吧。"

众人赶紧将思绪拉回到正题。

"韩总，放在现场的红外热成像监控显示，这两天并没有可疑人员返回或靠近瑞德公馆。"季亦萍言简意赅道，"另外，陆茵跟葛峰关系密切，已经反馈给陈探长去调查了。"

韩玉朗重新点上一根烟，看向陈强。陈强脑门出了一层细汗，神情逐渐严肃。

"已经走访过葛峰，据他交代，他跟陆茵曾保持恋人关系，并在三个月前通过一系列商业手段，扶持陆茵成为坤德集团的新任监事。陆茵上位以后，立马背叛了葛峰，试图在葛峰和苏坤德之间待价而沽，因此葛峰和陆茵发生了一次激烈的争吵，但在案发当天晚上，葛峰有明确的不在场证明，还有他最近的行踪也很明确，没有作案空间。"

"有没有可能是雇凶杀人？"

"我觉得动机不足。葛峰对陆茵的情感还是较为深厚的，即使有集团内部斗争的因素存在，目前陆茵也并非完全倒向苏坤德，还是可以积极争取的，因而可以排除情杀和仇杀的动机，所以我支持徐主任的判断，该案属于意外事故。"

"坤德集团其他人怎么说？"金建民看向惠俊豪，希望借此缓解陈强的压力。

"法务说了半天，就会拉韩总和刘局来当挡箭牌，幸亏头……哦不，是陈探长明察秋毫，看破了他们的伎俩……"

"行了行了，你坐下吧。"见惠俊豪越说越没谱，金建民赶紧阻止道，"小胡，小万，你们呢？"

"陆茵的父亲陆福海有严重的老年痴呆症，有用的信息不多。"胡秋飞率先发言道，"养老院的档次较低，以陆茵的高收入，可以看得出，他不太舍得给他父亲花钱。"

"陆茵平常不去看他的父亲，那天却很奇怪，破天荒陪他父亲吃了午饭。"

"他父亲骨瘦如柴，牙口也不好，午饭吃的却是硬邦邦的牛排，他一直在吹嘘自己将要发财。"

"杨君松那里，我们去确认过了，7月24日下午4点，陆茵与杨君松联系，是想在他那里求得一些平安符，我们看了悦仙阁的监控，确认没有问题。"

"杨君松画了一些护身符，拿去刑技中心做文检鉴定，经过鉴定，与现场的护身符笔迹一致，目前没有发现什么异常。"

金建民连连点头，继而看向韩玉朗，韩玉朗示意他可以总结。

"结合两次会议的结论，陆茵在案发当晚服用过新型毒品'招魂丸'，产生了被人追杀的幻觉，在逃亡过程中，看见了墙壁上的影像，在楼梯上来回跑动，后来摔下楼梯，再逃出了瑞公馆，又因被断树挡路，再加上幻觉导致判断错误，只好逃入东平森林公园，最后在观潮台上不慎跌落，意外身亡。"

金建民环顾四周，用眼光征求大家的意见："还有没有要补充的？"

胡秋飞举手示意："坤德集团高层的明争暗斗已经到了水火不容的地步，陆茵处在葛峰和苏坤德之间，夹缝里求生存，产生被迫害妄想也属于正常现象。"

金建民露出赞赏之色，再看向其他人："还有什么高见？如果没有，就以意外事故定案。"

万子良想要说什么，却不知从何说起。他还是不甘心，当他看见那幅图案后，只感觉到冥冥当中有一只"推手"在作祟。近期接连遇险的遭遇，似乎都跟那幅图案有关，这让他备感危机，他跟这幅图案的纠缠以及这个案子，不会这样轻易地结束，有一个声音在他脑海中不断回响：必须要做点什么，对抗背后的"推手"。

片刻后，见其他人没有疑义，金建民果断向韩玉朗低声请示："韩总，您还有什么指示？"

韩玉朗掐灭烟头，缓缓吐出一口烟圈："没有指示，就按你们的……"

韩玉朗话说到一半，万子良突然站起来："韩总，我有不同意见。"

这句话如同惊雷，在会议室里炸开了锅，敢当面抢总队长韩玉朗的话，万子良可是总队头一个。警察是高度纪律化的组织，尤其是刑警。一线的侦查员，没有吃过三年的"萝卜干饭"，一般是没有发言权的。一旦上级定下来的事情，只能先去执行，有意见执行完再提，这是作为刑警的一个基本操守。更何况，陈强的心思完全不在这里，在一个疑罪从无的案子上浪费时间，只会让三探组领先得更多。

然而，万子良脑海中的念头如同魔音，随着那幅猩红的图案萦绕在他的心头，折磨着他的神经，让他头脑发昏，甚至敢于顶撞韩玉朗。

陈强脸色大变，汗如雨下，立刻起身警告道："万子良，你胡说什么？"

"我没有胡说，真的有很多疑点。"万子良硬着头皮道，"韩总、金支，瑞公馆卧室镜子的布局、镜框边缘的特殊气味、吊灯上的指纹和图案、断树枝的风向位置，还有陆茵为什么逃入森林公园……特别是那个镇鬼避邪的符箓图案，这些都有人为的可能，我认为……"

"你认为什么？"谢刚不耐烦道，"难道这个也是非接触性案件，有深挖的空间？"

"有可能。我认为，陆茵可能是被人挟持了，不对，是被人远程挟持了。"万子良语无伦次道，"还是不对，应该是被那个符箓图案控制了，才会违反常理……总之，不能这么武断地定案。"

金建民浓眉紧蹙道："小万，你有证据证明陆茵被控制了？"

万子良愣住了，像是七寸被拿捏住，说话渐渐没了底气："我……我没有，但我……韩总、金支，请相信我……"

"办案子不是过家家。"金建民打断万子良，一锤定音。

"可是，现在就定案，也太武断了。"万子良梗着脖子道。

金建民脸上浮现出一层愠色，眼前这个愣头青，怎么就分到一探组了？即便以前取得了一些小的成绩，也太不知道进退了。

陈强更是被气得一佛出世、二佛升天，这小子咋这么不开眼，这不是把自己往死里坑嘛。

"你叫万子良是吧？"韩玉朗语气温和道，"非接触性犯罪的概念提得很好，刑侦改革就是需要你这样的人才。但办案讲究证据，快侦快破，没有证据就只能疑案从无。你刚来重案支队不久，有些规矩不熟悉，等你熟悉了，自然就会知道，先坐下吧。"

万子良还想坚持，却发现没有底气，只好无力地坐回去。

陈强总算松了口气，暗自庆幸道：这小子真是一根筋，回头得好好敲打一下，否则不知道还会酿出什么祸来。

万子良想不明白韩玉朗为何支持定案，他的不甘心随着那幅诡异的图案一起萦绕在他心底，令他魂不守舍，脑海里的魔音再次响起：这个案子不该这么结束，也不会这么结束！必须要做点什么！肯定还有什么重点没有被他们发现！

这是他特殊的灵感，而刑侦体制改革也许就是要培养这种特殊的能力，来应对不断升级的非接触性高智商犯罪，但现在时机明显还不成熟。

万子良下意识看向王涛，却见王涛不住地摇头，看来他也是心有不甘，却又无可奈何。

会议结束，众人纷纷离去。韩玉朗板着脸把金建民和陈强单独留下，会议室的气氛骤然尴尬起来。

"老金啊，刑侦体制改革，你们支队进了两个新人万子良和江新月，"韩玉朗点起一根烟道，"他们表现如何啊？"

"总体还不错，都在慢慢适应自己的新角色。"

"听说万子良的女朋友是坤德集团的大小姐？"

"有这么回事。"

"我看这事儿未必能成。"

"您是说门不当户不对？"

"年轻人的事，不必多参与。"韩玉朗神秘一笑道，"只是坤德集团情况复杂，不要影响工作。"

"明白了。"

"万子良是刘局钦点的，这小子有点思路。"韩玉朗意味深长道，"不过，改天刘局来听汇报，在目前这个关键节点上，这个愣头青可是要闯大祸的。"

"韩总所言极是。"

金建民深谙"关键节点"的含义，一方面，是刘局快退休了，韩总和经侦的胡新福总队长都是有力的竞争者；另一方面，陈强也在进步的关键时期，容不得半点马虎。

"好了，响鼓不用重锤，一切的重点还是明珠案。"

韩玉朗掐灭了香烟，恨铁不成钢地看了一眼陈强，起身而去。

陈强倍感压力，赶紧起身和金建民一起笑脸相送。

一探组办公室。

万子良和胡秋飞正在商讨案情，惠俊豪直接去了卫生间。

陈强心事重重地从外面进来，面目不善："小万，你过来。"

"头儿。"万子良情绪不佳。

"你是怎么回事？"陈强劈头盖脸发难道，"有想法为什么不提前给我通气？"

"我……"

"你眼里还有没有我这个探长，懂不懂什么叫尊敬领导？"

"头儿，我只是觉得这个案子……"

陈强见万子良还在嘴硬，本就隐忍了一路的脾气轰然爆发，他腾地站起来，"啪啪啪"拍着桌子："你觉得？你觉得什么？万子良，提出个新概念就了不起了？敢当众顶撞韩总！难道就你一个人聪明，我们都是傻子？"

万子良被骂蒙了，他不敢想象，以前平易近人的陈强竟然变得如此可怕："可是，这个案子真的有疑点……"

"啪！"陈强怒不可遏，抓起桌子上的白瓷茶杯狠狠地摔在地下，茶杯瞬间被摔得粉碎，溅得到处都是。

"万子良，我警告你，你是一名刑警，不是他苏坤德家的打手！"陈强脸色铁青，咆哮道，"你如果想用陆茵这个案子假公济私，帮你女朋友家解决竞争对手，我告诉你，你打错算盘了。"

"没有，真的没有……"

"有没有你心里清楚。"

"说我假公济私，你就问心无愧吗？"

"什么？"

惠俊豪正好从厕所回来，看见这一幕，呼吸一滞。

陈强怒火中烧，猛地一脚把自己的办公桌踢翻，桌上的东西散落一地。

万子良气呼呼地扭头就走，与门口的惠俊豪撞了个满怀。

胡秋飞缩在工位上，打开了一包巧克力，把自己当成池鱼，生怕被殃及。她来一探组这些年，还没见陈强发过这么大火，其中原因她也猜到了大半，万子良只不过是一个导火索而已。

命运总会让人疲惫，疲惫的心其实并不坚固，冷一次就会心寒，寒一次就会心死。

万子良怎么也想不通，他的认真负责竟然会被认作是假公济私！哀莫大于心死，大不了今后在一探组混混，他要抓紧时间把工作重心放到完善自己的天狗AI追踪系统上来，全力以赴拿下电子物证高级工程师，毕竟这是他上班以来全部心血所在。

刑技中心，电子物证实验室。

万子良换上蓝大褂、防尘鞋套，坐在数据恢复区的工作台前，全神贯注地操作着电脑，一行行代码如精灵般在他眼前飞闪而过，他的希望之火再次被点燃。

忽然，一个鬼祟的身影探头探脑地出现在实验室的玻璃墙外。不一会儿，孙鼎文带着邓小南急匆匆地走过来，猛地推开了实验室的门。

"小万，你不是已经调到重案支队了吗，还来这里干什么？"孙鼎文直接发难。

"孙主任，我……"

"这里是涉密场所，外人不能进入。"邓小南得意扬扬道。

"蔡坤师傅让我来的，政治处也同意了。"万子良不服气道。

"政治处？没有给我说过嘛。"孙鼎文眼珠子一转道，"在没有接到正式通知之前，还请你出去。"

"可我……"

万子良拨通了蔡坤的电话，可得到的回复却是等待消息，再沟通。看来刑侦体制改革，还有很多需要磨合的地方。万般无奈之下，他灰溜溜地收拾东西，离开了实验室。

翌日，经过蔡坤和政治处、刑技中心领导的反复沟通，万子良终于可以重归电子物证实验室，条件是不能影响其他同志的正常工作。是夜，当他来到电子物证实验室，兴致勃勃地打开电脑，眼睛却逐渐变暗，突然电脑闪烁了一下，又变得漆黑一片。这时，他的胸中禁不住泛起了不可遏制的怒火。

"浑蛋！"

天狗 AI 追踪系统五年来的所有实验数据，一夜之间不见踪影。不用猜，这一定是孙鼎文和邓小南干的。可他现在该怎么办？一边是不熟悉的侦查工作和给自己脸色的上司，另一边眼看实验即将大功告成，却惨遭小人暗下黑手，难道今年真的命中有劫？

万子良的心很乱，像旋在风浪里的一片树叶，一会儿被抛到这儿，一会儿又被抛到那儿，仿佛有一堆乱草在争吵着要钻出来，又像是一团乱麻梳理不清，搅得他心神不定。

流泻不出的绝望在万子良的心里堆积，最终湮没了他。

总队大院。

皎洁的月光洒在地面上，这一切让万子良觉得更加孤独冷清，圆圆的月亮更加重了他对父母和家乡的思念，他一个人坐在草坪边的石头上，望着月亮，一桩桩往事浮现在眼前，彷徨无助的情绪随着月光肆意蔓延。忽然，夜色中有一个身影慢慢靠近万子良。

"找你大半天了，怎么在这儿躲着？"

这声音如此温暖熟悉，万子良不由得回头望去。

"蔡师傅，我失败了……"

"平时让你做备份，就是懒得做，这下知道厉害了？"

"我把备份做到旁边一台电脑上了，谁知道……"

万子良惭愧地低下了头，他为了省钱，居然连个移动硬盘都没买。

"这世上最不能直视的就是太阳和人心。"

"唉……"

"叹什么气，不就是五年的数据吗？"蔡坤说着拿出一只移动硬盘，怒其不争道，"这是我在自己的笔记本电脑上找到的部分实验数据。"

蔡坤的到来如同黑暗中的光，给万子良带来了无限的希望，他兴奋地接过蔡坤手中的移动硬盘，深鞠一躬，便向实验室飞奔而去。

三日后，万子良恢复了天狗AI追踪系统实验关键节点的大部分数据，系统已初具规模。他心里憋着一股劲，将从案卷中整理出来的明珠案关键信息输入系统，在案件数据库里扬帆起航。

电子屏幕上，数据快速跳动，忽然，"嘀"的一声电子音长响，仿佛在实验室里炸响了一声惊雷。

万子良瞬间瞪大了眼睛，惊喜得几乎叫起来，心里像揣了只小兔，怦怦直跳。嫌疑人找到了！

现在已是凌晨3点，他兴奋地拨通了蔡坤的电话。

"师傅，破案了！"

"破什么案了？一惊一乍的。"

"明珠案！"

幸福是一种等待的过程，突然而来的惊喜，实际上叫人手足无措。

图书在版编目（CIP）数据

猎罪者: 我在重案队的日子 : 全三册 / 万安著.
上海 : 上海文化出版社, 2025. 4. -- ISBN 978-7-5535-
3166-3

Ⅰ. I247.5

中国国家版本馆CIP数据核字第2025PX2461号

猎罪者
我在重案队的日子

PART 2

万安 著

上海文化出版社

·目录·
CONTENTS

PART 2

第一章
渐鸿于陆

利锁名缰，达观知命

夏夜，南郊区。

"红歌郎"表面是一家以酒吧为主的夜总会，实际有着相当复杂的背景。

红歌郎二楼。

石军挺着草包肚子，穿着崭新的皮鞋，守在202包厢外，只要有人胆敢靠近，他都会挥手示意让其走开，狐假虎威，宛若一只看家狗。他背后的房间里，回荡着响亮的音乐，掩盖着一男一女的声音。

忽然，房间里传来打砸声和怒骂声，石军却习以为常，并未感到意外，反而更加警惕起来。

片刻后，黄欣提着裤子，从房间里走了出来，嘴里骂骂咧咧。

"哥，爽完了没？"石军迎上去，贱兮兮道，"让我也进去爽爽呗。"

"爽个屁，她亲戚来了。"

黄欣气不打一处来，一巴掌拍在石军的秃头上。

石军被打蒙圈了，下意识地朝房间里看了看，只见幽暗的灯光下，满地狼藉，一个浓妆艳抹的女人，从沙发上缓缓起身，整理着凌乱的衣裙，一室春色让人难以移开眼。

"屌拉裆，你愣着干吗？"

石军依依不舍地收回目光，小跑着追上黄欣。比起女人，他更在意能否吃饱饭。

女人将内裤上的护垫撕下随手扔掉，整理好衣物，走出房间，迷离的灯光下，渐渐浮现出一张熟悉的面容。

张黎靠在包厢门口，望着黄欣和石军的背影，眼神中饱含不屑。

为了病重的父亲，更为了自己能活下去，张黎不得不在黄欣和石军的威逼利诱下坐台还债。坐台来钱是真的快，潘多拉魔盒一旦打开，就再也合不上了。

张黎凭借漂亮的脸蛋、姣好的身材，配合黄欣从监狱里带出来的"绝招"，从上个月到现在三十三天时间内，接了十七位客人，总共有九万多入账。张黎食髓知味，感觉这份遭人唾弃的工作，似乎并没有想象中的不堪，因此渐渐主动起来，只是，她出卖身体赚的钱，不仅要被夜总会抽成，还要被黄欣拿去还债，到她手里只有一小部分。

她计划着，反正已经学会"绝招"，这个"绝招"一本万利，何不撇开他们，自己一个人单干，不愁挣不到钱。

张黎迷茫的眼神骤然变成了深恶痛绝。她舒展腰肢，慵懒地离开，转身的瞬间，她看见一个戴着黑色鸭舌帽的男人，正默默地注视着自己。

张黎看到了熟悉的贪婪，因为她接过的每个客人，无论年龄大小都有着这种眼神。

她对这个男人并不陌生，这段时间，这男人经常过来找她，一起喝酒唱歌，但他并非图新鲜的吃"快餐"之辈，而是循序渐进从培养感情开始，看得出是个痴情种，更重要的是此人出手阔绰，身上全是一沓沓的现金。

今天，张黎信心满满，老天爷总算开眼了，她要彻底拿下这条假装清高的"大鱼"。

酝酿情绪后，张黎故意抛了抛头发，扭动着水蛇腰，款款走到男人面前，声音魅惑："大哥，今天怎么有空过来啊？"

男人探出宽厚的手，用力搂住张黎的腰肢，紧紧贴在自己腹部，帽檐微抬，露出蓄着胡碴的下巴，声音沙哑；"小心肝，等你多时了……"

闷热的夜，令人窒息，一场酝酿已久的暴风雨即将来临。

南郊区，刁家村。

这里是城乡接合部，低矮幽暗的出租房一栋靠着一栋，在夏日闷热的夜晚，更显得拥挤不堪。也许你想象不到，在繁华的东海市里还有与这个现代化城市貌似毫无关系的地方。

其中刁家村最北边有一座农民别墅，主人家灾祸不断，风水师断言说是因宅舍凸出入大道，破了形势，主人灾祸不断，便交给中介打理，租了出去。

此时，别墅门突然被打开，满身酒气的男人搂着娇媚的张黎，跌跌撞撞闯进客厅，迫不及待地把她按在墙上索求热吻。

张黎欲拒还迎，用力推开男人，娇媚无限："哎呀，别急嘛……"

男人恍若未闻，继续索吻，甚至上下其手。张黎扭动玉体，奋力挣扎。

"到房间去……"

"就这里。"

"身上都是汗，臭死了。"

"扫兴。"

"我先洗个澡，很快就出来，好不好？"

"快点。"

男人意犹未尽地松开张黎，张黎娇笑一声，拿着包包进了洗手间。

男人将门窗反锁后又反复确认，才打开昏暗的起夜灯，一件件脱下衣物，露出精壮的身体。

洗手间。

张黎把卫浴门反锁，脱掉衣物，以最快速度洗完澡，在哗啦啦的水声中，她快速擦拭干净，站到洗漱台前，从包里拿出一个玻璃瓶。

玻璃瓶里面是黄欣弄来的特制药水，无色无味，药效惊人，只需要三四滴，便能让人昏睡整夜。

有了这瓶药水，她便能施展"绝招"。

第一次单独行动，张黎神色有些紧张。她拧开药瓶，倒出四滴药水，均匀地涂在两边乳房上，药水接触皮肤的瞬间，发散出强烈的灼热感，让她有轻微眩晕。

张黎知道这是副作用，并未放在心上。今天没有黄皮子和石头的接应，必须万无一失。为了保险起见，她又接连倒出六滴药水，反复涂在乳房上，刹那间，更强烈的灼热和眩晕在她体内爆发。

张黎强忍着不适，把玻璃瓶放回包包，又拿出一瓶杂牌香水，往乳房上喷了喷，换上自带的黑色情趣内衣，拿捏着娇媚姿态，转身出了洗手间。

等待已久的男人，身上只剩内裤，听见卫浴门被打开，立刻看过去，见张黎粉嫩的胴体在情趣内衣下若隐若现，宛若诱人的红苹果，顿时欲火陡盛。

张黎扭动着腰肢，款款走向男人，媚态万千。

男人哪里还忍得住，饿虎般扑向张黎，抱起她扔到沙发上，粗鲁地扯开情趣内衣，趴到她身上一阵乱啃。

张黎似乎没有想到，男人竟然如此急色，但这正合她心意。

然而，男人对张黎乳房的兴趣似乎不大，反而更热衷于她的脸蛋，奈何张黎太主动，男人只得应付地舔了舔。

张黎计划得逞，便不再强迫男人，免得引起疑心，只等药效发作，这单生意便成了，于是她更加卖力地迎合男人。

不知过了多久。

窗外响起一道惊雷，明晃晃的闪电划破漆黑的夜幕，把昏暗的别墅照得透亮。

沙发上，男人和张黎东倒西歪地睡着了，如同一摊烂泥。

忽然，男人被雷声惊动，动了动手指，随后睁开眼帘，缓缓坐了起来，他顿觉天旋地转，全身乏力，用力晃了晃头，让自己恢复清醒。

男人猜到了什么，目光渐冷，趔趔趄趄地起身，到洗手间找到张黎的包一阵翻找，看见装有药水的玻璃瓶，顿时明白了一切。

有些人能感知风暴，而更多的人只是被淋湿。

　　张黎本想等男人药效发作昏迷后，拿了男人的钱财跑路，按照以往的经验，男人醒后即便知道上当，也只会自认倒霉，不敢报警。

　　可她却轻视了药水的效果，十滴药水的剂量，连大象都能迷晕，即便只是涂在皮肤上，吸收有限，可时间长了也不是她能承受的。反倒是男人，因为只舔了几下，吸收的药力有限，竟比张黎先醒过来。

　　又一道惊雷炸响，惨白的闪电把房间照亮。男人走出洗手间，看着张黎的眼神如在看一摊烂泥，眼中射出一道邪光，冷若寒冰。

　　凌晨2时13分。

　　南郊区，环城立交桥。

　　一道道冷森森的闪电撕裂天空，倾盆大雨自九天之上倾泻而下，砸在大地上，溅起一个个水花。

　　"咕叽、咕叽……"

　　黑暗中，令人牙酸的摩擦声忽然于无形中滋生，由远及近融入凄厉的雨声中，形成特殊的曲调。

　　荒无人烟的小路上，男人骑着破旧的三轮车，自雨夜中穿行而来，三轮车后面用黑色塑料布盖着一样东西。

　　不多时，三轮车停在大型绿化带内，男人揭开塑料布，全身赤裸的张黎已没有了呼吸，瞪着惊恐的眼睛，任由雨水无情地冲刷。男人抱起瘫软的张黎，迈着沉重的步伐，"吧嗒、吧嗒"走进了绿化带深处。

　　在一棵棕榈树下，有一个挖好的深坑，因为雷雨天的原因，坑里有了不少积水。男人把张黎放进深坑一侧的位置，伸出手掌缓缓抚摸她的面容，动作极其温柔，露出不舍的依恋。

　　下一刻，男人毫不犹豫地爬出深坑，捧起一抔湿滑的泥土，盖在张黎的脸上，仿佛埋葬不堪的过去。

　　暴雨中，世界重归黑暗。

刑技中心，电子物证实验室。

万子良坐在工作台前，熟稔地操作着电脑，蔡坤的部分数据虽然不能撑起所有的实验，好在万子良有惊人的记忆力和动手能力，经过几天夜以继日的奋战，实验关键节点的数据全部被他恢复出来，天狗AI追踪系统的研发又走上了正道，目前工作已经接近尾声。上次小试牛刀，发现的犯罪嫌疑人被侦查员从快捷酒店抓回来，经过突审，虽然与明珠案无关，但由此顺藤摸瓜，抓获了一个长期盘踞在郊区，尾随夜行妇女抢劫强奸的犯罪团伙。

该系统的首次应用尽管有误打误撞的乌龙，但也写成了专报，同时，《非接触性犯罪初探》的论文也发表在了核心期刊上，得到了总队领导和市局领导的认可，万子良理应春风得意。

蔡坤坐在旁边的椅子上，不吝赞叹之词："这套天狗系统，只要得到刑科院的认证，接入互联网大数据，就可以通过AI分析暗网数据，追踪和定位暗网用户，可谓首功一件。"

蔡坤亲眼看着万子良一步步从无到有，构建起这套追踪系统，也许过不了多久，就要超过他这个师傅，成为东海市有史以来电子物证方面最年轻的高级工程师，称之为天才也不为过。

欲成大事，必做难事。

面对蔡坤的夸赞，万子良却显得情绪不佳。

"小万，什么情况？"

"陈强给我穿小鞋。"

万子良在蔡坤面前，像是受了委屈的孩子，把那天案情分析会，以及后来跟陈强的争吵，一五一十地说出来。

"陈探长打发我写结案报告，而他们继续追查明珠案，对我不冷不热。"

蔡坤若有所思，难怪这几天万子良会天天来实验室报到。

"你误会强哥了。"王涛的声音突然在实验室门口响起。

"涛哥，你怎么来了？"万子良有些意外。

"来看看你的实验进程，不巧刚到门口，就听到怨言了。"王涛顿了一下道，"师兄，我能直接进来吗？"

"可以，快过来坐。"蔡坤亲切地招呼道。

王涛换上防尘鞋套，走进来拉了把椅子，坐在万子良对面。

"你也别怪强哥，他发那么大火，其实也有不为人知的难处。"

"什么难处？"

"强哥除了是一探组的探长，还是东海市公安局第一批警务危机谈判员，常年工作在谈判一线，由于成绩突出，成了谈判专家，还是国内唯一一批受过以色列摩萨德培训的专家。"

"谈判专家？"

"这件事，要从三年前说起……"

三年前。

陈强参加工作的第十二个年头，因为优秀的工作能力，成为重案支队副支队长的有力人选，岂料在提拔的前夕，一场意外突然来临。

一个平常无奇的秋天，秋老虎威力正盛，烈日下的柏油马路，热浪滚滚如惊涛拍岸，散发出难闻的气味。

西城区，古北路。

特警们荷枪实弹，团团围住一辆黑色的奔驰 S600 轿车，狙击手分布在附近高楼，从不同位置架起四把狙击枪，子弹上膛，瞄准奔驰轿车的后车窗，等候开枪命令。

副局长刘卫国、总队长韩玉朗等领导亲临现场，刘卫国手持对讲机指挥这场解救行动，而在包围圈外面，各家媒体的长枪短炮争相报道。

"据悉，今天中午 12 时 20 分，一名持刀劫匪在杭城白鹤小学外，打晕接女儿放学的司机吕旻，劫持了江左建工集团董事长李臣 8 岁的女儿，驾车往东海市逃来……"

"杭城公安迅速出动，联合东海市公安，一路追击。两个小时后，也就是现在 14 时 25 分，被劫持车辆由于汽油耗尽，停在古北路上，东海警方已成功将劫匪包围……"

"据最新消息，劫持的起因是因为拖欠民工工资，人质父母已到达现场，劫匪要求和警方进行谈判……"

……

烈日下，陈强穿着谈判服走进包围圈，举起双手在原地转了个圈，示意自己没有危险后，用扩音器朝劫匪高喊："我是谈判员陈强，代表警方跟你谈判。"

"只准你一个人过来，其他人都后退，不然我就杀了她。"

劫匪坐在奔驰车后座，惊恐地扫视着包围圈，状若疯癫地把匕首抵在怀中小女孩的脖子上，汗洽股栗。

女孩哇哇大哭，令人心碎。

"全体队友，后退五米。"刘卫国果断地指挥，给予陈强支持，好让他有发挥的空间。

包围圈后撤的同时，陈强缓步走向奔驰车，虽然每一步都很平稳，但他的目光却不由自主地瞟向刘卫国和韩玉朗，两位领导在场让他顿觉压力来袭，不远处媒体的长枪短炮，更是把他暴露在大众面前，压力如泰山压顶。

侧方，后勤保障组正组成人墙，死死拦着李臣夫妻，李臣的老婆因激动过度，靠在李臣怀里哭成泪人，几欲昏厥。

众目睽睽之下，陈强强迫自己深呼吸，高超的职业素养让他渐渐冷静下来，继续稳健地走向奔驰车，浑身上下早已经被汗水浸湿。

距离奔驰车两米左右，陈强与劫匪隔着车窗对峙。

"我是来帮你的，有什么要求尽管提。"

陈强用肢体语言和面部表情不断向劫匪释放善意。建立信任是任何谈判成功的关键，在适当的时候，必须提供帮助来展示自己的善意和诚信。

"你的要求我们会想办法满足，前提是，你必须先放了人质。"

陈强渐渐进入状态，从劫匪的微表情和微动作，看到了成功的曙光，就等劫匪开口。

"放屁！"劫匪激动道，"马上给我准备五百万，还要一辆加满油的车，等我出了东海，就放了这个娃。"

"钱和车都没问题，就在旁边。"陈强指了指不远处准备好的车，语气平和道，"但必须先确保人质安全，才能答应你的条件。"

"让李臣这个狗东西把车子开过来，不然，我就杀了他女儿，杀了她……"

劫匪突然情绪激动，将匕首死死顶在女孩的脖子上。

刹那间，陈强的心提到了嗓子眼，但依旧面带微笑，他赶紧做出双手下压的姿势，通过表情和肢体语言的暗示，竭尽全力稳定劫匪的情绪。

"先冷静，冷静，没问题，我们还可以商量……"

谁知这个时候，包围圈外的李臣突然强闯后勤保障组的人墙，冲劫匪大喊大叫："给钱，马上就给钱，只要你放了我女儿，你要多少，我给多少……"

后勤保障组阻止不及，被李臣闯出了三四米，岂料这个动作让劫匪误以为李臣要和他拼命，劫匪死死地攥住匕首，更加用力地抵住女孩的脖子。

"李臣，你这个狗东西也有今天，来呀，来呀……"

陈强看见劫匪的匕首已擦破女孩娇嫩的皮肤，划出一道醒目的血痕，下意识摸住了背后的甩棍。

"你先冷静，冷静下来……"

劫匪的余光看到了陈强后摸的动作，以为他要掏枪硬攻，眼神逐渐变得狠厉。

与此同时，刘卫国发现情况有变，果断下达命令。

"各狙击单位注意，优先确保人质安全，必要情况下，可以开枪击毙！我再重复一遍……"

奔驰车内。

女孩因为疼痛，哇哇大哭，被死亡笼罩的气息，让她不安地挣扎起来。

劫匪奋力按住女孩，不料女孩在死亡的威胁下，力气大得出奇，劫匪竟一时按不住她，顿时恼羞成怒，拔刀刺向女孩的心脏。

危急时刻，陈强果断拔出甩棍朝车窗玻璃砸去。

"砰！"

几乎同时，子弹呼啸而来，穿透车窗玻璃，打进劫匪右太阳穴，再从左脸颊穿出，罪恶的鲜血溅满了玻璃窗。

狙击手开枪了。

刹那间，陈强眼中的世界变得无比缓慢，冲上来的特警，呼啸的救护车，被击毙的劫匪，都不如倒在血泊中的女孩刺眼。

一切，在这一刻定格。

"因为死亡漂移，女孩被劫匪割断了喉咙，不治而亡……"

所谓死亡漂移现象是指，犯罪嫌疑人在受到枪击后，有意或无意的肌肉收缩，导致持刀的手臂将女孩的喉咙割断。

"这个李臣去夜总会耍小姐，大手大脚，给民工发工资就没钱了。唉，现在说什么都晚了。"

"后来听说，江左建工倒闭了，李臣两口子也疯了。"

尽管时隔多年，王涛、蔡坤依旧唏嘘不已。

"这次谈判失败造成了很坏的社会影响，强哥是一个以荣誉为生命的人，他不允许自己失败，更难以接受自己的失败。"

"现实是残酷的，强哥是主要谈判人员，承担了大部分责任，失去了提拔资格。三年过去，这次再提拔不上去，以后再想往高处走，可就难了。"

万子良若有所思，看来陈强的终极目标，不只是重案支队，还想成为韩玉朗，甚至刘卫国那样的人，而这一切的前提有着明确的年龄要求。算算陈强的年龄，这次确实是他最后的机会了。

"有的时候，你要理解领导，他们唯上不唯下，也是不得已而为之。"

"那也不能诬陷我假公济私。"

"等你坐到那个位置，就会知道必须考虑全盘，只有关心领导关心的，才有机会实现抱负，功名利禄这东西，任何人都免不了俗。"蔡坤拍了拍万子良的肩膀道，"况且就算结了案，只要有新证据，还可以翻案嘛。做事要懂得变通，不要太认死理。"

"明白了，师傅。"

"强哥让你写结案报告，也是为了你好，让你冷静冷静，转过这个弯儿。否则顶撞领导这个毛病，迟早要铸成大错。"王涛苦口婆心道。

万子良默默地点头，他可以慢慢理解陈强，但想转过这个弯，还要时间。然而，岗位的变换，让万子良对明珠案不仅有了全方位的了解，更让他暗自下定决心，要利用自己的特长将其拿下。

他利用刚刚建成的天狗 AI 追踪系统，对暗网信息进行初步梳理，经过缜密排查，锁定了一个叫姜臻的男人，有吸毒史，四年前因强奸入狱，三个月前刚刚获释，靠在暗网上贩毒为生，6 月份也曾出现在南郊区古林镇一带。

万子良不敢懈怠，立即将他的发现上报给了陈强。

夜幕降临，月牙如钩。

悦仙阁后院。

杨君松走进书房，把门反锁，走到书桌后面，从书架左边第三个格子上，拿出一本古书，露出后面墙上的开关。

杨君松按下开关，随着"嗡嗡"声响，书架便向两边移开，一间密室跃然现于眼前。

密室不大，只有五平方米，由外向内呈长方形，仅容一人旋身，最深处，供奉着三个牌位，最上面的两个，分别写着"先父杨荣华之灵位""先母米雅虹之灵位"，下面第三个灵位上一个字没有。

杨君松走进密室，将《青囊经》放在牌位前的供桌上，看向第三个牌位，泪眼逐渐模糊。

"姐姐，对不起……"

片刻后。

杨君松走出密室，按下开关，书架很快恢复如初。随后他坐回书桌前，打开抽屉，拿出一幅画轴展开，竟是东海市的平面地图，图上做了很多标记，每个标记旁边，都写满了密密麻麻的注解。

紧接着，杨君松开启电脑，打开北斗卫星地图，按平面地图上的标记，认真地查看标记位置附近的地势地形。

众多标记中，有一个标记极为显眼，赫然是西郊区的环城立交桥。

突然，杨君松的手机响起，是一个陌生号码。

"杨桑，我们见面谈谈……"

老城区，天霞路。

天霞路是东海市知名的日本风情街，不到五百米长的街道上，鳞次栉比地排列着五十多家日料餐厅，以及各具风情的日式汤浴馆，店门口挂着红白灯笼，和式风格的日文招牌，招徕了不少年轻人打卡。

炎炎烈日下，陈强根据万子良提供的线索，率一探组走进风情街，随着人流前行。他们正前方，一个长相猥琐的秃顶男人，正漫无目的地游走，对穿着和服的美女露出贪婪之色，此人正是姜臻。

陈强组织人手暗中跟踪了姜臻几天，一直没有发现作案迹象，他开始怀疑万子良的天狗系统，今天若再没有发现，便只能暂时排除嫌疑。

"出来盯梢，别穿得跟个公子哥似的，招眼。"陈强一边数落着身边的万子良，一边远远地盯着姜臻，心有不甘。

"知道了。"

"'知道了'是上级对下级的语言，你应该说'没问题'。"

"苏桐买的，我就随便一穿。"

"下次，换了去。"

万子良扯了扯这身国际大牌，欲言又止。被打进冷宫数日后，陈强终于不再过分为难他，但两人之间的嫌隙还未解开。

天霞路中段"樱酱屋"，号称东海最正宗的日料店。

包厢中，杨君松和虞霖并肩而坐，对面是九菊一派的山本犬养，穿着黑色纹付羽织袴，五短身材，鹰嘴鹞目，摆出一副向下俯冲之势，两只眼发出幽幽凶光。

"啪！"杨君松拍案而起，大义凛然地呵斥山本犬养："我杨某人虽然无能，却绝不会出卖祖宗。"

山本犬养坐直身体，散发出阴森的煞气："杨桑，《青囊经》本就是大和民族的……"

虞霖朱唇轻启，一脸不屑："山本先生这样说，未免太可笑了吧，若非当年八国联军侵华，你们一介岛国倭奴，怎能窥探我中华神器？"

"杨桑如此执意守护，鄙人不得不猜测，你是否已窥破书中玄奥。若是如此，不妨换个合作方式，书仍归杨桑所有，但你解读的内容，需要给我们一份，价钱可以再商量……"

"痴人说梦！"杨君松愤然起身道，"言尽于此，告辞。"

虞霖跟上杨君松，起身就走。

"杨桑！"山本犬养怒不可遏道，"你能走得了吗？"

话音未落，对面几个包厢门同时打开，跳出来四个凶神恶煞的打手，均穿着纹付羽织裤和木屐，对杨君松和虞霖虎视眈眈。

杨君松脸色微变，下意识挡在虞霖面前。

一个打手怒吼一声，粗鲁地抓向虞霖。杨君松反应奇快，转身就是一拳，砸在打手脸上。

"扑通"一声，打手猝不及防，被打翻在地。其他打手大怒，蜂拥而上。

"Elisa，你先走。"

面对如狼似虎的打手，杨君松急忙把虞霖向外推去，独自迎向那些打手。

朗朗乾坤下，樱酱屋的动静惊动了路人，纷纷聚集过来围观。

"快打电话报警。"

"穿和服的是日本人。"

"好几个打一个，太不要脸了！"

……

此时，阿忠正混在人群中，悄悄拨通了苏坤德的电话。

远处，陈强发现人流往樱酱屋聚拢，出于刑警的直觉，意识到有事发生。

"小飞飞，继续跟着姜臻。炮哥，小万，我们进去看看。"

陈强挤进人群，看见杨君松正被围攻，一边抽出甩棍往上冲，一边大喊制止："住手，警察。"

谁知这些日本人装作听不懂中文，继续大打出手。

情急之下，陈强对惠俊豪和万子良下达命令。

"先救人。"

"得嘞。"

惠俊豪大吼一声，身体微蹲蓄力，再猛地蹿出去，如同离弦之箭，转眼便越过陈强，撞向围攻杨君松的打手。

杨君松已是鼻青脸肿，眼看最近的那个打手，正挥着沙包大的拳头向他鼻梁砸来，可他却来不及躲闪，怕是要破相不可。

千钧一发之际，一道人形炸弹"砰"地飞奔而来，将那个打手瞬间撞飞出去。

"啪啪啪"，陈强冲入战圈，手中甩棍化作残影，抽向围攻杨君松的打手，惨叫声此起彼伏。

不知何时，山本犬养潜伏到陈强身后，悄悄戴上精钢拳刺，挥舞着拳头狠狠砸向陈强的要害。拳刺是一种暗器，一般配合拳术使用，使打出的拳头杀伤力更强，尤其是趁对手不注意偷偷靠近，往往可以一击必杀。陈强察觉到危险，手中甩棍化作残影，反手往背后一甩，只听"咣当"一声，稳稳挡住了拳刺，甩棍攻势难挡，如狂风暴雨般，向山本犬养身上招呼。

金属碰撞声如鼓点般接连响起，伴随火星四射，山本犬养以拳刺硬撼陈强的甩棍，竟打了个势均力敌。

不过，山本犬养没有几个回合便被陈强逼退，他察觉形势对己不利，果断用日文吼道："宫本君，中村君，还不动手！"

又一扇包厢门打开，走出两个佩戴太刀的日本人，长相精瘦的叫宫本，身材高大的叫中村，两人如有默契般，宫本瞥向陈强，中村扫向惠俊豪。

万子良见状，心里突然咯噔一下，他赫然看见那个包厢门后面，挂着一幅日本浮世绘风格的嫦娥玉兔，玉兔鲜红的眼睛穿过人群，死死地盯着他。

不会这么倒霉吧，又是该死的兔子！

"山本君，太没用了，竟要我们亲自出手。"

"速战速决。"山本犬养厉声道，"少废话！"

陈强神色微沉，看向那两把寒光逼人的太刀，神情逐渐冰冷："敢带刀，找死啊！"

"支那人，看招！"宫本不由分说，拔出太刀，砍向陈强头顶。

陈强转身躲开劈来的太刀，甩棍横扫抽向宫本的左脸，宫本身子一矮躲开甩棍，再挺刀直刺陈强。

陈强借转身惯性，右脚向前踢出，一招"倒挂金钩"，又准又狠地踢中宫本的右手腕，逼他不得不回防。

……

另一边，惠俊豪抡起身边的木质花架，与中村战在一起，呼声连连，一副拼命的打法。

山本犬养趁此机会，悄悄摸到陈强背后，故技重施，图施偷袭。

"头儿，小心。"万子良急忙惊呼。

陈强虽有所察觉，却被宫本正面缠住，已经来不及闪躲。电光石火间，万子良拼尽全力，向前纵身一跃，挡在陈强面前。

"八嘎！"山本犬养怒吼一声，拳刺恶狠狠地砸在万子良的太阳穴上。

一团钻心的剧痛，在万子良脑海炸开，瞬间七窍喷血，瞳孔放大，无力地栽倒在地。

"小万！"陈强愤声悲呼，欲抽身救援万子良，却始终甩不脱宫本。

"别急，下一个就该你了。"山本犬养狞笑一声，再次冲出，跟宫本左右夹击陈强。

陈强牵挂着万子良，心神不稳，一时间节节败退，屡屡遇险。惠俊豪也怒吼连连，新买的运动鞋又被划破，却始终甩不脱中村，还险些被太刀刺中要害，眼看落了下风。

"住手！"

店外突然传来一声暴喝，如平地一声惊雷，在樱酱屋中炸响。

一队身着警服，手持警械的派出所民警和辅警，在天霞路派出所宁所长的带领下，迅速冲进了樱酱屋，以压倒性的武力镇压全场。

雷霆之师的到来，迅速扭转了战局，狡猾的日本人迅速扔掉了手中的凶器。

陈强借势逼退山本犬养和宫本，迅速抱起万子良，探查他的鼻息，只觉得出的气多、进的气少，似乎已经失去了自主呼吸的能力。

"小万，小万，你醒醒啊……"陈强焦急地呼喊，拍打万子良的脸颊，依然毫无反应。

惠俊豪赶紧打了急救电话。

时间仿佛早已停止，一丝不祥的预感萦绕在陈强心头，他一边按压万子良的心肺，一边痛心疾首地呼喊："万子良，坚持住，别睡过去，坚持住啊。"

……

宁所长早已认出陈强，与陈强一个眼神交流，便猜到了事情原委，随即对山本犬养等人怒目而视："妈的，反了你们了！在我们中国人的领土上持械伤人、寻衅滋事、聚众袭警，真是无法无天，全部带回去。"

"我要求联系日本领事馆。"山本犬养不甘道，"中国警察蓄意针对日本公民。"

"拿日本领事馆压我？"宁所长怒极反笑道，"包括这家樱酱屋在内，山口组在这条街的产业，明天全都给我关门整顿！"

山本犬养呼吸一室，深知中国跟日本不同，一旦被官方盯上，基本跟坐牢没区别，停业的经济损失不谈，更重要的是原有计划不可以被中断。为了不可告人的阴谋，他果断低头："对不起，警察先生，不是有意冒犯……"

"认怂倒是挺快，老子今天非弄死你。"惠俊豪怒不可遏，冲过去猛地抬腿，正欲一脚踹翻山本犬养，却被陈强一把拦下。

山本犬养低头不语，目凶如豺。

宁所长担心惠俊豪过激犯错，赶紧大手一挥："全部带回去，做笔录。还有那两把鬼子刀，也缴了。"

山本犬养等人没有了刚才的嚣张跋扈，放弃抵抗，束手就擒，被派出所民警押着鱼贯而出。

围观群众见山本犬养等人被带走，无不拍手称快。

杨君松是受害者，也要去派出所配合调查，他前脚刚走出樱酱屋，后脚虞霖的手机响起，来电显示是苏坤德。

虞霖脸色微变，赶紧避到旁边接听，杨君松心里一紧，大脑飞速运转，一种无形的压力让他透不过气来。

片刻后，虞霖折返回来，杨君松关心地望去："会议提前了？"

"是的。"虞霖咬着红唇道。

"是我们翻身的好机会。"

"你有把握吗？"

"一号项目志在必得。"

杨君松神情渐渐凝重，真是一波未平一波又起，只怕到时候，又是一场龙争虎斗。

命若悬丝，龙争虎斗

市中心医院，急诊抢救室走廊。

抢救室外的红灯，猩红刺眼。

万承纪唉声叹气，吴小丽瘫坐在椅子上泪流不止，他们连夜从外地赶来，一路未曾合眼。

安琪生陪在旁边悉心安慰，苏桐坐在对面椅子上，眼圈红肿地盯着抢救室的红灯，眼泪不由自主地滑落。

陈强焦急地来回踱步，频频叹息，喃喃自责："都怪我，都怪我，唉……"

金建民、蔡坤、胡秋飞和惠俊豪也都面色凝重，祈求老天爷保佑。

这时，急诊抢救室的电动门打开，急诊科巩主任走了出来。

陈强焦急地上前询问，安琪生、苏桐等人全都围了上去。

巩主任眼神疲惫，抬手示意大家宽心。

"经过一夜的救治，病人已经恢复自主呼吸，体征稳定。目前仍在昏迷中，需要在高压氧舱里做恢复治疗，继续观察几天。幸亏送医及时，他的大脑皮层只留下了轻度损伤。至于后遗症的严重程度，得等他苏醒后再做观察。"

"呆木头他……"苏桐捂着胸口，泪眼婆娑道，"不会变成植物人了吧？"

"病人头部受到重击，即便恢复良好，醒来后，短期内还是可能会出现思维迟钝、定向障碍、活动能力下降等状况，看着会有点痴傻，需要一段时间康复。"巩主任眉头紧锁，谨慎回答道，"如果情况严重，一直昏迷……不是没可能。"

众人闻言忧心忡忡，吴小丽更是瘫坐在地上，撕心裂肺地号啕大哭起来。万承纪连忙把她扶稳，嘴上却一直埋怨："都是你把他惯的！"

陈强只觉得眼前恍惚，双腿一软，跪在了巩主任面前："巩主任，求您一定要救救小万，求求您……"

"快起来，我只是说一下最坏的情况，希望你们做好心理准备。"巩主任将陈强搀扶起来，苦口婆心道，"根据病人脑部CT的受损情况看，应该不至于。"

众人闻言，这才舒了一口气。

"你们也不用在这里一直等，病人有任何情况，我们都会及时与家属沟通。"巩主任转头对围在身边的众人说道。

"巩主任，我跟孩子他妈就在这里，小良他有什么情况，请您随时告诉我。"万承纪赶紧抢上前跟巩主任说了一句。

"放心，你们也要好好休息。"巩主任说完，转身走回了急诊抢救室。

蔡坤走到万承纪和吴小丽身边，关切地叮嘱："大哥、嫂子，熬了一晚上了，要不先去休息一下，身体要紧。"

万承纪含泪道："小良不出来，我们不放心。蔡老师，金队长，你们公务繁忙，这里有我们两口子看着，别耽误了你们工作。"

"对对对，我今天给公司请了一天假，有时间陪叔叔和阿姨，蔡老师您放心。"安琪生也跟着说道。

蔡坤想了想，看向金建民询问他的意思。

"小万是我们队里的好同志，是警界中的英雄……"金建民语气沉重道，"我代表组织先表个态，小万所有的医疗费用都由单位承担。那今天就麻烦二老了，有需要随时联系我们。"

金建民等人跟万承纪、吴小丽暂时道别，离开了急诊抢救室。

万承纪注意到哭得梨花带雨的苏桐："姑娘，你也回去休息吧，别累垮了。"

"不，呆木头不出来，我哪儿都不去。"苏桐抽泣着说道。

吴小丽哭得更厉害了，不过，心里还是有一丝安慰，儿子能找到这么好的女朋友，万家祖上真是积了德。

两天后。

ICU抢救病房。

无尽的黑暗中，万子良终于有了一丝知觉，缓缓睁开了眼帘，只觉得天光刺眼，空气中全是刺鼻的味道。

"醒啦！"苏桐惊喜的声音忽然在耳边响起。

万子良更清醒了几分，模糊的视线渐渐重合，凝聚成苏桐疲惫的样子。

"小凤凰？"

"太好了，你终于醒了！"

"我睡了多久了？"

"你都昏迷两天了！"苏桐喜极而泣，抱住万子良道，"我以为你再也不会醒过来了，吓死我了。"

万子良长出一口气，只感到天旋地转，这一觉睡得真长。

"小良，吓死妈了！"吴小丽的声音在病床另一侧响起，"你要有个三长两短，你叫妈怎么活啊！"

万子良侧头看去，看见母亲正不停地抹着眼泪，在父亲的搀扶下，颤巍巍地走到床边。

"妈、爸，你们怎么也来了？"

"你出了这么大事，我们能不来吗？"万承纪脾气强硬，开口便埋怨道，"给你说了多少次，你今年命里有劫，出任务要小心，你就是当耳旁风，看把你妈给急的。"

万承纪嘴上不饶人，心里却对这个独子百般疼爱。

万子良发现，父亲的两鬓几乎一夜斑白，脊背也佝偻了许多，心里一时感触万分，二老这么大年纪了，还为自己如此操劳，自己真是大大的不孝。

"儿子才刚醒，你就不能少说两句？"

"妈，我没事，爸也是为我好。"

"呆木头，我去叫医生。"苏桐说着跑出病房，把空间留给了一家三口。

"小良，老实告诉妈，这姑娘真是你女朋友？"

"妈，我跟她的关系有点复杂，不是你想的那样。"

"小安子都告诉我们了，还说不是？"万承纪教训道，"人家姑娘为了你，两天都没合眼了，你小子别不惜福，你要敢对人姑娘不好，小心我收拾你。"

"爸，我累了。"

"这么好的姑娘，现在不多了。"

万子良闭眼苦笑，不知该如何解释。

不消片刻，苏桐领着巩主任和值班护士回来，对万子良进行全面检查。病房外，蔡坤、陈强等人，提着果篮等慰问品前来探望，见巩主任正在检查，便一起耐心等待。

半个小时后，巩主任检查完毕："目前看来，恢复得很好，再留院观察几天就可以出院了。不过，每星期要来复诊一次，确认康复情况。"

巩主任交代了几句注意事项，便转身离开病房。万承纪心怀感激，亲自相送。

"没事就好，我们也放心了。"蔡坤欣慰道。

万子良看着眼前的众人，心生暖意，回以微笑，伤口似乎也不再那么疼了。

陈强来到万子良床边，紧紧拉住他的手；"好兄弟，那天多亏了你舍身相救，真心谢谢你。"

"头儿，我们是战友，说谢就见外了。"

"对，是战友，是永不退缩的兄弟战友。"

陈强拍了拍万子良的肩膀，露出欣慰的笑容。这一刻，以往的误会和偏见在他们过命的交情中化于无形。

"对了，头儿，那天他们为什么打起来？"

陈强简单讲了下经过，在场的人无不义愤填膺。

"听我爸爸说，他们这几年在东海商界也不安分，到处攻城略地，利用资本的力量，野蛮生长，侵蚀了许多公司的股份。坤德集团也被他们视为一块肥肉，更是对我们的一号项目垂涎三尺。"苏桐对这些日本人的情况有所耳闻。

"要我说，他们就是欠打，不挨打不舒服。"惠俊豪想起那天的情况，仍然怒气满满。

"日本人在东海市人数众多，有六千多家日资企业，对东海的经济建设做出了不小的贡献，这些只是个别败类，不能一棍子打死。"蔡坤相对冷静。

"这帮日本人已经被刑事拘留，经派出所协商，他们承担了所有医疗费用，还给了十万块钱赔偿，都在这里。"陈强拿出一张银行卡，递到万子良手里。

万子良没有拒绝，这是他拼了半条命才换来的十万块赔偿。不过，在苏桐眼里，这却太廉价了。

陈强等人公务繁忙，心系明珠案，不能停留太久，很快便告辞离去，万承纪和吴小丽亲自相送。

见所有人暂时离开，苏桐从包里拿出两个信封，递到了万子良手里："辞职报告书，入职介绍信。"

万子良沉默了。

"你干刑警太危险了，要不是运气好，这次差点就没命了。"苏桐一脸严肃道，"我都给你安排好了，等你从重案支队辞职，就来我们集团公司做廉政官，年薪五十万起步。"

万子良下意识地想拒绝，却被苏桐打断："呆木头，我知道你要强，不想吃软饭。可你好好想想，你这都是第几次遇到危险了？我可不想以后守活寡！"

"干刑警哪有不危险的，我们讲的是奉献。"万子良正气凛然地说。

"奉献？哼，换个地方一样可以奉献。"苏桐不容置疑道，"这个职位很适合你，天狗系统会派上大用场，让集团的腐败无处遁形。"

"你们集团里也有？"万子良有些诧异道。

"那可保不准，集团里一些中高层中饱私囊，通过暗网洗钱。"苏桐的每一句话都说在了万子良的心坎上，他望着手里的信封，陷入了沉思。

8月3日，14时。

新城区，悦仙阁。

安琪生抹了一把脑门上的汗水，圆乎乎的脸庞在太阳底下显得有些发黑，他望着富丽堂皇的悦仙阁大门，露出羡慕的神色，随后又变成了踌躇。

"他是我师叔，没啥不好意思的，进去。"安琪生回想起这几天的遭遇，喃喃自语着给自己打气。

思及此，安琪生收紧背上的公文包，目光坚定，大步走进悦仙阁。

安琪生站在悦仙阁后院的书房中，惊叹地望着房中的布置，犹如刘姥姥初进大观园。自从师叔跟虞霖在一次应酬上结识之后，两人便打得火热，虞霖更是把他推荐给了坤德集团的董事长苏坤德。苏坤德重视人才，聘请他为集团的顾问，特意让他在此居住，这里相比杨君松大学里给他分的公寓楼，有着云泥之别。杨君松也就是从入住这里开始，将自己的原名"杨松"改为了"杨君松"。

书房布置得简洁典雅。前方是一张红木书桌，上面有笔墨纸砚和电脑，都是最上等的货色。书桌后面是一排摆满线装古书的红木书架，摆有《宅经》《葬经》《水龙经》等书。书桌左右两边分别是博古架和罗汉床，充满了中国古典文化的气息。

安琪生虽不是第一次来，但还是惊叹不已：这么大一间书房，奢华低调有内涵，师叔可真有本事……

"来，这边坐。"杨君松招呼安琪生坐在对面，亲自给他倒茶，"你这小子，今天怎么想着过来了。有什么事就说，能帮忙的，我肯定会帮。"

"没什么事，我就是想您了，过来看看。"

"我们师出同门，你那点小心思，能瞒得住我？"

安琪生顿时红了脸，论观相望气之术，杨君松比他老爹还厉害，自己进门这么久，哪有秘密可言。

"小安子，我看你眼圈泛黑，面带煞气，想来是这两天没睡好，还跟别人置了气，怒由肝生显于眼。而你身上那股煞气，则是导致你事事不顺的根源，是也不是？"

"师叔不愧是火眼金睛，啥事儿都瞒不过您，我跟苟扒皮吵架了。"

"因为瑞公馆的事情？"

安琪生点头默认，苟扒皮把陆茵之死全部怪罪于他，骂他是扫把星，挡了自己发财的路，还扣了他的工资。安琪生本就对苟扒皮不满，便跟他大吵了一架，否则不会来找杨君松。

"师叔，您也看到了，那些凶宅真的太晦气了，连陆总那样的富贵命格都镇不住，我还想多活几年。您现在可是坤德集团的大红人，能不能托人说说，给我换个岗位啊。"安琪生有点讨好道。

"当初来东海的时候，可是你自己说的，要凭双手闯出一番天地。这么一点小磨难，就坚持不住了？"杨君松语气平淡道。

"师叔，为了做您的凶宅地图，这些年我少赚了不少钱。"安琪生有些抱怨道。

"眼前小利益，不值一提。"

"可我差点因为没业绩，被开除。"

"目光短浅。"杨君松坦然道，"没有通天手段，哪来家财万贯？永远记住：富在术数，不在劳身；利在局势，不在力耕。你要抬头看路，而非低头干活。"

"明白了。"

"帮你说说也不是不可以。"杨君松突然脸色一肃道，"不过你要明白，命由己作，福由心生；福祸无门，唯人自召。只有坚持修行，提升道德，修炼善心，方能达观知命。切不可追名逐利，困惑一心，更不要拘泥于表象，虚度光阴。"

"记得了。"

"真记得还是假记得，你小子不要打妄语。"杨君松苦口婆心道，"你一定要修炼一种能力，就是稳，你要让外在的一切变化都影响不了你。外在世界的一切皆是你内在的显现，当你内在强大了，整个宇宙都会来帮你。"

"放心吧师叔。"

杨君松满意地点了点头，跟安琪生闲聊了小半晌，便让安琪生回去等消息，调换工作之事他会尽量安排。

临出门之际，安琪生突然拍了下额头，回身看向杨君松："对了师叔，您这儿有没有护身符啊，借我一枚呗。"

"你不是有金光护身符吗？"

"我室友是警察，他今年运势不好，命里有劫。前些日子，我把金光护身符送他防身，替他挡了一刀，后来被当证据扣下来了。没想到，前几天，他在樱酱屋又遇到危险，被日本人打住院了，我就想再给他弄一个。"

"樱酱屋？警察？"杨君松面色恍然道，"不过他这种情况，寻常护身符怕是没用，得加持过的道家法器才行，我手上也没有。"

"那怎么办啊？"

"这样吧，你跟我去趟白云观。"杨君松沉吟片刻道，"我跟王天师有些渊源，应该能求来一枚。"

安琪生大喜过望，急忙央求杨君松快些，不然天都要黑了。

夜色如水。

新城区，通达公寓。

经过医院的全面检查，万子良有惊无险并无大碍，医生给他开了些止痛安神的药，建议他回家休养，定期复诊。

安琪生进门后，见万子良在秉灯夜读，笑嘻嘻地跑过去："你昨天晚上才出院，今天就送叔叔阿姨走，是不是快了点？"

"家里有补课的学生，离开他们不行。"

"我给你办了件大事。"安琪生得意扬扬道，"你猜猜？"

万子良心乱如麻，当作没听见，继续看书。

"真是欠了你的。"安琪生苦着个脸，拿出从白云观请来的护身符，捧到万子良面前道，"我大人有大量，不跟你计较。这个拿去，记得戴在身上，辟邪。"

万子良看向那枚护身符，只觉得颇为眼熟。

"白云观求来的护身法器，比阿姨给你求来的正宗多了。"

不得万子良回应，安琪生便扭头去了厨房，准备夜宵去了。

万子良望着全新的护身符，又看向放在书架里的信封，不由得心中茫然。入警时的刑警誓言，父母的牵肠挂肚，师傅的殷切希望，苏桐的柔情担心，安琪生的神秘预言，一一浮现在眼前。

最终，他拿起了那枚护身符，戴在脖子上，感受着冰凉的金属质感，说来也奇怪，似乎有一股神秘的力量让他的心也随之安定下来。

翌日，阳光明媚。

警徽在蓝天白云的衬托下，熠熠生辉。

万子良迈着沉重的步伐，来到金建民办公室外，几次想要敲门，却又屡屡放弃。他驻足许久，望了望手里的信封，眼中闪过一丝坚决，终于敲响了房门。

"进来。"

万子良推门而入，发现陈强也在这里，正在汇报明珠案的进展，不觉有了丝退意。

"不是在家休养吗？"金建民温和道，"有事吗？"

箭在弦上，不得不发，万子良鼓起勇气，硬着头皮上前递出信封："金支，这是我的辞职信，希望您能批准。"

陈强愣住了，金建民也皱起了眉头，空气似乎凝固了。

"是因为那天的意外？"

万子良点了点头，又摇了摇头。

陈强若有所思，却无言以对。他们虽然共事时间很短，但毕竟是救过他的生死兄弟。

"想好了？"金建民一边看着辞职信，一边低声问。

"嗯，想好了。"

"支队党支部会尊重你的选择，会把你的辞职信交到政治处，不过，正常流程要半年左右，希望你在这段时间，好好考虑考虑。"金建民没再多说其他的。

从金建民办公室出来，万子良心里有一种难以言喻的失落，不知该何去何从，更不知该如何面对并肩作战的战友，以及悉心栽培他的师傅。

忽然，陈强跟了出来，和他并肩而行："小万，用不着内疚，每个人都有选择人生的权利。"

"谢谢，头儿。"万子良红着眼睛道，"其实，我也怪舍不得大家。"

"这么消沉干吗，刚才我和金支还在商量这个季度给你申报表彰奖励的事情，振作起来，荣誉能治疗一切。"陈强拍了拍他的肩膀道，"当一天兵，站好一天岗。只要你还在一探组，就得按我的标准来，不准放松。"

"是，头儿。"万子良重重地点头，这最后一段时间的相处，就当是临别之前真挚的告别吧。

日头当空，骄阳似火。

坤德大厦 98 层，近 1500 平方米寸土寸金的空间，布满各种珍稀的花卉绿植，四季常青，芳香永驻，配上小桥流水，走进这里仿佛走进传说中的空中花园，清爽宜人。一般人要想去 99 层，这里是必经之路。

杨君松走出98层电梯，眼前就出现奇特一幕。

虞霖身着妖媚红裙，好身材尽显无遗。旁边一位女性身着白色长裙，配上齐肩的小波浪短发，颇有职业女性风范，这红白双姝应是极好的搭配，但那位白衣女郎却斜着一双突出的眼睛，宛若看到仇人一般瞪着虞霖。

那白的就是钱秀玲，坤德集团财务总监，是苏坤德的老情人。

"杨教授。"虞霖笑脸相迎。

钱秀玲突然挡在虞霖面前，扯着尖酸的嗓音："哎哟，杨教授，您可算来了，苏董都等着急了。"

虞霖脸上闪过愠怒。

此时，旁边电梯打开，苏桐穿着卡其色西装走了出来，看见虞霖和钱秀玲，一眼便看出端倪，她毫不掩饰地翻了个白眼，径直前往99层。

"呸，两只狐狸精。"

虞霖和钱秀玲顿觉尴尬，一时忘了争风吃醋。

"钱总监，我观你气色不佳，火星入宫，怕是最近会有意外。"杨君松开口打破尴尬。

"意外？"钱秀玲哑然一笑道，"杨教授，我能有什么意外啊？"

"天机不可泄露，还请务必小心。"

"啥意思？"

"意思就是让你低调点。"虞霖冷笑道，"杨教授，这边请。"

杨君松跟上虞霖，把钱秀玲撂在一边。钱秀玲翻眼冷哼，心里暗道：奸夫淫妇，装什么清高……

一路饱览空中花园美景，杨君松等人走到98层尽头，沿着一道旋转楼梯徐徐而上，便来到99层苏坤德的办公室。

刚走近办公室门口，杨君松便听见苏坤德的声音。

"咱们是亲兄弟，感情不能散。"

"我都听二哥的。"

"陆茵出事以后，凶宅项目群龙无首，我已经交给钱总监代管。老五，你觉得呢？"

"二哥，你都做主了，我还能说什么？"葛峰声音嘎嘎道，"今天主要是讨论南城区一号项目，只要大侄女她有本事，只管拿去就好了。"

葛峰嘴上服软，心里可并没有这么想。南城区一号项目是坤德集团联合南城区政府投资的重点项目，号称东海市第一楼，体量上百亿，仅前期准备工作就做了五年，计划于今年正式启动，项目主导权自然成了香饽饽，集团内部势成水火的苏派和葛派都想吃下来，从而确立自己在集团内部的领导地位，中立派系也不甘平静，盯着这块肥肉，谋求利益最大化，可谓是明争暗斗，血雨腥风。

"苏董，杨教授来了。"虞霖适时推开门道。

葛峰脸色顿冷，毫不掩饰对杨君松和虞霖的厌恶。

"二哥，你们聊，我先去会议室。"

不待苏坤德回应，葛峰便径直离去，跟杨君松擦肩而过。

"杨教授，快请进来。"苏坤德阴郁的脸上露出一丝微笑，亲自起身迎接杨君松，又对虞霖和钱秀玲道，"你们先出去，我要跟杨教授单独谈谈。"

简单寒暄后，苏坤德开门见山："杨教授，你有几分把握？"

"请苏董放心，成竹在胸。"

一阵沉默后，苏坤德放声大笑起来，眼中却闪过寒光，如猛虎露出獠牙。

四十年前，苏坤德结义兄弟五人，从一个小包工队，成立泰山房地产公司，意为"兄弟齐，泰山移"，随着公司越做越大，经过十五轮融资后，公司市值上千亿，利益纠葛越来越复杂。

兄弟五人为了利益相互绞杀，苏坤德率先发难，先用见不得光的手段，把老大送进医院成了植物人，又拉拢老四以商业手段逼老三隐退，随后再干掉老四，逐渐掌握了公司实权，将泰山房地产公司改名为坤德集团。

老三和老四隐退后，不甘失败，暗中支持老五葛峰，继续跟苏坤德对抗。

五年前，葛峰凭借国学顾问郭槐的方案，打败苏坤德，赢得了其他股东的支持，得到南城区一号项目的主导权，要不是有一个死硬钉子户，项目早已开发。虞霖借此机会举荐东海大学建筑系古建专业的杨君松教授到苏坤德身边，苏坤德好吃好住地招呼着，却一直隐忍不发，只让杨君松暗中准备，可谓养兵千日，用兵一时。

今天这场项目推进会，不仅是争夺南城区一号项目，更是苏派和葛派的决战。若苏派败了，坤德集团必然改名易姓；若苏派赢了，葛派必然遭受重创，离灭亡不远。

真正的商战从来都不是你来我往，而是你死我活。

当然，杨君松这步棋只是表象，苏坤德还另有准备，只需一个契机便能定鼎乾坤。

14 时整。

坤德集团 99 层一号会议室，岛形会议桌前方是一面大型电子屏幕，上书"坤德集团一号项目推进会"，左右两边各有一张发言台。

葛峰自不必多说，坐在岛形会议桌右边首位，下首是跟他形影不离的郭槐，再下首是葛派其他股东。左边首位是苏坤德，虞霖陪在他身后，下首是苏桐，她正在给万子良发微信，显得有点心不在焉，再下首是杨君松和钱秀玲，以及苏派其他股东。

两派泾渭分明，昭示着这场决战，狼烟四起。

以运营总监余向东为首的中立派，分别位于两边的最下首，不过，余向东的座位明显偏向葛峰，暗中在表明他的立场。

股东们衣冠楚楚，红光满面，却没人比他们更精明，更会权衡利弊。所谓派系之分只是为了利益最大化，坤德集团跟谁姓，他们根本不在乎。因为，几乎所有富人都生活在灰色地带，只有穷人非黑即白。

良辰吉时已到，余向东走到左边发言台上，清了清嗓子，开始主持会议。

"各位股东，大家下午好。集团一号项目，也就是南城区核心金融地段，众邦集团与和风大厦中间的那块地皮，将要建成东海市最高的商务楼，也会成为东海市的标志性建筑，前期准备工作基本已经完成。这个项目本来由葛总负责，但苏副总觉得可以有更好的方案，今天叫各位股东过来，就是听取一下两边的方案，投票决定。"

苏桐凭苏坤德赠予的股份，十八岁刚成年，便成为集团的副总经理，只是从来不管事，今天来开会，也是因为牵连到她，不得不来。

"废话不说，槐四爷代表我，杨君松代表我大侄女，你们直接开始。"葛峰粗鲁地打断余向东，众股东一阵骚动，葛峰竟是如此直白。

"槐四爷，你先上去。"

郭槐斜视着杨君松，走上左边的发言台。两人各为其主，使出毕生绝学，斗得不可开交。然而，郭槐怎是杨君松的对手，他粗鄙的言谈、混乱的逻辑让人不堪入耳。

苏桐"扑哧"一声笑了出来，仿佛听见了大笑话，落入郭槐耳中，更是雷声滚滚。

郭槐不甘心认输，"啪"的一声拍案而起。

一时间，杀气弥漫，周围陷入沉寂，好像落入冰点。

"两位，都是自家人。"余向东一直在当透明人，这时急忙赔着笑脸劝道，"有话好说，别伤了和气。"

"凭他也配？"

"诸位，这个项目真正的核心，是响应市政府旧城改造的号召，建造东海市的地标性建筑。"苏坤德敲了敲桌子道，"我们花了大量人力物力，历时五年，才基本平下这块地，虽然还有一家钉子户，但无非是螳臂当车。"

众股东回过神来，翘首以盼听苏坤德继续发言。

"昨天下午，我得到市领导和南城区政府的支持，已经跟东海银行的饶行长签订战略合作协议，答应全力配合我们的项目。两位顾问的建议，只能算是锦上添花，无论最后谁来主导，都必须做好这个项目，更不能耽误工期。"

苏坤德一语惊人，展现出强悍的人脉关系和经济实力，而葛峰的关系显然略逊一筹，众股东纷纷交头接耳，议论了起来。

苏坤德见时机成熟，瞥向钱秀玲，示意她让股东们投票。

十五分钟后，投票结果显示在大屏幕上，苏桐 38 票对葛峰 12 票，以压倒性的优势获胜。

钱秀玲昂起头高傲道："葛总，众意难违。"

虞霖更是满脸堆笑道："恭喜苏副总，集团一号项目必然大成。"

然而，苏桐却撇了撇嘴，并不买账。

"妈的，我们走。"葛峰气得咬牙切齿，他一脚踹翻椅子。

郭槐赶紧跟上，视苏坤德为无物。

走到门口时，葛峰突然回头盯向余向东："余总，你小算盘打得太精了，肥肉未必有你的份。"

余向东犹疑地看了看苏坤德，讪笑道："我都听苏董的。"

"操！"葛峰大爆粗口，拂袖而去。

一根墙头草，不要也罢。

葛峰出了坤德集团，刚钻进迈巴赫后座，就对身边的郭槐狂吼起来："现在怎么办？"

"苏老虎最大的软肋就是宝贝女儿苏桐，如果能用好这张牌，不信吃不定他。"

郭槐是想利用何英和苏桐的关系，设下陷阱把苏坤德推向孤立无援的境地，到时候，再让葛峰出来力挽狂澜，坤德集团的大权便是囊中之物。

葛峰沉思片刻，脸上浮现杀气："还有那个钉子户，也要做做文章，让苏老虎好好地喝上一壶。"

"明白。"郭槐掐指一算道，"良辰吉日不远矣，葛总你就瞧好吧。"

葛峰眯起眼睛，已经在谋划如何利用好手里的棋子。

董事长办公室。

苏坤德大胜而归，喜颜悦色："我得杨教授，如鱼得水，何愁大事不成。"

余向东和其余股东纷纷附和道："苏董说的是，有杨教授为我们坐镇，定能无往不利。"

"杨教授不慕名利，潜心研究，确实令人赞叹。"不容余向东说完，钱秀玲便无情地打断他。

余向东满脸堆笑，站在那里像个小丑。

"不像有的人，仗着有几分姿色，不把前辈放在眼里。"钱秀玲话音一转，眼睛斜视虞霖，刻薄道，"忘了她能有今天是谁给的机会。"

虞霖刚想回击，却听苏坤德不容置疑道："行了，除了虞助理和杨教授，都先出去。"

"真没意思。"苏桐如挣脱枷锁，迫不及待地离开，边走边给万子良发信息：呆木头，开会无聊死了，你在哪里，我们约个晚餐。

虞霖微靠在苏坤德身上，搔首弄姿地看向钱秀玲，似乎在说：黄脸婆，你拿什么跟我争？

"苏董……"

"嗯？"苏坤德不容置疑。

"我先去忙了。"钱秀玲如堕冰窟，不甘地改口道。

钱秀玲负气而走，因为转身太急，没注意脚下踩到了裙摆，失去了重心，向前扑了出去，摔了个狗吃屎。

余向东赶紧上去搀扶。

"行善福临门，作恶遭天谴。"虞霖掩嘴笑道，"杨教授早就提醒你要注意，你自己不听，现在遭报应了吧。"

钱秀玲肺都要气炸了，却因为疼痛加身，只顾着倒吸凉气，完全说不出话来。

苏坤德看不下去，挥手道："送她去医院。"

余向东眼看表现的机会来了，积极主动地满口答应。谁知法务总监施仁正却抢先一步，将钱秀玲拦腰抱起，快步走出办公室。其他股东也先后起身，鱼贯而出。

办公室内，苏坤德继续跟杨君松寒暄，询问在悦仙阁住得如何、吃得如何，气氛欢愉。

突然，苏坤德话音一转，神情一凛道："杨教授，钱总监发现虞助理账下有三千万资金动向不明，你可知道原因？"

杨君松瞬间惊出一身冷汗，下意识抬头看向虞霖，见虞霖花容失色，显然她也没有料到。

"'贪婪'这个词不好听，但却是个好东西……贪婪推动了人类社会的发展，杨教授，你说是吗？"苏坤德突然发难，杀得他们措手不及。

杨君松冷汗直冒，心念急转，寻找应对之策："苏董，我是一片忠心，日月可鉴……"

"这么说，杨教授是承认了？"苏坤德打断了杨君松，轻蔑地笑道，"幸亏钱总监是自己人，要是让葛峰抓住把柄，指不定会怎么发难，以我对他的了解，你们两个大概率会被经侦总队以职务侵占的罪名抓去坐牢。"

杨君松见已是瞒不过，索性坦承道："实不相瞒，我借这笔钱是用来购买《青囊经》，当时事出突然，我也是不得已而为之，这三千万的账我已还上，还请苏董不要怪罪。"

"苏董，您要怪就怪我好了……"虞霖抓住机会道，"这么做都是为了您能拿下一号项目啊。"

一阵尴尬的沉默后，苏坤德哈哈大笑。

"商场如战场，不要死了都不知道自己怎么死的。"苏坤德指了指杨君松，又看向虞霖道，"你也一样。"

"明白。"

"言归正传。虞助理，把咱们集团一号项目即将动工的消息告诉媒体，让咱们的股票好好涨一涨。"

"材料早就准备好了，就等今天这个契机呢。"

杨君松察言观色，见苏坤德不像在伪装，这才放松了下来。不过这次敲打，也让他心中暗记，以后在苏坤德面前千万不能要心眼。

半个小时后。

杨君松刚走出坤德大厦，就听见身后有人大喊："杨教授，救我……"

杨君松大感意外，竟然是余向东。

毒燎虐焰，中元鬼火

8月8日，月朗星稀。

南城区，董家渡。

当真是鬼天气，已经是深更半夜，却跟在火炉里烤着似的，不见半分凉意，闷热难当。

董家渡位于漕河南岸，前方是汹涌湍急的漕河，自西北向东南绕行而过，东边是大名鼎鼎的和风大厦，北边是日薄西山的众邦大楼，早在半年前，董家渡就已经完成拆迁，老房子被夷为平地，光秃秃一片。只有漕河边上，还剩一家钉子户。

万籁俱寂的夜空下，明月宛若银盘，星斗隐匿无踪。

漕河上，一盏盏河灯幽幽闪闪，在河面上沉浮不定，犹如一个个孤魂闪烁出祈盼之光，阴森诡异。

董家渡的残垣断壁里，不知被谁画出一个个圈子，里面留着燃尽的香烛纸钱，袅袅烟雾萦绕在董家渡上空，如同灰蒙蒙的罩子，与外界隔绝，格外鬼气森森。

忽然，一道黑影自黑暗中走来，仿佛地狱走来的幽灵，身形若隐若现，翻进了那家钉子户。

不久后，火光冲天而起，仿佛一只巨大的火鸟张开血盆大口，将钉子户的残楼吞入腹中。

火光熊熊，势若滔天。残楼在火焰中变形扭曲，发出"噼啪"声响，把灰蒙蒙的董家渡照得通红一片。

阴影里，黑影再次浮现，欣赏着自己的杰作，露出开心的笑容，并用摄像机拍下了全过程。

半个小时后，消防队闻讯赶来。三辆消防车架起高压水枪，对着大火喷射水柱，诡异的是火势非但扑不灭，反而越烧越旺，毒燎虐焰宛若火凤凰。

与此同时，晦暗的密室中。

三层圆台上，身穿皂罗袍之人立于七盏大灯的"勺斗"中念念有词，似乎在作法。

8月9日，凌晨4时25分。

"重案支队，出现场……"接警电台的声音，突然回荡在走廊中。

备勤室里，陈强猛地睁开眼，不假思索地跳下行军床。

"有命案，出发！"

清晨6点。

空气中弥漫着一层薄雾，炽热的火伞高涨在空中，热得鱼儿不敢露出水面，虫鸟隐匿于树丛当中，街头巷尾的流浪狗伸长舌头喘个不休。

钉子户火灾现场，大火已经被扑灭，三辆醒目的红色消防车，正有条不紊地撤退，当地派出所的民警，已在周围拉起蓝白色的警戒线。

警戒线外，陈强正在跟应急管理局消防中队的苗方队长、消防总队火调处的雷鹏处长，做最后的交接工作。

雷鹏身着深蓝色制服，五官周正刚毅，身材清瘦，精神十足。

"这栋老楼一半是木结构，一楼堆了很多塑料垃圾和废旧报纸，三楼也有很多杂物，属于极度易燃物，基本都烧干净了，一家三口也全都葬身火海。"

"意外失火？"陈强问道。

"不像。"雷鹏摇摇头道，"根据以往的经验看，应该有助燃剂的成分，否则烧不到这么严重。"

"故意纵火？"

"可能性很大，所以就赶紧联系你们过来。"苗方面容黝黑干练，顿了一下，疑云满腹道，"还有一件事很妖。"

"什么事？"

"昨晚出动了三辆消防车，就是灭不掉火，水浇上去反而越烧越旺，最后还是从漕河借水，用了两个小时才灭掉，就算有助燃剂成分，也不该烧得这么厉害，真是活久见。"

"我干了大半辈子火调了，这种情况也是第一次碰到。"雷鹏也满是意外地说。

陈强一时想不到答案，于是做好现场笔录，回到火灾现场，向现场勘查小组复述了一遍情况。

"苗队长说，火势刚扑灭不久，不建议立即进去。"

万子良偏头看去，这栋老楼高三层，前面是拆迁好的空地，后面是湍急的漕河，属于20世纪30年代典型的石库门老房，门窗家具基本被烧光，只剩下漆黑的主体，残垣断壁中，仍冒着缕缕白烟，发出难闻的焦臭味，狼藉满地。

"什么味道，好像烤全羊。"万子良捏着鼻子，联想到了阿尼巴伊德餐厅，胃里不由得一阵翻江倒海。

"是尸体被烧焦的味道。"陈强对现场的这种味道再熟悉不过。

"搜得斯内（意思是"说的是呢"），黑的和黑的混在一起只能是黑的。"徐家君遥望烧焦的残楼道，"看样子，现场遭到了毁灭性的打击，线索渺茫啊！"

"'小日本'，你懂个啥？"王涛板着脸道，"从废墟当中找出犯罪线索，是痕迹的绝活，凡有接触，必会留下痕迹。小孟，我们走。"

王涛带着助手穿好三件套，戴上安全头盔，率先走进了现场。

"这个白痴，一点情趣都不懂。"徐家君翻了个白眼，接着招呼其他法医道，"我们也进去，先把尸体运出来。"

众人都哭笑不得，这两人真是一对欢喜冤家。

徐家君前脚刚走，季亦萍就带着江新月驾驶现场多功能指挥车赶来，与陈强等人会合。

"一路上乌烟瘴气，好多小圈子，全是灰烬，怎么这么多祭祖的？"季亦萍有些奇怪地说。

"季探长，你忙糊涂啦？"惠俊豪懒散道，"昨天晚上是中元鬼节。"

"按规矩，中元节要烧香烛冥纸祭祖的。"江新月腼腆道，"有的地方还要放水灯超度水鬼冤魂呢！"

"哎哟，还真给忘了。"季亦萍拍了下额头道，"七月半，鬼乱窜，没事别往河边站。"

"是呀，现在街道不让燃明火，大家只能来这种偏僻地向祖先聊表心意。"万子良附和道，"至于放水灯，现在倒是很少见了，主要是为了保护河道。"

"每年中元节前后都是刑事案件高发期。"胡秋飞一脸神秘道，"也不知是否跟鬼节有关，反正今天遇上了。"

"也是啊，昨天一晚整个东海市发生了好几起命案，其他探组也都出现场去了。"惠俊豪接话道。

"别聊没用的了，先说正事吧。"陈强突然发声，把最新情况反馈给季亦萍。

"那行，我跟新月去查监控。"季亦萍爽快道，"有情况再联系。"

季亦萍和江新月回到指挥车上，寻找附近街道的监控探头，查找犯罪的蛛丝马迹。

漕河泾派出所的老民警卫庆华过来提醒道："陈探长，董家渡居委会董翠霞主任到了。"

陈强循声望去，见董翠霞跟在卫庆华身后，手拿工作笔记本，一身正气。

"陈探长，辛苦了。"董翠霞主动握手道，"重案支队出马，看来不是一般的案情。"

"董主任，请你简单介绍下这家人的具体情况。"

"这家人姓娄，户主叫娄志平，外号娄麻子，他老婆叫丁小芬，女儿叫娄煊，不是我们本地人。这一家子真是一言难尽，都不是啥省油的灯。"

"这话从何说起？"

"这栋老房并非娄家所有，而是董家渡当地同宗商人董立农家的。"董翠霞娓娓道来。

董立农祖上三代都是商人，是东海市有名的民族资本家，最辉煌的时候，在民国时期，手上有四家纺织厂，五套豪宅。传到他这一辈，正好赶上中华人民共和国成立初期的公私合营，为了响应国家号召，董立农把四家纺织厂和四套房产都交给了国家，只留下董家渡这套最小的老宅。

20世纪60年代，得过天花的娄麻子从安徽农村来东海讨生活，董立农看他可怜，把他从漕河边的小窝棚里带回工厂做工人，还帮他成了家。岂料董立农的好心之举，成了引狼入室。"文革"时期，娄麻子借着时代背景，纠集了一大帮工人，诬陷董立农是走资派，抄了他的家产，在拉扯过程中，董立农四岁的女儿被人从二楼推下来，不治而亡。

自此，董立农心灰意冷，带着家人通过关系远走香港，从此没了消息。老房则被南城区房管局收走，把一楼的两间房和三楼的三间房匀给附近的工人和穷苦人家居住。娄麻子因首功一件，更是在二楼分到了两间房。

然而好景不长，娄麻子一家为人刁钻刻薄，极难相处，经常因为公用洗手间和厨房等一些琐事，对邻居破口谩骂、动刀耍泼，甚至不惜用下三烂手段，把陆续住进来的好几拨居民全都给逼走了，逐渐独霸了这一整套老房。

讲到这里，卫庆华义愤填膺地插话道："提到这个娄麻子，我现在都还头疼，为了他，都不记得跑了多少趟，批评教育根本不管用。也曾因寻衅滋事、破坏公私财物等，多次拘留过他，但他每次动刀砍人只是咋咋呼呼，吓唬人而已，根本够不上犯罪。有几次闹得太凶，我们所也曾经把他送到市精神病院，可惜一顿检查下来，并没有达到武疯子的症状标准，只好又把他送回来。还有他女儿娄煊，有样学样，和她爸是一路货色。唉，这父女俩，就是一煮不透、嚼不烂的滚刀肉。"

卫庆华这样的老民警都如此无奈，可见娄麻子父女真是恶名昭著。

"就没人能治他吗？"

董翠霞继续道来，有道是恶人自有恶人磨，娄麻子恶事做尽，有伤天和，遭了天谴，他女儿娄煊长大后，好吃懒做不说，今年都46岁了，还没出嫁，整天把娄麻子两口子当牛做马地使唤，靠捡破烂供她追星享乐。

五年前，董家渡响应旧城改造号召，配合坤德集团拆迁，娄家在老楼虽然只有两间房的居住权，却仍死乞白赖地当钉子户，号称没有两千万元和新城区的两套房不搬，真可谓贪得无厌，坤德集团数次让步，仍然僵持至今，却不想到头来全家葬身火海。

"这一家子还真是奇葩！"万子良感叹道。

"这都不重要。"惠俊豪嗤笑道，"可怜之人必有可憎之处。"

"娄家这叫作横缠心理，在实现个人利益的时候，力求自身利益最大化，通常以无理横扯和要挟行为拒不拆迁，当作谈判的筹码。坤德集团看来日子不好过啊。"卫庆华有些唏嘘地说。

"怎么又跟坤德集团有关？"陈强疑窦丛生道，"董主任刚才说，坤德集团昨晚来过？"

"是呀，这几天天天都来，来的还是个老总嘞，好像叫什么余总、余向东，我还有他名片呢。"

陈强脑袋突然嗡的一下，冥冥之中，有一种跟坤德集团死杠上了的感觉。上一个陆茵的案子已经让他焦头烂额，耽误了追查明珠案的宝贵时间，现在又在他值班的时候，出了这个纵火的妖案，真是阴魂不散。

而三探组的运气很好，几乎没什么事，一天到晚早出晚归只调查明珠案，尤其是这两天，他们神神秘秘且守口如瓶，这让陈强更加心神不宁。

陈强回了回神，又询问了一些细节，初步得出两个结论，如果有人故意纵火，那么要么是坤德集团强拆，找人下的黑手，要么是娄家的仇家报复。

陈强深思熟虑后决定先去坤德集团，会会那位老朋友余向东。

坤德集团30层会客厅。

双方见面落座，奇怪的是法务总监施仁正并未到场。简单寒暄后，陈强道明来意。

"余总，昨晚的事想必你已经知道了，目前高度怀疑是人为纵火，坤德集团作为获利方，难脱干系。"

"陈警官，您这样说我就没法聊了，我们坤德集团从来都是合规守法。"

"说到守法，法务总监施仁正呢？"

"他还有更重要的事情。"

余向东这棵墙头草，自从倒向了苏派以后，就坚决和葛派的人划清界限，然而对于警方来讲，少了这个麻烦也许是件好事。

"这都不重要，你昨晚是单独去娄家的吗？"

"当然不是，还有公关部的同事。"

"能否联系一下他，需要他配合工作。"

"当然，我这就让秘书叫他过来。"余向东拿出手机，联系秘书交代了几句。

"不用这么麻烦，带个路就行。"陈强拒绝了好意，转而对身后说道，"小万，小飞飞，你们去一趟。"

万子良和胡秋飞起身离开会客厅，与余向东的秘书一起前往12层的公关部。

"余总，就算娄家是死硬钉子户，以你的身份，用不着亲自出马吧？"惠俊豪点明要害。坤德集团有公关部门，有项目主管经理，甚至还可以委托专业的拆迁公司，拆迁这种小事，不该惊动余向东才对。

"抱歉，能不能不讲？"余向东脸色微变，扭扭捏捏道，"这涉及我的隐私。"

"事关人命，请你配合。"陈强嗅到了方向。

"要不，换个地方聊？"惠俊豪威胁道。

余向东咬了咬牙，知道躲不过去，低叹一声："好吧，我说，不过还请两位替我保密。"

陈强点头答应，示意继续。

"这要从那天下午说起……"

8月4日，下午。

杨君松刚走出坤德大厦，就听见身后有人喊道："杨教授，救我……"

"余总，你这是？"

余向东扭扭捏捏，欲言又止，似有难言之隐。

杨君松心领神会，看了看周围，轻笑道："余总放心，你我之间的谈话，除了你知我知，绝不会入他人之耳。"

余向东就等这句承诺，果断开口道："请杨教授为我指一条明路，如何才能将功折罪，让苏董原谅我。"

"方法倒是有一个，"杨君松略作沉吟道，"但不知可不可行。"

"请杨教授教我。"余向东如溺水之人抓住救命稻草。

"苏董不是说了吗，集团一号项目的拆迁工作，还有一家钉子户没解决，苏总找的拆迁公司想尽各种办法，也没能将他们搬走。如果余总能亲临现场，为苏董分忧解难，想必是大功一件。"

余向东大喜过望，对杨君松千恩万谢，这可真是一个表忠心的好机会。

听完余向东的讲述，惠俊豪啧啧道："所以你就亲自去娄家说服他们拆迁，替苏董分忧？你还挺识时务的嘛。"

余向东听出嘲讽，却并没动怒："人在职场身不由己，只有识时务者才能做常青树。"

陈强深有同感，接着问道："你们昨晚去娄家，谈了些什么？"

……

与此同时，坤德集团12层，公关部会议室。

看着坐在对面的安琪生，万子良简直哭笑不得，这家伙真够倒霉的，好不容易换了岗位，调到坤德集团公关部来，可谓一步登天，再由余向东亲自带着，更是前途一片光明，可惜板凳都还没坐热，又出了这档子事。

"说说吧，你们去娄家的详细经过。"

安琪生一肚子委屈，只好打掉牙往肚子里咽，想了想，从头说起。

8月8日，19时。

安琪生双手提着四色礼，陪余向东再次登门娄家，商量拆迁事宜。

岂料他们刚走进大门，就被娄煊轰了出来。

娄煊身高不到一米六，长得又黑又胖，宛若一个圆球。她一脸横肉凶神恶煞，左边脸颊上还有一块拇指大的瘊子，上面长着三根黑毛，当真是丑到醒目。

她手上攥着一把缺了口的菜刀，把余向东和安琪生往外赶，满口污言秽语："滚出去，就是小黑皮来了，老娘也不怕他！再不滚，老娘把腿给你们卸了……"

"娄女士，咱们有话好好说嘛。你们家只有二楼两间房的居住权，拆迁公司原先只给赔偿两百万，我余总说话算数，给你们五百万，再赔付南郊区一套一百五十平方米的安置房，这可比其他拆迁户多五十个平方米啊，这是我们的极限了。"

娄煊拿刀指着余向东的鼻子作势欲劈，歇斯底里。

"姓余的，你当老娘是叫花子呢？没有两千万，没有新城区两套房，打死老娘都不会挪窝，再不滚蛋，劈死你们！"

"娄女士，你再好好考虑一下，我过两天再来。"

余向东担心娄煊发疯，真敢劈了他，果断带着安琪生落荒而逃。这架势，根本谈不下去了。

娄煊如得胜的将军，在门口双手叉腰，骂骂咧咧："什么狗屁坤德集团，还上市公司呢，这点钱都拿不出来，和两个老东西一样没用，光知道吃……"

安琪生备觉憋屈，哈着腰请示余向东："余总，您看这？"

"先回去吧，再想其他办法。"

公关部会议室。

"娄煊这个货，长得就像斜塔，脑子就是'比萨'一词反过来。"安琪生苦着脸道，"谈判不成，我们就回来了，余总说缓两天再去。"

"就这么简单？"

"可不就这么简单。"安琪生后怕道，"那个丑女人跟母夜叉一样，我又不傻，不走等着挨劈啊。"

万子良做好笔记，对照了一下内容，确定没有遗漏："就到这儿吧，有需要再联系你。"

安琪生低着头唉声叹气，自从沾了凶宅这晦气玩意儿，诸事不顺，已经有四人丧生，钱没挣到手，还惹了一身臊，真是霉运缠身。

14时。

此时日头正盛，城市宛若烘炉，就连树上的知了鸣声都变得有气无力，病恹恹的。

陈强等人走出坤德大厦，快步上了车，打开空调降温，四人一起讨论询问结果。

"余向东和安琪生初步看下来，应该没什么问题，不过得利最高者嫌疑最大，我觉得还是有强拆的可能性。"

"不错，说来听听。"

"坤德集团最重要的一号项目开工在即，刚想拔掉这个钉子户，娄家三口就葬身火海，未免有点太巧合了，而且我听说，有些房地产企业为了强拆，都是找道上的人来做。"

"你是说小黑皮的保全拆迁公司？"

"还真有这种可能。"惠俊豪非常认可，"要真是小黑皮他们，没有好的突破口，恐怕要头疼了……"

"小万有进步，坤德集团找黑社会性质组织强拆，确实有这种可能性，先不要打草惊蛇，找到证据再作安排……"陈强不苟言笑道，"小万，小飞飞，你们先回去，看看'小日本'那边怎么样，我跟炮哥去现场找涛哥，咱们分头行动……"

15点。

多功能现场指挥车。

季亦萍和江新月坐在工作台前，分工查看董家渡地区治安、交通探头监控，查找所有可疑人员。

江新月看完一段监控，往眼睛里滴了两滴眼药水："大姐头，我这边看完了，除了烧纸钱和放水灯的，没有可疑发现。"

季亦萍"嗯"了一声，不禁皱眉："董家渡虽然在市中心，毕竟以老城为主，再加上拆迁，附近街道的监控根本覆盖不过来。"

"就是。还有这个坤德集团也太精了，拆迁项目上的所有监控全都避开娄家，看来是居心叵测呀。"

"这帮奸商给娄家停水停电，找拆迁公司骚扰，自然不会留下对自己不利的把柄。"

"没有监控，董家渡就跟瞎子一样，如果有私家监控就好了。"江新月的话如一道闪电，破开季亦萍眼前的迷雾。

"不对，这里有私家监控。"

"在哪里？"

"娄家北边，漕河对面漕河浜路上有一家小型烟纸店，到那里去看看。"

刑技中心，解剖室。

夕阳西下，晚霞如画。

万子良和胡秋飞走进解剖室，一股怪异的肉香味扑面而来，不锈钢解剖台上，摆着三具只剩下主躯干的焦黑尸体，徐家君正跟两个年轻法医在旁边整理解剖报告。

"徐主任，解剖结果出来了吗？"

"出来了。你面前这三具焦尸，应该就是娄家三口，为了确保准确无误，再做一下DNA比对，明天就能出报告。"

"死因呢？"

"三个人死因完全一致，应该是在熟睡当中被活活烧死的。"徐家君把报告递过来道，"他们血液中都含有大量一氧化碳，口、鼻腔内可见烟灰炭末样物，呼吸道中有大量炭末沉积，肺部呈现水肿和充血，胃内容物和血液也没有检测出其他有毒有害成分，可以排除被迷晕或先被杀死后再烧掉的可能。"

万子良不禁咋舌，真是人各有命，大限到了谁也逃不掉。

董家渡，火灾现场。

陈强和惠俊豪换上三件套，走进老楼，沿着烧成铁架的楼梯向上攀爬，在二楼朝北的房间，找到了在工作的王涛。

惠俊豪刚走到门口，捂着鼻子抱怨道："这味道也太冲了！"

王涛笑道："娄煊就住在这个房间，找到尸体的时候，烧得都不成人形了，那一身肥膘早就渗到地板里了，味道能不重嘛。"

惠俊豪撇了撇嘴，应该是被深深地恶心到了。

陈强则毫无影响，开门见山道："涛哥，有发现吗？"

"起火点找到了，在一楼堆破烂的杂物间，还找到了打火机残件。"王涛一丝不苟道，"疑似有助燃剂的残留物也提取到了，回去做个微量物证，就能确定下来具体成分。"

"不愧是痕迹专家，硕果累累啊。"

"哪里哪里，这都是痕迹人的本分。"王涛沉吟了一下道，"不过，还有一个发现，有点蹊跷，你们来得正好，帮我看看。"

"蹊跷？"

"这里。"

王涛招了招手，陈强循声望去，见正对着门口的墙壁上，嵌着一张红木神龛，供着一尊陶瓷财神，财神面前有一个拳头大的土碗，里面有半碗泥土，泥土上面浮着香灰。

因为大火高温，财神已经迸裂，红木神龛也面目全非，只有那只土碗完好无损。

"把财神放在房间里，真是想钱想疯了。"惠俊豪嗤笑道，"到头来，财神都自身难保。"

"财神都碎了，这只碗没碎？"陈强看出了关键，怀疑道，"上面画的是什么，看着怪怪的。"

陈强拿起土碗，只见上面以青花描绘着许多复杂图案，有太极图形、八卦符号，还有许多蝇头大的云篆，遍布碗身，神秘莫测。

"土碗跟陶瓷结构不同，没碎也说得过去。看位置和碗里的香灰，应该是当香炉用的，属于宗教里的东西，样子怪点也正常。"王涛提醒道，"这个碗是一方面，主要是这张神龛，你看看有啥不同。"

陈强放下土碗，仔细审视那张神龛。神龛只剩半个，遍布焦痕，难以辨清原来的模样，神龛顶部的焦痕当中，有一角明显的阴影，仿佛用画笔勾勒出来的图案。

陈强觉得阴影非常眼熟，一时之间又想不起来曾在哪里看见过。

"这也没啥不同啊。"惠俊豪嚷嚷道。

"再仔细看看。"王涛提醒道，"提个醒，瑞公馆。"

陈强灵光一现，把那角阴影与记忆里的印象重合，脱口而出："瑞公馆卧室灯罩里的那副符篆！"

"答对了。"王涛神秘一笑道，"不过，没有奖励。"

惠俊豪大大咧咧道："这种驱邪避鬼的符篆，民间用得很多，长得一样也正常。"

"炮哥，我也这么想过。"王涛坚持道，"为了保险起见，还是带回去检测一下。小孟，收起来。"

小孟取下那半个神龛的顶部，麻利地装到了证物袋内。

陈强虽一言不发，却渐渐皱起了眉头。两个案子可能都跟坤德集团有关，难道真的有什么内在关联？可娄家和陆茵素不相识，身份悬殊，能有什么关联呢？

忽然，一阵急促的电话铃声打断了陈强的思绪，是季亦萍打来的。

"凶手找到了。"

"啥情况？"

"监控里发现的。"

陈强挂了电话，精神一振，立即转身向楼外走去。

惠俊豪急忙跟上陈强，三步并作两步下了楼，与季亦萍会合。

指挥车上，季亦萍放出一段监控。画面中，一个背着黑包的模糊身影，左顾右盼后，翻墙潜入了娄家。过了五分钟左右，娄家开始冒出浓烟，他则翻墙出来，躲在远处的电线杆下，用摄像机拍摄大火。

"从烟纸店里调来的监控，时间显示，犯罪嫌疑人从22时32分44秒出现，一直到23时19分35秒离开，有完整的作案轨迹。"

陈强反复播放监控，注视着画面上的身影，模糊到不能再模糊，不由得愁眉紧锁："画面太模糊了，就算知道是这个人纵火，也锁定不了身份。"

"季探长，有办法修复吗？"

"暂时没这个技术。"

"得，白忙活了。"惠俊豪丧气道。

"那也未必。"季亦萍话音一转道，"我们没有，不代表刑科院没有。"

"走，我跟你们一起回去。"陈强惊喜道。

凌晨3点。

不知不觉，月已上中天，繁华的东海市，迎来了难得的安静。

刑科院四楼，图形图像处理实验室，依旧灯火通明。

实验室主要研究刑事科学领域内的计算机图形学和图像处理领域的前沿技术，八十四平方米的实验室里，配有各种高端图形图像处理专用计算机及高档数码相机、数码摄像机、影像编辑机等专用设备，可进行图像数据压缩、模糊图像识别与数学形态学，以及计算几何学与科学计算可视化的理论和算法方面的研究。

此时，金教授坐在实验室的电脑前，用自行研发的高精尖软件试图还原凶手模糊的相貌，身边图形处理工作站的主机呜呜作响，如同嘶吼一般，接连高强度的工作，让它也难堪重负。

随着时间的推移，金教授和他的团队换了一个又一个算法，却始终无法复原出满意的结果。

又一个软件试完，金教授摇了摇头。

季亦萍眼睛里布满血丝，满脸疲态地陪在旁边，她揉了揉太阳穴，强打起精神："金教授，还有没有其他办法？"

"已经换了十八个软件，上百种算法，能用的办法都用了，建议还是放弃吧。"

季亦萍刚想说什么，手机突然响起，是陈强打来的第八个电话，问的是同样一句话："咋样了？"

"放心吧，我今晚就盯在这儿了。"

挂断电话，季亦萍坚定不移道："金教授，现场已经遭到毁灭性破坏，你手上这张照片，是唯一能尽快破案的线索，咱不能就这样放弃啊。你看咱们的努力也没有白费，轮廓还是很清晰的，你再想想办法，试试别的法子，万一管用呢，死马当作活马医也好啊。"

"冲你这句话，我再想办法试试。"金教授受到感染，沉吟片刻道，"我最近有一个新思路，利用自行研发的硬件系统，结合人像海量数据库恢复模糊图像，虽然还不是很成熟，但可以碰一下运气。"

"太好了！"

"不过，这套系统在另一间实验室，是和军方合作的项目，我们签过保密协议，一般得有主要领导签字才能进去使用，现在这个点估计请示也来不及了。"

"金教授，每耽误一分钟就会影响案件的走向，人命关天啊。"

"好，相关手续明天再补办吧。"

季亦萍大喜过望，跟着金教授走向另一间实验室，紧锣密鼓地操作起来。

8月10日。

月落日升，烈阳普照，东海市焕发出蓬勃生机。

一探组办公室。

陈强彻夜难眠，等了一晚上，却迟迟没有消息，不觉有些焦躁。一探组其他人也都顶着黑眼圈，忙着手头上的事务。

不经意间，一个熟悉的声音有些嘶哑地在耳边炸响："强哥，犯罪嫌疑人样貌出来了！"

季亦萍突然出现在办公室，把一份尚有余温的报告交给陈强。

陈强疲惫的脸上露出喜色，当机立断道："走，去见金支。"

金建民办公室。

金建民翻看着复原的照片，虽然还是有些模糊，但已经基本能够看清五官，那是个青涩稚嫩的青年，留着厚厚的刘海。实在难以想象，这样一个看似人畜无害的少年，会是纵火杀人的犯罪嫌疑人。

这张照片下面，另有一张清晰的入狱照，长得跟犯罪嫌疑人几乎一模一样。

季亦萍哑着嗓子解释道："复原好的照片，在前科人员库里进行了比对，这两张照片的相似率高达95%，基本可以认定为同一人。"

"钟诚？"

"是的，纵火累犯钟诚。"陈强笃定道，"现年17岁，生于东海市，南城区本地人。9岁那年，一场大火剥夺了他父母的生命，从此患上纵火癖，至少有23次纵火经历，5次较为严重，最严重的一次是三年前，在南城区江湾派出所外纵火，幸亏民警及时发现并扑灭，随后把他送入少管所，因为表现良好，去年被释放回家，此后再无纵火记录，但也因为他的案底，季探长才能及时锁定他。"

"胆大妄为，真是屡教不改，竟敢在派出所门口放火！"

"金支，我请求抓捕嫌疑人钟诚，立即行动。"

"好，这次抓捕行动，由你来负责，尽快归案。"

14时，南城区。

后仓街道胜利居委毗邻董家渡，属江湾派出所管辖，是一个典型的城中村，内部道路破旧，环境逼仄，龙蛇混杂，蜗居着最底层的边缘人。不过麻雀虽小，五脏俱全，所有生活设施，一应俱全。

由于前期工作扎实，陈强探组不费吹灰之力就摸清了钟诚的各种情况，适时开始抓捕。

钟诚的生活非常单调，早上7点起床，下楼吃早餐，随后步行到菜市场，中午帮他姨妈照顾生意，吃完午饭，再慢悠悠地回家宅着，没有任何多余活动。他的性格也极为安静，有种难言的书生气。

陈强率领一探组，在江湾派出所的全力协助下，完成了对钟诚的锁定，探组决定在他家实行抓捕。

陈强从钟诚家楼下对面的巷口走出，用对讲机布置抓捕任务："小万、小飞飞，留在下面的出入口，防止嫌疑人逃跑。炮哥，我们上去，切记，不要打草惊蛇。"

"收到！"惠俊豪放下对讲机，从另一个巷口走出，逐渐靠近钟诚居住的筒子楼。

对面不远处，万子良和胡秋飞身着便衣，假装小情侣谈情说爱，守住筒子楼的出入口。

抓捕行动正式开始，惠俊豪打头阵拐进昏暗的楼道，陈强紧随其后，保持相应距离，一路悄然摸上三楼。

惠俊豪站在楼梯口，朝陈强比画了两个手势，表示钟诚家在302室，房门没有猫眼。

陈强当即跟上去，站到302室外面，敲响了房门。

"谁啊？"房间里传来一个低沉的声音。

"煤气公司的，查表。"

房间里突然安静了。

陈强和惠俊豪互相对视一眼，惠俊豪默契地大喝一声，一脚踹开了302室的房门。

门被撞开的一瞬间，钟诚正试图从窗户逃走。陈强和惠俊豪眼疾手快，几乎没有任何悬念，便将他压在了墙上，铐上了背铐。

楼下。

万子良正在等抓捕结果，电话却突然响个不停，无奈之下只好接起："我在出任务，有事晚点说。"

万子良正准备挂掉电话，手机里却传来安琪生惊恐的声音："不好了，小凤凰要跳楼了……"

第二章
正位凝命

■ ■ ■ ■ ■ 🎩 ■ ■ ■ ■ ■

命悬一线，心怀叵测

日薄西山，残阳如血。

坤德大厦楼下，民警拉起的警戒线内，消防员正展开救生垫，用风机呼呼充气。

警戒线外，各家媒体的长枪短炮对准楼顶天台争相报道。

"现在是北京时间，8月10日18时22分，本台记者在坤德大厦楼下，为您报道……"

"据悉，坤德集团的副总经理，董事长苏坤德的女儿苏桐女士，正独自坐在天台上，与救援人员展开对峙……"

"苏桐女士为何选择在这里轻生，具体有什么隐情，目前不得而知，坤德集团也未泄露原因……"

"坤德置业明天开盘后，必定会低开低走，前期跟风买进的股民势必会被套牢……是因为道德的沦丧，还是人性的扭曲……"

……

随着媒体一轮轮轰炸式的播报，苏桐轻生事件很快冲上热搜，闹得满城风雨，很多人闻讯而来，拥挤在警戒线外想一探究竟。

钱秀玲、施仁正、余向东等坤德集团的高层，以及许多普通员工均夹杂在人群当中抬头观望，安琪生更是急得像热锅上的蚂蚁。

楼顶天台上，苏桐脸色苍白地坐在天台边缘，双腿悬在天台外，任凭晚风打乱头发，脸上布满斑斑泪痕。

后方安全通道，该辖区浦江派出所的彭所长和消防中队的潘队长，正在商量救援行动。不远处，苏坤德和何英试图把苏桐劝下来，却被民警死死拦住。

"小桐，你要胡闹到什么时候，还不给我下来。"苏坤德严词厉色道。

"是啊，苏桐妹妹，有话好好说啊。"何英跟着说道。

"谁是你妹妹！丑八怪，滚得越远越好，死都不想再见到你。"苏桐激动地打断何英道，"再逼我，我现在就跳下去，一了百了。"

苏桐说着向前倾倒，身体随晚风晃动，仿佛展翅的白鸽，吓得潘队长大呼："苏桐，请冷静，千万别冲动……"

苏坤德勃然大怒，冲破民警的防线，红着眼睛低吼："别做傻事，快下来。"

"除非你答应我，否则我不下来……我从小什么都听你的，你为什么不肯放过我。我恨你，我恨死你了……"

"苏董，请你配合我们工作，退回去，不要再刺激苏桐了。"彭所长亲自追上苏坤德，把他顶回了安全通道。

苏坤德一边后退，一边对苏桐冷声道："你是我苏坤德的女儿，你就要认这个命，还不给我下来。"

苏桐面色灰冷道："没有自由，不如死了算了。"

天台上凉风飕飕，天边最后一抹阳光也沉了下去，空气中充满了绝望的味道。彭所长和潘队长焦头烂额，不知该如何是好。

危难时刻，陈强和万子良匆匆赶来。

"老彭，情况怎么样？"

"我的陈大探长，可算是把你这个谈判专家等来了。"彭所长喜出望外，跟潘队长迎了上去。

"你们分局的谈判官老钱人呢？"

"钱势平啊，平常吹得震天响，关键时候就掉链子，拉肚子了。"

"怪事年年有，今年特别多。"陈强感慨道，"其他谈判员呢？"

"其他的年轻谈判员，刚刚警校毕业，小毛孩子啥也不懂。"

"嗯，今天是来对了。"陈强自嘲道。他看了一眼万子良，意味深长。

……

情敌见面，分外眼红，何英看见万子良了，脸色立刻阴沉下来，恨不得将这个眼中钉肉中刺生吞活剥。也许是郭槐做的局起了作用，何英对苏桐的爱已经到了痴狂入魔的地步，在苏坤德的纵容下，他住进了苏家，仅有的人性和良知也变得彻底冰冷，逐渐堕落撕裂。

"姓万的，都是你惹的祸，苏桐要是死了，你也别想好过！"

万子良对何英视而不见，一颗心都在苏桐身上，他知道现在不是莽撞的时候，一定要听从谈判专家陈强的安排。他叹了口气，朝西边的晚霞望去，晚霞起伏中似有一只卡通兔子罗杰，正调皮地看着他，不由得心中一惊。

陈强了解了初步的救援计划后，拿出一张餐巾纸，扔到空中，见餐巾纸被晚风刮走，迅速作出判断。

"东南风，至少有 5 级风速，从这里到楼底，少说有三百米，掉下去肯定粉身碎骨，救生垫没用。"

"那怎么办？"

"现在，我来接手救援指挥，担任临时谈判组组长。"陈强当机立断道，"潘队长，现场处置组就交给你了，在有利地形多安插一些咱们的消防战士，带好装备以备不测。"

"老彭，你负责后勤保障组，找两个得力的人做联络员和记录员。切记，除了我的命令，其他人一律不准靠近天台。先给我拿两瓶矿泉水。"

潘队长和彭所长神色凝重，分头行动。

彭所长亲自出面，苦口婆心劝苏坤德暂时离开。苏坤德固然愤怒，但也知道轻重缓急，只好带着何英退了下去。

陈强接过彭所长递来的矿泉水，调整好状态就要上场，手机却突然响了起来，是金建民打来的电话。

"现场情况怎样？"

"请金支放心，都布置好了。"

"坤德集团牵涉面广，非同小可，一定要稳住，吸取上次的经验教训，我和韩总马上就到。"

陈强心里一沉，没想到此事比自己想象的严重。

……

陈强挂断电话，吐出胸中浊气，看来今天注定是要来一趟的。他独自走上天台，往楼下望了望，下面乌泱泱一片全是媒体记者和围观群众，耳边似乎又响起了刺耳的枪声，心里不受控制地忐忑了起来。

陈强强行压下忐忑，一步一步走向天台边缘的苏桐。

"别逼我，再往前走，我跳楼了。"

"我是万子良的同事陈强，你可以叫我陈探长。"

"不管你是谁，别逼我，走开，走呀！"

"你现在的处境很危险，我非常为你担心。你可以拒绝我，没问题，但不应该回绝我的一片好心。我是来帮你的，如果有什么要求，你可以提出来，我会尽量帮你，你可不可以先下来？"

"滚呀，你帮不了我，什么都帮不了……"

陈强停下脚步，拧开一瓶矿泉水，自顾自喝了一口，再把另一瓶矿泉水小心翼翼地递向苏桐。

"我听你父亲说，你已经两天没吃饭了，又在上面坐了这么久，要不先喝点水，润润嗓子，再慢慢聊。放心，这水是安全的。"

"你别想骗我，滚……"

陈强担心苏桐受刺激，放弃了亲自递水的打算，苏桐这才安定下来。

营救现场瞬息万变，稍有不慎就会铸成大错。

陈强察言观色，改变策略："如果不放心我，我可以叫万子良上来，让他帮你送水。"

苏桐惊恐委屈的眼睛里突然有了一丝亮色。

陈强知道自己猜对了，紧紧抓住这一战机，急忙转过身去："联络员，让你们彭所把小万赶紧放过来。"

不多时，心急如焚的万子良一个箭步上了天台，下意识往下看了看，只感到天旋地转，两腿发软。

陈强见状立刻把他拉到身边，反复叮咛关键要害，并把一瓶矿泉水递到了他手里："小万，不要怕，有我在后面……站在上风口说话，否则风大她听不清。"

"嗯。"

"苏桐已经断水断粮很长时间，再加上情绪激动，很容易诱发休克，如果不及时补充水分，那么很有可能会产生意外。切记不要莽撞，小心肢体接触。"

为了救苏桐，万子良豁出去了。两个人从相识到现在的一幕幕场景，像电影般在他脑海里闪过，所有的爱恨情仇此时都汇聚成无畏，他坚定地向苏桐走去。

"苏桐，我来了，你千万别激动。"

"你别过来，我不准你过来。"苏桐大哭道。

"好，我不过去。"万子良止步道，"喝点水吧。"

万子良把一瓶矿泉水慢慢滚了过去，苏桐确认安全后，慢慢地向万子良这边移动了几步，顺势捡起了矿泉水，大口地喝了起来。

片刻后，苏桐的情绪慢慢有所缓解："呆木头，你为什么现在才来？为什么要跟他们一起逼我？"

陈强闻言感觉心里有戏，赶紧给万子良做了个手势，示意他慢慢靠近苏桐，因为苏桐现在只信任他。

万子良会意，稳住情绪深呼吸，一点一点地挪步，接近天台边缘。

"谁逼你了？"

"我爸逼我嫁给那个丑八怪，天天让他来家里堵我，我去哪里，他就跟去哪里，越来越没有底线。我真的好累……我是一个人，一个活生生的人，不是筹码。"

"我能够理解。"万子良脚步微顿，原来何英这个龟孙子才是一切的根源。

"还有你，忘恩负义的负心郎……"苏桐突然转向万子良，声嘶力竭道，"你也在逼我，我就那么招你烦吗，为什么不接我电话？"

万子良突然醒悟，这两天一直在忙案子，忽略了苏桐，原来自己也是罪魁祸首。

"都是我的错，我跟你道歉，好吗？"

"你们都逼我，那我就死给你们看。"苏桐向前倾倒，似要随风而去。

万子良惊出一身冷汗，下意识道："那我也跟你跳下去。"

陈强的心瞬间提到了嗓子眼，这傻小子要干什么？

苏桐更是愣了一下，哭得更厉害了："你骗我。"

万子良不管不顾，向前扑出两步："我没有骗你，因为我喜欢你，你对我这么好，我早就喜欢你了……"

"那你为什么不理我？"

"因为，因为我配不上你。你是高高在上的苏家大小姐，我是泥沟里的乌鸦，怎么能配得上你？"

"傻瓜。"

"你说过，我们要去巴黎看铁塔，去浪漫的土耳其，去爱琴海看海鸥，你都忘记了吗？"

"我没有忘。"苏桐泣不成声，哭成了泪人。

"苏桐，人活着才有意义。"陈强就坡下驴，趁热打铁道，"人死如灯灭，死了就什么都没了。"

"苏桐，我爱你。"万子良真诚地呼喊，声音随着晚风向远处飘去，也许这也是一种另类的浪漫。

苏桐犹豫了，今天的这场闹剧，看似是要有个台阶下了。

"亲爱的，你把手给我，我带你下来。"

"那你要答应我，誓死不能让我嫁给丑八怪。"

"好，我答应你。"

"那你向我爸提婚。"

万子良突然卡壳，愣在了原地。

正当岌岌可危之时。

"爸爸答应你！"

苏坤德在陈强的预判安排下，适时加入进来。

"小桐，只要你下来，爸爸什么都答应你。"

"你又想骗我。"

"爸爸说话一言九鼎，只要你下来，以后肯定不再逼你。"

"真的？"

"在场所有人都可以做证，爸爸绝对不会骗你。"

苏桐终于松动了，颤巍巍地站了起来，向万子良伸出手臂，让他来抱自己下来，但由于长时间精神高度紧张，又绝食了两天，她现在已经非常虚弱，站起来时摇摇晃晃。

忽然，一道疾风似从兔子罗杰口中吹来，卷到苏桐的身躯，苏桐重心不稳，向天台外跌了出去。

千钧一发之际，万子良无畏地一个纵跳出去，抓住苏桐的手腕，因为惯性，万子良也被拖出了天台，仅有一根围栏勉强支撑，眼看就要一起坠亡。

楼下围观的人群，见苏桐不慎坠楼悬在半空，又见万子良跟着一起跳下，一个个瞪大双眼，惊呼连连。

"小万，坚持住。"电光石火间，陈强出现在万子良身后，双手紧紧抓住他的双腿，死死按在怀里，以自身体重形成杠杆，险之又险地将他暂时拉住。

苏桐悬挂在空中，手脚乱蹬，见下面是百层高楼，人就像蚂蚁一样，只觉得魂亡胆落："我不想死，呆木头，我不想死啊……"

万子良用尽力气，死死拽着苏桐，咬牙道："你不会死，我们都不会死……"

饶是陈强身强体壮，也吃不消两个人的重量，只坚持了两秒钟，脸就涨成了紫色，眼看就要被他们一起带下楼去，他绝望地从牙缝里挤出字："快来人，啊……"

随着绝望的一声"啊——"，陈强还是没能抓住他们，他不甘心地闭上了眼睛。

这一刻，万子良释然了。

他缓缓地闭上眼，在空中紧紧地拉着苏桐急速下落，自由得很无力。

……

"砰——"

万子良以为自己死了，但几百米的高楼应该没有这么快就落地。

生死存亡之际，现场处置组事先安排在下方接应的四名消防救援人员，系着绳索从99层的窗户里一跃而出，用救生网稳稳地托住了万子良和苏桐。

不多时，彭所长和潘队长也带人上来帮忙，与陈强一起把万子良和苏桐逐一拖上来，一场危机终于化解。

惊魂甫定。

楼下的人群也在此时松了口气。

苏桐一落地就死死抱住万子良大哭，死里逃生的二人心绑得更紧了。

万子良三魂七魄已经出窍，但他故作镇定地轻拍苏桐后背。

苏桐哭得更凶了，若黄河决堤一发不可收拾，把所有委屈和恐惧都哭到了万子良身上。

却不料这时厚颜无耻的何英觍着大脸拿了条毯子上来，向苏桐大献殷勤："苏小姐，楼上风大……"

"滚开，滚开啊……"苏桐一见到何英就又开始激动起来。

众目睽睽之下，堂堂大公子被人奚落，何英僵在了原地，脸上写满了尴尬。

"你听到了，她现在不想见你，请你离开。"万子良满腔怒火。

何英气得炸了毛，口无遮拦道："你算什么东西，一个给死人照相的二五仔，敢这么跟本公子说话？"

"涉案人刚刚脱险，闲杂人等全部退下。"陈强挺身而出道，"现在是警察办案，谁敢捣乱，全给我抓回去拘留。"

"小破警察，牛什么牛，知道我叔叔是谁吗？"何英色厉内荏道。

苏坤德一把拉开了何英道："小何，小桐刚刚死里逃生，你还是暂避一下吧。"

"伯父，我……"

苏坤德脸色一沉，不容置疑道："我说了，请你暂避。"

"你们都给我等着！"何英恼怒地放下狠话，拂袖而去。

"小桐，小何已经走了，跟我回去。"苏坤德还想带走苏桐。

苏桐死死抱住万子良："不回去……"

"你……"苏坤德勃然大怒。

"苏董，我作为谈判官，有必要提醒你，成功的营救只是第一步，苏桐的情绪还很不稳定，如果不能妥善处理，难保不会再发生悲剧。"陈强对苏坤德不合时宜的行为很是不满，上前提醒道。

"什么意思？"

"我建议，先去浦江派出所做笔录，等她安定下来后，再接她回去不迟。"陈强不卑不亢道，"不过你放心，到了派出所以后，会有专人陪护，对她进行心理疏导，保证安全。"

"请苏总放心，分局领导已经有所关照，我作为一所之长会全力以赴。"

见彭所长搭话，苏坤德态度有所缓和。虽然刚才的承诺也只是缓兵之计，但毕竟他只有一个女儿，况且眼下的困境，只有苏桐才能解决，确实不能逼得太紧。

苏坤德冷哼一声，算作默认。

"小万，你陪苏桐去浦江派出所，注意照顾她的情绪。"陈强见好就收道，"我还有重要事情，要回总队突审钟诚，你明天再回来，不急。"

"好的，头儿。"

另一边，纵火案正在紧锣密鼓地推进调查进程。惠俊豪和胡秋飞已经将犯罪嫌疑人钟诚押解回重案支队，现场勘查组对钟诚的居住地展开全方位的勘查，后面还有很多细致而棘手的工作要做，离开了陈强不行。

坤德大厦楼下。

万子良扶着苏桐走出坤德大厦，记者们蜂拥上来，试图进行采访，都被派出所民警挡了回去，警察们组成一道人墙，送他们上了警车。

安琪生挤在人群中，踮着脚尖观望，见万子良和苏桐安然无恙，连拍胸口念念有词："祖师爷保佑，没事儿就好……"

不知何时，路边停着一辆黑白双拼色的迈巴赫，后车窗缓缓降下，露出了葛峰那张阴险的脸，他得意地冷笑一声，仿佛一切都在他的安排下。

忽然，葛峰看见斜对面的人群中有两个似曾相识的身影，赫然是那天在拍卖会，冲进房间对他大打出手的两个流氓。

葛峰是睚眦必报的小人，他不由得怒从心头起。

事实上，当初从拍卖行回来后，他也曾找过朱宝泉和李果良，但拍卖行内的监控竟被两人有意破坏，东海市又这么大，几乎是大海捞针，一时断了线索，报仇无门。没想到今儿好事成双，不仅拿捏住了苏坤德的命门，还遇上了这俩仇人，真是冤家路窄。

葛峰阴笑着拿出手机，给两人拍了张照片，编辑成微信发了出去。不消片刻，他拿出一个备用的一次性手机，接通一个神秘电话。

"喂？照片上就是我说的那两个人，他们哪只手打我的，哪只脚踹槐四爷的，全他妈给我卸了……钱？钱不是问题，还是那句老话，一只手一百万，一只脚两百万，要是有办法让他们消失，老子直接给你一千万……越快越好，最好今天就给老子做了……"

朱宝泉和李果良本是跟虞霖约好，在集团附近的茶社包间密谋一些见不得人的勾当，谁知久等她不来，还碰上苏桐跳楼这一幕，就跟着出来看看热闹，却浑然不知自己已是被盯上的猎物。

夜色如水，明月如霜。

警车刚开进浦江派出所的大门，一辆牌照号为东A88888的黑色劳斯莱斯幻影就停在了派出所对面。

车窗缓缓降下，露出苏坤德阴郁的面容。毕竟是自己的亲生骨肉，苏坤德终归放心不下。

"老爷，后门已经让人去了。"阿忠扶着方向盘，闷声道，"小姐肯定没事的。"

"别掉以轻心，四周的围墙都派人去盯着。"

知女莫若父，苏坤德哼了一声。苏桐的鬼点子，没人比他更清楚了。他亲眼看着苏桐下车，在派出所民警的陪同下跟万子良进了主楼，忽然间，他想起了什么："精神矫治中心那边，联系得怎么样？"

"昨天去看过了，里面是全军事化管理，就像坐牢一样，对待学员非打即骂，还有用电刑……"

"净瞎说。"

"老爷，这是我亲眼看见的。"

"矫治中心的章炯威主任，可是我老朋友了，他亲口告诉我，他们那里环境优美、人性化管理，食宿条件一流，特别是治疗手段，还是从美国引进的高科技，将很多网瘾少年，甚至吸毒成瘾的少年都矫正好了，怎么可能上电刑呢？"

"是真的，老爷，我拿性命担保。"阿忠犹豫道，"我是看着小姐长大的，真的不建议您送她过去。"

苏坤德沉默了，他知道阿忠虽然没有什么文化，但一直对他忠心耿耿，不会欺骗他。可形势比人强，他即使有天大的本事，也绝难再抵挡葛派的紧逼以及日本九菊株式会社的侵蚀。

欲成大事者，不可有妇人之仁！苏坤德牙关紧咬，他绝对不会再允许出现今天的事情了。

"哼，去不去，不是我说了算，而是看她的表现。"

阿忠暗叹一声：小姐，千万别再做傻事了啊！

浦江派出所，休息室。

苏桐做好了笔录，做心理辅导的民警已经离去，她蜷缩着，像一只受伤的猫，抱腿坐在休息椅上，轻声抽泣个不停，似未从惊吓中恢复。万子良不知该如何宽慰，默默陪着她。

他们暂时还不能走，因为要待日理万机的彭所长回来亲自送他们出去。对于彭所长而言，处理好苏桐事件，无疑是首功一件，更是一次接近上层的好机会。

不知过了多久，苏桐突然抬起头："呆木头，你带我走吧？"

"去哪里？"

"只要离开这里，去哪里都可以。"

直觉告诉苏桐，苏坤德就在大门外面。

"不行，要等彭所长，不能犯错误。"

"那我带你走，就不算犯错误了。"

苏桐主动站起来，拽着万子良往外走。自从救下苏桐后，万子良脑袋一直是蒙的，还没等他转过弯来，就被苏桐拽出了休息室，往后门方向走去。

"你这是去哪里？"

"你不了解我爸，他肯定在外面守我，后门也不能走，我们要出去，只有一个办法。"

"什么办法？"

苏桐没有回答，沿着派出所的围墙走了一圈，四下观察后，不免有些失望。她并没有放弃，和万子良来到派出所食堂后面，忽然，她眼前一亮，兴奋地指着食堂外的一处围墙："老天爷都帮我们，从这里出去。"

万子良发现围墙下堆着许多杂物，可以垫脚让人爬上去。

"翻墙啊？"

"我经常这么干。"苏桐催促道，"你快上去，瞧瞧外面有人没，不然被人发现了，想走就走不掉了。"

哟呵，还是个惯犯，难怪门儿清。

万子良本来想拒绝，但面对苏桐的目光，话到嘴边又咽了回去。他踩着杂物，攀上墙头，往外面望了望，外面是一条偏僻的弄堂，只有几盏路灯闪烁着昏暗的亮光，格外静谧。

忽然，万子良把头缩了回来，生怕被人发现似的："外面有三个人，守在路口。"

"糟了，肯定是我爸安排的，出不去了。"

"要不，还是算了吧？"万子良跳下杂物堆，劝说道。

一种不祥的预感袭上心头，苏桐苦着个脸，显得很不甘心，但事已至此，为之奈何。

然而，天无绝人之路，食堂外突然传来轰鸣声，一辆运送食材的蓝色皮卡，刚刚启动发车，此时车上正好无人。

苏桐眸光一亮，如绝境逢生，二话不说便拽着万子良往皮卡奔去。

"有办法了。"

"啥？"

"没时间解释了，快上去。"

万子良只好翻身上车，再把苏桐拉了上去。

不多时，一名派出所后厨员工上了皮卡，拉起手刹，一阵黑烟冒起，皮卡向后门方向驶去。

苏桐顺势躺平，按住万子良悄声道："快趴下。"

万子良赶紧躺平，大气都不敢喘。

皮卡缓缓驶出派出所后门，没有惊起半点波澜，苏坤德安排的人马毫无察觉。

晚上9点。

东城区，白鹭湾。

白鹭湾坐落在梅山脚下，面朝大湖，远离喧嚣，是东海市少有的高级别墅群。因远离市中心，入夜后，白鹭湾隐匿于山影当中，仿佛与世隔绝的仙境。

64号别墅位于别墅群最高处，被山影吞噬得最多，格外漆黑幽冷，仿佛隐匿于世的幽灵，鬼气森森，悄悄窥视人间。

这里原是葛峰的产业，为了拉拢郭槐，便赠予了他。

葛峰大步走进客厅，厅内回荡着悠扬的中国古典音乐，一缕幽幽的檀香味沁人心脾，装修以棕红色为主，清一色的大红酸枝高档红木家具，古香古色，低调奢华。

葛峰熟门熟路地走到客厅西北角，这里有一扇漆黑木门，他以"咚咚咚、咚、咚咚"的节奏，反复敲了三遍，耐心等待着。

不多时，木门从里面打开，露出一条缝隙，依稀可以看见木门后面晦暗不明，排列着一盏盏油灯，灯火细小如豆，晃动间，把室内映得影影绰绰。

室内中央有一座圆形祭台，祭台分三层，插满了令旗，台上有一张方桌，桌上有一铜盆。盆里是漆黑腥臭的黏稠狗血，血面上浮着两个稻草人，各贴着一张纸条，分别写着姓名和生辰八字，一个是苏桐：乙亥丁亥癸亥己亥；一个是何英：癸酉己卯己丑丙丁。再用一根金丝黑线，把两个稻草人背靠背缠在一起，任凭黑狗血把它们浸湿。

郭槐从门缝里出来，随手拉上木门，似乎在隐藏什么秘密，哪怕是葛峰，想向内多看一眼都不行。

"葛总，这么晚了，怎么亲自来了？"

"哈哈哈，我是来给你道喜的。"葛峰嘎嘎大笑道，"你下蛊给何英和苏桐牵红线真是绝了。下午，苏桐被何英逼得跳楼了。"

郭槐眼中闪烁着邪光，葛峰竹筒倒豆般讲了一遍原委。

郭槐听后，掐指一算，阴阴冷笑："今天苏桐暂时逃过一劫，但火候已经到了，只需再给何英添一把火，定能把苏桐逼上绝路，大事必成。"

"知我者，槐四爷。"葛峰意得志满道，"近期找个机会，亲自去会会何英，把这把火给他添上。"

"越快越好，拖得太久，恐怕会有变故。"

老城区，浦江夜市。

皮卡渐行渐止，停在了浦江夜市旁的农副产品批发中心，后厨员工如往常一般，下车进了旁边的粮油店。

员工前脚刚走，万子良和苏桐后脚就跳下了车，猫着腰融进了浦江夜市的人流。

夜深了，星光暗淡。

整个城市只剩下这里仍然闪烁着异彩，路边有各色各样的小摊，人们说着各色各样的话语，几首流行乐曲混杂着，分辨不清。这里生机盎然，充斥着烟火气。

那并不宽阔的路虽然有些油腻，在混沌中反而有一种别样的美。嘈杂声吞噬了夜的宁静，无端欢乐的人群拥挤着，一切被覆于虚无的表面下。

相比于坤德集团的冰冷残酷，这里是整个东海市最温暖的地方。

苏桐呼吸着自由的空气，张开双手，高声欢呼："总算是逃出来了，欧耶。"

"暗度陈仓，用得不赖嘛。"

"这叫唯手熟尔。"苏桐俏皮地吐了吐舌头，肚子不争气地叫了起来。

"想吃什么？"

"好哇。"苏桐牵住万子良的手道，"羊肉串、小龙虾、烤生蚝……"

这一刻，苏桐仿佛挣脱了束缚，长出一对自由的翅膀，随万子良飞进夜市深处。

苏桐依偎着万子良，兴致昂扬地边走边看，遇到美味小吃，或是有趣的小物件，都会驻足停留，忘记了人世间所有的烦恼。

忽然，苏桐看到前面有一家老凤祥珠宝首饰店，突然心血来潮："呆木头，送我一只钻戒好不好？"

万子良刚刚到手的十万卖命钱早已给了他母亲还家中买房的贷款，此时顿感囊中羞涩："太贵了。"

"我有钱啊。"说着苏桐拉着万子良就要过去。

万子良却挣脱了苏桐："你花钱和我花钱，不一样的。"

苏桐愣了一下，感受到了万子良在自己面前深入骨髓的自卑，立刻也没了兴趣。本来欢快的气氛，突然变得有些尴尬。

一阵晚风吹过，无意间，苏桐发现老凤祥对面有一个藏族人的地摊，摊子上药材、珠宝、首饰等应有尽有。

苏桐拉着万子良来到藏族地摊前，自顾自蹲下挑挑拣拣，最终选了一对吉祥结藏银戒指。

藏族老板面带微笑，用生硬的普通话介绍："吉祥结，是爱情和献身的象征，小姑娘，让你男朋友买一对吧。"

"多少钱？"

"不贵，260 块钱。"

苏桐把戒指戴在手上，越看越喜欢："真好看，比何英那个丑八怪送的八克拉黄钻好看多了。"

苏桐楚楚可怜地望向万子良。

万子良心里五味杂陈，看着像孩子一样开心的苏桐，一瞬间释然了，痛快地给老板付了钱。

苏桐把另一枚戒指，亲手给万子良戴在右手无名指上，再跟自己的比了比，幸福洋溢。

万子良深知苏桐的用意，右手无名指戴戒指，寓意是和恋人正处于热恋期，并且有结婚的打算，而他现在却一无所有。他望着苏桐的脸庞，仿佛时间凝固了，渐渐地入了神。

如果永远能这样，该多好。

与此同时，浦江派出所。

阿忠从派出所出来，神色慌张地跑到劳斯莱斯幻影车旁。

"老爷，小姐和那个警察不见了。"

"一群饭桶！"苏坤德虎目圆睁，勃然大怒。

夜已深沉。

老城区，明悦酒店。

万子良推开 520 房门，插上房卡，苏桐有些害羞地跟着进屋。

"今晚先住在这儿，我明天再来找你。"

"呆木头，不要走。"苏桐拉住万子良道，"留下来陪我，好不好？"

万子良犹豫了一下，又想到苏桐突逢大变，不放心把她一个人留在这里，于是腼腆地答应了。

苏桐展颜一笑，躺到床上，张开双手，望着天花板："你知道吗，只有现在，是我这辈子最轻松、最开心的时候。"

万子良坐在沙发上，认真地倾听。

"我妈妈生我的时候，正是我爸跟他的结义兄弟们感情最好的时候，为了打拼事业，他不是在工地上，就是泡在夜总会里，天天不着家，就连坐月子，都是我妈一个人。也是那个时候，陪酒的钱秀玲做了他的情妇……我十五岁那年，他收拾了几个兄弟，成了集团的董事长，把钱秀玲带到了身边。我妈妈本来坐月子就落下了病根，知道后便一病不起，不久后郁郁而终。可是我爸，连她的葬礼都没有来……"

万子良心中暗道：最是无情富贵家，不外如是。

"从小到大，他什么都给我最好的，可是我在他面前，还是感到压抑，感到害怕。我其实很恨他，如果不是他，妈妈就不会死。我为了摆脱他，十六岁就选择去英国留学。"

"毕竟，你是他唯一的女儿，这是命，逃不掉的。"万子良安慰道。

"他给了我锦衣玉食，给了我身份地位，可这些都不是我想要的。我只想要简简单单的家庭，要相亲相爱的父母，而不是冷冰冰的钞票，更不是把我当作筹码。"

"我明白。"

"不，你不明白。我无论怎么逃，他总能找到我，好像我是他掌心里的猴子，永远逃不出他的五指山，这种想逃也逃不掉的感觉，你明白吗？"

明明是很普通的叙述，万子良却能清晰感受到那种生在豪门的命不由己，压抑得令人窒息，他也终于明白，苏桐为何这般自我。

"直到那天晚上，在酒吧门口，我第一次遇到了你，你傻傻的，呆呆的，我本来想捉弄你一下，签了那份合约，没想到你当真了，我觉得挺好玩，渐渐也当真了。只有你，才能让我感到真实，而不是高高在上的小凤凰。我天天缠着你，对你无理取闹，只是想让你多关心我一点，让你不要离开我，我是不是很傻啊？"

"你是个好女孩儿，是我配不上你……"

万子良心弦被触动，渐渐打开心扉。

"我家在一个偏远的小县城，爸妈都是老师，小时候家里很穷，经常借钱过日子，偏偏邻居家是个跑运输的暴发户，仗着有钱，有事儿没事儿在我们家门口显摆，我发誓将来一定要让父母过上好日子，起码比他们强。"

"有我在，不难。"苏桐安慰道。

"我小时候身体不好，算命的曾瞎子说我今年会有一场死劫。我爸妈信以为真，希望用警察的身份保我平安。

"大学毕业后，我被错分到图像室，天天出现场，以为只要努力提升，就能改变命运，但是我刚刚在电子物证上有所心得，还没等我大展拳脚，就被孙鼎文择优选来当侦查员。要不是我师傅，这辈子我都没指望了。或许这就是我的命，命中注定求而不得。"

"有我在，一切都会好起来的。"苏桐心疼地说道。

……

两个人敞开心扉，第一次感受到了彼此的痛苦，彼此承受的压力，从来都没有哪一刻，让他们的心走得更近。

苏桐从床上坐起来，认真地望着万子良："呆木头，你真傻。"

苏桐冲进万子良怀里，送上红唇，万子良想要拒绝，却迷失在苏桐炽烈的眼神里。有道是"情到浓时心自醉"，万子良不受控制地抱住苏桐，再也难以分开。

清晨。

苏桐醒了过来，痴痴地望着枕边沉睡的万子良，想到了昨晚的疯狂，花颜月貌的脸上渐渐染上了一抹酡红。

她不敢留恋太久，也没有打扰万子良，轻轻起身，穿好衣物，依依不舍地望着万子良，深情地吻了一下他的额头，还是选择了离开。

出生在豪门是苏桐的命，无论她怎么逃，终究要面对自己的命，只有这样，才能让苏坤德和何英不会为难万子良。

人不能选择怎么生和怎么死，但能决定怎么爱和怎么活。

临走前，苏桐写了一张便签，放到万子良的枕边：呆木头，合约结束了，你自由了。

片刻后。

苏桐刚刚走出明悦酒店大门，就看见苏坤德站在门外，一脸失望地盯着她。

万子良一觉醒来，发现枕边凉透，一把掀开被子跳下床，就要去追。可就在这时，他看到苏桐留下的纸条，捡起来一看，霎时大惊失色，眼皮直跳。

万子良拨打苏桐的电话，提示为关机状态，心里顿时更加不安。

苏桐怎么这么傻，独自去面对……不行，我要做点什么，她一定需要我……请假，对，回去找头儿请假……

苏桐现在的处境，没人比万子良更清楚，他也猜到苏桐回去的原因，是为了保护他不被恶人报复，但他做不到眼睁睁看着自己的女人鸟入樊笼。

三曹对案，析辨诡辞。

早晨，透蓝的天空悬着火球似的太阳，显得格外刺眼，旁边的云彩都好似被烧化了，也消失得无影无踪。

一探组办公室。

万子良急匆匆来到门口，就听见暴躁的叫骂声。

"他妈的，钟诚那小子就是茅坑里的石头，又臭又硬。"

"炮哥，消消火。"

"要不是小飞飞拦着，我揍不死他。"

万子良眼皮一跳，惠俊豪怎么气成这样，他可是老侦查员。

陈强看见万子良回来，急忙招手。

万子良愣了一下，请假的话已到嘴边，又咽了回去。

"昨晚，炮哥和小飞飞突审钟诚，进展不是很顺利。"陈强单刀直入道，"需要你来攻克难关。"

"钟诚这孩子很苦，从小因为火灾失去了父母，虽然抓住了钟诚，但还有很多关键性疑点，他纵火的动机是什么？为什么他在纵火之后没有立刻逃走，而是留在现场拍摄视频？"

"钟诚的犯罪档案显示，他纵火作案非常有规律，大概三个月一次，这次却只间隔了两个月，一个惯犯突然打破作案习惯，通常是受到了外力干扰。"

"这都不重要，关键是娄家这个钉子户，不排除有人雇佣他纵火的可能。不过，他生活一直非常简朴，对物质又没有什么要求，不像是靠纵火挣钱的人。"

"需要我攻克什么？"

"钟诚是一个纵火惯犯，几乎每次都要拍摄纵火视频，并且反复回看，用于满足他变态的心理，不过这次他的视频却不见了。"陈强拿起一台笔记本电脑，"这是抓捕钟诚后，涛哥去他家勘查时发现的笔记本电脑，奇怪的是没有发现他拍摄的任何纵火视频，硬盘储存和编辑软件也非常干净。"

"奇怪的是，在他的手机和摄像机上，也没有任何发现。"

"这些都不重要。"惠俊豪气呼呼道，"这小子又臭又硬，三棍打不出一个屁，还张狂得不得了。一想起这事儿，我邪火又上来了。"

"炮哥，稳住，气坏了身体没人替啊。"

"真有这么邪乎？"

"还真有点一言难尽。"陈强继续道，"季姐破开他的笔记本电脑密码后，发现了一个特殊的软件，特殊的浏览器。"

"暗网？"万子良神色一凝。

"没错。听蔡老说，你研究的天狗 AI 追踪系统，就是针对暗网的，你应该不陌生吧？"

万子良点点头，给大家简单科普一下。

日常使用的网络，只占网络总量的 5% 不到，称为表层网，表层网之下还有非常庞杂的深层网，具有极高的隐匿性，普通搜索引擎根本搜索不到，暗网就隐藏在深层网深处。

暗网本是让用户隐匿身份，不泄露隐私的技术，源于美国海军 1990 年研究的一项网络安全技术，但这项技术却为居心叵测的坏人打开了潘多拉魔盒。暗网上的犯罪大多是打一枪换一个地方，服务器挂在国外，最高可做到每秒换一个IP，令人无从追踪。暗网使用者的IP代理，通常具有多层加密、实时变换、极难锁定的特性。因其高度隐匿性，暗网世界暗黑至极，人性的阴暗面暴露无遗，涉及人口买卖、器官买卖、毒品交易、军火走私、色情屠杀等犯罪交易，甚至是恐怖主义者的聚集地。

"简而言之，"万子良沉沉道，"暗网里面没有人性。"

"对于新型高科技犯罪，传统的刑侦手段看来有一定局限性。"陈强满怀期望地看着万子良道，"暗网这个难题，就交给你了。"

看着陈强期望的眼神，万子良犹豫了，留下来破解暗网，就不能请假去找苏桐，一边是命案必破的使命，一边是挚爱之人的安危，世间难有两全法。

万子良挣扎道："头儿，苏桐她……"

"我理解你现在的心情，探组需要你。"陈强拍了拍万子良肩膀道，"你先安心工作，我会帮你打听苏桐的消息。"

"谋定而后动，总比无头苍蝇似的横冲乱撞强。"惠俊豪也劝道。

万子良沉默了，他知道这是刑警的天职所在，更是责任使然。天狗AI追踪系统，必须小试牛刀。

"电脑交给你了，别让我失望。"陈强双手把钟诚的笔记本电脑郑重地交给万子良，转身道，"炮哥、小飞飞，扎实的走访也是破案的基础，我们出发……"

电子物证实验室，数据恢复区。

明亮的工作台旁，万子良在蔡坤的指导下，打开钟诚的笔记本电脑，但是进入钟诚的空间后，看见的全都是乱码。这就是暗网的加密技术，只有完全破解才能看到乱码的真实面目。

"暗网的隐匿性，主要来自两个方面：访问网站时，网站无法得知访问者IP地址；提供暗网服务时，用户无法得知服务器IP地址。这样重叠起来，没有任何一方能知道对方的IP，你打算从哪里入手？"蔡坤循循善诱地问。

"暗网的本质是基于众多节点，"万子良深思熟虑道，"通过复杂的流程和多重连接，从而降低被检测完整数据的概率，要想准确入手，必须先搞清它的机理……"

"这个特殊浏览器的节点数量大概有7500个，普通节点大约6500个，网桥节点接近1000个，而普通节点中，入口节点大约2400个，出口节点大约800多个，普通人要想在三类节点中破解出加密信息，概率大约是百亿分之一。如果用普通算法破解加密，就是把实验室的电脑全部干冒烟，也未必能破解出来。"

"那你想怎么做？"

"暗网的中转节点基本是由全世界各地网络上的志愿者部署，所以只是理论上比较安全，但不是绝对的。"

"你的意思是说，只要掌握足够多的节点，就能进行完整的通信追踪。"

"是的，师傅。"万子良继续道，"打个比方来说，钟诚设下的加密，就像一把极其复杂的大锁，而我研发的天狗 AI 追踪系统，可以通过现实已有的信息，比如生活习惯、身份信息等，算出他更钟情哪些节点，再从这些节点里面，算出这把锁的钥匙。"

"既然需要筛选现实已有的信息，我给你提供一个方向。"蔡坤指向钟诚笔记本电脑的键盘，"看看这个。"

因为长期使用的原因，钟诚的笔记本电脑显得十分破旧，键盘上有些按键已经脱漆，证明被经常按动，最明显的是 I、O、A、J、B、9、0、4，尤其是 A 这个键，已经完全凹陷下去。

万子良如获至宝，大喜过望："以这几个按键为基点，进行排列计算，肯定事半功倍。"

万子良打开天狗 AI 追踪系统，输入这几个字母，再输入钟诚的已有信息，进行初步检测。

电子物证实验室的时间，仿佛冻结了一般，外面则不知不觉，天色渐暗。

"好家伙，至少五层加密。"蔡坤看着初步检测结果，惊讶道，"这小子，不简单！"

根据天狗系统反馈，五层加密由外到内，由浅及深，呈金字塔形排列，层数越深，破解难度越大。

确定加密层数后，万子良着手破解第一层，蔡坤负责在旁边指导，避免在关键时候走弯路。

时间一晃而逝。不知过了多久，天狗 AI 追踪系统终于完成了它的破冰之旅。

"第一层破解了。"

"快看看，里面有什么。"

两人愕然发现，钟诚的第一层暗网里，全都是教学视频，也是钟诚浏览最多的记录，主要概括为四大类，心理学、摄影学、阴阳五行和计算机学。

"真不敢相信，这么努力上进的人，竟然会是一个纵火惯犯。"

"收藏这些教学视频，也许就是为了纵火作准备。"

"阴阳五行？有意思，和这些科学的书籍格格不入啊。"

"难道他在研究自己的命理？"

万子良对钟诚产生了强烈的好奇感，他的第二层暗网里会是什么样的内容？

破解继续。

天狗 AI 追踪系统疯狂地运转起来，工作站的机箱呼呼作响。

明亮的实验室里，只有蔡坤和万子良的呼吸声，以及敲击键盘声和电脑主机的风扇声，不知不觉，万子良的肚子突然响起咕咕声。

蔡坤看了眼时间，关切道："晚上 8 点多了，休息一会儿吧，别把自己累垮了。"

万子良盯着天狗 AI 追踪系统的运算结果，废寝忘食。

"不行，系统刚运算到一半，要是走了，出了岔子，就前功尽弃了。"

蔡坤不再劝他，去食堂打了两份盒饭，带回实验室，跟万子良一边狼吞虎咽，一边继续研究破解。

实验室里光明如昼，不分白天黑夜，时间却如同流水，转眼到了凌晨3点，一直处于运算状态的天狗AI系统，传出一道电子提示音。

第二层加密破了！

万子良和蔡坤精神一振。第二层发现的内容出乎意料，却也在情理当中，全是各种类型的纵火视频，有国内的、国外的，有烧房子的、烧车子的、烧森林的，甚至还有烧人的，可谓罪恶累累。

"一个纵火惯犯，关注这些视频，看来学到了不少手段。"

"钟诚的反社会人格，大概也是在这里成型的。"

万子良陷入深思，到底有什么样的执念，钟诚才会把自己逼成具有反社会人格的"学霸"？他更加好奇，第三层里面有什么？

随着破解层数的增加，隐匿性也在成倍增加，破解难度呈几何倍数增长。为了挖掘钟诚的内心，万子良忘记了疲惫，忘记了时间，继续破解第三层加密。

不知不觉中，又是一个深夜。

久违的天狗系统电子提示音，再度在实验室里响起。万子良顶着黑眼圈，振作起疲惫的精神，打开第三层暗网。

这里是云端存储器，果然不出所料，钟诚拍摄的纵火视频，全部都在这里，共有122个，日期最靠前的就是娄家纵火的视频。

万子良兴奋地点开视频，视频当中，娄家从冒出浓烟开始，渐渐被大火吞噬，火借风势，焰炽熏天，房体在烈焰中变形，发出呼呼的响声，如同鬼哭狼嚎。

"终于找到了，钟诚这小子，藏得真深啊。"

"钟诚还给娄家纵火的视频配了音乐。"

音乐是一段英文歌，曲调凄婉，如泣如诉，令人扼腕感伤。这首歌叫作《Because of You》，配上熊熊燃烧的大火，有一种难以言喻的诡异和压抑。

万子良一口气看完了钟诚所有的视频，发现拍摄镜头、配乐都极具艺术美感，有一种沉沦的美。

"他不像一个纵火惯犯，更像一个摄影艺术家。"

"一种充满邪恶的美，其中也许蕴含着他作案的动机吧。"

蔡坤深有同感，也对钟诚更加好奇，想看看他内心深处还有什么秘密，也就是后面两层暗网，会不会更加让人意外。一个问题的破解，随之带出更多的问题。

万子良试着继续破解第四层加密，但第四层加密的难度，已经超出他跟蔡坤目前的认知范围。破解钟诚暗网的秘密，也许就藏在钟诚不可告人的内心深处。

整整两天两夜，万子良跟蔡坤探讨着第四层的破解方案，实在坚持不住了，趴在工作台上沉沉睡去。蔡坤不忍打搅他，给他披了件衣服，悄悄离去。

不知过了多久。

迷迷糊糊中，万子良又进入了那熟悉的梦境，无数冤魂中，突然出现一张满脸焦黑、被烧得面目全非的面孔。

娄煊!

万子良突然惊醒，大口喘着粗气，出了一身冷汗。回想着刚才的梦境，他心里越发不安，怎么最近的事情，都跟坤德集团有关?

还有苏桐，已经两天没有消息了。

万子良惶恐不安，抓起手机，打通安琪生的电话。

"谁啊? 这大早上的，还不到 6 点，让不让人睡啦!"

"小安子，是我。"万子良直接道，"小凤凰，有消息了吗?"

"那天跳楼事件以后，苏董和小凤凰都没来过公司。"

万子良心里一沉，如同溺水的孩子，全是无力感。

"你先别着急，我师叔他可能知道，等我明天休息，就去找他问问。"

挂断电话后，万子良的思绪飘飞，开始胡思乱想。不知道为什么，他越发焦躁不安，好像有一双无形的大手，正在掐断他跟苏桐的关系。

他甚至觉得苏桐的不辞而别，将会成为两人的永别。

......

恍惚间，他接到了陈强的电话。

"快来探组开个碰头会，制定审讯方案。"

8月13日，早上8点。

重案支队大会议室被其他探组占用，韩玉朗和金建民正在全力指导8月8日那天发生的其他刑事案件的侦破。相比其他探组，陈强探组已是捷足先登，抓获了犯罪嫌疑人。

一探组办公室。

万子良回来时，陈强、惠俊豪、胡秋飞、徐家君和王涛正在讨论案情，大家的脸上都带着些许疲惫。

万子良拉了把椅子，坐到陈强旁边。

陈强交给他一份材料："这是小飞飞从案件系统里面整理出来的钟诚的基本信息，你先看一下。"

万子良翻开材料，第一眼看到的是钟诚刚刚拍摄的嫌疑人照，一副毫无朝气的年轻人模样，甚至可以说是老成持重，戴着一副黑框眼镜，眼神里毫无落网后的惊恐和尴尬，他大大方方地站在那里，丝毫不露怯。

"上个月刚满17岁？"

"是个惯犯，屡教不改，就因为没有成年，判不了死刑。"惠俊豪气愤道，"打也不能打，骂也不能骂，真窝囊。"

"炮哥，其实这并不奇怪。根据犯罪对策研究支队的统计，很多纵火行为都发生在未成年人身上，很多没有破获的火灾事故，也是未成年人做的。"

"是的，研究纵火行为的心理，也基本是从未成年人着手，成年纵火犯不是说没有，但很少研究他们。"

万子良重新审视钟诚的照片，他身上有很强的个人风格，明显区别于街头小流氓，更像是经历过社会洗礼的艺术家。

"在钟诚电脑里发现了大量纵火视频，都是他拍摄的，一共122个。"万子良把自己发现的情况说了一下。

"这么多！"

"从时间上来看，钟诚总共有9年纵火史，第一次纵火在8岁，什么都烧过，草、树、车、房、人……"

"人也烧过？"

"烧过，有一个视频就是他烧人，不过那个人已经死了，烧的是尸体。"

"钟诚的暗网数据，全部破解了？"

"暂时只破解了一部分，他的暗网结构非常复杂，至少有五层加密，后面两层藏得更深，还需要时间。"

万子良打开电脑，把发现的线索分门别类，娓娓道来。众人讨论后，得出一个结论。

钟诚的逻辑性非常强，做事条理清晰，所以他的暗网结构才会由浅及深，而不像大多数人那样，乱成一团麻。年纪轻轻就具备如此强的反侦查能力，这种人往往也是最可怕、最难对付的。

"在钟诚家里，也发现了大量关于心理学、阴阳五行、摄影和计算机学的书籍，看来他对这些方面的知识非常痴迷。"

"钟诚虽然初中都没念完就辍学在家，但他自学成才，已达到一定水准，绝对属于高智商犯罪的范畴。"

"想撬开他的嘴，要做好充足的准备。"陈强看向王涛道，"除了书籍之外，还有什么发现吗？"

"找到了大量固体酒精燃料，通过微量物证比对，跟娄家起火点残留的燃料成分完全一致，基本能确定他的凶手身份。此外，还有一个发现。"王涛拿出一个证物袋，继续道，"在书桌抽屉里，发现了很多病例、化验单，还有心理咨询单，奇怪的是检查非常频繁，仅近两个月，他就去了22次医院。"

"22次？"徐家君拿过病例，快速浏览了一遍，意外道，"他检测的都是头部器官。不过从报告上来看，他的身体很健康，甚至比我还健康。"

惠俊豪灵光一闪道："这小子频繁去医院，不会是脑子有问题，去心理科治疗纵火癖吧？"

"从病历看，他的心理医生检查下来不像纵火癖。"

"大部分纵火犯只是纵火行为，够不上纵火癖。目前来看，他作案很有规律性，不像是单纯以纵火为乐，或者用来发泄的纵火癖患者。"

"那就怪了。"惠俊豪分析道，"如果是故意犯罪，那么罪犯行动时通常有自己的心理安全区，不会去一个完全陌生的地方犯罪，也不会在家门口犯罪，行动空间是有规律的。钟诚家就在董家渡隔壁，也算是门口，这也太冒险了吧。"

"我不认为钟诚是冲动型犯罪。"万子良若有所思道，"从他拍的所有纵火视频来看，他有很高的拍摄要求，追求美感，还会后期配乐，证明他对纵火行为非常认真，不太可能冲动行事。况且，他有 9 年纵火史，作案间隔稳定，显然存在某种秩序。"

"钟诚的纵火行为跟坤德集团大有关系，这个爱放火的小孩，极有可能被人利用。"

"除去不可能的因素，剩下的不管多么不合情理，那一定就是事实的真相。"徐家君似乎又柯南上身，扶了扶眼镜道，"通常来说，纵火犯的心理状态极不稳定，品行问题很多，纵火只是其中一项，大多同时伴有毒品成瘾、虐待动物、反社会行为、性犯罪等等，他们通常来自底层，或者极端的家庭环境，长期处于精神压抑状态，导致他们的纵火行为，大多数是冲动失控、宣泄情绪等，但钟诚的表现太冷静了，这点从他拍摄的纵火视频以及后期配乐都能发现。"

王涛摇了摇头，提出异议："这个案子确实有点古怪，既然有纵火秩序，证明他很有原则，而这种原则很可能源于他对命理的研究，换句话说，他比较迷信。同时，122 次的纵火行为，会不断强化他的迷信行为。所以，他不会轻易打破以往的秩序，提前作案，除非是有非常特别的原因。"

"我觉得未必是迷信行为。"胡秋飞针锋相对道，"这种有规律的犯罪行为强化，也可能跟某种特别的犯罪心理有关。"

"不管是封建迷信，还是犯罪心理，根据钟诚的毒检报告显示，他在半年内没有毒品摄入，可以肯定，不是吸毒后精神失控造成的纵火行为。"

"还有一点很奇怪，钟诚以往纵火后都会东躲西藏，而这次抓捕他的时候，并没有发现他要躲藏的迹象，平静得出奇。"

既然如此，到底是发生了什么，使得钟诚打破多年不变的纵火秩序？万子良意识到，这个问题的答案，很有可能是钟诚纵火的深层内因。

"这个问题先放着，我们一步一步验证。"陈强沉吟了片刻道，"'小日本'，你那里还有发现吗？"

"暂时没有。"徐家君回答。

"小飞飞，你呢？"

"通过对银行的调查发现，钟诚没有固定收入来源，也没有大笔资金流动，他的存款和收入，只能勉强保证日常生活。"

"是的，家里也没搜出什么现金。"

"通过走访钟诚的姨妈、邻居了解到，钟诚小时候很听话，爸妈上班，把他自己放在家里，他也不会哭闹。在他8岁那年，他家发生了一次火灾，爸妈葬身火海，只有他逃出来了，有过一段时间的短暂性失明，后来因为性格孤僻，不合群，辍学在家，除了帮他姨妈打理菜摊子生意，基本在家不出门，吃穿用度都是最低的生活标准。"

"这货竟然是又穷又挫的宅男。"

"一个爱放火玩的小屁孩，不为钱，还他妈的挺有规律，奇了怪了。"

"从心理学上来说，他8岁那年的遭遇，对他的打击应该很大，他频繁去医院肯定是和这个有关。另外，他长期脱离社会，是个宅男，肯定会有一些怪僻的行为。"

"这次审讯，就从这个点突破，击破钟诚的心理防线，撬开他的嘴。"

"好。"

"小飞飞，心理方面是你的专长，审讯方案由你结合刚才讨论的情况来做，切记要抓住重点，找薄弱环节攻破。"

会议结束，大家都各自准备。

"小万，你来一下。"陈强把万子良叫出办公室，拉到了墙角。

"头儿，怎么了？"

"苏桐的情况，我已经打听过了，她现在应该在家，暂时不会有什么危险，毕竟虎毒不食子。"

"谢谢。"

"我认真想了一下，按理说，这个案子应该让炮哥和小飞飞来审，但你做侦查员两个月了，还没有审过案子，现在又交了辞职报告，就想让你替下炮哥做主审，免得以后有遗憾。"

万子良面露恍然。

"如果你不愿意，还是让炮哥上。"

"嗯，我可以试试。"万子良深思熟虑，决定不留遗憾。

陈强露出笑容，欣慰道："那就去准备吧，下午3点，准时提审，如果有问题，我会在审讯监控室提醒你。"

万子良跃跃欲试，甚至有点迫不及待。

下午3点。

刑侦总队，智能审讯室。

智能审讯室位于刑侦总队地下一楼，空间不大，设施简洁，中间是一张审讯椅。审讯桌上摆着电脑和简单的工作用品。室内四面蓝色软包墙壁，一面墙上贴着"犯罪嫌疑人诉讼权利义务告知书"和"被害人诉讼权利义务告知书"，另一面墙壁上挂着电子钟，显示年月日时及当前温度。

智能审讯室隔壁是审讯监控室，审讯监控室整张墙面都是监控屏幕，即时呈现审讯室的状况。屏幕前的操作台上，有控制面板和话筒等全套设施。另一侧摆放着简单的沙发和办公桌椅，刑侦总队经常有长时间审讯和夜间突审，便于审讯人员办公和休息轮岗。

此时审讯监控室内，金建民、陈强和惠俊豪正通过监控屏幕注视着智能审讯室。

万子良和胡秋飞戴着耳麦，拿着新的审讯方案，先后进入智能审讯室落座。对面的钟诚戴着手铐脚镣，坐在审讯椅上，神色从容安静，不像被提审的罪犯，更像是一名观众。

他看似非常配合，却丝毫没有身为罪犯的顺从感。他的目光清澈冷静，在被他注视的瞬间，万子良恍惚觉得自己好像在燃烧。

看似从容的钟诚，其实在用纵火行凶的目光，审视自己的"对手"，难怪惠俊豪会大发雷霆。

万子良跟胡秋飞对视一眼，率先发问："钟诚，你纵火烧死娄家三口的证据，我们已经完全掌握，你以为把电脑、摄像机的硬盘格式化，我们就找不到你拍摄的犯罪视频了？"

"真的假的？"钟诚平静道，"我不是三岁小孩。"

"钟诚，要想人不知，除非己莫为。我在你的第三层暗网里面，发现了很多视频，罪证确凿，你自己看。"

万子良说着打开电脑，展示了钟诚的"杰作"。

"你能破开我的加密，挺厉害。"

"钟诚，如实交代问题，是你唯一的出路。"

"好吧，我承认。"

万子良愣住了，没有想到，钟诚承认得这么快，看来在得知暗网被攻破后，他也改变了应对策略。

"火是我放的，赶紧给我定罪吧。"

"钟诚，你纵火的目的是什么？"

"是不是有人雇佣你？"

"你们不是破解了吗，问我干什么？"

"钟诚，老实点，正面回答问题。"

"你们凭什么觉得有人雇佣我？"

"那你是变相承认了？老实说，雇佣你的人是谁？"

"你进了一个陌生网站，遇到了一个陌生的人，你知道他长什么样吗？"

"别耍花样！"万子良怒目而视道，"老实交代，算你一个揭发立功，对你以后有好处。"

钟诚饶有兴趣道："你对所有犯人，都是这个态度吗？"

"这取决于你的配合程度。"

"那其他犯人配合了吗？"

审讯监控室里。

惠俊豪气哼哼地骂道："这个小犊子，又来这招，说了半天等于啥都没说。"

那天晚上突审时，惠俊豪就是这样被折磨疯的。

金建民皱着眉头命令陈强道："叫小万他们先出来吧，他经验不足，没必要浪费时间。"

万子良和胡秋飞接到指令，退出智能审讯室，来到审讯监控室。

"怎么突然停了？"

"你们被他绕进去了，先缓一缓，整理一下思路。"陈强调出刚才的审讯视频，指出问题的关键。

审讯视频并不长，万子良却明显感觉到钟诚的从容和冷静。

在审问过程中，钟诚没有明显的抗拒，也没有直接回答问题，而是通过诱导的方式，让万子良和胡秋飞回答他的问题，找出前后矛盾的地方，让他们落入了对话陷阱。

一句"我不会告诉你们"就可以回答"是谁雇佣了他"，钟诚却非要铺垫，引万子良落入自己的矛盾。

"好可怕的话术。"

万子良越看越心惊，刚才审讯的时候没有感觉，只缘身在此山中。这种人比普通罪犯更可怕，除非有好的切入点，否则即便知道他的心理防线，也突破不进去。

胡秋飞一边往嘴里塞巧克力，一边反复观看视频，突然若有所思："他这种话术，是典型的苏格拉底式提问。"

"啥路子？"

"在心理咨询中，苏格拉底式提问是一项常用的咨询技术，便于来访者发现自身话语、行为、思维的矛盾，从而产生启发。"

"这么专业吗？"

"钟诚能如此熟练地运用苏格拉底式提问，连我都没有发现，应该是受过心理方面的专业训练。"

"我还奇怪呢，他家里放那么多书干吗，原来早就做好准备和我们对抗了。"

"这都不重要，这小子有两下子，是要一条道走到黑啊。"

"不要这么武断，或许另有隐情。"

第二次审讯一时陷入僵局，钟诚对纵火的行为供认不讳，而关于其纵火的细节却闭口不谈，前期准备的审讯计划看来很难进行下去。金建民调出了第一次审讯时的视频，让大家一起群策群力分析对策。

时间一分一秒地过去，审讯的突破口还是没能找到。正当众人一筹莫展之际，陈强忽然注意到，万子良旁若无人，正沉浸于第一次审讯的视频。

"发现什么了？"

万子良没有回应，他精神高度集中，反复播放一段视频，视线焦点一直在钟诚脸上，更准确地说，是在钟诚的眼睛上。

陈强等人的目光也都齐刷刷地看了过来。

万子良终于按下暂停键，把时间节点卡在第一次审讯时惠俊豪对钟诚发飙的一个细节上。

这个不值一提的细节，让万子良忽然联想到了钟诚拍摄的122个纵火视频，以及在他暗网中的种种发现和疑点，这些如同化学反应一般，在万子良脑海中激荡……

万子良恍然大悟，心中唯有一个念头喷薄而出：钟诚内心的渴望不是火而是光，一束能驱走他内心阴霾的光！

万子良兴奋地打开手机的电筒，晃到众人面前，众人下意识伸手挡住，侧头避开强光。

"炮哥，你太厉害了。"万子良异常亢奋道，"在适应环境的情况下，普通人都会避开强光，可是你们看钟诚，他毫不躲闪。"

审讯视频中，惠俊豪因为发飙，把审讯灯强打在钟诚脸上，钟诚丝毫不闪不避，没有半分被强光闪到的神经牵动，反而一直直视审讯灯。

"我当时还以为，这小子是跟我挑衅呢，这么一说是有点问题。"

"回避强光，这是人的本能反应，一般不受人的意识控制，看来这小子是有异于常人的地方。"

"是的，钟诚毫不躲避审讯灯，说明他对光很不敏感，他在趋光，或者说在找光……"

"万高工，你是不是想说，他的眼睛有问题？"

"结合他频繁出入医院、做检查，以及在暗网上查阅关于脑神经和眼科的资料的情况，这个可能性非常大。"万子良斟酌道，"钟诚对拍摄纵火视频似乎有某种特殊感情，加上他对审讯灯的不正常凝视，有理由怀疑，他因为眼睛有某种问题，不得不纵火找光。从这个点入手，可能会有意想不到的收获。"

众人眼前一亮，觉得可以试试。

"金支，鉴于钟诚对心理技术方面的熟悉，"胡秋飞补充道，"我请求对他做心理测试，也许会有新发现。"

"可以一试。"金建民沉吟道，"不过心理测试要两天才能出结果，不急于一时，先按小万的方法试试。"

万子良闻言精神一振，挺起胸膛："金支，我想换个审讯思路……"

两个小时后。

万子良抱着两个从图像室借来的强光手电筒，胡秋飞换上了医生穿的白大褂，再次走进智能审讯室。

钟诚依旧藐视地看着他们，神情悠然自得，一副死猪不怕开水烫的样子。

金建民、陈强和惠俊豪在审讯监控室戴好耳麦，目不转睛地盯着钟诚的一举一动。

胡秋飞扯了扯身上的白大褂，开始提问："钟诚，看到这身衣服亲切吗？"

"一般。"钟诚面无表情，毫无波动。

"你长期跟白大褂打交道，只觉得一般？"

"你们翻我家了？"

"这不叫翻，是搜查。"

钟诚换了个舒服的姿势，不屑道："黔驴技穷了吧，又想要什么花样？"

话音未落，胡秋飞偏头，万子良把两个强光手电筒对准钟诚的双眼，全部打开，瞬间，两道强光如利剑般射了过来，刺眼极了。

精彩的一幕发生了，钟诚仿佛被施了魔法一般被强光吸引，目不转睛地盯着手电强光。

众人被眼前的这一幕惊呆了，看来万子良找到了突破的关键。

"钟诚，觉得这个亮度怎么样？"

钟诚自以为是的表情消失得无影无踪，目光里透露出对光的贪婪，像极了毒瘾发作的瘾君子。在万子良的反复追问下，他逐渐回过神来，慌忙应对："你觉得呢，警官？"

万子良冷笑一声，逐渐拧大了光源的强度，钟诚的眼睛越睁越大，神情越来越诡异贪婪。

"我感觉很刺眼，不敢直视，你呢？"

"还行。"钟诚言语低沉，不再嚣张。

"还行？"万子良追问道，"钟诚，羡慕我吗？我会觉得很刺眼。"

钟诚低头不语，眼神渐渐变冷。

"钟诚，换个问法，如果对你来说，太阳光是10，这两个电筒是几？"

"太阳？呵呵，太阳哪里有10，最多8吧。"钟诚斟酌了一下道，"这两个，顶多3。"

"那火呢？"万子良乘胜追击道，"火是几？"

钟诚沉默不言，只是看着万子良，室内一片安静，呼吸可闻。

陈强通过耳麦提醒万子良和胡秋飞道："往案子上引。"

"收到。"

"钟诚，是你摄像机里的火更亮，还是现场纵火时更亮？又或者，你在暗网发布视频时更亮？"

这个问题深深刺痛了钟诚，他的脸慢慢开始扭曲……沉默片刻，他突然朝前俯身，故意挑衅："你烧起来，应该会更亮，哈哈。"

"钟诚，注意言辞！"

钟诚摇了摇头，笑容放肆轻蔑。

陈强通过耳麦再次提醒道："不要上钟诚的当，换个角度再问。"

"你8岁那年的火灾，对你的影响很大吧，就是从那次火灾开始，你的眼睛慢慢看不到，对吗？"

"不，看不见是在那之前。"钟诚指了指脑袋道，"有一天，我爸妈去上班了，把我一个人锁在家里，我爬窗户摔下来，摔破了头，暂歇性失明了一段时间，后来医生说痊愈了，但我还是看不太清，时好时坏。"

陈强通过观察微表情，确定钟诚似乎没有说谎。

"我们看过你的检验单，医院的检验证明你的眼睛没问题。"

钟诚像一只受伤的刺猬，蜷缩着摆出防御的姿势。

"你说没问题，就没问题咯。"

……

经过一个多小时的审讯，只要不涉及暗网，钟诚都回答得很干脆。初步审讯的结果验证了万子良的推测，随着钟诚的年龄增长，失明似乎愈演愈烈，可是医院的体检结果却没有任何问题。他查阅了大量资料，学习相关的医学课程，甚至查阅了大量神秘玄学资料，依然找不到答案。他只能通过纵火来寻找光，从开始烧小物件，渐渐变成烧车、烧房，火越来越旺，但他看见的却越来越少。

这个该死的症状，给他带来了太多麻烦，人们都觉得他没病装病，脑子有问题，导致他初中就辍学在家，除了姨妈这个亲人愿意帮他，其他的人统统把他当作废物，他也只能宅在姨妈家里，做点力所能及的事情。

虽然初步找到了端倪，可是钟诚眼睛既然没有问题，为什么会看不清呢？还有，就算看不清，需要光，那为什么一定要纵火，对着太阳、灯光看不行吗？是什么诱导他走上了偏执的犯罪道路？一系列的问题排山倒海般摆在了侦查员们面前。

审讯间隙，经验老到的金建民顺着万子良的审讯思路，提出从钟诚童年的事情入手，看看能否有所收获。

休息片刻，万子良和胡秋飞再次走进智能审讯室。

"钟诚，你通过纵火寻找光明，跟你8岁那年的火灾有关吧？"

"那次火灾，是门口的火光引我逃出去的，从那之后，无论黑夜还是白天，每当失明发作，我只能看见火光。"

万子良若有所思，站在钟诚的角度考虑，他之所以成为摄影师，是想以镜头代替眼睛，为他记录耀眼的火焰，记录当初救下他的生命之光。

"所以，你是在失明暂歇期选择纵火地点、谋划纵火方案，失明期就纵火？"

钟诚再次默认了，无助的眼神出卖了他的心思。

这个瞬间，所有人都感觉到了他的绝望。在他患病的9年时间里，什么方法都试过，频繁地上医院检查，做心理咨询，从未放弃过治疗，结果绝望复绝望，无尽的绝望。

万子良的耳麦里，响起陈强的声音："心理防线打开，开始破壳。"

万子良脸色一肃道："那你加入暗网，是为什么？"

一提到暗网，钟诚又沉默了。

"我猜，你觉得只有在那里才能找到共鸣，找到理解你的人，对吧？"

"至少不会像你这么啰唆。"

"如果我们能治好你，你能告诉我雇主是谁吗？"

终于问到这个节点，所有人都紧张起来，盯紧钟诚，万子良甚至感觉到自己的心跳明显加快。

"哼，你治不好的。"

"你……"

胡秋飞刚要说话，却被钟诚打断。

"没用的，所有办法我都试过了，甚至不可能被催眠，连暗示都不可能。"

气氛一下降到冰点，明显可以听出钟诚平淡语气里的绝望，他现在已经认命了，已经准备好迎接永恒的黑暗。

"你的心理医生，对你有什么建议吗？"

"他让我随心所欲。"

"他知道你纵火？"

"嗯。"

"心理医生没有阻止你？"

"呵呵，他说，如果无法消除阴影，那就别囚禁它。"钟诚讥笑道，"在它变得更可怕前，让它自己去领教世界的可怕。"

胡秋飞眉头更紧，这句话通常是医生用来纾解患者症状的说辞，可这话从钟诚嘴里说出来，意义就完全不同了。

沉默间，钟诚打了个哈欠，又变回最初老成持重的样子。

"我说了，我就是凶手，快点结案吧，不管在监狱待多久，十年、二十年，我都无所谓。"

"你可要想清楚了，监狱里更黑，你在里面待得越久，出来后，可能永远都看不见光。"

"你觉得我会在乎吗？"

"供出雇主，可以争取减刑，我们也会想办法治好你的眼睛。"

"反正最后一场火已经放完，未来怎么样，我根本不在乎。"

这是他最后一次纵火？

难道钟诚早就知道，很快连火都要看不到了？他要用这场火祭奠自己失去的光明，迎接无尽的黑暗？

万子良突然意识到，钟诚可能被洗脑了，他被一个神秘而强大的雇主洗脑了。

朱雀悲泣，狡兔三窟

审讯再次陷入僵局。

万子良和胡秋飞走出智能审讯室，和陈强等人开了碰头会，大家一致认为突破口是找到了，但想击破钟诚的心理防线，让他主动交代雇主是谁，还远远不够。

金建民决定按既定方案分头行动，胡秋飞和徐家君对钟诚进行心理测试，万子良则继续攻破加密暗网，陈强和惠俊豪从案子的本源出发寻找破案的蛛丝马迹。

会后，万子良单独向金建民和陈强汇报情况："两位领导，我请求支援，钟诚后面的加密很复杂，破解遇到了瓶颈。"

"这样吧，我去找韩总申请一下，由你来牵头，蔡坤辅助，再请刑科院的教授一起参与，成立'8·8纵火案'破网专班，尽快破解。"

16楼总队长办公室。

金建民敲门进来后，愕然发现刘卫国副局长也在这里。相比前段时间，刘卫国愈显苍老，脊背也弯了许多。

金建民道明来意，韩玉朗全力支持。就在这时，刘卫国突然接到一个电话，本就苍白的面容，越发憔悴。

听完电话后，他突然捂着嘴剧烈咳嗽起来，仿佛要把肺咳出来，不消片刻，捂嘴的指缝间，溢出了不少血迹。

"刘局？！"韩玉朗大惊失色，急忙递上纸巾。

金建民赶紧拿出电话，请示道："刘局，要不要去医院？"

刘卫国拦下金建民，虚弱地笑道："没事，老毛病了。"

韩玉朗、金建民早就听说刘局快退休了，还一直带病工作，不由得悲从心来，神色黯然。

片刻后，刘卫国顺过气，晃了晃手机："猜猜，这个电话，谁打来的？"

韩玉朗和金建民面面相觑。

"是市里的领导，他问我董家渡的案子怎么样了，什么时候能结案，责令我们尽快协助恢复旧城改造项目，不能给东海市的经济建设拖后腿。"

韩玉朗和金建民心头一沉，市领导把电话打到刘卫国这里，明显是在给他们施压。

"我知道这几天发生了很多案子，而且辉剑行动开展以来，你们一直5+2白加黑连轴转，很辛苦。"刘卫国不苟言笑道，"纵火案的凶手已经抓住，市领导既然来问，还是要尽快摸清真相，交上一份合格的答卷。"

"放心吧刘局，一定不辱使命。"

"请刘局放心，重案支队不会辜负您的期望。"

"尖刀上的刀尖，是几代人树立起来的品牌，关键时候可不能砸招牌啊。"刘卫国话音一转，似有三分请求道，"能不能，在我退休之前，破掉明珠案……昨天晚上又梦到老仇了……我的时间真的不多了……"

韩玉朗和金建民心头凛然，这句"我的时间真的不多了"，就像一把利刃插在他们的心窝上。

22点。

刑侦总队大门。

安琪生把夜宵交给万子良，满脸幽怨："真是上辈子欠了你的，好不容易挨到周五，还要来给你加班。"

"要是你加夜班，我也肯定给你送。"万子良提起夜宵，主动邀请道，"你还没吃吧，要不吃了再回去？"

"哟，你以前可不是这样的啊，是有事问我吧？"

"要吃就来，不吃滚蛋。"万子良提着夜宵往回走。安琪生撇了撇嘴，屁颠颠地跟了上去。两人在刑侦总队食堂找了个僻静地方坐下，边吃边聊了起来，也算忙里偷闲。

"有小凤凰消息了吗？"

"还是老样子。"万子良放下筷子，神情沮丧。

"哎，纵火案子咋样了，凶手抓到了没有啊？"

"抓到了，不过还有不少疑点。"

安琪生夹起一个蒸饺，抱怨道："其实不瞒你说，要不是为了工作，打死我都不会去娄家那种晦气地方。"

"为什么？"

"因为那地方邪乎啊，太邪乎了……"安琪生脱口而出，又突然改口道，"告诉你无妨，但先说好，不能动气，吃饭的时候，我可不想跟你吵架。"

安琪生挤了挤眼睛，神秘一笑。

万子良本想怼回去，却又忽然想到，钟诚的第一层暗网里，有不少玄学书籍，也许换个思路，有助于破解第四层暗网。

"你先说说看，只要有道理，我肯定不反驳。"

"那还用说，这可是传统文化呀。"安琪生高谈阔论道，"娄家那套房子东西过长，南北过窄，就像一口横摆的棺材，乃是大忌。我派祖师曾言'卯酉不足，居之自如；子午不足，居之大凶'，正好应了娄家的宅子。再按我师公的说法，'当院横着长，必损少年郎'，如果我没有猜错，那宅子以前肯定还死过人，而且是横死，导致阴气极重。我每次去，都感觉有眼睛盯着我似的，你说怪不怪？"

万子良微微吃惊，真叫安琪生说准了，娄家房子前主人的女儿，就是从三楼掉下去摔死的。

"房子造型属于风水范畴？"

"你还别不信。你好好想想，那地方靠近河边，按理说水汽很重，可为啥着火扑不灭，而且越烧越旺？"

"你知道原因？"

"天机不可泄露。"安琪生故意卖弄，却见万子良脸色不善，赶紧改口道，"不是我不说，而是这里没有参照物，一言两语说不清楚，就算说了，你也听不懂啊。"

"这样吧，明天早上，你跟我去纵火案现场，如果说得有道理，对破案有帮助，我给你申请现金奖励，怎么样？"万子良想了想，对安琪生说。

"不行、不行，上次去了瑞公馆，我就倒霉到现在。娄家一下烧死了三个人，比瑞公馆还晦气，打死我都不去了。"安琪生头摇得跟拨浪鼓似的，夜宵也吃得不香了。

"你可要想清楚了，我们对隐瞒不报者，从来都是重拳出击。"万子良放下筷子，瞪起眼睛，威言相吓道，"信不信我把你的糗事儿编成段子告诉小凤凰，统统都抖搂出去，浑身假名牌、用劣质香水、不注意个人卫生、脚太臭，还有……"

"好了好了，不带你这么欺负人的。我好不容易调到集团去，给我留点面子吧。"安琪生哭丧着脸道，"苍天哪、大地啊，我是作了什么孽啊，好心没好报啊……"

万子良缓缓勾起嘴角，小样儿，我还治不了你。

翌日。

日出东方，艳红胜火。

由于纵火案，董家渡的拆迁工作受到了极大的影响，已经停摆四天，工地上静悄悄的，一片死寂。

万子良带着安琪生，戴好三件套，穿过隔离带，走进娄家废墟。

刚进门，安琪生就拿出脖子上的罗盘，翻到八卦镜那一面，挡在胸前。

万子良知其秉性，不跟安琪生计较，径直上了二楼，来到娄煊的房间："到了，这就是娄煊的房间，现在可以说了吗？"

虽然已经过去四天，房里的怪味却仍没有散尽，安琪生刚走进房间，差点吐出隔夜饭，脸色惨白地捂住口鼻。

"哎、哎，我真是上辈子欠你的。"安琪生慑于万子良淫威，来到窗边，指着河对岸幽怨地道，"你看那边是什么？"

万子良跟着看过去，看见了两栋高楼，他听居委会主任董翠霞说过，左边是和风大厦，右边是众邦集团大楼，不禁好奇地问："怪火跟它们有关？"

"嗯，事出有妖必有因。"

安琪生把罗盘翻过来，深吸一口气，稳下心神，挺直身体，两脚与肩同宽，把罗盘平放在手掌上，一边随着指针转动，缓缓校准方向，一边徐徐道来："那两座大厦本身没问题，但放在一起，就形成了一个格局，叫作天斩煞。你看它们靠得那么近，中间空隙狭长，远远望去，仿佛被从天而降的斧头劈开，这种格局随着楼层越高越凶险，那两栋大厦少说有 80 层，更是岌岌可危。"

"天斩煞，怎么凶险？"万子良好奇地问道。

"这个季节风从东南来，往西北而去，娄家却在西南方位，按说不应该有风，但你看下面的漕河。"安琪生手往下指，娄煊的房间不远处，就是汹涌湍急的漕河。

"漕河流向非常奇特,刚好从众邦集团与和风大厦中间流过,有水自然有风,娄家恰好位于风口,风吹过天斩煞时,会形成气流对冲效应,一旦起风,大风不止,风助火势,火趁风威,加上中元节那天炽热干燥,只会越烧越旺,能扑灭才怪呢!"

万子良心情很复杂,看来玄学在某些方面也有科学依据。

"不过话说回来,就算没有天斩煞,没有这把火,这家人也不会安生,说不定还会更惨。"

"为什么?"

"问题还出在这条河上。"安琪生指着漕河,撇着嘴道,"娄家所在的位置,不偏不倚,躺在反弓煞的煞口上,不出事才怪了。"

"反弓煞?"

"你看漕河从这里流过,刚好拐了一个弯,形成一张弓状,如果在弓的内侧,叫作玉带缠腰,大吉之地。娄家却偏偏在弯的外侧,这就叫反弓煞,大凶之兆,不仅财运不稳,见财不得财,且容易出现伤灾,易出不肖子孙。总之,一个天斩煞,一个反弓煞,双煞临门,怪火难灭,不出事才怪了。"

万子良放眼望去,漕河果然像一张正对娄家张开的大弓,忍不住心里嘀咕:双煞临门,难道真有这么神?

能解开"怪火"疑点,已经是大功一件。万子良心中打鼓:是否钟诚也看出了这些,抑或是这些跟他纵火有着某种神秘的联系?

万子良想着想着一个转身,脚下踩到一块异物,软软滑滑的,一时失去重心,向后一滑,"扑通"一声,撞到了身后悬挂神龛的墙壁,只觉得眼冒金星。他来不及呼痛,忽然看见头顶上,一只土碗从半个神龛上砸了下来,正对他的面门。

糟糕!这下非破相不可。

"闪开!"电光石火间,安琪生一把抓住万子良,把他拽到一边,险之又险地躲过了破相之劫。

土碗"咣当"砸在地上,转了几个圈,由于地上灰烬缓冲,没有摔碎。

万子良惊魂甫定,看着这个土碗似曾相识,又看向那个绊到他的异物，竟是一只死乌鸦，与焦黑的地板颜色相近，他刚才那一脚，已经把死乌鸦踩成肉泥，黄的红的腥臭一片。

安琪生捡起那只土碗，恭恭敬敬放回神龛里，在破碎的财神像前，暗自嘀咕："难道是被尸体的焦臭味吸引来的？古怪，太古怪了！"

"火灾现场和野外现场有野生动物侵袭很常见。"万子良疑惑道，"不过，乌鸦为什么会死在这里，还真是讲不清楚。"

"呸呸呸，晦气、晦气，真晦气。"安琪生生无可恋道，"万总，你的运气也是没谁了，要不是我送你的护身符挡煞，这只甘露碗砸你头上，至少也得破相。现在你总该相信，你今年命里有劫了吧？"

"甘露碗，你认识这只碗？"万子良敏锐地抓住重点。

"不认识。"安琪生眼神闪动，顾左右而言他，"随口一叫而已，这可能是道教的一种法器，你还当真了啊。"

"鬼鬼祟祟的，那你把它放回去干吗？"

"这是敬财神的香炉嘛，宁可信其有，不可信其无，不放回去财神会怪罪的。"安琪生咋咋呼呼地扯着万子良离开，"哎呀，太晦气了，快走快走……"

万子良看着那只土碗，不知为什么，一丝不祥的预感蒙上心田。安琪生却暗中松了口气，幸亏万子良没有接着追问，否则他真圆不下去了。

从娄家出来，万子良和安琪生兵分两路，一个接着上班，一个来到悦仙阁上书房。

安琪生的来访似在杨君松的意料之中，他让安琪生坐下，然后倒了杯茶。

"我看你紫霞上扬，司空坎坷，必然是有求而来。"杨君松点破道，"说吧，又有什么事？"

"师叔真是慧眼无双，真有两件事想麻烦您。"

"少拍马屁，直接说事。"

"打听一下，有苏桐的消息吗？"

"是你室友让你来的吧？"

"嘿嘿，什么都瞒不过您。"

"告诉你也无妨，苏桐正在家里闭门思过，安全无虞，不必太过担心。况且吉人自有天相，暂时的分离，未必不是好事。"

安琪生琢磨了一下，只要没事就好，这下万子良能放心了。

"我怎么看你有点心神不宁。"

"师叔，我早上去了董家渡火灾现场，发现娄家的形势有点古怪，却又说不上来，想跟您请教一下。"

"去火灾现场了……"杨君松沉吟片刻道，"娄家形势确实有问题，而且是大问题，你能看出这一点，证明你的功力已经小有所成。"

"师叔，什么大问题啊？"听到杨君松的夸奖，安琪生心里暗爽。

"你跟我来。"杨君松想了一下，带安琪生来到电脑前，打开一个卫星地图软件，锁定娄家的位置，不消片刻，娄家周围的地形全貌，清晰地呈现了出来。

"师叔，您这是什么软件的地图，也太清晰了吧？地图还是实时更新的，娄家是火灾后的样子。"安琪生惊叹不已。

"软件只是工具，不是最重要的。"杨君松悉心提点道，"明道理，懂变通，切不可墨守成规，除了祖宗留下的传承，还要吐故纳新，方能有所成就。"

"有了高科技加持，师叔的东海凶宅地图，必然大成。"

"做人要顺势而为，现在还是下元八运，房地产行业虽然竞争激烈，但是必将大有可为，只不过更需要技巧和能力。"

安琪生低头应是，很是乖巧。

"娄家附近的形势，有个专门的名词，叫作朱雀悲泣。"

安琪生似懂非懂，只顾着点头。

"不过，娄家劫难本该应在漕河，如今却应在火上面，而且是一把阴火，当真古怪得很，也不知是谁故意为之。"

"师叔，什么是阴火？"

"娄家火灾当晚，乃是中元鬼节，阴气最重，起火时辰又在亥时，亥属阴水，本应克阳火，娄家却仍遭此厄难，可见不是阳火，而是借了鬼门

095

PART 2

之气的阴火，再借天斩煞之威，故而所向披靡。"

安琪生从来没有想过，这把火里面，还有这么多门道。

"师叔，既然是阴火，是不是说有人暗中指点？"

"威力如此巨大的阴火，很难是凑巧产生。不过这种阴邪之术，我们正派人士肯定不屑为之。据我所知，东海只有阴山派的郭槐、九菊一派的山本犬养这两个邪门歪道，才懂这种阴邪之术。"

安琪生暗暗咋舌，邪门歪道为达目的，真是不择手段。

不过，杨君松的指点当真是极为重要，安琪生不敢耽搁，当即辞别杨君松，拨通万子良的电话，拣其精要告之。

刑侦总队。

作为纵火案的主办探长，陈强从万子良那里获悉安琪生所谓的阴邪之术，如同打开了一扇天窗，豁然开朗。刑侦破案讲逻辑，人为财死，鸟为食亡，利高者疑之。

陈强带着一探组顺藤摸瓜，通过扎实的走访和调查，特别是在经侦总队兄弟们的帮助下，对坤德集团的内外部矛盾有了更深的了解。

首先，除掉娄家这个钉子户，苏坤德受益最大，他指使朱宝泉和李果良的保全拆迁公司，用黑道的手段强拆不是没有可能。其次，坤德集团内部，苏派与葛派早已图穷匕见，参照杨君松的说法，葛峰和郭槐会在暗中捣乱，企图通过制造混乱让该项目再次落入他们手中。再次，坤德集团外部，山本犬养背后的九菊株式会社，更是对坤德集团虎视眈眈，妄想将其吞并，特别是一号项目叫停后，坤德集团的股票接连四天跌停，九菊株式会社在暗中不断低价买他们的股票，蓄势待发。

警方办案讲究事实清楚、证据确凿，玄学未必是破案的思路。陈强深思熟虑，决定三个侦查方向都不放过。

经过初步侦查发现，位于南郊区祥云街 269 号的保全信息咨询公司，早已人去楼空，朱宝泉和李果良似乎也从东海消失了，他们的嫌疑陡增。陈强找到季亦萍，请她通过技侦手段，追踪朱宝泉和李果良的位置。

与此同时，陈强传唤山本犬养，却被告知山本犬养被日本领事馆从天霞路派出所保释后，于8月5日返回日本了，也不在东海。这条侦查的线索只能暂时中断。

三条线索中唯有葛峰、郭槐没有失踪，二人在被传唤到刑侦总队的整个过程中，虽然一路上骂骂咧咧，但也没有看出任何作案的端倪。陈强对葛峰和郭槐分别进行深入询问，通过观察葛峰和郭槐的微表情，陈强基本确定他们所言不虚，二人一致咬死跟他们无关，说是苏坤德诬陷……捉贼拿赃、捉奸捉双，在没有确凿的证据前，还是拿他们无可奈何。询问不能超过二十四小时，葛峰又是人大代表，迫于外界压力，在没有实质证据的情况下，只能放他们回去。

另一边，季亦萍通过技侦手段分析，锁定李果良在失踪前，曾接连打过同一个电话，此后，朱宝泉和李果良的电话都被故意扔到了垃圾填埋场，处于关机状态。两人的嫌疑程度再次上升。

季亦萍通过手机实名制登记信息，很快从移动公司那里找到这个电话机主的确切身份：黄欣。

惠俊豪拿到报告后，一看照片，哈哈大笑。

既然是老熟人，那就好玩多了。

锦园小区，9栋3单元502室。

幽暗潮湿的楼道里散发出阵阵令人作呕的血腥味。

502室门口，石军提着一桶黏稠的狗血，在满是灰尘的白墙上写下大大的"还钱"两个字，猩红刺眼。石军是个大老粗，肚子里没几滴墨水，把"钱"字写成了"铁"字却还浑然不知，"还铁"两个字又大又丑，真显"义气"。

自从张黎不辞而别，黄欣就把所有账都算到了张黎的父亲张毅君头上，天天来，日日跑，美其名曰文明要债，用的却是无下限的无赖手段。

黄欣更是无耻，解开裤腰带，对准张家大门撒尿，骂骂咧咧地与张毅君隔空对话："张毅君，你个老不死的，你该死的女儿跑了，欠我们的债，就该你来还，算上利息，你已经欠公司14万3千多，别说老子欺负你，给你凑个整，还14万就够了，再不还钱，老子明天到你床上拉屎……"

502室内，张毅君早已瘫痪多年，躺在床上瑟瑟发抖，老泪纵横，一点声音都不敢发出。

黄欣提上裤子，大摇大摆地离去。

石军狐假虎威，狠狠踹了大门一脚，口沫横飞："张毅君，老不死的，听到没？再不还钱，门给你拆了……"

石军抬脚还要再踹，黄欣回手就是一巴掌拍在他后脑勺上，恨铁不成钢："咱们是文明要债，文明懂不懂？"

"不文明吗？"

"你踹坏他的门，叫故意损坏他人财物，才从苦窑出来几天，又想进去了是不？你是不是傻？"

"欣哥，我脑子不好……"石军揉着秃头，一脸委屈道，"这老东西真是又臭又硬，咱们天天来，他天天躲，咱干脆撬开他的门，进去堵他，不还钱咱就他娘的不走了。"

"你他妈真是个法盲！"黄欣又拍了石军脑袋一巴掌道，"撬门进去那叫非法侵入住宅，堵他那叫非法限制人身自由，再扣个寻衅滋事的帽子，够你坐几年苦窑了，傻货。"

石军缩了缩头，他怎么也想不通，法律咋管得这么宽，要债也有错了？

"哥，你真有学问。"

"学着点。"

黄欣看了看"还铁"两个字，意气风发："跑得了和尚跑不了庙，一个残废的瘫子，大不了咱们受点累，每天来跑一趟，看谁能熬过谁。"

"哥，咱这算不算'天道酬勤，发财有道'？"

"屎拉裆，满嘴顺口溜，你考研呀。"黄欣说着扭头就走。

石军随手把狗，泼了502室满门，屁颠屁颠地跟上黄欣。

他们走后不久，504室的门开出一条缝隙，泻出妖异的红光和烟雾，一张布满皱纹的脸探了出来，望了望502室门口，幽幽叹息。

黄欣和石军有说有笑地下了楼，商量着今天去哪里胡吃海喝一顿。刚走出单元门，黄欣的笑容突然凝固了，头发根瞬间炸开，石军更是起了一身鸡皮疙瘩，两股战战……

前面的必经之路上，惠俊豪正捏着拳头，似笑非笑地等着他俩。

"石头，快跑！"

黄欣想都没想，就冲进一旁的健身园，企图逃走。石军看着五短三粗，速度却比黄欣还快，可他刚跑出没两步，突然愣在了原地。

陈强手里耍着甩棍，从健身园里缓缓走出，对石军和黄欣虎视眈眈，石军这个拉裆货当场就尿了。

陈强和惠俊豪不费吹灰之力抓住了黄欣和石军，略施手段便从黄欣嘴里得到了朱宝泉和李果良的藏身之地，南郊区刁家村。

刁家村是东海市最大的城中村，其中滋味只能用"一言难尽"来形容。黄欣就去过一次，怎么也说不清楚，只是知道他们的藏身之地像一座炮楼，朱红色的大门上有两个狮子头铜门扣。

陈强和惠俊豪对黄欣和石军小惩大诫，让他们把自己做的脏事擦干净，再将二人临时羁押在了刑侦总队，接着马不停蹄前往刁家村，化装侦查，徐徐图之。

天已近黄昏，太阳慢慢地钻进薄薄的云层，变成了一个红红的圆球。陈强穿着一套深蓝色的工作服，腰间挎着一套电工装备，戴着绝缘手套，手里拿着电笔，化装成电力公司员工；惠俊豪则叼着烟卷，穿了一套流里流气的夏威夷风格短裤背心，本色出演社会闲散人员。两人一前一后混进了偌大的刁家村。

刁家村是被城市遗忘的孩子，它模样丑，见不了世面，躲在高楼大厦的后面，羞羞答答地低着头。这里住着乞丐弃儿、走卒商贩、伙夫僧尼、算命的、卖药的、理发的、送快件的，建筑工、泥瓦匠、外表光鲜却内心疲惫的白领、怀揣着梦想却四处碰壁的大学生……三教九流，不一而足。这里像一个巨大的容器，用低廉的出租屋、黏而潮湿的空气、难以见到阳光的窗户、价格低廉混合了地沟油的快餐、南腔北调和吆喝吵闹混合的喧嚣，供养着一群做着城市梦的人，让他们在这里自由地迷惘。

这里地形复杂，巷道逼仄，大都过不了汽车，低矮幽暗、高高矮矮的出租房一栋靠着一栋，人们把这样的楼形象地称为"亲嘴楼"。"亲嘴楼"什么面孔都有，粉白墙的、砌红砖的、贴瓷片的，林林总总，像染坊挂起的布匹，五颜六色，参差不齐。楼也建得杂乱无章，横着的、斜着的，正方形的、长方形的、三角形的，倔强地从犄角旮旯里冒出来。在这里，要找到黄欣所说的炮楼红门狮子扣，看来没那么简单。

星辰浮现，灯火渐明。

陈强和惠俊豪在刁家村晃晃悠悠大半天，仍然一无所获。眼看就要无功而返，陈强无意中发现，在"刘干棒"的烧烤摊拐角处，有一条不起眼的斜坡，斜坡处坐满了吃客，整条斜坡由水泥铺成，两边的建筑漆黑一片，仅有幽暗狭长的巷道最深处，远远地亮着一盏幽冥的红灯。

"炮哥，我感觉这里有戏。"陈强看四下无人，小声道。

"好，我先进去蹚蹚水。"惠俊豪扔掉烟头。

"这里太黑，千万小心。"陈强叮嘱道，"我跟在你后面，也算有个照应。"

惠俊豪比了个"OK"的手势，先行一步。

不多时，陈强和惠俊豪一前一后，循着红色的灯光，来到一座高墙深院好似炮楼的建筑前，忽见眼前朱红色大门跟黄欣说的一样，两个狮子头铜门扣霸气外露，两人不由得喜出望外。巧的是大门没有锁死，两人交换了一下眼神，决定深入虎穴，进去探个究竟。

陈强和惠俊豪快速钻进大门，听见"炮楼"里面传出一阵阵机械的轰鸣，还有不少嘈杂的吆喝声。他们正准备靠近，却见"炮楼"的一扇小门突然打开，走出一个叼着香烟的黄毛，看到陈强和惠俊豪后，下意识问了一句："哟，哥们儿，咋没见过你们啊，新来的？"

突如其来的遭遇，六目相对，一瞬间的静默后，黄毛掉头就跑，大声吆喝："兄弟们，风紧扯呼！"

"冲进去！"陈强抽出甩棍，率先冲进了"炮楼"。

"炮楼"里面更像是一个仓库，成箱的东西码了四五米高，几个垛堆像小山一样，每个箱子上面都用黑笔写上了字，美容、化妆、保健、护肤，还有茅台酒、五粮液……而在"炮楼"深处，几台大型加工机器正在嗡嗡运作，制造着这些假冒伪劣三无产品。

"炮楼"里有十几个小毛贼，正在加班加点赶制"产品"，乍一听见黄毛的吆喝，立刻四散而逃。

陈强两个箭步追上黄毛，一招擒拿手，将其按在地上。

"朱宝泉、李果良在哪里？"

"什么朱啊、李啊，我不知道啊！"黄毛大声嘶吼道，"哎哟，疼死我啦！"

"妈的，报信。"惠俊豪机警道。

陈强一个肘击把黄毛打晕过去，扫视正在逃窜的小毛贼，试图从他们当中锁定朱宝泉和李果良的身影，但是看来看去，什么都没有找到。

"妈的，不对啊。"惠俊豪蹊跷道，"还没暴露身份，他们就跑了。"

"中计了！"陈强灵光一闪道，"李果良和小黑皮不在这里。"

说着两人冲出"炮楼"，向斜坡下眺望，看见斜坡下的一座矮房里，蹿出两道鬼祟的身影，赫然就是朱宝泉和李果良，他们身后紧跟着五个小毛贼保护着。

刚才陈强和惠俊豪上来时，曾从那栋矮房前经过，竟没有发现他们，当真是老江湖，狡兔三窟玩得真溜。

陈强飞奔而下，直冲朱宝泉喊："小黑皮，哪里走！"

惠俊豪速度更快，借助斜坡的缓冲，直接往下面跳，接连跳了三次，如猛虎出笼般，直冲向朱宝泉。

不知何故，朱宝泉和李果良早已不复往日的嚣张跋扈，李果良一瘸一拐，跛着个左腿，朱宝泉按住胸口，一副病恹恹的样子，看见陈强和惠俊豪追来，更是面带惊惧。

"快，快挡住他们，每个人五万……"

在金钱的驱使下，五个小毛贼嘶吼着掉转方向，手操砍刀、棍棒等凶器，冲向惠俊豪和陈强。

然而，这无异于以卵击石。在人形战车面前，一个照面，一个小毛贼便被惠俊豪撞飞出去，再也爬不起来，接着，他再借助惯性，一拳打出去，把另一个小毛贼直接打趴。

其他三个小毛贼见状，心底发狠，抢起砍刀一起攻向惠俊豪。岂料这时，陈强赶到，"唰唰唰"几棍，便把他们打得哭爹喊娘。

"追！"陈强超过惠俊豪，继续往前追。

朱宝泉见陈强又追上来，果断把李果良推开。

"卞火（杀手）厉害，分开滑点（逃跑）。"

李果良拖着瘸腿跑进另一条岔路，陈强紧盯不放朝他追了过去。

"小黑皮，站住！"惠俊豪心有灵犀，分开追击朱宝泉。

李果良如惊弓之鸟，一瘸一拐地拼命逃窜，慌乱中，看到路边堆放的杂物，不由分说便拿起来向陈强扔去。

陈强预感到危险，下意识闪躲，却还是被杂物砸到，迟滞了速度。李果良趁这个空当，拖着瘸腿拼命狂奔。他是这里的地头蛇，熟悉这里的环境，一边在复杂的巷道内抱头鼠窜，一边丧心病狂地推倒垃圾桶、自行车等物，给陈强设置障碍。

"站住！"陈强被激起怒火。李果良借助熟悉地形的优势，拉开和他的距离，眼看就要逃脱。

陈强突然掷出甩棍，当作暗器，"咣当"，狠狠砸在李果良的左腿上，李果良的左腿本就瘸了，再受这下重击，重心不稳向前摔了个狗吃屎，摔断了鼻梁，鲜血直流，痛得他哀号不断。

陈强一个俯冲过去，压在李果良身上，给他扎上了背铐。

与此同时，惠俊豪身高腿长，快步追上朱宝泉，两人快速过了两招，谁也奈何不了谁。

朱宝泉慌乱中拐进一条死胡同，眼看无法逃脱，索性将心一横，右臂如同长鞭，向惠俊豪头顶劈下，惠俊豪挺起双臂格挡，本想趁机擒住朱宝泉，岂料朱宝泉的左臂又化作长鞭劈下来。

惠俊豪猝不及防，被劈中了肩膀，只觉得力道忽吞忽吐通透全身，整条肩膀酸麻难言，不由心中惊骇。朱宝泉不仅是个练家子，还是劈挂掌高手，刚才这一招里，暗含吞吐和通透两道劲力，若不是惠俊豪平日里苦加练习，恐怕肩膀早就废了。

朱宝泉狞笑一声，乘胜追击，两只拳头缩至腰后猛地轰出，砸向惠俊豪胸口，惠俊豪不敢硬接，狼狈地侧身避开。谁知朱宝泉速度极快，后招又至，压低腰身右腿从身后踢出，踹向惠俊豪面门。

惠俊豪一招吃亏，招招落后，疲于应付。朱宝泉咬牙发狠穷追不舍，搅地龙、双撞掌、鹞子穿林等绝招接踵而至，大开大合，猛起硬落，如同狂风暴雨一般，打得惠俊豪节节败退。

这种刚猛的拳路，最是消耗气力。不料恶有恶报，朱宝泉一时用力过猛，忽觉胸口一疼，脸色瞬间煞白，差点疼得岔过气去。

惠俊豪看出破绽，瞅准机会，一招势大力沉的直冲拳，结结实实地砸在朱宝泉的胸口，朱宝泉惨叫一声被打翻在地，全身酥麻如遭雷击，本就蜡黄的脸瞬间扭曲，滚下无数冷汗，无力再战。

"呵呵，成王败寇，老子今天认栽了。"朱宝泉捂着心口，有气无力地惨笑道，"要贴金（杀我）尽管来，二十年后，又是一条好汉。"

惠俊豪愣住了，谁要杀他灭口？

浪子回头，按图索骥

夜深人静。

刑侦总队审讯室，远远地传出惠俊豪愤怒的咒骂，以及摔桌子、砸板凳的声音。

朱宝泉和李果良被带回重案支队，陈强和惠俊豪对他们分别进行连夜突审，可两人却咬死"三不原则"，"不清楚、不知道、不明白"，一问三不知，气得惠俊豪火冒三丈，几欲动粗，被陈强拦了下来。

这就是黑道的老江湖，老吃老做，即便被抓了个现行，但没有铁证，抓不住马脚，就拿他们没办法。

第二天早上刚刚上班，虞霖衣着光鲜，如模特走秀般，带着两名重金请来的金牌律师，趾高气扬地找到陈强，以强横的人脉联系到韩玉朗，从侧面给陈强施压。

金牌律师以命令式的口吻提出要求，如果没有实质性的证据，证明朱宝泉和李果良是纵火案的凶手，必须在四十八小时内放人，并以不是相关负责人为由，撇清了朱宝泉和李果良跟造假窝点的关系。

惠俊豪气冲斗牛，直爆粗口："什么狗屁金牌律师，就是恶魔的代言人，刽子手！"

"先别急，朱宝泉和李果良都是几进宫的老油子了。"陈强宽慰道，"逐个击破，先从李果良下手。"

"嗯，这两个货应该是得罪了什么人，被职业杀手追杀。"惠俊豪逐渐冷静下来道，"朱宝泉嘴硬骨头也硬，李果良倒是为人奸猾，贪生怕死，得想个办法撬开他的壳。"

"对，他们得罪的人，看来有一定实力，不惜花重金要废了他们，甚至是灭口，才会让这两个老江湖龟缩在刁家村里。"陈强神秘一笑道，"咱们不如将计就计……"

"对呀，怎么忘了这个绝活。"惠俊豪一拍脑袋，心领神会。

中午时分。

刑侦总队，审讯室。

李果良戴着手铐坐在审讯椅上，一脸无赖相，身后站着两名全副武装的刑警。

"小张、小李，先出去一下。"陈强看着两名刑警离开审讯室，一脸坏笑地看向惠俊豪道，"把监控设备关掉。"

惠俊豪说着便起身，不怀好意地走到李果良身边，极具压迫感地盯着他看，按计划假装关掉了审讯室里的监控摄像探头。

"哎，两位警官，这是干什么？"李果良顿感大事不妙，收起了无赖相。

"小子，拿人钱财，替人消灾。"陈强狞笑道，"实话告诉你吧，你的仇家，就在外面等着你呢。"

"啊？"李果良浑身紧张得就像拉满了弦的弓，脸色一搭儿红一搭儿青，结结巴巴道，"不，不，不可能……"

"不可能？你炮爷我，什么时候骗过你啊？"

……

惠俊豪接过话茬，轻车熟路地施展他的绝活，刑侦行话叫"农村包围城市"。就是针对李果良这样的社会老油条，提前先构想好他很有可能要抵赖的一些方面，一一列出他很有可能产生的对话，由外及里，循序渐进，由琐事至正事，逐渐反驳谎话戳其痛点，慢慢缩小包围圈，让被审讯人的情绪被带着走，进而在其感情敏感时痛下一击，直到他一切谎话都于事无补，迫不得已交代实情。

经过一下午的突审，陈强和惠俊豪一会儿白脸，一会儿红脸，将李果良拿捏得死死的，然而，审讯结果却证实朱宝泉和李果良确实跟纵火案无关。

陈强迫于压力，只好按照《刑事诉讼法》相关规定，四十八小时一到，立刻放他们离开。不过陈强明白这两个人身上的案子远不止这些，暂时放他们一马，只是缓兵之计，他会动用自己一切资源，死死咬住这两个人渣，也许明珠案能从他们身上找到方向。

电子物证实验室。

对于杨君松、安琪生对纵火现场的另类解读，万子良似乎也没有像以前那样排斥，他看到了"康神"所著《犯罪与环境》那本书的影子，这些另类知识如同一盏明灯，在穷途末路之时，为他的破解工作指明了方向。

万子良借助破网专班三位教授的毕生所学，利用递归算法和硬件编程相结合的手法，结合杨君松、安琪生提供的"天斩煞、反弓煞、朱雀悲泣"等玄学知识，以及《犯罪与环境》书中的相关科学解读，经历三个昼夜后，以娄家纵火案的视频为抓手，以点带面终于破解了钟诚的第四层暗网。

第四层暗网是钟诚发布纵火视频的平台，每个视频下面，都有无数粉丝点赞，夹杂着中文、英文、日文、俄文、法文等评论。评论当中很多都涉及玄学方面的解读，正是这些解读让万子良找到了视频平台，更有甚者表示只想看纵火视频，不想听狗屁音乐，把人类最丑恶的一面显露无遗。

星辰初现，灯火阑珊。

破网专班没日没夜地加班，顺着第四层暗网往下，万子良和蔡坤终于通过追踪加密货币技术，逐步打开了第五层暗网。

在打开的一瞬间，在场的所有人都不由得被眼前的一幕所震撼。这里面是钟诚的私人账户，涉及社交软件的记录和打赏的加密货币，很多久远的记录都已经模糊不清。

暗网上有上百种社交软件，这里是违法乱纪的犯罪分子为逃避打击肆意交流交易的场所，而钟诚曾经使用过三十七种不同的社交软件。

在梳理联系人的过程中，万子良利用那些玄学知识，发现在一个叫作"黑蝙蝠"的社交软件上，有一个名为"黑先生"的雇主，在8月10日早上6点35分，转给了钟诚10枚比特币，而且他们近期有着非常密切的交流。

"10枚比特币啊！"蔡坤惊讶道，"按现在的汇率应该有80万元人民币了。"

"还以为钟诚是个穷光蛋，没想到竟然这么有钱，看来有钱能使鬼推磨。"

"比特币这玩意儿，原本一分钱都不值，就是因为人们的邪恶和贪婪，才让比特币有了今天的价格。"

随着对第五层暗网的逐步深入，钟诚的比特币钱包被彻底翻开，刚才价值80万的10枚比特币，只不过是冰山一角，一个更令人震惊的事实逐渐浮出水面。

"天哪，1673枚比特币，至少有1.3亿！"蔡坤利用加密追踪技术翻开了钟诚的比特币钱包，忍不住惊呼道，"小万，估计你未来的老丈人苏坤德都不一定能拿出这么多现金。"

万子良嘴角露出苦笑，似乎不敢相信眼前的这个天文数字。

当万子良为了能成为高级工程师，经受命运无情鞭笞时，钟诚却轻而易举地攒下了 1.3 亿身家。

经详细勘查，这 1673 枚比特币，是钟诚五年来一点点攒下来的。起初比特币发布初期，跟人民币的汇率最高只有 1:1000 左右，而且非常不稳定，一个纵火视频有时能赚赏金七八十枚，现在汇率暴涨，一次最多只能赚两三枚，积少成多方有如今规模。

另一边，直觉告诉万子良，"黑先生"十有八九就是雇凶杀人的凶手。万子良翻看他们的聊天记录，却发现对话内容大部分已经被有意删除。他又试图用钟诚的账号引"黑先生"出来，却被提示查无此人。

"黑先生"的账号已经注销，从暗网中永远地消失了。

万子良忽觉背后发凉，笃定"黑先生"就是凶手，他为什么要用纵火的方式杀掉娄家三口？难道仅仅是为了满足他的变态心理？更令万子良想不通的是，以钟诚的行事作风，不会轻易被人蛊惑利用，另外，以他现在的身家，更不可能仅仅为了 10 枚比特币的打赏去纵火，此时的钟诚就好似已经身价很高的演员，一定是要挑剧本的，难道这里面还有其他隐情？

线索到这里似乎完全断了。万子良为此日渐焦虑，吃住都扎在了实验室里，可是却毫无进展。更令人焦心的是天狗 AI 追踪系统发现第五层暗网后面还有第六层，这里很可能隐藏着钟诚的终极秘密，然而，破解的难度如空手拔丁抽楔。

万子良躺在行军床上辗转反侧难以入眠，旁边电脑主机的风扇嗡嗡作响，如同他此时的心情，烦躁不安。

夜色越来越浓，一切好像一下子全都掉进了神秘的旋涡里，难以自拔。

那个神秘的怪梦，似乎又要出现在万子良的脑海中，他强打精神不让自己落入宿命的梦境，浑浑噩噩中，一个问题一直萦绕在他心间。

钟诚虽有亿万身家，生活却非常低调，可见他并不追求物质享受。不是物质，那么只能是精神情感上的……在"黑蝙蝠"上，"黑先生"到底是用什么黑魔法，触动了钟诚的情感呢？

万子良苦思冥想，忽然坐了起来，回到一切的原点，纵火视频！

他找出钟诚拍摄的 122 个纵火视频反复排查，发现每个视频的背景音乐，都有类似的压抑曲调。钟诚和普通纵火犯不同，纵火对他而言，有着极其重要的意义，那么他对纵火视频的后期加工，包括配乐，也应该是有特殊的意义。

万子良忽然觉得，好像抓到了什么。

娄家纵火案的配乐一直在重复一句歌词：因为你，我感到害怕。因为你，只因为你。

钟诚配这首歌，传达的"你"是谁？是娄家还是其他人？是谁害他变成现在这样？

钟诚因为"你"，被命运捉弄成为纵火犯……万子良不知为什么联想到了自己，他感到自己的命运里，也有一个这样的"你"，在无情地捉弄着自己。

一个警察，一个罪犯，彼此在遭受命运的暴击后，竟然有了共情，万子良感悟到如果他是钟诚，未必不是今日之钟诚，说不定他还没有钟诚做得好……他似乎能够理解钟诚现在的痛苦了，而现在他更想知道，钟诚到底经历了什么，改变了自己的命运。

万子良以此为突破口，查了这首歌的背景，是美国歌手凯莉·克莱森在 2004 年创作的"年度最佳歌曲"，歌名叫《Because of You》。凯莉·克莱森 6 岁时，目睹父母结束了十七年的婚姻，而且她父母在离婚前，常因感情不和发生激烈争吵，致使她的童年充满家庭暴力，生活一团糟。

凯莉·克莱森有一个朋友，经历了跟她一样的不幸，在凯莉·克莱森 16 岁的一天，她跟这位朋友促膝长谈了一晚，回到家后，写下了这首歌，呼吁反对家暴。

一道灵光乍现，万子良突然间想到，走访时街道主任董翠霞曾经说过，娄煊小的时候常被父母家暴，长大后又经常家暴父母，动辄呵斥打骂，要么冷眼待之，联系《Because of You》的创作背景，万子良瞬间豁然开朗，顿悟了关键。

家暴！

他把这两个关键字，输入天狗 AI 追踪系统，不消多久，第六层暗网迎刃而解。

这一刻，天光破晓，黎明像一把利剑，劈开了静默的夜幕，迎来了初升的阳光，世间一切都明朗了起来。

第六层暗网里面，只有一个视频。

视频中是一个阴暗的房间，拍摄角度在窗户上，由外向内，房间门口火焰熊熊，浓烟弥漫，床上一男一女已被浓烟熏晕，只有一个小男孩，正在艰难地往外爬。

小男孩爬出房间后，突然回过头来，看向摄像机的位置，眼里没有半分神采，仿佛是察觉到了万子良的偷窥，把他吓了一跳。

依稀可以看出，小男孩就是小时候的钟诚，那么视频中的场景，应该就是他 8 岁时的那场火灾。

可是，当时以意外定性的失火案，怎么会有视频呢？他又为什么把这个视频放在第六层暗网？

万子良再次回到思考的原点，反复播放《Because of You》，聆听歌曲的台词：因为你，我感到害怕……

钟诚童年时很可能一直在遭受家暴，万子良瞬间拨云见日。

天如碧洗，朝阳初升。

东海市公安局刑侦总队大楼，在蓝天白云的衬托下熠熠生辉。

万子良顶着浓重的黑眼圈，冲到一探组，把自己的发现告诉陈强。陈强听后非常兴奋，并告诉他钟诚的心理检测报告也出来了，他的 MMPI 疑病指数相当高。

MMPI 是指多项人格测试，由十个临床量表和四个效度量表组成，十个临床量表分别是疑病、抑郁、癔病、精神病态、男 / 女性化、妄想狂、精神衰弱、轻躁狂、社会内向，是最常用于鉴别精神疾病的量表。

疑病指数过高基本可以确定为疑病症，这是一种焦虑障碍，患者怀疑自己得了重病，即便去医院检查确定身体健康，也会不断产生这种担心。疑病症患者会对身体投入全部关注，这种过度关注提高了身体唤醒机能，曲解了身体感知，好似真的产生了症状，于是更加焦虑恐惧，形成恶性循环。

结合万子良的发现，陈强果断决定，立即开始第三次提审"大富豪"钟诚。

智能审讯室。

万子良和胡秋飞再次见到钟诚，他还是那副无所谓的样子。

"钟诚，你知道自己得了疑病症吗？"

"心理医生早就告诉我了。"

"其实你的失明，是你过度关注眼睛而诱导出来的假性失明，属于躯体转换性障碍。"

钟诚对此兴致不高，一副"与我何干"的架势，"反正我就是看不见"。

"纵火需要确定可燃物，拍摄需要确定摄影角度，还要规避人群。"胡秋飞善意提醒道，"你其实一直都能看见，只是你没有意识到。"

"谁说不是呢？没人比我更清楚，我明明应该看得见，可我就是看不见，也治不好。"钟诚苦笑道，"不想在这个问题上浪费时间，换个问题吧。"

耳麦里传来陈强的声音："单刀直入摆证据。"

"钟诚，换个问题，我们已经破获你所有的暗网秘密，发现了你跟'黑先生'的交易，你的比特币账户余额有 1673 枚，现在至少价值 1.3 亿，真是个隐形大富豪，还有……"万子良故意顿了一下，身体前倾给钟诚以压力，"还有你藏在内心最深处的视频，在你 8 岁的时候拍摄的。"

钟诚愣了一下，接连的关键性证据，如同压倒骆驼的最后一根稻草，他的脸开始抽搐了。

片刻后，钟诚如释重负："看来，你也不算太笨。"

"先说说'黑先生'吧，他是谁？"

"我说不知道，你信吗？"

"信。"

"这就信了？"

"为什么不信？"

"有趣！"钟诚低头想了一下，笑道，"万警官，你非但不笨，而且很聪明，学会了我的话术。"

万子良冷笑一声，不置可否。

耳麦里传来陈强的声音："先放一下，换个角度再问'黑先生'。"

"钟诚，说说你藏在第六层暗网的视频吧。"万子良另寻话题询问。

"一个视频而已，有什么好说的。"钟诚貌似无所谓地说。

"那可是藏在你心底最深处的秘密！"胡秋飞柳眉一竖道，"也是你这么多年作案的根本动机，能说的东西太多了。"

钟诚冷汗直冒，装作满不在乎。

万子良看出了他的欲盖弥彰，缓缓吐出两个字："家……暴……"

一瞬间，钟诚的脸上突然多了一丝阴郁，眼前不禁浮现出一间阴暗的房间，只有窗户洞开，仿佛一只明晃晃的眼睛，小钟诚趴在防盗窗的栅栏上，恐惧得号啕大哭，喊着"爸爸、妈妈"，却没有人理会，只有阴暗和恐惧为伴……

即便只是下意识地回想，钟诚都觉得不寒而栗，他不由得打了个冷战。

万子良死死地盯着钟诚，四目相对，这是他们两个命运共情者无声无息的对峙。

审讯监控室里，陈强和惠俊豪都没有打断万子良，因为这一幕，早已被万子良料到，是审讯方案的一部分。

不知过了多久，钟诚终于败下阵来，他低下头缓缓道来。

钟诚小时候，他父母为了方便管教，每天去上班时都把他锁在家里，对于一个四五岁的孩子来说，幽闭的空间里最容易滋生恐惧，他哭过、闹过，但都无济于事，只有窗口的亮光，是他唯一的光明。

在外人眼里看来，钟诚不给父母添乱，是好孩子的表现，但在小钟诚看来，这就是变相的家暴，而且是情感上的"冷家暴"。

渐渐地，他的心里开始憎恨，开始扭曲，开始厌恶。8岁那年发生的那场火灾，让他受到了严重的刺激，导致短暂性失明……之后，他便开始以寻找光明为由，纵火报复各种形式的家暴，他拍摄的所有纵火视频，其实都跟家暴有关。

这次对娄家纵火，是他从"黑先生"那里知道，娄煊和父母互相家暴，并且那时他以为即将永远失明，便接受了雇佣。

万子良听到这里，惊出一身冷汗，"黑先生"对人心的把控竟厉害到如此地步。然而，"黑先生"具体是谁，钟诚却一无所知，这就是典型的非接触性犯罪——我杀你，但与你无关。

……

听完钟诚的讲述，万子良直勾勾地看着他的眼睛，逼问道："钟诚，你漏掉了关键！"

"不明白你在说什么。"

"钟诚，你不想讲，那我来替你说。"万子良脸色微沉道，"你小时候那场大火，其实就是你自己放的。"

"说说看。"钟诚咬着嘴唇，似笑非笑。

"你说过，你是被门口的火光引出去的，但你当时只有8岁，在晚上就寝的正常情况下，你都能逃出去，你父母会逃不出去？"

"哼，你想说什么？"

"我猜，你是想用这把火，引起你父母的注意，报复他们对你的冷家暴，反抗他们对你的不重视，结果弄巧成拙，酿成大祸，从此你在巨大的自责中慢慢有了疑病症……这也是你在窗口偷偷拍下视频的原因吧？"

钟诚似癫非癫，无声地苦笑："万警官，你果然很聪明，因为他们，我害怕，害怕被黑暗吞噬……"

这一刻，所有人都沉默了，心情复杂难言。

……

对钟诚的第三次审讯，出战告捷。但深挖"黑先生"却止步不前。刑技中心测谎室对钟诚进行了全面测试，事实证明钟诚对"黑先生"确实知之甚少。

翌日，清晨。

刑侦总队楼下。

一辆警灯闪烁的囚车已经静候多时，四名荷枪实弹的刑警守卫在车厢门前，如同标杆般笔直站立。

陈强、惠俊豪、万子良和胡秋飞，把钟诚交接给押送的刑警。

临上车前，钟诚突然回过头，一脸决然："万警官，请帮我把账户里的比特币，全部捐给反家暴庇护中心……"

不待万子良答应，钟诚便登上了警车，两名刑警随后坐在他身边，关上车门，警车缓缓启动，驶向东海市第一看守所。

囚车渐渐远去，惠俊豪不由得"啧"了一声："不管出于什么动机，他的比特币只能作为证据封存，注定无法如他所愿。"

"非接触性犯罪太可怕了，远远超出了我们的想象。"胡秋飞不由感慨万分。

"要不是小万发现了他背后的秘密，解开了他的心结，十几年后他从监狱里出来，要钱有钱，要经验有经验，再纠结一帮狱友，说不定还会干出什么更可怕的事情。"惠俊豪摇头叹息。

"钟诚能说出这样的话，说明他也许已经走出魔障，灵魂得到了解脱。"陈强也不无感慨道。

万子良没有说话，心里五味杂陈，想到自己即将面临的命运，是去是留，是爱是恨，自己是否也能像钟诚一样，潇洒地解脱？

这时，王涛带着一份报告匆忙而来。

"出什么事了，"陈强神色一肃道，"这么急？"

"重要发现。"王涛火急火燎地打开报告道，"这是从娄煊卧室神龛的顶端扫描下来的图案，经过刑科院还原以及文检鉴定，发现它的笔迹跟瑞公馆天花板上的图案相似率极高，基本可以断定是出自同一人之手。"

陈强眉头紧皱，想到了自己曾经的猜测，虽然陆茵和娄家素不相识，但都事关坤德集团。说不定陆茵案也跟"黑先生"有关，如果也是非接触性犯罪，那么不可知的因素实在太多，但现在没有抓手，要想找到他谈何容易。

陈强不敢耽误，立刻上报金建民。

支队长办公室。

"金支，又有新情况。"陈强心急如焚，推门而入，却看见宋立坐在金建民对面，手里还拿着一份明珠案最新的侦查报告，不由得心里略噔一下。

"急什么，把门关上。"金建民放下手中的茶杯，不愠不火道，"老宋，情况我知道了，支队包括总队都会全力以赴支持你。"

"有金支的尚方宝剑，三探组将无往而不利。"宋立化身笑面虎，别有用意地看了陈强一眼道，"你们聊，我还有事。"

说完，宋立大步流星地走出了办公室。

陈强心乱如麻，转身将门关好，坐在了刚才宋立的位子上："王涛发现陆茵案天花板上的图案和纵火案神龛顶端的图案是同一人所画。"

"你分析一下，这个图画的作用是什么？"

"目前还不得而知，也许和某种宗教仪式有关，或者是为了避邪，或者……"陈强一时说不出个子午卯酉，眉头紧锁道，"我担心陆茵案也和'黑先生'有关。"

"如果是这样，那么以前韩总以意外结陆茵案就会有问题，而纵火案不结，一直拖下去，韩总对市领导也没法交代。"

金建民脸上闪过一丝不安，犹豫再三。

"这两个案子都与坤德集团有关，先不要打草惊蛇，暗中监视，摸排可疑人员。"

"明白。"

"另外，这也是你升迁的关键时候，我不希望节外生枝。"

"是。"

"还有明珠案……"

金建民还未说完，办公室门"吱呀"一声被打开，随之传来韩玉朗洪亮的声音："老金，大白天鬼鬼祟祟的，关什么门啊？"

韩玉朗手里拿着一本红色的嘉奖证书，大步走了进来。

"韩总，您怎么来了。"

金建民和陈强瞬间起立，短促而痉挛地呼了一口气，像生根似的站住。

"怎么，不欢迎我？"韩玉朗察觉到一丝异样，还是笑着将嘉奖证书递到了金建民手中。

"哪里、哪里。"金建民打圆场道，"欢迎韩总莅临指导，有失远迎。"

"我这叫送奖上门，鼓舞士气。"

金建民翻开嘉奖证书，上面赫然写着"万子良，东公刑奖8号"。

"小万表现不错，为刑侦改革开了一个好头。"韩玉朗点起一支烟，悠悠道，"在明珠案的侦查中，为保护战友因公负伤，勇气可嘉，他研发的天狗AI追踪系统，也为破获纵火案立了大功。"

"韩总，小万的表现确实可圈可点。"金建民惋惜道，"只可惜他已经递交了辞职报告。"

"嗯，刑侦人才的流失确实是个大问题。"韩玉朗吐出一口烟圈，忧心忡忡道，"工作难度不断加大，工作的危险系数越来越高，薪酬待遇却不见涨，是个大问题。刑警人才特别是高端人才却不断流失，警力不足的问题变得更加严重，刑侦体制改革任重而道远啊！"

"是呀韩总，公安是和平年代下牺牲奉献的最大群体，尤其是我们刑警，每分钟都有受伤，每天都有牺牲。"

"作为公安主力，刑侦部门汇聚了很多顶尖人才，就拿我们支队来说，好不容易招来一个政法大学的法学硕士，作为重点对象培养了三年，正准备提干的时候，却突然提交了辞职报告，搞得我们措手不及，说是到律所当律师去了，工资最少翻三倍。"金建明摇头叹息道，"我们老一辈的公安人讲牺牲奉献，现在的年轻人选择多，诱惑更多。"

"老金啊，也不能完全说是禁不住诱惑，现在东海房价高涨，你我那个年代都是国家分的房子，现在的年轻人如果不是家里支持，就靠他们这点微薄的工资，一辈子也买不起房。"

"也是，惠俊豪到现在还没买好房子，找媳妇都难。"

"爱警惠警的工作，也要实在地抓一抓，不要老是放空炮。"韩玉朗灭掉香烟，无奈道，"陈强，把小万叫进来，我问问他的想法。"

不多时，陈强带着万子良来到了金建民办公室。

"韩总、金支，请指示。"万子良肃立询问。

"不用客套，来来来，坐下。"韩玉朗又点上一根香烟，开门见山道，"这是你的嘉奖证书，希望你不断进步，再立新功。"

"谢谢韩总栽培。"万子良双手接过嘉奖证书，起身鞠躬致谢。

"不用感谢我，是你表现优异，我刚才和政治处的同志们也沟通过，要不是你写了辞职信啊，已经把你列入后备干部的培养对象。关乎人生规划、前途发展的大事，希望你能慎重考虑。"

韩玉朗目光殷切，看得万子良如坐针毡，浑身不自在。

"韩总，我……"万子良呢喃细语道，"其实，我也没想清楚。"

"我们都是从你这个年龄过来的，年轻的时候有迷茫也正常，希望你能做出正确的选择。"韩玉朗话锋一转道，"市局科技处已经批准，你研发的天狗 AI 追踪系统，将接入市局所有大数据，希望你尽快形成战斗力，全力追踪'黑先生'。"

"是，韩总，保证完成任务。"万子良精神一振，忽然又吞吞吐吐道，"关于近期的案子……几位领导都在，我想谈谈自己的看法。"

"说说看。"

"陆茵案和纵火案，都出现了内容一样的画图，从文检鉴定的角度讲，是出自同一人之手，由此断定，两个案子很可能是同一个幕后黑手，也就是现在要追查的'黑先生'。"

"嗯，还有什么？"

韩玉朗深吸一口烟，脑子飞快地运转着，而万子良并没有察觉，自顾自地随意发挥。

"奇怪的是，这幅画图我做梦也梦到过很多次，一次比一次清晰。我建议陆茵案和纵火案暂不结案，并案侦查。"

韩玉朗猛吸了一口香烟，闷在了肺里，表情凝固了。

金建民和陈强呼吸一滞，心一下提到了嗓子眼。陈强更是挤眉弄眼，拼命暗示万子良就此打住。然而,万子良专心于汇报,并没有注意到金建民和陈强的反应。

"虽然做梦听上去很荒唐,可确实是真的,鉴于案情复杂,根据《刑事诉讼法》,我们应该立即开展补充侦查,特别是陆茵案,不能作为意外事件而草率定性,我认为……"

"小万,不要以为交了辞职信,就好胡说八道。"陈强果断打断了万子良的发言。

"与交辞职信没关系,我说的都是肺腑之言呀。"

"小万,好了,不要再讲了,案件怎么定性、需不需要并案都是法制支队的事情。"金建民也有意暗示道。

"可是,刑警不就是要为老百姓讨回公道吗?"

"公道?"

韩玉朗眉毛抖动得像是发出了声音,两眼喷射出逼人的光芒:"你的意思是,我们所有人都在徇私枉法喽?"

"不是这个意思,我是说……"

没等万子良说完,韩玉朗便起身拂袖而去。金建民和陈强赶紧起身相送。

"韩总,别生气。"

"韩总,别和小孩子一般见识。"

办公室里,只留下万子良一人,尴尬地杵在那里,迷茫无助。

第三章
见龙在田

■ ■ ■ ■ ■ ■ 👤 ■ ■ ■ ■ ■

血月横空，客星幽隐

纵火案后的一个月里，刘卫国几乎天天都扎在刑侦总队亲自督战，重案支队全体干警全力投入明珠案，东来西往南下北上，不放过任何可疑线索，然而却收效甚微，一切似乎陷入了死循环。万子良则继续完善他的天狗追踪系统，全力追踪"黑先生"，他一定要在离职之前把这一切搞清楚。

8月23日。

处暑，天地始肃。

十里洋场，法国马克西姆餐厅。

何英坐在靠窗的位置，手里端着一杯红酒，像模像样地品尝着，他那双眯眯眼却流连在女服务员身上，露出淫邪之光。

"嘎嘎嘎，何公子，让你久等啦。"

葛峰迈着八字步走来，在何英对面坐下，接着打了个响指，让服务员给他倒酒。

"葛总，你约我来此，自己却迟到了，这太失礼了吧？"

葛峰端起红酒杯，咕噜噜喝了个干净，解了身上的燥渴。在何英看来，这就是暴殄天物，不由得眼神中露出一抹鄙夷。

葛峰却不以为意，大笑："知道何公子是这里的常客，我就自作主张，给何公子VIP卡上充了一百万会员费，耽搁了几分钟。"

何英放下红酒杯，霎时愣住了。

葛峰又从西装口袋里摸出一张银行卡，推到何英面前，满脸堆笑："这张卡里面还有一点小意思，不多，也是一百万。"

"等等……"何英按住葛峰的手，"无功不受禄，你这是做什么？"

"小桐是我大侄女，等你跟小桐结了婚，你就是我侄女婿啦，我这个做长辈的，提前给点见面礼，不过分吧？"

听葛峰认自己是侄女婿，何英心里别提多美了，整张肥脸都笑开花了。可他转念一想，又发现了问题。

"不对吧！葛总，我好像听人说，你跟苏伯父不对付，你该不会想收买我吧？"

"这是哪个王八羔子造的谣？"葛峰拍桌子佯怒道，"侄女婿，你别听外人乱嚼舌头根子，我跟二哥是喝过鸡头酒的拜把子兄弟，就算有意见分歧，也是对事不对人，感情好着呢。"

"真的？"

"那还能有假？"葛峰话锋一转道，"作为长辈，我承认上次跳楼那件事，确实是大侄女不懂事，我希望你不计前嫌，原谅她这一次。咱们男人嘛，都是站着撒尿的，得大度一点。"

何英有所意动，手上也松了，但又想到了万子良，脸色骤然阴沉："苏桐对那个小刑警已经心有所属，她真能答应嫁给我？"

"何公子这话就错了，自古婚姻皆是父母之命、媒妁之言，一个小刑警，论家世、论地位，怎么能跟你比？"葛峰拍着胸口保证道，"放心，只要何公子请人上门提亲，我二哥和我大侄女，肯定一百个愿意，说不定明年这个时候，你们连娃娃都有咯。"

"此话怎讲？"

葛峰趁机推出银行卡道："你要实在不放心，我亲自去给大侄女做思想工作，我是看着她长大的，这点面子我还是有的。"

"多谢葛叔，事成之后，我肯定不会忘了你的好处。"何英不着痕迹地收下银行卡。

"好说，咱们一家人不说两家话嘛。"

······

何英前脚刚走，郭槐后脚从暗处现身，目露凶光。

"听说苏老虎把苏桐送去了精神矫治中心，再有我们这把旺火，想必用不了多久，就能听到副市长的侄子和坤德集团的千金订婚的消息。槐四爷，下面可就看你的了。"

"放心，一旦订婚，我就立即施法，小凤凰逃不出我们的手掌心。"郭槐阴恻恻笑道，"到时候，苏坤德这老小子必然独木难支，注定败亡。"

"那就让苏老虎再蹦跶几天，蹦跶得越欢，死得越惨······"

葛峰仿佛看到了那一天，一口闷了杯中的红酒提前庆祝。自从被苏坤德抢到集团一号项目，煮熟的鸭子从口中飞了，葛派里的一些重要成员，要么背他而去，要么虚与委蛇，他受够了窝囊气。

葛峰一直隐忍不发，就是在等这个机会，要一举扳倒苏坤德。

是夜。

月黑风高，天昏地暗。

北郊区，精神矫治中心。

夜幕下，围在四面高墙里的精神矫治中心，孤独地矗立着，仿佛被世人遗忘的法外之地。

每到深夜，这里就会传出鬼哭狼嚎声，听得人心肝发颤、毛骨悚然，就连空气中都带着令人胆寒的气息。

矫治中心二楼分布着众多诊疗室，楼道尽头的 13 号诊疗室隐藏于黏稠的夜色里，更显阴森诡异。这里就是传说中臭名昭著的电波治疗诊疗室，号称是能够矫正人行为的"斯金纳箱"。

忽然，楼道里传来一位女子拼命挣扎的哭喊声，四个身着迷彩服的"盟友"从左右两边连拉带拽，在章炯威的带领下，胁迫着苏桐走进了 13 号诊疗室。

章炯威年过半百，又瘦又高，一身高档的西服外套着一件雪白的医用大褂，紧绷的面皮上蓄满青胡碴，地方支援中央的"飘逸"发型，满脸伪善的笑容，在"盟友"眼里却比恶鬼还要恐怖残暴。

13号诊疗室如同一个密封的箱子没有窗户，四周做了隔音处理，在惨白的灯光下，一张特殊的电波治疗椅格外突兀。

"盟友"把苏桐按到诊疗椅上，苏桐被灯光照得睁不开眼睛，她试图反抗，却挣不脱"盟友"的束缚。

"苏小姐，恢复得怎么样？"

章炯威笑眯眯地拿出一副牙套，示意"盟友"给苏桐戴上，防止她咬断舌头。

苏桐眼中闪过一抹恐惧，挣扎得更加用力，可惜治疗椅早已捆住她的手脚和脑袋，她像一只待宰的羔羊只能任由施为。

章炯威歪着脑袋，笑容可掬地拿起60毫安电疗仪的两个电极板，在苏桐太阳穴上猛地贴了一下。

刹那间，苏桐眼前闪过一道白光，犹如一根长针从她脑袋里穿刺而过，那种疼痛感就像没有打麻醉做脑外科手术一样。

章炯威等了一会儿，再次对着苏桐太阳穴电击一下。凄厉的惨叫不绝于耳，其他"盟友"在一旁战战兢兢，大气都不敢喘。

地方支援中央的头发飘落下来，遮住了章炯威半个眼睛，他把电流加大到100毫安，延长通电时间，近乎癫狂地释放出第三波电流。

伴随着苏桐撕心裂肺的叫声，惨白的灯管忽明忽暗，吱吱作响。

章炯威手持电极板，笑眯眯地龇着大黄牙："苏大小姐，现在听话了吗？"

"听话，我听话。"苏桐汗透衣背，直打哆嗦。

"知道为什么来这里吗？"

"不、不知道……"

又是一阵凄厉的哀号，响彻屋内，简直闻者落泪，真是丧尽天良。

章炯威捋了一把头发，铁青着脸森然道："现在知道了吗？"

"知道了，我不听话，不听管教。"

"以后该怎么做？"

"听爸爸的话，让我做什么，我就做什么。"

……

半个小时后，苏桐被送回了房间，由实时监控她的"盟友"喂她吃下抗抑郁和焦虑的药，众人鸦雀无声地关灯休息。

黑暗中，苏桐的眼睛失去了光彩，突然她傻笑起来，宛若黑夜幽灵的哀唱，没有了灵魂。

10 月 8 日。

寒露，秋意渐浓。

悦仙阁书房，戌初二刻。

袅袅幽香中，杨君松捏了捏疲惫的眉心，忽觉窗外泛红，脸色顿变。

他走出书房，来到庭院当中，仰头望去。

一轮妖异的鲜红血月挂在天幕西陲，血光荡漾，笼罩四野，其余星辰或幽或隐，不见颜色，又有一道明亮彗星，自血月上空划过，稍纵即逝。

杨君松掐指一算，眼眸乍亮："月若变色，必有灾殃，时机已至……"

子初三刻。

南郊区，环城大道绿化带。

老癞头无儿无女，无亲无故，在郊区环城大道旁的大型绿化带里搭了一个简易的窝棚，终日以拾荒为生。

一直与世无争的他，近日有一些烦心事。他像往常一样，清点好今天捡的三袋子破烂，早早地睡了，为了不再被人偷去自己的劳动成果，他一直睡得不踏实，半梦半醒的。

"汪汪汪……"

突然响起的狗叫声把老癞头惊醒，只见自己养的金毛犬正在门口朝外面不安地狂吠，外面也传来很多狗叫声，急促杂乱，隐约还有狼嚎之声。

"好嘛，龟儿子又来了！"老癞头翻身跳下床，操起门口的铁锹，骂骂咧咧地往外冲，"老子抓住你，非要好好教训你。"

老癞头带着金毛犬冲出窝棚，直奔旁边放置破烂的雨棚，借着红蒙蒙的月光，检查自己的劳动成果。

幸好，一样没少。

老癞头犯了嘀咕，难道不是那个龟儿子？

这时，金毛犬像受到了刺激，突然朝西边立交桥方向跳着脚狂吠，好像有什么东西正往这边冲过来，流浪狗的叫声也愈加激烈，似乎在跟侵进领地的东西殊死搏杀。

"大黄，又没得人，你乱叫个啥子？"

金毛犬仍狂吠不止，不安地在原地转圈。金毛犬的反应，让老癞头紧张起来。

老癞头顿时觉得古怪，心想那边肯定有情况，便带着大黄，手持铁锹，过去一看究竟。他带着金毛犬穿过大型绿化带茂密的树丛，明亮的红色月光透过树叶，形成斑驳的影子，夜风如浪潮般迎面吹来，寒意深入骨髓，树叶咧咧作响，仿佛无数双鬼手在摇动。

越靠近立交桥深处，流浪狗叫得越厉害，甚至有只被抛弃的哈士奇，站在绿化带的小土坡上，对着天上妖异的红月，发出悠长的嚎叫。

"咧咧咧……"

立交桥深处的绿化带里，突然传出奇特的响动，好像有什么东西，从地下顶开泥土要钻出来。

一下、一下，又一下，响动如同擂响的鼓点，敲打着老癞头的心弦。

他被好奇心驱使着缓缓走了过去，借着妖异的月光，老癞头清晰看见那棵粗壮的棕榈树下，有一个中等身材的男人正在挖什么东西。

"喂，你在干啥子？"

那人突然一个回头，朝老癞头看了过来，四目相对的刹那，老癞头顿觉手脚冰凉，屏住了呼吸。

他从那人的眼睛里，感觉到了恐怖的杀气。

那人似乎没有想到，竟会有人发现自己，只是片刻迟疑，便拖着手里的铁锹，朝老癞头缓步走来。

老癞头一个激灵，握紧了手里的铁锹，冷汗淋漓。

金毛犬预感到主人的危机，龇着牙恶狠狠地朝那人冲了过去，那人顿时脸色一变，自知不是金毛犬的对手，掉头就跑，金毛犬岂肯放过，紧追不舍。

然而，金毛犬追到棕榈树下，突然一个急刹车，像是受到了什么惊吓，绕着那人挖过的地方不停地转圈，发出"呜呜呜"的声音。

那人趁此机会，逃之夭夭，不见了踪影。

刚才的一惊一乍，让老癞头整个人都虚脱了，金毛犬的异常反应，瞬间让他警惕起来。他走到棕榈树下，看见一个挖了几十厘米的坑，不由得心生疑窦，这怪人不会是在挖什么宝贝吧？

在好奇心的驱使下，老癞头打起精神，抡起铁锹挖了起来。随着挖掘越来越深，一股怪味从地下冒了出来。

下个瞬间，老癞头脸色陡然煞白，他一把丢下铁锹，连滚带爬地转身就跑。

"手、手，杀人啦……"

妖异的月光下，一只高度腐烂的手掌上，一只只黑色的蝼蛄幼虫正在腐肉里狂欢。

翌日，清晨。

气爽风凉，晨露带寒。

南郊区环城立交桥下的大型绿化带，已经被警方封锁。

棕榈树下搭起了遮阳棚，徐家君身着白色隔离服，带领两名法医，小心翼翼地从深坑里挖掘受害者的尸体。

尸体全身赤裸，高度腐烂，身上遍布大大小小的孔洞，一只只蝼蛄幼虫在孔洞里爬进爬出，浓烈的尸臭如同死者的呐喊，强烈扩散开来，熏得人睁不开眼。

王涛带着助手，围绕埋尸的深坑勘查痕迹，梳理标示牌。

季亦萍的现场多功能指挥车，已在外围就位。

绿化带外，陈强带领一探组，跟报案人老癞头了解情况。

"你说你看到过凶手，记得他长什么样吗？"

"黑色衣服，眼神特别吓人，跟毒蛇一样。"老癞头惊魂未定，手颤抖个不停，"对了，他的额头也很高，嘴唇很薄……"

"还有吗？"

"当时太突然了，我一时记不太清了。"

陈强全部记下后，对胡秋飞和万子良道："带他去刑技中心，做一个模拟画像。"

"好的，头儿。"

万子良和胡秋飞刚离开没多久。

"头儿，刘局、韩总和金支来了。"惠俊豪突然提醒道。

陈强心里一沉，赶紧转身看去，见一辆黑色帕萨特，一辆奥迪 A6，先后停在了警戒线外，刘卫国带着秘书小夏，韩玉朗、谢刚和金建民，先后从车上下来。

陈强霎时绷紧了身体，随手抓起一把现场勘查三件套，一路小跑着迎了过去，惠俊豪紧随其后，其他警员连大气都不敢喘，生怕出一点纰漏。

刘卫国脸色蜡黄，看了看周围的环境："荒郊野外，地点隐蔽，果然是明珠案的手法。"

金建民看向陈强道："情况怎样了？"

陈强递上三件套，面向刘卫国等人言简意赅地叙述了一遍昨晚的经过。

刘卫国听后不置可否，穿戴好三件套，带领众人来到中心现场。

棕榈树下已经铺好痕迹盖板，刘卫国面沉似水地驻足打量，关于明珠案的一系列问题，在他脑海里如过电影般清晰回放，慢慢地，他的眉心鼓了起来。

韩玉朗看透了刘卫国的心思，立刻看向徐家君："徐主任，尸检什么情况？"

徐家君快步上前，严谨恭敬道："报告刘局、韩总、金支，初步尸检来看，死者为女性，身高 165 厘米，年龄在 20—25 岁之间，没有生育史，被害时身上没有衣物，舌骨断裂，从颈部残留痕迹看，应该是被掐死的，跟'7·13'系列杀人埋尸案的作案手法一致……"

"死亡时间呢？"

"根据周围的泥土湿度和温度、尸体的腐烂程度，以及刑侦昆虫学，初步判断死亡时间应该在两个月左右。尸体腐烂严重，已经无法辨认相貌，回去解剖后，会提取死者的 DNA，并尽快做出颅像复原，确定死者身份。"

"这是明珠案唯一一具较新鲜的尸体，二十年了，凶手终于露出了马脚。"

"是的，刘局，真是天助我们。"

"明珠案的犯罪嫌疑人应该还在东海，我们会尽快展开抓捕。"

"开展辉剑行动以来，对全市灰色行业的女性全都做了 DNA 提取，能否有所突破，就看这一招了。"

"徐主任，DNA 匹配结果今天就能做出来。"

徐家君当即安排人手，把尸体装进裹尸袋，运回刑技中心法医室展开进一步工作。

刘卫国看向王涛，不怒自威道："痕迹方面呢？"

王涛谨慎道："刘局，各位领导，凶手虽然没有留下明显的痕迹，但经过严谨的勘查，埋尸的深坑比正常的单人墓穴要大上一倍有余，埋葬深度约 134 厘米。"

"与'7·13'系列杀人埋尸案的其他案子完全一致！"

"是的，综合徐主任提供的尸检结果，基本可以确定，这是该案的凶手再次作案，建议作并案处理。"

刘卫国听到确切的结果，病态且疲惫的脸庞上，终于浮现出红润之色："犯罪嫌疑人有没有留下足迹或是其他痕迹？"

"足迹有是有，但不是很清晰，没有比对价值，其他的痕迹还在搜索当中。"

"仔细勘查，不要漏过任何痕迹线索。"

"刘局，你还记得 6 月 6 日凌晨，南郊区古林镇古林派出所那起案子吗？"韩玉朗突然接话道。

"老韩，你的意思是？"

"刘局，犯罪嫌疑人二十来年都没露出马脚，不知何故，时隔四年后再次作案，今年再次作案的水平好像有所下降，如果古林镇那个案子也是他所为，那么已经连续两次被抓到破绽。"韩玉朗点上一支香烟道，"这会不会有点太巧了？"

"会不会是模仿作案？"

"有这个可能。不过，我老了，他也会老的。"刘卫国沉思片刻道，"不管是巧合，还是无意露出马脚，这具尸体出现的时机，可谓恰到好处，要紧抓这一点深挖细查。"

"明白。"

"只要查到死者身份，顺藤摸瓜找到她的人际关系，定能抓住犯罪嫌疑人的小辫子。"

"重案支队立刻并案，开展全方位的侦查工作。"

"刘局，还有什么指示？"

"一定要抓住这次难得的机会，集中所有警力全力侦破，必须把这只祸害东海十几年的恶鬼揪出来。"

"是！"

众人异口同声，铿锵有力。

"咳咳咳。"

刘卫国突然咳嗽起来，韩玉朗和金建民大惊，急忙去搀扶他。刘卫国却用力推开他们，脸色煞白。

"还坚持得住……现在距离我退休只有不到三个月，在我退休之前，能不能破掉'7·13'系列连环杀人埋尸案，了我的心愿，就要看你们的了。"

刘卫国的话沉重如山，压得众人喘不过气，就算有破案方向，要抓住凶手，破解明珠案背后的秘密，谈何容易。

金建民布置完具体任务后，陪同刘卫国和韩玉朗离开，陈强则带着惠俊豪到附近区域走访，寻找破案的蛛丝马迹。

凌晨3点。

重案支队会议室，灯火通明，烟雾弥漫。

刘卫国和韩玉朗坐在首位，面前的烟灰缸里插满了烟头，金建民和陈强等人都在等一个结果。会议室里的氛围就像弥漫的烟雾，压抑而沉重，每个人脸上都挂着倦意，但眼睛里却燃烧着熊熊斗志。

会议室一侧，胡秋飞在泡方便面，万子良负责端给大家。

金建民掐灭烟头，无意中看了一眼刚刚端起泡面的万子良，对身边的陈强小声道："强子，抓住机会。"

陈强瞬间会意，立刻打起精神朝万子良走了过去："我来吧，你也累了一天了。"

"谢了，头儿。"

万子良没有坚持，端了两桶泡面，一桶给自己，一桶给惠俊豪。

陈强望了望居中而坐的刘卫国和韩玉朗，深吸一口气，双手端起一桶泡好的泡面，缓缓走了过去："刘局，夜宵好了。"

"先放下吧。"刘卫国瞥了眼陈强。陈强不敢与他对视，放下泡面，转身要回去，却被刘卫国叫住，"等等。"

陈强肌肉一紧，缓缓转身。

"三年前那件事，我知道责任不全在你，委屈你了。"

"刘局……"

"你还年轻，路还很长。"刘卫国放缓语气，意味深长地看着陈强道，"就算慢了三年，也还来得及。"

短短一句话，就像一剂强心针打在陈强的血管上，让他热血沸腾，全身的每个细胞都在此刻欢腾跳跃。

"刘局，我……"

"好好干，我看好你。"

话音未落，徐家君兴奋的声音从会议室外传了进来："确定了，死者的身份确定了。"

所有人精神大振，目光灼灼地望向门口。

徐家君推开会议室，正准备走进来，不料开门的瞬间，烟雾像是找到了宣泄口，全部朝门口涌去，徐家君正喘着粗气，被呛了个正着，剧烈地咳嗽起来。

陈强抓起一杯水，塞到徐家君手里。

徐家君喝了两口水，缓过劲来，翻开报告念道："死者张黎，女，26岁，祖籍江西，红歌郎夜总会陪酒小姐，暂住锦园小区9栋3幢502室，母亲郑文娟5年前病故，父亲张毅君瘫痪……"

抽丝剥茧，恶鬼现身

清晨，晨风带凉。

陈强和惠俊豪只休息了两个小时，天刚亮便驱车赶往锦园小区，本想错开早高峰，岂料没走出多久，就被堵在了路上。

惠俊豪疯狂按喇叭，对着前车牢骚不断："前面的你会不会开车，并道懂不懂，并道……我去，这是哪儿来的奇葩，敢插我的队……红绿灯是不是坏了，怎么还是红灯……"

陈强脑海里回荡着刘卫国昨晚说的话，斗志愈加昂扬，摩拳擦掌，想着后面如何表现，把这个案子漂漂亮亮地办成铁案。

突然，他回过神来，拍了拍惠俊豪："不要纠缠，牢骚太多防肠断，快走。"

锦园小区，9栋3幢502室。

"黎儿，黎儿，你死了叫爹怎么活啊……"

张毅君从陈强这里得知张黎的死讯后，撕心裂肺地号啕大哭，哭声尖厉而嘶哑，仿佛在黄连水里泡过一样。他就这一个女儿，如今白发人送黑发人，后半辈子唯一的希望没了，已是生无可恋。

张毅君哭着哭着，一口气倒不上来，"嗯……"的一声长叫，竟晕厥了过去。

陈强见状大惊，急忙掐张毅君的人中，又拍又打，折腾了好一阵，才把他抢救过来。

"老爷子，逝者已矣，还请节哀顺变。"

"老爷子，今天过来，就是要给你女儿主持公道。"惠俊豪一边拍着张毅君的后背，一边轻声道，"好好回忆一下，张黎是什么时候失踪的？"

张毅君断断续续道："我们爷俩搬过来后，那个黄经理，天天上门要债，黎儿被逼得没办法，答应他们会换个上夜班的工作，早点把钱还给他们……"

陈强和惠俊豪对视一眼，想到了黄经理必然是那黄欣。

"他们有没有说，换的是什么工作？"

"我也担心黎儿上当，问过她好多次，她就是不说。"张毅君一把鼻涕一把泪道，"过了有一个月，黎儿就不着家了……我可怜的女儿啊，黎儿……"

陈强和惠俊豪听后，不由得皱起了眉头，看来张黎被害前的关键，就在黄欣和石军身上。

"张黎是怎么和这些放高利贷的地痞流氓搭搭上线的？"

"唉，两位警官，说来话长，都是校园贷害死人哪。"张毅君老泪纵横道，"黎儿这丫头，人长得漂亮，爱慕虚荣，上大学的时候，寝室的同学，家里条件好的都买了苹果手机，我们家里条件一般，供她上学都紧紧巴巴，再多的都没有了。"

"张黎不会是上了校园贷鼻祖罗老板 0 元购苹果手机的圈套吧？"

"就是这个挨千刀的罗老板！"张毅君咬牙切齿道，"黎儿从此深陷校园贷，大学没毕业就欠了二十五万，法院的传票送到了家里，派出所也打电话说不还钱就去坐牢，我们不能眼看着黎儿还没走上社会，人生就这么被毁了。"

"这些吸血鬼，就是诱骗年轻人过度消费，大发其财，吃人血馒头。"

"我和她妈没办法，拿棺材本替黎儿还了部分的账，但还是不够。"张毅君浑身颤抖，情绪失控道，"她妈因为这事急火攻心，一气之下撒手人寰，我也一病不起。"

"明白了，张黎为了给你治病，从此又沾上了套路贷。"

……

临走前，陈强把惠俊豪拉到外面："炮哥，你身上带了多少钱？"

"干啥？"

"算我借的。"

惠俊豪知道他要做什么，拿出仅剩的六百块现金递给陈强："说借就见外了，前天新买了双运动鞋，只剩这么多了。"

陈强又拿出自己的现金，总共凑了两千四百块，进屋放到张毅君手中："老爷子，一点心意，请务必收下。"

"这使不得，使不得啊……"张毅君抓着钞票，声音沙哑道。

"你放心，我们一定会抓到凶手，还你女儿一个公道。"

"陈警官，你们真是活菩萨啊。"张毅君泣不成声道，"我替张黎和她去世的妈妈，谢谢你们。"

"以后有什么事，尽管联系我。"

陈强轻叹一声，想到了明珠案的其他受害者，她们的家人肯定都像张毅君一样，等着自己的女儿回家，可最后等来的只有失望和悲痛。

与此同时。

坤德集团，董事长办公室。

苏坤德坐在待客区，手上摆弄着茶具，身前放着两个茶杯，似在等什么人。

"苏董，杨教授来了。"虞霖身着红色旗袍，尽显优雅。

"请他进来。"

片刻后，杨君松昂首而来。

苏坤德抬头相迎，露出难得的笑容道："杨教授快过来，这茶的火候刚刚好。"

杨君松在客位上落座，苏坤德不动声色地倒了一杯茶，推到杨君松面前，示意他品一品。

杨君松端起茶杯，先闻了闻香气，再浅尝一小口，随后一饮而光，啧啧有声，品味许久："蜜香淡甜，甘爽润滑，唇齿留香，余味悠长，好茶。"

"杨教授果然是懂茶之人，这是何英的父亲前些日子登门向小女提亲时送的极品金骏眉，总共只有两斤，杨教授若是喜欢，等会儿匀你一斤。"

"难怪苏董印堂红亮，颧骨圆润，原来是有大喜临门。不知苏小姐和何公子，何日喜结良缘？"

"按照东海市的规矩，必须先订婚，然后才能结婚，不过也快了。"

"杨某先恭喜苏董了，到时候一定讨杯喜酒喝。"

"那是一定，还要请杨教授给定个良辰吉日。"

"信手拈来。"

苏坤德笑眯眯地又给杨君松倒了杯茶，接着话音一转："答应何家提亲后，我本以为能高枕无忧，可是还有一根刺，死死扎在我心里面，不把这根刺拔了，我始终放心不下。杨教授可有办法替我解决这根刺啊？"

"苏董心里这根刺，是葛峰吧？"

"杨教授何必点破呢？"

"苏董心里这根刺确实难办……"杨君松略作沉吟道，"想拔掉他，恐怕非人力所能及啊。"

"连你也没办法？"

"非人力所能及者，皆有天命，人力岂能逆天而行。不过……"

"不过什么？"

"君松昨晚夜观星象，见三台星中，主星倍明，客星幽隐，相辅列曜，其光昏暗，又有血月当空，执掌灾殃，天象如此，可知天命在我。"

"何解？"

"不出数日，自有天命为苏董解忧，您心里那根刺，不足为虑也。"

"当真？"

"此为天命，君松何敢妄言。"

"若真如大师所言，事成之后，葛峰的位置，就是大师你的报酬。"

"君松本是一介穷酸教书匠，已经受苏董大恩，何德何能再要厚报？"

"我说你行，你就行。"苏坤德不容置疑道，"上次董事会，集团一号项目，多亏了教授。"

"举手之劳。"

"以后集团所有地产项目，必须由杨教授过目。"

"一定尽力。"

"虞助理，给下面交代一下，不管任何时候，杨教授可以直接来见我，不用走98层那么麻烦。"

"好的。"虞霖美目盼兮，放在杨君松身上，妩媚到了骨子里。

坤德集团有一部直达99层的秘密电梯，只有苏坤德、苏桐、虞霖、钱秀玲等个别人才有权限使用。坤德集团等级森严，一般的员工只能在自己部门走动，即使像余向东、施仁正这样的高管想要见苏坤德，也必须从98层绕道，而且全程监控。这样看似麻烦，却能有效地保证苏坤德的安全，也比当年在办公室门口养两只狼犬，要优雅得多。虽然苏坤德早已洗白，是东海市人大代表、知名企业家，不再打打杀杀，然而，只有这些安全措施全部到位，才能让他安心。

在不远的将来，杨君松在坤德集团的地位，将是一人之下万人之上，苏坤德给他画了一个大大的饼，不过杨君松心里清楚，苏坤德对他并没有那么信任，他调研策划多年的凶宅项目，都没能落到他手中，更何况集团的其他核心利益。

不过，末日钟声，已经为葛峰敲响。

新城区，红振老街。

晌午刚过，秋老虎余威正盛。

惠俊豪从"兄弟"那里，要到了黄欣和石头的藏身地址，红振老街567号，这是一栋老式自建房，环境跟刁家村一样糟糕。

惠俊豪确认好房间，用力拍打铁皮门。许久后，里面传来黄欣睡意慵懒的声音："他妈的，谁啊？"

"派出所查身份证。"

惠俊豪隔着铁皮门都能闻到一股浓重的酒臭味，他捏了捏鼻子，更用力地拍了拍门。

黄欣一脚把石军踹下床，石军"哎哟"一声，摔了个结结实实，醉醺醺地起来开门。

门"吱呀"一声打开。

石军打了个隔夜的酒嗝，臭气直冲惠俊豪的面门。惠俊豪差点没背过气去，急忙用手捂住嘴巴："你是不是吃屎了？这么臭。"

"妈呀，鬼啊！"

听见惠俊豪的声音，石军瞬间酒醒，醉意全无，脚下发软。

"吵死人了！别打扰老子睡觉。"屋里传来黄欣不耐烦的声音。

"砰！"陈强捂住口鼻冲上前，一脚踢开铁门，眼睛往里面一扫。

好家伙，这屋里跟狗窝差不多，一地的烧烤竹签子、啤酒瓶子、餐巾纸等垃圾，敢情两人吃喝拉撒睡全在里面。

房间地上更是积了一层油腻腻的污垢，进门的墙角，竖着几个蛇皮袋子，里面全是饮料瓶子。

满屋子酒气和屎尿味，怎一个臭字了得，陈强屏住呼吸，差点没吐出来。

黄欣穿着一条红裤衩，躺在通铺上呼呼大睡，听到有人踢门，借着残余的酒劲儿，怒不可遏："哪条道上的，反了你了，敢踹老子的门……"

话音未落，看见来人正是陈强，黄欣瞬间像泄了气的皮球，整个人都瘫软了，眼前飘过五个字：又完犊子了！

刑侦总队审讯室。

陈强和惠俊豪从黄欣和石军那里得知，当初他们上门讨债，张黎被逼走投无路，接受他们的"建议"，到红歌郎夜总会当陪酒小姐，确实挣了不少钱，还了一部分债款，但没过多久，张黎就突然失踪了。他们也曾找过张黎，却一直没有找到，只能把欠款连本带利地算到张毅君身上。

陈强和惠俊豪都是老刑警，听出他们虽有隐藏，但大体上差不多，便决定先去红歌郎夜总会侦查。

夜幕深沉，东海市高楼林立，街道上车水马龙。熙来攘往的人群依旧如潮水一般，霓虹刺眼，灯光恍惚，亦幻亦真。

红歌郎夜总会，这个时间才是精彩生活的开始，今天客人很多，卡座和包房都人满为患。舞池中间，形形色色、妖媚无限的美女不停地随着震耳欲聋的迪斯科音乐，疯狂地晃动着自己的身躯，长发来回摆动，白皙的躯体在摇曳的灯光下，格外引人注目，暧昧的气息笼罩整个夜场。

陈强和惠俊豪刚走进大门，身材魁梧的简经理穿着黑西装，戴着耳麦，立刻迎了上来："两位，请问有预约吗？"

"我是陈强，和闫总讲一声，我们到了。"

"两位这边请，闫总已经等候多时了。"

陈强和惠俊豪跟随简经理，穿过劲爆的舞池，来到旁边的电梯间。

"叮！"电梯到了，一位身着红色旗袍的半老徐娘领着四个风骚暴露的陪酒小姐，扭着腰肢鱼贯而出，一阵香风艳气扑面而来。

走在最后的一个高个子陪酒小姐看上了陈强，肆无忌惮地冲他抛媚眼，娇声调戏："大哥，我叫欢欢，要我陪你喝一杯吗？什么都可以喝哟……"

陈强目不斜视，充耳不闻。

惠俊豪眼睛一瞪，吼道："去去去，一边去。"

"哎哟，我的妈呀！"欢欢被吓得花容失色，往后紧退了两步，差点摔个大马趴。

陈强走进电梯，提醒道："炮哥，任务要紧。"

惠俊豪又狠狠地瞪了眼欢欢，才跟进电梯。

电梯关闭后，欢欢惊魂甫定："什么人哪，吓死宝宝了……"

红歌郎夜总会顶层，总经理办公室。

闫总全名闫建设，是东海市有名的老流氓，他身材精瘦，一脸的老年斑，梳着一丝不苟的大背头，名牌衬衫背带裤，大板皮鞋劳力士，尽显腔调和奢华。

闫建设傲慢地坐在红木办公桌后面，双腿搭在桌子上，一手抽着雪茄吞云吐雾，一手端着红酒摇来摇去。

简经理推门进来，恭敬道："闫总，陈探长来了。"

陈强和惠俊豪随后进来，闫建设赶紧把腿放下，哈哈大笑："陈探长，稀客稀客，快请坐，要喝点什么，我这里好酒有的是……"

闫建设指了指背后满柜的各色高端红酒和洋酒，一身暴发户的味道。

"闫总，客气了，矿泉水就行了。"

闫建设也不强求，指着简经理道："去，拿两瓶矿泉水来。"

简经理打开角落里的冰箱，拿来两瓶玻璃瓶的 VOSS 矿泉水，送到陈强和惠俊豪手里。

陈强看了一眼矿泉水的包装，深知价格不菲，他开门见山向闫建设表明来意。

"区治安支队的管支已经照会过我了，放心，我们百分百配合……"闫建设转头对简经理道，"去把绿牡丹叫来。"

十分钟后。

"哎哟，老板，谁找我啊？"

未见其人，先闻其声。绿牡丹已是半老徐娘，一身浅绿色的旗袍，衬托出水蛇般的腰肢，仍然充满诱惑。

"这两位是公安局的，有情况找你了解。"

绿牡丹上下打量了陈强和惠俊豪一番："哎哟喂，两位领导，我可是奉公守法的好公民，正经人儿，犯法的事从来不做。"

"少给我上眼药，违法乱纪的事你没少做。今天就只问你，张黎是怎么回事？"惠俊豪粗声粗气道。

绿牡丹眼珠一转，从手提包里取出一根女士香烟点上，深深吸了一口，吐出一个烟圈，眼神迷离："她啊，不是早就不干了吗？"

"你想清楚了再说。"惠俊豪鼓着眼睛提醒道，"到底是不干了，还是人失踪了？"

绿牡丹眼波流转，笑呵呵地改口："对对对，是我记岔了。你们评评理，她突然走了，也不打声招呼，害我找了她好久，真是个小没良心的，亏我那么心疼她。"

"张黎于两个月前被害，而她被害之前，就在你手下当陪酒小姐，我们想知道她失踪前的具体状况，接触过哪些人，跟谁出去过夜？"陈强不耐烦听她说些不着调的话，直接问道。

绿牡丹愣了一下，似乎意想不到，转瞬又恢复如常："哎哟喂，领导，你这话我就不爱听了，我手下的那些姑娘，可都是培训过的正经姑娘，只是陪客人喝喝酒、唱唱歌，黄赌毒这三样，从来不沾的。"

"这话你自己信吗？"

"不信可以去查啊。"不等惠俊豪发飙，绿牡丹巧笑嫣然道，"不过嘛，她出了这个门儿，有没有接私活儿，我就不敢保证了，我只是她们妈咪，不是她们妈妈，管不了那么宽。您二位问的这些，我是真不知道。"

陈强和惠俊豪明知道绿牡丹在打马虎眼，但是手上没有证据，奈何她不得，于是果断放弃了纠缠。

"闫总，看看张黎失踪前的监控，没问题吧？"陈强问道。

"当然没问题。"闫建设看了看时间，转而为难道，"不过现在过去，恐怕来不及了。"

"什么情况？"陈强腾地一下站起来。

"陈探长别误会，实在是你们来得不巧，监控每三个月刷新覆盖一次，正好轮到今天，现在距12点只有十分钟，真是来不及了。"

"头儿，怎么办？"惠俊豪有些焦急地看向陈强。

陈强当机立断道："那麻烦把硬盘取下来，我们带回去处理。"

"不行，绝对不行。"闫建设摇头道，"你们把硬盘带走了，我们没有监控，出了事怎么办？"

"就是，如果打架斗殴、顾客丢了东西，甚至万一出了火灾怎么办，派出所知道了会让我们停业整顿。”简经理在旁边附和道。

“出了事算我的！”陈强掷地有声，眉目间渐渐露出杀气。

“现在拿不到硬盘，不用等派出所来，就你们干的这些龌龊事，马上就停业整顿。”惠俊豪吓唬他们道。

“领导，可不要冤枉人啊！”

“凭啥让我们停业整顿？”

“敬酒不吃吃罚酒是吧？”陈强拿出电话威胁道，“根据举报线索，我怀疑你们场子里现在有人吸毒，只要我一个电话，缉毒处马上来人，全员做尿检。”

“哼，万一检查出来了，最少停业整顿两个月。”惠俊豪双手叉腰，更是一副不容置疑的表情。

一瞬间，空气凝固了。

办公室角落的落地红木大钟“嘀嗒”作响。

一分钟后。

“这么说，我不答应也不行了。”

闫建设见陈强急了眼，也不敢再推诿，当即起身往外走。

“跟我来，去监控室。”

另一边。

老癞头被带回刑技中心，照录像室的画像师老周，第一时间根据他的描述，对犯罪嫌疑人进行模拟画像，但老癞头上了年纪，语言表达能力太差，无法准确描述犯罪嫌疑人相貌。

不得已之下，老周只好用出“相似人像法”的绝活，与万子良一起参考了三千多张图片，经过两个昼夜的奋战，终于还原出犯罪嫌疑人的相貌。

画像中，嫌疑人身着黑色唐装，额头高耸，五官立体，一双斜眼，如同毒蛇般可怕。

万子良拿到画像，总感觉似曾相识，好像是拍卖会上见过的那个奇怪人。画像经韩玉朗审批，立即发到公安内网全国协查通缉。

重案支队，行动技术探组。

探组综合大办公室门口挂着一个铜牌，上书"三合一信息综合分析作战平台"，所谓的"三合一"指的是公安数据信息、社会数据信息和企业数据信息合一，行动技术探组将这三组强大的信息流合并分析，就可以找到破案的蛛丝马迹，是刑侦的核心战斗力。

办公室里排放着一台台信息处理工作站，最里边的墙上有八块显示屏组成的巨大电子屏幕，用于显示追踪监控和数据分析比对。

刘卫国、韩玉朗和金建民亲自到场督战，季亦萍带领团队把嫌疑人的模拟画像输入数据库中进行比对，万子良因为是模拟画像的完成者之一，在一旁辅助协查。办公室里寂静无声，落针可闻，空气凝重得可怕，只有工作站主机声嘶力竭运转的声音回荡着。

信息技术探组通过自行研制的算法，在浩瀚的三大数据库中比对模拟画像，只要相似度在80%以上，相关人的照片就会被挑选出来，挑选出来的人员信息，还要经过综合分析研判，才能认定为嫌疑人，为侦查提供方向。这是一个漫长的过程，许多嫌疑人的信息屡屡令人失望，让本就凝重的空气愈加压抑了不少。

刘卫国望着电子屏幕上一闪而过的人像数据，眼前渐渐模糊，浮现出前尘往事。

十八年前，东郊区，城区扩建工地。

倾盆大雨如同幕布，伴随着6级大风，无情地吹打着大地，似要洗刷所有罪恶。

刘卫国穿着黑色雨衣站在工地中心，任凭风雨肆意地冲刷，唯一亮着灯的地方搭着一个简易的雨棚，里面，勘查现场的技术员们争分夺秒在挖掘着，一具高度腐败的女性尸骸，渐渐露出全貌。

狂风暴雨中，他的手机铃声如同鼓点响个不停，他拿出电话接听，听见妻子唐丽丽哭泣的声音："老刘，医生给咱爸下病危通知书了，你再不来，就见不到咱爸最后一面了。"

刘卫国眼睛一酸，摁掉了电话。

十年前，东海市公安局，局长办公室。

局长崔正道对面，刘卫国正襟危坐，敛容屏气，聆听最高指示。崔正道端起茶杯，呷了口浓茶，不怒自威。

"刘老弟啊，不用紧张，叫你来主要是想跟你谈谈。你在东郊分局这几年勤政、优政、廉政，市局党委都看在眼里，我们研究决定，希望让你来做市局分管刑侦、经侦的副局长，你意下如何？"

刘卫国起身立正，目光坚毅："感谢市局党委的信任和栽培，我保证奉公克己，为我市刑侦、经侦工作鞠躬尽瘁，死而后已，全力以赴保障人民群众的人身财产安全。"

崔正道敛住笑容，郑重其事道："记住你的誓言，我相信你能做到。"

五年前，老城区，东方广场。

秋高气爽，朗朗乾坤下。

刘卫国身着警服，居中而坐，两边分别是韩玉朗、金建民，以及各分局刑侦支队队长，引来无数行人围观。

一家家记者媒体，长枪短炮，争相报道。

"我为群众办实事，立足基层大走访。今天，东海市公安局副局长刘卫国，带领全市刑侦线条领导，在东方广场走入基层，听取群众心声……"

这时，一个头发花白、邋里邋遢的老太婆，拄着一根破竹杖，抱着用油纸包裹的上访信，颤颤巍巍地走到刘卫国面前，"扑通"一声跪下："刘局长，青天大老爷，你要为我做主啊……"

刘卫国大惊失色，急忙扶起老太婆道："大姐，这是做什么，快起来，有话慢慢说。"

老太婆把油纸包递给刘卫国，声泪俱下："我女儿失踪七年了，活不见人，死不见尸。我去派出所反映过好多次，还是渺无音讯。求你行行好，帮我找找女儿……"

刘卫国顿时觉得手上的油纸包似有千斤重，心里复杂难言："放心，大姐，我一定找到你女儿，还社会一个公道。"

三个月前，东海市肺科医院。

刘卫国靠在病床上闭目养神，剧烈的咳嗽让他有些没精打采。唐丽丽坐在床边偷偷抹泪，满脸忧愁。

"唐女士，请你出来一下。"主治医生站在门口，朝唐丽丽招了招手。

唐丽丽刚要起身，刘卫国却突然睁开眼："什么大风大浪我没见过？有话进来直接说。"

主治医生迟疑了一下，见唐丽丽暗暗点头，便走到刘卫国身前："刘局，活检结果出来了，属于小细胞肺癌晚期，肺部肿瘤已经扩散恶化，没有手术指征了，我们建议，最好尽快进行化疗。"

一连串眼泪从唐丽丽脸上无声地流下来，没有一点哭声，只任凭眼泪不停地往下掉。

"知道了。"刘卫国沉默了很久，请求道，"化疗之前，能不能让我先完成一件重要的事？"

"刘局，真的不能再拖了。"

"放心，我命大，死不了。"

……

一幕幕前尘往事，接连浮现在刘卫国眼前，他心中的执念，只有抓住凶手，破获明珠案，方能心无挂碍。

"嘀嘀！"

电子屏幕上，突然响起刺耳的电子音，打断了刘卫国的思绪。

"有结果了！"

刘卫国心头凛然，循声望去，比对结果定格在郭槐身上，匹配率高达93%。万子良结合不同视角和维度的辩证关系，从众多的照片中锁定了郭槐，排除画像的偏差性和不完整性，几乎可以认定，郭槐就是犯罪嫌疑人！

众人顿时脸色讪然，原来犯罪嫌疑人一直在他们身边，真是踏破铁鞋无觅处，得来全不费工夫。

刘卫国当即下令："立即把郭槐的照片和基本信息，下发到全市各级公安部门，由重案支队牵头，一探组做突击尖刀，组建抓捕工作专班，对郭槐展开抓捕。切记，一定要形成高压态势，布下天罗地网，不惜一切代价，就算挖地三尺，也要把他抓捕归案。"

白鹭湾，64号别墅。

郭槐的密室深处，另有一道暗门，门后是一间幽暗的清修室，室内阴气极重，布置简洁，只有一座神龛，上面供奉着阴山派的祖师谢五殃，神龛下方横摆着一座玉床，上刻北斗七星阵，在幽暗的环境里，散发着诡异的绿色荧光。

郭槐盘坐在北斗七星的"斗身"上，进入一种似睡非睡，似醒非醒，玄之又玄的状态，他的身体陷入胎息沉睡，意识却明朗清晰。在血月出现之后修炼，可以事半功倍。

静寂的清修室内，突然传来"咔嚓"一声，如同天崩地裂一般，惊醒了修炼中的郭槐。他起身查看，发现身下的玉床，好端端地竟出现了一条指缝宽的裂痕。

郭槐想到师傅说过，此玉床与他性命相连，若他日玉床损毁，必遭大害。如今玉床破裂，岂不正好应了预言。

脸色变幻间，他急忙掐指一算，脸色陡然阴冷下来。

"不好，快走！"

郭槐从玉床上跳起来，身形如一道轻烟，冲出了清修室。

别墅外，月华似水。

狡猾的郭槐从不用手机，所以无法确定其具体位置。为了万无一失，抓捕专班只好根据郭槐平常活动的地点和居住地制定了缜密的抓捕计划，安排了八个抓捕小组，布下天罗地网。白鹭湾64号别墅的抓捕工作，刘卫国钦点让一探组完成。

两辆警车先后来到64号别墅外，陈强、惠俊豪、胡秋飞和万子良分别从车上下来。

陈强开始布置任务："小飞飞，去后门。小万，留在这里策应。炮哥跟我进去，注意安全。"

"明白。"

胡秋飞先行就位后，陈强给惠俊豪使了个眼神，一起走进别墅。

64号别墅是典型的豪宅，有庭院、游泳池、草地、花园，占地面积巨大，陈强和惠俊豪直取中枢，可他们进去以后，却发现别墅里面黑漆漆的，空无一人。

陈强留下万子良策应，本是照顾他快要离职，没想让他亲自上场，岂料陈强他们进去不久，车库门突然打开，射出两道明晃晃的光束，晃得万子良睁不开眼，随即马达轰鸣，一辆黑色兔子车标的越野车，横冲直撞开出来。

万子良下意识侧头挡光，却恍惚看见开车的人竟然是郭槐，急忙大声喝止。

郭槐狞笑一声，直接向万子良撞来，万子良大惊失色，赶紧闪躲，摔了个踉跄。郭槐见状，打转方向盘，一个漂亮的漂移，夺路而逃。

万子良爬起来，一边急忙上车点火，朝郭槐紧追而去，一边用对讲机呼叫："头儿，郭槐开车跑了……"

"你坚持住，我们马上就来。"

郭槐的车技不算高明，但因为是深夜，郊区路况通达，他只管把油门踩到底，死死卡住超车路线，让万子良无法别停他。

两人在马路上你追我逐，生死时速，随着时间流逝，越野车渐渐被万子良逼近。

眼见胜利就在前方，万子良精神微振，扬起了嘴角。

"刺啦……"电光石火间，郭槐拉动手刹，突然一个漂移掉转车头，速度不减，凶狠地向万子良撞来。

万子良惊出一身冷汗，看架势郭槐是要跟自己拼命，他急忙打转方向盘，还是晚了一步，被越野车撞到了车身，连人带车翻进了路旁的菜地。

郭槐一招得逞，冷笑连连，选了条隐蔽的岔路，向远处疾驰而去。

警车内，万子良倒在安全气囊上，刺眼的鲜血从他头上汇聚成溪流，浸湿了安全气囊，气息微弱。

陈强晚来一步，见状目眦欲裂，立刻呼叫救护车支援。

"小飞飞，小万受伤了，你留下照顾他……"

"明白。"

惠俊豪义愤填膺，把油门踩到死，紧追郭槐而去。

刑侦总队，作战指挥室。

刘卫国和韩玉朗亲自督战，金建民担任抓捕总指挥，目不转睛地注视着东海市的地图，根据各抓捕小组反馈的情报，进行分析和研判。

忽然，对讲机里传来陈强的声音："金支，我们发现郭槐，开着一辆黑色讴歌越野车，牌照为东F91668，已经被我们追到滨海区青霞湾附近，请求支援。"

金建民扫过地图，画出郭槐的逃亡路线，沿着青霞湾往下看，赫然是毗邻的钱江省。

"滨海区分局的同志已经在前面设卡拦截，后续支援很快会到。"金建民命令道，"在郭槐进入钱江前，必须截住他。"

"是。"

警车上。

陈强当机立断道："炮哥，后面交给分局的同志，我们抄小路去933国道，那是郭槐的必经之路。"

惠俊豪一声不吭，拐进乡间小路，很快上了933国道，风驰电掣地追去。没多久，两人便看到了郭槐的讴歌越野车。

惠俊豪拉响警笛，急踩油门，紧紧追了上去。

郭槐听见警报声，脸色愈加狰狞。

警笛声越来越近，如同追魂的钢索套在郭槐的心上，无论他如何加速，都改变不了将被拿下的现实。

陈强紧紧握住防护把手，看准时机命令惠俊豪："截停他！"

惠俊豪急冲上去，一个漂亮的漂移，倒开在越野车前方，郭槐却仍不减速，朝陈强他们撞去。

惠俊豪早有预料，一手挂挡，一手把住方向盘，同时看后方路况，警车向后飞退而去，一撞一退，越野车使出浑身解数，左突右撞，竟然就是碰不到警车，形成了微妙的平衡。

就在这时，后方支援的警车赶到，从左右两边跟陈强一起，呈品字形把越野车合力卡在中间。

郭槐自知大势已去，愤怒地拍打方向盘，咒天怨地。

不多时，三辆警车终于将越野车逼停，陈强和惠俊豪下车，和其他警员一起，拔出手枪，迅速朝郭槐合围过去。

郭槐狗急跳墙，准备弃车而逃，不料刚下车，就被迅速赶来的陈强一甩棍打在脸上，顿时眼冒金星，脑海混沌。

惠俊豪随后而至，将郭槐压制在地，铐住了他罪恶的双手。

陈强兴奋地拿起对讲机，向总队指挥中心汇报："报告，郭槐抓到了！"

"立刻带回来！"

悬而不决，缄口不言

智能审讯室。

郭槐闭着眼睛，面如死灰，坐在审讯椅上，嘴里念念有词，任凭技术员们提取指纹、口腔黏膜。

时间紧迫，陈强和惠俊豪对郭槐进行连夜突审。

然而，时间一分一秒过去，任凭他们怎么审讯，就连陈强最引以为傲的微表情审讯法都已失去了作用。郭槐始终缄默不言，以装聋作哑的方式负隅顽抗，一副死猪不怕开水烫的架势。

审讯监控室。

刘卫国板着脸看着监控屏幕上的郭槐，怒意在眉眼间酝酿。

韩玉朗、金建民陪同在刘卫国身后，愁眉不展。

"这是一块难啃的骨头，想撬开他的嘴，不容易。"

刘卫国冷哼一声，语气坚决："再难啃，也要把他啃下来，尤其是作案动机，以及所有受害者的下落，必须深挖出来……"

"是！"

在刘卫国的督战下，重案支队夜以继日地高效运转，收集整理明珠案罪证，制定进一步的审讯方案。

翌日上午，刑侦总队询问室。

葛峰面色阴沉地坐在陈强和惠俊豪对面，郭槐被捕打乱了他篡权夺位的计划，这消息对葛峰的打击很大。询问室外，葛峰的律师吴正义正在和相关领导交涉。

"葛峰，你对郭槐了解多少？"

"我们只是合作关系，除了具体合作，其他的我一概不知。"

"知情不报，也是重罪。"

"他都被你们抓了，我有必要骗你吗？"

"你们穿一条裤子，说不准。"

"你跟郭槐是怎么认识的？"

"十年前咯，我叔得肝癌死了，操办的时候，我听说东郊区博山公墓有个叫槐四爷的管理员，在选阴宅和做法事方面小有名气，就将他请来，发现他确实有些本事，我又缺这方面的人才，喝了两顿大酒，就一起合作了。"

"这么简单？"

葛峰怒极反笑，指了指太阳穴，锋芒毕露："阿Sir，麻烦你质疑的时候动动脑子，我好歹是市人大代表，坤德集团的总经理，如果知道他是杀人犯，我敢用？又不是吃饱了撑的，给自己找不痛快。"

惠俊豪瞪着一双牛眼，刚要跟葛峰较劲儿，却被陈强按了下来。

难怪一直以来查不到郭槐的踪迹，原来他藏在墓地里面。谁又能想到一个不起眼的墓地管理员，竟会是穷凶极恶的连环杀人犯。最近这些年，他也不是离开了东海，更没有被关进监狱，而是跟在葛峰身边进入了上流社会，漂白了身份。不过奇怪的是，他既然藏匿了这些年，为什么又突然作案？不知不觉，询问的时间已过了大半。

"郭槐在64号别墅有一间密室，密室里面还有一间小密室，你知道吗？"

"郭槐这人装神弄鬼的，谁知道一天到晚在干啥。"葛峰目光一闪，错开陈强的眼睛，回应道，"他从来不准我进去，看都不让看，我也很好奇。"

通过葛峰的微表情，陈强一眼看出他虽然没有说谎，但肯定有所隐瞒，立刻追问："这间密室是做什么用的？"

"我怎么知道。"葛峰目光闪烁得更厉害。

惠俊豪冷笑道：郭槐给你办事，你会不知道？

"说话要讲证据的，否则我告你诽谤，你等着接律师函吧。"

"不要误会，这是破案需要。"

葛峰看了看手表道："时间差不多了，我还有事情。"

"现在问完了，你请便。"

葛峰起身用力地抻了抻西装，久久地看了眼惠俊豪，充满了不屑一顾，似乎要把他记住，好秋后算账，临走时嚣张地甩下一句话："真当自己是根葱了，小样！跟我斗，你还嫩点……"

"妈的……"惠俊豪火冒三丈道，"头儿，就这么让他走了？"

"我知道，他隐瞒了很多东西，但我们没有证据，他又是市人大代表，除非市人大出示相关证明，否则不能扣留他，只能止步于此。"

惠俊豪一拳捶在桌子上，怒气难消。

葛峰刚走出刑侦总队大门，秘书小叶就迎了过来："葛总，刚才得到消息，苏桐的疗程结束了，将在一个星期后出院。"

葛峰面色阴沉似水，忍不住心中的怒火，仰天在心里怒吼："一步，只差一步！郭槐，你个狗杂种，误了我的大事！"

与此同时。

陈强和惠俊豪回到办公室，看到胡秋飞和万子良回来了。

万子良头上裹着一圈纱布，左侧脸颊的擦伤显眼，嘴角瘀青未消，看起来颇为狼狈。

"小万，没事吧？"陈强关切道，"这么快就出院了？"

"医生说只是皮外伤，没有大碍。"

"头儿，你不知道，我昨天到的时候，整个车翻得四脚朝天，我以为万高工挂了呢。"胡秋飞叽叽喳喳道，"幸好翻车的地方是稻田，安全气囊又给力，才没出什么大事儿。"

"呸呸呸，乌鸦嘴，挂了可不能乱说，要说福大命大。"

"哎呀，口误。"胡秋飞红着脸道，"我不是故意的，改天请你吃小龙虾。"

"没事，我福大命大。"

万子良虽然嘴上这么说，但今年以来险况频出，这次确实算是命大……刑警这份工作，也许真的不适合他，辞职的念头又一次迫切地涌上了心头。

陈强察觉到万子良低迷的情绪，上去拍了拍他的肩膀。

万子良正想说些什么，却见徐家君和王涛联袂而至。

"强哥，恭喜恭喜。"

"我跟涛哥有重大发现。"

"啥情况？"

惠俊豪拉过两把椅子，请徐家君和王涛坐下。

"长话短说，先说我这边情况。"王涛不苟言笑道，"通过比对郭槐的手掌大小，基本跟张黎脖子上的瘀血痕迹吻合。"

"郭槐这家伙，果然心狠手辣。"陈强精神微振，这个发现将是有力的间接证据。

"经过 DNA 比对，张黎阴道内残留的物质指向郭槐。"徐家君抢过话头道，"另外，我还在张黎的血液里，发现了东莨菪碱的成分。"

"东莨菪碱？"

"东莨菪碱是一种阻断副交感神经的生物碱，用于控制帕金森病的僵硬和震颤，具有麻醉镇痛和止咳平喘的效果。高浓度的东莨菪碱，只需一滴，就能让人失去知觉。"

"这是迷药？"

"不错，是迷药。"徐家君眉头紧蹙道，"奇怪的是，以前发现的受害者体内，并没有迷药的成分，还有一点更奇怪，死者张黎血液里的迷药含量比胃肠道里的含量要高得多。"

"迷药不是喝进去的……"陈强若有所思道，"你是怀疑，郭槐和张黎之间，还有不可告人的秘密？"

"宾果。"徐家君打了个响指道，"应该是接触性进入体内，但具体怎么接触的，能不能挖出这个秘密，就要看你们大展身手了。"

陈强记在了心里，开始考虑如何让郭槐开口。

"还有一个发现，让我百思不得其解。"王涛直勾勾地看着陈强道，"与陆茵案有关……"

"陆茵案？"

众人同时看向王涛，露出好奇之色。

陈强作为该案的主办探长，心里更是咯噔一下。

王涛猜到了陈强的心思，语速放慢缓缓解释："郭槐没有前科，我把他的指纹录入数据库时，发现他右手食指的指纹，跟瑞公馆灯罩上的那枚神秘指纹，认定同一。"

"郭槐去过瑞公馆！"陈强腾地站了起来，表情莫可名状。

"强哥，先别着急，坐下慢慢说。"王涛接着道，"勘查64号别墅时，发现了郭槐画的大量符箓，带回来做了文检鉴定，经鉴定，跟瑞公馆和娄家神龛上的那两幅神秘图案，笔锋笔画极为相似，应该是出自同一人之手。"

"陆茵案和纵火案都跟郭槐有关？"陈强难掩震惊之色。

大家都知道这意味着什么，看向陈强的眼神不觉带上了一丝愁容。

陈强作为陆茵案和纵火案的主办探长，两个案子已经基本结案，可现在突然有了新证据，如果真是郭槐所为，那么陈强肯定难辞其咎，搞不好这次晋升的机会也会随之泡汤。

更重要的是，现在刘卫国局长亲自督战，在明珠案侦破的这个节骨眼上，陆茵案和纵火案如果翻案，必然会分散时间和精力，那么明珠案后期破案的压力就会更大，搞不好就会被别的探组摘了胜利果实。

一波未平，一波又起。

陈强脑子乱极了，不知道应该高兴还是悲伤，他脸色阴晴不定，暗骂证据早不来晚不来，偏偏这个时候来，真是打灯笼走铁路——见轨（鬼）了。

"强哥，别急，是福不是祸，是祸躲不过。"惠俊豪分析道，"依我看，郭槐跟葛峰沆瀣一气，如果郭槐是受葛峰指使，其实也说得过去。"

"陆茵背叛了葛峰，葛峰有足够的动机报复。而纵火案，葛峰本就是直接受益者，动机更大。"

"我跟涛哥也是这么认为。"徐家君补充道，"如果这两个案子是郭槐做的，那么之前没有解决的疑点，比如瑞公馆卧室的镜子、大门前的断树，以及纵火案涉及的作案时间等相关问题，都可以迎刃而解。"

万子良接话道："现在唯一的疑点，就是'黑先生'的身份，我仔细查过郭槐的电脑，并未发现使用暗网的记录，他除了用一些常见的简单软件，对电脑似乎并不精通。"

王涛望向万子良："'黑先生'一直是天狗追踪系统在追踪，有线索了吗？"

"'黑先生'藏得很深，账号注销以后，追踪难度加大，暂时还没抓到他的马脚……不过，我可以把郭槐的信息输入进去试试。"

"试试也好，也许会有新发现。"

"从逻辑上来讲，不能排除'黑先生'是郭槐雇来的可能性，最好能让郭槐自己承认。"

众人纷纷点头，深以为意，接着看向陈强，看他如何拍板决定。

陈强环视众人，深吸一口气："我尽快报告金支，请示陆茵案、纵火案跟明珠案一起审。"

　　徐家君和王涛不知该说些什么好，先后起身拍了拍陈强的肩膀。陈强强颜微笑，目送他们离去。

　　也许是连续加班后的劳累所致，陈强忽然眼前一黑，趴在了桌子上。深深的疲倦感从周身钻到他的皮肉里，深入骨髓……刹那间，强大的无力感让他全身轻飘飘的，如同"失重"一般。

　　他终于扛不住了，自己累了，心累了……他不敢想以后，不想看过往，一切都在意料之中，却又在意料之外，也许他只好沿着命运的轨迹，无法控制地慢慢走向失败！

　　"强哥，没事吧。"众人纷纷围了上去。

　　"没事，这两天太累了。"陈强努力地抬起头，掩饰着自己的不安，目光却依旧坚毅。

　　"小飞飞，你去问问季探长，红歌郎夜总会的监控视频整理出来没有。"

　　"好的。"

　　"炮哥，你再去一趟红歌郎夜总会，查一下郭槐的消费情况。"

　　"明白。"

　　惠俊豪比了个"OK"的手势，转身离去。

　　"小万，你查查郭槐和'黑先生'的联系。"

　　"好。"

　　陈强分配好工作后，一探组办公室只剩下他一人，他再次无力地趴在了桌子上，只想一个人静静。

　　万子良走到一半又折返回来，在陈强身边踌躇："头儿……"

　　"有事就说。"

　　"头儿，能不能帮我问问金支，辞职报告还要多久……"

　　"你能不能有点担当？那套天狗 AI 追踪系统，现在除了你没人玩得转，正是需要你的时候，我希望你不要当逃兵。"

　　"我不是这个意思。"万子良连连摆手解释道，"只是担心苏桐……"

　　"儿女情长可以理解，你的想法我也能理解。"陈强叹了口气道，"可命案重于泰山，知道吗？"

陈强说完拂袖而去，把万子良晾在了原地，不知所措。

秋高气爽。

刑侦大楼在蓝天白云下，格外地挺拔庄严。

14点，金建民办公室。

刺眼的阳光从窗外斜射进来，陈强垂头丧气地坐在办公桌前，打不起精神。

"强子，怎么这点压力就受不住了？"

"不是，我……"

"我什么我啊？你还是不是共产党员？真正的共产党员全心全意为人民服务，不会计较个人得失。"

"我只是怕耽误了明珠案。"

"有这个觉悟就好。"金建民从身后的书架上拿出一本书，义正词严道，"这本金一南将军写的《苦难辉煌》，你拿去看看。"

"《苦难辉煌》？"陈强双手接过书，精神一振。

"我们是公安铁军，越是艰难的时候，越是对我们的考验。"

"保证完成任务。"

陈强拿着书从金建民的办公室里刚刚出来，就看见胡秋飞慌慌张张地朝他跑了过来。

"头儿，大事不妙。"胡秋飞焦急道，"季姐那边一无所获。"

"什么？"

"红歌郎夜总会的监控视频，没有能够确认郭槐相貌的证据，这小子太狡猾了，一直戴着帽子压着脸。"

"别着急，群策群力，研究一下。"陈强说着拨通了王涛等人的电话。

不多时，王涛和刑技中心、刑科院的专家们与陈强等人围坐在技术探组的视频分析工作站前，一起研讨这个棘手的问题。工作站的屏幕上分了九个画面，分别播放着戴帽子的神秘男子和张黎在一起的影像。大家都说出了自己的想法和方案，但似乎都不太可行。

许久后,王涛试着拿出一个方案:"能不能让郭槐不戴手铐、脚镣出来走走?"

"没问题,不过要确保安全。"陈强狐疑道,"涛哥,你这葫芦里卖的是什么药?"

"呵呵,去了你就知道了。"

"哟,'康神'附体了。"

两天后,智能审讯室。

郭槐戴着手铐脚镣坐在审讯椅上,脑袋微抬,眼神睥睨,完全不像身陷囹圄的囚徒。

陈强和惠俊豪信心满满,带着最新的证据和审讯计划,进来走到郭槐对面坐下,准备开始审讯。

隔壁审讯监控室,刘卫国、韩玉朗和金建民注视着郭槐这块难啃的骨头,眼中战火熊熊。

惠俊豪翻开审讯计划夹子,拿出指纹和文检鉴定报告,逐一摆在郭槐的面前:"睁大你的眼睛,好好看看这是什么!"

郭槐瞥了眼两份报告,嘴角勾起一丝冷笑,缄默不言。

"通过比对你的指纹,发现你的指纹出现在瑞公馆卧室的吊灯上,还有你在64号别墅的笔迹,跟我们在瑞公馆和娄家发现的两幅图案笔迹高度一致,现在怀疑除了'7·13'系列连环杀人埋尸案,你还跟这两件案子有关。"

"郭槐,老实交代是你唯一的出路。"

郭槐闭上眼睛装聋作哑。

惠俊豪怒不可遏,正要上手段进行压制,却被陈强强行按了下来。

陈强翻开明珠案的审讯计划夹子,拿出一张照片:"郭槐,这张照片是张黎失踪之前,跟你一起离开红歌郎夜总会的监控截图,你当时戴了帽子,看不见具体面容。"

郭槐眼皮微抬,扫了一眼照片,眼神复杂,但毫无悔意。

"根据你行走时的动力定型比对,基本确定这个人就是你。"

"哼。"

"你从今年 7 月 1 日到张黎失踪当晚的 28 天时间里，总共在红歌郎夜总会消费了 9 次，其中有 8 次消费都跟张黎有关，无论是 DNA、痕迹，还是张黎体内的迷药成分，我们都有充足的证据证明是你杀了张黎。"

郭槐眼睛里多了些神采，似乎想明白了一件事情。两天前，陈强也来提审过他，奇怪的是没有给他戴手铐和脚镣，只是简单问了一下他的身体情况，就将他放了回去。原来王涛在暗中用摄像机记录下了他的行走方式，通过动力定型进行了比对。看来他苦心设计的种种反侦查措施，也并非无懈可击。

一阵尴尬的沉默后，陈强率先发问："10 月 8 日晚上，你为什么回到埋尸地点？"

郭槐闭上了眼睛，面无表情。

"你明明消失了四年，为什么又突然作案？"

郭槐纹丝不动，嘴里念念有词。

"啪！"惠俊豪拍案而起，瞪着牛眼怒视郭槐："以现在掌握的证据，就算你顽抗到底，也能把你送上断头台。"

郭槐浑然不惧，姿态傲然。

惠俊豪气得牙根痒痒，他真恨不得冲上去，打烂郭槐的臭脸，他有一百种办法让郭槐就范，可是他瞥了一眼墙角的监视器，要不是刘局、韩总在旁边监控室看着，郭槐岂能嚣张到现在。

审讯监控室。

刘卫国愤然道："真是茅坑里的石头，又臭又硬！"

韩玉朗手里掐着香烟，若有所思："南山的核桃得砸着吃，这样耗下去，不是办法。"

"这家伙藏得很深，有些办法看来对他不灵。"金建民犹豫再三道，"刘局、韩总，要不然回避一下，让惠俊豪试试他的手段？"

"不行，明珠案事关重大，"刘卫国断然道，"不能有半点经不起推敲的地方。"

韩玉朗深吸一口香烟，左右权衡："是呀，万一到了法庭上郭槐翻供，就被动了。"

"要不对郭槐进行测谎，一来可以逼他开口，二来可以试探他的反应。"

"立即准备问卷，越快越好。"

刑技中心，测谎室。

经过两天紧锣密鼓的准备，测谎问卷准备完毕。

郭槐戴着手铐坐在安全椅上，面对着一台摄像机，他的额头、胸口、手臂上都贴上了感应片，线路一直连接到测谎仪器上。测谎仪器上时而响起电子音，仿佛精灵的呼吸，透着神秘。

测谎仪前，两名测谎工程师一名负责问询，一名负责记录。

一切准备就绪，工程师李飞熊对着电脑屏幕上的测谎问卷，逐一开始提问。

"陆茵身亡是否跟你有关？"

郭槐眼睛微睁，双臂自然下垂，呼吸渐缓渐深，身心渐渐入了邪道，他的眼前一片花白，仿佛寂灭现前。

"郭槐，请你正面回答问题，'是'或者'不是'，不然就耗着，直到你回答为止。"

郭槐充耳不闻。可他却小觑了李飞熊的耐心，他不说话，李飞熊也不说话，彼此无声地对峙着，只有嘀嘀的电子音，不断在耳边响起。

不知过了多久，郭槐终于开了口："不是。"

测谎室内外，众人悬着的心终于有所松动，看来再坚硬的石头也有被攻克的时候。然而，好景不长，接下来对郭槐的测谎却南辕北辙，越走越远。

"娄家纵火案你是否参与纵火？"

"不是。"

"你是否在酒店杀死张黎？"

"不是。"

"你是否在出租屋杀死张黎？"

"不是。"

……

郭槐像是上了发条的机器，所有的问题都机械地回复"不是"。

测谎监控室。

刘卫国站在单向玻璃前，密切注视着测谎过程，心里仿佛有十五只水桶在打水，七上八下，久久不能平静。

测谎专业高级工程师伍增长带着助手，对照测谎仪器的心率、呼吸和皮肤电流等数值，评判郭槐的反应。

屏幕上，测谎数值和波段始终处于绿色，平稳得像一条直线，被测谎人郭槐，没有任何情绪波动。

"啥情况？"刘卫国红着眼睛，瞥向伍增长。

伍增长压力倍增，又看了一眼数值，眼前依旧是一片绿色，他擦了擦额汗，急忙解释："刘局，测谎仪针对普通人确实是神器，但不能排除极少数人，通过后天训练，具有极其坚定的心理素质，甚至可以控制自己的身体，包括情绪。"

"你说的这种人，都是经过长时间培训的特殊人才，比如 FBI 的特工人员，他们能抵挡刑讯逼供的折磨，郭槐只是一介普通人，他怎么可能做到？"韩玉朗不太相信。

"韩总，郭槐深谙国学修行之道，功底深厚，只不过走偏了路而已。"伍增长透过单向玻璃看了一眼郭槐道："他现在的状态就好似禅宗的入定，嘴上虽然说着'不是'，其实和他的内心毫无关系。"

"难怪这货有恃无恐。"金建民愁眉紧锁道："这下可难办了。"

郭槐人是抓住了，但撬不开他的口，无从得知他的作案过程，后续证据跟不上，便无法形成证据闭环，判不了他的死刑。

这样一来，案情就会陷入胶着，结案遥遥无期。

一想到这里，刘卫国突然急火攻心，胸口传来钻心之痛，他捂着嘴剧烈地咳嗽起来，殷红的鲜血从指缝里喷出，染红了他雪白的警服。

"刘局！"

"快，快去医院！"

10 月 15 日。

晚霞烧红了天空。

精神矫治中心外的法国梧桐，被瑰丽的晚霞照亮，愈加鲜艳夺目，随着拂过的晚风飘动，发出轻轻的沙沙声，仿佛在齐声吟唱着一首悲怆的歌。

苏坤德在阿忠的陪同下，已经在大门口等候多时，忽见章炯威皮笑肉不笑地领着容光焕发的苏桐，从精神矫治中心大楼里走了出来。

苏桐看见苏坤德，立刻快步跑过来，给了苏坤德一个深深的拥抱："爸爸，我好想你啊！"

苏坤德忽然感到有些不适应，苏桐以前对他从来没有这么亲近过，真是一个骰子掷七点——太出人意料了。

苏桐松开苏坤德，抱着他的手臂，嘟起嘴似娇似嗔："爸爸，回家吧，好不好？"

见苏桐如此乖巧，苏坤德哈哈大笑，乐得合不拢嘴："好好好，乖女儿，我们回家，现在就回家……"

"章院长再见。"苏桐对章炯威深深鞠了一躬，像是得到表扬的小学生。

"再见，祝你永远幸福安康。"章炯威目光"慈祥"地挥了挥手。

苏桐笑得更加甜美，连嘴角的弧度都那么完美。这一切完美的背后，却有一种诡异的违和感，这么甜美的笑容，不该出现在她纯洁的脸上。

苏桐跟着苏坤德上了劳斯莱斯，汽车压着飘落的红色梧桐雨，渐渐远去。

弯月如钩，寂静无声。

如沥青般黏稠的黑暗里，熟睡中的苏桐突然睁开眼睛，死死盯着天花板，瞳孔里充满了让人无法自拔的恐惧。

眼泪，自她眼角无声滑落，似哭似笑，诡异难言。

第四章

龙战于野

三顾茅庐，山阴邪术

10 月 22 日。

天气阴沉得厉害，从北方吹来的沙尘更是让东海市蒙上了一层阴影，远处的天边墨云滚滚，仿佛正在积蓄力量，酝酿一场狂风暴雨，令人焦躁不安。

小半个月过去，明珠案仍在僵局当中上下求索，刘卫国副局长的身体也每况愈下，三探组主动请缨，按他们的方法突击审讯郭槐，结果也以失利告终，重案支队的工作气氛更是紧张得令人窒息。

这段时间里，万子良除了扎在实验室，全力追踪"黑先生"以外，只有苏桐最让他挂心。

他从安琪生那里打听到，苏桐近期一直没去过公司。他给苏桐打过无数个电话，发过无数条微信，但都是石沉大海，杳无音信。他也曾忙里偷闲去过坤德集团，却是一无所获。

这让万子良的心情很焦灼，再加上破案的压力，让他一度寝食难安，直到昨天晚上，他终于收到了苏桐的微信：勿念。

短短两个字，让他兴奋了一晚上，回了无数条微信，却再次石沉大海，这让他不得不胡思乱想，"勿念"是什么意思，跟他诀别？还是现在安好，不用担心？万子良开始患得患失，因为苏桐以前不是这样的，为什么那晚之后，她像是变了个人似的，变得如此冷漠，为什么不再主动联系自己？

这些心里的疑问，让万子良心事重重。他疲惫不堪，来到一探组办公室，刚到门口，他突然接到一个陌生的意外来电："万先生，你好，我是坤德集团人事部经理董浩。"

"董经理，你好。"

"你的简历已经通过审核，职位是廉政官，年薪 200 万，不知你什么时候方便过来，办理一下入职手续？"

"200 万？"万子良失声惊呼。当初苏桐告诉他的年薪只有 50 万，怎么突然涨到 200 万了？

"是的，集团高级廉政官应得的。"

"可是，我还没有面试。"

"万先生，你是集团求之不得的顶级人才，面试就不用了。"

"啊？！"

"你的情况我们已经掌握了，中国刑警学院毕业的高才生，擅长暗网追踪技术，又是刑侦总队重案支队的刑侦骨干。"董浩话音一转道，"当然，这也是苏副总交代的。"

万子良恍惚了一下。果然，都是苏桐安排的。

万子良挂断了电话，他没有告诉董浩准确的入职时间，因为他想到了昨晚的回信，直觉告诉他，回信和这个电话似乎有哪里不对。但更重要的是，在找到"黑先生"之前，他还不能走。他不能辜负身边的战友，更不能辜负那一条条鲜活的生命，这是作为一名刑警最后的担当。

万子良调整好心绪，快步走进办公室，看到陈强独自一人坐在工位上，神情专注地翻看着厚厚的案卷，桌上放着半只吃剩下的柚子和几大瓶喝完的矿泉水。

最近这段时间，陈强忙得焦头烂额，既要想办法让郭槐开口，又要重新排查陆茵案和纵火案，整个人瘦了一大圈，嘴角更是起了几个红肿的火疖子。

"头儿，保重身体啊。"万子良有些心疼，率先打招呼道。

"'黑先生'查得怎样了？"

"还在努力，新的数据库已经开放，只要有任何蛛丝马迹，不会放过的。"

"那就好。"

"我有一个想法，不知道行不行。郭槐最大的对手是杨君松，我们能不能请杨君松教授过来做民俗顾问，协助我们破案？"

万子良的话如同一道雷霆，劈开了陈强眼前的黑暗。这半个月以来，他们一直执着于郭槐的作案动机，以及作案的痕迹和证据，唯独忽略了他的特长，这一点也是警方最薄弱的地方。

陈强并没有急于回答，心里盘算着，陆茵案、纵火案都跟坤德集团有关，郭槐与杨君松也都是坤德集团内部人士，更是不同派别之间针锋相对的对手。如果请他过来协助，也许真会有意外收获。

思前想后，陈强如拨云见日，心里顿时明朗了起来。他捶了下万子良的胸口，当机立断："好小子！我现在就去请示金支，说不定你这条建议，可以另辟蹊径，增加一条破案线索。"

金建民的批示很快下来，由万子良代表支队去坤德集团请杨君松出山。可杨君松却今非昔比，自从他协助苏坤德扳倒了葛峰，他在坤德集团内的地位与日俱增，从原来的编外顾问成了坤德集团的正式一员，苏坤德更是将苏桐的职务暂时交由他代理，并配备了专职秘书小苗。

万子良早已摸清情况，请安琪生提前预约，并陪他一同去盛情邀请。然而，秘书小苗以杨君松这个代理副总经理新官上任，事务繁多，无法抽身为由，让两人吃了闭门羹。万子良只好悻悻作罢，回去将情况反馈给陈强。

翌日，陈强和万子良再去坤德集团请杨君松出山，可这次是虞霖挡在了前面，又以集团高层召开月会为由，让他们再次折戟而归。

看来他们把事情想得过于简单了。

后日，清晨。

前几次请杨君松不成，金建民以为是诚意不足，他决定带上一探组，趁着周末休息的时间，亲自登门拜访。

悦仙阁，秋高气爽。

幽香袅袅的会客厅中，秘书小苗打着哈欠，给金建民等人泡茶。金建民向小苗说明来意："有劳报转杨总，市局重案支队金建民特来拜访。"

"你们来得不巧，杨总昨天应酬太晚，宿醉未醒，要不改日再来？"

"嗯，那我们就在这里等着，顺便感受一下这难得的清雅之地。"金建民略一沉吟道，"等杨总醒了，我们再去见他。"

小苗面露难色，没有强求，叫人上了一些水果点心后，便自顾自地忙去了。

时间过得飞快，转眼已是日上三竿，杨君松仍然没有醒来，会客厅内茶水也已泡了八九次。

惠俊豪坐不住了，在会客厅内走来走去，大发牢骚："做房地产的，有几个好东西？"

"有些人啊，又开始仇富了吧？"胡秋飞品了一口茶，打趣道，"炮哥，这种心理要不得哦。"

"仇不仇富这都不重要。"惠俊豪停下脚步，冷哼道，"《资本论》你看过吧？资本家都是吸血鬼，尤其是做房地产的，没有一个好东西。"

"炮哥，没有房地产商，东海市哪来那么多高楼大厦？"胡秋飞针锋相对道，"你不能因为你买不起房，就说房地产商都是坏人吧。"

"小飞飞啊，你可是劳苦大众家的孩子，怎么替资本家说话呢？"惠俊豪一脸无奈道，"就是他们这些房地产商，尤其是这个坤德集团，可把我害苦了。"

"把你害苦了？"陈强疑惑道，"此话怎讲？"

"呵呵，阻碍你给我们娶新嫂子了？"胡秋飞调侃道。

"你以为呢，就是房子闹的呗，要不，我早把你新嫂子娶回来了。"

"哦，还有这档事？"

"你们也知道，我离婚到现在就是等着新房子结婚，天天就在手机上看东海买房 APP。"惠俊豪长叹一口气道，"坤德集团在北城区建业路新开的'盛世御龙湾'楼盘，我从前年就开始排队，本来都拿到资格号了，结果临时坐地起价，一平方米涨了两万，我一工薪阶层，上哪儿挣那么多钱去？"

"阿豪，坐下来慢慢说。"金建民摩挲着红木圈椅的把手，安抚道，"市场经济由市场决定。我记得没错的话，建业路去年通了地铁 19 号线，盛世御龙湾就在地铁站门口，旁边还有中粮地产的大悦城商业配套，现在是北城区炙手可热的黄金地段，行情看涨情有可原。"

"这叫割韭菜，吸老百姓的血……"惠俊豪脸红脖子粗，越说越激动。

"阿豪，坐下。"金建民当头棒喝道，"我们是在工作，少夹杂私人情绪。"

惠俊豪拧着脑袋，气哼哼地坐在了椅子上，拿起桌子上的一个苹果恶狠狠地咬了一口。

室外传来了一阵嘈杂的声音。

"真不懂规矩，怎么不早叫我起来？"

"对不起，杨总，担心打扰您休息，所以……"

"瞎说，什么叫打扰！"

"是。"

"贵客临门，财添十贯，道理不懂吗？"

"杨总教训的是。"

小苗话音未落，杨君松便已冲进会客室，只见他穿着宽松的睡袍，头发有些凌乱，想必是刚醒，就急忙过来了。

杨君松满脸堆笑，急忙上来握手致歉。

惠俊豪在一旁歪着脑袋，小声嘀咕道："假情假意……"

杨君松从容不迫地坐在了茶台的主位，从下面的小抽屉里，拿出了他接待贵宾的上等茶，用紫檀木制成的木勺舀出茶叶，放进青花瓷盖碗，再用旁边壶中烧开的山泉水淋过，蒸汽含着茶香袅袅上升，四溢开来。众人的心在茶香中渐渐沉淀，一种久违的沉静，涤荡了胸中的浮躁，脑海里一片空宁。

沸水反复相沏，而后倒进盖碗中，不破茶魂，杨君松以大拇指、食指、中指呈"三龙护鼎"之势，力道轻缓柔匀地端起青瓷盖碗。几片茶叶在清澈碧绿的液体中舒展旋转，徐徐下沉，再升再沉，三起三落，芽影水光，交相辉映。杨君松静静地欣赏，眸色深柔，茶叶沉入杯底，似笔尖直立，天鹤飞冲。

"雨前龙井，诸位请。"

"万丈红尘三杯酒，千秋大业一壶茶。"

金建民接过茶杯，轻轻抿了一口，顿觉唇齿留香，余味悠长。

"好茶，好手段。"

"金支过誉了，雕虫小技而已。"杨君松面带笑容，逐一给大家倒茶，"茶源于自然，汲日月精华，沐春秋洗礼，从而有了如此山魂水魄的灵性，故可以洗去浮尘，过滤心情，广结善缘。"

"杨总，果然是高人啊。"陈强品了一口香茗，忽感嘴角也不那么疼了，赞不绝口道，"人生滋味苦中作乐，大抵如茶。"

茶过三巡，杨君松笑问道："不知各位警官大驾光临，所为何事？"

"郭槐的事情，应该听说了吧？"

杨君松轻轻颔首。

"我们破案遇到点困难，希望聘请杨总为民俗专家，从传统文化的角度提供帮助。"

"郭槐作恶多端，人人得而诛之，为我等正派人士所不齿，理应义不容辞。"杨君松迟疑道，"只是最近俗事缠身，怕是抽不开身。"

金建民猜到杨君松会推辞，不疾不徐道："我从信访办得知，杨总的姐姐杨芸，十八年前在东海失踪了。"

"是的，这是我最大的一块心病。"

"郭槐恶行累累，专对年轻女性下手，说不定你姐姐的失踪，就跟他有关系，杨总不再考虑一下？"

杨君松低下头，突然敛住了笑意。

一瞬间，他脸上写满了憔悴和忧伤。寻找姐姐杨芸，是他这十八年来日日夜夜的执念，奈何天不遂人愿，至今无果。金建民所言，说进了他心坎里，若能借此机会，与警方合作，找到杨芸的下落，他完全没有理由拒绝。

杨君松沉吟了许久，最终吐出一口浊气："金支，你的提议，我无法拒绝。"

"那就有劳杨总了，不知你什么时候方便。"

"容我换身衣服，随时能走。"

重案支队，会议室。

愈加消瘦的刘卫国居中而坐，韩玉朗和金建民分坐两边，陈强、宋立等人及杨君松坐在下首，一起观看郭槐的审讯视频。

视频播放完毕，刘卫国略显疲惫地看向杨君松。

"如果我没有看错，郭槐一直在入定状态当中。"

"入定？"

"进入这种状态后，会封闭自己的情绪，不受外界影响，看似与常人无异，实则已坚不可破。"

众人登时明了，杨君松的判断与测谎高级工程师伍增长的观点不谋而合，难怪撬不开郭槐的嘴，原来他是有备而来。

"有没有办法破解？"

"除非找到能刺激他的东西，让他的情绪出现剧烈波动，他才会难以入定，不过……"杨君松迟疑片刻道，"从视频上来看，他入定的状态似乎很深，寻常刺激，恐怕难以奏效。"

"你的意思是只要是修炼之人，就拿他们没办法了呗？"惠俊豪直言不讳道，"那叫你来还有啥用！"

"炮哥，先别急，杨教授还没说完。"陈强瞪了眼惠俊豪，示意他闭嘴。

"我同事性子急，杨教授勿怪。"金建民缓了一下道，"不过，话糙理不糙，难道真拿他没办法？"

"惠警官性情率真，心情也可以理解。"杨君松笑道，"至于办法，倒也不是没有。"

刘卫国等人精神大振，侧耳倾听。

"自我得到《青囊经》后，日夜修习不辍，自认有不少收获，对付郭槐应该不难。不过在此之前，我希望去看看郭槐的密室，印证一下我的猜测，从而更好地了解他，为各位提供破案帮助。"

众人均看向刘卫国，等他拍板拿主意。

刘卫国略作沉吟道："可以，陈探长，你们陪杨教授去一趟。"

白鹭湾。

郭槐被捕后，64号别墅被立即查封，周围用警戒线圈禁，由六名派出所辅警三班倒，二十四小时严格看守。

陈强等人带着杨君松，向看守的辅警出示了警官证后，进入郭槐别墅的密室。郭槐被捕当晚，现场勘查组就来勘查过现场，但收获甚少。室内布置仍与往常一样，光线晦暗、阴森冷寂，不像正常居所。

杨君松望向密室中央九尺高的三层高台，以及插在台上的令旗，眼中似有所悟。他稳健地登上高台，站在台上长桌前，仔细打量整座圆形密室，时而点点头，时而摇摇头。

"杨教授，看出什么了？"

"郭槐不愧是阴山派传人，是有真本事的。"

"嘁，装神弄鬼，不就是个破台子嘛。"

"你们有所不知，阴山派是结合巫术，融合了闾山、茅山、普庵等诸派修行法门的集大成者，始祖名叫谢五殃，供奉以阴山老祖为主神，其法重阴。"

"杨教授，那这座祭台，具体是用来干吗的？"

"民国以前，阴山派盛行于湘西、福建、浙江等地，其门派手段统称为放阴，需要以祭台为根基，民间神婆神汉的走阴把戏，便是脱胎于此。如我所料无误，这座祭台便是郭槐用来拘灵遣将，施展阴山邪术的根基。"

"这世间朗朗乾坤，难道真有邪术吗？"

"早在秦汉以前，便有相关修行之法，我给你们举两个熟悉的例子。

赤壁大战时，诸葛亮登上祭台作法，请来东风大败曹操，以及他六出祁山时，以七星灯续命，便是以类似的祭台为根基，这是有文字记载的。"

陈强一边频频点头，一边由衷地赞叹："听杨教授一席话，胜读十年书，看来是我们的思维固化了。"

万子良经历一系列变故后，本就不再排斥国学，听完杨君松的解释，更是彻底改变了看法。

说话间，杨君松已经看完密室，再去看那间清修室。

刚走进郭槐的清修室，杨君松眼前一亮，"咦"了一声，失声道："好宝贝。"

"这算什么宝贝，一个破石头床。"惠俊豪撇着嘴，小声嘀咕道，"十个捆一起，也买不起坤德集团一套房。"

陈强给惠俊豪飞了一个眼刀，警告他收敛一点。

"这座玉床，刻有北斗七星，通体碧绿，油润无瑕，是极为罕见的修行法器。"

"法器？"

"玉，石之美者，该碧玉床五行俱全，难得也。"

杨君松用手轻轻地抚摸着玉床，如沐春风。

"我观这座玉床，乃是天然形成，并非人力雕琢，更具天地灵气，可遇而不可求。"

陈强等人看着如痴如醉的杨君松，交换下眼神，竟不知该如何搭话。

"不好意思，一时兴起，忘记各位警官不是同道中人了。"许是有所察觉，杨君松赶紧收回贪婪的目光。

"这座七星碧玉床，就像《神雕侠侣》中古墓派的寒玉床，坐在上面修行，可以事半功倍，一日千里。"

"小说都是胡诌出来的，你们竟然会相信。"惠俊豪嗤之以鼻。

"艺术源于生活，金庸老先生敢那么写，肯定是有参照物的。"

"这方面杨教授是专家，不管有没有道理，只要对破案有用就行。"万子良中肯说道。

陈强点了点头，示意大家不要争论，转而看向杨君松："杨教授，还能看出什么？"

杨君松没有回答，而是绕着七星碧玉床，顺时针方向走了两圈，逐渐眉目凝重："古怪，当真古怪。"

"哪里古怪？"

"天生地成之物，必象生灵。比如北斗七星，象为人体七窍。但从严格意义上来说，北斗七星应该叫北斗九星，除了天权、天枢、天玑、天璇、开阳、玉衡、摇光七星外，还有左辅、右弼二星，象征人体五谷轮回之所，也就是肛门，以及生命孕育之地，也就是生殖器，故而有七现二隐之说。可这张七星碧玉床上只有七星，没有二隐，这还不古怪吗？此床肯定有秘密……"

陈强等人逐渐悟出了玄机，杨君松则兀自蹲了下来，对着七星碧玉床一寸一寸地摸索起来，似乎在寻找什么东西。

七星碧玉床是天生地成，表面有些凹凸不平，还有那条触目惊心的裂痕横贯整张玉床，显得有些美中不足。

"郭槐的大限到了，这裂痕是刚刚形成的。"杨君松一边摸索，一边自言自语道，"左辅、右弼为辅弼之用，当在北斗七星两侧，而斗为帝车，运于中央，临制四乡，所以左辅、右弼，应该在摇光与开阳之间……"

片刻后。

"找到了！"杨君松突然一声惊呼，把陈强等人吓了一跳，众人循着杨君松的双手看了过去。

只见杨君松的双手，分别按住玉床床尾两侧，同时用力一按，"咔嚓"一声，玉床头部的"斗身"竟向上弹开，露出一个暗格。

陈强心中又惊又喜，谁能想象到这座宝贝玉床下面，居然暗藏玄机，王涛多次带人来复勘现场都没能发现。

然而，暗格打开的一瞬间，杨君松却如遭雷击一般，愣在了原地。他目光呆滞地看着暗格里的东西，心里掀起惊涛骇浪，一下又一下冲击着他的灵魂，直至把他的心理防线冲垮，淹没他的一切。

万子良察觉出异样，立刻大步上前，发现暗格里面全是各种各样的女士首饰，耳环、玉佩、戒指等林林总总堆成了一座小山。

"这些首饰粗看下来不怎么值钱，为什么藏得这么隐蔽？"陈强上来一看，大呼奇怪。

"这些首饰，搞不好都是受害者的遗物。"

"杀人犯取走死者身上物品，多为反复重温作案过程，达到心理或者生理上的快感。"

"也许还有别的用意。"陈强说着戴上白手套，拿出了一个证物袋，在胡秋飞的配合下，把这些首饰一件一件拿出来，带回去交给专业人士研究。

岂料神情呆滞的杨君松，突然发疯似的冲了上来，不管不顾地从胡秋飞的手中夺过一块凤形玉佩，跪在地上，痛哭流涕："姐姐，我终于找到你了，你死得好惨啊……"

"杨教授……"

陈强等人猝不及防，不知这是闹哪一出。

"杨教授的姐姐叫杨芸，二十年前来东海打工，两年后突然杳无音信。"万子良吐出一口浊气道，"十八年来，杨教授每年都会去我们总队的信访办信访，今年就是我接待的，另外半块玉佩，就在杨教授身上。"

说话间，杨君松从自己脖子上取出另外半块龙形玉佩，与凤形玉佩合在一起，果然严丝合缝。

杨君松泪流满面，忍不住喃喃道："姐姐果然没有骗我，她真的被郭槐害死了……"

杨芸告诉过他自己被郭槐害死了？这怎么可能！

陈强等人丈二和尚摸不着头脑，以为是杨君松突见凶信，难以接受，所以才会胡言乱语。

"请节哀。"

"我现在很清醒。"杨君松摇了摇头道，"陈探长，我有一样东西，本来早就该给你们，但以前不是很成熟，现在我有把握了，等我回去调整好，可以助你们一臂之力，彻底拿下郭槐这个恶魔……"

"什么东西？"

杨君松低头不语，将一对凤凰玉佩揣在胸口，两行热泪止不住地流淌。

君松献图，深谷探踪

两天后。

重案支队，会议室。

经过休息调整，杨君松已经基本走出丧亲之痛，他失落地坐在会议室的一角，眼角眉梢仍掩不住伤感。杨芸是他唯一的亲人，从今之后，他在这个世界上，再也没有亲情寄托，人生只剩归途。

刘卫国副局长居中而坐，身形消瘦，面色蜡黄，旁边是韩玉朗和金建民，重案支队各探组和技术员们都肃然而坐，会场沉静肃穆。

"徐主任，你先来吧。"

徐家君清了清嗓子，用笔记本电脑在大屏幕上投射出两张照片："刘局、韩总、各位领导，我将杨芸与张黎进行了人像比对，吻合率高达93%，与其余四位受害者的颅像复原图像，吻合率也在80%以上。"

"不比不知道，原来还真的挺像。"

"因此，可以推测，被郭槐杀死的受害者，其实都是指向同一个人。"

此言一出，整个会场骚动不已。

"请大家静一静。换句话说，郭槐很可能是利用同一种残忍的手段，一次又一次地在实行某种固定的报复。"

"固定的报复？"

"这个人是谁？"

"目前还不得而知。"

"为了这个人，郭槐用长达二十年时间，不断杀死跟她类似的人，可见他的作案动机，跟此人息息相关。"

"陈探长，你作为主办探长，谈谈你的想法。"

陈强神情一肃道："各位领导，郭槐的过去肯定跟此人息息相关。"

"那就去查，去他老家，去他待过的地方，就算挖地三尺，也要找出他杀人的动机，越详细越好。"

陈强挺身立正，刘卫国满意地点了点头，又看向王涛："说说你的发现。"

"刘局，各位领导，经过整理玉床机关内的首饰，分类发现共有 21 种之多，间接证明受害者至少有 21 人。"

"这么多，我的天哪！"

"还有很多情况没掌握。"

"要不是被我们抓住，还不知道有多少人要被害。"

……

众人纷纷议论起来。

片刻后，金建民示意大家安静，王涛继续阐述他的观点。

"这些首饰既不是名牌，材质又不好，根本不值钱，除了张黎和杨芸的遗物已经确认，其他受害者的遗物尚不清楚。"

"从一般犯罪心理来说，郭槐留下这些死者的随身首饰，很可能是出自犯罪怪癖，是对自己杀人行为的一种肯定和纪念。不过，郭槐是阴山派传人，也许还有其他方面的用意……"

听到"阴山派"三个字，众人齐刷刷看向民俗专家杨君松。

"杨教授，你觉得呢？"

"各位警官，我嗓子哑了，声音不大，请见谅。"杨君松打开了话筒道，"死者被郭槐害死，乃是横死，怨气难以消散，而这些首饰，是死者的贴身之物，凝聚了死者的怨气，郭槐把它们带回去，放在七星碧玉床内，便能借助怨气，修行阴山邪术。"

在场的刑警们都不约而同地皱起了眉头，不由得感到背脊发凉。郭槐不仅二十来年一连杀死 21 人，而且被害人死后也不得安宁，明珠案恶贯满盈，空前绝后，简直令人发指。众人纷纷交头接耳，议论起来。

"从犯罪逻辑上来讲，郭槐用邪术达到不可告人的目的，倒是说得通。"

"怪不得他手法如此老辣，二十来年都找不到抓手，是缺了这一窍。"

……

片刻后。

杨君松站了起来，在大屏幕上投射出一张东海市的地图，缓缓走了过去："各位警官请看，这是我根据修习《青囊经》所悟所得标记的一张地图。当初在集团内部南城区旧城改造项目上，我跟郭槐有过一次斗法，发现他的定位法大道化简，与我的记载颇有相似之处，于是我便以书上关于阴宅（墓穴）的法门，寻找姐姐可能会被埋的地方，通过实地勘查，在东海市的地图上标记出了这些地方。诸位若信得过我杨某，不妨找去试试。"

此言一出，满堂皆惊。

"杨教授，你怎么断定你的姐姐是被埋在什么地方，而不是以其他的方式失踪？"陈强有些疑惑地问道。

"陈警官，我知道我姐姐的八字，如果她不在人世，必定和土有关。"

"此图，当真？"刘卫国凝重万分道。

"当真。"

众人纷纷向大屏幕上仔细望去，图上共有18处标记，分别是东郊区7处，西郊区4处，北郊区3处，南郊区4处，其位置都相当偏僻。

刘卫国虎目炯炯，盯着图上的18个地址，仔细分辨。

忽然，他的目光凝聚在一个地址上，眼中精光爆射，东郊区中兴路528号城市花园小区。

这是明珠案第一位受害者的葬身之地，当时这里还是一片荒地，房地产开发商在挖地基的时候发现了端倪。

接下来的一幕幕更让他感到震惊，北郊区邱凤路113号新体育中心；西郊区望春工业园区B区24号正龙文具厂；南郊区绿荷苑南别墅小公园；东郊区东环南路外的荒僻工地；南郊区环城大道立交桥绿化带。

这6个地址，刘卫国一眼便从图上18个地址中认了出来，他脸上的肌肉在激动地颤抖着，眼睛里迸出烈火般凌厉的光。这猝不及防的发现让他心潮澎湃，这些地址从二十年前开始，就深深地刻在他的脑海里。

这些地方曾经都是荒僻的不毛之地，如今有的变成了繁华之地，有的还未开发，但无一例外，它们都是明珠案受害者的葬身之地。这些名字，刘卫国就算化成灰都记得。

刘卫国看着看着，惊讶、激动和亢奋的心情交织在一起，如同决了堤的洪水，浩浩荡荡从他心里倾泻而出，眼中热泪禁不住滚了下来。

二十年来永不言败的决心、废寝忘食的期盼、风雨无阻的坚守，此刻都化作了无比甜蜜的果实，让他将一切苦恼和病痛都抛到了九霄云外。

众人也都纷纷站了起来，面目深沉而凝重，多年的历练和明珠案的切肤之痛，让这些铁骨铮铮的刑警对这6个地址的熟悉程度不亚于刘卫国。只是这么多年艰辛的求索，结果却以这种意想不到的方式跃然眼前，让人难以置信。

会议室里寂静无声，手表的嘀嗒声清晰可辨，气氛诡异到了极点，万子良甚至可以清晰地听见自己急促的呼吸声。

许久之后，刘卫国回过神来，心情复杂地望向杨君松："杨教授，这些地方你是怎么找到的？"

"问得好。为了找到姐姐，这十八年来，我把能想的办法都想尽了，虽然不愿意承认，但我知道姐姐活不见人，死不见尸，可能已经凶多吉少……我在新闻上看到了明珠案的相关报道，我猜测，姐姐大概率是被埋在了地下。我的道行有所增长之后，才慢慢找出了这些地方，都是地脉节点所在，称之为穴。用现代科学来解释，这些穴点的能量场都比一般的地方强很多，非一般之地。"

"你凭什么认为，是郭槐在杀人埋尸？"

"一天晚上，姐姐托梦给我，说她被东海市一个相貌丑陋的风水师所害，让我在东海找到她的骸骨，送回姑苏老家与父母安葬在一起。我醒来后本想报案，但苦于没有证据。没想到冤家路窄，直到在郭槐的密室里找到姐姐的玉佩，我才敢百分百确定，她已被郭槐这厮所害。"

杨君松的话逻辑缜密，滴水不漏。刘卫国充血的眼睛死死地盯着他，不置可否。刘卫国一生办案无数，见多识广，多年前有一起离奇的命案，也是因为死者给家属托梦才找到了尸体。而明珠案的案卷资料是绝密文件，杨君松不可能看到，他能找出这些埋尸地点，看来是真有两把刷子。

"杨教授，为什么最近四年来，郭槐都没有作案？"陈强有些不明白地问。

"陈警官，依我拙见，郭槐每次作案之前必定会选好风水宝地，不会贸然行事。"

"嗯，有道理。"

"最近四年，几个郊区都在大兴土木扩建城镇，又有大量的外来人员流入，大大压缩了郭槐的作案空间，只要他一作案，就容易暴露。直到今年，城镇扩建告一段落，他才有机会再次兴风作浪。"

"难怪埋尸的地方，山环水抱，风景不错。"王涛恍然大悟道。

"王警官所言极是。"杨君松补充道，"山环水抱的风水宝地，不仅能量气场很强，而且隐蔽性更强。"

众人也若有所思，相互讨论起来。

"杨教授，按照你标出来的这些地址，你有几成把握能找到尸体？"

"至少七成。"

众人闻言不由得屏住呼吸，都看向刘卫国，等候他的最终决断。

"七成足够了！"刘卫国猛地一拍桌子，当机立断道，"徐主任，你们带上这张图，把所有地方走一遍。重案支队其他探组和属地派出所配合，尽一切可能，找到其他受害者的骸骨。"

"刘局，且慢。"杨君松请求道，"能不能让我一起去，我想亲自找到我姐姐。"

刘卫国略作沉吟道："可以，杨教授熟悉地理，到了地方还请不吝赐教。"

"大恩不言谢。"杨君松双手抱拳，面色沉重。

案情分析会结束后，众人分头行动。

宋立、徐家君和王涛带着杨君松，根据他的地图制订计划寻找受害者骨骸。陈强率领一探组准备出差开车前往郭槐的老家——钱江省宁海县山区郭家坳走访，这里偏僻难行，几乎与世隔绝。临出发前，金建民把陈强叫到办公室反复叮嘱，唯恐他出现任何纰漏，从而错过仕途最后的良机。

翌日上午，天气阴沉。

东海市通往钱江省的高速公路上，车辆穿梭如织，一辆陆地巡洋舰5700警车闪烁着警灯，以接近200码的速度疾驰。

"这一路早高峰，堵得我都快吐了，还是高速开着畅快些。"惠俊豪一边扶着方向盘，一边信誓旦旦道，"你们觉不觉得，杨君松有点怪怪的。"

"炮哥，杨君松没有得罪你吧？你买不上房子，跟他没关系，你怎么老是针对他……"胡秋飞有点打抱不平地说。

"这都不重要，杨君松替苏坤德做事，表现得再伟光正，也改变不了他是资本家的事实。"

"你还说不是仇富。"

"你还没结婚呢，懂个啥！"惠俊豪冷哼一声道，"女人的安全感就是房子，没有房子，啥事都办不成。"

"我追求的是纯洁的爱情，有没有房子都无所谓，关键是我看得上就好。"胡秋飞一脸正气地说。

"年少无知，还是天真无邪？"惠俊豪一脸不屑道，"找个没房子的男朋友，被房东撵来撵去，到时候，有你哭的。"

"基本的物质条件还是要有的，否则我这个探长都不答应。"陈强搭腔道，"小万找的对象多好，既有真感情，又有经济实力。"

"你和小凤凰，啥时候结婚啊？"胡秋飞一脸八卦地问万子良。

"我最近工作太忙了，她也好像挺忙。"万子良胡乱应付道，"等忙完这阵子，我和苏桐请大家吃饭。"

"太好啦，吃大户喽。"胡秋飞兴高采烈道，"地方我定啊！"

"没问题，下次我安排。"万子良言归正传道，"炮哥，我从苏桐那里了解到，杨君松也是给人打工，没有多少钱，不能说他就是资本家，他积极参与破案，也多半是为了他姐姐，情有可原嘛。"

"你们说的都没错，杨君松帮他姐姐是其一，对付郭槐替苏坤德打压葛峰，未必不是其二。"陈强一边给嘴角的疖子上药，一边苦口婆心道，"我们的任务是明珠案，得道者多助，失道者寡助，杨君松的帮助不能忽略。"

"炮哥，你不要一棍子打死，破坏了杨教授的积极性。"

"哲学家尼采曾经说过，我们的目光所及之处就是我们监狱的围墙。如果不读书，不放下成见去感悟世界，就会画地为牢，困在自己的世界里。"万子良看着车外飞驰而过的景象，深有感悟。

"小万，你们这些搞技术的啊，就是文绉绉的。"惠俊豪撇了撇嘴道，"我就是看杨君松不爽，不是万恶的资本家，也是替他们咬人的狗。"

大家都知道惠俊豪的性子，便不再接他的话茬。

胡秋飞及时岔开话题，叽叽喳喳道："宁海有一家全息沉浸式网红餐厅，本地小海鲜是一绝，找机会去试试吧……"

"我说小飞飞啊，都什么时候了，还惦记着吃呢。"

"吃饱肚子，才有力气去郭家坳啊。"

"哈哈哈。"

神机妙算，哀大心死

早上7点，乌云蔽日。

北郊区，云间森林公园，百花亭。

杨君松一身白衣站在凉亭当中，面前支着一个等腰高的三角支架，支架上水平放置着一块三元三合罗盘。他给出的埋尸地点，只是一个大概区域，具体位置需要进一步分金定穴。他把双手放在罗盘上，一层一层地转动，根据附近的山川地理形势，校准罗盘上面的刻度，口中念念有词。

后方不远处，三探组和北郊区分局的民警已经将这片区域封锁起来，徐家君和王涛率领现场勘查小组候着，只等杨君松的结果出来，便立刻投入勘查行动。

宋立率领"龙虎豹"三人组，瞪着眼睛远远地看着杨君松转动罗盘，怏怏不服。

"金支真是偏心啊，明珠案正经的走访审讯，全都交给陈强。"鲍青一身腱子肉，脸上长满了雀斑，一脸不屑道，"这种擦屁股的活，都扔给我们。"

"大哥，陈强也就是走了狗屎运。"虎鹏长得虎头虎脑，瓮声瓮气道，"没有万子良超常发挥，他啥也不是。"

"也不能完全这样讲，"庞隆身材高大，灰白的短发透着独有的精明睿智，"领导的支持最重要。"

"都小声点。"宋立不置可否，指着杨君松转移话题道，"摆弄那玩意儿，能管用吗？"

"宋探长，我也不太相信。"王涛叹了口气道，"一块罗盘就能找到埋尸地，那我们这么多年的辛苦，真是白干了。"

"江湖骗子都能破案，还要刑警来干吗？"

徐家君啧了一声道："该说不说，杨教授这副样子，看起来很跩啊……"

徐家君话音未落，忽听杨君松轻声呼唤："找到了！"

"在哪里？"

"请跟我来。"

杨君松走出凉亭，来到外面开阔地的中央，指着地面："就在这里，必有收获。"

王涛将信将疑道："杨教授，不是怀疑你，可有依据？"

杨君松展颜一笑，指着周围环境，逐一解释："这处公园原本是一片荒地，五年前建成公园，北、东、西三面环山，东为龙山，西为虎山，北依寿山，山势延绵，唯有这南面开敞，前景开阔，山间溪流汇于百花亭后，向东南奔泻而去，山如骏马奔趋，水似黄龙踊跃，符合四灵方位格局，也就是玄武垂头，朱雀翔舞，青龙蜿蜒，白虎恭降，四势呈祥。此等形肖铜锣之地，穴必居中央，而我脚下这里，就是中央之穴……"

徐家君随杨君松的手指望向周围地理，确实是风景秀丽山环水抱之所。

"涛哥，你觉得呢？"

"我只相信亲眼看到的，来都来了，试试看呗。"

徐家君转身招呼技术员们："过来开工了。"

现场勘查小组八位技术员立刻分工行动起来，有的搭建遮阳棚，有的准备工具向下挖掘，有的拿出摄像机和照相机开始取证。

另一边。

昨天出发之前，金建民已经联系过钱江省公安厅，由钱江省刑侦总队致电宁海县公安局刑侦大队，全力配合陈强探组对郭槐老家的调查走访行动。

一探组赶到宁海县时天色已暗，县公安局刑警大队的毛凯宁大队长接待了他们，向他们介绍了郭家坳所在地派出所的老民警薛志勇，由他带路前往郭家坳。

第二天一大早，陈强探组和薛志勇收拾好东西便向郭家坳进发。

郭家坳位于宁海县西部的梁皇山山区，这里以竹海出名，路程虽不太远，但山路蜿蜒难行，车程约四个小时。

一路上，竹山竹海连绵不绝，层层叠叠，一眼望不到边，犹如一幅巨型泼墨山水画。山风习习，处处透着凉意，这里没有城市的喧闹，只有诡异的寂静。

随着太阳升起，山间的云雾渐渐散去，竹海深处，参天的碧竹一片连着一片，潮湿的水汽凝结成露珠，从竹叶高处滴滴答答落下。

薛志勇头发花白，脸色红润，扶了扶老花镜，向陈强等人介绍郭家坳的情况："陈探长，郭家坳原来叫郭家坑，这里比较偏僻封闭，好在山清水秀，这村子里出了不少大学生，清华北大的都有，人家都说这里的风水好。"

"难怪会出郭槐这样的人物，害得我们好苦啊！"惠俊豪抱怨道。

"炮哥，别打岔。"

"他们郭姓的祖上，历朝历代都是秦朝皇家在甘肃的守陵人，大约是明朝天启末年，为避祸从甘肃一路游走，辗转至钱江衢州，再从衢州迁居于此，已经有385年历史。他们村有郭、龚、曹三大姓氏，其中郭姓最多，有380多人。"

"难怪郭槐之前在墓地干。"惠俊豪插嘴道，"老本行啊。"

"这叫家族产业，一脉相承。"

"薛老师，他们村郭姓由谁主事？"

"你们想知道郭槐的故事，我建议最好找老村长，他是郭姓辈分最高的老族长，应该知道的不少。"

陈强轻轻点了点头，惆怅地望着前方曲曲弯弯的山路，觉得愈加曲折偏远。

与此同时。

北郊区，云间森林公园。

四名技术员小心翼翼地挖了两个小时，早已汗流浃背。眼看坑深超过一米八，却没有任何发现，徐家君和王涛大失所望，在一旁叹气摇头，宋立更是黑着脸怒目相对。

"杨教授，这就是你找的埋尸地？"宋立咄咄逼人道，"瞎耽误工夫嘛！"

徐家君和王涛等人纷纷向杨君松投去了质疑的目光。

"不应该啊，穴位明明在这里才对。"杨君松愁眉紧锁道，"各位警官，少安毋躁，容我再推算一下。"

杨君松擦了擦头上的热汗，重新拨弄罗盘，推演位置。

不远处，负责警戒的分局民警们见总队出师不捷，纷纷说起了风凉话。

"嘁，重案支队号称尖刀上的刀尖，看来也不过如此嘛！"

"找古建教授来破案，亏他们也想得出来，不知道上头咋想的。"

"谁让人家是总队呢，再扯淡，咱们也要伺候着。"

……

宋立闻言顿时火冒三丈，转身对着刚才说风凉话的小民警劈头盖脸一阵输出："马槽里伸出个驴嘴。老子冒死抓毒犯的时候，你们还穿开裆裤呢……"

"宋探长，我们不是那个意思。"

"重案支队办案，什么时候轮得到你们这些小瘪三说三道四给我上眼药，你们北郊分局卫局长见了老子还要给几分薄面，你们算什么东西？"

宋立气势如猛虎下山，瞪着眼睛一顿教训，"龙虎豹"三人组在他身后也是横眉冷对，这让分局民警们噤若寒蝉。

云间派出所的陶副所长赶紧出来做和事佬，满脸堆笑地给宋立点上了中华香烟："宋大哥，小孩不懂事。"

"嗯，气得我胸闷。"

不多时，杨君松以刚才的位置为基点，在东西两个方向各找到一个结穴点，以确保万无一失。

徐家君立刻安排人手，同时挖掘，然而事与愿违，还是一无所获。

连挖三次都是空的，让宋立等人颜面尽失。北郊分局刚才说风凉话的民警碍于宋立的威严，捂着嘴偷偷地嘲笑起来，这笑声如同一把把尖刀，扎进宋立的耳朵，他狠狠地剜了杨君松一眼，把徐家君和王涛拉到一边暗自商量。

"两位兄弟，你们也看到了，我现在有理由怀疑，姓杨的昨天蒙对的那6个埋尸地点，是有人给他泄露案卷机密，我这就给金支打电话，对他进行严查。"

"就是，从新闻上也看不全这些地址。"

"宋探长，情况紧急，还是要把这个情况及时反馈给金支。"

"好的，我同意。"

三人迅速达成一致，宋立掐灭香烟，拿出电话向金建民汇报。金建民听到勘查情况心里一惊，赶紧上报总队长韩玉朗，让他向坐镇总队的刘卫国局长请示。

等待指示期间，宋立派"龙虎豹"三人组，将杨君松严格控制起来，而杨君松却雍容闲雅，盘腿坐在草坪上闭目养神，任凭风云掠过。

王涛看了眼杨君松，黯然神伤道："说实话，把破案的希望交给古建教授，其实是我们的不专业。"

"再厉害也是普通人，不是全知全能的神，如果他真能神机妙算，一挖一个准儿，恐怕就该我们哭了。"徐家君不咸不淡地说。

"'小日本'，你什么意思？"宋立虎目圆睁道。

"现在这种情况恰恰说明，杨君松也是在摸着石头过河，而不是郭槐的帮凶，或者早就洞悉此事。"徐家君理性客观地说道。

"不管他杨君松是人是鬼，"宋立不容争辩道，"只要刘局明确办他，三探组毫不手软，不相信撬不开他的嘴。"

话音未落，金建民电话打了过来："老宋，刘局指示给杨君松最后一次机会，如果还是没有，那么他就交给你们了。"

"好嘞。"宋立目光如电，疾恶如仇地扫向远处的杨君松。

11点28分。

郭家坳，重云如盖，风起云涌。

郭家坳位于梁皇山腹地的幽深峡谷，号称丹山赤水，一条槐溪自崇山峻岭间流来，环绕郭家坳而走，溪上有一座两墩三孔石桥，纯以木材作支撑，建起一个黛瓦长廊，称为"郭家廊桥"。

溪水两旁，错落着青砖黛瓦的民居建筑，高大的马头墙，雕刻精美的台门，雪白的墙壁，乌黑的瓦片，掩映在绿树红花之间，一派世外桃源的景象。

此时，老村长郭洪全正带着村里的壮劳力，赶在暴风雨来临之前，抢修村口的泥泞小路。村民们看到沾满泥土的警车来了，不约而同停下工作，窃窃私语起来。

陈强等人下了车，先由薛志勇上前跟郭洪全交涉，过了片刻，他便带着郭洪全走了过来。

郭洪全年过七旬，头发斑白，胡碴稀疏，有着山里人特有的坚韧和黝黑，他瞥了瞥陈强等人，语气不善："去祠堂说吧……"

陈强等人不明所以，这老爷子吃火药了？

郭洪全领着众人穿过郭家廊桥，路经村里新盖好的希望小学，来到了郭家祠堂。祠堂也是新修的，红墙黛瓦，翘檐飞角，门口有一块赑屃驮碑，上面写着乐捐芳名，第一个最醒目的名字，赫然是"郭槐"。

走进祠堂大门，穿过天井，郭洪全走进祠堂正厅，背对陈强等人，一边抽起旱烟，一边黑着脸问道："说吧，小四子出啥事了？"

陈强言简意赅道明来意，岂料郭洪全勃然大怒，霍然转身怒骂："放屁！小四子不可能杀人！"

说话间，一帮身强力壮的村民手里抄着家伙围了进来，面目不善。

惠俊豪见状迅速将手枪上膛，举枪警觉地向四周看去。陈强缓缓地摁下惠俊豪的手枪，示意他先收起来。万子良和胡秋飞也瞬间警觉起来，双手握拳。

薛志勇见状不妙，赶紧圆场道："老爷子，消消气。"

郭洪全瞪着浑浊的眼珠，脸上暴起了一道道青筋："薛警官，小四子爹妈死得早，是我把他拉扯大的，他怎么可能杀人啊！"

"这都不重要。"惠俊豪争辩道，"如果没有证据，我们怎么会从东海市找过来，又不是吃饱了撑的。"

郭洪全不由分说，拿起烟锅子就往惠俊豪身上打："给我滚，滚出去！"

围观的村民们知道他们有枪，不敢轻易上前，见族长下了逐客令，纷纷跟着附和。

万子良赶紧上去拦住郭洪全，好言相劝："老爷子，我们来是解决问题的，您就算轰我们走，也得有个理由不是。"

"要理由是吗？好，我给你们理由。"郭洪全指着祠堂，双眼喷火道，"这座祠堂、外面的希望小学、治理槐溪，都是小四子捐钱修的……对，还有路，你们来时的那条路，也是他出的钱，这么好的人，怎么可能杀人？"

"就是，四哥是大善人。"

"把他抓了，我们脱贫怎么办？"

一旁的村民也跟着一起嚷嚷起来。

陈强等人一时语塞，没想到郭槐这个杀人恶魔在家乡竟有如此好的口碑。

"老爷子，坐下来慢慢说嘛，陈探长可没说要判郭槐的罪。"薛志勇好言相劝道，"今天过来调查，也是怀疑郭槐被人陷害，被冤枉了，想还他一个公道。"

"真的？"郭洪全一愣，将信将疑。

"是呀，是呀，我们不会冤枉一个好人，也不会放过一个坏人。"陈强看见有门儿，赶紧递上一支香烟道，"我们只是来核实情况，您老讲得越详细，对郭槐的帮助就越大……"

郭洪全情绪渐敛，接过陈强的香烟，向祠堂门口的村民们摆了摆手，示意他们暂时离去："身正不怕影子斜，我们郭家村的人虽然穷，但不会做这种伤天害理的坏事。"

"是呀，要不东海大城市的警察，为啥这么远地过来调查呢，不就是为了澄清嘛。"薛志勇见机又加了把火。

"只要能帮小四子，想问什么，你们问吧。"郭洪全这才完全放下戒心。

陈强赶紧替他点上香烟，看着他抽了两口，情绪平复后，从头问起："老爷子，郭槐去东海市以前，是个怎样的人？"

郭洪全让陈强他们在祠堂厅里落座，吐出一口烟雾："你们问的是哪次？"

"敢问老爷子，郭槐具体去过几次？"

郭洪全竖起两根手指道："两次。"

"啊，怎么才两次啊？"胡秋飞拿着笔记本记录，惊讶道。

"正常，我们这里交通极为闭塞，要去大城市打工，大多只会在钱江省的临舟、甬波，很少会选择去东海市。"

"第一次是什么时候，您还记得吗？"

郭洪全吐出一个烟圈，回忆道："第一次去东海，是他二十岁的时候，跟他那个青梅竹马，叫什么来着……哦，对对对，叫龚菊蛾的女娃儿，两人心气高，约好要一起去东海打工，我一直是反对的，但拗不过他们。直到两年后的一个深夜，他工友突然把他送了回来……"

二十六年前。

郭家坳的春天，野花开满了山坡，蝴蝶在花间翩跹起舞，大地充满了新鲜泥土的芬芳。

龚菊蛾扎着马尾，绿裤红袄，像含苞欲放的花，迎面送来无边的青翠。

她背着背篼，在山坡上割猪草，忽然，一双手从背后蒙住了她的眼睛，老气横秋道："猜猜，我是谁啊？"

龚菊蛾声音清脆道："小四哥，你每次都这样。"

手掌松开，眉目清秀的郭槐从她身后出来，笑嘻嘻道："有个好消息告诉你。"

"什么好消息？"龚菊蛾拢了一下耳边的碎发，含情脉脉道。

"洪全叔答应让我去东海打工了，等我赚够了钱，就回来娶你。"

"真的？"

"当然啦，终于可以离开这个死气沉沉的地方了。"

郭槐随手摘下一朵嫩黄鲜艳的野菊花，插在龚菊蛾的发梢，仔细欣赏着。

"菊蛾，你真好看。"郭槐说着，捧起龚菊蛾的脸颊轻轻地吻了上去。

龚菊蛾脸上泛起红晕，露出一抹娇羞，闪身躲开郭槐："小四哥，你去东海打工，我们是不是很久都见不到了？"

"是啊，这里交通不便。"

"要不，我回去跟我妈说说，咱们一起去吧。"

"那还是算了吧。"郭槐低头想了想，自卑道，"你妈不是心心念念想让你嫁给老曹家的三儿子吗？"

"谁说要嫁给那个呆子了？"

"曹三可是考上清华的高才生。"

"那个书呆子，傻里傻气的，谁喜欢他。"

"你要去也不是不行，不过……"

"不过什么？"

郭槐突然袭击，又在龚菊蛾脸颊上亲了一下，转身就跑："只要你追得上我，我就答应你。"

"小四哥，你又欺负我。"龚菊蛾脸若红霞，向郭槐追了过去，"小四哥，等等我。"

五天后，郭槐和龚菊蛾瞒着龚菊蛾爹妈，背着行囊坐拖拉机走了大半天的山路，终于在下午登上了县里最后一班前往甬波市的汽车，而后再转车去东海。

　　两个年轻人涉世未深，满怀憧憬和希望，踏上了东海市这片魔幻的土地。经同县老乡介绍，郭槐在滨海区的一家电子厂做插件工，龚菊蛾在东郊区的一家服装厂做包装工。他们不在同一个区，不过距离不算太远，空闲的时候经常一起约会，日子虽然辛苦，但也甜甜蜜蜜。

　　日子一天天过去，但生活的艰难从不会因为年轻的爱情而展露出丝毫的慈悲，一切的改变从两年后的夏天开始。

　　那年夏天，一个台风天的暴雨夜，郭家坳所在的幽谷里，漆黑如墨，一道道雷霆撕裂夜幕，洒下惨白的光。

　　一辆破破烂烂的五菱宏光面包车，从雨夜深处疾驰而来，停在了郭家坳的廊桥外，两个穿着蓝色工服的人从车上跳下来，一个人撑着雨伞，另一个人从后座上背起不省人事的郭槐，朝郭洪全家里跑去。

　　黑灯瞎火的，工友敲响郭洪全的家门，郭洪全警觉地叫了声："谁啊？"

　　"我们是郭槐的工友。"

　　"大晚上的，有什么事明天再说？"

　　"你是他叔叔郭洪全吧？"

　　"对。"

　　"他受伤了，刚刚出院。"

　　"什么，小四子出事了？！"

　　"快出来接一下。"

　　郭洪全顿时睡意全无，顾不上穿好衣服，跳下床来打开门，借着雷霆的亮光，看见半死不活的郭槐，右腿上裹着厚厚的石膏，还在渗出殷红的鲜血。

　　"这是哪个杀千刀的干的？快进来……"

　　郭家祠堂。

"这是怎么回事？"陈强听郭洪全说到郭槐第一次从东海回来竟然身负重伤，有些探究地问道。

郭洪全把烟屁股丢掉，取出腰间的烟袋锅子，填上旱烟丝，点上火，咂吧咂吧地抽起来。

"因为没钱看病，小四子被东海的医院赶了出来，我照顾了他两个月，他才能下床走路……我问他到底发生了什么，他也不说。从那以后，他就像变了个人……"

郭槐家在廊桥北岸的山坡上，郭槐养好伤以后，便把自己一人锁在屋子里，除了拉屎撒尿，基本见不到他的面。

这天下午，郭洪全拿着一袋米、一篮子鸡蛋，还有两条腊肉，来到郭槐家院子，使劲敲门："小四子，我是你老叔，给你送吃的来了，快开门……"

郭槐仿佛没有听见，屋里反而传出他怨毒的声音："五气行乎地中，发而生乎万物。人受体于父母，本骸得气，遗体受荫。……经曰：气感而应，鬼福及人。是以铜山西崩，灵钟东应。木华于春，栗芽于室……"

郭洪全摇头叹息一声，把东西放下以后，一步一回头地走下山坡。

郭家祠堂。

陈强皱着眉头道："你是说，郭槐把自己封闭起来，是在修炼方术？"

"我郭家祖上是阴山派祖师谢五殃的弟子，留有阴山派的传承，机缘巧合之下，在终南山活死人墓得到了半卷《青囊经》，以前就供在这里。"郭洪全指了指祠堂正厅中间的供案道，"小四子从小讨人喜欢，我父亲也觉得他最有灵性，就把阴山派传承和半卷《青囊经》，全都传给了他。"

"他练了多久？"

"两年。"郭洪全竖起两根手指道，"后来又去了东海……"

"中间没有回来过？"

"没有，他这次去了东海以后，就再也没有回来。"

"他与村里断了来往吗？"

"那倒没有，每隔一段时间，他都会给我寄一笔钱，修祠堂，修学校，修桥修路，我们全村人都承他的情。我们有事去东海找他，他也是有求必应，从不嫌弃我们这些穷亲戚。"

"老爷子，那些考上清华北大的高才生，怎么不往村里寄钱呢？"

"亏先人的东西，还寄钱呢？"郭洪全咂巴了一口旱烟道，"这些考上大学的孩子，根本指望不上。"

"此话怎讲？"

"在国内的还好点，如果是出了国，基本上都是白眼狼。特别是那个考上什么清华的曹三，临走的时候，我们村上有钱的出钱，没钱的出人出力拿鸡蛋，给他凑够了学费和路费。他学成了跑到了美国就再也没回来，听说在美国硅谷混得不错，还讨了个日本老婆，要不是养了个儿子，让他爸他妈去当保姆带孙子，我看老曹头这唯一的儿子算是白养了。"

"这个曹三儿真是精致的利己主义者啊。"

"嗨，我们这儿风水不好啊！"

"老爷子，能出这么多大学生，还有清华北大的，怎么会风水不好？"

"你们是外乡人，不知道。"郭洪全吐出一口旱烟，叹了口气道，"原本我们这里风水是不错的，梁皇山腹地有条槐溪自崇山峻岭间流来，环绕郭家坳而走，这条槐溪又叫龙头溪，传说有一条巨龙在此修炼，本来是相安无事的，谁知民国的时候，有人看中了槐溪源头一雌一雄两棵千年槐树，将它们挖出后，据说送到了外地一高官家中，从此那条巨龙苏醒了，槐溪每年都要发一次洪水，每三年都要发一次大洪水，洪水不但冲毁了我们的家园，而且还有人员伤亡……"

"千年槐树，难道是东郊区瑞公馆的那两棵？"万子良暗自思忖。

"以前我小看了小四子，总是对那些学习好的孩子倍加呵护，可是这些孩子都认为村里是不祥之地，有了本事就再也不回来了。"郭洪全感慨道，"没想到，初中都没毕业的小四子，不但有出息，还真是有情有义不忘本，村里槐溪的水患，就是他掏钱治理好的。"

陈强等人不免疑惑，郭槐既有如此孝心，为何还会走上不归路？

胡秋飞放下手中笔，疑惑道："老爷子，您说他第一次去东海，是跟龚菊蛾去的，他被工友送回来后，龚菊蛾人呢？"

"说起这事，我们都在犯嘀咕。小四子和龚菊蛾是穿着开裆裤一起长大的，从小青梅竹马，一个进了服装厂，一个在电子厂。可怪就怪在，小四子被送回来后，龚菊蛾连面都没露过。我问了小四子几次，他只说分手了，其他啥都不说。"

"龚菊蛾现在在哪里？"

"出国啦。"郭洪全连连摇头道，"听说她跟小四子分手后，在东海傍上了大款，带着她爹妈，一起移民到新加坡去了，估计这辈子都不会回来咯。"

谈婚论嫁的恋人突然分手，男方被人打成重伤，女方却傍上大款，拖家带口移民国外，无论怎么看，这里面都有故事。而且郭槐的作案对象，一直以来都是在报复同一个女人，这个女人，会不会就是与他分手的龚菊蛾？

陈强正在思考推理，忽觉手背一疼，下意识拍了一巴掌，是一只不知名的昆虫。山间多虫蚁，本来不稀奇，只是被咬的地方，恰好起了疹子，顿时瘙痒难耐。

"老爷子，有没有龚菊蛾的照片？"

"没有，我没事藏她照片干啥……"郭洪全突然话音一转道，"不对，好像真有她照片，就在祠堂里。"

郭洪全起身走进祠堂后间，拿着一张大合照回来，指着照片中的一个年轻女人说："这是小四子他俩去东海打工以前，在老祠堂一起拍的大合照，一直挂在后面，年头有些久了，差点给忘了。"

众人纷纷看去。

"这个穿白色碎花裙子的，就是龚菊蛾，当时是我们郭家坳，不对，是这方圆十里八乡最好看的妮子。哎，这妮子跟小四子比起来，完全没得比，也配不上小四子。"

"怎么没得比？"

"这妮子嫌弃我们这些穷亲戚，忘本呗。"郭洪全横眉冷对道，"她傍上大款以后，她本家的姐妹龚柳春去投奔她，居然装作不认识，还说自己不叫龚菊蛾，叫什么龚丽丽，你们说说，这不是亏先人嘛。"

陈强等人的目光齐刷刷地落到照片中的龚菊蛾上，几乎同时，他们凝住了目光，不约而同地激动起来。

照片上的龚菊蛾简直和张黎一模一样，跟其他受害者的模拟图像也简直太像了。

陈强嘴角露出一丝微笑，辛苦努力这么多天，终于看到了撬开郭槐心防的曙光。

重见天日，酸心透骨

15点03分。

北郊区，中环广场。

广场位于合信路与汶水路交叉路口，整体呈东西走向，是市政府为居民生活配套的一座休闲绿地广场。

广场外围，宋立急得出了一身热汗，他带着"龙虎豹"三人组和分局民警，跟一群手拿折扇穿着练功衣的大妈纠缠在一起。大妈们虽然年事已高，但个个精神抖擞气宇轩昂，在气势上已经占了上风。

一个烫头的高个子大妈双手叉腰，义愤填膺地指着宋立的鼻子叫叫嚷嚷。

"你们这些小伙子，怎么回事啦，凭什么赶我们走，不让我们排练？"

"大姐，刑警办案，请支持一下。"

"你们晓不晓得，我们下个礼拜要去参加比赛，市里中老年广场舞大赛。"

宋立平生最怕女人，特别是大妈，当年被丈母娘折磨逼着要房子的阴影，现在记忆犹新，他一个头两个大，只好苦着脸好言相劝："大姐，台风就要来了，你们在这里不安全，配合一下好不好？"

领头的胖大妈跳着脚，咄咄逼人道："就是因为晚上要来台风，所以才抓紧时间来练练，要是耽误我们拿冠军，你们赔得起不？"

宋立被说得连连告饶，像泄了气的皮球，灰溜溜地躲到了后面，让

"龙虎豹"三人组顶了上去。谁知他的手下和他一样,对待凶残的歹徒是龙虎豹,而在家里都是"气管炎",更害怕丈母娘,碰见这帮东海本地大妈,全都变成了"软脚虾",招架都费劲。

宋立长出一口气,金蝉脱壳去找王涛和徐家君,如果杨君松再放空炮,他这一肚子火就新账老账一起算。

对外面的吵闹声,杨君松充耳不闻,他从容不迫地站在广场中央,架起罗盘,观察四周形势走向,缓缓推演罗盘方位。

宋立迈着虎步气呼呼地走了过来,眼睛如铜铃般盯着杨君松的背影,咬牙切齿,恨不得一口将他吞下。

"这里没山没水,他拿什么看,真拿我们当傻子不成! 要不是刘局指示,我现在就把他给铐了。"

"宋探长,来都来了,不急于一时半会儿。"

徐家君眯起眼睛抬头看了看天空,只见墨云遮黑了半边天,仿佛末日前兆,令人望而生畏。

王涛则忧心如焚,靠在一棵大树上,看着杨君松怪异的举动,不置可否。

"各位警官,请来一下。"杨君松放下罗盘,心平气和道。

"找到了?"

三人精神微振,走了过去。

"皇天不负有心人。"

"这里没有山,没有水,你也能找到?"宋立后一步过来,板着脸道,"还真能胡扯。"

"宋警官有所不知,山川地理如人体经脉,此地风水不在于山和水,而在于路和桥,路在下如水,桥在上如山……"

"杨教授,太深奥了,能否通俗点?"

杨君松指向南北向的合信路,断言道:"三位请看,合信路上面的高架天桥,如同一条长垣高山,汶水路则是北郊区的主要干道,宽阔通达,此地位于二者之间,形势如北倚群峰,南临广壤,东望九宗,西接翠屏,雄伟峭拔，气势宏伟，森木葱茏，前面明堂敞亮，左辅右弼森严，是少有的吉祥宝地，肯定是郭槐埋尸的不二之选。"

"这片广场不小，具体埋在哪里？"徐家君将信将疑道。

"请跟我来。"

杨君松昂首阔步在前方引路，三人寸步不离地跟着，走到广场的绿化带里，在一株遮天蔽日的参天古柏处停下。

"若我所料不错，应该在这棵古柏下面，若非人之血肉滋养，它长不到这么高大。"

"装神弄鬼。"宋立翻着白眼，恐吓道，"姓杨的，如果再没有，你就老老实实地跟我走。"

王涛端详那棵古柏，确实比其他树木粗壮繁茂，显得鹤立鸡群，于是他对徐家君颔首示意。

徐家君朝身后拍了拍手，中二地喊道："屠龙的小伙子们，又开工了。"

现场勘查小组的技术员们如法炮制，带着工具迅速投入勘查挖掘工作。邓小南终于给摄像机换上了电池，腆着肚子开始摄像取证。

随着挖掘的深入，头顶的乌云越来越低，空气也变得沉闷浑浊，徐家君等人既忐忑又期待，大气都不敢喘。

50厘米下去了，不见任何痕迹……1米下去了，依然一无所获……1.5米下去了……

宋立憋着气，脸色铁青，眼睛里燃烧着怒火，鬓角有一条青筋轻轻跳动，他已经把手摸到了腰后的手铐，只要再挖几厘米不见尸骸，他便会以雷霆之势拿下杨君松。

"轰隆隆——"远处传来一声闷雷，空气闷得让人喘不上气来。

"徐主任，有发现……"

突然，泥坑里传出惊喜的叫声，如同炸雷。

徐家君和王涛精神大振，急忙上去查看，发现1.52米深处的泥坑下，露出了半截泛黄的骸骨。

"怎么可能！"

宋立摸在腰后手铐上的右手，登时僵在那里。

杨君松站在土坑旁，露出了欣慰的笑容。这笑容如一泓清泉，一剂振奋人心的强心剂，一颗使病人舒畅的救心丸。

20点16分，宁海县刑警大队。

台风如约而至，笼罩长江三角洲，宁海县首当其冲。

雷霆在黑夜里肆虐，狰狞的风暴呼呼咆哮着，像是一个邪恶的魔鬼，放肆地撕扯着整个世界，暴雨如瀑，排山倒海般倾泻下来，和狂风搅和在一起，像密集的子弹，噼里啪啦射向大地。

陈强等人从郭家坳赶回宁海县刑警大队时，已经过了晚餐时间，毛凯宁大队长让食堂大师傅给他们留了一些饭菜。虽然饭菜简陋，也已冰凉，但大家围坐在一起狼吞虎咽，吃得津津有味。

大雨猛烈地敲打着食堂屋顶，冲击着玻璃窗，奏出一曲激动人心的乐章，陈强等人一边扒饭，一边讨论案情。

"就现在了解的情况来看，郭槐在老家的口碑不错。"陈强喝了口热茶，暖了暖身子道，"郭家坳独特的地理环境，导致它异常封闭，而封闭空间内，任何犯罪往往都会被允许，人性的扭曲也会展现得淋漓尽致。"

"头儿，你的意思是说，郭家坳独特的环境，造就了郭槐这样的杀人恶魔？"惠俊豪接着陈强的话说。

"不完全是，从某种程度上来说，郭家坳只是造就恶魔的条件之一，真正让郭槐发生转变的地方，应该是东海市。"陈强微微摇头说。

"郭槐很可能是在第一次去东海时，跟龚菊蛾的感情出现了破裂，很有可能还因此受了重伤，导致他第二次去东海，其实是为了实施复仇，其他受害者，只是龚菊蛾的替代品。"万子良犹豫着说出自己的推测。

"从心理学的角度讲，郭槐的报复属于感情偏激，这跟他父母早亡的家庭有关，唯一的女朋友没了，对世界就绝望了，从而因爱生恨。"胡秋飞试着从心理方面分析道。

"但从正常逻辑来说，他应该报复龚菊蛾才对，可为什么龚菊蛾没事，反倒是无辜的受害者遭殃？"万子良有些想不明白。

"无辜？苍蝇不叮无缝的蛋。"惠俊豪嘴里塞满了饭，含混不清道，"原因很简单，龚菊蛾出国找不到了呗，只能找一些失足少女了。"

"是呀，龚菊蛾现在移民了，我们要调查也是鞭长莫及啊。"胡秋飞有些遗憾地说。

"这个不是问题，我一会儿找毛队，让他把龚菊蛾的户籍资料调出来，传真给总队的国际刑警联络处，请他们协调新加坡警方联系龚菊蛾，配合我们开展调查。"陈强笃定道。

忽然，万子良的手机突然响起，他放下筷子拿出手机一看，是安琪生打来的。接通后，传来安琪生慌乱的声音："万总，大事不好了，小凤凰跟何英明天晚上要订婚了……"

这时，一道闪电劈过，耀得万子良连眼睛也睁不开，紧接着，"轰"的一声，震耳欲聋的雷声在他耳边炸响。万子良如遭雷击，脸上写满了惊怒和不安。

"小万，怎么了？"

又一道雷霆突然炸响，惊得万子良一个激灵，他突然反应过来："苏桐出事了，我要回东海市，现在就回去，晚了就来不及了。"

惠俊豪和胡秋飞也愣住了，像半截木头般，愣愣地戳在那儿。

"今天是台风红色警报，现在外面狂风暴雨，放你离开，我有责任啊。"陈强皱了皱眉道，"再说了，你今年一直运道不好，冒着台风开长途回去不安全。"

窗外疾风骤雨呼啸得更加猛烈，仿佛要把天地颠覆。

"头儿，苏桐一定出事了！"万子良带着哭腔哀求道，"她跟何英订婚了，肯定是被逼的，我必须得回去见她一面……"

陈强目光一凝，惠俊豪和胡秋飞也吃了一惊。他们知道苏桐对于万子良的重要性，两人情意深重，相处虽短，爱却绵长，在爱人眼里，一千里的旅程不过如同一里。

"头儿，让万高工去吧。"胡秋飞目光闪动道，"台风天，我们又不是没有出过现场。"

"不行，现在特殊时期，出了事要犯大错误的。"陈强皱紧眉头坚持道。

"头儿，你不放心的话，我送他回去吧。"惠俊豪大大咧咧道，"小万也怪不容易的，兄弟一场，就当是送给他的辞职礼吧。"

"你怎么知道他要辞职？"陈强有点诧异地问。

"嗨，头儿，咱哥们是什么人？东海顶级刑警啊，眉高眼低还看不出来吗？"惠俊豪打了个饱嗝道，"再说了，天下哪有不透风的墙。"

万子良闻言惭愧地低下了头，很快，一种更强烈的不祥感笼罩在他的心头。

陈强内心挣扎了良久，一个受伤的灵魂，一个深陷麻烦的男人，自己何尝不是……也许他们应该相互支持，更加积极地面对明天。然而，金建民临走时的嘱咐仿佛就在耳边。

陈强陷入了两难，看着痛不欲生的万子良，一咬牙，转念之间便有了决断，大不了把万子良救自己的人情还给他，而自己的仕途就听天由命吧。

"炮哥，你陪小万开车先回，路上一定小心。我和小飞飞明天办完事，晚上坐高铁回去。"

"好嘞，准备出发。"惠俊豪给万子良使了一个眼色。

"谢谢，谢谢。"万子良拉着惠俊豪，拔腿就往外面狂奔。

"路上慢点儿……"

"雨大，就在服务区等等。"

"这都不重要。有我在，放心。"

凌晨，天地晦明。

宁海县前往东海市的高速公路上，一辆陆地巡洋舰5700警车闪烁着红蓝警灯，如惊涛骇浪中的一叶孤舟顶风前行，稍有不慎就会车毁人亡。

风在空中怒吼，声音凄厉，与雨水拍在车窗上的声音，形成了恐怖的乐章，刺痛着万子良和惠俊豪的神经，好像在警告他们，狂风暴雨将主宰这世界，人的命运不堪一击。

万子良双手紧紧地拉着扶手，眼睛里布满了惊怒的血丝。惠俊豪神经高度紧张，肾上腺素飙升，他死死地摁住抖动的方向盘，狂风卷着暴雨，像无数条鞭子狠命地往前风挡玻璃上抽，陆地巡洋舰警车左摇右摆，早已打开极端行进模式，中控台上报警提示灯不断闪烁。

警车开到一段岔路口，惠俊豪毫不降速，果断地变挡，打转方向盘，警车顶着风雨丝滑地在弧线弯道上匀速漂移，顺利改道。驶入直道后，惠俊豪一脚油门加速，仪表盘的转速超过了极限区域，警车像一支离弦的蓝白色利箭，朝着东海市狂飙而去。

凌晨3点，台风过境。

经过千难万险，万子良终于在惠俊豪的护送下，安全抵达东海市。他顾不得休息，心急如焚地来到了苏桐家的别墅外，却被门卫保安堵在了外面，这里是豪宅区，安保格外严格，只有业主通知门卫保安才能放行，即使万子良出示了警官证也不让进入。万子良反复拨打苏桐的电话、给她发微信，却如泥牛入海杳无音信。

秋风瑟瑟，夜凉如水。

别墅区冷清的街道上，万子良望着不远处五光十色的霓虹灯，心里焦急得如热锅上的蚂蚁。

东方既白，万子良已经接近崩溃边缘，他只能找蔡坤、金建民、安琪生帮他联系苏桐，但得到的却是无助和绝望。他跟苏桐的差距真的太大了，如同隔着跨不过的天堑，只能远远遥望。

时间一分一秒地过去，浑浑噩噩之中，天色渐暗，万子良心里仿佛被无形的大石压住，他脑子一片空白，心在徘徊、流浪，却找不到任何出口。他不甘心被命运摆布，横下心来做出一个近乎疯狂的决定，他要亲自去订婚晚宴英雄救美，把苏桐救出来。

华灯初上。

新城区，新豪门酒店。

酒店位于浦江畔，是东海市顶尖的豪华酒店，酒店设计以金色为主色调，弥漫着浓郁的异域风情，法国的紫铜配件、意大利的音乐喷泉、捷克的水晶灯、国际一流水准的餐具厨具，加上用金箔装饰得富丽堂皇的回廊，由内及外无不彰显出皇室贵族般奢华尊贵的气派，在十里洋场独领风骚。

今晚是苏桐与何英举行订婚典礼的大喜日子，吉时定于晚上8点。新豪门酒店门前，豪车云集，门庭若市，东海市政商两界的嘉宾聚集于此，人们的脸上流露着喜庆之色，可谓富贵耀眼。酒店门厅内的电子大屏上，显示着红色的喜庆大字：苏桐女士与何英先生订婚仪式，同时反复播放着苏桐和何英"珠联璧合"的订婚照片。

万子良神情恍惚，守在新豪门酒店门口，长途奔袭加上一天一夜的折腾，让他显得格外狼狈，满脸青胡碴儿，头发油腻腻地打着绺，衣服也皱皱巴巴的，还带着一股发馊的酸味，鞋子上沾满了泥土……然而，心中一股奇特的力量支撑着他，让他坚持守株待兔，等苏桐现身。

这时，一辆迈巴赫S580停在了酒店门前，何英西装革履，意气风发地走下豪车，几位刚到的嘉宾立刻迎上去寒暄，"何公子，恭喜，恭喜！"

"何英！"万子良双拳紧握，盯着风光无限的何英，快步走了过去。

何英注意到万子良，眼中闪过一抹寒光："哎哟哟，这不是我们的人民卫士万警官嘛，怎么打扮得跟叫花子似的。"

"你这个王八蛋，你把小凤凰怎么了？"万子良双眼喷火地冲上去，揪住何英的衣领。

何英没有想到万子良会突然出手，顿时慌了神，大喊大叫："来人，快来人啊，把他拉开。"

刚才道喜的几位嘉宾纷纷退后，避之不及，甚至面露戏谑地看起了热闹。何英的司机赶紧从车上跳下来，企图拉开万子良，奈何情敌相见，分外眼红。

酒店保安部罗经理发现门口的异常，吓得脸色煞白，赶紧带着四个年轻力壮的保安冲了过来。今天是何大公子订婚的大喜日子，要是出了纰漏，他的饭碗指定没了。

罗经理正气凛然，穿着一身定制的黑西服，打着喜庆的红色领带，兔子造型的红宝石袖扣，耳朵上挂着耳麦，他一边向上级汇报情况，一边指挥着保安控制住万子良："快，把那个臭要饭的拉开，别让他脏了何公子。"

保安们蜂拥而上，撕的撕、扯的扯，把万子良强行拽开，死死地将他按在一旁的大理石柱上。

罗经理诚惶诚恐地站在何英面前，言语谄媚："何公子，对不起。"

"你们保安是干什么吃的？"

"是我工作疏忽，让您受惊了。"

……

这边的动静，引来了不少嘉宾侧目围观，众人纷纷议论起来。

"这人是谁，竟敢冲撞何公子？"

"是呀，人家订婚的大喜日子，派个叫花子过来捣乱，真是晦气啊。"

"听说是个小警察，来抢婚的。"

"现在的警察都什么素质！"

"看那小赤佬的穷酸样，一身加起来不到五百块，邋里邋遢的，不自量力。"

……

众目睽睽之下，何英颜面无存，登时火冒三丈，他一把推开罗经理，跨步冲上去，狠狠一拳砸在万子良腹部："跟我何英抢女人，你也配？"

万子良口吐鲜血，剧烈的疼痛让他的身体像龙虾般弓了起来，缓缓倒在地上，脸瞬间涨成了猪肝色。

何英还不解恨，又一脚踏在万子良胸口，接着一脚一脚把他踩踏进尘埃里，狠狠碾压。

"何公子，咱们大人不计小人过。"罗经理赶紧上前拦住何英道，"大喜的日子，别为了臭要饭的坏了您的心情。"

何英喘着粗气，整了整西服。罗经理知趣地从怀里掏出梳子帮他梳好发型，又蹲在地上帮他擦了擦皮鞋上的划痕。

何英的气算消了一半，他咳出一口痰，吐到万子良脸上："告诉你，就你这样的小赤佬，奋斗十辈子，也比不上我一根脚指头粗。"

"王八蛋！"万子良奋力挣扎，奈何四个保安把他死死地压在脚下，让他动弹不得，他从口中挤出几个字，"你把苏桐怎么了？"

"说你贱你还不承认，苏桐只是跟你玩玩，你居然还当真了？"何英冷笑道，"也不撒泡尿照照镜子，就你这穷酸样，能配得上堂堂苏大小姐？"

万子良怒火中烧，"啊"的咆哮一声，拼命挣脱保安的控制，岂料罗经理眼疾手快，冲上去按住他的肩膀，再次使他动弹不得。

"我是警察，放开我。"

"警察？开什么玩笑！"罗经理义正词严道，"我说臭要饭的，何公子和苏大小姐是门当户对。我劝你啊，做一个善良知趣的人，别再闹了。"

"你们这是袭警，放开我。"万子良满眼血丝地盯着罗经理，拼命抬起高傲的头。

"姓万的，苏桐给你安排了一条出路，去坤德集团做廉政官，我还知道，给了你200万年薪，这些我都不在乎。"何英冷笑更甚，拍了拍万子良的脸，越发狰狞道，"只要她是我的，坤德集团迟早是我的囊中物，而你，不过是我脚下一条摇尾乞怜的狗而已。既然是狗，就要做好狗的本分，要会讨主人欢心。如果表现好，我不介意多给你两块骨头。如果没有做狗的觉悟，那我就打断你的狗腿。"

"我不管你是不是警察，过来捣乱就是不对。"罗经理补充道，"何公子给你200万一年呢，我要是你，感恩戴德还来不及，你小子偷着乐去吧。"

万子良无助地喘息着，周围那些嘉宾全都居高临下地俯视着他，嘲笑他，他终于明白，这些衣着光鲜亮丽的人没有人性。

他不甘就这样被人踩在脚下，用尽全身力气，朝何英脸上喷出一口血沫，大骂道："畜生！"

何英抬手揩掉唾沫，眼中凶光毕露，一巴掌甩在万子良脸上，打得他嘴角迸裂出血，旋即凑到他耳边，淫邪道："小瘪三！这口唾沫，我会原封不动地还到苏桐身上，等到了床上，我会一件件脱掉她的衣服，好好地鞭笞她，羞辱她，把她变成一个荡妇，那滋味儿，想想都很美妙……"

"畜生，畜生，我要杀了你！"万子良双眼充血地盯着何英，仿佛择人而噬的野兽。可他却没有利爪，也没有獠牙，他只能怒骂，只能用目光杀人，只能再喷出一口唾沫。

何英似早有预料，轻松躲了过去，接着脚上用力，狠狠踹了万子良腹部两脚，疼得他岔过气，缩成了一团。

"真是一条贱狗。"何英蔑视地冷笑一声，对罗经理道，"苏桐快要来了，我不想再看见他。"

"何公子放心，我肯定办得漂漂亮亮。"罗经理色厉内荏地使唤四名保安道，"愣着干吗，还不快把这个臭要饭的丢出去。"

四名保安如同四个小鬼，七手八脚地架起万子良往酒店外面拖去。

收拾了眼中钉，何英只觉得神清气爽，他抻了抻得体的西装，转身面向体面的嘉宾们："各位，你们可要给我做证，这不算袭警吧？"

"何公子，你是见义勇为的英雄啊，怎么能算袭警呢？"

"我们大家都做证，是这小子来捣乱的，还冒充人民警察，我们找真警察把他抓起来。"

"小穷酸不长眼，敢在何公子大喜的日子碰瓷，换成我，打断他的狗腿。"

……

何英越发春风得意，享受着嘉宾们的赞誉，就在这时，不知谁喊了一声："苏董和苏桐来了。"

何英眼前一亮，一辆牌照号为东A88888的黑色劳斯莱斯幻影，正在门童的引导下缓缓驶来，与被保安架着的万子良擦肩而过。

"苏桐，苏桐，是我呀……"万子良从车窗里看到苏桐，用尽力气大喊大叫，试图引起她的注意。

苏坤德透过车窗发现了异样，苏桐却像没听见似的，微笑着注视着前方，奔向自己金碧辉煌的订婚晚宴。

黑色劳斯莱斯幻影在酒店大门口停下，阿忠下车为苏坤德开门。何英看见如出水芙蓉般的苏桐，乐开了花，绅士般殷勤地为她开门。苏桐身着粉色的晚礼服优雅地下车，主动挽上何英的臂弯，在嘉宾们的祝福和簇拥中，缓步走进了酒店大门。

这一幕，让万子良如堕冰窟，他闭上眼睛，放弃了挣扎，大脑一片空白。他告诉自己这不是真的，这一定不是真的，那不是苏桐，苏桐不是这个样子的。

对，是梦，这肯定是噩梦。

四名保安把万念俱灰的万子良架到远处的马路边，随意丢到了路边的绿化带里，警告他别再回去。

绿化带里冰凉的触感，以及浑身的疼痛，无一不在告诉万子良，这不是梦，全都是真的。

苏桐抛弃了他，背叛了他们的诺言，看都不愿看他……苏桐此时正在嘉宾的祝福中，跟何英举行订婚仪式。他甚至能听到订婚典礼的司仪正在高声宣布：何英先生和苏桐小姐的订婚仪式，现在正式开始……

万子良跌坐在地上，双眼无神，仿佛失去了灵魂，只剩空空的躯壳。

不知过了多久，天空中下起了绵绵秋雨，细雨如丝，落到万子良脸上，为他洗刷泥污，寒意彻骨。他忍不住打了个激灵，终于找回了自己的意识，从地上艰难地爬起来，看了看远处灯火辉煌、高不可攀的新豪门酒店，背影萧索落寞地独自离开。

又不知过了多久，一辆出租车驶来停下，安琪生打着雨伞下来，见酒店门口只有保安，不见万子良的影子，急得直拍大腿："糟了，都怪司机走错路……"

第五章
亢龙有悔

衔悲茹恨，是为天命

新豪门酒店，1号大厅。

金碧辉煌的大厅里，铺满了象征爱情的红色玫瑰花，香气萦绕。台下高朋满座，尽是东海政商两界的嘉宾。东海市交响乐团在T台侧方演奏莫扎特的乐曲《费加罗的婚礼》，音符如涓涓溪水优雅地流淌，斑斓的灯球徐徐旋转，打在水晶吊灯上，折射出梦幻的色彩。

在嘉宾们热烈的掌声中，苏桐挽着何英走下T台，去更衣室换下一环节的礼服，参加后续的晚宴。

宴会间隙，苏坤德缓步走上T台，拿起话筒中气十足地开口道："诸位……"

台下的谦谦君子们，全部放下酒杯停止交谈，目光齐刷刷地聚焦到了苏坤德身上。

"各位领导，各位嘉宾，今天是小女苏桐喜结良缘的大喜日子，他跟小何相知、相悉、相爱，到今天缔结婚约，可谓不容易，我这个做父亲的，真诚地希望他们能互敬互爱，幸福美满。"

台下响起热烈的掌声，经久不息。旁边的司仪"砰"的一声借势打开了香槟，将喜庆气氛推向了顶点。

苏坤德春风得意，继续道："借着大喜的日子，我再宣布一个重大决定，这也是小女的意愿，喜上加喜。"

嘉宾们翘首以盼，窃窃私语。

苏坤德指向台下一身正装的杨君松："诸位，请先允许我给大家介绍，这位是东海大学最著名的古建教授杨君松，杨教授是校企合作的典范，相信诸位并不陌生。"

杨君松起身迎着众人的目光，露出善意的笑容。

"虽然今晚只是订婚，但小女已经说过，从今之后她要将重心回归家庭，以相夫教子为重，现在她已经卸掉集团的副总职位。经过董事会投票决定，聘请杨君松教授为坤德集团新任副总经理，全权接手南城区的旧城改造项目，大家欢迎。"

短暂的静默后，台下再次响起雷鸣般的掌声。

苏坤德见氛围已经足够，朝杨君松招了招手："杨总，你上来讲两句吧。"

杨君松从容地走上T台，从苏坤德手里接过话筒，面对台下，声音朗朗："感谢苏董的栽培和信任，在这么重要的场合，把我介绍给大家，君松真是诚惶诚恐……"

台下没人注意的角落里，葛峰端着一杯香槟，恨不得咬碎口中牙，眼睛里充满了仇恨和不甘。自从郭槐被捕以后，苏坤德便对他发起了总攻，拉拢原先支持他的股东，架空了他的权力，把他逼成了孤家寡人。

现在苏坤德抬举杨君松，更是在东海市政商两界的嘉宾们面前，赤裸裸地打他的脸，就差当面指着他鼻子说，杨君松已经完全取代你了，你该滚蛋了。

"苏老虎，你不仁，别怪我不义，这都是你逼我的……"

葛峰恨意滔天，狠狠摔掉手上的香槟，义无反顾地转身就走。他这个过气之人的喜怒，根本无人在乎。只有苏坤德发现了他的离开，嘴角勾起了胜利者的嘲笑。

从今以后，坤德集团不会再有苏派和葛派，只有他苏坤德一手遮天。

滨江大道。

浦江上游船如织，繁华绚丽，两岸高楼林立，霓虹璀璨。细雨绵绵，如泣如诉，寒意如附骨之疽，凉透身心。

万子良淋着细雨坐在步行区的长椅上，望着繁华的夜都市，这些梦幻般的光彩，在他眼里渐渐地失去了颜色，一片灰暗。

"叮叮叮"，他的手机再次响起，他本能地摁掉，可手机却不解风情地接着响个不停。

"去你妈的！"

万子良抓起手机扔进了浦江，对着身边的一棵大树拳脚相加，如疯如魔地怒吼："为什么！为什么！为什么？！"

他打了不知多少拳，直至手背血肉模糊，精疲力竭，无力地跌坐在地上，像刺猬般缩成一团，肩膀微微颤抖着，只有眼泪扑簌簌地落下来……

绵绵秋雨的水光，虚虚实实的街道，在万子良眼前像一幅低劣的油画，昏暗阴湿的街道，灯红酒绿的会所，目光所及之处全是杂糅迷茫、压抑迷乱的色彩。

他如梦初醒，懊丧自己以前太天真。

他所坚持的高傲，在有些人眼里一文不值。

他寻找和渴望的归属感，在物欲横流面前是那样可笑。

他是在这座城市，但这座城市的一草一木、一砖一瓦，没有一样属于他，他就像一个边缘人，在这座城市里游荡、徘徊，迷茫、孤独无助。

他以为生命里有了苏桐，人生就有了方向。可在新豪门酒店门口，看到嘉宾们的蔑视、罗经理的谄媚、何英的狰狞、苏桐的视而不见之后，他的幻想终于彻底崩塌，现实如一把钢刀血淋淋地割开藏在他内心最深处的懦弱和自卑，把他逼到了悬崖边，他不得不抛弃幻想，残酷地认清自己。

许久后，万子良从口袋里掏出苏桐送他的 ZIPPO 打火机，打火机正反两面镌刻着苏桐送给他的话语，正面：有了你，黑夜便不再是黑暗；反面：愿得一人心，白首不相离。"咔嚓"一声，一缕火苗喷薄而出，火光明暗之间，万子良目光闪动。

苏桐一定有她的难言之隐，她一定是被邪恶裹挟了。

对着打火机微弱而明亮的火光，万子良呆呆地看了许久，突然间，陈强的一句话在他耳边反复响起："我希望你，不要当逃兵。"

万子良咬了咬牙，从随身的包里拿出苏桐给他写的入职介绍信，用打火机点燃，看着它化成灰烬，被秋雨冲进滚滚东去的浦江之中。

他是人，不能做狗！

凌晨5点，夜色将明。

万子良带着一身伤痕和满身疲惫回到通达公寓，安琪生刚睡下不久，听到声音，从床上猛地坐了起来，看见是万子良回来，又惊又喜："万总，我找了你一晚上，你到哪儿去了？"

"以后不要叫我万总。"万子良说完径直进了洗手间，打开淋浴龙头，用滚烫的热水浇去身上的伤痛和屈辱。他刮去颓废的青胡碴，渐渐地恢复了清秀的模样。

安琪生见他一反常态，等在洗手间外面，急得满脸通红，连说话都结巴了："万、万、万兄弟，我知道发生这种事，你很难受，但谁让我们生来就穷呢，没那个富贵命。不过穷可以，志气不能短，小凤凰没了还有我呢……"

安琪生手足无措，不知该如何安慰万子良才好，怕他想不通出意外，一直唠唠叨叨，胡言乱语："命里有时终会有，命里无时莫强求。你洗了好长时间了，万兄开门，万兄……"

洗手间的水声忽止，万子良赤身裸体地走了出来。他尴尬地笑了笑，绕开安琪生，将那一身破旧肮脏的衣服丢进了垃圾桶，简单包扎好伤口，从衣柜中取出一套崭新的警服，一件件穿戴好。

"干吗去？"

"上班。"万子良越过安琪生，背影潇洒且坚定，"这个世界有太多的不平，我要做一名真正的刑警，用自己的双手去维护正义。"

安琪生恍惚了很久，感觉这一刻的万子良跟以前截然不同，好像变了一个人。

秋阳杲杲，碧空万里。

蓝天白云下，刑侦大楼挺拔威严。"东海市公安局刑侦总队"的铜质大字在阳光下折射出光芒，庄严肃穆。

一探组办公室，秋日的阳光透过玻璃窗，映照在一尘不染的白墙上。万子良换上了帅气整洁如天空一般蔚蓝的警服，在陈强的办公桌前站得笔挺："头儿，我不想辞职了，你能不能跟金支说说，把我的辞职申请撤回来。"

"是因为苏桐订婚了？"

"是。"万子良点了点头，又摇了摇头道，"但不全是。我觉得留下来，更能发挥我的能力，外面的世界，不适合我。"

"这样吧，我给你放两天假，你回去调整一下状态。"陈强看着窗外明媚的秋色，考虑再三道，"再好好想想，不要因为一时情绪波动，做出错误判断。"

"头儿，不需要，我不想当逃兵，我要做一名真正的刑警。"

"噢，有志气，这脸上、手上的伤是怎么回事？"

"我摔了一跤。"万子良支支吾吾道，"没事，没事的……我想尽快投入工作。"

"回去休息，这是命令。"陈强合上手中的案卷，不容置疑道，"最近龚菊蛾那边，国际刑警联络办已经接手，暂时不用我们操心。其他受害者的尸骸，有其他探组盯着。我们探组主要负责查找分析证据线索，制定对郭槐的审讯方案，你暂时也可以松口气。"

万子良张了张口，想说些什么，却欲言又止。

电子物证室。

陈强看出了异样，强令万子良休息，而万子良却义无反顾，觉得自己比以往任何时候都要斗志昂扬，疯狂地工作并不完全是为了逃避现实的残酷，也是为了实现他心中的正义。

万子良连续奋战三个昼夜追踪"黑先生"的下落，直到凌晨，他才撑不住困意，趴在工作台上昏昏睡去。

旁边，工作站电脑主机高速运转，声嘶力竭。

这时，蔡坤穿着防尘服从实验室外面进来，看见面色苍白的万子良，低叹一声，悄悄摇头。

成长是要付出代价的，这代价将追随他一生。

法医解剖室。

洁白的墙壁上挂起了红色的横幅，上书：以誓言为号角赴征程，誓夺明珠案攻坚决胜。

冷冰冰的不锈钢解剖台和停尸床上，分别摆放着十二具被害人的尸骸，让人触目惊心。这些曾经的妙龄少女被黄土吸尽了鲜血，化去了皮肉，只留下一堆泛黄的骸骨，证明着洗刷不去的冤屈，她们的芳华被永远定格在了那个罪恶的夜晚……她们仰面朝天，发出无声的呐喊，似要从解剖台上爬起，将践踏生命的邪恶灵魂，生吞活剥。

徐家君穿着蓝色解剖服，带领法医青年突击队，提取骸骨骨髓内的DNA组织，测量骸骨数据，甄别被害人身份，明确死亡原因。

王涛带着痕迹攻坚小组，趴在一具骸骨面前，用镊子小心翼翼地提取骸骨身上还未完全腐化的内衣纤维。

解剖室对面的房间，两名法医相互配合，手持三角形的立体扫描仪，将被害人颅骨的73个关键特征点数据，扫描到电脑中，在刑科院专家的指导下，利用最新研制的"警星"三代人像模拟系统，对被害人进行颅像复原。

刑技人员们因为长时间熬夜，个个脸上都显得浮肿，一层层黑眼圈包住整个眼睛，腰背僵直，尽显疲惫，但他们依旧高歌猛进，在刑警誓言的鼓舞下，誓要完成最后的攻坚，一举拿下明珠案，为民洗冤。

刑侦总队信访办。

一楼大厅内人头攒动，在专门开辟的区域内，排出一条翘首以盼的长龙，东海市各大媒体也纷至沓来，争相报道。信访办的刑警老于精神抖擞，换了一套崭新的警服，挺着肚子声嘶力竭地维持着秩序："大家都别着急，排好队，一个个来，都会轮到的……"

排队的人都是近二十年符合明珠案受害者条件的家属，他们有的白发苍苍坐在轮椅上，有的风尘仆仆从外省星夜赶来，有的面如枯槁泪眼婆娑……他们只有一个相同的信念，便是通过DNA比对找到自己的亲人，为她们申冤，带她们回家。

杨君松排在队伍首位，两位年轻的女法医用棉签提取他口腔黏膜的DNA。完成提取后，杨君松起身道谢，眼含热泪望向远方，目光坚定。

"姐姐，我一定会找到你……"

朗朗乾坤，万里无云。

刑侦总队大楼前的警徽在阳光下熠熠生辉，庄严肃穆。

警徽下，刘卫国居中而站，韩玉朗和金建民分列两旁，他们远远地看着风风火火赶来的人们，汇入信访办外的长龙，不由百感交集。

刘卫国感慨万千道："我们给了他们洗冤的希望，就一定要让希望实现，为这些枉死的冤魂沉冤昭雪。"

"这是最难啃的硬骨头，攻克郭槐的堡垒事关明珠案成败。"韩玉朗手上掐着香烟，毅然决然道，"请刘局放心，总队一定集中优势资源，精准发力，补短板、强弱项，打一场勇拔钢钉的攻坚战。"

金建民跟着斩钉截铁道："刘局、韩总，一探组已经联系到定居新加坡的龚菊蛾，正在完善郭槐的犯罪拼图，相信不用太久，一定会给刘局交上一份满意的答卷。"

"不是给我，而是给全体东海市的人民，交上一份满意的答卷。"刘卫国抬头远望，目光悠远，浮肿的脸庞上写满了期待与担忧，他喃喃自语，"快点，再快点……"

韩玉朗和金建民身躯微震，露出了伤感之色。

11月6日，秋风渐凉。

智能审讯室。

陈强和惠俊豪在郭槐对面坐下，翻开了最新的审讯方案。

郭槐坐在审讯椅上，戴着手铐脚镣，脑袋微抬，眼神睥睨。

审讯监控室，刘卫国坐镇中军，目光锁定监视器，韩玉朗和金建民陪同，重案支队其他骨干列阵在后，皆屏息凝神，氛围压抑得可怕。

惠俊豪与陈强对视一眼，率先发言："郭槐，你对这些地方不陌生吧？"

惠俊豪拿出一套现场照片，在郭槐面前展开。

一张张记录挖掘现场的照片，可谓铁证如山，直击要害。

郭槐睥睨的眼神，突然闪烁起来。

陈强密切关注着郭槐的微表情，发现他的眼神飘忽，这是回忆思索的表现；肩膀在微微耸动，这是被打动的表现……这一切证明他的心理防线已经开始坍塌。

审讯监控室里，刘卫国等人通过监控也注意到了这些细节，揪着的心，因兴奋而怦怦直跳。

突然，郭槐闭眼收心，冷哼一声："警察办案要讲证据，你们在现场，有发现我的指纹、鞋印、DNA还是监控视频？没有这些证据，你们就是在诬陷我。"

"郭槐，刑警最讲证据，没有证据，你怎么会坐在这里？"陈强冷静告知。

"陈警官，你是有水平的人。"郭槐鼻孔朝天道，"不像这个野大个，白痴的葫芦——傻瓜一个。"

……

郭槐寻衅的言辞越来越挑战刑警们的耐心，他昂昂不动，仿佛得胜的将军，对惠俊豪白眼相看，戏谑之情溢于言表。

惠俊豪中了邪似的勃然大怒，如立地阎罗般冲到了郭槐面前："畜生！"

惠俊豪揪住郭槐的衣领，举起砂锅大的拳头，郭槐非但不惧，反而神态讥讽，没把惠俊豪放在眼里："我看你田宅宫窄薄，印堂低陷，双眉交锁，颧骨削薄带棱角，中年必然婚变，没房没钱。"

"啥？"

"日子过得，唉，又穷又危险，注定单身，苦苦过一辈子。"

"去你妈的！"惠俊豪被说到了痛处，拳头狠狠地砸向郭槐的脸。

刘卫国等人屏气敛息，心中暗叫不好。

电光石火间，陈强突然厉喝："注意纪律！"

时间仿佛静止了，惠俊豪的拳头停在了郭槐眼前，只差一毫，便能砸在他脸上。惠俊豪红着眼睛，恨恨地咬牙，宣泄着难以平息的怒火。

郭槐似被吓到，但很快便嘴角上扬，讥笑更甚。

一段僵持后，惠俊豪终究松开了郭槐，骂骂咧咧地坐回了审讯台。

陈强暗自松了口气，幸好没酿成大祸，看向郭槐的眼神，多了几分慎重，这个罪犯很狡猾，不仅懂得挑衅，还会利用情绪使人犯错，制造有利于自己的局面，十分难缠。

陈强示意惠俊豪调整好状态。片刻后，他改变策略与郭槐唠起了家常："郭槐，你真是铁石心肠？有一个人我想你并不陌生。"

说着陈强拿出一支录音笔，按下播放键，里面传出一个娇媚的声音："喂，哪位？"

郭槐登时浑身一颤，似乎闻到了野菊花和泥土的芬芳，原本涣散的目光，瞬间聚焦到录音笔上，有了一些正常人的神采。

录音笔里面，传出陈强的声音："请问是龚丽丽女士吗？"

"我是，你是？"

"我是东海市公安局重案支队的陈强。"

"你有什么事？"

"龚女士，郭槐你不陌生吧？"

龚丽丽沉默了很久，语气骤然冷漠："我不记得他了，也没什么好说的，请不要再来打扰我。"

龚丽丽挂了电话，"嘟……"刺耳的电音，让气氛紧张到了极点。

郭槐眼中的怅然瞬间转变成了癫狂，他又哭又笑，撕心裂肺地张大了嘴巴，欲哭无声，眼角挤出一滴眼泪。

陈强眼睛骤亮，趁热打铁："郭槐，你从始至终都深爱着龚菊蛾，杀死的只是变心后的龚丽丽，所有受害者都是你心中龚丽丽的替代品，对不对？"

郭槐表情渐渐扭曲狰狞，抬头望向陈强，眼神复杂难言，有爱恋，有凄惨，有仇恨，还有顽抗到底的挣扎和不屑……

四目相对，陈强右眼角直跳，嘴角的火疖子也开始隐隐作痛。

"郭槐，少在这儿装傻充愣。"惠俊豪厉声呵斥道，"你的犯罪轨迹，我们已完全掌握，你杀人埋尸的证据确凿，还不从实招来！"

"从实招来？好呀……其实，人活在世界上和动物活在丛林里是一样的，强的要吃弱的，大的要吃小的。只不过人类善于包装自己，披上了一层文明的外衣，让人类社会表面看上去温文尔雅。社会上只有两种人，一种是狼，一种是羊。狼的生存逻辑是如何优雅地吃掉羊，而羊唯一的生存逻辑就是变成狼。这个社会99%的人都是羊，他们的宿命就是被吃掉……嘎嘎嘎……"郭槐一阵狂笑，表情逐渐扭曲。

"郭槐，你死有余辜，少胡说八道。"

"哼，我已经死过无数次了。"

"妈的，这都不重要。"

……

郭槐无视惠俊豪的呵斥，他越过陈强的目光，看向审讯台后的摄像头。

审讯监控室，刘卫国从监视器中迎上郭槐的目光："放大。"

胡秋飞一点点放大，直到郭槐邪恶的脸占据了整个监控屏幕。

刘卫国发现郭槐眼神邪魅，嘴角勾起讥讽的嘲笑，这是赤裸裸的挑衅和示威。

刘卫国勃然大怒，正要做出指示，忽见郭槐面目狰狞，头上青筋毕露，不消片刻，猩红的血液从他嘴角喷涌而出。

"不好，咬舌自尽！"

陈强脸色剧变，惠俊豪一个箭步冲上去，好似铁钳般的大手，捏住郭槐的双颌，掰开他的嘴，陈强赶紧把衣袖垫了进去，防止他咬断舌根。

"快来人啊！"

万子良等人急忙冲进来，审讯室顿时乱成一团。

"砰！"刘卫国拍案而起，仿佛猛虎咆哮威震山林，吓得所有人噤若寒蝉。

突如其来的一幕，让刘卫国心中一股热血直冲头顶，脑袋嗡嗡作响，他脸色变得暗红，指着正在被抢救的郭槐，浑身颤抖："他、他……"

一句话没说完，刘卫国便急火攻心，捂住胸口，喷出大口鲜血，摇摇晃晃地倒下。

"刘局！"

"快叫救护车……"

众人大惊失色，蜂拥上去扶起刘卫国。

刘卫国气若游丝，勉强睁眼，颤颤巍巍用尽最后一丝力气说道："让、让他开口……"

东海市监狱医院。

急救病房外，金建民和陈强等人透过窗户看着正在被全力抢救的郭槐，无不面色凝重，如巨石压顶，难以言喻。

惠俊豪走来走去，"砰"的一拳砸到墙上："王八蛋，铁了心顽抗到底……"

"炮哥，收收脾气，都什么时候了！"

"嘿！"

众人无言以对，氛围愈加凝重。

忽然，一名中年男子姗姗来迟，戴着金丝眼镜，穿着深色西装，沉稳老练。

"搞不好又是律师来了。"

众人皆怒目而视，聚焦到男子身上。

男子无视众人，径直趴到窗户上查看郭槐的状态，随即脸色稍缓，矜持地自我介绍："各位警官，我是郭槐的辩护律师，靖临律师事务所的高级合伙人吴正义，也是东海市律协的刑辩专家……"

"少废话。"金建民抬手打断道，"知道你是谁。"

"那我就直说了。"吴正义扶了扶眼镜，质问道，"请问金支队长，我的当事人定罪了吗？"

金建民深呼吸，保持气息平稳道："暂时没有。"

吴正义冷笑一声，尖酸道："既然没有，我的当事人即便是犯罪嫌疑人，也仍然拥有公民权利，你们没有确凿的证据，凭什么把郭槐逼到急救室？！你们这是刑讯逼供，是知法犯法，我要向东海市人民检察院提出申诉。"

惠俊豪怒不可遏，挺身就要亮拳头，却被陈强死死按住，示意他少安毋躁。

"朗朗乾坤，不是你吴律师说了算。"金建民泰山崩于前而色不变，沉着应对道，"告诉你，我们的办案流程合法合规，不存在逼供，有视频为证；其次，郭槐之所以自残，是想以此抵抗审讯，逃避犯罪责任，我们后续也将追责。你身为他的刑辩律师，不劝他配合我们工作，反而助纣为虐，诬陷我们逼供，请问你做律师的操守在哪里，律协和司法局难道没人管你吗？"

吴正义被反问得哑口无言，嚣张的气焰荡然无存："我的当事人如果有好歹，我有权对你们进行追责，金支队长，后会有期，哼……"

吴正义灰溜溜地逃了，他来时有多神气，现在就有多狼狈。

"什么狗屁刑辩专家，就是罪犯的帮凶，恶魔的代言人。"惠俊豪毫不客气地说道。

"明珠案虽然没有定案，但基本是板上钉钉，吴正义也算东海市的知名律师，为什么还来给郭槐辩护，就不怕给职业生涯招黑吗？"万子良很是不明白地问道。

"苍蝇不叮无缝的蛋，没有腥味，他们会趋之若鹜？"惠俊豪的语气里满是鄙夷。

"对于很多律师来说，案子的输赢不重要，钱多钱少也不重要，重要的是参与曝光率高、知名度大的大案要案，这样可以让他们一战成名。"陈强毫不意外地说。

万子良恍然大悟，难怪惠俊豪说他们是帮凶，看来一点不假。

"还是金支厉害，几句话就让吴正义无话可说，看他以后还敢不敢嘚瑟。"胡秋飞适时拍个马屁。

"小飞飞，你还是年轻啊。"金建民摇了摇头，脸色愈加凝重道，"吴正义只是小麻烦，真正要紧的是舆论。现在东海市的各大媒体已经跟踪报道明珠案了，市局领导以及市委领导都很关心这个案子，刘局的身体也一天不如一天，如果不能尽快破案，才是真正的大麻烦。"

众人本就沉甸甸的肩头，如同又压上了一座山峦，压得他们喘不过气，但除了迎难而上，已经别无选择。

陈强看了眼还在抢救的郭槐，嘴角的火疖子又开始一抽一抽地疼："金支，我们该怎么做，下命令吧。"

"刘局指示，一定要让郭槐开口。"金建民面色凝重道，"虽然掌握了部分犯罪情况，但还远远不够，必须尽快完善犯罪拼图，逼他开口，即便是零口供，也要有足够的证据，送他上断头台，为民除害。"

"是！"

明察暗访，追根溯源

接下来半个月，陈强率领一探组东奔西走，缜密调查郭槐和龚菊蛾在东海市的关系网，寻找当年的知情人逐一走访。郭槐那句"我已经死过无数次了"的话，像魔咒般一直萦绕在侦查员们心间。

下午3点，滨海区书院镇阿娜小卖部。

小卖部的老板娘倪阿娜，曾是龚菊蛾的工友，年近50岁，中等身材，四方脸庞，长年的辛劳给她眼角留下深深的鱼尾纹。

陈强等人刚下车，发现小卖部外面挤满了村民，对里面指指点点。

"潘子又喝高了，打老婆。"

"天天变着法打老婆，阿娜摊上这个男人，真是倒了血霉。"

"糟了，阿娜被打急眼了，要点煤气罐……"

人群突然骚动起来，纷纷往后退去。陈强等人来不及多想，逆人流而上，发现小卖部里面的货架全都被推翻了，地上一片狼藉。

倪阿娜口鼻流血、满脸瘀青，盘腿坐在地上，左手抱着煤气罐，右手拿着打火机，喊天哭地："潘子，你个挨千刀的，我死也要拉你垫背。"

"臭婆娘，你皮痒了是吧，敢点试试……"

倪阿娜对面，潘子动作僵硬、一身酒气，手里拿着扫把，色厉内荏。

"老娘我不活了，啊……"倪阿娜拧开煤气阀，传出"嗤嗤"的放气声，她双眼一闭，就要点燃打火机。

电光石火间，陈强健步上前，猛地打飞她手里的打火机，惠俊豪顺势夺下了煤气罐拧上阀门，胡秋飞迅速跟上俯身安抚倪阿娜的情绪。

潘子早已经被吓傻，不觉丢下了扫把，结结巴巴道："疯、疯了，这狗婆娘……真、真的疯了……"

万子良正准备上去拿下潘子，却见潘子突然发狂，光着脚转身就跑："狗婆娘真的疯了，她要杀我。"

万子良刚要追上去，却被陈强叫住："小万，别追了，联系书院派出所，让他们来处理。"

万子良会意，拿出手机拨通了书院派出所电话。

倪阿娜绝望得哭天抢地，在地上打滚撒泼……

胡秋飞费了九牛二虎之力扶起倪阿娜，好言相劝安抚她的情绪。通过沟通才知道，他们结婚十几年来，潘子不务正业，天天喝酒闹事，醉了就拿她发泄，没过上一天好日子，今天实在被逼急了，便想一死了之。

等倪阿娜情绪逐渐稳定下来，陈强表明来意，向她打听龚菊蛾的事。

倪阿娜一把鼻涕一把眼泪，哽咽道："菊蛾，也苦命哟……"

二十五年前。

傍晚，秋老虎燥热难耐。

佳乐服装厂高耸的铁门开了一个小口子，厂子里的年轻男女饥肠辘辘地三三两两走出厂门，在厂门口的路边小吃摊上，买一块钱的炒面，或奢侈点买两块钱的凉皮，蹲在路边匆匆吃完，再赶回去加夜班。小吃摊的刘大爷每天傍晚出摊，一直摆到凌晨4点，风雨无阻。他叼着香烟，看见孩子们可怜，给他们碗里盛得满满的。

服装厂的工人多数是小学、初中毕业，他们穿着廉价的 T 恤、牛仔裤，头发造型模仿港台明星，谁能用索尼随身听听歌或拿出一部 BP 机，就能远超同龄人。

服装厂对面有一个君君小卖部，尽管这里的东西比正常店里的价格要高一些，但这里依旧是工人们最喜欢的地方，因为这里有一部可以打长途的电话。

君君小卖部里隐约有一股酸臭的味道，老板石老头长得白白胖胖，色眯眯的眼睛上戴着一副老花镜，他赤裸着上身，只穿了条红色内裤，手拿蒲扇，站在柜台里面，一边看着热播电视剧《包青天》，一边猥琐地打量着正在打电话的龚菊蛾。

龚菊蛾穿着短袖工装，相貌却是极好，肤白貌美大长腿，该凸的地方凸，该翘的地方翘。石老头扶了扶老花镜，缓缓舔动舌头，贪婪的目光在她身上游走。电视里传来"开封有个包青天，铁面无私辨忠奸"的经典歌词，似乎龚菊蛾就是电视剧里的女主角。

龚菊蛾被看得浑身直起鸡皮疙瘩，移动电话机转身躲避石老头。岂料石老头一把摁住了电话机，顺势一把攥住了龚菊蛾的玉手："小妮子，皮肤真好……电话线拉断了，你赔啊。"

龚菊蛾心里一惊，使劲挣脱出来，咬着嘴唇对电话那头的郭槐抱怨："小四哥，真的不想打公用电话了，你就给我买个手机吧。"

"菊蛾，再忍忍，这个月发了工资，我凑钱帮你买一个。"

"好吧，我听你的……"

龚菊蛾脸色变得黯然。她挂断电话，摸出两枚硬币甩到柜台上，转身就要跑，一刻都不想多待。

石老头突然又抓住她的玉手，使劲揉捏，笑眯眯地说："少了。"

龚菊蛾使劲抽回手，嗔怒道："一块钱一分钟，我只打了两分钟，哪里少了。"

石老头意犹未尽道："超过一秒也按一分钟算，你打了两分钟零三秒，所以是三块钱。"

　　龚菊蛾气得胸口起伏，石老头好似看见绝美的风景，盯着她胸口目不转睛，气得龚菊蛾又羞又恼。

　　"菊蛾，好了没？"倪阿娜提着两份炒面，走到君君小卖部门口，看到眼前这一幕，急忙替龚菊蛾解围。

　　"那条戴眼镜的势利狗，又在这儿仗势欺人呢。"

　　石老头见有人进来，一本正经地套上了汗衫。

　　龚菊蛾掏出一枚硬币，扔到石老头面前，落荒而逃。

　　石老头盯着龚菊蛾的背影，摸着下巴，意犹未尽："小妮子，够味道……"

　　龚菊蛾拉上倪阿娜，逃出石老头的视线，总算如蒙大赦。

　　倪阿娜见她脸色不好，问道："那条眼镜狗，又吃你豆腐了？"

　　龚菊蛾抿着嘴，委屈地点头。

　　"老东西，早晚不得好死，养的儿子又傻又笨，早晚也得去坐牢。"倪阿娜诅咒着石老头一家，"呸"地朝君君小卖部吐了一口痰，替龚菊蛾鸣不平。

　　"算了，娜姐。"

　　"你男朋友不是早就说要给你买手机了吗？"

　　龚菊蛾嘴抿得更紧，失望之色溢于言表。

　　"这算什么男朋友啊，你都说了多少次了，太抠门了。"

　　说话间，街对面忽然传来一个熟悉的声音："阿娜、菊蛾。"

　　倪阿娜和龚菊蛾循声望去，见是一位时髦的女郎，穿着超短裤、露脐装、黑丝袜，头发烫成了大波浪，脸上化着浓妆，一身劣质香水味。竟然是以前的工友方娟。

　　两人又惊又喜，心情好转不少，挥手招呼："娟姐。"

　　三个好姐妹许久不见，有聊不完的心里话。聊着聊着，方娟突然拿出一个崭新的滑盖手机，在倪阿娜和龚菊蛾面前炫耀起来。

　　龚菊蛾看着方娟的手机，怔怔出神，好生羡慕："娟姐，你都用上手机了啊！"

"西门子，不贵，二手的，也就几千块。"方娟潇洒地摆摆手道，"你要是喜欢，借你玩几天。"

倪阿娜迫不及待地抢过手机，如获至宝，爱不释手。

龚菊蛾越看越喜欢，随即想到了自己，不禁黯然神伤："每个月累死累活，工资还不到四百块，吃吃用用也没剩多少，娟姐你就是借给我，我也用不起啊。"

"嗛，现在谁还打工啊？你真是捧着金饭碗要饭。"方娟神色鄙夷道，"东海发财的地方那么多，只要脑子好，躺着都能赚钱。"

"躺着赚钱？！"倪阿娜惊疑不定道，"娟姐，你不会是进夜总会当小姐了吧？"

"放心啦，我只是陪陪酒，不卖身。"方娟神色暧昧道，"菊蛾，你长得比我好看，挣得肯定比我多。如果想去，我可以帮你介绍哦……"

龚菊蛾紧紧握着手机，嘴唇咬得紧紧的。

深夜11点，又闷又热。

佳乐服装厂厂房里换气扇不断轰鸣，两面相对的高大墙壁上，刷着红色的标语："时间就是金钱，效率就是生命。严格工艺纪律，确保产品优质。"工人们像是没有感情的机器，不断重复着相同的动作。

龚菊蛾捂着肚子从厕所回来，脸上全是冷汗，苍白无血。

她刚坐到工位上，倪阿娜小声关切道："菊蛾，没事吧？"

龚菊蛾抽着冷气道："最近天天加班，生理期乱了。"

"阿娜、菊蛾，嘀咕什么呢？菊蛾，你上厕所又超时了，从工资里扣钱。"工厂的监工邢经理一脸横肉，尖酸刻薄地呵斥道，"要向马家军学习，不怕苦，不怕累。耽误了美国的外贸订单，你们担当得起吗？"

倪阿娜噤若寒蝉，龚菊蛾也咬着牙，两人低头继续工作。他们和所有的女工一样，不知道为什么要学习马家军，只是在电视和广播里天天听到他们为国争光的故事。

"谁要耽误了出货，就给我滚蛋！现在多少国企下岗工人都没饭吃，三条腿的蛤蟆不好找，两条腿的人满大街都是……"邢经理的声调越来越高，他的影子在灯光下越来越斜。

整个厂房里鸦雀无声，只剩下换气扇的嗡鸣。

小卖部里，倪阿娜失魂落魄地捡起一瓶瓶饮料，码放到货架上面，继续回忆："当时厂子里外贸订单特别多，我们又是计件工，基本全年无休，算上加班，一天要干15个小时，菊蛾虽然是山里来的，却受不了这个苦，她本来想辞职回老家，又觉得不甘心，所以就去找了娟姐……"

"那种地方就是魔窟，进去容易，出来难。"

"后来你们还有联系吗？"

"菊蛾出去没多久，就土鸡变凤凰了，咋可能记得我这个穷工友。"倪阿娜摇了摇头道，"听说，她后来越做越大，在温莎KTV当上了领班，把厂里好多漂亮姑娘都带去上班了。"

陈强等人相视一眼，发现了问题的关键。

不久后，书院派出所的民警姗姗来迟，接手倪阿娜的家暴问题，陈强等人再次出发，匆匆前往下个地点。

东郊区，中创电子厂。

插件工劳铁柱55岁，已经有40年工龄，他憨厚老实，壮得像头牛，因为日复一日地工作，胸背已经佝偻。陈强之所以找到劳铁柱，因为他不仅是郭槐同宿舍的工友，也是当初郭槐被打后送他回郭家坳的当事人之一。陈强等人联系好中创电子厂厂办米主任道明来意，由厂保卫部门褚经理出面，请劳铁柱过来了解情况。

"干什么？我说了有事，不去……"

陈强等人等了许久，忽听保卫室外传来争吵声，循声看去，只见褚经理正拽着劳铁柱往这边走。

劳铁柱一手拿着手机，一手拿着银行卡，老大不情愿。

"铁柱，你怎么就不明白呢？你说的那个菲菲，就是个网络骗子，你还上赶着给她汇钱，是不是老糊涂了？再说警察同志过来，是找你办正事的，你别不识好歹。"

"你胡说,菲菲她不会骗我的。"劳铁柱瓮声瓮气道,"菲菲说过会嫁给我,跟我回老家,还说要给我生儿子……"

陈强等人听出端倪,上去问明情况,才知道劳铁柱由于性格过于耿直,目前还是光棍一条。他耐不住寂寞,就在手机上找安慰。上个月,他在手机上认识了个叫菲菲的姑娘,把他迷得五迷三道,隔三岔五就给菲菲转钱。此时,劳铁柱刚刚答应了菲菲,要去银行ATM机给她转钱,却突然被褚经理截停带了过来,不闹心才怪。

陈强等人得知前因后果,表情不由得变得古怪,一阵好言相劝,才勉强让半信半疑的劳铁柱坐了下来。

胡秋飞给劳铁柱倒了杯茶水,不紧不慢道:"铁柱大哥,你认识的那个菲菲是不是告诉你,她今年刚大学毕业,准备自己创业?"

劳铁柱惊讶道:"是啊,你咋知道?"

"这都不重要。她是不是还说,爷爷住在乡下,以卖茶叶为生?"

劳铁柱瞪大了眼睛,愣住了。

"她是不是还告诉你,她妈得了癌症,没钱医治,求你帮忙借钱,还说挺过这一关后,就带你去见她爸妈,跟你结婚,还不在乎你的年龄和长相?"

"你、你们认识菲菲?!"豆大的汗珠从劳铁柱额头上渗出,他彻底蒙圈儿了。

"你这是遇上杀猪盘了,她告诉你的这些,都是写好的剧本,你被她给骗了。"

"这都不重要。你的那个菲菲,搞不好就是个抠脚大汉。"

"不可能,绝对不可能,菲菲不可能骗我。"劳铁柱猛地从椅子上站起来,脸色铁青。

"那你说她一个年轻漂亮的女大学生,嫁给你图啥?"褚经理将劳铁柱摁回座位上,摇头道,"图你老光棍,图你岁数大,图你不爱洗澡?"

"反正就是不可能,不可能,她说过要嫁给我。"劳铁柱急得直跺脚。

"铁柱大哥,这种案子,我们反诈中心每天都会碰到。"万子良叹了口气道,"你要不相信,现在就联系她,跟她视频,看她答不答应。"

　　劳铁柱连忙拿出手机，按万子良说的做，结果没说两句，菲菲就把他拉黑了，急得他捶胸顿足，跳脚大骂："骗子！大骗子！欺骗我的感情，还骗了我整整 40 万块，40 万啊，我大半辈子的积蓄，呜呜……"

　　"40 万？我的妈呀！"褚经理瞠目结舌道，"铁柱，你不是说只有几千块钱吗？"

　　"那是骗你的，呜呜……"五大三粗的老爷们，竟然哭得像个孩子。

　　陈强等人于心不忍，急忙上前劝慰，答应劳铁柱尽量帮他把钱追回来。闹腾了一个小时后，劳铁柱才逐渐恢复正常，陈强等人终于进入到正题。

　　劳铁柱感怀道："小郭是个痴情种，自打进了我们厂，只要有时间，就去找他女朋友菊蛾，直到……"

　　二十二年前，风雨欲来，天气阴沉得厉害。

　　郭槐放下电话，走出公用电话亭劳铁柱发现他魂不守舍，急忙上前关切地问道："还是没打通？"

　　"嗯。"郭槐忧心忡忡道，"铁柱哥，这都半个月了，一直联系不上菊蛾，她会不会出什么事啊？"

　　"早说了让你给她买个手机，哪怕二手的也行，你偏不听，非要节约几百块钱，现在终于知道急了？"

　　"我是想等她生日……那现在怎么办啊？"

　　"菊蛾不接你电话，估计是在生闷气，赶紧给她买个手机，哄哄就好了。"劳铁柱拍了拍脑袋，"你实在不放心，明天就去找冯组长请假，亲自找过去看看。"

　　听完劳铁柱的讲述，万子良已经死寂的心突然泛起酸楚的涟漪，想起自己也曾联系不上苏桐，也曾惶惶不可终日。

　　"后来呢？"

　　"小郭按我说的，去二手市场淘了个旧的诺基亚手机。"劳铁柱叹息道，"可就在那天晚上，我们接到温莎 KTV 一个叫黄欣的小保安打来的电话，说郭槐快被人打死了，让我们去收尸。"

"黄欣？咋又是这小子！"惠俊豪面色一沉。

"炮哥，让铁柱说完。"陈强示意惠俊豪少安毋躁，接着问道，"郭槐不是去见龚菊蛾吗，怎么会被人打？"

劳铁柱缓缓摇头道："我们去的时候，他被丢在温莎 KTV 门口的绿化带里，就剩半条命了……"

陈强搓了搓手上瘙痒难耐的疹子，心中暗自盘算，要解开这个疑点，看来还得去找温莎 KTV 的老板。

陈强通过"大 B 哥"得知，温莎 KTV 八年前已倒闭，老板丁家炎，外号"特种兵"，因在澳门豪赌赔光了家产，还欠了巨额赌债，被赌场拿来做规矩，卸了两条腿，从此隐退江湖，龟缩在西城区青松社区 145 弄的民宅内，了此残生。

一探组一大早出发，来到了青松社区。

这里是典型的老破小，建筑多是 20 世纪 80 年代初期的砖混结构，高不过六层，斑驳的墙皮、拥挤的走道、杂乱的植被，给人以深深的绝望感。

陈强等人刚走进社区，就听见有人大喊大叫："'特种兵'跳楼啦……"

居民们闻风而动，不多时便将 3 号楼围得水泄不通。

陈强等人加快脚步，跟着人群来到 3 号楼下，抬头望去，只见中间单元 6 楼阳台护栏上，坐着一个双腿残疾的中年男子，正破口大骂："邹维，你个挨千刀的……"

中年男子梳着大背头，下身没了两条小腿，衣衫褴褛，面黄肌瘦，不成人样，他对着天上惨淡无光的白日，颤颤巍巍地咒骂着，随时可能会掉下去。

"不好，是丁家炎！"

陈强认出那就是他们要找的原温莎 KTV 老板丁家炎，不由得大惊失色，赶紧招呼一探组冲上楼去救援。

惠俊豪更是一马当先，三步并作两步一口气冲上6楼，如坦克般撞开房门，陈强等人紧接着鱼贯而入。

丁家炎发现有人闯进来，抓起身边的玻璃罐头瓶，朝门口扔了过去，惊恐万状："你们是谁？不准过来，再动我跳楼了！"

陈强立刻止步，摁住惠俊豪，示意所有人向后退三步。他平复呼吸，好言相劝："丁总，我们是朋友，来帮你的，有话慢慢说。"

丁家炎打量了一下四人，情绪越发激动，身体突然向阳台外倾斜，威逼道："去你妈的！滚出去！滚出去！"

"真是朋友，我们是大B哥的兄弟。"陈强和颜悦色道，"是大B哥让我来接你的，过去和他叙叙旧，今天中午定在老地方，外滩松鹤楼。"

陈强不愧是谈判专家，不急不躁，张口就来。

"放屁，大B啥时候变得这么慷慨？"丁家炎疑信参半，慢慢地坐直，将半截身体从阳台外收了回来，"怎么，他得重病快死啦？"

"那倒没有，人总是会念旧的呀。"陈强继续安抚道，"丁总当年可是东海夜总会叱咤风云的人物啊。"

"哼，你以前认识我？"

"必须的。"

"今天这是演的哪一出啊？有什么困难，兄弟们必定两肋插刀。"陈强试着套他的话。

"都是邹维那个挨千刀的叠码仔，骗我到澳门葡京大酒店豪赌……"丁家炎绝望地闭上眼睛，泪眼婆娑道，"我老婆也跑了，女儿也不认我了，我还活着干吗……"

陈强看准时机，给惠俊豪使了个眼神，惠俊豪立刻会意，沿着墙边缓缓接近阳台。

"你给我下来吧你！"说话间，惠俊豪趁丁家炎不注意，一个猛扑抓住他的胳膊，把他从阳台上生生地拽了下来。

丁家炎猛地被拽到地上，只觉得浑身吃痛，像发了疯的野狗一般使劲扑腾起来："让我死，让我死啊……"

惠俊豪一时竟按他不住，暴脾气上来，扬起手来，"啪啪"给了丁家炎两个响亮的耳光。这一来是防止丁家炎再次自杀自残，二来是让他更好地和警方配合。

"现在还要死不？"

丁家炎被彻底打蒙了，感觉灵魂已经出窍，靠在墙角呆若木鸡，惨白的脸上瞬间现出两道红印。

趁丁家炎还没反应过来，万子良和惠俊豪合力把他扶到轮椅上，胡秋飞跟上去检查他的身体情况，对他进行心理疏导。

华灯初上。

丁家炎耷拉着脑袋，终于不再寻死觅活，他知道了眼前这些人的身份以及真正的来意，要了一根烟，回忆起了当年的龚菊蛾，脸上竟然露出了猥琐的笑容："菊蛾啊，那小妞还真是个极品，刚来的时候，扭扭捏捏的……后来做了我女朋友，没想到还是个雏儿，反抗的时候，真他妈带劲儿……"

陈强等人不约而同露出厌恶之色，惠俊豪敲了敲他的脑袋："老家伙，少废话，说重点！"

丁家炎揉了揉红肿的脸，龇着大黄牙识趣地改口："女人嘛，只要破了她的贞操，教会她什么叫不要脸，就什么都想通了。后来她跟着我干，那时候钱真好挣，怎么做怎么有，很快就成了头牌，给自己改了名字叫龚丽丽，还带了一帮她自己的小姐妹。"

"龚菊蛾的男朋友郭槐，你认识吗？"

"那个穷鬼啊，好像有点印象，那天晚上……"

那天晚上，黑云压城，闷热得令人窒息。

龚菊蛾烫了一个时髦的大波浪，穿着粉色的抹胸吊带，手上抓着最新款的粉色诺基亚滑盖手机，轻薄机身让人眼前一亮，挽着一个大腹便便的中年男子，从温莎KTV走出来，她靠在那个男子身上，娇笑连连："贺老板，这个新手机两万多呢，亲爱的，谢谢你提前送我的生日礼物。"

"小宝贝，只要你喜欢，别说两万多，就是十万，也是洒洒水啦。"贺老板满面油光，粗短肥硕的手在龚菊蛾身上游走。

"你真坏。"

"呵呵，男人不坏，女人不爱。"

龚菊蛾刚要撒娇，忽然看见温莎 KTV 门口，一个熟悉的身影如雕塑般站在那里，他背后浪潮般的霓虹起伏跌宕，熟悉的身影时而折叠时而拉长。

"小四哥！"龚菊蛾惊呼道。

"为什么？"郭槐双眼喷火，一字一顿地质问道。

贺老板瞥了眼郭槐，又看向龚菊蛾道："丽丽，你们认识？"

"他、他是一个老乡。"龚菊蛾支支吾吾道，"不、不熟……"

黑压压的云层里，传来隆隆的雷声。霓虹灯快速变换着颜色，映照得郭槐身上一片红一片蓝。

郭槐从怀里摸出一部掉色的诺基亚手机，浑身颤抖："你要的手机，我已经给你买了……"

龚菊蛾不敢面对，挣脱贺老板的手臂，撇过头去，眼中暗含泪水。

突然，郭槐手中的诺基亚手机响起经典的铃声，似在唱着"输得精光，输得精光，输得精光光"。他按掉电话，面目渐渐狰狞，如同被逼疯的恶狼一般盯向贺老板："是你，是你逼菊蛾的，对不对？"

龚菊蛾花容失色，挡在贺老板面前，哀求道："小四哥，你快走吧。"

郭槐一把推开龚菊蛾，冲向贺老板，抓住他的衣领，嘶吼道："王八蛋，我杀了你！"

"保安，保安！"

龚老板身宽体胖，一把便推开瘦弱的郭槐，郭槐咆哮着又扑了上去。

保安经理发现这边的动静，赶紧带人冲了过来，指着郭槐厉声吼道："快快快，把这个小赤佬拉开，别伤了贺老板……"

保安们蜂拥而上，撕的撕、扯的扯，强行把郭槐拽开。一个保安趁他不备，脚下使绊，将他摔倒，几个保安顺势将他死死地按在地上。

贺老板一把搂过龚菊蛾，嚣张跋扈地踩在郭槐脸上，当着他的面强吻龚菊蛾："敢跟老子抢女人！"

"嗯"的一声闷响，郭槐喷出一口血沫，溅到了贺老板白色的皮鞋和裤子上："王八蛋，我杀了你……"

"妈的，真晦气。"贺老板抽回了脚，从随身的夹包里取出一沓钞票，扔给了保安经理，"给我打，往死里打，打死了算我的。"

夜总会的保安都是混子出身，他们看到厚厚的一沓钞票，如打了一针兴奋剂，全部一拥而上，把郭槐拉到监控盲区，一阵拳打脚踢。郭槐被打得浑身是血，满地打滚，手里的诺基亚手机早已掉落下来，在地上振动着。

"哼，这种垃圾货也想讨女孩子欢心。"贺老板从地上捡起诺基亚手机，当着众人的面，摔得粉碎。

迷幻的霓虹灯下，龚菊蛾无力地坐在地上掩面哭泣，郭槐双手抱头蜷缩在一起，行尸走肉般冷冷地看着龚菊蛾，心如死灰。

"让开！"保安经理拿着棒球棍冲了上来，对准郭槐的右腿，狠狠地砸了下去，只听"咔嚓"一声，郭槐发出撕心裂肺的惨叫，疼得昏死过去。

丁家炎长长地吐出一口烟，继续回忆："贺老板是捞偏门起家的，人狠心黑，要不是我好言相劝，给他免了单，恐怕那小子小命都没了。"

"你是担心搞出人命，耽误了你的生意吧。"陈强无情地揭穿他。

"陈警官，瞧你这话说的，我可是良民啊。"丁家炎又向陈强讨了一根烟，生无可恋道，"哎，我这个良民，就是太老实，才毁在邹维这个浑蛋手里了。"

万子良再次听到"邹维"这个名字，不禁泛起疑惑："你说的是家住锦园小区 9 幢 502 室的那个邹维？"

"你怎么知道？"

"他那个案子我去的。"

"活该呀，就是那个挨千刀的，他设套骗我赌博，在我身上赚了不少黑钱，他把我害惨了。"丁家炎咬牙切齿道，"还好上天有眼，让他全家不得好死，被两个小毛贼盯上了，嘿嘿嘿……"

万子良倒吸一口凉气，世间怎么会有这么巧的事情？仿佛有一根无形的线，把所有人的命运不着痕迹地串联到了一起。他心里五味杂陈，万般惆怅涌上心头。郭槐的遭遇与他何其相似，他在郭槐身上，仿佛看见了另一个自己，只不过郭槐选择活在过去的痛苦里无法自拔，开启了复仇之旅。

临走前，陈强甩下八百块钱，警告丁家炎："好死不如赖活着，你死了也就臭一块地而已，你自己掂量吧。"

丁家炎呆呆地看着那沓钞票，久久无言。

返回刑侦总队的路上，夜色渐浓，东海市却依旧繁华喧嚣。霓虹灯点亮了都市的奢华，也掩盖了星月的光辉，放肆地把变幻的彩色投向天空，天空朦胧得连黑也不纯粹了。

"头儿，像丁家炎这样的人渣，为什么还要帮他？"万子良看着车窗外繁华的夜都市。

陈强意味深长道："他这种人，活着比死了更难受，这是对他最好的惩罚。"

"你们说，龚菊蛾真是想通了，才跟着丁家炎干的吗？"

"怎么可能？"惠俊豪手扶方向盘道，"KTV是大染缸，威逼利诱下，时间久了，她自己就沉沦了，再也出不来了。"

"山里人很看重贞洁，龚菊蛾离开郭槐，可能也有这方面原因，至少是压死骆驼的最后一根稻草。"

"照这么算的话，罪魁祸首应该是丁家炎啊！"

"丁家炎只是诱因，真正的问题，还是在他们自己身上。"

"根据国际刑警联络处反馈的信息，龚菊蛾是二十一年前和那个姓贺的老板一起移民的，郭槐则是在他们移民后，第二次进入东海，时间上面很接近。"

"头儿的意思是说，郭槐本来想找龚丽丽复仇，但一切准备就绪后，龚菊蛾移民出国了，他也只能转移目标。"

"从犯罪逻辑上来说，这个可能性很大。"

"在郭家坳走访时，并未听说七星碧玉床，可见不是郭家祖传的。"

"这里面肯定还有秘密，一定跟他第二次来东海关系密切。"

"博山公墓管理员！"

"对，下个阶段的任务，就是深挖他在博山公墓的经历。"

"得嘞。"惠俊豪吆喝一声，踩下油门，警车如离弦之箭驰去。

翌日。

初冬未至，秋意澄明。

一探组驱车两个半小时，来到了西郊区博山公墓。正午阳光下的仿古牌楼，拖着长长的影子，青松翠柏岿然不动，四周空无一人，深邃宁静，安然祥和。

陈强等人在停车场停好了车，公墓管理处的白科长早已恭候多时。双方简单寒暄后，白科长介绍了下情况。二十多年前公墓特别缺人，在社会上招过一批临时工，这里环境特殊，薪酬待遇都不高，报名的人很少。郭槐老实本分吃苦耐劳，很快通过了实习期被正式录用，与老员工祝海建安排在了同一宿舍，这一住就是十年。

通往宿舍的路上，幽幽的阳光斜斜地照在一座座冰凉的墓碑上，一阵秋风吹过，卷起地面上的黄叶，为这里沉眠的逝者唱起了挽歌。陈强触景生情，想起了自己长眠于此的老朋友，他带着一探组绕路来到了刑警公墓，在青松翠柏的掩映下，刑警烈士墙巍然耸立，这里朴实无华，却能升腾出攫摄人心的力量。

陈强和惠俊豪点起了香烟，逐一放在了烈士仇志明、魏明铭、杨业、相海峰的墓碑前，一探组全体刑警庄严敬礼，寄托哀思。

沿着公墓里的小路，陈强等人找到工人宿舍时，祝海建拖着病体正在打包行囊。宿舍里有两张床，一张是祝海建的，已经收拾干净，另一张空着，上面堆满了杂物，积了一层厚厚的灰尘。

祝海建，外号老拐，人又黑又瘦，白发苍苍，身躯佝偻得像一张硬弓，脸颊上布满了老年斑，牙齿也所剩无几。

在得知陈强的来意后，老拐显得颇为平静。

惠俊豪打量着老拐的行囊，问道："老祝，要出远门？"

"出什么远门啊，我是回甘肃老家。"老拐擤了把鼻涕，擦在床腿上，神情麻木道，"我做了一辈子管理员，到头来钱没挣到多少，身体搞垮了，上个月刚办了病退，实在没法子，身体顶不住了，只能回老家了。"

"车票买好了吧？"

"你们再晚来半天，我估计就在火车上了。"

"郭槐这人到底咋样？"陈强看了看手表，赶紧递上一支香烟。

"小四刚来的时候，人是闷了点，做事还算勤快，加上我跟他祖上是老乡，关系处得不错。"老拐接过烟，呷巴着嘴道，"他把那架玉床拿回来后，过了没多久，人就变得奇怪了……"

二十年前，冬夜。

雪起先不大，夹着点雨珠，无声无息地随着卷地而来的西北风，在空中飘洒。地面上看不到丝毫残雪的痕迹，唯有一摊摊的积水在墓碑间汇集，湿冷的空气如同被死神施了魔法一般，直往人的脖子里钻。

老拐蜷缩在被子里，听到广播电台"嘟"的最后一声报时，广播里传来熟悉的声音："广仁男科医院为您准点报时……"

"驴日下的。"老拐一边伸手挠着瘙痒的下身，一边暗自咒骂道，"亏你先人，坏坏种。"

老拐知道时间差不多了，下面是他最喜欢的一档午夜谈话类节目《东海夜话》，讲的都是农民工在城市打工的辛酸故事。尽管依依不舍，然而职责所在，他不得不掀开被子起身，准备出去最后一次巡逻。

郭槐披着棉衣盘坐在玉床上，口中念念有词，他突然睁开眼，主动请缨："老拐，你接着听。外面天冷，你腿脚不好，还是我去吧。"

"行吧，回来我请你喝烧酒。"

郭槐裹上军大衣，拿上手电，迎着风雪而去。

老拐把珍藏的散簸子、花生米都翻了出来，一边调大音量听着《东海夜话》，一边等着郭槐回来吃喝，可他左等右等，始终不见郭槐的人影。

外面的雪越下越紧了，狂风吹着冻枯的树枝，发出哑哑的响声。远远地传来野狗忧郁而悲痛的嘶吼，时而还夹杂着一种使人心悸的不知名的野兽嚎叫声。

老拐心里一沉，赶紧裹上大衣，拎了一根木棒，顶着寒风去找郭槐。博山公墓很大，分了多个区域，好在巡逻路线是固定的，有迹可循。

墨黑的夜黏住了每一个角落，路边的地灯像鬼火般跳动着，忽明忽暗，一座座墓碑上的黑白人像，仿佛也活了过来，跟着地灯明暗的节奏嘶吼挣扎，似要打破石碑的桎梏。老拐一边沿着湿滑的路线寻找，一边呼叫着郭槐的名字。忽然，他听见前方黑暗里传来惨叫声，心中不由一紧，加快了脚步。

老拐循声而至，看到了令他终生难忘的恐怖一幕。

昏黄的路灯下面，一个脸上溅满鲜血的魔鬼，用石头把野猫野狗的后腿全部砸断，再逐一把它们砸成肉泥。苟延残喘的猫狗呜呜乱叫，那魔鬼却无动于衷，直至彻底将它们虐杀至死，然后浇上酒精用打火机点燃付之一炬。

熊熊的火焰，照亮了恶魔的半张脸。伴随着焦臭的血腥味，老拐认出了那半张脸，他张口要喊郭槐的名字，却怎么也发不出声音。

宿舍里，老拐猛吸一口烟，至今还心有余悸："公墓里的野猫野狗不少，从那以后没多久，基本绝迹了。"

"这么邪乎？！"惠俊豪听得也是有点毛骨悚然。

"郭槐的行为非常符合麦当劳三要素，也叫社会性病态三要素，分别是虐待动物、纵火癖和尿床，只要符合其中两个，就会具有成为连环杀手的倾向。"胡秋飞从心理学角度分析道。

"嗯，有道理。"惠俊豪点点头。

"老祝，那张玉床是谁给他的？"陈强又问老拐。

老拐吸了口烟，想了想说："好像是鬼手奚送他的，就是带他搞殡葬副业的那个奚国庆，奚老板。"

"奚国庆？"

"是啊，奚国庆可是郭槐的贵人。"老拐羡慕道，"鬼手奚脑子好，原本是东宝兴殡仪馆的搬尸工，辞职下海后，就专职搞起了殡葬一条龙，是这个行当里数一数二的模子。"

陈强记下了这个奚国庆，现在看来这个人对郭槐的影响也是至关重要。

"祝大爷，除了虐待动物，郭槐还有其他什么异常的地方吗？"胡秋飞接着问道。

"对了，还有件事。"老拐走到靠窗的位置，指着泛黄的墙壁道，"他以前在床边贴了一张东海市地图，一天到晚不知道在研究什么，还圈了很多地方，每圈一个地方，都会出去住一段时间。"

"地图？"

"出去住？"

老拐又擤了把鼻涕，在窗台上擦掉："说是去找他亲戚。"

"你知道他亲戚住哪里吗？"

"郭槐嘴紧得很，从来都不说。"

陈强他们彼此对视一眼，郭槐第二次来东海，已经是孑然一身，哪有什么亲戚。

"地图在哪里？"

"早当垃圾丢掉了。"

……

一探组对祝海建的走访，了解到了很多郭槐不为人知的情况，特别是他圈出地图后，都会出去住一段时间的信息尤为关键，还有他的贵人奚国庆。陈强通过东宝兴路派出所，联系到了东海殡葬一哥奚国庆。一探组告别了老拐，马不停蹄，奔向东宝兴路殡葬一条街。

红日夕阳西下，老人古树黄花。

鼎鼎大名的东宝兴路殡葬一条街，以东海市最大的东宝兴殡仪馆为中心，向两边四散开来。街道两边的店铺里摆满了花圈、纸人和香烛，来往的人均是面带悲切，哭痕累累，连带着这条街也染上了悲情的气氛。

奚国庆的门店紧靠东宝兴殡仪馆，是街上最大的一家，白底黑字的硕大招牌"东兴殡葬"，看起来很是气派。店内正中央摆了一口油亮的金丝楠木棺材，标价 888888 元，棺材左边是一排排墓地的广告以及不同价格区间的骨灰盒，棺材的右边摆放着非物质文化遗产"李记纸扎"，有独栋别墅、劳斯莱斯汽车、金童玉女……甚至还有苹果电脑和手机。

"没想到啊，没想到。"陈强看着这些琳琅满目的纸扎，不禁感慨道，"这死后的世界，比活人还富有。"

"头儿，只有想不到，没有做不到。"惠俊豪拿起一个纸扎的苹果手机，唏嘘道，"做得真精致，一个六百！"

"怪不得现在的人，生不起更死不起。"

正当几人唏嘘感慨之际，店门口传来了一阵爽朗的笑声，陈强等人放眼望去，只见一个戴着大金链子小金表，高高瘦瘦的中年男子夹个小包，踢踢踏踏地走了进来。

"哎哟，陈大探长，让您久等了。"中年男子说着从小包里掏出一包软中华香烟，递了过去。

"你就是奚国庆，奚老板吧。"陈强下意识地把香烟挡了回去。

"正是在下。"奚国庆收回香烟，满脸堆笑道，"快坐，喝杯茶。小张，招呼人啊。"

陈强摆了摆手道："今天过来，东宝兴路派出所的牛所长都给你说了吧？"

"牛所长和马教导员都专门关照过了，老哥放心，我肯定全力配合。"

"奚老板，你这生意做得挺大啊！"

"老哥，大什么啊，我们这行最不讨喜，外行不待见，同行竞争难。"奚国庆苦着脸说道，"您看我脸上这道疤，就是前两个月被同行打的。"

"你这行当看着不起眼，可是暴利垄断，要不然怎么会打架。"陈强毫不客气点明要害。

"陈大探长，我们都是下苦人，挣点下苦钱，跟房地产比可差远了。"

"这都不重要，你们一个明抢一个暗夺，都不是啥好东西。"

"老哥，你不知道，我们苦啊。"奚国庆指了指脸上的疤痕，委屈道，"我不但破了相，还害我蹲了半个月号子，连着我这门店，也被人给砸了，上个礼拜刚刚才装修好。"

　　"好了、好了，咱们不谈这些陈芝麻烂谷子的事了。"陈强开门见山道，"奚老板，郭槐的情况说说吧？"

　　"这事说来话长。"奚国庆神色一敛，感慨道，"干我们这行的，最缺的就是技术……"

　　十九年前。

　　奚国庆刚刚从东宝兴殡仪馆辞职，为了实现殡葬一条龙，他与博山公墓签订了代销合同，巨大的销售压力让他茶饭不思。一次在酒局上，他无意中听到，博山公墓的临时工郭槐会帮人选墓地，颇有国学功底，便动了招才纳贤的心思。

　　为此，奚国庆在他定点的金福元酒店——东海鼎鼎有名专门接白事做豆腐宴的顶级酒店，亲自给郭槐摆了一桌。这里的菜口偏咸，一楼大厅对着门口，永远放着一个火盆。

　　酒过三巡，菜过五味，奚国庆端起酒杯，言语恳切地说："兄弟，以后跟我鬼手奚干吧。"

　　郭槐放下筷子，愣了半晌道："不干。"

　　"小郭，这点小意思，你先拿着。"奚国庆从手包里取出一沓钞票，好言相劝道，"只要你跟着我，肯定不让你吃亏。"

　　"我干这一行，不是为了钱。"

　　"这样吧，你当个兼职也行，有生意的时候跟我，没生意的时候，你继续做你的管理员。"

　　"不干。"

　　奚国庆小看了郭槐，没想到这个小伙子如此难缠。他不肯死心，又托人找了郭槐好几次，苦口婆心好话说尽，但郭槐却犟得跟头驴似的，始终不松口。

　　一段时间后，奚国庆本来打算放弃了，忽然想起一事，他托人告诉郭槐只要答应帮自己，便介绍一位高人给他。郭槐听到这个消息有些愕然，眼神飘忽，有所意动。

"高人？"陈强疑惑不解。

奚国庆解释道："其实就是跑江湖的。一次我去北郊区谈生意，看见一个奇怪的老头被人追打……"

那天，黄昏。

奚国庆开着一辆贴有"东宝兴殡仪馆"字样，牌照号东 B444444 的黑色别克拉尸车，赶去北郊区乡下谈"生意"，忽然看见土路边上，有几个小流氓正在殴打一位老人。

那老人面黄肌瘦，穿着破烂的麻黄道袍，头上挽着道髻，已经被打得奄奄一息，却死死护着身下的东西，一声不吭。

奚国庆于心不忍，停车朝那些小流氓吼道："干什么呢！"

"真晦气，拉死人的车。"几个小流氓瞥了奚国庆一眼，继续殴打老人，骂骂咧咧，"老东西，松手……"

奚国庆见吓不住他们，果断拿出手机，假装拨号报警："喂，110 吗？有人殴打老人……对，北郊区大华路西段……"

奚国庆放下电话，指着几个小流氓怒斥道："有本事别跑，警察马上就来。"

几个小流氓惊疑不定，抢走老人的三轮车，一哄而散。

奚国庆下车，扶起满脸是血的老人："老头儿，没事吧？"

老人还是一声不吭，摇了摇头，面带感激之色。

奚国庆这才看见，老人身下护住的是一个大帆布袋，布袋里面隐约装着一座通体碧绿的玉床，上刻北斗七星，很是奇特。

"后来这老头儿非要报恩，可我是做殡葬的，学他那东西干吗。"奚国庆点上香烟道，"我让他跟着我干，挣个棺材本吧，他也不答应，我索性废物利用，介绍给了郭槐……"

"郭槐答应了吗？"

"那还用说。"奚国庆得意地吐出一个烟圈道，"郭槐这小子天分很高，只学了半年，就把人家本事学光了，那老头儿自觉教无可教，就继续跑江湖去了，临走前，把那座玉床给了郭槐……"

"后来呢？"

"后来郭槐就跟着我了呗。"奚国庆弹掉烟灰，回忆道，"该说不说，郭槐做殡葬选墓地，真是一把好手，要不是葛总看上他，我真舍不得撒手。"

"葛总？"

"是坤德集团的葛峰吗？"

"对的，就是这个葛峰。人家是做房地产的大老板，比我们有钱多了。"

"人往高处走，水往低处流，这也正常。"

"那个时候还不叫坤德集团，好像叫泰山房地产公司，葛峰也就是工地上一个小包工头，比我们多挣不了多少。"

"郭槐为什么要跟他？"

"赚的钱多，名声也好一点呗。"

"还有什么原因？"

"我可没亏待他。"奚国庆回忆道，"他好像说，马上就要进入什么下元八运，艮卦运，这二十年房地产会大发展，趋势好，机会多。"

"好像也是，这几年房价噌噌噌地涨，房地产公司赚得盆满钵满。"

"苦了我们这些工薪阶层，只能眼巴巴地看着，买也买不起。"

"郭槐还真是有远见，活人的房子涨了，死人的墓地也跟着一起涨。"奚国庆喜不自禁道，"当年我亏本签下的合同，现在一墓难求。"

"奸商！"

"好了，炮哥，别发牢骚。"陈强言归正传道，"郭槐在殡葬行业口碑如何？"

"那几年在我们行里，'黑先生'的名头可是无人不知。"

"'黑先生'！"万子良失声惊呼。

"你说'黑先生'？"陈强面色凝重。

奚国庆察觉到异常，略显狐疑道："做我们这行，不干净，阴气重，对外基本都用花名。郭槐天天黑着脸，从头到脚穿的衣服、鞋子也是黑的，跟奔丧的一样，我就给他取了这个'黑先生'的花名，有什么问题吗？"

......

陈强等人精神振奋，没想到今天竟然还有意外收获，纵火案的幕后主使者，终于露出马脚了。而郭槐之所以会选择跟葛峰，除了房地产行业未来可期之外，应该还有一个不可告人的秘密，就是能够光明正大地接近工地，便于他实施罪恶的行动。

沉冤昭雪，凯歌高奏

经过半个月取证，郭槐的犯罪拼图趋于完善。刘卫国的病情越来越恶化，他作出指示，不用等郭槐痊愈出院，就在医院进行突击审讯。

由于上次审讯时惠俊豪表现过激，金建民决定这次审讯由陈强和万子良负责，韩玉朗和金建民则陪同刘卫国坐镇重案支队，等待他们的战报。

12月7日，大雪。

东海市监狱医院，颌面外科病房。

病房外，惠俊豪、胡秋飞以及狱警和医生们严阵以待，只要郭槐再耍什么花样负隅顽抗，他们就能第一时间阻止。陈强和万子良带着最新的审讯方案走进病房，在郭槐的病床前坐下。郭槐脸色铁青，半靠在病床上，双手戴着手铐，目光涣散无神。

万子良拿出一沓照片，分别是6张被害人的颅像复原照片和8张被害人的生活照片，这多亏了杨君松提供的18个地点，其中有14个地点找到了被害人的尸骸，根据尸骸又有8位被害人通过DNA比对与家属匹配成功，已经标上了姓名、大致遇害时间。

万子良抽出一张较为清晰的被害人照片，展示在郭槐面前："冯玮，东海本地人，22岁，京都理发店发廊妹，十五年前被你埋在西郊区大柏树的荒地，即现在的望春工业园B区24号正龙文具厂……"

万子良接着抽出照片："时殷弘，江苏常州人，25岁，金陵KTV陪酒公主，十四年前被你埋在北郊区的废弃核工厂，即现在的东海日报林。"

……

"余茂春，安徽寿县人，24岁，石浦路的招嫖小姐，七年前被你埋在南郊区的无名土坡下，即现在的绿荷苑南别墅小公园。"

万子良一口气说完所有受害者信息，郭槐始终面色平静，仿佛她们罪有应得，甚至像是在听别人的故事。

"你认不认识贺老板？"陈强身体前倾，一点点向郭槐施压，一字一句道，"他说跟你交情很深，给你起了个外号叫'穷鬼'……还说不小心弄坏了你的诺基亚手机……"

陈强所说的每个字，都如同一把钢锥，扎进郭槐的心，他的脸色霎时苍白。

"你被贺老板打断了腿，你恨贺老板，你恨龚菊蛾，更恨自己是个穷鬼……"

陈强关注着郭槐的微表情，步步紧逼。

"你第二次来东海，费尽心机要报复龚菊蛾，在你准备就绪后，龚菊蛾却和贺老板一起移民了。你一腔恨意无处发泄，便决定报复像龚菊蛾一样的失足少女，你将她们一个一个地埋葬，其实是要埋葬你的过去。弱者往往只会对更弱者下手。"

郭槐气息浮动，有些六神无主。

"郭槐，这些年其实你一直生活在地狱里。一颗坚硬冰冷的心是体会不到人间的任何幸福的。"陈强言之凿凿，"你要放过自己，走不出自己的执念，你在哪里都是囚徒。"

往日的一幕幕如电影般在郭槐的脑海里快速回放，瞬间掀起了滔天巨浪。世界来来去去，自己始终孤单。这一刻，有一种苍凉、绝望压得他透不过气来，过往的一切像一场噩梦，也许人生就是一场噩梦……兜兜转转，梦醒时分，仅存的良知告诉他，他就是那个地狱里的囚徒……

一阵凛冽的寒风从窗外呼啸而过，郭槐不禁打了一个寒战。

他仰天长叹一声，斜视着陈强，阴恻恻道："知道的不少嘛，可惜……"

陈强屏住呼吸，迎其锋芒，与之对视。

"你分析错了……"郭槐停了很久，一字一顿道，"我真正的目的，只是想跟菊蛾合葬。"

陈强和万子良愕然。

"她活着已经脏了，配不上我……"郭槐眼寒如冰，射出冷光道，"死而同穴，到地下做鬼夫妻，这样，我们就能永远在一起了。"

万子良后背一阵阵发凉，正如陈强所言，郭槐一直生活在地狱里，简直丧心病狂。

"所以，你找的埋尸点其实都是提前为自己找好的墓穴？"陈强目光灼灼道，"你挖的埋尸坑又深又大，这样才容得下你和龚菊蛾一起合葬！"

郭槐面无表情，没想到被陈强道破天机，他下意识地将罪恶的双手藏在了被子下，让陈强更加笃定了判断："既然要做鬼夫妻，那你为什么没有了断残生？"

郭槐沉默无语，故作镇定。

"我来替你说吧，受害者再像龚菊蛾，也不是龚菊蛾本人，而且你贪生怕死，不想就此终结自己。"万子良直言不讳道，"你所谓的深情，不过是一厢情愿，你每次作案，都是在享受和龚菊蛾恋爱的甜蜜，以及得手后残忍报复的快感。"

郭槐将头转向一侧，急促的呼吸，已经说明了一切。

"郭槐，到这一步了，没什么好遮遮掩掩的。"陈强步步为营道，"其他受害者葬在哪里，叫什么名字？"

郭槐目光躲闪道："你们这么大能耐，不是什么都知道了吗？"

陈强呵斥道："我们知道是我们知道，你说是你的态度问题。"

万子良提示道："杨芸这个名字，你不陌生吧？"

"哼，少来套我的话，你们根本没有找到所有的人……"

"郭槐，抗拒从严的政策，不用我再说一遍吧。"

"哼，给你们出谋划策的高人，道行并没有那么厉害。"郭槐似笑非笑道，"若没有同道中人相助，你们想打开我的七星碧玉床，找到我精心选定的风水宝地，无异于痴人说梦。"

"得道者多助，失道者寡助。"

"你老实交代自己的问题。"

"呵呵，让我猜猜这个人是谁。戴龙形玉佩的杨君松，对不对？"

"这么说，杨芸是你杀的了？"

"果然是他！"郭槐看穿了万子良，不甘道，"栽在他手上，输得不冤。"

"他在套话，不要上当。"陈强及时提醒万子良。

"明白。"万子良赶紧收敛身心，改变审讯方式。

短暂调整后，陈强在审讯方案上轻轻打了个钩，接着示意万子良按方案三继续。然而，狡猾的郭槐突然性情大变，无论陈强和万子良怎么审讯，他双眼一闭又进入了入定的状态。一探组只好悻悻而去，择日再来。

一探组离开没多久，郭槐的病房门"啪"的一声被人推开，律师吴正义在两名狱警的监视下，缓步走了进来，他上扬的嘴角丝毫不掩傲色。

郭槐目光微凝，聚焦到吴正义身上。

吴正义轻车熟路地坐在病床边，捏着嗓子，装腔作势："槐四爷，葛总托我转告四爷，一人做事一人当。你老家的那条路，他会找人替你修好，族长郭洪全也会替你养老送终。"

"哼，大恩不言谢。"

"如果敢乱咬，说不定哪天晚上夜深人静，郭家坳就发大水了。呵呵，四爷你是聪明人，知道该怎么做了吗？"

郭槐缓缓眯起眼缝，如死神般目露凶光，看得吴正义浑身不自在。

他正了正领带，咳嗽两声："葛总还说，有些事情只要没有确凿证据，法院就不会给你定死罪，他也会不惜一切代价……"

"姓吴的，回去告诉葛总，我谢谢他八辈祖宗！我知道他黑白两道通吃，他要敢胡来，我做鬼也不会放过他。"郭槐怒不可遏道，"你小子也不要太得意，跟着葛总坏事做尽，会有你翻车的一天。"

吴正义露出一丝慌乱，顾左右而言他："话已经传到了，四爷自行领会，告辞了。"

郭槐看着吴正义落荒而逃的背影，压抑地喃喃自语："葛峰，你够狠！"

三日后，寒。

一探组再次来到东海市监狱医院。

病房内，郭槐一夜白头。

陈强和万子良默契地对视一眼，万子良拿出一份文检比对鉴定书，鉴定书认定瑞公馆吸顶灯内发现的画图、纵火案神龛上还原的图案，以及郭槐留在64号别墅内的大量阴山派符箓，笔画笔顺相似度极高，所用染料微量成分一致，鉴定结果认定同一。

"郭槐，这些是你留在陆茵案和纵火案现场的证据，你画的阴山派符箓跟现场的两幅图案，认定同一。"陈强将鉴定书递给了郭槐。

郭槐睁大眼睛逐一翻看着鉴定书，失神了许久，他似乎没有想到，陈强竟能拿出确切的证据。

"瑞公馆吸顶灯上，还比对出了你的一枚指纹。"

"郭槐，你藏得够深啊。"万子良直视郭槐的眼睛道，"你以前跟着鬼手奚干殡葬一条龙的时候，花名'黑先生'，与纵火案在暗网上雇佣钟诚的买凶者同名，你不想解释一下吗？"

"什么黑先生白先生，我不认识。"郭槐冷哼一声，盯着鉴定书发呆。

"我们现在有确切的证据证明，陆茵案和纵火案是葛峰指使你作案，只要你肯说出真相，做警方的污点证人，可以算你立功。"

郭槐闭上眼睛，陷入了沉默，病房里面，落针可闻。

"郭槐，就算你不说，凭我们现在掌握的证据，也能给你定罪。"

"为葛峰这种人扛事儿，你值得吗？"

"呵。"郭槐吐出一个鼻音，似在不屑，似在嘲讽，又似在权衡。

片刻后。

"陆茵案和纵火案你好好想想，今天不急着回答。"陈强和万子良交换眼神，转换审讯思路。

"郭槐，你小心谨慎了十来年，最终还是在阴沟里翻船，栽到了小丫头张黎身上。"

"有一件事情，还请不吝赐教。张黎血液里有东莨菪碱成分，也就是迷药，是你的杰作？"

一阵尴尬的沉默。

原本面无表情的郭槐阴恻恻地大笑，他嘴角微微咧开，眼神中充满了来自地狱的恶意，如腐烂的尸体上流出来暗黑的血，蜿蜒覆盖了天地。

"既然太阳上也有黑点，人世间的事情，就更不可能没有缺陷。"

"什么？"

"哼，那迷药是她自己的。"

"哦？！"

病房里，郭槐阴恻恻地讲出经过，面露不屑："张黎聪明反被聪明误，自己把自己迷晕了，我差点着了这个婊子的道儿。"

万子良心中复杂难言，想起当初在锦园小区见到张黎楚楚可怜的模样，不禁感慨她的下场，算不算自甘堕落，因果报应。

陈强趁热打铁道："郭槐，时隔两个月，也就是10月8日晚上，你为什么重回张黎的埋尸地？"

郭槐怅然若失，若不是那天晚上，他也不会留下马脚。

许久后，郭槐突然自嘲道："我在修炼……"

10月8日，深夜。

64号别墅，密室。

郭槐盘膝坐在七星碧玉床上修炼阴山派邪术，渐渐入定，进入了忘我状态，似睡非睡，似醒非醒。

这种状态下，他的意识混混沌沌，不受自己控制，全凭潜意识操纵身体。

忽然，郭槐睁开了眼睛，面无表情，像是被提线的傀儡木偶，亦步亦趋地走出密室，走出64号别墅。

血月当空，夜色正浓。

两个小时后，他来到南郊区环城立交桥绿化带的棕榈树下，盘腿坐在埋葬张黎的地方，吞吐阴气修炼起来。

病房里，郭槐的眼神逐渐变得痴狂："血月临空，十年罕见，乃修行难得的奇遇，若非我贪功冒进，你们根本抓不到我。"

"郭槐，你不是贪功冒进。"万子良摇了摇头道，"你骨子里的贪婪邪恶蒙蔽了你的双眼，装神弄鬼只是你满足欲望的借口。"

郭槐目光如刀，扫到万子良身上。

"我们查过天文信息，最近一年，天文奇观频发。"万子良针锋相对道，"10月8日晚上的血月，只是月全食造成的光影现象，根本没有任何奇效。"

"凡夫俗子，懂什么？"

陈强摇了摇头，良言难劝该死鬼，郭槐入魔已深，回不了头了。他示意万子良不要与他纠缠，继续往下审讯。

万子良又拿出一张照片，上面是老癞头和他的狗："10月8日晚上，你有没有见过这个人和这条狗？"

郭槐接过照片，眼神闪烁，不知在想些什么。

"这条狗还追过你，仔细想想。"

郭槐嗤笑一声，闭上眼睛，不想再说。

……

两天后。

重案支队，会议室。

刘卫国脸色蜡黄，居中而坐，翻阅着一探组送来的侦查报告，韩玉朗和金建民屏息凝神分坐两边，重案支队全体成员、刑技中心部分专业领导参会。会议室里鸦雀无声、烟雾缭绕，会议桌上的烟灰缸里插满了烟头，氛围如山岳般凝重。

时间一分一秒过去，会议室里除了呼吸声，只剩下翻阅报告的轻响……刘卫国一个字一个字地往下默读，精神渐渐抖擞，脸庞浮现红润。

许久之后，刘卫国合上侦查报告，眼中精光流转。

金建民轻声请示道："刘局，还有什么指示？"

刘卫国点上一根香烟，斟酌片刻，不怒自威道："郭槐身上主要是明珠案，现在掌握的证据，以及他的招供，足以送他上断头台，为百姓沉冤，为逝者昭雪。虽然美中不足，没能彻底查清陆茵案和纵火案……"

"刘局所言极是。"韩玉朗掐灭香烟，毕恭毕敬道，"陆茵案、纵火案，郭槐难脱干系，总队一定全力以赴。"

"瑕不掩瑜，两案已有证据全都指向郭槐，我们不能松懈，还要进一步调查，完善证据链。"刘卫国说完，控制了一下情绪，满含热泪地环视在场的所有刑侦精英，"同志们，请再接再厉，圆我一个老刑侦人的誓言，务必把明珠案办成铁案。"

"是！"

众人精神大振，掷地有声。

耗时长达二十年的攻坚战，这块差点崩了牙的硬骨头，终于被刑侦总队啃下来了。

主位上，刘卫国再次翻开侦查报告，不厌其烦地看了又看，悬在他心头的石头，此刻已缓缓落地，他的职业生涯终于可以画上一个圆满的句号。

这一刻，万子良能听到自己的心跳，以及所有人的心跳，他甚至能听见案卷中所有人发出的声响。直到会议室外的夜已深沉，也没有人离开。

一周后。

碧空如洗，万里无云。

东海市公安局大礼堂，旌旗招展，气氛隆重热烈。

大礼堂的正前方，高挂着横幅：东海市公安局"辉剑"行动表彰大会。全市刑侦条线的精英们着装整齐，精神振奋，一同见证陈强等英雄模范的荣耀时刻。

在热烈的掌声中，刘卫国发表重要讲话："今天，'辉剑'行动告一段落，刑警们用累累的战果践行了'人民至上、生命至上'的以人民为中心的理念，行动期间共抓获犯罪嫌疑人386名，缴获管制刀具、枪支等作案工具800余件，毒品200多千克，赃款赃物总计人民币800多万元。在'辉剑'行动中，涌现出一批可歌可泣的英雄集体和个人，尤其是刑侦总队重案支队、刑技中心等部门成功破获历时二十年的积案疑案'7·13'系列杀人埋尸案，为我们光荣的集体又添新功，为东海市的平安建设添砖加瓦，他们用实际行动，践行了习总书记对公安'对党忠诚、服务人民、执法公正、纪律严明'的总体要求……"

台下掌声如雷，经久不息。

刘卫国眼含热泪继续道："现经公安部政治部批准，重案支队荣立集体一等功。"

礼乐响起，支队长金建民神情庄重，起身拉挺警服，代表重案支队上台领奖。

金建民接过奖状，与刘卫国握手合影，向台下干警们敬礼。

"同志们，在破获'7·13'连环杀人埋尸案过程中，刑技中心法医室和痕迹室，提供了重要的技术支持，法医室主任徐家君、痕迹室代主任王涛同志不畏辛劳，5+2白加黑，克服种种困难，为案件成功破获提供了有力支撑，经刑侦总队党委批准，徐家君、王涛同志荣立个人三等功。请徐家君、王涛同志上台领奖。"

礼乐响起，徐家君和王涛佩戴三等功奖章，矫健有力地走上主席台，从韩玉朗手中接过奖状，握手合影，齐向台下干警们敬礼。

"'辉剑'行动圆满结束，既是公安民警向人民群众交出的满意答卷，也是锻炼队伍、考察干部的重要时机。在破获'7·13'连环杀人埋尸案等案件过程中，重案支队一探组陈强探长身先士卒、披坚执锐，经刑侦总队党委批准，陈强同志荣立个人二等功，晋升为重案支队副支队长。请陈强同志上台领奖。"

礼乐响起，陈强佩戴二等功奖章，大步流星地走向主席台。

万子良、惠俊豪、胡秋飞等人目不转睛地看着他的背影，用力鼓掌，由衷地为他感到高兴和自豪。金建民更是露出欣慰之色，额头和嘴角深深的皱纹里，蓄满了笑意。

陈强走到台上，从刘卫国手里接过奖状，敬礼、握手，刘卫国满怀期许地轻拍他的肩膀，自豪地跟他合影留念。

闪光灯下，陈强迈出一步，向全体干警庄严敬礼。

兴奋和激动如同决堤的洪水，从他心里浩浩荡荡涌了出来，将往日的耻辱和阴霾瞬间冲到了九霄云外，谁知这份沉甸甸的荣誉背后，却是无尽的辛酸和汗水。

惠俊豪再也抑制不住激动的心情，带头站起来，为陈强高声喝彩。

会场的气氛达到了高潮，全体干警起立致敬，会场爆发出雷鸣般的掌声。

台上，陈强眼含热泪，再次庄重敬礼……

与此同时。

一架从日本东京飞来的国际航班，在东海市国际机场落地。

山本犬养戴着鸭舌帽，混迹在旅客当中，向边检民警递上护照，护照上面的名字，赫然写着"御手洗野塚"。边检民警仔细对比后，把护照还给山本犬养，面带微笑："野塚先生，欢迎来到东海。"

山本犬养嘿嘿一笑，收起护照，走出了机场。

他站在航站楼门口，望向坤德集团方向，眼中邪光毕露。

"鄙人又回来了，坤德集团、杨君松，你们跑不掉的……"

晴朗的天空，突然刮起一阵怪风，厚重的乌云仿佛幕布自远方侵袭而来，山雨欲来风满楼。

翌日，寒气逼人。

冬日暖阳，破开重重迷雾，轻柔地透射下来，阳光斑驳地跳跃在光秃秃的枝干上，好像一朵朵盛开的白色小花。路上的行人裹紧了衣服，行色匆匆。

在寒风中，似乎能嗅到一种特殊的气息，那是藏于天地之间，滋养世间万物的味道，不同于春天的花香沁人心脾，不同于夏天的闷热令人窒息，更不同于秋天的果香寓意收获，它所蕴含的是一种能量的孕育与开始。

阳光斜斜地洒进重案支队支队长办公室，被窗棂割裂成一块一块，照在万子良脸上，暖暖的。金建民和陈强与他对面而坐，关爱的目光中充满了期望。

　　"小万，经过组织慎重决定，由你担任一探组代理探长。"金建民语重心长道，"一探组可是尖刀中的刀尖，亦是组织上培养干部的重要岗位，你身上的担子可不轻啊。明珠案的犯罪嫌疑人郭槐虽然已经抓获，但这家伙水很深，后面要做的工作还很多，心思不定左摇右摆，可是干不好这个工作的。"

　　"报告金支，即使给我再高的工资，我也不辞职了，我要做一名真正的刑警。"万子良目视前方，眼神坚定而果敢。

　　"好样的，历经苦难，初心不改。"陈强一手重重地拍在万子良的肩上，肝胆相照道，"我没看错人，一探组交给你了。"

　　"是，保证完成任务。"

　　"明珠案还没完结，后续还有大量的工作要做。"

　　"金支是害怕没有完整的证据链，郭槐在法庭上翻案？"

　　"不是没有这个可能，坤德集团树大根深，东海的律师们也很厉害，一旦翻案，所有努力将功亏一篑。"

　　"明白，目前明珠案的被害人数是21人，但实际只找到了14人的骸骨，还有7人未发现……"

　　"杨教授的姐姐还没找到，我们心里有愧。"

　　"东海的司法环境、营商环境全国最好，但也给侦查办案提出了更高的要求。"

　　"如果郭槐判不了死刑，很可能二十多年后就会被放出来，到时候就是所有刑侦人的耻辱。"

　　"刘局的表彰会开得有点早了！"

　　东海市的冬天，如被施了魔法般阴冷。

　　万子良独自一人在实验室，追查着黑先生的下落，也许就差这么一点，就会找到突破性的证据，有一个奇怪的念头一直在他脑海里萦绕，然而这个想法过于荒诞，他忧郁地望向窗外。

月光是如此清冷，颤颤的感觉如一粒碎石，轻轻击在万子良似一潭湖水的心底，轻轻荡漾，映照出点点滴滴的往日回忆。他从怀里拿出苏桐送给他的18K金ZIPPO打火机，随着"咔嚓"一声，一股红艳艳的火苗蹿了出来，带来一股暖意。

陆茵案和"黑先生"还没有着落，明珠案还没结案，眼看就要过年了……万子良盖紧了被子，在胡思乱想中陷入了沉睡。

不知过了多久，迷迷糊糊中，万子良又进入了那熟悉的梦境。无尽的黑暗中，模糊的图画，无数冤魂厉鬼扼住了他的咽喉，拉着他往下拖拽。

无数冤魂中，突然出现一张熟悉的面孔。

竟然是苏桐！

苏桐发出凄厉惨叫，扑到万子良身上，万子良极力挣扎，苏桐却越抓越紧，逼得他无法呼吸。

万子良突然惊醒。刑警的直觉让他感到不安，难道苏桐遭遇了不测？

图书在版编目（CIP）数据

猎罪者: 我在重案队的日子 : 全三册 / 万安著.

上海 : 上海文化出版社, 2025. 4. -- ISBN 978-7-5535-

3166-3

Ⅰ. I247.5

中国国家版本馆CIP数据核字第2025PX2461号

猎罪者
我在重案队的日子

PART 3

万安 著

上海文化出版社

·目 录·
CONTENTS

PART 3

第一章
濡其首厉

天降异象，风云突变

大寒，清晨。

天道苍苍，人道莽莽。

东海市公安局，刑侦总队。

刑侦总队大楼庄严肃穆，如同一根定海神针巍然矗立，在晨雾的笼罩下，更显威严。

"头儿，新的办公室这么快就腾出来了啊？"胡秋飞依依不舍道。

"小飞飞，又不是姑娘远嫁，瞅你的表情。"陈强戏谑道，"昨天金支通知我，副支队长办公室已经腾出来了，就是咱们六楼原来那个朝北的库房，离得不远。"

"头儿，一探组的大门永远向你敞开，千万别不来啊！"惠俊豪道。

"炮哥，瞧你说的。我人走心不走，这是我的根据地啊，回头帮我把这面荣誉墙上的奖状收拾一下，搬到我办公室去。"陈强道。

"头儿，你和小万都高升了，要请客呀，兄弟们等你们这顿酒好长时间了。"惠俊豪抢话道，"不能再去老谷重庆火锅了，要去那个最好的超五星级酒店，在浦江边的，叫什么 WC 酒店。"

"炮哥，你别老土了，WC 是厕所，那叫 W 酒店。"胡秋飞道。

"炮哥，星级酒店咱们进去不自在，规矩太多。咱们还是去老谷吧。"万子良笑道。

"看看，还是万探长会过日子。"陈强如释重负道，"挣的这点钱，给老婆一交，孩子老人一用，车贷房贷一还，还剩下几个。"

"头儿，北郊区新开了一家大西洋海鲜自助，海鲜新鲜得不得了，火锅烤肉、啤酒饮料随便造，关键是新店开业买一送一，合下来一个人一百块钱都不到。"胡秋飞及时送上老饕最新情报。

"哎，还是小飞飞厉害。"

星光晦暗不明，东海不再喧闹。

浦江边 W 酒店，26 层私密豪华客房。

杨君松一把掀起虞霖的裙子，将她的丝袜、内裤拽至膝盖……他的动作如此急促，使她毫无戒备，突如其来的热吻如暴风雨一般让她措手不及，她只是顺从地闭上眼睛，似乎一切理所应当。

两个小时过去，他们像两个新生的婴儿一般，温暖、无力地躺在一起……他们之间只有默许和屈服，只有这完美境界才会带来令人战栗的刺激。

不知过了多久，两人逐渐醒了过来。杨君松裹着睡衣，斜靠在床上，透过磨砂玻璃欣赏着浴室内身材妖娆的虞霖。

"丁零零……"

一阵急促的客房电话铃声，扰乱了杨君松的春秋美梦。

"杨桑，没有打扰到你们吧。"

"山本犬养！"杨君松如触电一般，瞬间坐直了起来，"你怎么会……"

"杨桑，别紧张，更不要大惊小怪。我们九菊一派没有什么做不到的。"

"犬养的，你到底想要怎么样？"

"杨桑，你们中国有句俗话：躲得了初一，躲不了十五。我们已经找你多次了，你不能老是躲着。希望你能放下成见，促成中日亲善的文化交流。钱不是问题，你说个数吧。"

"去你的！"杨君松愤愤不平地挂断了电话。电话铃声再次响起，他索性拔掉了电话线。

"亲爱的，和谁发这么大火？"虞霖穿着性感的黑丝吊带，一边擦着头发，一边款款走来。

"快换衣服，这里不宜久留。"

"什么情况？"

"来不及解释了，快换好衣服，我们地下车库见。"

高架桥上，灯火阑珊。

一辆白色宝马轿车在空旷的高架桥上狂奔，冰冷的雨丝打在车窗上，车窗外迷幻的灯光变得模糊。

"山本犬养怎么知道我们的房间号？"虞霖疑惑地问。

"九菊一派是有名的邪派，又有九菊株式会社做后盾，他们做事不择手段，阴毒无比，在东海的耳目众多，我们最近做事要格外小心。"杨君松凝重地说。

"南城区一号项目开发在即，这可是我们建功立业的好机会。"

"机遇越大，挑战越大，葛峰这个老狐狸是不会善罢甘休的，他跟日本人整天眉来眼去，搞不好已经投靠了日本人。"

"难怪证券公司的朋友前几天提醒我，有境外资金在二级市场逢低秘密吸纳我们集团的股票。"

"我最近求了一卦，卦象不太好，集团和住所的安防级别一定要提升，不必要的外出尽量减少。"

"那人家想你嘛。"

"Elisa，小不忍则乱大谋。只要我们齐心合力，坤德集团早晚是我们的囊中之物。"

"就喜欢看到阿松野心勃勃的样子。"

凌晨，悦仙阁。

杨君松疲惫地推开大门，刚刚穿过抄手游廊，隐约听到后院书房内传来秘书小苗的呻吟声，空气中弥散着一种令人不安的气息，敏锐的第六感告诉杨君松，可能有不速之客进入了悦仙阁，他心里一惊，加快了脚步。

平日整洁安逸的书房，此时已凌乱不堪，琉璃茶盏、鸡缸杯破碎一地，小苗口鼻流血，捂着胸口瘫坐在地上。

"怎么回事？"杨君松惊讶地问。

"杨、杨总，就在刚才，我以为是您回来了，就到后院书房查看，没想到……"小苗断断续续地说着。

"贼人长什么样子？"

"动作太快了没看清，只是穿着一身黑衣。"

杨君松脑袋嗡嗡作响，他眼睛如扫描仪一般在屋内仔细搜索，但是并未发现有任何财物丢失，暗门也没有被打开过的迹象，只是监控探头被破坏了，看来是高手所为。

"警犬大贝没有反应吗？"

"大贝老了，耳朵有点聋。"

"杨总，要不要报警？"

"太麻烦……"杨君松思索再三道，"先送你去医院。"

七日后，一个阴郁的下午。

山本犬养不再电话骚扰，九菊一派也没了踪影，一切似乎归于平静。但杨君松这几天始终隐约感觉有人在暗中监视他，可是又找不到任何证据，也许是"一朝被蛇咬，十年怕井绳"吧。

这天，杨君松到北郊区谈一个地产转让项目，秘书小苗开着车，疾驰在郊区的高速公路上，杨君松坐在后排双眼微闭沉默不语，不时地揉着眉心和太阳穴。车内的暖风空调已经打得很高，杨君松却感觉不到一丝温暖。

小苗突然一个急刹车，突兀地打破了这份安静，杨君松身体前倾，额头碰在了后座上，公文包也应声掉落。

宝马车的前方，一个衣衫褴褛的乞丐刚刚横穿高速公路，要不是小苗及时刹车降速，恐怕将会酿成大祸。逃过一劫的乞丐站在高速公路边，回头看着远去的宝马车，痴痴地笑着。

"妈的，找死，真晦气……"小苗气不过，一直骂骂咧咧。

"好了，小苗，牢骚太盛防肠断，不要把霉运给搞到自己身上了。"杨君松调整坐姿道，"其实，我们打工人和乞丐没什么区别。"

"杨总教诲的是。"

"小苗，什么样的气场就会招来什么样的人和事，这是吸引力法则，你骂骂咧咧的，势必会把霉运搞到自己身上。"

"好吧。可是，我可比乞丐强多了啊。"

"在我看来没有什么区别。"杨君松莞尔一笑道，"乞丐要饭会怎么说啊？"

"行行好吧。"

"我们打工人碰见上级领导，不是每天都在说'行，行，好吧'？"

"哈哈哈，还真是啊！杨总。"

"真正的牛人不是想干啥就干啥，而是不想干啥就可以不干啥。"杨君松话锋一转，意味深长道，"而乞丐和告密的耳目，本质是一样的，所以才会相互吸引，不是吗？"

"这、这，杨总，您、不、您的话太深奥了，我听不懂。"小苗涨红了脸，一时手足无措。

"嗡、嗡、嗡"，手机的振动缓解了尴尬的气氛，杨君松得意一笑，接通了虞霖的电话。

"阿松，说话方便吗？"

"没问题，我和小苗在一起，在回来的路上。"

"北郊区刘总的那个烂尾楼，今天谈得有进展吗？"

"刘总心太黑，大部分工程款都被他吃喝嫖赌了，搞出这么个烂摊子还不肯低价让我们接盘……"

"我就说刘诗迪这个人不靠谱，苏董真是老糊涂了……"

"嘘！说话小声点。"杨君松警觉地捂住了电话，下意识地看了一眼小苗道，"具体情况，我们见面再说。"

话音刚落，杨君松通过后视镜，突然发现有两部黑色的帕萨特轿车一直跟着他们，奇怪的是这两辆车看起来并非新车，却没有挂牌照。

"小苗，加速甩掉他们。"

"是！"

小苗猛踩一脚油门，宝马轿车如脱缰的野马，飞速向前冲了出去，强大的推背感让杨君松不由得一只手紧紧地拉住了车门上的把手。

"阿松、阿松，你没事吧？"电话那头传来虞霖关切的询问。

"放心，九菊一派这帮犬养的，奈何不了我。"

宝马车的引擎咆哮着，小苗把油门踩到了底，两辆帕萨特轿车也玩了命似的紧追不舍。

"小苗，前面的道口下去。"

小苗快速通过 ETC 闸道，下了高速，来到了一个丁字路口。

"左转！"

"杨总，左转是往东郊区去的方向，路上的集卡车很多……"

"来不及解释了，快转。"杨君松不容置疑道。

小苗向左猛打方向，宝马车一个漂移向东疾驰而去，卷起一阵尘土，两辆帕萨特紧随其后，如附骨之疽。

普通公路路况复杂，不仅大型集卡车多，而且每隔一两百米就会有十字路口，电瓶车、摩托车混行其中，甚至一些卖农副产品的小摊也会占道经营。

三辆车在人流车流中你追我逃，生死时速，一路上人仰马翻，险象环生。

突然一声巨响，紧接着"刺啦"一声刺耳的刹车音，车子巨大的惯性和冲击力使得整个车祸场面支离破碎、惨不忍睹，伴随着金属刮擦和撕裂的声音，行人纷纷惊叫呼喊。

一辆重型集卡从小路上冲出，结结实实地撞到了宝马车的左侧，将其抛到了十来米远的地方，一道触目惊心的殷红划出唯美的血痕，令人战栗的红色诉说着不尽的邪恶……

不多时，丰庄镇五垚村公路的交通瘫痪了，人们蜂拥而至，脸上露出恐惧的神情。宝马车严重变形，特别是左侧的驾驶舱。小苗被死死地卡在了座位上，他的头发已经沾满血污，嘴角汩汩淌着鲜血，原本俊俏的脸庞，现在已经变得苍白扭曲，上半身还隐隐在抽搐，双腿似乎已经脱离了身体，变得血肉模糊，丝丝白骨若隐若现。杨君松的情况也不容乐观，已经陷入昏迷。

车祸现场不远处，几个黑衣人从帕萨特上下来，神情不置可否，为首的黑衣人拿起了电话。

"喂，山本先生……"

……

片刻后，两辆帕萨特消失在众人视线尽头。

天色暗淡。

北郊区，市北医院。

秘书小苗因伤势严重失血过多，在救护车上已经失去了生命体征，两名急救人员直接将他的遗体送进了医院太平间。昏迷不醒的杨君松被送进了急诊科抢救室。

抢救室内，安静得让人感到压抑，只有抢救仪器的"嘀嘀"声，以及手术剪刀的"咔嚓"声……

无影灯下，医生们汗流浃背，高度紧张，他们在与死神赛跑，不敢有一丝懈怠。

手术台上，两名医生一左一右，在护士的配合下，全神贯注地处理着杨君松的伤口。

突然，监护仪前的护士高声惊叫起来："患者血压和心率下降！"

医生立刻检查了杨君松的眼球，迅速指挥身边的护士："快，肾上腺素1毫克静推，3分钟一次。快速胸外扩容，补液和输血不停，继续胸外心脏按压！"

护士们迅速准备，给杨君松推注了肾上腺素……

抢救室外，红灯刺眼。

苏坤德、钱秀玲、虞霖等集团高管在抢救室外焦急等待，法务总监施仁正带领他的团队一边安抚着小苗悲痛欲绝的父母，一边和北郊区交警支队的民警进行交涉。

苏坤德坐在椅子上稳如泰山，深感意外道："怎么会这样？他们去北郊区干什么？"

"哼，事出反常必有妖。"钱秀玲阴阳怪气道，"看看某些人伤心的表情。"

"少胡说八道。"虞霖胸口起伏，眼含热泪道，"出事前我们还通过电话，杨总应该是被九菊一派的人害了。"

"九菊一派？"苏坤德有点惊讶。

"苏董，这肯定是九菊一派干的。"虞霖眼神坚毅，笃定道，"葛峰这个畜生一定也参与了。"

"又是九菊一派，又是葛峰，虞助理，你的想象力还真丰富。"钱秀玲讥讽地说。

"姓钱的，你脑子坏掉了……"虞霖望着钱秀玲，怒火中烧。

"好了、好了，烦死了。"苏坤德摆了摆手，面沉似水。

施仁正插话道："葛峰最近一直没到集团来，搞不好，真的和日本人混到一起了。"

"是呀，苏董，葛峰在一号项目上失利，杨总又夺了他的大权，还把郭槐送进了监狱，他必然怀恨在心。"虞霖非常确定地说。

"嗯，小苗可惜了……"苏坤德脸色晦暗不明。

一个小时后，抢救室的红灯灭了。

伴随着浓重的消毒水味，一位精干的急诊科医生摘下口罩从抢救室里走了出来。

"谁是杨君松的家属？"

"他的家属不在，我是他的领导。"苏坤德起身道，"医生，他的情况怎么样？"

"伤势还是很严重的，目前仍处于昏迷状态，只是暂时脱离了生命危险。"

"医生，你们一定要救救他啊，我们不惜一切代价。"虞霖急切地对医生说。

"嘁，站着说话不腰疼。"钱秀玲站在一旁，冷漠地小声嘀咕道，"还'我们'，我看是你吧，奸夫淫妇。"

"杨君松是我们集团公司的高层核心，我跟你们市北医院的薄院长是老朋友，请务必想尽一切办法救治。"苏坤德沉稳地说。

"请你放心，薄院长已经交代过了，再说了，救死扶伤是医生的本分和职责。"

"医生，他不会醒不过来吧？"虞霖不放心地问。

"目前还很难说，病人的脑部受到了重击，你们要有充分的思想准备。"

"你是说他有可能会变成植物人？"虞霖大惊失色。

"理论上来讲，不排除这种可能。"急诊科医生叹了口气道，"我们市北医院能力有限，现在只能转入 ICU 病房观察，如果要让患者醒来或者更好地康复，建议还是去市里的其他大医院试试。"

医生的一席话让虞霖的心如坠入了冰窟，一阵寒风袭来，泪水无声落下。

"这么说，杨君松是凶多吉少了。"苏坤德面无表情道，"钱总，把他后几个月的工资，以及年底的奖金先预支出来看病，后面的就听天由命吧。"

"是。"

知道杨君松情况不妙，苏坤德等人陆续离开，虞霖则留下来帮杨君松办理 ICU 病房住院手续。

深夜，雪花飘起。

ICU 病房里充满死亡的气息。

瑟瑟的寒风拂动着虞霖凌乱的发丝，她孤单地站在 ICU 病房外的走廊里，透过玻璃窗看着病床上插满管子的杨君松，心如刀绞。

她无助地扶着玻璃窗，全身抽动，一声声压抑、痛苦的抽泣声，仿佛是从她灵魂深处，一丝丝艰难地抽出来。

走廊尽头，一个身着黑色中山装的中年男人，板着一副千年不变的死人面孔，悄悄地拨通了苏坤德的电话。

"喂，苏董，我是阿忠……"

唇亡齿寒，人间冷暖

三日后。

近日难得见到阳光，太阳缓缓地从东方升起，像橘红色的气球挂在半空中，一点也不刺眼。

坤德集团，12层公关部。

小苗意外死亡、杨君松身负重伤的消息在集团内部不胫而走，真是好事不出门，坏事传千里。然而，埋头工作的安琪生却后知后觉，只是感觉这两天公关部的同事们看他的眼神有些怪怪的。

"小安子，到我办公室来一下。"公关部总经理余向东稳稳地坐在办公桌前，对着门口大声喊道。

"来了，余总。"安琪生作为余向东的助理，办公桌就在门口，"余总，有何吩咐？"

"门关上进来说。"

"小安子，你做我的助理有多长时间了？"

"余总，不到六个月。"

"哦，都这么长时间了。"余向东优哉游哉地点上一支烟，"你师叔杨君松的事儿，你知道了吧？"

"师叔？他什么事儿啊？"

"你是真不知道啊，还是在装糊涂？"

"我师叔到底怎么了？"

"哼，是这样……"余向东一改往日的谦卑和善，将半支香烟狠狠地插进了烟灰缸里，"杨君松出车祸了，现在在市北医院，据说凶多吉少。"

"啊？！"安琪生表情瞬时僵住了，脑子里一片空白。

"哼！还有，你明天就不用到我这儿上班了。"余向东冷眉冷眼道，"收拾好东西，明天还是回到德胜房地产中介公司，找苟经理报到。"

安琪生耳朵里一片嗡嗡声，仿佛一面铜锣在他脑子里轰鸣。

一阵尴尬的沉默……

安琪生无心纠结自己的得失，火急火燎地赶到了市北医院，可还是来晚了一步。他从医生那里得知，虞霖刚刚已经将杨君松转院。

西城区，海德堡医学康复中心。

气派的大楼，优的环境，无不彰显着这里高端的医疗条件和昂贵的收费。这里不再有人满为患的拥挤以及刺鼻的消毒水味道，取而代之的是五星级酒店般的环境和怡人的香氛。

在这里，所有的金钱、地位、权势都变得微不足道，所有的希望都来自吱吱作响的打印机打出的一张张检验单，生命就随着打印纸的移动而终止或延续。

迈进外资医院，安琪生就像刘姥姥进大观园般左顾右盼，全英文的标识让他不知该往哪里走。

"Hello, sir. Can I help you?"一个金发碧眼的导医小姐，礼貌地将安琪生拦在面前。

"Hello,Hello."安琪生的三脚猫英语让他有些语无伦次。

"先生，请问你有预约吗？"导医小姐微笑着切换到了中文频道。

"我看望病人杨君松。"

"不好意思先生，没有预约的话你不能进入。"

说话间，三名全副武装的保安将安琪生围住。

"你们这是什么意思啊？"安琪生说着就要往里硬闯。

"先生，这里是外资医院，请你不要无理取闹，否则我们要报警了。"

三名保安不容分说，将安琪生从身后放倒，便向医院大堂外拖了出去。推搡拉扯中，安琪生的一只鞋子被保安踩掉了。

"哎哎哎，你们干什么？我的鞋、我的鞋……这里还有没有王法了？"

安琪生一边挣扎着，一边大喊大叫，引来了所有人的目光。

在一楼交费的虞霖听见了安琪生的声音，循声望去，不由心里一惊，三步并作两步走了过来，示意保安住手，用流利的英语向导医小姐说明情况。

安琪生挣脱了保安，看着眼前的虞霖似乎变了一个人，只见她脸色白得像一张纸，眼睛里也没有了往日的光彩，可谓是"帘卷西风，人比黄花瘦"，怎一个愁字了得。

虞霖带领着他坐电梯来到了6层的干细胞康复中心，601号病房外。

病房是按照德国医院的标准建造，实施严格的封闭式管理，不允许家属陪护，即使看望也要提前预约。

负责治疗的德国医生汉斯博士，稀疏的亚麻色金发，高挺的鼻梁，嘴角永远带着一抹神秘的微笑，他和外籍女助理海伦娜早已站在病房前等候。

"汉斯博士，这位是安琪生，过来看望杨先生。"虞霖满脸忧郁道，"他生命体征还稳定吧？"

"你们好，杨先生各项指标还算稳定。"汉斯博士操着一口生硬的普通话道，"明天还要做各种检查，要和德国总部远程会诊后，才能给出最终的治疗意见。"

"汉斯博士，我师叔能醒过来吗？"安琪生焦急地问道。

"这个不好说，我们会尽全力。干细胞会创造奇迹的，要相信万能的主会保佑杨先生的。"

"万能的主？"安琪生小声嘀咕道，"我们中国人信也只信如来佛祖、太上老君……"

"小安子！"虞霖有些嗔怒道。

"虞女士，在病房门口看看就好了，不能进去。"汉斯博士对虞霖说道。

"明白。"

汉斯博士耸了耸肩，和女助理海伦娜先行离开。

安琪生透过病房的玻璃窗，终于见到了师叔杨君松。他双目紧闭，躺在病床上，身上插满了管子……他变得瘦弱憔悴，头发蓬乱、胡子青灰、眼窝深陷、肤色暗黄，整个身体似乎都缩水了，往日的风采再也寻找不回来。

"师叔，你醒醒啊！"安琪生悲从心头起，一时间竟泣不成声。

"Please be quiet."一旁的外籍护士冷漠地提醒道，"请小声一点。"

"虞助理，这里的医疗费很贵吧？"安琪生忍住哭声，从怀里掏出一沓钞票道，"您别嫌少，这一万八千元是我全部的家当了。"

"你的心意我领了，不用、不用。"虞霖红着眼睛摆手道，"人常说患难见真情，你还真是一个有情有义的好后生。"

"您一定要收下。"安琪生将钱塞到了虞霖包里，抿着嘴惭愧道，"我知道这是杯水车薪……"

"好吧，这也算你对你师叔的一片心意。"

虞霖不再推辞，她深知让一个在医学上几乎被判死刑的人苏醒，可谓是难如登天。而这里平均每天三万块钱的医疗费更是天价，她不知道自己还能坚持多久。

病房里，昏迷的杨君松紧闭的双眼里流下一滴眼泪。

人的眼睛有时候很大，大得能装下星辰大海，甚至装得下整个世界；有时候也可以很小，小到遇到伤心事，就连一滴眼泪也装不下。

安琪生每当想起今年以来如坐过山车一般的经历，就不由哀叹不已，难道自己真的逃不出命运的魔咒？眼看就要一步步走向人生辉煌，谁知刚起了个头，背后就大厦将倾，他只能失魂落魄地回到德胜房地产中介公司。

安琪生的工位已经被别的同事占据，他只能和新同事合用一张办公桌。一切似乎又回到了原点，更难的是眼看就到年底了，业务量急剧下降。

"小安子，到门口去帮我拿一下快递。"苟经理眯着吊梢眼，跷着二郎腿，一边刷着手机，一边喝着咖啡吩咐道。

"好。"安琪生有气无力地应了一声，起身走了出去。

谁知这个快递不仅仅又大又重，而且是快递费到付。安琪生知道苟经理的一贯为人，只是人在矮檐下，怎能不低头？他只好忍气吞声，吃了这个暗亏。

安琪生刚要抱起快递转身回去，却见两男一女，三个衣着光鲜的人向他走了过来。为首的男人长得像个竹竿，另一个男人有些秃顶，是个小黑胖子，中间的那个女人皮肤白皙、身材姣好，即使戴着口罩，也能看出是个美人坯子。不出所料，黄欣、石军这两个倒霉蛋又出来祸害人间了。

"哎，小伙儿，最好的房子来一套。"黄欣用下巴颏点着安琪生道。

"没问题，三位请进。"安琪生看来了生意，真是人欺天不欺，立马换上了职业微笑道，"请问是租是买，对地段和品质有什么要求吗？"

"那肯定要最好的，还用问。"石军跟着狐假虎威道，"就在新城区，红歌郎夜总会附近。"

"不好意思，先生，红歌郎夜总会我不知道在新城区哪里。"安琪生礼貌地说道。

"乡巴佬，这都不知道，没腔调。"

苟经理在办公室里听到了门外的动静，知道是来了大生意，立刻放下手机，换了一副嘴脸迎了出来。

"三位老板，外面冷，快到里边坐。"苟经理看到大美女，口水都快流到地上了，殷勤地摆出一个"请"的姿势，"小安子，快去倒茶。"

业务洽谈室。

苟经理把空调的温度调到了最高，安琪生也泡好了三杯热茶，黄欣等人纷纷落座。

"三位大老板一看就有腔调，红歌郎夜总会我熟悉啊！"苟经理满脸堆笑，寡淡的眉毛高高抬起道，"就在长寿路和武宁路路口，那边都是高档楼盘，我们手里房源绝对充足，不知要买什么价位的？"

"谁说要买了？"黄欣傲慢地点起一支烟，学着豹哥的无赖腔调，眼睛一翻，仿佛宝爷上身，"老子先租一套试试，住舒服了，爷自然会买下。"

"租房子啊……"苟经理的笑容凝固了，"长寿路近武宁路的天宫苑有一个顶楼复式，四百平米左右，月租金五万，相当实惠了。"

"太大了，不要。"黄欣悠闲地吐出一口烟。

"小安子你接待一下，我手上还有点事要处理。"苟经理瞬间拉下了脸，眯起了吊梢眼，转身就走。

"妈的，狗眼看人低，你知道我们大哥是谁吗？说出来吓死你。"石军瞪着眼睛道。

"大哥别着急，有事找我就行，武宁路附近出租的房源我熟悉，请问大哥需要多大面积、什么价位的？"安琪生接过话头问道。

"我们三个人一起住，两室一厅，八十到一百平方米，月租五千元左右吧。"黄欣摆弄着打火机，摊出了底牌。

"大哥，您开玩笑。"安琪生尴尬地笑道，"这附近五十平方米、没有电梯的老破小都要租到六千元了。"

"那不管，租不到房子，我们就不走了。"石军脑袋一歪，一脸的无赖相。

"这太强人所难了吧。"

"连个普通的房子都找不到，德胜房地产公司这个牌子，看来是要砸到你手里了。"黄欣在一旁敲打道。

"两位大哥，敢问你们租房子用来干什么？"安琪生继续问道。

"租房子当然是住了，还能干什么？"

"自己住啊。"安琪生欲言又止，眼睛一转道，"这附近还真有一个九十平米的两室一厅，月租只要三千块钱。"

"哦，可以呀，哪个小区？"

"天宫苑。只是……"

"有话就说，有屁就放。"

"里面死过人，是凶宅。"

"死人怕什么？老子走过南闯过北，啥没见过？"黄欣不以为意道，"什么情况？"

"三年前，一个日籍女租客，意外死亡。"安琪生和盘托出，"天宫苑是高档小区，3号楼803也是楼王的位置，一家日企租了这间房，当时的租金将近两万元。"

"两万元，这么贵啊！"石军咋舌道。

"拉裆货，废什么话，让他说完。"黄欣怒目而视道。

"在这个地段，两万元真的不算贵，你们去看了就知道了，里面的装修和家具都相当不错呢。"安琪生说着用手机调出房间照片。

"那怎么到现在还没租出去啊？"

"大哥，实不相瞒，三年前，这个日籍女租客在洗澡的时候意外溺亡后，房东第一时间就收拾干净了，还找了玄奘寺的高僧前来超度，可没想到后面的几批租客都说房子不干净，从那以后，这套房子就再也没有租出去过。"

"死去的女人是干什么的？"

"据说是个女模特，也有说是拍那种片子的日本女优。"

"就住这里了。"黄欣一拍桌子道，"阿萍，跟他们把合同签了。"

"啊？"戴口罩的美女弱弱地问道，"真的要住这里吗？"

"有我和石头在，怕什么？"黄欣不容置疑道，"男女搭配，干活不累，那女鬼就交给你石头哥伺候了。"

"兄弟一场，你咋这么狠心呢？"石军有点不满地说。

"行了、行了，都少废话……总比红振老街强吧……特别是你吴阿萍，欠公司这么多贷款，什么时候还得完呀。"

吴阿萍无奈地低下了头，似有千言万语，却又无话可说。

"欣哥，真的要住凶宅啊？我们再看看别的房子吧？"

"你现在怎么越来越怂了？我们是什么人，口号？"黄欣不耐烦地说道。

"东风吹，战鼓擂，我是流氓我怕谁。"

安琪生白眼一翻，心想：还抓进监狱一顿捶呢！

"收！"黄欣比了一个暂停的手势道，"小伙儿，带我们实地去看看，如果没问题就签合同。"

"好嘞，大哥，趁天没黑，我骑电瓶车先去，在门口等你们。"

二十分钟后。

四人在天宫苑大门口会合。

几人在安琪生的带领下，一起来到了3号楼803室门口，刚打开门，突然气氛一下子凝重起来。

安琪生打开了房间里所有的灯光，光明驱散黑暗，屋内精致的装潢在大家的眼皮子底下一览无余。家具都是上好的缅甸花梨木，轻轻擦拭一下家具表面，很干净，一点儿灰尘也没有。不仅是家具，就连电器乃至地板都是如此，对于空置多年的房屋来说，这并不寻常。

"你们德胜中介挺讲究啊，房间打扫得又快又干净。"

"应该没叫过保洁公司啊？"安琪生也是一头雾水，对于凶宅来说，不怕不干净，就怕太干净，这间房子"干净"得有些过头了。

803室房间不大，不消片刻，几个人就大体参观完毕。

安琪生反复确认需求后，拿来了天宫苑3号楼803室的租赁合同，吴阿萍草草地翻了两下，在后面签上了自己的名字。

许是空调吹得太干燥，吴阿萍侧身摘掉了口罩，喝了一口茶水，又迅速戴上了口罩。

这一瞬间，安琪生被眼前的一幕惊呆了，吴阿萍的脸好似车祸现场……

凶相毕露，杀人诛心

吴阿萍等人搬进803室后，便成功地引起了801室邻居洪大伯的注意。

洪大伯性格古怪，六十多岁仍未婚，一人独居，自从803室变成了远近闻名的凶宅，他本想搬离这个是非之地，无奈他房子的价格也跟着一落千丈，终是舍不得贱卖。不管怎么说，现在803室总算有人住着，总比空关着养鬼强，何况旁边还住着一个国色天香的美女。孤单寂寞的洪大伯，趁黄欣和石头不在时，常以各种理由去骚扰吴阿萍，只是一来二去混了个寂寞，从未见她摘下过口罩，也许是羞于见人吧。

年关将近，年味甚浓，大街小巷张灯结彩，弥漫着春节的氛围。红红火火的商场里堆满了琳琅满目的年货，川流不息的街头涌动着购置年货的男女老幼，临街的店铺里播放着祝愿新年好的歌曲，家家户户都贴上了对联福字，空气中充满了阖家团圆的幸福味道。

每当此时，都是洪大伯最难熬的时候，他一没有亲人，二没有朋友，只能孤独地看看电视，刷刷手机。而旁边 803 室的租客已经有好几天没有动静了，说不定早已回家过年去了。

华灯初上，天宫苑小区亮起了万家灯火。

洪大伯拿了两幅超市送的福字，先给自己家门口贴了一副，红彤彤、金灿灿的福字挂在门口，霎时喜庆了许多。他满意地点了点头，看着手中的另一幅福字，想起了大美女吴阿萍，犹豫了一下，便敲响了 803 室的门。

"有人吗？我是老洪。"

洪大伯敲着敲着，竟然敲开了 803 室的门，一股浓重的血腥味夹杂着腐败的味道瞬间散了出来。

黑暗中，隐约可见客厅的地上似乎躺了一个人。洪大伯心里一沉，颤颤巍巍地摸着打开了客厅的灯。吴阿萍浑身血痂，穿着吊带睡衣平躺在已经干涸的血泊之中，吓得他"啊"的惨叫一声，扔掉福字，瘫坐在地上。

2 月 10 日，18 点 55 分。

新城区，天宫苑。

刺眼的警灯闪烁，打破了节日中的一片祥和。

多功能现场指挥车上，陈强神情严肃，却意气风发。这是他作为重案支队副支队长第一次带队出现场，亦是凶案现场的最高负责人，多年的媳妇终于熬成婆。

中心现场，技术员们穿着冬装现场勘查服，戴着三件套，对 803 室进行全方位的现场勘查。

徐家君带着助手小肖对女尸进行初步体表尸检。王涛带着助手小孟勘查现场痕迹，摆设标示牌，铺设痕迹盖板，测绘现场草图。图像室的小戴对现场重点部位进行拍照取证，邓小南扛着摄像机全程录像。

外围现场，新城区公安分局刑侦支队和武宁路派出所的同志们，在天宫苑 3 号楼周围已经拉起了蓝白相间的警戒线，头顶上空，三架无人勘查机的螺旋桨嗡嗡转动，实时监控着外围现场的一举一动。

803室门口，代理探长万子良率领一探组，在武宁路派出所管片民警杜德慧的陪同下，对报案人进行询问。

"洪大伯，死者你认识吗？"

"看样子像……刚搬进来的邻居。"

"你和她熟悉吗？"

"不熟悉、不熟悉。"

"803室一共住了几个人？"

"常住的有两个，不对，是三个。"洪大伯惊魂甫定道，"不过……"

"到底几个？"惠俊豪浓眉紧蹙，有些凶神恶煞。

"不要紧张，你好好想想到底是几个人，叫什么名字，知道吗？"万子良心平气和道。

"应该是三个。大名不知道，只知道两个男的，一个叫欣哥，一个叫石头，另一个女的，就是死者阿萍。"

"黄欣、石军！"惠俊豪惊讶道，"又是这两个王八蛋！"

"应该是。"片警杜德慧翻开工作本补充道，"他们三人都是今年1月底，通过德胜房地产中介公司租的房，刚刚搬进来的。"

"房东人呢？"

"房东周佛海一家，到海南度假去了，这房子原本是他一家自住的，后来他们自己买了大房子就搬出去了，把这套房子出租补贴家用，谁知三年前出了一场意外，后来就一直租不出去。"

"洪大伯，这几个人平常在房间里干些什么？"

"各位警官，这女人是典型的楼凤，不是我不举报，我也是才发现。"洪大伯义正词严道，"通常每天都有八个男人，多的一天有十几个男人进进出出。"

"老行家呀，观察得这么仔细，'楼凤'这么专业的词你都知道，还敢说是才发现的！惠俊豪一眼便识破了洪大伯，咄咄逼人道，"你一人独居在这里，哪有不吃腥的猫，老实交代，光顾了几次？"

020

"警官，你、你、你可不能诬陷人啊。"洪大伯左顾右盼，言辞闪烁。

"哈哈，老小子，你还说没有？"惠俊豪一只大手重重地搭在了洪大伯的肩膀上，面目狰狞道，"洪召枫，你个老色坏，别把我们刑警当吃干饭的，再不老实，我们就换个地方说话。"

惠俊豪强大的压迫感，宛若金刚护法，让洪召枫已到嘴边的一万个借口瞬间化作乌有，他像泄了气的皮球，悲催地低下了头。

"是她勾引的我，就去过一次，真的，就、就一次。"洪召枫面红耳赤道，"那天我趁两个男的不在，和阿萍谈好了价钱……"

四天前，傍晚。

等了一天的洪召枫急得像热锅上的蚂蚁，他把脸贴在自家大门上，竖起耳朵聆听803室门口的动静。

一声清脆的关门声传来，黄欣和石军说说笑笑地向电梯口走去。

洪召枫缓缓推开门，鬼头鬼脑地探出头，见走廊里没有他人，轻轻敲响了803室的门。

"阿萍、阿萍，我是洪哥。"

"稍等啊。"

这一等就是半个小时，洪召枫在门口急得直跺脚。终于，吴阿萍戴着口罩，穿着简单的衣服，把洪召枫引进了屋。

"怎么这么久啊？"

"人家有事情嘛。"

"万一那俩小子半路杀回来怎么办？"

"放心，他们喝酒去了，没这么快回来。"

"哥哥我是真的喜欢你呀。"

"少废话，老规矩，先给钱。"

洪召枫说着从裤兜里掏出一沓钞票，塞到了吴阿萍的内衣里。吴阿萍数了一下，正好十张。

洪召枫迫不及待地搂住了吴阿萍的腰，朝灯光暧昧的小房间走去。

"阿萍，能不能把口罩摘了呀？"

"关了灯再说吧。"

"在家里，你怎么还化这么浓的妆？"

"这哪是家里，这是我工作的地方。"

"小宝贝儿，想死哥哥了。"

……

小房间的床上，吴阿萍换上了情趣内衣，修长的大腿在洪召枫身上蹭来蹭去，她对诱惑男人很有经验，像是一条洁白的蟒蛇在洪召枫身上骚动着，时不时在他耳边呻吟几声，让洪召枫瞬间感觉到阵阵酥麻……

半分钟后，吴阿萍面带嘲讽地起身朝卫生间走去，洪召枫瘪着嘴，心有不甘地看着她妩媚的背影。

"洪召枫，你他妈的还是个快枪手。"惠俊豪一脸不屑道，"老色坏，还说你只去过一次，我看你没少去。"

洪召枫眼看又被揭穿，低下头不再言语，耍起了无赖。

"洪召枫，嫖娼是违法行为，根据《中华人民共和国治安管理处罚法》第 66 条规定，嫖娼的，处 10 日以上 15 日以下拘留，可以并处 5000 元以下罚款，你要是不积极和警方配合，后果很严重。"

万子良有理有据地对洪召枫实行法律威慑，这一招成了压垮他心理防线的最后一根稻草。

"我……唉，一时糊涂……"

"姓洪的，照你刚才所说，很有可能是黄欣和石军杀了吴阿萍了。"

"警官，我检举，这算不算立功？"洪召枫眼巴巴道。

"说说看。"

"前天晚上……"

三天前，晚上 10 点。

洪召枫躺在床上刷着手机，回想起昨天尴尬的一幕，越想越觉得吃亏，自己明明提前吃药了，怎么到关键的时候还是怂了？不行，他要把多花的冤枉钱多少要回来点，只是不能让那两个男人知道。

想到这里，洪召枫像打了鸡血一样，一骨碌从床上爬起来，到了大门口。正当他要开门时，大门外从 803 室的方向传来了几句激烈的争吵声，隐约还有一声女人的尖叫声，随后一切又恢复了平静。

一定是阿萍和那两个狗男人又吵起来了，洪召枫快快不乐地躺回了床上，迷迷糊糊地睡着了。

晚上 11 点 40 分左右。

一场冬雨，悄然而至。

"咔嚓！"一个惊雷震醒了洪召枫，他突然想起来自己的电瓶车还在楼下，赶紧起身套了件衣服向楼下冲去。七八分钟后，淋得像落汤鸡一样的洪召枫甩着身上的雨水，骂骂咧咧地回到了家中。

正当洪召枫要脱下湿衣服的时候，忽然听到 803 室的门"哐"的一声被狠狠地关上，他赶紧转身趴在大门的猫眼上向外望去。只见石军神色慌张地匆匆向电梯走去，伞也没有带。奇怪，这么晚，又下这么大的雨，这人出去干什么？

"后来你还见到过石军吗？"

"没有，这几天除了去超市，我一直都待在家，他应该没来过。"

"那黄欣还有没有见过？"

"也没有。"

黄欣和石军的嫌疑陡然上升，特别是石军。

"警官，我这算不算立功？"

"等把石军抓住再说吧。"惠俊豪冷哼一声道，"洪召枫，你还是带两件衣服，和杜警官去派出所，听候处理吧。"

说话间，陈强和武宁路派出所的关所长从电梯口走了过来。

"陈支，是我们工作没做好。"关所长面露惭愧道，"眼看过年了，还让你们劳师动众……"

"关所，我们一家人不说两家话，年前本来就是刑事案件高发的时候，这是我们的本职工作。"陈强话锋一转道，"不过，咱们所的社区工作，可是要加强了。"

"陈支所言极是，惭愧、惭愧。"

万子良、惠俊豪、胡秋飞看到陈强过来，纷纷打招呼。

"头儿，今天现场勘查小组阵容强大，徐主任、王组长都来了。"万子良从门口的现场勘查箱里拿出一副三件套递给了陈强。

"哦，季探长也在下面看监控，看来这个案子没跑了。"

在万子良的陪同下，陈强一边戴上三件套，一边快步走进了凶案现场。

陈强踩着黄色的现场痕迹盖板逐步深入，小心翼翼地审视着周围用标示牌标好的痕迹。王涛正带领痕迹团队提取现场的鞋印和指纹，鞋印尤其让王涛头疼不已。

在803室内，发现有大量的鞋印、袜印、赤脚印，部分印痕残缺不全，不同鞋印交替踩踏重叠难辨，反映形态既有灰尘的，又有血迹的，而且鞋印种类特别多，有皮鞋印、布鞋印、拖鞋印等近二十种。

王涛蹲在地上愁眉不展，手里拿着八九张鞋印样板俯身查看，时不时进行比对。小孟拿着形如簸箕的足迹勘查灯，弯着腰配合王涛一寸一寸在地板上艰难推进。

"王组长，痕迹情况如何？"

"陈支，这个室内现场貌似不大，但情况复杂。"王涛起身，用手捶了捶自己的老腰，道，"凶手是'软进门'，803室的门窗完好无损，所以凶手应该和死者较为熟悉。凶器是一把水果刀，上面有凶手的血指纹，死者的随身物品和手机都在，室内没有发现现金，具体是情杀、仇杀还是为财，还要再进一步地勘查。"

"王组长，作案人数能不能明确？"万子良一边记录，一边问道。

"万探长，我们正在甄别排除。"王涛撇了撇嘴，遗憾道，"现场保护得不是很好，报警人洪召枫第一时间叫了120，急救人员的鞋印踩得到处都是。"

"姓洪的还是个痴情种。"陈强摇摇头道,"同志们辛苦了,徐主任在哪里?"

"'小日本'啊,那里。"王涛指了一下卫生间。

陈强沿着痕迹盖板向过道的卫生间走去,万子良紧随其后。当跨过死者尸体的时候,万子良不禁心生悲悯,总感觉哪里不对,不由得多看了两眼。

在一旁固定证据的邓小南,看到陈强过来,立刻调转摄像机镜头,为陈强拍摄起了工作录像。

卫生间内腥臭不堪。

外面的动静丝毫没有影响到徐家君,他和法医小肖专心致志地蹲在马桶旁,翻找纸篓内用过的避孕套,小戴则在一旁拍照取证。狭小的空间里,水滴声"滴答、滴答"地响着。徐家君又找到一个充满黏液的避孕套,随着"咔嚓"一声快门响,闪光灯亮起,小肖如获至宝,立刻拿出证物袋小心翼翼地装起来,看样子今天他们大丰收了。

"徐主任,陈支来了。"万子良轻拍了一下徐家君的肩膀。

"哎哟,陈大探长来了,不对,陈支,现在小万是探长,口误,口误。"徐家君起身笑道,"这里的味道太窜了,我们出去说。"

"有什么发现?"

"这个卖淫窝点里的生物检材还真不少。"徐家君转头对小肖说,"再仔细找找,统统打包,我包圆了。"

"放心,DNA 的同事们有得干了。"

"菜刀是厨师的第二生命,如同 DNA 是法医的第二生命。"

"'小日本',你《海贼王》看多了吧。"

"呵呵,言归正传。"徐家君扶了扶眼镜道,"根据初步体表尸检判断,死亡原因是右腹部刀伤引起的大出血,从血迹凝固程度以及尸斑、尸僵的情况分析,死亡时间大致是在三天前。死者身上有多处软组织挫伤和皮肤擦裂伤,可以推断,死者生前曾与凶手有过激烈的搏斗。具体情况,等我把尸体运回去解剖后,会有一个准确的结果。"

"死者脸上的粉底，实在有点太厚了。"万子良插了句话。

"宾果。万探长，你观察得很仔细，确实跟日本艺伎差不多。"

"这里面必有蹊跷，等你的尸检报告。"

"路飞，没问题，放心吧。"

身为资深动漫迷的徐主任，还是那么的中二。陈强正要去卧室查看，突然手机铃声响起，是重案支队金建民支队长来电。

"强子，现场情况怎么样？"

"报告金支，是个失足女被杀，高度怀疑是同住的男子石军所为，现场足迹、指纹、DNA、监控视频和目击证人都有，重案支队和刑技中心的主力也都在，这个案子没什么难度，请金支放心，保证完成任务。"陈强胸有成竹地说。

"不要掉以轻心，很多事情看似简单，未必就简单，不要在阴沟里翻船，牢记，这是你第一次带队，不要大意。"金建民苦口婆心道，"新上任分管刑侦的副局长胡新福要到总队来听取汇报，韩总现在在总队大门口等着呢，一会儿你们不要掉链子啊。"

"没问题。这么小的案子，胡局怎么会来？"

"你是第一次，别人就不是第一次啦？哪儿那么多问题，做好你的本职工作。"

"是！"

22点25分。

刑技中心一楼，法医解剖室。

得知新任副局长胡新福要来听汇报，徐家君打起精神亲自上阵，他穿好蓝色的一次性无纺布解剖服，戴好橡胶手套，将所需的解剖工具依次摆放在身边的医用转轮架上，打开无影灯，神情专注地看着解剖台上那具冰冷的女尸，法医小肖负责记录，另一个法医小邱负责拍照。

尸检开始前，徐家君围着女尸转了起来，仿佛虔诚的朝圣者。突然，徐家君走到女尸头部，俯下身扶了扶眼镜，凝视着女尸涂满粉底宛若艺伎一般苍白的脸，目光幽幽。

"告诉我，吴阿萍，是谁要杀你？"

为了加快速度，DNA室的技术员早已等在解剖室外。

徐家君小心翼翼地用棉签分别提取了死者十根手指甲缝隙的残留物，送往DNA室做鉴定。做完常规的尸表检查后，女尸已经一丝不挂，徐家君用棉签分别在女尸的口腔、肛门、阴道处提取生物检材。忽然，他的眼前一亮。

"小邱，女尸会阴部，多角度拍几张照片。"

"主任，这里有什么异常吗？"小孟兴奋地举起相机，开始对焦。

"人死后肌肉组织会定型在生前最后状态。"徐家君一边仔细观察，一边分析讲解道，"你们看，女尸的阴蒂组织保持在一个撑开的拉伸状态，旁边的肌肉组织有大片瘀滞的血液没有及时回流。"

"主任的意思是说，她死前不久，有过长时间激烈的性行为？"

"对。一般来说，女性在性交后，阴蒂组织需要过一会儿才能从撑开时的紧绷状态恢复到正常。如果不出意外，解剖时会看到阴道内壁的刮痕、宫颈口收缩，以及大量分泌物残留。"

"这很可能跟凶手有关。"徐家君斟酌道，"结合尸表较重的抵抗伤和腹部一刀毙命的伤口，凶手应该身强体壮，年纪较轻……"

徐家君一边思索，一边向尸体的中段走去，随手拿起一把法医肠刀，在女尸腹部刀口的位置，上下比画了几下，顺着伤口斜向下的角度插了进去。

此时，徐家君慢慢地闭上了眼睛，随着深入贯通尸体的致命伤，他似乎感受到了吴阿萍濒死时深深的绝望，结合中心现场死者血液喷溅的高度和形态，眼前仿佛出现了死者倒地时一瞬间的情景，他的脑海里渐渐有了答案。

"如果吴阿萍是站姿腹部中刀，她身高168厘米，那么根据贯穿伤的形态、血液飞溅情况，凶手的身高应该在180厘米到185厘米。"

……

"不会让任何一个人不明不白地死去，生命需要尊重和敬畏。现在解剖正式开始。"

徐家君颇有仪式感地陈述一番，明显带有日本动漫《海贼王》的风格，他接过小肖递来的解剖刀，以刀刃抵住女尸颈下，笔直往下切开。既伤不到肋骨，更刺不破胸腔。突然，他眉头紧锁，停下了解剖刀，一只手按在了女尸高耸的胸部上。

"刚才怎么没看出来呢？可能是失血太多的缘故……"徐家君一边喃喃自语，一边侧身向划开的胸部肌肉组织观察，随即又试探性地划了两刀，一只乳白色的硅胶露了出来。

"死者生前做过隆胸手术。"小肖接过隆胸硅胶，惊讶道，"徐主任你看，上面有一串细小的编号 IZGHC-TX-W-168。"

"死者本来皮肤就白，加之失血过多，刚才检查尸表的时候，忽略了胸部的这个白斑。"徐家君指了指另一侧乳房根部，熟练地用解剖刀取出另外一个隆胸硅胶，"硅胶上的编号是厂家产品的批号，通过这串编号，就可以找到死者生前做手术的整形医院，说不定会对侦查破案有一定的帮助。"

小肖认真做好记录，小邱根据徐家君的指点，摆好标尺拍摄照片。一个个冰冷的字符，伴随着唰唰的书写声、快门的咔嚓声，在解剖室内回荡，宛若生命终结的进行曲。

与此同时，痕迹室内也在挑灯夜战。

王涛迅速对现场勘查后续工作进行分工，把所有涉案的现场照片、现场指纹、鞋印等进行汇总分析研判，制作成汇报 PPT。

指纹实验室门口挂着一幅"指定乾坤"的牌匾，四名年轻技术员根据王涛组长吩咐的工作要点，对着电脑在市指纹库和公安部指纹库的海量数据中进行反复比对。指纹是人体的身份证，每个人的指纹都是唯一的，它与 DNA 一样是确定或排除刑事案件嫌疑人的重要证据之一，特别是案发现场杀人凶器上的血指纹，更是对案件定性的重要依据。

然而，杀死吴阿萍的水果刀上的血指纹，不仅模糊残缺，而且变形重叠，还有在凶案现场采集的一些血指纹和灰尘减层指纹也都难以辨认，指纹系统的自动比对功能根本无法奏效，必须靠技术员们的肉眼和丰富的经验对相似指纹进行逐一标注比对。

为了能快速锁定凶手，技术员们使出浑身解数，他们头微微前倾，眼前弯弯曲曲、或粗或细的线条，密密麻麻地铺满电脑显示屏，他们不厌其烦地用鼠标在线条上做着标注，甄别细节，最后一锤定音，这些"指纹神探"势必会让罪恶无处遁形。

鞋印实验室明亮宽敞，一排排鞋印工作站充满了科技感。

王涛带领小孟等人对现场提取出来的可疑鞋印进行分析。鞋印能解读出很多与犯罪嫌疑人相关的信息，通过这些信息就能勾画出嫌疑人特征。从鞋底的刻纹和标识，就可以判断出鞋子种类和制造厂商，从鞋的尺寸大小、步伐的宽度，就可以判断出男女，甚至嫌疑人的身高、体重以及体质状态，从鞋底磨损的情况和鞋印中夹杂的物质，还可以判断嫌疑人平时的走路姿态甚至他的职业。

"王组长，卧室角落里有一枚残缺不全的女士拖鞋鞋印，尺码是36码，看样子应该是吴阿萍穿的，只是说不上来哪里看着有点怪怪的。"小孟指着电脑屏幕，面容古怪道。

"卧室是有些奇怪，凶手有一定的反侦查能力，将大量的鞋印都用扫把扫掉了，可惜百密一疏，"王涛信步走过来道，"这个角落里的鞋印成了漏网之鱼。"

大神出马果然一路火花带闪电。王涛火急火燎地坐下，眉毛拧成了疙瘩，他拿来纸笔用公式先算出基本值，再根据经验进行调整修正，而后大拇指放在嘴唇下面来回移动，思考着所有的可能性。

"伪造的！"王涛拍案而起道，"这枚足迹是刻意伪造的。这个鞋印前掌、前尖压得比较实，脚弓部位却是空的，所以凶手应该是'大脚穿小鞋'，凶手的脚比较肥，真实鞋码应该是最少40码，年龄在25岁以上，身高在170厘米以上，体重在70千克至80千克之间……"

2月11日，凌晨4点。

重案支队，大会议室。

胡新福副局长春风得意地居中而坐，单独为他准备的沙发椅上放着一个腰托，旁边是总队长韩玉朗和支队长金建民。指挥处处长谢刚忙前忙后，指挥着三位后勤民警给同志们准备夜宵。会议室东侧靠墙的长条桌上铺了洁白的餐布，上面整齐地摆满了一排自助餐波菲炉，炉内色香味俱全的时蔬小炒、大排鸡腿、扬州炒饭、上海炒面，应有尽有，长条桌的尽头甚至连警官休息室的咖啡机也搬了过来。

"胡局，辛苦了，吃点夜宵，提提精神，作汇报的同志马上就到。"韩玉朗吐出一口香烟，表情暧昧地寒暄道，"今天的咖啡还可以吧？"

"现磨的咖啡豆，香。"胡新福喝了一口咖啡，看了一眼长条桌上的波菲炉，问道，"韩总，你们平常就是这样，还是今天特意给我准备的？"

"胡局，我们不搞特殊化，这眼看就过年了，同志们还在一线奋战，我让小谢准备点好的犒劳大家。"

"你们刑侦的小福利搞得很好嘛，爱警惠警的工作抓到位了。"

"胡局，我们总队条件差，跟你们经侦白领警察可不好比啊，还请多担待。"金建民面无表情道。

"什么白领、蓝领，都是为人民服务嘛。"胡新福瞥了一眼金建民道，"金支，你可是老大哥，刑侦破案的行家里手，我要向你多学习。在经侦战线二十多年，税务稽查、合同诈骗、抓老鼠仓是我的强项，隔行如隔山，作为分管刑侦、经侦的副局长，我还是缺了一条腿。"

"胡局，太谦虚了。"韩玉朗瞪了一眼金建民，转而微笑道，"万变不离其宗，刑侦这点活对胡局来说还不是手拿把撵。"

"刘卫国局长牵头破了明珠案，震动了整个东海市，得到了公安部、市局领导的首肯。"胡新福坦言道，"现在到了我这里，明珠案的后续工作如果查不清楚，那么郭槐将会苟活在看守所里直到自然死亡，这是我不能容忍的。"

随着我国法治化进程越来越完善，最高法院对死刑的审核越来越严格，公安部在各个省市、自治区、直辖市公安局成立了命案办，每年年底公安部都要进行命案考核评比，确保每一起命案都事实清楚，证据充分，定性准确，法律手续完备。胡新福这番话意有所指，对刑侦工作是鞭策更是敲打。

说话间，谢刚等人已将丰盛的夜宵送到了三位领导面前，胡新福率先开动，众人跟着一起大快朵颐起来。韩玉朗似乎并没有什么胃口，他又续上了一支烟，不由得思绪万千……年底时，老局长刘卫国光荣退休，他的工作得到了全局上下的高度认可。可谁料到，自己盼了多年又苦心经营的位置，却被经侦总队的总队长胡新福截和了，关键是胡新福比自己还要小两岁。

"消夜然，食之，美哉。"胡新福意犹未尽地抹了一下嘴，顺了一口香浓的咖啡，道，"冬日要注意身体，晚上夜宵不要多吃，会积食。"

"高见啊，身体是革命的本钱，不要摄取太多高热量的食物，跟着胡局，天天有长进。"谢刚满脸堆笑道，"胡局，夜宵还合您胃口吧？"

"我一个人说好不算好，大家好才是真的好。"

"是是是，我们做得还远远不够，胡局您要多来指导工作。"

……

天色渐明。

"胡局，人到齐了，准备开始吧。"韩玉朗掐灭了香烟，向胡新福轻声请示道。

"噢，好的。磨刀不误砍柴工，让同志们先垫补点儿，不能饿着肚子工作。"胡新福清了清嗓子，看了看手表，已是凌晨5点，赞叹道，"刑侦总队果然名不虚传，真是命案不过夜的节奏。韩总，案情分析会你主持一下，我主要是来学习的。"

不多时，陈强带领着重案支队一、二探组和刑技中心的干警们陆续走进了会场，虽然面露疲惫，但却斗志昂扬。只是弥散着咖啡香味的会议室，让大家感觉有些唐突。

"同志们辛苦了，来来来，先吃夜宵。"胡新福不怒自威道，"不，这夜宵当早饭吃了，我们十五分钟后，准时开始。"

众人早已饥肠辘辘，面对丰盛的"早餐"，已经顾不得形象，如风卷残云。

惠俊豪嗦着上海炒面，胳膊肘抵了抵陈强，小声道："头儿，新来的胡局长，可比我们韩总看着气派多了。"

"少胡说八道，赶紧吃饭。"

"我可没胡说，刑侦楼前尸体多，经侦楼前豪车多，这两年经侦可是风头正劲。"

"人学会说话只要两年，但是学会闭嘴，一辈子未必学得会。"

万子良看了一眼表情尴尬的惠俊豪，不禁笑着摇摇头。他放眼望去，胡局长果然一表非凡，身躯凛凛，相貌堂堂，鬓角的头发略微秃进去一些，眉毛浓黑而整齐，一双眼睛炯炯有神。

他又看了一眼在旁边抽闷烟的韩玉朗，烟雾缭绕中，一切显得那么苍白无力，也许沉默是表达轻蔑最完美的方式。

第二章
既鹿无虞

参伍以变，错综其述

2月11日，凌晨5点15分。

重案支队，大会议室。

"同志们，再有三天就是大年夜了，东海市欢乐祥和的过年气氛不能因为一起谋杀案而大煞风景，任务艰巨啊。"韩玉朗环视在场所有的刑警，言语恳切道，"胡局长在百忙之中，通宵参加我们的案情分析会，陈强你作为主办支队长，谈一下你的意见。"

韩玉朗并未让刑技中心相对客观的法医、痕迹先讲，而是让初任副支队长的陈强谈一谈他的看法。这是一把双刃剑，讲得好了那是本分，能在领导面前好好露个脸；如果砸了锅，那可就没什么好印象了。

金建民也颇感意外，他看着陈强嘱咐道："陈支，这个案件的时间节点很特殊，希望你言简意赅，抓住重点。"

"是。"陈强翻开刑侦日志，瞄了一眼居中而坐的胡新福，清了清嗓子道，"尊敬的胡局、韩总，'2·10'凶杀案是典型的对失足妇女下手的恶性暴力案件。死者吴阿萍，女，28岁，福建漳州人，目前身份已经确认。死亡时间大致是三天前，也就是2月7日的晚上，凶手十分残暴，一刀毙命，初步排除情杀、仇杀的可能……"

案件侦办进展得很顺利，第一时间就找到了方向，韩玉朗总算松了口气，他缓缓吐出一口烟，揉了揉眉心，舒缓一夜的紧张和疲惫。

"案发后，803室同住人石军和黄欣，立刻失联不知所终，按照犯罪逻辑分析，他们畏罪潜逃……"胡新福顺了一口咖啡，质问道，"这么说，凶手就一定是石军和黄欣了？"

"行动技术探组查看了天宫苑案发当晚所有的监控录像，在作案时间段内只有石军进出过现场。特别是2月7日晚11点48分，他冒雨仓皇逃出了现场，连伞都没有打，门也没锁好，嫌疑非常大，这些在801室的邻居洪召枫那里也得到了印证。"

"只有石军？"

韩玉朗灭掉香烟，眉头紧锁，原本舒缓的情绪又紧张起来。

季亦萍铿锵有力道："胡局，天宫苑小区是高档小区，安防技术先进，监控设施完备，我们通过查看监控，并未发现任何可疑人员进入。"

季亦萍说着将整理好的监控视频投放到大屏幕上。

"各位领导请看，2月7日晚7时45分，石军从803室出去以后，直到10点04分他再次回到803室，中间再无人来过。"

季亦萍逐一调出3号楼的进出口监控、电梯监控、8层的楼道监控、小区大门口监控。

"天宫苑小区的这些监控探头，形成了石军活动轨迹的闭环，而且都是高清设备，我们甚至可以清晰地看到11时48分石军出逃时仓皇的表情。"

季亦萍快速调出一张监控截图，图中石军眼神飘忽，嘴巴斜抽着，仿佛即将被雷劈。

"表情凶狠不足，惊恐有余，像是初次杀人，你们觉得呢？"胡新福眯起眼睛，看着大屏幕上石军硕大的脑袋，不禁觉得有些滑稽可笑。

"胡局分析得很透彻，石军这个小浑蛋，没多大胆子，看样子像失手杀人。"金建民抢在陈强发言之前，接上了胡新福的提问，坦言道，"石军以前是个惯偷，从监狱里放出来后，和一帮社会人员天天混在一起，杀人应该是第一次。"

"失手杀人？"胡新福狐疑道，"石军的动机是什么？"

"大概率是分赃不均，或者是不服皮条客的管教……"金建民见怪不怪道，"由涉黄而引发的刑事案件，在东海市时有发生，将近占到所有命案的三分之一。"

"这么说，'2·10'凶杀案没有什么大花头喽。"胡新福揉了揉惺忪的眼睛，显然失去了兴趣。

"胡局，该走的流程还是要走完的。"韩玉朗看出了端倪，示意徐家君快点汇报，"徐主任，尸检情况简明扼要说说。"

"明白。"徐家君调整思路，单刀直入道，"死者左腹部中刀，仰身倒地，由于失血过多，皮肤呈黄白色，尸斑较淡，分布于尸体背部，以及未受压的低下部位，双手及四肢有明显的抵抗伤。解剖见胃内有约600克糊状内容物，可分辨出菜叶、米饭等成形物。根据体表尸斑和胃内容物判断，死亡时间在2月7日晚餐后4—5小时，也就是晚上11点到12点之间，胃内容物的毒化检验报告已出，没有中毒的情况。"

"一刀毙命，四肢有抵抗伤，看来凶手和死者发生了激烈的争执。"

"根据洪召枫的供述，2月7日晚10点多，他听见隔壁803室传来激烈的争吵声和女人的尖叫。"陈强补充道，"这和石军10点04分回到803室的时间吻合。"

"根据尸检情况，我有不同意见。"徐家君扶了扶眼镜道，"根据死者贯穿伤的形态、现场血液飞溅情况，凶手的身高应该在180—185厘米，而石军的身高只有170厘米，这明显和现场情况不符。"

"哦，凶手另有其人？"胡新福两眼放光，顿时来了精神。

"徐主任，你这个喷溅血的形态分析，会不会有误差？或者是嫌疑人为了掩人耳目，特意为之？"韩玉朗提出了质疑。

"韩总，从法医专业的角度来讲，这是客观的事实，犯罪嫌疑人在极短的时间内一刀毙命，是不可能有任何伪装的。"

"这个高度倒是和黄欣的身高颇为相近。"陈强分析道，"只不过，这家伙当晚确实没有出现过。"

"2月7日晚，黄欣到底在哪里、在干什么，"韩玉朗命令道，"陈支，你们务必彻查清楚。"

"是。"

"石军为什么会在现场待了将近两个小时？"胡新福面露疑色道。

韩玉朗呼出一口烟，没有马上回答，而是看向了对面的侦查员。金建民会意，给胡秋飞递了一个眼神。

"胡局、韩总，从犯罪心理学的角度来讲，凶手在现场长时间逗留，会有以下几种情况。"胡秋飞起身汇报道，"一是为了和尸体发生性关系或者侮辱尸体，多见于性变态和性心理扭曲者；二是为了寻找特别的感觉，感受杀人现场的极端氛围，多见于反社会人格障碍类型凶手；三是在作案后，极度惊恐和敏感，需要一段时间的平复，在冷静以后亡羊补牢，销毁证据，逃避打击。"

"那你觉得石军应该是哪一种？"

"以石军的情况，第三种的可能性会比较大。"

"值得注意的是，吴阿萍死前不久，有过长时间激烈的性行为，并非奸尸或者是侮辱尸体。"徐家君翻动PPT，放出对应的尸检照片，"另外，吴阿萍生前做过多次整容手术，包括隆胸、垫鼻、胶原蛋白额部填充，以及注射肉毒素瘦脸提升，不过后两种整容术显然失败了，导致她的面部皮肤因血管栓塞而大面积溃烂。"

"难怪她的脸上涂了这么厚的粉，白得像鬼一样。"

"在803室卫生间的垃圾桶内，发现大量使用过的避孕套，一共有26个，应该是嫖客留下来的。"徐家君抽了抽鼻子道，"我们正在逐一进行DNA检测，今天晚上就能出结果，说不定里面就有凶手的DNA。"

"DNA更加客观真实，逐一排查，不能有漏网之鱼。"

"DNA固然客观，但我估计犯罪嫌疑人不会留下。"王涛不等徐家君答复，抢先一步道，"我们发现凶手有清理现场的行为，特别是在吴阿萍的卧室，地面有被扫把扫过的痕迹，不像是仓促而为，但凶手显然百密一疏，在床头的角落里留下了一枚大脚穿小鞋的拖鞋足迹。拖鞋是吴阿萍的，我们在门口的鞋架上找到了，鞋子很干净，没有血。凶手的脚比较肥，真实鞋码应该是最少40码，年龄在25岁以上，身高在170厘米以上，体重在 75—80 千克之间。"

"客厅里有没有发现类似的足迹？"

王涛在大屏幕上放出现场照片，遗憾道："急救人员踩得到处都是血足迹，不过经过我们仔细辨别，还是在客厅发现了石军的血足迹。"

"怎么能够确定是石军的？"

"我们在门口的鞋柜内发现了两双石军常穿的鞋，41 码，虽然鞋底花纹不同，但是磨损痕迹相似，我们以此类推确认了石军的血足迹。"

"能不能确认吴阿萍卧室的那个伪装足迹也是石军所为？"

"这个有难度，不排除是同一人所为。"王涛斟酌道，"如果是石军所为，有可能是他将自己被血迹污染的鞋换成吴阿萍的拖鞋，进入吴阿萍的房间寻找什么东西，然后又将自己的足迹扫掉，再把她的拖鞋放回来。"

"石军这样做是不是有点脱裤子放屁，多此一举的感觉？"徐家君反驳道。

"徐主任，我们在现场并没有发现现金，吴阿萍的手机微信、支付宝里面也没有什么钱，作为一个失足女不太正常。"王涛试着自圆其说道，"石军很有可能是发现了吴阿萍私接嫖客，存私房钱，从而与她发生争执，将其误杀后，经过一段时间冷静，石军再进入她的房间找钱，现场的指纹情况也印证了这一点。"

"我同意王组长的观点，吴阿萍就接过洪召枫的私活。"惠俊豪抢话道，"洪召枫这个老狐狸，就是图个便宜，1000 块钱一次，正常情况，通过石军、黄欣，应该是 3000 块钱一次。按照洪召枫的供述，他刚刚去过三次，那么吴阿萍身边就应该最少有 3000 块钱的现金。"

"吴阿萍可能不只接过洪召枫这么一个私活，她身边的现金可能会比较可观。"王涛笃定道，"凶器是房间内的水果刀，这也可以间接证明是争执以后的误杀。"

王涛说着在大屏幕上放出了凶器的照片，一把淡黄色的水果刀。

"吴阿萍身上的抵抗伤多以乌青块和皮肤擦伤为主，显然不是水果刀所为，我们在水果刀上只发现了石军的血指纹，虽然有些模糊，但这一点也恰恰说明了他当时行为的仓促与慌乱。"

"王组长怎么证明这个水果刀不是凶手带进来的，而是房间里的呢？"徐家君显然不太买账。

"这个好说。"万子良不慌不忙道，"王组长在提取凶器之后，顺便就让洪召枫进行辨认，据招供，他由于性无能，每次动作都很快，吴阿萍为了照顾他的情绪，亲自给他削过苹果，用的就是这把黄色的水果刀。"

"我还是不敢苟同。"徐家君言语犀利道，"杀死吴阿萍的凶手，身高不可能只有170厘米，而且只擦鞋印，不擦指纹，不觉得很怪吗？既然能不慌不忙地伪装现场，怎么又会慌慌张张地忘了锁门而去？"

"正常人正常情况下是会觉得很怪，但如果是石军，我觉得很正常。"王涛针锋相对道，"石军是第一次失手杀人，他的智商不高，逻辑混乱，在伪装现场方面，可能想到了一些，又忽略了一些，对于他来讲很合理。"

说话间，会议室窗外天色放明。

"看来大家还是有不同的意见，存疑是好事情。"韩玉朗总结道，"时间不早了，胡局还要回去开晨会，其他人还有没有什么新的观点？"

众人面面相觑，并未提出任何新的意见。

"今天的案情分析会到此为止，存疑的一些问题会后再讨论、再调查，DNA也要尽快排查出可疑人员，现在最关键的是要抓到石军和黄欣。"韩玉朗看向季亦萍道，"小季，你们行动技术探组，尽快摸清他们的定位，配合其他探组完成抓捕任务。"

"是。"

石军和黄欣像人间蒸发了一样，哪儿都找不到他们的踪迹。季亦萍探组经过不懈的努力，也只是在2月8日凌晨，通过天眼系统的高清探头，在外环线西北段找到了他们两人慌忙乘黑车逃窜的最后影像。按照陈强等人的综合研判，二人应该还藏匿于东海市。于是，一场外松内紧的全城大追捕缓缓拉开了序幕。

冬夜，一场大雪，悄然而至。

东海市某一不知名的工地，空空如也。建筑即将封顶，为了安全，工地拉掉了电闸，楼里漆黑一片。工人们早已回家过年，只有一位年迈的老伯留在门口的保卫室里，裹着被子烤火。

石军和黄欣像老鼠一样躲在一个避风的幽暗角落里，冻得瑟瑟发抖。一辆警车拉着警报，从工地旁路过，两人对视一眼，判断着警车的去向，裹紧了身上的毯子。

"欣哥，实在背不住了，能不能点把火，暖暖身子？"

"点个屁！把条子引来了，你就死定了。"

"真冷啊！"石军脸色铁青，抖得像个筛子，哆哆嗦嗦道，"还有烟吗，哥？"

"最后半包了，省着点抽。"黄欣拿出半包中华，弹出一根，"条子就三板斧，再忍他半个月，有了其他案子，他们自顾不暇，自然就熄火了。"

石军点上香烟，火光照亮了两人狼狈的脏脸，他贪婪地猛吸一口，烟气顺着气管进入肺部，刺激得他一阵猛烈地咳嗽，"咳、咳、咳咳咳……"

"小声点，小声点。"黄欣使劲捂住了石军的嘴巴，憋得他脸色通红，差点背过气去，"屎拉裆，你咋这么不让人省心呢？"

片刻后。

"呼哧、呼哧……"石军大口地喘着粗气，"不行了，不行了……"

"嘿，又拉了……拔根毛，把自己勒死得了。"黄欣捂着鼻子，一脸厌恶道，"妈的，倒了八辈子血霉了。"

说话间，石军提着裤子向外跑去，恶臭如影随形。

街道空蒙寂寥，节日气氛日渐浓郁。

全市刑侦条线追逃的刑警们却没有停下脚步，他们来不及掸去仆仆风尘与家人话别，便打起精神顶风冒雪再出发，无论在城市街巷还是边防海港，都有他们不知疲倦的身影。

陈强开着警车，一路心事重重。眼看案发已经三天，今天就是除夕夜，石军和黄欣还是渺无踪影。貌似毫无悬念、手拿把攥的案子，却在他第一次全面负责的时候，给了他一个下马威。当着新任局长胡新福的面，阴沟里翻船的滋味不好受。

西城区，海德堡医学康复中心。

6层干细胞康复中心，601号病房。

杨君松双目紧闭，躺在病床上，盖着厚厚的被子，身上插满了管子……他变得越来越憔悴。

病房外，虞霖泪眼婆娑，安琪生陪在她身边，不时地安慰。

"小安子，还是你有良心。"虞霖一边擦着眼泪，一边喁喁细语道，"你师叔以前没有白疼你，现在像你这样有良心的人不多了。"

"虞助理，今天是团圆夜，您看，这是我给师叔求的平安保命符。"安琪生说着急忙从背包中拿出一副黄色的符箓。

听到"团圆夜"三个字，虞霖泪如雨下。

"世界上最可怕的不是鬼神而是人心，很多事情都后知后觉……集团太令人寒心……"

"天价的医疗费，他们是一毛钱都不出。余向东这个势利狗，看师叔……不说了不说了，今天是好日子。"安琪生把符箓挂在了病房门口，长叹一口气道，"这世界上还是好人多，一会儿有人来看望师叔。"

"谁呀？"虞霖警觉道。

"我室友，万子良。"安琪生解释道，"师叔帮他们破获了明珠案，本来要一起庆祝一下……哎，今天是大年夜，他们还在加班，万子良也是抽空过来……"

"我来和汉斯博士报备一下。"虞霖拿起电话拨通了汉斯博士的号码。

康复中心一楼大厅。

安琪生从电梯口出来，老远就看见了多日未见的万子良，激动得大声招呼起来："万兄，这里上去。"

"Please be quiet,sir." 一个金发碧眼的女护士，远远地怒目而视。

"小安子，帮我搭把手。"万子良小声道。

安琪生快步走过去，只见万子良身边堆放着牛奶、水果等慰问品。

"万兄，来就来吧，这么客气干什么。"

"我们重案支队的一片心意，本来金支和陈支也要过来，不巧，这段时间有个怪案子一直未破，新来的胡局长又盯得紧，大家都在加班，让我代表一下。"

"有什么怪案子你们破不了？"

"嗨，不谈了，是骗我手机的黄欣、石军这两个王八蛋。"

"黄欣、石军？"安琪生瞪大了眼睛，若有所思道，"怪不得这名字这么熟悉……"

"你认识他们吗？"

"何止认识，一个月前，还在我这儿租了一套凶宅。"

安琪生倾肠倒肚，将前后经过讲给了万子良。

"小安子，你刚才说803室空关了两年打开后，居然像刚清扫过的一样？"

"是呀，我也觉得奇怪。"安琪生一脸疑惑道，"我用手摸了一下，桌子上连一点灰都没有。"

"难道是803室的门窗密封得好？"

"不可能，密封得再好也会有灰的……我干中介这么长时间了，就没见过这样的。"

"房东进去打扫过？"

"不可能，房东也嫌弃这个房子晦气，基本上交给中介后就再也不管了。"

说话间，一个熟悉而靓丽的身影从两人身边走过，这种久违的感觉，让两人不约而同地侧目，万子良心中更是一紧。

命运无常，造化弄人

苏桐高高地挽起发髻，戴着黑色的墨镜，拒人于千里之外，外穿淡蓝色风衣，黑色高腰阔腿西裤，搭配法式白色波点短款衬衫、白色平底豆豆鞋，映衬着风过无痕的从容，妥妥的一派熟女风范。

乍然见到这几个月未见也从未联系上的人，万子良瞪大了双眼，不禁脱口要唤出苏桐的名字，可是话到嘴边，却被他生生地吞了下去。

安琪生见状，大声道："小凤凰，真的是你吗？"

苏桐仿佛没有听见，径直向导医台走去。

苏桐的英语极为流利，一口标准的伦敦腔，两位外籍护士礼貌地接待了她。可是，海德堡医学康复中心的规矩十分严格，没有病人或是家属的允许，不能私自探望。

苏桐无奈地摘下眼镜，一个好心的外籍护士悄悄指了指不远处的安琪生，给她指了一条道。

苏桐莞尔一笑，转身向安琪生和万子良款款走来。

"太巧了，你们也在这里。"苏桐双瞳剪水，假装刚看到他们似的说道。

"刚才叫你半天了。"安琪生翻了个白眼道。

万子良则低下了头，沉默不语。

"别那么小气嘛。"苏桐向安琪生眨了眨眼，一脸无辜道，"今天除夕夜，我代表集团来慰问杨总。"

安琪生抽了抽鼻子，苏桐身上淡雅的香水味下，隐约有一股酒精的味道。他定睛观瞧，苏桐的气色也不太好，一股青黑之气自发际直下印堂，从印堂似有一道白线入耳。

"大小姐，你是不是遇到什么事了？"安琪生担忧道，"印堂发黑，最近是要有不吉之事发生。"

"别疑神疑鬼的。"苏桐戴上了大墨镜，敷衍道，"最近集团事情多，我只是没休息好而已，麻烦你帮我联系一下汉斯医生。"

"好的，稍等。"安琪生起身走到一边，拨通电话，悄声给虞霖汇报情况。

万子良看着熟悉又陌生的苏桐，心里有千言万语却说不出口，想爱不能爱时才最寂寞。

"子良，你还好吗？"

"我，我……"万子良结巴了半天道，"你怎么不回我电话？"

苏桐没有作答，面无表情地指了指大厅外的人影。

万子良抬头望去，只见劳斯莱斯幻影旁边，吕阿忠一副千年不变的蚂蚱面孔，正在朝大厅内张望。

"不方便是吧？"

苏桐无奈地点了点头。

"大小姐，万兄，我跟汉斯博士说好了，请在导医台登记一下就可以上去。"电梯口传来安琪生的声音，"万兄，你的那些东西就先寄放在导医台吧。"

万子良与苏桐默契地对视一眼，一前一后，相隔甚远，分别来到了导医台进行登记，又各自上了通往6楼的电梯。

"万兄，你不觉得苏大小姐有点怪怪的吗，坐个电梯还要分开坐。"

"她也不容易……"

"叮咚——"电梯到了6楼，三人在电梯口相视一笑，在安琪生的带领下，一起来到了601号病房外。

此时，虞霖不见了踪影，汉斯博士带着两名护士等候在病房前，显得颇有些不耐烦。

"这是主治医师，汉斯博士。"

"你好，汉斯博士。"苏桐落落大方地伸出手道，"苏桐，我代表集团来看望杨君松先生，他还有希望康复吗？"

"从中国的医学体系上来说，杨先生已经判死刑了。"汉斯博士神情专注道，"我们德国的干细胞疗法，目前是他的唯一希望。"

"费用是不是很贵？"万子良插话道。

"当然，海德堡医学康复中心在德国也是最先进的私人医院，我们拥有全世界最先进的干细胞中心。"汉斯博士高傲地看了一眼对面衣着平平的万子良，昂昂不动道，"生命是昂贵的，要不是我们团队的努力，杨先生现在已经不在人世了。"

安琪生、万子良瞠目结舌,苍白的现实总是残酷且无奈。

"别着急。"苏桐从随身的包内拿出一张银行卡,交到了安琪生手里,说道,"这是我历年的压岁钱,三百多万,不知道够不够,应该能应应急。"

"你可真是师叔的大恩人……这、这怎么好意思啊。"安琪生激动得双手颤抖。

"叫我苏桐就可以了,杨先生帮我父亲做了很多事情,这个人情我来还。"

"苏桐的一片心意,你就收下吧。"万子良言语恳切道。

"苏小姐,你来得太及时了。"汉斯博士适时插话道,"杨先生的医疗费已经快透支了,中国有一句话,叫什么送炭?"

"雪中送炭。"万子良瞟了一眼汉斯博士道,"中国还有一句老话,锦上添花易,患难识忠贞。"

"Oh, no."汉斯博士耸了耸肩道,"你们中国文化太复杂了,我们不懂,在我们西方人眼里,金钱就是一切。安先生,我们去刷卡吧。"

"好的。"安琪生向电梯口走去,轻蔑地向汉斯打了个响指道,"'忠义'两个字,你们外国人永远不懂。"

"'忠义'不是钱,花不了,更救不了杨先生。"汉斯博士反驳道,"有了钱,上帝也会保佑杨先生的。"

"别说了,一点小钱谈不上'忠义',我和你们一起去。"苏桐说着,悄悄地从包里拿出一张纸条,趁人不注意,塞到了万子良手中,眼神示意他不要跟着下去。

待几人离开后,愣在原地的万子良缓缓打开手中的纸条,纸条上写着:三日后,晚上8点,老城区明悦酒店见。以前的电话不要联系了,这是我的新电话。

明悦酒店是两人第一次敞开心扉的地方,那一夜万子良终生难忘。万子良将纸条攥在手心里,像庄稼人久旱逢雨,又像渔人雾海中望见灯塔,笼罩在心头多日的阴霾,此时竟然烟消云散。

康复中心一楼大厅。

从收款处出来，汉斯博士绅士般礼貌地离开，苏桐与安琪生简单道别后，坐上了吕阿忠开的劳斯莱斯，快速离开。

"代表集团，用自己的压岁钱刷卡。"虞霖冷冷地自言自语道，"哼，没想到，苏老虎还有这么一个有情有义的女儿，可惜了、可惜……"

正当虞霖感慨之时，万子良不知从何处冒了出来，他一眼便认出了虞霖，主动打招呼道："虞助理，你也来探望杨先生？"

"万警官！"虞霖呼吸一滞，"今天是除夕夜，我代表集团来慰问一下，万警官想必也是……"

"虞助理，我代表重案支队来表达心意。"万子良深情道，"杨先生帮我们破获了奇案……唉，好人多磨难。"

"好人多磨难，人间不值得。"虞霖眼神深邃，看向远方。

万子良反复玩味着这句话，心里五味杂陈。

除夕夜。

老城区，天霞路，樱花日料店。

邦乐弥漫的空间里，充斥着经典的日风，优雅而不失别致，温馨而不失浪漫，吃团圆饭的食客们推杯换盏，好不热闹。

身着华丽和服的服务员，端着顶级白龙泉清酒、名贵的蓝鳍金枪鱼刺身，来到最里面的私密包间，有节奏地敲门两次后推门进去。

包间内，一场怀石料理的盛宴，慢慢拉开了帷幕。九菊一派的山本犬养正襟危坐，身着黑色纹付羽织袴，与葛峰当头对面。葛峰也搞了一身蓝色的纹付羽织袴，看起来颇为滑稽，无异于东施效颦。

"葛桑，来，一同干下这杯顶级龙泉酒。"山本犬养鲸吞一大口，先干为敬。

"啊，爽……"葛峰也跟着一饮而尽。

"今天除夕夜，是你们的传统佳节，这蓝鳍金枪鱼刺身，是我特意在神户港订购的，味道极其鲜美。"山本犬养说着夹起一块最肥美的刺身，放到了葛峰的盘中。

"山本老哥，你们日本不过春节啊？"葛峰随口问道。

"自从明治维新日本脱亚入欧以来，早就摒弃了这些守旧的传统。"山本犬养一边剥着牡丹虾刺身，一边大言不惭道，"在日本新年的前一天，也就是 12 月 31 日，我们会和家人一起吃荞麦面，寓意健康长寿，生意红火，财源滚滚。"

"吃个面还有这么多讲究。"葛峰自顾自喝下一杯清酒，有些不屑道，"中国地大物博，只有在一些贫穷地区才吃荞麦面。"

"此言差矣。"山本犬养摇着秃头道，"荞麦是绿色健康食品，荞麦面很软，非常容易咬断，对于日本人而言，寓意在新的一年，能够和之前的晦气一刀两断，有一个新的开端。"

"好，借你吉言。"葛峰端起面前的一碗荞麦面，呼噜呼噜地吃了起来。

"慢慢吃，再加一些配料。"山本犬养也顺势端起一碗吃了起来。

吃罢面，葛峰对着面前的饕餮盛宴，粗鲁地打了一个饱嗝，用宽大的袖口抹了抹嘴。怀石料理本应讲究规矩和礼仪，山本犬养嫌弃地用袖口挡住脸，喝了一口酒，不经意间露出一丝鄙夷……

"再走一个，祝我们明年，旗开得胜。"葛峰端起酒杯，不由分说地向山本的杯子碰去。

"那是一定、一定的。"山本犬养假笑道，"可惜，便宜杨君松了……"

二人碰杯，一饮而尽。

"半死不活的，废人一个，苏老虎失去了一员大将，坤德集团早晚会回到我手中。"葛峰语带不屑道。

"那就提前恭喜葛桑。"山本犬养举杯道，"九菊株式会社全力支持，助你一臂之力。"

2 月 19 日，大年初四，雨水。

老城区，平安寺。

这是一处特立于繁华闹市中的佛门净地，一大早，人们蜂拥而至，排着长长的队，只为在那座由羊脂白玉雕琢而成的观世音菩萨像前，三叩九拜，以祈求来年的平安。

冬日暖阳，在一廊一柱间游弋着斑驳的碎影，温和地抚摸着古刹内的一草一木，穿过杏黄色的院墙，走过青灰色的殿脊，尽显沧桑古韵，为平安寺这座古老的寺院带来一分生机与灵动。

游客和信徒们摩肩接踵，欣赏古寺深处的历史印记，感受幽幽的禅意，跨进殿内，自然而然地被庄重肃然的氛围所感染，浮躁的心境归于平和，思绪都变得豁然而清澈。

忽然间，大殿前放生池那里传来一阵喧闹。一只一米多长的巨鳖缓缓浮出水面透气，好奇的人们扒着汉白玉围栏发出一阵惊呼，不多时，二三十米见方的放生池被围得水泄不通，众人纷纷拿出手机拍照。

"哇，我的天哪，这么大的乌龟。"

"什么乌龟！这是平安寺的鳖王，一百多岁了，喜欢清静，平常只沉在池底，只有晚上才出来。"

"鳖很少能长到这么大，鳖王实为巨鼋，难得一见。"

"巨鼋不但长得大，而且很有灵性的，只要听到寺内的师父们诵经，它就会探出水面，朝向正殿的方向，聆听诵经。"

"两天前是弥勒菩萨圣诞日，都没见鳖王出来，看来今天是个好日子啊。"

正当人们议论纷纷之时，一条手腕粗细的黑蛇从放生池里钻了出来，绕着鳖王忽左忽右地游弋沉浮，在布满许愿钱的池面上，形成灵蛇缠鼋之势。放生池中的锦鲤与小乌龟，许是自惭形秽，顾不得美食的诱惑，纷纷向下潜进幽暗的池水中。

"大吉兆，大吉兆。"一个身材臃肿的中年男子，从口袋里掏出一把零散钞票扔到了放生池中，兴奋得手舞足蹈道，"这是玄武之相，明天就是初五，连玄武都提前出来迎财神了，阿弥陀佛，保我发财，保我发财……"

说话间，一群跟风的大聪明趋之若鹜，像是发现了新大陆一般，将保佑自己发财的零散钞票和硬币，如雪片般扔进了放生池中，本就漂满钞票的放生池更显局促。

"咕咚、咕咚"，放生池底部一连冒出几个大气泡，随着一阵腥臊恶臭，气泡把一层层零散钞票冲开一个洞，池中央漆黑的水面露了出来。鳖王和大黑蛇似乎受到了什么惊吓，一同向池底沉去，隐匿在了一层钞票之下。

人们顾不得异味冲鼻，抓住异相最后的尾巴，拼命地向池中撒钱。就在人们乐此不疲之时，放生池中央漆黑的水面下露出一张苍白的脸，向世人传递着死亡的恐惧……

中午，11点28分。

一队警车闪烁着警灯，呼啸而至。老城区刑侦支队和平安派出所的民警，早已将平安寺清空，拉起了警戒线。

警戒线外，记者们长枪短炮拉开了架势，因为死者可能涉及上市公司，记者们分外卖力，生怕错过任何一个细节。

"今天是2月19日，大年初四，本台记者在老城区平安寺，为您现场报道……"

"据目击者透露，死者遗体在平安寺放生池内被发现，疑似为坤德集团的继承人苏桐女士……"

"据悉，苏桐女士将于农历正月十五与何家大少成婚，为何蹊跷地死于放生池中？刑侦总队已经到达现场，目前案件正在侦办中……"

"在A股上市的坤德置业集团，春节小长假开盘后，必定会再次低开低走，苏桐的身亡与坤德集团总经理杨君松的意外事故，是否存在某种必然的联系……"

"这起谋杀案十分诡异，是否与坤德集团内部斗争以及外部势力的收购有关，希望警方给出一个明确的答复，我们拭目以待。然而，广大群众关心的南城区旧城改造项目几次易帅，目前依旧毫无进展……"

……

随着媒体一轮轮轰炸式的播报，苏桐身亡事件很快登上热搜。

一辆牌照为东A00394的黑色奥迪A6，和一辆牌照为东A00803的黑色帕萨特，一前一后缓缓地停在平安寺门口。胡新福副局长带着秘书小卫、韩玉朗总队长和指挥处处长谢刚分别从两辆车上下来。

"走，快过去。"金建民带着陈强跳下多功能指挥车，小跑着迎了上去。

"胡局、韩总，我们也是刚刚到达现场，正准备开展现场走访和勘查工作。"金建民神情严肃，朗声汇报道，"尸体是今天上午10点左右，被平安寺烧香的游客在放生池发现的，由于发现的人较多，引起了媒体的关注。"

"何止引起了关注，现在是头条上的焦点。"胡新福浓眉紧蹙道，"死者到底是不是苏桐？"

"刑技中心的法医现在正在打捞尸体。"金建民倍感压力道，"从尸体的初步形态看，与苏桐确实较为相似，但要确认尸源还得经过DNA检验。"

"老金啊，要抓紧时间。"韩玉朗不苟言笑道，"市里的领导很关心，苏桐昨天一夜未归，晚上10点电话就打到我这里来了。"

"按照相关要求，派出所对失踪人员的调查一般要48小时以后……"

"还48小时？"胡新福打断了金建民，严厉道，"老金，你的政治觉悟要提高啊！苏桐是什么人？何家马上要过门的媳妇，坤德集团的继承人。"

"老金，不是我说你，如果死者真是苏桐，那咱们东海的治安情况可是要大打折扣的。"韩玉朗点上了一支烟，神情焦虑道，"闲话不说了，赶紧带路。"

陈强和金建民自知多言无益，挡开了一些采访的记者，与胡新福、韩玉朗等人一起快步走进了平安寺。

平安寺，放生池。

技术员们穿着深蓝色冬装现场勘查服，戴着现场勘查三件套，以放生池为中心进行全方位的现场勘查，头顶上空，三架无人勘查机的螺旋桨嗡嗡转动，实时监控着现场的一举一动。由于这里是旅游景点，人流密集，提取指纹和鞋印显然毫无意义，王涛只好配合徐家君打捞尸体。

徐家君和小肖、小邱搬来寺院专门打捞放生池钱币的小木船，三人陆续跳上了船，慢慢向尸体靠近。

"'小日本'，你福气真好，人在水上漂，钱在身边流。"王涛手里拿着绳索，打趣道。

"快打住。"徐家君翻了个白眼道，"好好拉尸体吧你。"

说话间，徐家君和小肖、小邱来到了尸体旁，三人一头一腰一脚试着将尸体拉到船上，谁知尸体浑身上下缠满了透明胶带，在冰冷的水中奇滑无比，三人同时发力，小木船在放生池中大幅摆动。徐家君一个不小心，失重栽到了池水里，放生池上的技术员们失声惊呼。

徐家君只感觉有一股力量将他顺势扯了下去，越来越沉……他拼命地想摆脱，可无济于事……立刻鼻腔、口腔、耳道、眼睛都充满了液体，他就像个海绵一样，被压入冰冷黑暗的深处。

"老徐，危险！"王涛说着就跳进了放生池，当他的皮肤触及冰冷的池水，便感到深入骨髓的寒意，这寒意如针芒一般刺入指尖，让人不禁身心一颤。

小孟和小戴也跟着王涛毫不犹豫地跳进了放生池，邓小南手里拿着摄像机，默默向后退去。

放生池似乎深不见底，池壁为青石砌成，平整光滑，长满了绿苔，无法攀岩借力，池中的小木船成了救援的唯一希望。

王涛水性极好，在小孟和小戴的配合下，齐心协力把徐家君的头扶出水面。徐家君大口喘着粗气，由于窒息和呛水，脸上血液凝聚而发青，一只手终于搭上了船沿，没想到堂堂法医室主任竟然是一只旱鸭子。

好在有惊无险，刚才的一幕，胡新福、韩玉朗等人尽收眼底，他们快步来到放生池前。

"谢刚，快整点热姜水来。"韩玉朗看到泡在冰冷池水中的同志们，于心不忍道。

"是。"谢刚赶紧拨通了总队后勤食堂的电话。

"胡局，这就是我们刑侦工作的常态，最苦最累的蓝领警察。"

"百闻不如一见，以前也只是听说……"胡新福被眼前的一幕所感动，侧身吩咐道，"小卫，把今天的事迹素材整理一下，让全市经侦条线的干警们向刑侦的英模学习，不怕脏，不怕苦，不怕累。"

"胡局，不惧艰险，坚如磐石，是不是更贴切一点？"金建民试探着提醒道。

"对对对，不愧是老同志啊。"胡新福表扬道，"一语中的。"

在一旁的邓小南终于扛起了摄像机，凑上前去撅起屁股，对准领导们一顿猛拍。这种举动，居然连谢刚也看不下去了，他脸色微变道："邓小胖，同志们还在池水里，你要么下去帮忙，要么就拍摄尸体是怎么被拉上来的，孙主任平常是怎么教你的，吃屎都赶不上热乎的。"

邓小南冷汗直冒，不敢废话，赶紧后退几步，把镜头对准了泡在冰水里打捞尸体的王涛等人。

不远处的禅房里，平安寺的住持密迦法师正襟危坐，惠俊豪和胡秋飞在对他进行走访调查。禅房外，万子良向西北方向望了一眼，便低下了头，他失魂落魄地看向放生池，眼眶里饱含眼泪，满是绝望和心碎。当他第一眼看见水中漂浮的尸体时，就确定那是苏桐本人无疑，因为这是他们两个人的秘密，昨天晚上他们还在一起……

2月18日，大年初三，晚上9点。

老城区，明悦酒店502房。

昏黄暧昧的灯光下，苏桐一身Prada套装紧身黑衣，身材凹凸有致，她妩媚地斜靠在床上，手里拿着一杯加了冰的山崎威士忌，晃动着酒杯。万子良坐在对面的沙发上，手上戴着一只崭新的劳力士金表。

"呆木头，很多时候，我宁愿被误会，也不想去解释。"

苏桐将酒一饮而尽，一滴苦涩的泪水从她精致的脸上滑落。

"这枚藏银戒指，你还戴着？"

万子良看到苏桐左手无名指上赫然戴着那枚他在地摊上为她买的吉祥结藏银戒指，一股暖流油然而生，他默默地将另一枚藏银对戒也戴在了左手无名指上。

"信与不信，就在一念之间，懂我的人，何必解释。"

"亲爱的，我相信你。"看到苏桐将要再次斟满威士忌，万子良急忙起身，夺下了她手中的酒瓶，"你不能再喝了。"

"不，你不懂我。"苏桐执拗地甩开万子良的手，又一口喝了下去，如同吞咽着世间的苦涩，"这只劳力士金表，是我留学时在瑞士买的，其实是一双，另外一款女表在我这里。"

"太珍贵了，我没什么东西能给你。"

"这枚戒指就很好，我会戴一辈子的。"

万子良看着苏桐颓废的面容，双手扶住她的肩膀，那天在新豪门酒店门口被何英羞辱的一幕，仿佛还历历在目，但他现在终于知道，苏桐一定是迫不得已。

"告诉我，你到底经历了什么？"

"你试过被人抛进万丈深渊吗？"

苏桐的眼神逐渐迷离，电疗室的哀号声仿佛就在耳边响起，一丝刻入骨髓的恐惧不经意地流露出来。

"是不是，你爸他……"

"别问了。"不知是酒精的作用还是电疗的后遗症，苏桐痛苦地捂着额头，低声喃喃道，"遇到你是我一生最大的幸福，我的人生就是一部不折不扣的悲剧……真心为你祈祷，希望你平平安安，过得更好……"

万子良一把将苏桐搂进了怀里，命运的苦难让两人再也难以分开。

"上来了，上来了。"

放生池边一阵疾呼，打断了万子良的思绪，尸体终于被成功打捞上岸，王涛、徐家君等人也陆续上岸，他们顾不得浑身湿冷，初步对女尸进行了尸检。

胡新福等人也迅速围了过去，只见女尸仿佛木乃伊一般，一双猩红的眼睛瞪得大大的，眼球浑浊不堪，尸体的面部被水泡得苍白，毫无血色的嘴巴被透明胶带死死地封住。

"尸长 167 厘米。"徐家君迅速进入状态，双手颤抖地拉着卷尺道，"外露的皮肤没有明显伤痕，全身被胶带缠绕，赤脚无鞋……"

小肖在一旁认真记录，小邱拿起照相机拍摄尸检照片。

一片乌云遮住了太阳。

陈强把魂不守舍的万子良带到了女尸跟前，万子良再也忍不住内心的悲愤，他掩着鼻子抽泣，泣不成声，眼泪扑簌而下。

"小万，别难过，是苏桐吗？"

万子良转身不忍直视，他全身抽动，一声声压抑、痛苦的抽泣声，仿佛是从他灵魂深处艰难地抽出来。

王涛等人见状，赶紧过来安慰。

"是……"万子良带着哭腔道，"昨天晚上我们在一起，她穿的就是这套衣服。"

"什么？"陈强瞪大了眼睛道，"你们怎么会在一起？"

"你怎么会和何家未过门的媳妇在一起？"

"什么情况？在哪里？"

……

一声声质疑如排山倒海般向万子良袭来，万子良只觉得天旋地转，双脚竟如同面条一般瘫软，大脑如同漆黑夜里的一潭死水……周围的一切都与他无关了，他如同一截朽木，就这般倒下去……

气数已尽，饮恨黄泉

无尽的黑暗中，万子良渐渐苏醒。

耳边传来惠俊豪熟悉的声音，万子良长出一口气，发现自己躺在重案支队的备勤室里，惠俊豪和胡秋飞坐在旁边。

"我怎么在这里？"

"你在平安寺晕倒了，徐法医看过说没事。"

"徐法医？"万子良似乎想到了什么，挺身从行军床上起来道，"我要到法医解剖室去。"

"哎、哎、哎，先别动。"惠俊豪一把摁住了万子良，语气古怪道，"你可不能乱跑，根据韩总的最高指示，如果问题讲不清楚，你不能离开6楼。"

"什么？居然拿我当嫌疑人！"万子良被惊出一身冷汗，难以承受地说道，"请相信我，我真的没有杀人。"

"傻瓜，谁说你杀人了！"胡秋飞急忙追问道，"万探长，昨天晚上你和苏桐，到底发生了什么？"

"唉……"万子良一声叹息，将昨晚发生的事情如实道来。

"这么说，2月18日晚上8点，你们在老城区明悦酒店502房见面后，于当晚11点50分左右，就各自回家了。"

"我本来要送她，她说被家里人看见不好，自己叫了一辆车走了。"万子良用拳头捶打着床板，懊悔道，"我真蠢，怎么就没有坚持呢？真蠢、真蠢，我应该坚持送她。"

"别激动。"惠俊豪发现关键道，"苏桐叫了一辆什么样的车走的？"

"天太黑，我没看清。"万子良闭着眼睛回忆道，"为了避嫌，我们是分开走的，她11点50分先下去，我从窗户看见她上了一辆黑色的轿车，向东而去。"

"向东而去？"胡秋飞停下笔，斟酌道，"苏桐家在西郊区，西郊花园别墅，往东去是平安寺的方向，搞不好苏桐一出酒店就被人劫持了。"

"我当时也觉得奇怪，还以为她是故意绕路，甩开监视她的人。"

"谁在监视她？"

"说不好，可能是吕阿忠，对了，还有何英。那天晚上她的手机一直响个不停，她并没有接，好像是何英一直在联系她。"

"是为了防止你们私下约会吧。"

"应该是这样。"万子良低下头道，"苏桐很久没有和我联系了，她原来的手机号也停用了。巧在2月15日除夕夜下午，我去看望杨君松，在海德堡医学康复中心与她偶遇，这才联系上。"

"苏桐离开后，你在干什么？"

"我一直待在酒店，直到早上7点回到了单位。"

"你与苏桐在一起，发现什么异样吗？"

"她好像一直心事重重，闷闷不乐，每次都是欲言又止……"当晚的片段如电影般在万子良的脑海里回放，"她学会了酗酒，还送了我这只劳力士金表。"

"酗酒？"胡秋飞追问道，"你们喝了多少？喝的什么酒？"

"我不太认识，应该是一种烈性洋酒，叫什么山崎，威士忌。"万子良扶着额头道，"我没喝多少，苏桐陆陆续续喝了大半瓶。"

"苏桐和你分开的时候意识清醒吗？"

"我觉得她还行，虽然满身酒气，但走路、说话都还正常。"

"把那只金表拿下来让我看看？"

"好的。"万子良从左手腕上摘下了绚丽夺目的劳力士金表，递到了惠俊豪手中。

"哦哟，这是珍藏款，劳力士彩虹迪，金盘镶渐变彩色宝石，自动机械18K黄金男士腕表。"惠俊豪翻来覆去仔细观察道，"一点划痕都没有，基本上是全新的，这种品相的手表价格得200万以上。"

"200万，有这么贵吗？"

"傻兄弟，200万还说少了，这就是传说中的顶级大金劳。"惠俊豪多年的一线反扒经验，让他见多识广，两眼放光道，"买这款手表，要提前两年预约，还要先买300万的手表获得VIP资格才行。"

"炮哥，欣赏完了吗？还是放到袋子里吧。"胡秋飞拿出一个证物袋，提醒道，"这属于涉案物品，说不定和苏桐的死有关系。"

"你们这是干什么？"万子良嗔怒道，"这块金表是苏桐送我的，难道你们怀疑我，为了金表谋害苏桐……"

"兄弟啊，不是不相信你。"惠俊豪一本正经道，"咱们都是老刑侦了，明人不说暗话，你现在是涉案关系人，案件未侦破前，我们不会轻易相信一个人，也不会随便冤枉一个人。"

"万探长，请你理解一下。"胡秋飞面露尴尬道，"我们是战友，肯定相信你不会做出出格的事情，但是按照刑事办案的程序，这样做也是为你好。"

"别说了，我头疼。"

突如其来的打击让万子良万念俱灰，他耷拉着脑袋，如同失魂丧魄的野鬼。

16 点 15 分。

刑技中心一楼，法医解剖室。

徐家君连喝了三大碗姜汤，又快速冲了一个热水澡，逼出了体内的寒气，换了身干净的衣服，穿上解剖服，戴好橡胶手套，立刻投入紧张的解剖工作。他站在解剖台前，打开无影灯，目不转睛地看着不锈钢解剖台上那具被透明胶带裹得像木乃伊一样的女尸，一旁的法医小肖、小邱神情专注，做好了一切解剖准备。

尸检开始前，徐家君习惯性围着女尸转了起来，仿佛虔诚的朝圣者，他走到女尸头部，俯下身扶了扶眼镜，凝视着女尸猩红惊恐的双眼，目光幽幽。

"告诉我，苏桐，是谁要杀你？不急，我们慢慢来。"

徐家君小心翼翼地用镊子和剪刀，从尸体嘴巴处的胶带开始，一层一层地剥开直至脚踝，这是一个极需要体力和耐心的精细活，汗水从他的头上不断滚落，一个小时后，解剖台上终于露出了苏桐灰白的遗体。

"这些胶带是关键证据。"徐家君用胳膊擦拭着额头上的汗水道，"小丘拍好照片，通知痕迹室的人过来将胶带拿去熏显，看能不能发现指纹。"

"是。"

"眼角膜中度浑浊，瞳孔不能透视，眼睛充血，眼结合膜下出血。"徐家君用止血钳翻开苏桐的眼睑，随后又逐一摸了摸尸体的关节，斟酌道，"尸僵已经达到高峰，结合眼角膜的浑浊程度，以及水温较低的情况综合分析，死亡时间应该在 12—14 小时之间。"

"眼睛充血是不是有点太厉害了，红得像吸血鬼一样。"

"真相永远只有一个。"徐家君中二地道，"小肖，窒息缺氧会导致眼球的微血管破裂，不过，这么严重的出血，很可能与水压过大，以及死者过度惊恐有关。"

"水压大，过度惊恐？"小肖疑惑道，"放生池有那么大水压吗？"

"不好说，这一定和死者的入水体位有关。能够肯定的是，死者一定是生前入水，你们看，尸体皮肤呈现出典型的鸡皮样改变，这是由于死者生前皮肤受冷水刺激，立毛肌收缩，毛囊隆起，毛根竖立导致的，还有……"

徐家君说着用止血钳翻开了苏桐的嘴唇，一层像粉红色棉花团，均匀细小的蕈样泡沫随之溢出。

"小邱过来拍照，粉红色蕈样泡沫，和刚打捞出来时鼻子上的一模一样。"徐家君分析道，"蕈样泡沫必须有呼吸运动才能形成，这是由于溺液刺激呼吸道，再混合呼吸道液和空气形成的，是生前入水的典型特征之一。"

"粉红色蕈样泡沫我还是第一次见。"小邱举着照相机，啧啧称奇。

"一般都为白色，粉红色是因为有血丝混入，看来苏桐在临死时受到了极大的痛苦。"徐家君不苟言笑道，"口唇黏膜及两侧颊黏膜有破损及出血，牙齿共 28 颗，牙齿未见新鲜松动及脱落，舌尖位于齿列外……"

徐家君表情逐渐凝重，眉毛微皱，眼神冷冽，似是幽潭一般，苏桐已经定格写满恐惧的脸，在他的眼中慢慢活了过来，他的耳边响起了剧烈的水花声。苏桐入水时拼死挣扎的表情在他脑海里回荡，此时，他仿佛就在苏桐的身边，强烈的窒息感让他能够清晰地感觉到，苏桐在生命的最后时刻，那无助的挣扎与极端的痛苦。

"不会让任何一个人不明不白地死去……"徐家君颇有仪式感的陈述还未说完，就被一阵急促的"咚咚咚"敲门声打断，同时被打断的还有他沉浸式的解剖思绪。

徐家君放下解剖刀，不耐烦地侧身看去，只见谢刚捂着鼻子推门而入。

"徐主任，解剖进展如何，还有多长时间？"

"快了、快了。"徐家君没好气道，"谢处，您还是在会议室陪着领导吧。"

"你这里阴气太重，我也不想下来呀。"谢刚看着眼前一丝不挂的女尸，尴尬道，"各种大领导的电话接连不断，不是找胡局，就是找韩总，领导们都快顶不住了。徐主任，咱们能不能快马加鞭，给个准信儿？"

"现在 15 点 32 分。"徐家君看了一眼钟表，沉吟道，"解剖是科学，科学要尊重客观规律，不能以人的意志为转移，三小时以后再说吧。"

"三小时怎么可以？讲科学，更要讲政治啊。"

"谢处，我今天没时间和你讨论科学与政治，你要再打扰，时间就更来不及了。没什么事儿，请把门带上，出去吧。"

"你……"谢刚无可奈何，摔门而去。

"徐主任，谢处可是韩玉朗身边的红人啊，听说很有可能会调到刑技中心来做政委。"小肖提醒道。

"谁做都一样，我不怕他这个马屁精。"徐家君沉下心来，逐渐进入忘我的状态。

刀刃抵住尸体颈下笔直往下切开……当解剖到心脏时，徐家君顿时瞳孔紧缩。

刑技中心，痕迹室。

小孟看着十大包从解剖室拿来的透明胶带，愁云满面。

"王组长，法医也真够自私的，只图自己专业方便，这么多检材，剪得跟狗啃的一样，好多还粘在了一起，指纹要显到什么时候啊！"

"小孟别着急，下次我找'小日本'好好说道说道。"王涛急中生智道，"传统办法肯定是不行了，试一试我们刑科院的黑科技。"

"你是说那套新型超声波雾化手印显现系统？实战还从没用过。"

"用传统方法熏显，我们手工喷涂的时间都不够，更何况送来的检材条件不好。不废话了，时间紧任务重，总归要有第一次。"

说干就干，王涛和小孟将十大袋透明胶带逐一铺展，码放进硕大的熏显箱。随着"嗡嗡"的震动声，系统启动，超声波雾化将特制熏显溶液变成细微雾滴，在重力的作用下均匀沉降，附着于检材表面……

时间一分一秒地过去了，十大袋透明胶带眼看就要熏显完毕，可一枚指纹也没有被熏显出来。

王涛的眉毛渐渐拧在了一起。

2月19日，晚上7点。

重案支队，大会议室。

胡新福副局长居中而坐，面前的烟缸里塞满了烟蒂，许是中午在放生池边受了寒气，他的老腰病又犯了，他斜斜地顶着腰托靠在沙发椅上，如芒刺在背，仿佛受刑一般。自中午到现在都在不间断地汇报、研商案子，让他心力交瘁，他暂时不想再看到手机，便把手机暂时交给了秘书小卫，面无表情地等着召开案情分析会，心里的涟漪此时早已变为巨浪，不断拍打着他心灵的礁石。

韩玉朗如坐针毡，不时地看看手表，心里像是提着一块大石头，惴惴不安。唯一特别的是，新年新气象，金建民换上了高级警官才配备的白色衬衣冬季常服，肩佩三级警监警衔，显得意气风发。

"胡局，要不先吃点饭吧。"韩玉朗低声请示道，"小谢已经再次确认过了，还有二十分钟左右，我们就能正式开始。"

"都火烧眉毛了，还吃什么饭啊！"胡新福官腔十足道，"市领导、政法委、崔局……还有很多领导，都很关心这个案子。"

"胡局放心，这是政治任务，一定不辱使命。"

"哎，老韩啊，我们都是在钢丝上跳舞，'迷津欲有问，平海夕漫漫'。"

"胡局所言极是。据走访的侦查员反馈，苏坤德听到噩耗，人一下子就不行了，现在正在医院打吊水。"

"这个苏董啊，打吊水也没闲着，一直在打我电话，我摁都摁不及。"

"是呀，案件都是涉密的，就算是死者父亲，也不能随便打电话打听细节。"金建民不合时宜地插了一句话。

"那是自然，市局三令五申强调保密规定，不论是谁犯错误都不能姑息。"胡新福瞟了一眼金建民，调侃道，"老金，白衬衫就是显得人年轻，活力四射啊，你不是三年前就升警监了吗，怎么才换上这身新制服，是不是我们后保的老马工作没到位啊？"

"胡局，和马部长没关系，我去年就拿到全套警监制服了。"金建民沉吟道，"只是当时明珠案未破，我当着刘局和大家的面，不好意思穿。"

"嗯，有道理。新年穿新衣，新年新气象。"胡新福调整了一下坐姿，品了口香茗道，"我们既要发扬老一辈的刑侦传统，又要弘扬新时代的刑侦精神，小卫啊，你和政治部宣传处沟通一下，就明珠案锲而不舍的侦破精神，搞一篇像样的稿子出来，报市局党委、市委政法委。"

"是。"

"老刑侦的精神要发扬，新同志更不能掉队。"胡新福看着会议桌对面的陈强，语重心长道，"陈副支队长，重案支队命案必破的传统，不能在你这儿断代，'2·10'凶杀案你是主办支队长，第一负责人。"

"胡局，'2·10'凶杀案我们正在全力侦办。"陈强忐忑不安道，"这周以来，一、二、三探组全员出动，年三十还在外跑线索。"

"同志们是很辛苦，这个年假看来也是泡汤了。"胡新福不疾不徐道，"关键是，我要看到结果，这么简单一个案子，搞得这么复杂，东海市就这么大，黄欣、石军这两个人难道人间蒸发了不成？"

"胡局，支队三探组会同分局的同志现在还在外面摸排，黄欣、石军确实狡猾，是东海老吃老做的地头蛇……"金建民及时开口，为刑侦的同志们争取支持。

"不要讲这些客观理由。"胡新福抬手打断了金建民，"经侦总队也不是没抓过人，遇见的困难也不比你们少，我们抓捕成功率可是相当高的。"

"胡局，这方面我们还得多向经侦总队请教学习。刑技中心的同志们已经在电梯上了。"韩玉朗点起一支烟，笑着岔开了话题，但内心却不太服气：经侦总队不是在高档写字楼抓人，就是在五星级宾馆抓人，能和我们苦哈哈的刑侦一样吗……

重压之下，陈强显得疲惫不堪，身子坐得越来越低，逐渐陷进椅子里，紧紧握住的侦查日志，成了他最后的倔强。随着徐家君和王涛等人陆续走进会议室，"2·19"凶杀案案情分析会正式开始。

"同志们，明珠案还未结案，年前'2·10'凶杀案的犯罪嫌疑人也还未抓获，大年初四，'2·19'凶杀案接踵而来，影响极为恶劣，市局党委高度重视，希望不要再辜负领导的期望。"韩玉朗言语恳切道，"徐法医，先谈一下你的意见。"

徐家君轻车熟路地点下身前笔记本电脑的回车键，前方的电子大屏上立刻出现了一组尸检照片。

"胡局、韩总、各位同事，我简单将尸检情况汇报一下……"

"看来，铁板钉钉，死者是苏桐本人无疑了。"胡新福看着大屏幕上的DNA鉴定报告，向秘书小卫努了努嘴，小卫迅速会意将一条短信发了出去。

徐家君扶了扶眼镜，继续道："经剖验，死者符合溺亡特征，躯干四肢没有骨折和皮肤创口，颅内未见血肿，硬脑膜完整，会阴部皮肤未见创口，胃内容全部排空，残留菜根纤维、海带等，应为饭后 6 小时以上，综合尸斑尸僵、眼角膜的浑浊程度，苏桐死亡时间在今日凌晨 1 点至 2 点之间。"

"这一段时间，平安寺内的监控有没有发现异常情况？"陈强看向了季亦萍道。

"陈支，平安寺这些年香火旺盛，寺内安保系统也是一流的。"季亦萍组织语言道，"特别是大殿前的放生池，四个角有全覆盖的高清探头，经核查，从 18 日凌晨起至 19 日上午发现尸体，并未发现任何异常情况以及嫌疑人的踪迹。"

"奇怪了，尸体是从天上掉下来的吗？"胡新福疑惑道，"就是从天上掉到池水里也会溅起水花，监控怎么会拍不到？"

"胡局，这个疑点也正是我们接下来要讨论的。"徐家君调出一张尸检照片，坦言道，"尸体眼睛充血极为严重，据初步判断，应该是高水压所致，而苏桐如果是在放生池溺亡，那么无论哪种常见入水方式，水压都达不到这样的程度。"

"会不会是被人用重物拖入水底？"

"从尸检情况看，死者身上没有相应的瘀伤和痕迹，不支持这样的行为。"徐家君言之凿凿道，"溺亡时如果水压大，会有少量的溺液通过血液循环灌入，形成特殊瘀血现象，我在解剖死者心脏时就观察到了这一特殊瘀血。值得注意的是，死者左心颜色浅，右心颜色深，这种情况多出现在水质较清澈的淡水环境中，而放生池的水由于投喂以及杂物的影响，水质较为浑浊，富含多种盐分及矿物质元素，左右心颜色应该相反才对。"

"这么说，放生池应该不是第一现场。"

"为了印证这个思路，我提取了左肺上叶，进行硅藻检验。"徐家君看了一下手表道，"实验报告应该差不多了。"

"是刑科院的那个什么微波黑科技？"

"是的，刑科院贾教授团队历时三年研究出来的'微波消解—滤膜富集—扫描电镜'法。"

"早就听说刑科院是刑侦总队的一张王牌，果然名不虚传。"

"相比传统方法，贾教授将处理硅藻的时间缩短了四分之三，硅藻阳性检出率从28%提升到97%。"

与此同时，刑科院五楼。

一间明亮整洁的大实验室内，贾教授带领团队，站在自行研制的最新型法医硅藻检验仪前，从容淡定。贾教授一身笔挺的西装，外面套着件白色的工作服，留着典型的"教授头"，双目炯炯有神。

法医硅藻检验仪由硅藻检材提取工作台、检材微波消解处理系统、硅藻多联抽滤富集系统等模块组成。采用专利光学系统捕获流动样品中的硅藻，自动分析硅藻种类与含量，实现硅藻定性定量分析自动化，能够提供所拍摄硅藻的有效直径、长度、宽度、纵横比等四十多种形态学信息及各形态、尺寸硅藻的分布情况。

该检验仪器如同一台精密的堡垒，机身上布满了各种显示仪器，不同颜色的灯光组，配合着"嘀嘀嘀"的提示音，全程显示着检验的细节。

"嘀……"随着一声长提示音响起，连接检验仪器的打印机，咔咔……哒哒……将一份完整的硅藻检验报告打印出来。

片刻后。

贾教授和助理风风火火地赶到重案支队大会议室，助理将尚有余温的检验报告放到了主要领导面前，贾教授迅速落座，打开了报告。

"各位领导、同事，死者苏桐左肺上叶内检见硅藻及泥沙成分，是典型的生前入水。但值得注意的是，苏桐呼吸系统内的硅藻虽少，但与放生池内的硅藻并非同一类型。"

"放生池不是第一现场坐实了，可尸体是怎么进去的？"陈强试着分析道，"难道放生池还有其他地下入口？"

"应该没有吧。"惠俊豪直言不讳道，"据密迦法师讲，当年放生池改造的时候，全部用大青石铺底修建，是一个封闭的结构，应该不会有其他通道。"

"王组长，你的意见是什么？"

"放生池池水较深，四周池壁上的青苔完整，没有剐蹭的痕迹。"王涛切换着大屏幕上的照片道，"放生池呈长方形，长28米，宽23米，深6米，池边修建汉白玉围栏，四面围栏表面光滑，也未发现新鲜的磨损刮擦痕迹，这些都从侧面证明了苏桐并非被人推进或者扔进放生池。另外，据负责维护放生池的几位常住僧人讲，每到枯水期水位下降时，他们会用皮管往池中注水，为了保持池水干净，他们每个月都要下去打捞大量投进去的钱币。"

"见鬼了。"韩玉朗又点上一根香烟道，"王组长，明天再去复勘现场。"

王涛朗声应答道："已经联系东海打捞队，明天一早就到平安寺。"

"痕迹方面还有什么要说的？"

"这两天平安寺的香客云集，暂时未能找到有用的线索，不过……"王涛谨慎道，"捆绑苏桐的胶带经过熏显，终于发现了一枚模糊残缺的指纹。"

"哦，比对出身份了吗？"胡新福顿时两眼放光。

"报告胡局，这枚指纹不在我们的指纹库中。"王涛看了一眼陈强，欲言又止。

"什么情况？"韩玉朗眯着眼睛，吐出一口烟圈，"有话就直说。"

"是。"王涛深吸一口气道，"该透明胶带是物流公司封箱打包常用的彩虹牌，在东海的使用量非常大，以物找人寻找源头相当困难，再加上缠绕苏桐的透明胶带用量较大，但只在捆绑脚踝处的透明胶带上发现了一枚指纹，就是说在捆绑行为快结束时，凶手才在不经意间留下了这枚残缺不清的指纹，由此可以看出，凶手具有一定的反侦查能力。"

"相当的专业啊，凶手应该是全程戴着手套，在最后百密一疏，才留下了这枚残缺不清的指纹。"惠俊豪托着腮帮子，苦苦思考道，"凶手要在短时间内缠绕这么多的透明胶带，而且缠绕得如此顺滑连贯，一定是在苏桐失去反抗能力的情况下完成的，是个老手。反之，如果是在苏桐较为清醒的状态下完成顺滑连贯的捆绑，那么则需要两个或两个以上的人，不管怎么说，还是需要有一定的作案空间。"

"凶手选择用胶带控制被害人，并神不知鬼不觉地将被害人尸体放置到放生池中，说明凶手具有一定的犯罪能力和稳定的犯罪心理，结合犯罪的完成程度，凶手应该是有预谋而为之。"胡秋飞神情专注道，"另外，凶手应该不会是老城区的人，因为能力强的凶手，往往会选择远离自己的生活范围区进行犯罪，但也并不表示他对远离的地方不熟悉。综合来看，凶手经验丰富，很可能有前科。"

"凶手的犯罪动机是什么？"

"有可能是针对坤德集团或是苏坤德个人的报复行为，或者是为了求财的绑架勒索行为。"

"苏坤德个人并没有接到任何绑架勒索的电话和信息。"

"也许是苏桐的反抗，导致绑架行为失败。"

"有没有可能是殉情？"

"韩总，这……不排除，还需要进一步侦查。"陈强神色阴郁，看向徐家君道，"苏桐体内有没有检测出麻醉剂或是毒品成分？"

"提取了苏桐胸腔血液，经测试，均呈阴性。"徐家君看穿了陈强心意，审慎道，"不过，血液中检出乙醇成分，其含量为 83 毫克/100 毫升，已达到醉酒的程度。"

"喝这么多酒干什么？"胡新福狐疑道，"谁和她、在哪里喝的酒？"

众人一阵沉默。

"陈支，你作为主办支队长，这个情况掌握吗？"

"胡局，苏桐，她……"陈强环顾左右，支吾其词。

"支支吾吾，有什么不能说的？"胡新福怒斥道，"天王老子犯法，与庶民同罪。"

"是。是一探组的代理探长万子良。"陈强低头小声道，"2月18日晚，8点至12点，他与苏桐在老城区明悦酒店。"

"什么？是我们的民警？"胡新福眼珠子瞪得溜圆，下巴快掉到了桌子上。

"万子良现在在哪里？"

"在我们6楼，一探组办公室，由专人看管。"

"万子良的指纹有没有打？"

"目前还没有。"

"不能姑息！"胡新福拍着桌子吼道，"现在就去！"

"是。"

王涛带着小孟悻悻地离开会议室，快步走到了一探组办公室，万子良瞪大眼睛，疑惑不解地看着他们。王涛没有多余的话，拿出黑油墨、捺印棍、指纹卡，万子良瞬间了然，配合地伸出了双手。

十五分钟后，指纹鉴定结果出来，胶带上那枚残缺的指纹，与万子良右手食指指纹鉴定同一。

第三章
泣血涟如

■ ■ ■ ■ ■ ■ ■ 🕵 ■ ■ ■ ■ ■ ■

不明不暗，苍天无眼

2月20日，大年初五。

凌晨2点，"噼噼啪啪"的鞭炮声此起彼伏，东海市虽然禁止外环内放鞭炮，但是依然抵挡不住人们迎财神的执着热情。

黑暗中，万子良蜷缩在狭窄的木板床上，面朝天花板，眼神空洞无神……他怎么也想不明白，苏桐怎么就好好地出了意外，更想不明白，自己的指纹为什么会出现在捆绑苏桐的透明胶带上。现在，他作为1号犯罪嫌疑人被关在了政治处13楼的禁闭室，代理探长的职位也被拿下。

禁闭室窗外飘起了雪花，这世间的风太大，把一切美好都吹走了。万子良此时多想身边有一瓶烈酒，一口灌下，一醉解千愁。生命里总有那么个人，惊艳了时光，哭红了眼眶，让你终生念念不忘……

这些年，万子良经历的最刻骨铭心的痛，不是颠沛流离，不是孤独无依，也不是回忆里的荆棘，而是他遇见了她，又失去了她。

万子良心如刀绞，不禁流下了悲伤的泪水，视线模糊中，时光又回到了那个夏天。

午夜，皎洁的月光洒满大地，阵阵清风拂动心弦，难得的一丝清凉，驱走了一天的炎热。

万子良趁着周末宝贵的时间，备考在职研究生。一夜的复习让他头昏脑涨、饥肠辘辘，他骑着安琪生的电瓶车出去买夜宵果腹，顺便兜兜风。

公寓楼下所有的饭店已经打烊，只有三条街以外的酒吧街上，依旧灯火辉煌，喧闹异常。

万子良在NONO酒吧门口拐角的夜市上兜兜转转，还是念念不忘老刘家炒凉粉。

路口微弱的灯光下，有一辆被改装成夜宵摊的三轮车，车上拉着一条蓝白相间的横幅，上书"老刘家秘制炒凉粉"，旁边摆放着简陋的桌椅。夜宵摊老板四十多岁，但看上去却比实际年龄苍老许多。他胡楂凌乱，皮肤黑黄，满手油污，身穿蓝色迷彩服，一头灰白的头发，瘦削的脸上写满了故事。他嘴里叼着香烟，烟灰燃得老长，吞云吐雾的同时，手里面快速翻炒，炒锅上下颠簸，很快炒凉粉出锅了，却不知烟灰早已成为其中佐料。

"刘大爷，以后炒凉粉的时候，能不能不抽烟？"万子良接过两盒打包好的炒凉粉，露出鄙视的目光。

"娃呀，钱不好挣，能吃就不错咧，像以前俺们在农村……"

刘大爷话音未落，一个喝得酩酊大醉的"小太妹"一把抓住了万子良的电瓶车后座，晃晃悠悠，好像要摔倒。

万子良心里一惊，这"小太妹"不会是来碰瓷的吧？多一事不如少一事，自己可没工夫跟这些烂人浪费时间。他停好车，一脸厌恶地仔细观瞧，只见那"小太妹"画着浓重的烟熏妆，头发扎成高高的马尾，穿着淡紫色吊带背心、紫色亮片裙，一双修长的美腿，搭配着令人无法抗拒的渔网袜和马丁靴。

"哎，你喝多了，旁边坐着休息一下。"万子良说着将"小太妹"的手掰开，准备扶她坐下。

"哕——""小太妹"一口秽物，结结实实地吐在了万子良身上。

万子良被吐了个措手不及，身上一股刺鼻的酒味，让他顿时没了食欲。他赶紧扶"小太妹"坐下，顺手接过刘大爷递给他的餐巾纸，懊恼地擦拭起来。

"小太妹"看了一眼万子良，面露歉意的笑容，似乎不胜酒力，歪歪斜斜地又倒了下去。

"小伙儿，赶紧的，把你大妹子搞走，别耽误了我的生意。"刘大爷说着收拾起自己摊位前面的呕吐物。

"我不认识她啊！"

万子良极其不情愿地把躺在地上的"小太妹"扶了起来，谁知"小太妹"突然精神起来，猛地抓住万子良的手："二哥，你让我好找啊！"

"小太妹"双眼放光，踉踉跄跄向刘大爷走去，一把抓住刘大爷的胳膊道，"大哥，我们兄弟三人，不求同年同月同日生，只愿同年同月同日死……皇天后土……天人共戮……"

"小太妹"不知哪来的一股邪劲，硬生生地把万子良拖着跪了下去，引得周边看热闹的人们一阵哄笑，更有看热闹不嫌事儿大的人在一旁起哄。

"老刘头，快跪呀，刘、关、张好不容易凑齐了。"

"这一拜，忠肝义胆，患难相随，誓不分开……"

"哈哈哈。"

……

"让我好找啊。"

正在人们起哄让三人结拜之时，一个留着板寸头，身材魁梧的中年男子从 NONO 酒吧门口急奔而来。

"小太妹"闻声瞬间清醒，晃晃悠悠地起身就要逃，谁知中年男子三步并作两步地冲过来，双手将"小太妹"紧紧锁住。

"放开我，放开我。"

"老爷说了，明天的贺公子你一定要去见。"

……

"小太妹"骂骂咧咧，使出浑身解数不断挣扎。

"放开我，臭流氓。""小太妹"改变策略，一边向路人呼救，一边用马丁靴猛踩中年男子的脚，"快来人啊，有人耍流氓，耍流氓……"

然而，"小太妹"显然失算了，周围的人们只投来了异样的目光，甚至嘻嘻哈哈地指指点点。刘大爷又点了一根烟，默默地低下了头，忘记了刚才"结拜"时的义气。

不远处，四五个穿着嬉皮士背心的小混混，喝着啤酒看着热闹，个个面目狰狞凶神恶煞，他们是这一带臭名昭著的地痞流氓，为首的脸上一道长长的刀疤，名叫蓝镇。

"小妞长得不错，不如我们哥几个先……"蓝镇色眯眯地跟手下使着眼色道，"这太妹，正点……"

几个小混混把目光投向了"小太妹"，个个都不怀好意地淫笑着。

万子良肾上腺素飙升，双腿有些发抖，与生俱来的正义感，让他不能见死不救。他一边拿出手机报警，一边对中年男子语无伦次道："放开三弟，不，放开那个姑娘……我报警了，我，我是警察！"

"警察算个屁啊！"

"少管闲事，找打！"

说话间，几个小混混从身后将万子良包围起来，一把摁下他的手机，随即"啪"的一巴掌抽在了他的脸上。万子良被打蒙了，只觉得脸火辣辣地疼。

另一边，还没等中年男子反应，几个小混混一拥而上，将"小太妹"围在了中间，圈子慢慢缩小，蓝镇更是一马当先，一脸淫笑。

"小太妹"杏眼圆睁，瞄准蓝镇的裆部，铆足劲就是一记撩裆腿。蓝镇出乎意料，"哎哟"一声惨叫，捂着裆部应声倒地。

还没等其他几个小混混反应过来，"小太妹"挣脱了中年男子的束缚，如敏捷的小鹿一般冲出了重围。小混混们见带头大哥被打，一个个凶神恶煞地掏出了明晃晃的甩刀，不由分说朝"小太妹"刺来。

谁知中年男子在身后偷袭，一记漂亮的横勾拳，将一个染着黄毛的小混混狠狠地打飞了出去，口鼻窜血，不省人事。其他小混混们瞬间傻眼，立刻分成了两股，三个小混混手中上下挥舞着甩刀，啪啪作响，将中年男子围住，另一个小混混则如野狗一般扑向"小太妹"。

"小太妹"眼疾手快，一把抓过万子良电瓶车上的炒凉粉，反手甩到了小混混的脸上，温热的炒凉粉伴着红红的辣油糊了小混混一脸，他一手捂着眼嗷嗷直叫，一手胡乱挥舞着甩刀，大叫着："老子弄死你！"

虽然是刑警出身，但万子良从未经历过如此危险的境遇，他双脚发软，心怦怦直跳。俗话说，君子不立危墙之下，本能驱使着他，要赶紧离开这个是非之地。他骑上电瓶车，准备逃之夭夭。

"小太妹"见状急中生智，跟着跳上万子良的电瓶车，扶着他的肩膀，大喊道："快跑呀！呆木头！"

"小太妹"一声大吼，万子良来不及多想，快速转动调速转把到高速位，瞪大眼睛，按着喇叭向外冲去。

慌乱中，"小太妹"的发绳绷断，她长长的浅棕色卷发飘散开，凌乱地拂了万子良的脸上，一瞬间，一股淡淡的清香围绕着他，让他原本揪着的心，有了一丝缓解，甚至有些不可名状的心旷神怡。

电瓶车越开越快，一个横穿马路的行人从黑暗中蹿了出来。万子良猝不及防，惊出一身冷汗，猛地一个刹车，"小太妹"始料不及，就这么一头撞在了万子良身上，还正好咬到了他的后脖颈，嘴里立即泛起一股血腥味，他的后脖颈被她深深地烙下了一道红印。

"呸……"

"小太妹"啐了一口，吐着嘴里的血水，醉意盎然地望着他，虽然不能完全看到他的样子，但她却很肯定，眼前的这个男子绝对是个帅哥。眉头浓密，眼神深邃，鼻梁高挺，嘴角若隐若现的弧度，即使是早对帅哥有了免疫力的她，也不禁小小地犯起了花痴。

"不要命啦……"万子良低咒着，转头道，"哎，你没事吧……"

"我不姓哎……呆木头，你真的是警察？"

"我也不姓呆，真是好心没好报。"万子良没好气道，"下一个路口就安全了，你赶紧回家去吧。"

"不，本姑娘今天赖上你啦。""小太妹"说着，从后面紧紧抱住了万子良的腰。

万子良从此被苏桐这个多少人仰慕和追求的大小姐缠上，甚至逼他同居！每天变着花样"欺负"他，而他却身在福中不知福，甚至不堪其扰。

"呆木头，来亲一下。"

"呆木头，陪我一起逛街吧。"

"呆木头，快来帮我涂涂防晒霜。"

……

万子良怒了："我警告你，小凤凰，不要欺人太甚！"

"想试试欺人更甚的吗？"苏桐邪魅一笑，把万子良抵在角落，甩出一份合同，"强扭的瓜不甜，我作为坤德集团的副总裁，和你签署一份劳务合同。"

"劳务合同？什么鬼？"万子良接过合同，仔细翻阅，"太荒谬了，哪有合同制的男朋友？"

"条款清晰，权责明确，有什么荒谬的。"苏桐歪着脑袋，古灵精怪道，"从现在开始，你只许对我一个人好，只能喜欢我一个人，要宠我，不能骗我。答应我的每一件事情，你都要做到。对我讲的每一句话都要是真心的。不许骗我、骂我，要关心我。别人欺负我时，你要在第一时间出来帮我。我开心时，你要陪我开心。我不开心时，你要哄我开心。永远都要觉得我是最漂亮的，梦里你也要见到我，在你心里只许有我……"

这命中注定的相遇，到底是幸运还是悲剧的开始，谁也讲不清楚。

"我一直不相信有人会真的爱我。"这是苏桐的心魔，尤其是当她生命里唯一挚爱的母亲离开以后，这种想法愈演愈烈。

"我不会再相信任何人，我也不需要朋友。"然而，那个夏天在 NONO 酒吧门口，她遇见仗义执言的万子良，冰冷的心渐渐融化。

还有接下来的日子，与万子良一起看电影、逛街购物、吃路边摊……素色锦年，向来缘浅，奈何情深？

某日，万子良无意中在书上看到这样一句话："喜欢甜食标示着一个人内心的缺失与童稚"。只是这样简单的一句话，万子良却难过得落下泪来。经过一段时间的相处，他深知苏桐就是这样一个人，无比童稚，内心永远缺乏安全感。

可是，在那个深秋，一个抑郁的下午，苏桐像变了一个人，目光呆滞，一脸假笑，仿佛没有灵魂的提线木偶，与他更是形同陌路，甚至越陷越深。只是她仍旧倔强，仍旧莫名地掉眼泪，仍旧那样不安……

万子良闭上眼睛，一滴眼泪从脸颊上滑落。精神和肉体的极度透支，使他逐渐陷入了昏睡。

不知过了多久，迷迷糊糊中，万子良又进入了那熟悉的梦境。无尽的黑暗中，模糊血腥的图画，从中飞出无数冤魂厉鬼，苏桐一袭黑衣也被裹挟其间。

万子良拼命呼喊着，向苏桐奔去。然而，苏桐毫无知觉，如行尸走肉一般，越走越快，任凭万子良使尽浑身解数，却被落得越来越远。

"等等我……"

一路追来，万子良汗透衣背，累得呼吸困难，呼哧呼哧地张大了嘴，两条腿沉得再也抬不起来，但他仍不肯放弃，咬牙坚持着。也许人生就是这样，一边崩溃，一边坚持。

忽然，苏桐沿着一条坑洼的青石板路，跨过一座斑驳的石拱桥，穿过一条幽暗的巷子，飘进了一间白墙灰瓦的老屋。

万子良跌跌撞撞，紧跟不舍。不知走了多久，他终于翻过了石拱桥，眼前的石板路上长满了青苔，下过雨，留下的积水一滴一滴从屋檐上滴下来，走上去很滑，沾得鞋子上全是污泥。

整个巷子里就万子良一个人，一阵怪诞诡奇的黑风从他身边吹过，带着发霉腐败的气息，吹得他的头发细细碎碎地在风中飞扬，他再次加快速度，想摆脱这条诡异巷子的束缚。

眼前的老屋，斑驳的白墙上刻画着年深日久的裂痕，被雨润湿后更是滑腻至极，墙角的飞檐仿佛将在下一秒腐烂，唯有爬藤植物显得特别青翠，攀着墙，努力地伸展着，藤枝缠绕，遍布整个白墙，执拗地守护着老屋。

老屋前有一扇厚重的大木门，万子良怎么推也推不开，"咣咣咣——"

他焦急地叩响门上那光滑的铜环，欲要敲醒沉睡的梦魇。

可任凭他怎么大喊大叫，老屋内没有任何动静。

时间仿佛凝固了，万子良灰头土脸，精神即将崩溃，忽然，"吱呀"一声，大木门发出绵长的声响，晃晃悠悠地打开，仿佛拉开了百年的光阴。

万子良迫不及待地推门而入，一股刺骨的阴寒之气从老屋中喷薄而出，直通他的脑门，他不由得一颤，微一愣神，老屋内是一片无尽的黑暗，不见苏桐的影子。

这里就像一个混沌未开的世界，什么都没有，更让人崩溃的是，即使是大声呼喊，也听不到一丝回音。冷汗从万子良的额头上滑落，向无尽的黑暗中坠下去，消失得无影无踪。

渐渐地，万子良发现老屋内充满了极大的怨念、愤恨和恐惧，仿佛只要稍不小心，就会被侵蚀心神，跌入地狱。一时间，飘忽不定的罪孽之影，可悲的宿命，迷失的道路，重重的枷锁，在交错的时光中浮现，他的眼中闪过一丝惶恐。

万子良伫立在黑暗边缘，他伸手触摸，却被透明的薄膜隔绝，任凭他大声呼喊，也只能沉入黑暗渐渐被吞没，直到完全泯灭。

"苏桐，苏桐……"

万子良突然惊醒，大口喘着粗气，出了一身冷汗。

天色渐明。

万子良躺在禁闭室冰冷的木板床上，望着天花板，再也无法入睡。

"吱扭——"禁闭室的门被打开，陈强和政治处纪检干部小张、小宋站在门口。陈强和两位纪检干部交流了一下眼神，独自走了进来，将沉重的铁门关上。

一阵尴尬的沉默。

"小万，苏桐的死和你到底有没有关系？"

万子良万念俱灰，不予回答。

"你站起来！"陈强怒其不争道，"平凡的人听从命运，只有强者才是自己的主宰。"

"我也想自己主宰，组织上相信我吗……"

"苏桐的死很诡异，并不像表面上看起来的那样。"陈强浓眉紧锁道，"组织上的谨慎，也不是没有道理，希望你能理解。"

"呵呵，我理解。"万子良尴尬一笑道，"胶带上有我的指纹，还有一只200万的大金劳……"

"小万，你不要自暴自弃，无论如何也要坚持下去，勇敢面对一切。"陈强双手搭在万子良的肩膀上道，"不管怎么样，一定要还苏桐一个公道，告慰她的在天之灵。我知道这不是一件容易的事情，但我们一定要做好。"

"头儿，我真是想不通，那晚分开后到底发生了什么。"万子良倔强地别过头去。

"那就一起把它搞清楚，重案支队的人，永不言败……"陈强义正词严道，"不管别人怎么看，我相信你一定是被冤枉的。为了能尽快投入战斗，我帮你加急申请了测谎。"

刑技中心，测谎室。

经过一夜的准备，测谎问卷准备完毕。

万子良坐在安全椅上，面对着一台摄像机，身上贴上了感应片。测谎仪器上，时而响起"嘀嘀"的电子音。

测谎仪前，两名测谎工程师一名负责问询，一名负责记录。工程师李飞熊对着电脑屏幕上的测谎问卷，逐一开始提问。

"苏桐身亡是否跟你有关？"

"有……"

李飞熊看了万子良一眼，刺耳的电子音，不断在耳边响起。

"不，没有！"

隔壁测谎监控室，政治处纪检干部小张、小宋站在单向玻璃前，密切注视着测谎过程，悬着的心终于有所松动。

"捆绑苏桐的彩虹牌透明胶带，是不是你的？"

"不是。"

"苏桐是被你扔进水里的吗？"

"不是。"

"2月18日晚上，你和苏桐私会是不是为了殉情？"

"不是。"

"苏桐的劳力士腕表是赠予你的吗？"

"是。"

……

2月20日，中午。

老城区，平安寺放生池。

王涛和小孟等人扶着汉白玉栏杆，焦急地张望。

不久，平静的池水泛起波澜，红色的安全绳被拉动，穿着黑色连体潜水服的潜水员，随着咕咚的水泡，再次浮出水面，岸上两名辅助员吃力地把潜水员拉出了滑腻的放生池。

"第六次下水了，不应该呀。"王涛满脸疑惑，自言自语道，"难道真的没有什么东西？"

"王组长，我干打捞这行二十年了，还是第一次在放生池里摸东西。"劳队长一屁股坐在地上，喘着粗气道，"这下面又滑又脏，大青石上除了零散的硬币，真的是啥也没有。"

"奇怪了，苏桐的尸体怎么会凭空出现？"

"王组长，你莫急，不行我们把这池水给抽干看看。"

"阿弥陀佛，善哉善哉。"密迦法师手捻佛珠，单掌施礼道，"且不说寒冬腊月，这一池水抽到何处，单是这池中众生，不应枉遭劫难。"

"法师，我们也是为了破案呀！"

"阿弥陀佛……"密迦法师双目微闭，捻动佛珠，显然给现场勘查小组吃了个闭门羹。

王涛立刻打电话给金建民，希望他能通过关系来协调，然而几次三番，电话却石沉大海，没了回音。

正当王涛焦虑之时，劳队长搭起了腔："王组长，我看这池底，好像是有点问题。"

"快说。"

"池底大部分青石都是很平整，只有……"劳队长左手放在嘴边做夹香烟状。

"别卖关子了，快说，快说。"王涛知趣地送上一支香烟，帮他点上。

"池子东北边……"劳队长深吸一口香烟，不紧不慢道，"刚才下去搜索池子东北角最后一块区域，那里池壁上有两块青石脱落下来，看不清，但能摸得出来。"

"哦？"王涛两眼放光道，"东北角，脱落的池壁是什么情况？"

"半米左右宽，一米左右高的一个缝。"劳队长嘴里叼着香烟，双手比画道，"我这个码子，只能在边上看看，钻不进去。"

王涛惊喜过望，但看了一眼旁边的密迦法师，不由又心灰意冷。

"王组长，有门。"小孟在旁边请示道，"要不把咱们刑科院的法宝放下去看看？"

"差点忘了，声呐式水下地形探测仪，小孟快支起来。"王涛拍着大腿兴奋道，"劳队长，还要再麻烦你一次。"

"明白。"

小孟说着，快步跑到了现场勘查车旁，从后备箱里拎出了一个黑色大塑料箱，箱子里就是整套便携式的声呐式水下地形探测仪，号称"大禹之眼"。

"大禹之眼"是刑科院给痕迹室量身定制，专为水下勘查工作研发的一款高清拖曳式侧扫声呐设备，超高图像分辨率，可产生接近摄影质量的水底声呐图像。

放生池边，劳队长吐出最后一口烟，将烟头死死地摁灭，锁好面罩，第七次进入冰冷浑浊的放生池。

"大禹之眼"即插即用、操作简单，王涛和小孟按照说明书，很快就组装好了，打开电源，高清屏幕亮起，小孟顺着电缆将三翼结构的水下探头缓缓地放进了放生池，交到了劳队长手中。劳队长伸出左手朝王涛比了一个"OK"的手势，随即拖着探头沉入放生池。

不多时，"大禹之眼"的屏幕上逐渐呈现出放生池底的地形地貌。

"扩大扫描范围。"

小孟紧盯屏幕，调节参数，"已达到峰值。"

"小汤，请通知你们劳队长，重点在东北方向巡游。"王涛转身对旁边穿着橘红色工程服的辅助员道。

小汤拿出潜水专用电台，调整好噪声抑制，摁下PTT一键通，"劳队、劳队，收到请回答，收到请回答。"

"小汤，收到，信号5分。"劳队长在浑浊的池水中，摁下了面罩旁边的通信按钮，将音量稍稍调大，说道，"小汤，王组长有什么指示？"

"劳队，请重点在东北方向巡游。"

屏幕上，图像越来越清晰，一幅完整的放生池底实时地形地貌监控画面呈现出来。不出王涛所料，放生池东北角的池壁底部两块大青石脱落下来，横在池底，池壁出现了一个大裂缝。

"劳队长，请把探头放进裂缝。"王涛拿过小汤手里的电台，盯着屏幕道，"探探裂缝里的情况。"

"收到。"

片刻后，屏幕上呈现出一个约三米深的洞，洞内被一堆绳状物和一块圆形的大石头堵住。这里被堵住了，那苏桐的尸体是怎么进来的？

乌云遮日，王涛脸憋得通红，一个不祥的预感让他感到浑身冰凉。

三马同槽，暗箭难防

寒风萧瑟，雪花纷飞。

新城区，尚和私立医院，病房大楼8层。

808号特级VIP病房，一共三间，一字排开，依次为接待室、会客室、休息室。这里实行会员制，是有钱人专属的地方，病房里没有刺鼻的消毒水味，地暖的温度伴着护士和医生和谐甜美的微笑，让人如沐春风。

最外面的接待室里摆满了鲜花和各种慰问品，吕阿忠板着千年不变的蚂蚱脸，警惕地看着门外，如门神一般丝毫不敢懈怠。

会客室里，苏坤德穿着病号服，脸色白得像一张纸，颧骨高高地凸起，眼睛里没有往日的光彩，像只病猫。苏桐突然离世，让他备受打击。

"除了精神上的刺激，和酒精肯定是有关系的，苏董，您还是少抽烟、喝酒，这样不利于治疗。"费医生手里拿着体检报告，言语中肯道。

苏坤德倚靠在沙发上，茶几上的古巴雪茄悠悠地燃着，手里拿着一瓶迷你装路易十三，神情疲惫而苦涩。

"苏董，您还是要做好心理准备，虽然心脏中心都是全市有名的三甲大医院主任，但也只能保证控制好您目前的冠心病。"费医生平静道，"您的动脉粥样硬化越来越严重，以前安装的支架不起作用了，心绞痛、胸闷是因为心肌缺血、损伤乃至坏死造成的。所以，目前的保守治疗已经不行了，现在需要马上再次安装冠状动脉支架，缓解冠状动脉的狭窄程度，从而改善心肌供血。"

"能不能缓一缓？"

"如果突然形成血栓，会诱发生命危险，还有……"

"好了好了，费医生不要讲了，我知道。"

这些话，费医生之前就跟苏坤德反复强调过，苏坤德扶着额头，放下了酒瓶。

"苏董，费医生都是为您好，要不，等会儿我帮您安排做个检查，做个支架就是三五天的事情，待出院后，有空的话，还是出去散散心。"法务总监施仁正西装革履，谨慎地给苏坤德递上了一大杯纯净水。

"嗯。"苏坤德双眼迷离，喝了一口纯净水，冷水穿过喉咙，心底的苦楚渐渐被压下。

"怎么能给苏董喝冷水呢？快让护士把营养早餐送来呀，有热牛奶。"财务总监钱秀玲瞪着突出的金鱼眼，给施仁正使了一个眼色，尖着嗓子道，"苏董，康复后出去走走，散散心，三亚的坤德号游艇随时准备着。"

"算了吧。"苏坤德看了眼浓妆艳抹、胸部塌陷的钱秀玲，更是没了兴趣。

"哎呀，费医生在呢。"

忽然，病房会客室的门被推开，一个百灵鸟般的声音传来。

虞霖踩着高跟鞋走进来，她化了个淡妆，依旧遮不住黑眼圈和疲惫，像是刚熬了个通宵。她穿着紧身的黑色连衣裙，身材玲珑有致，小腹微微隆起，步伐娉娉袅袅，细长的颈部围着一条深蓝色的丝巾，头戴一顶英式帽子，整个人看上去高贵典雅，气质非凡。

"虞助理。"费医生点头打了个招呼。

"你怎么来了？"苏坤德问道。

"这么大的事，您怎么也不告诉我。"虞霖走到苏坤德身旁，瞬间，身上浅浅的香奈儿 19 号香水味弥散开来。

"骚货，狐狸精。"钱秀玲双眼瞪得似乎要突出眼眶，但也只能按下心火，暗自咒骂。

"苏董，虞助理，我先去处理个事，等会儿再来。"费医生很有眼力见。

"费医生，麻烦您了，我替苏董谢谢您，这段时间，感谢您的照顾。"虞霖莞尔一笑，无视钱秀玲和施仁正。

"应该的。"费医生感觉不妙，拿好病例夹，快步出去。

费医生一走，会客室里就只剩下苏坤德、虞霖、钱秀玲和施仁正四人，气氛一时尴尬起来。

"苏董，早餐吃了吗？"虞霖往苏坤德身边靠过去，仰起精致的小脸蛋，关心道。

"没呢，这儿的早餐怎么能吃得下去？"

"我一大早去广陵四路排队，给您带了最喜欢吃的阿峰拌面和牛肉汤。"虞霖说着朝会客室外轻声呼唤道，"青波，快把早餐拿进来。"

话音未落，一个哈着腰、獐头鼠目的年轻男子迈着六亲不认的步伐走了进来，满脸堆笑地抱着一个黄色保温箱。此人正是虞霖的堂弟虞青波，坤德集团下属公司的副总经理，他早已在门外等候多时，嘴里一直默念着对苏坤德的祝福词，谁知一见到苏坤德本人，竟结结巴巴地说不出来。

"放下吧。"苏坤德拿眼皮夹了一眼虞青波，嘲讽道，"你就是那个虞青波？在红子鸡酒楼，和重要客户吃饭，不仅自己迟到了一个小时，而且还只拿了半瓶茅台自己喝。"

"哼，这叫有其姐必有其弟。"钱秀玲牢牢抓住扳回一盘的机会，深恶痛绝道，"半瓶茅台的丑闻尽人皆知，丢尽了坤德集团的脸，还好意思来见董事长，恬不知耻的东西。"

"虞青波，不是我当着苏董的面说你，自从你半瓶茅台的丑闻传开以后，本来要合作的一个项目，法务都走了一半流程，突然中断。"施仁正痛打落水狗，一本正经道，"害得法务部白做工不说，集团更是损失了一笔不菲的收入。"

"苏董，青波还小不懂事，上次不是给您专门写了一封万言检讨书，还罚了他两个月工资嘛。"虞霖眼看大好的局势就要被破坏，狠狠地瞪了一眼钱秀玲和施仁正，转而对着苏坤德一脸媚相，撒娇道，"苏董，青波这么做，还不是为了给您争面子，那帮不识相的外地乡下人，请我们吃饭居然喝新疆的伊力特，还是 80 块钱一瓶的那种民工酒，青波只好拿出上次您喝剩下的半瓶茅台酒撑场面。"

"撑个屁场面，狗眼看人低的奴才，你知道那个客户的哥哥是谁吗？"

"好了好了，都别说了，陈芝麻烂谷子的事情。"苏坤德打开保温箱，拿出热乎乎的拌面、牛肉汤，自顾自大快朵颐起来。

虞青波脸上的笑容凝固了，他站在门口呆若木鸡，看着不怒自威的苏坤德，浑身竟然战栗，像筛糠一样哆嗦起来。

"咚咚！"敲门声响起，一个年轻的女护士推着不锈钢餐车进来道，"苏董，您的早餐来了。"

"让你进来了吗，懂不懂规矩？"虞青波拉下脸来，龇着牙对小护士吼道，"出去，出去，出去、去、去……"

小护士被吓得一激灵，一脸委屈地退了出去，轻轻关上了房门。

"没别的，我就是心疼苏董。为了集团兢兢业业，苏董又是应酬又是加班，冠心病越来越重，已经装了好几个支架。而你，作为苏董的助理，什么都不做，整天去酒吧唱歌跳舞，天天和杨君松鬼混在一起，你不觉得自己很过分吗？"钱秀玲趁机发难。

"钱秀玲，你胡说！我和杨君松在一起那是工作，他现在在医院生死未卜，你不觉得自己管太多了吗？苏董住院，你为什么第一时间不告诉我？你还把责任全推我身上，是什么意思？"

"你是苏董的助理，还是我是他的助理？苏家出这么大的事儿，你居然都不知道。"钱秀玲阴阳怪气道，"不是每个人都像你一样脚踩两只船。"

"钱秀玲！"没有了杨君松，虞霖娇瘦的身影愈发显得单薄，"我那两天正巧有事，给苏董请过假了，谁知道苏董突然住院……"

"哼，解释就是掩饰，苏桐的死和你有没有关系？"

"什么？你怀疑我杀了苏桐？！"虞霖惊恐地睁大了眼睛道，"你、你血口喷人。"

钱秀玲把苏桐的死这样一盆脏水结结实实地泼在了虞霖的身上。虞霖语塞，忽然一句话都说不出来。她是真的被气到了，肩膀在颤抖，眼底喷着怒火。

整个休息室一下安静下来，苏坤德放下筷子，一言不发。钱秀玲的嚣张和虞霖的愤怒剑拔弩张，四目相对，彼此的眼神交汇里都有杀气。空气一下子沉寂极了，仿佛下一秒就会火山喷发。

片刻后。

"苏董，我有件重要的事，要向您单独汇报。"虞霖捂着小腹，神神秘秘地看向苏坤德。

"哟，虞助理又要打谁的小报告了？"钱秀玲斜着眼，尖酸刻薄道，"我和施总都是苏董最亲近的人，你有什么见不得人的话？"

"钱秀玲，这事和你无关。"虞霖针锋相对道，"我也是为了你好，怕你自卑。"

"笑话，我自卑什么？"钱秀玲像一只护食的母狗，不依不饶道，"歌舞团能出什么好人，一路睡过来的骚货。"

"那也比你这个残花败柳强。"虞霖鄙夷地看了钱秀玲一眼道，"你有什么？你什么都没有，你现在连男人最基本的欲望都不能满足，你拿什么跟我争，不会下蛋的母鸡。"

"放屁，你个狐狸精，看我不撕烂你的嘴。"

"你敢，老妖婆。"

黄脸婆钱秀玲被说到了痛处，她跟了苏坤德后，却因为宫外孕被切除掉了子宫，从此失去生育能力，还染了一身脏病，人也变得越来越干瘪，失去了女人应有的颜色。一句"不会下蛋的母鸡"直击钱秀玲的灵魂，点燃了嫉妒的火山。她跳着脚朝虞霖冲去，往日的积怨在这一刻彻底爆发了，两人互相叫骂、拽头发、撕破脸，满天凤爪舞，片片桃花开。虞青波和施仁正更是各为其主拉偏架，门外的吕阿忠闻声冲了进来，奈何无从下手，只好护在虚弱的苏坤德身边，眼看一场混战一发不可收拾。

"滚！"苏坤德大吼一声，顺手捞过小茶几上的花瓶，对着柜角"砰"地砸碎，他握着尖锐的花瓶碎片，暴躁道，"都给我滚，不要让我说第三遍。"

玻璃碎了一地，飞起的玻璃碴将苏坤德的脸划出一道口子，渗出殷红血珠，看起来触目惊心。

"苏董，您别着急，保重身体，我们这就滚，这就滚。"

苏老虎发威，虞青波和施仁正不敢造次，慢慢退了出去。钱秀玲和虞霖相互松开了手，气呼呼地站在原地，像两个衣冠不整的疯婆子。

"秀玲，出去！"

"苏董，我……"

钱秀玲双眼含泪，眉头紧锁，咬着薄唇，极其不情愿地退了出去。

"阿忠，你也出去。"

"是，老爷。"

见其他人都出去后，虞霖梨花带雨地向苏坤德扑了过去。

"苏董，他们欺负人，欺负我也就算了，关键欺负我肚子里的孩子，这可是您的血脉呀。"虞霖楚楚可怜地趴在苏坤德的大腿上。

"鉴定报告出来了？"苏坤德缓缓地扶起虞霖，狐疑道。

"东南司法鉴定所，贾主任让我去取的。"虞霖止住哭腔，抹了抹眼泪，从随身的包里取出一份鉴定报告，说道，"这两天刚刚做出来的DNA报告，是您的亲生骨肉无疑了。"

苏坤德一把拿过鉴定报告，逐字逐句翻阅起来。东南司法鉴定所的查所长、贾主任虽然是经熟人介绍，但都是他信得过的好朋友，要不是年前虞霖说自己怀了他的孩子，拿出一份八周的验孕单，他也不会请东南司法鉴定所做这个亲子鉴定。

"这么说，你怀的真是我的孩子？"

"是啊，苏董。"虞霖热泪盈眶，"您经常说，世界那么大，缺少亲人，总是孤零零的一个人。现在不会了，您又有孩子了，有跟您血浓于水的亲人了，再也不会孤单了，坤德集团的事业以后也会后继有人。"

苏坤德轻抚虞霖微微隆起的小腹，原本扭曲痛苦的脸上，泛出一丝怜爱和希望。毕竟虎毒不食子，也许没有不可治愈的伤痛，没有不能结束的沉沦，所有失去的，会以另一种方式归来。

虞霖深谙谙男人的心思，她乘势整了整衣服，补了补妆容，撩了撩耳边的碎发，一颦一笑间倒是动人的万种风情。可能因为怀了身孕的缘故，她倒比以前更加丰腴，更有韵味。

苏坤德一把掐住虞霖的手腕，力气之大几乎要把她的骨头折断。虞霖疼得细眉紧蹙，不知道是因为疼痛还是难过，眼泪瞬间流下来湿了脸颊。

"苏董……"虞霖明白苏坤德的用意，她擦了一把眼泪，笑道，"我是你的人，为了你，我什么都愿意做。"

苏坤德目光灼灼地盯着虞霖，久久不语，突然想要狠狠地欺负她。

"很好……"苏坤德松开虞霖的手，下一刻却抓住她的头发，在她的呻吟下，猛地噙住她的嘴唇。

正当苏坤德放肆不羁之时，外面的接待室传来一阵喧嚣。

门外此起彼伏的叫喊声打断了他的激情，他不甘地放开虞霖，霎时间，男的女的、老的少的各种嗓音，隔门飞了进来。

"交出董事会图章！"

"南城区一号项目必须换帅！"

"坚决查清一号项目停工原因！"

"清除集团败类！"

此起彼伏的叫喊声，如一把把锋利的尖刀，无情地刺着苏坤德的心尖。这两年集团正在改制，内忧外患不断，苏坤德好不容易压住阵脚，没想到年关未过，集团最重要的一号项目因负责人杨君松意外车祸而暂停；政商关系最重要的联姻，因女儿苏桐被杀而失败。如今自己也因一连串的打击，冠心病突然复发住进了医院，随时有生命危险……在这个关键节点上，一定是有人明里暗里煽动董事会股东们的情绪，想趁他病要他命。

VIP豪华病房虽然很大，但架不住来逼宫的人太多，接待室里瞬间挤满了人，外边的人进不去，只好站在走廊里。钱秀玲、施仁正、吕阿忠和虞青波倾尽全力，想要拦住洪流，但面对群情激奋的十几个大股东和他们带来的保镖、律师，也只能苦苦支撑。

"砰砰砰！"一阵急促的砸门声，如同汹涌澎湃的潮水撞击着海边的岩石，让苏坤德的心隐隐作痛。窗外雪花漫天飞舞，寒风肆虐，刺骨冰凉……这一切，罪魁祸首究竟是谁？苏坤德心底很快有了答案。

"苏坤德出来，我知道你在里面。"

"别装孙子，不出来撞门了。"

……

"咣当"一声，会客室的门被一个黑莽汉一脚踹开。黑莽汉一身黑西服，呜呜又喳喳，熊般粗壮，一字赤黄眉，狰狞似狻猊。

黑莽汉第一个冲进会客室，吕阿忠口鼻出血，躺在门口不省人事，吓得虞霖连声尖叫。集团十几个大股东一伙人跟着鱼贯而入，瞬间便把会客室围得水泄不通，钱秀玲等人也迅速转移阵地，围在了苏坤德身边。

"苏董，集团业绩出现大幅度波动，本月收益直线下滑，股价更是前所未有地出现十连阴，八个跌停板……"股东老边鼓着腮帮子，活像一只癞蛤蟆，他一改往日在苏老虎面前唯命是从的样子，一双喷火的眼睛直视对方，以至于苏坤德像做错事的孩子，不敢抬头看他，"眼下集团陷入困境，负面新闻不断，资金链几乎断裂，我们要求打开小金库，尽快启动南城区一号项目，以解燃眉之急。"

苏坤德心里"咯噔"一声，他痛恨老边这个内贼的同时，也痛恨自己，当初不应该让老边知道小金库的事。他一时不知道如何回答，沉默一阵，转弯抹角道："我和董事会高层商量好了，这笔钱留着股改后启动。"

"你放屁，不是留着给你女儿女婿结婚用吧？"老边不依不饶道，"哦，不对，苏桐已经身亡，你的高枝也攀不上了，办葬礼也用不着这么多钱吧？"

苏坤德牙根咬得嘎嘣嘣响，他痛恨老边这个内鬼。常言道：咬人的狗不露牙。老边以前装着和善的样子，如今却原形毕露。

"我们都是坤德集团的人，困难的时候更要同舟共济。"钱秀玲挺身而出，直言不讳道，"作为财务总监，我建议，大家集思广益，也可以各自想想办法，不能把集团吃光用光。俗话说得好，留得青山在，不愁没柴烧。"

"钱秀玲你少废话，谁不知道你和苏老虎穿一条裤子？"

"姓钱的，你说的比唱的还好听，一号项目启动这么大缺口，集团优质资产全都抵押出去了，你让我们股东自己凑，那还不如让日本人接盘算了。"

其他股东一改昔日在苏老虎面前不敢吱声、唯唯诺诺的样子，以老边为榜样，挺起胸脯理直气壮。

"给日本人？要钱不要脸了……是不是忘了祖宗啊？"施仁正一双眯眯眼瞪得滴溜圆，扶着金丝边眼镜暗自骂道，"养条狗见了主人还知道摇尾巴，养你们有啥用，唯利是图，不知廉耻。"

"不给日本人，那谁有钱谁说了算。苏董，把董事会图章交出来，一号项目我们要换帅。"

"一言堂的年代一去不复返了，苏董，没能力你就让贤吧。"

"请大家相信苏董，现在房地产大形势不好，只有苏董才能带领大家走出困境。"虞霖稳住心神，据理力争道，"杨总也正在一家外资医院用最先进的方法治疗，相信很快就能投入工作。"

"虞助理，你当我们是三岁小孩随便骗骗的？杨君松在海德堡医学康复中心，能不能活过这个春天都是问题。"

"就是，少他妈的在这儿扯淡！"

"按照集团章程重新开董事会！"

……

面对十几位大股东的逼宫，苏坤德充耳不闻，只是呆呆地看着前方，好像被掏空了灵魂，一副死猪不怕开水烫的样子。

股东们又是一阵骚乱，黑莽汉在老边的怂恿下竟然带头翻起了苏坤德的随身衣物，搜寻董事会的图章等重要物品。会客室内乱哄哄的，如同菜市场。苏坤德悄悄地与钱秀玲耳语几句，钱秀玲乘人不备溜出了会客室。

"唔……"苏坤德长出一口气，捋了一把头上的残发，凄惨道，"大伙静静，听我说几句话好吗？"

然而，他的声音淹没在吵闹声中，没人听见，也没人去理会。为了制止事态进一步发展，虞霖用尽平生力气，高音喇叭似的喊道："请静静，苏董有话说！"

"虞助理嗓音高亢，市歌舞团的底子还真是不赖。"

在讥讽中，吵闹声被暂时压了下去，转而一双双恶毒的眼睛直视苏坤德，如前拥后挤争看马戏团拙劣的小丑大戏，瞅得他不敢抬头。真是得志的猫咪，风头盖过老虎，掉光毛的凤凰，还不如笨土鸡。

苏坤德像一只斗败的公鸡，昔日的威风不见了，他抹抹满脸冷汗，眼神空洞地扫视众人一圈，又看了看手表，吃力道："我理解你们的心情，此时此刻我的心情和大伙一样难受，集团面临困境，作为集团董事长，我内心很是愧疚……"

"苏坤德，愧疚没用。"集团公关部总经理余向东插话道，"你自己倒是安排明白了，把个人资产做了离岸信托，集团就算倒了，你照样吃香的喝辣的，可我们怎么办？还是来点实际的吧，要么交小金库，要么交图章，否则我们就不走了。"

余向东的行为让苏坤德感觉惊讶，一贯善于巴结舔腚的余向东今天是喝醉了？竟敢如此对自己说话，还把自己做离岸信托的秘密也抖搂出来。余向东老娘不久前刚刚重病，还是苏坤德帮他打的招呼，安排在市中心医院的老干部病房床位。当时余向东在苏坤德的面前感恩戴德，哭得像个泪人，今天就换了另外一副嘴脸，果然是集团第一不要脸的墙头草。

急火攻心，苏坤德眼前一黑，只感到前胸后背好像有钢针猛扎一般的刺痛感，他习惯性地用手捂住胸口使劲摁压，还是不能阻止蔓延的疼痛，直至浑身冷汗不止，一双脚不断地抖动。

"苏董，苏董……你们这帮刽子手，出人命了！"虞霖拍着苏坤德的后背，对众人怒吼道，"速效救心丸，快呀！"

虞青波慌乱地在茶几下翻找起来，施仁正赶紧倒了一大杯矿泉水，递了上去。

会客室突然安静下来，就像深深埋葬的坟茔，让人讳莫如深。只听到股东们"呼哧呼哧"的呼吸声，这是火山爆发的前兆。

与此同时，尚和私立医院楼下拐角一处隐蔽的位置，一辆黑白双拼色的迈巴赫轿车副驾驶车窗缓缓降下，露出了葛峰那张阴险的脸，他得意地冷笑一声，一切都在他的计划之中。

车内后排坐着两个五十多岁的中年人，一个眉毛浓密，四方脸，络腮胡，一个头秃齿豁，大环眼，酒糟鼻，手里晃着红酒杯，心照不宣，一脸坏笑地庆祝着。

"三哥、四哥，苏老虎这个王八蛋也有今天。"葛峰端起红酒杯，声音嘎嘎道，"真是大快人心啊，干杯。"

"哈哈哈。"

三人谑浪笑傲，一饮而尽。

"老五，你还真是个人才。"

"三哥，这就叫以其狗之道，还治其狗之身。"

"嗯，大哥要是能知道有今天，估计得喝上一壶。"

……

一阵手忙脚乱之后，苏坤德吃下了一把速效救心丸，疼痛逐渐缓解，苍白的脸上恢复了一丝血色。

虞霖脸色灰白，继而变成了冥纸一样的颜色。

"让一让，让一让。什么情况？这么多人，开庙会呢！"

一个如炸雷般的声音，在人们耳畔炸响。惠俊豪一边嘟囔着，一边扒开众人，在前面开道，陈强和胡秋飞紧随其后。

"你们是什么人？谁允许你们进来的？"一个两腮无肉的律师对着陈强等人叫嚷道，"我们集团开董事会呢，出去，出去。"

"刑警办案，我是市局刑侦总队重案支队的副支队长陈强。"陈强掏出警官证，朗声道，"我们要对苏坤德依法进行询问，请大家配合……"

陈强"合"字还未说完，"啪"的一声，他手中的警官证被黑莽汉一巴掌拍掉。

"狗屁刑警，滚！"黑莽汉挥舞着沙包大的拳头，穷凶极恶，令人不寒而栗。

"叫你们滚，听见了吗？"

"活得不耐烦了，滚！"

黑莽汉身边站出一高一矮两个保镖，高个子保镖一副长驴脸，矮个子保镖长得像个瘦皮猴，两人恶狠狠地挑衅道。

"妈的！"惠俊豪牙齿咬得咯咯作响，怒火在他胸中升腾，如同压力过大就要爆炸的锅炉。

陈强一把拉住惠俊豪，示意他稳住阵脚。

"小伙，你们已涉嫌妨碍公务罪，不想被带走，就把我的警官证捡起来。"

"去你妈的。"黑莽汉不由分说，一拳向陈强的面门砸来。

这一拳势大力沉，极具杀伤力。拳风呼啸间，陈强一闪身，左手猛地挥出一记上勾拳，从下往上轰炸，击中了黑莽汉的胸口。

黑莽汉被打了一个措手不及，从未失手的他心里不由得一惊，没想到面前这个精壮的男人功夫如此了得。奈何他体壮如熊，呻吟一声，便立刻缩头弓背，调整成了防御姿势。

经过长久苦练，陈强的左手几乎和右手一样灵活，力量也足够强悍，也就是说，他同时拥有两把大锤，左右两侧都能猛烈开火。陈强气势如虹，反守为攻，启动截击模式，他左右开弓，打得黑莽汉只能护住要害，节节败退。

一股邪火从黑莽汉脚底直冲天灵盖，从来都是他揍别人，哪有别人揍他的份，他"哈"地暴喝一声，不再后退，目露凶光，一边凭借着皮糙肉厚屈臂格挡，一边用雷霆万钧的勾拳死命突袭陈强的肋部。

陈强一不留神，肝部、肋部连吃两个重拳，五官疼得挤到一起。这黑莽汉妥妥的变态，挨拳无动于衷，出手沉重犀利，每一击都像打桩机那么可怕，这样耗下去恐怕要吃亏。

另一边，一高一矮两个保镖长驴脸和瘦皮猴，龇牙咧嘴地朝惠俊豪和胡秋飞扑来。胡秋飞心里一紧，瞬间摸出一块巧克力塞进了嘴里。

惠俊豪嘴角上扬，恰似笼中困顿千年的猛兽，在第一秒钟就疯狂地直冲而去，仗着自己坦克般的身躯，一照面间便痛下杀手，"呼呼呼呼"，拳脚相加，疯狂轰炸。

谁知那个瘦皮猴身形极为灵活，跳开了凌波微步，上蹿下跳如猿猴一般，避开了惠俊豪街头斗殴式的连续捶击，以轻快的鹰爪功偷袭，双爪宛如死神的镰刀，一点点蚕食惠俊豪的体力和灵敏度，快、准、狠，委实出乎惠俊豪的意料。

长驴脸面对胡秋飞一脸淫笑，他简单粗暴地采取直线进攻，从上往下猛砸一拳。胡秋飞屈起双臂稳稳格挡，谁知这只是他佯攻的一拳，目的只是为了近身，长驴脸展开双臂企图锁住胡秋飞娇小的身体，但被胡秋飞看穿了心思，她身形下坠，让长驴脸扑了个空，同时弓腿蓄力，如弹簧般猛地飞出一脚。

长驴脸只觉一股凌厉之极的劲风正向自己裆部袭来，心中大惊，暗叫不好，奈何他严重低估了面前的这个女流之辈，长驴脸瞬间熄火，太阳穴突突直跳，脚底踉踉跄跄，顿时天旋地转，辨不清东西……

谁让这个不知天高地厚的长驴脸，碰到了貌似人畜无害的胡秋飞，真是活该呀！胡秋飞学李小龙抹了一把鼻子，拿出腰间的玫瑰金手铐，朝躺在地上哀号的长驴脸翻了一个白眼。

胡秋飞解决了长驴脸，陈强、惠俊豪也大受鼓舞。惠俊豪双眼放光，越战越勇，一轮疾风骤雨般的直拳加摆拳组合，将瘦皮猴逼到了墙角，他瞅准机会使出绝技，如人形坦克一般劈头盖脸地撞了过去。

瘦皮猴心中大骇，自知在劫难逃，他反蹬墙角奋力一跃，妄图逃出困境，岂料惠俊豪速度极快，如同一面难以逾越的城墙，"砰"的一声如火星撞地球，瘦皮猴结结实实地撞在惠俊豪宛若磐石的臂膀上，他的脑袋里仿佛被引爆了一枚炸弹，瞬间满天金星，四仰八叉地躺在地上，双目失焦，一脸青紫。

"呸，不知死活。"惠俊豪吐出一口血水，拿出手铐，把瘦皮猴翻过来扎了背铐，"老实点，我看你是活得不耐烦了。"

制服了长驴脸和瘦皮猴，黑莽汉仗着体型优势，依旧困兽犹斗，拳拳到肉的恐怖声音，令人毛骨悚然。惠俊豪害怕陈强吃亏，大喝一声，从侧后方一记重重的罗汉踩山脚，将黑莽汉踩倒。陈强乘胜追击，飞身跃起，用手肘狠狠地向黑莽汉的头上砸去，黑莽汉急忙用双手格挡，生生顶住那一肘的刀劈斧砍。陈强痛打落水狗，他反应极快，起身又是一膝盖，结结实实地顶到黑莽汉的下巴上，黑莽汉脑袋巨震，疼得龇牙咧嘴，面颊肿胀，鼻孔渗血，直挺挺地倒在了陈强脚下。

陈强等人费了九牛二虎之力，终于将三个以暴力妨碍公务的悍匪制服。陈强喘着粗气摁下秒表，看了一眼，总共用时 3 分 18 秒。此时会客室里，除了苏坤德等人坐在沙发上以外，大部分的股东和随从已经逃到了外面的接待室。

"苏董，你女儿的案子，我们想和你单独聊一聊。"

"好的，陈警官，容我先缓一下，我现在动不了。"

"老东西，缓什么缓。"老边带着一帮人，壮着胆子又走了进来，大言不惭道，"今天你不给我们这些股东一个交代，我们就不走了。"

"这位先生您贵姓？"陈强貌似柔和地问道。

"我姓边，'边防'的'边'，怎么了？"

"边先生，刚才那三位妨碍公务的人员和你有关系吗？"陈强继续问道。

"妨碍公务？我不认识他们。"

"认不认识，你现在说了不算。"惠俊豪将拳头捏得嘎嘎直响，冷笑道，"尚德路派出所民警马上就到，不行我们换个地方说话。"

"呃，我最懂法了，配合警察办案是我们公民应该遵守的规范。"老边看了一眼惠俊豪，顿时没了嚣张的气焰，像泄了气的皮球，皮笑肉不笑道，"没事，你们先聊，大不了我们在门口等着。"

老边一脸无赖相，在一帮股东的支持下，依旧没有要走的意思，只是碍于陈强等人，只好暂时退到了外面，看来今天是不达目的不罢休。苏坤德的脸色越来越难看，眉头拧在了一起。

忽然，"丁零零——"老边电话响起，他本想摁掉，但看到了来电显示，他心头一颤，接通了电话。

"喂，领导，新年好。"

电话那头传来一阵激烈的咒骂声。

"我、我真的在家……我现在和朋友打麻将呢，还说晚上给您拜年……"

电话被对方无情挂断，老边气鼓鼓地站在那里，活像一只癞蛤蟆。他脸色阴晴不定，带着不甘的眼神望着坐在沙发上的苏坤德。

"走，都回去！"

"边总，啥情况？"

老边沉默不语，只是脸色阴沉得可怕，他不由分说地强行把众人推出了接待室。

苏坤德苦笑一声，眉头慢慢舒展。

晨光熹微，滚芥投针

2月21日，大年初六。

刑侦总队。

雪过天晴，警徽在蓝天的衬托下熠熠生辉。

万子良通过了测谎测试，他在政治处英科长的带领下，逐一完成例行审查，审查通过后，他才能正式上岗。

政治处询问室。

万子良递交了一份情况报告，英科长仔细审阅，不时问询了解情况。

万子良态度诚恳，如实相告，助理小张和小宋在一旁迅速做笔录。

"万子良同志，虽然测谎报告证明你和苏桐被害没有直接关系，但是并不能说明和你没有间接的关系，毕竟捆绑苏桐的透明胶带上有你的指纹。"

"英科长，组织上还是怀疑我？"

"事关重大，我们要对市局党委、总队党委负责。"英科长目光炯炯，一字一句道，"小万同志，你的报告我看了，没什么大问题，以后要有其他什么情况，随时向我们反馈。还有，最近就吃住在单位吧。"

"知道了。"

"那块劳力士彩虹迪手表，你的报告上说是赠予，但是已经死无对证，这属于重大事项，要及时向组织报告，在苏桐案未破之前，由我们政治处替你保管。"

"可是……"

"这是纪律。"英科长拿出一份文件，目光决绝，"请在《责任承诺书》上签字，签好字你就可以返岗了。不过，返岗以后，苏桐案你要回避。"

"为什么？我又不是她的直系亲属。"

"万子良同志，坐下，请你不要激动。"英科长将《责任承诺书》递给万子良道，"根据《刑事诉讼法》第 28 条规定，你是该案的当事人之一，无权参与该案的侦破。"

万子良长叹一声，默默地低下了头。

重案支队，一探组。

万子良从政治处出来后，被金建民带回了重案支队。虽然他重获自由，但是他怎么也高兴不起来。渐渐地，无助将他包围，痛苦将他桎梏，他奋力挣扎，却是打不破这无形的枷锁。

就这样，在无边的寂寞、恐惧、无助、空虚、孤独里，万子良感觉自己会慢慢死去，化作尘土一堆。

"小万，发什么呆呢？"陈强带着惠俊豪和胡秋飞，推开一探组办公室的门，"既然回到了支队，那就振作起精神。"

"是，头儿。"万子良依旧无精打采。

"哎，兄弟，是爷们儿，就把头抬起来。"惠俊豪拍着手，高门大嗓道，"我们还要并肩战斗呢，明珠案的后续工作，'2·10'、'2·19'凶杀案，都还没个方向。"

"炮哥，你小声点。"胡秋飞走到万子良身边道，"子良，别听炮哥瞎咋呼。"

"我瞎咋呼什么了，我可是一探组的探长。"

"好了，炮哥，你那探长也是代理的，金支的秘传学到了吗？"胡秋飞瞟了一眼惠俊豪，对他做了一个暂停的手势，转而对万子良轻声安抚道，"这两天你受了不少委屈，特别是苏桐的离世，让你备受打击，我能理解。这是两盒大壶春的生煎馒头，你的最爱，特意给你带的，希望你能振作起来。"

胡秋飞说着将两盒生煎馒头打开，摆在了万子良的办公桌上，外焦里嫩肥美多汁的生煎馒头，阵阵飘香，然而万子良一点胃口也没有。

"小万，你看这几天你都瘦成什么样了。"陈强言语中肯道，"没有好身板，怎么打仗啊？"

"是呀，小万，赶紧振作起来，探组没有你可不行啊。"惠俊豪插话道，"今年这个年关难过，碰见的都是妖怪案子，'2·10'、'2·19'凶杀案，还有以前的陆茵案、纵火案，甚至明珠案，都与坤德集团有关。"

"饭要一口一口地吃，案子要一个一个地办。"陈强顿感身上有万斤的压力，但依旧斗志昂扬道，"还是那句老话，邪不压正，再狡猾的狐狸也斗不过好猎手，我就不信他们露不出马脚。"

"自打纵火案后，季探长就一直对坤德集团的主要人员进行了技术监控。"胡秋飞补充道，"每周我都会跟她对接一下情况，但能发现的破案线索很少，他们很谨慎也很狡猾，重要的事情从来不直接讲，只是知道他们内部斗争很厉害，而且还有外部势力的搅局。"

"人为财死，鸟为食亡。在巨大的利益面前，人性不堪一击，人性的失守就是一切犯罪的根源。"陈强意味深长道，"人性是善是恶，这个古老的命题，难以做出定论，但在利益面前，人性却一定是自私的。尽管利益不是万能的，却绝对能让你看清很多人真实的丑恶嘴脸，日久不一定能让你见人心人性，但利益面前，却一定可以。而我们刑警要做的就是在善恶交锋时，挺身而出，斩妖除魔。"

"在重案支队的铁拳面前，不可能有完美的犯罪。"惠俊豪伸了个懒腰道，"稍作休息，马上还要准备案情分析会材料。"

"嗯，不知道'小日本'和王组长那边还有什么新的发现。听金支讲，韩总也要来听汇报，而且'2·10'、'2·19'两个凶杀案，一同推进。"

"头儿，我能参加吗？"万子良竖起耳朵，立刻来了精神。

"按照政治处的意见，你只能参加一个，'2·19'凶杀案你要回避。不过……"陈强深知万子良的心思，稍作犹豫道，"你只要在支队，规矩就一定要遵守，记住，发挥你的特长，你就能给自己的心一个交代，再说了，'黑先生'还需要你继续调查下去。"

"明白，头儿。"万子良像打了一针兴奋剂，狼吞虎咽起来。

下午 4 点 20 分。

重案支队，会议室。

韩玉朗居中而坐，左右两边是金建民和陈强，对面是一探组、二探组、三探组、法医徐家君、痕迹室王涛等人，大家各自分头忙了一天，都面带倦色。

韩玉朗环顾众人，情真意切道："人这一辈子啊，谁都希望有个幸福美满的家庭，特别是辛辛苦苦一年了，更要快快乐乐、安安心心地过个年。可我们刑警不一样，让家里的亲人受了不少委屈，甚至担惊受怕……作为一个老刑警，每当想到这些，我都感觉心里有愧……"

"韩总的一番肺腑之言，非常受用。"金建民补充道，"大过年的，谁不想老婆孩子热炕头，但我们有使命，我们有责任，我们有担当。'2·10'凶杀案的嫌疑人虽然已经全国通缉，但目前还未找到有效的人员踪迹，气还没喘一口，'2·19'凶杀案又接踵而至，影响更为恶劣，市局党委高度关注，市领导天天要听汇报，希望这两天大家有所收获。王组长，关于'2·19'凶杀案，先谈谈你的进展。"

"是。"王涛将做好的汇报 PPT 投放到电子大屏上，清了清嗓子道，"韩总、金支，各位同事，2 月 20 日一大早，我们就和东海打捞队去了平安寺放生池，再次复勘现场。经过复勘发现，放生池底东北角有两块青石脱落，形成一个约半米宽、一米高、三米深的孔洞，苏桐的尸体很有可能就是通过这个孔洞进来的。"

"放生池里果然有玄机。"金建民追问道，"这个孔洞和哪里相连？"

"通过走访维护放生池的和尚得知，池水有一定的潮汐现象，应该是跟外面的地下水系相通的。如果是这样，那么池水也很难抽干。"王涛切换投屏资料，斟酌道，"我查阅了平安寺街道全域的地形档案以及《东海地下水概况》，请教了水利专家，1949 年以前，这里周边都是河道，水网密布，随着城市建设不断扩展，平安寺周边的天然河网出现了淤塞、水质严重下降的问题，街道陆续将小河道全部填埋，形成了现在四通八达的道路，现存大的河浜还有谭家塘、彭越浦，原来的天然河网变成了地下暗河网，而且水位和流量都不稳定，旱季与雨季流量可相差数十倍至百余倍。虽然没有发现直接的通道，但是根据已有资料，可以推断苏桐的尸体应该是从地下暗河网进入放生池的。最近接连的雨雪天气使水位上涨、水流湍急，只需一两个小时，尸体就能冲得很远了。"

"地下暗河网？一旦进入暗河网，尸体下水点就很难推定。王组长，时间紧迫，既然池水不能抽干，暗河网又无法勘测，那么要把'大禹之眼'的作用发挥到极致。"金建民布置道，"一是着重对放生池东北角的孔洞进行再探测，二是以平安寺为中心，沿谭家塘、彭越浦两条河道进行勘查，务必查出苏桐尸体的进出情况。"

"是。"

"季探长，如果尸体是从谭家塘、彭越浦进入平安寺放生池，那么两条河道沿线的监控也要好好查一查。"

季亦萍打开电脑，组织语言道："韩总、金支，我将视频侦查情况汇报一下。根据万子良的供述，我们着重勘查了 2 月 18 日至 19 日，老城区明悦酒店内外部监控，以及周边道路和相关地点的监控。根据监控显示，2 月 18 日晚 6 点 15 分，苏桐在西郊区西郊花园别墅，扬招了一辆牌照号为东 AG2131 的红色联盟出租车，于 7 点 40 分先到的明悦酒店，并用家里保姆的身份证开了 502 号房间，万子良则是 7 点 08 分从刑侦总队出发，通过网约车软件订了一辆牌照号为东 N25153 的网约车，于 7 点 54 分到达明悦酒店，并直接上了 5 楼 502 室。"

"用别人的身份证，看来苏桐是有备而来。"金建民分析道，"苏桐已经订婚，与万子良偷偷约会，不想被别人抓住把柄，这也是情理所在。"

"出租车和网约车有没有被跟踪的现象？"

"陈支，根据监控以及对两位司机的走访情况反映，应该没有被跟踪的现象。"季亦萍翻开侦查日志道，"初步调查下来，两位司机的状态都很正常，情绪、经济、作息等没有任何反常的情况出现。"

"苏桐和万子良在房间里待了多长时间？中间有没有人进出的情况？"

"问题就出在这里。"季亦萍秀眉紧蹙道，"2 月 18 日晚 10 点 35 分，明悦酒店所在的街区因线路老化突然停电，酒店只好用自己的备用电源一台柴油发电机来供电，因为是大年初三，酒店里没有什么人，值班经理为了省钱，自作主张仅供了两路电，保障酒店的基本运营，而所有监控的那路电被他关掉了。"

"这么说，2 月 18 日晚 10 点 35 分至 11 点 50 分苏桐离开酒店的这段时间成了没法证明的黑洞，万子良也无法摆脱干系。"

"也不能完全这么讲，明悦酒店所在的兴工街，虽然因为停电，临街所有的店铺都没有开门，监控也都黑掉了，但幸运的是有一家小吃店所用的监控是独立电池供电，拍下了苏桐离开的一幕。"

讲到这里，所有人顿时来了精神，竖起耳朵聚精会神地聆听。

"只是这家的监控位置不太好，像素也太低，整条兴工街的路灯又是黑的，尽管用了模糊图像处理，也只能看清轮廓。这段视频记录了苏桐从明悦酒店出来直到上车，时间总共约 3 分钟。"

季亦萍调出了一段模糊不清的监控视频，画面中，一袭黑衣的苏桐于 11 点 50 分走出明悦酒店大堂，在漆黑的兴工街上等车。时间一分一秒地过去，初三的夜晚，这里根本没有出租车，苏桐向西往路口的方向走了几步，突然一束耀眼的车灯闪过，一辆由西向东行驶的黑色轿车停在了苏桐身边，很快，轿车载着苏桐消失在了茫茫黑夜中。

"目前，这段监控是唯一可以证明苏桐离开明悦酒店时的监控。"季亦萍遗憾道，"由于条件有限，无法分析苏桐是如何上车的，车子的型号和牌照也很难分辨，暂时无法为侦查提供线索。"

"上车的方式很关键。"陈强补充道，"根据万子良的回忆，他从502室的窗户，看到苏桐身边停了一辆黑色轿车，由于角度和光线的问题，没有看到上车的方式，但速度很快，歹徒很有可能使用了麻醉剂。"

"陈支，通过解剖，苏桐血液内常见麻醉剂是阴性，被麻醉的可能性很低。"徐家君提醒道，"醉酒倒是很有可能。"

"徐主任，那有没有可能是不常见的麻醉剂呢？"

"我们常见的样本有限，我也再和其他省份的同事们沟通研究一下。"

"苏桐血液中检出乙醇成分为83毫克/100毫升，已达到醉酒的状态。"三探组探长宋立瓮声瓮气地分析道，"以我的经验看，很有可能是从房间一出来，冷风一吹，酒精上头出现了晕厥。"

"人要是喝醉了酒，被人制服是一件很轻易的事情。"惠俊豪插话道，"不要说苏桐了，就是我这样的体格，一旦喝醉也是两手一摊，没辙。"

"不论是醉酒还是麻醉剂，看来苏桐应该是失去了反抗能力，才被人如此轻易地绑架，随后，在几乎没有反抗的情况下，全身被缠满了胶带，溺死于水中。"胡秋飞哀叹一声，惋惜道，"当然，犯罪嫌疑人也一定是有预谋的，否则不可能将犯罪行为做得如此干净利落。"

"是否有预谋，从痕迹的角度，我还是持否定态度。"王涛提出不同意见道，"以往的案例中，在夜间对醉酒女性的侵害时有发生，特别是在年关前后，谋财害命的案子屡见不鲜。经核实，苏桐随身的财物全部丢失，如黑色Gadino手袋，价值10万元左右；手袋内的爱马仕磨砂皮钱包，价值2万元左右，内有现金若干；卡地亚18K玫瑰金手表，价值8万元左右；蓝宝石铂金项链，价值4万元左右；还有最新款的苹果手机，也不翼而飞。"

"王组长，如果是犯罪分子临时起意，透明胶带上面怎么会有万子良的指纹？"胡秋飞提出了不同的意见。

"小飞飞，你的意思是万子良也参与了谋杀行动？"

"那倒未必，胶带上的指纹也恰恰证明了我的观点。"胡秋飞自信道，"犯罪嫌疑人很有可能是想嫁祸苏桐身边的人，从而干扰我们的侦查行为，那么这一定是有预谋的，我建议应该从苏桐和万子良共同认识的人查起。"

"小飞飞，我不这么认为。"王涛坚持道，"第一，我们要相信自己的同志，毕竟小万也通过了测谎测试；第二，透明胶带有很好的黏性，是我们痕迹经常用的承载指纹的载体，所以，捆绑苏桐的透明胶带上的加层汗液指纹，很有可能是犯罪嫌疑人在实施捆绑行为时，透明胶带无意中沾到了苏桐随身的皮包上万子良无意间留下的新鲜指纹。"

"王组长，我不敢苟同。"

……

王涛和胡秋飞各自摆出了很多论据，一时争执不下，在场的刑警们也大体分成了两派，纷纷交头接耳议论起来。

"好了好了，不要大会下面开小会，有什么新的观点，拿到台面上来说。"韩玉朗拍了拍桌子，严明会场纪律。环顾众人再无新的观点，他转向季亦萍道："季探长，苏桐的手机现在处于什么状态？"

"韩总，苏桐的手机现在还未找到，手机信号最后就是在老城区明悦酒店和平安寺之间消失的。"季亦萍调出基站数据和一张地图道，"平安寺距离明悦酒店6千米左右，该区域因为是老城区，基站密度不高，共用一个手机基站，具体来说，手机信号是在基站1号扇区内消失的，1号扇区对着北方，东西各偏60度，再结合监控分析，苏桐很有可能是在平安寺南边水城路、水清路、谭家塘、彭越浦两条河道一带遭受的侵害。"

"陈支，你们要集中对该区域进行地毯式搜索，务必找出实施犯罪的可疑地点。"

"明白。"

"苏桐随身财物的控赃情况怎么样？"

"我们已经发出关于赃物的协查通报，启动了全市的阵地控制，正在全力搜索苏桐的随身财物。"陈强朗声汇报道，"犯罪分子如有销赃行为，我们会在第一时间将其抓获。"

"阵地控制这一块，老宋是老法师了，你们要多加配合。"

"是。"

"各位领导放心，我就是老城区长大的，这边的路没有人比我再熟的了。"宋立胸有成竹道，"我以前管过特情，找几个黄牛，查个户口，手拿把掐。"

"对苏坤德的走访有没有什么收获？"

"苏坤德现在内忧外患，日子很难过。"陈强顿了顿道，"我们在尚和私立医院 VIP 病房，对苏坤德以及他的身边人虞霖、钱秀玲等人分别进行了询问，他们说法不一。苏坤德怀疑苏桐的死和集团股东以及葛峰有关，而他的两个情人虞霖、钱秀玲则相互狗咬狗。"

"初步看下来谁更可疑？"

"在坤德集团内部，葛峰嫌疑最大。"陈强分析道，"当年，苏坤德结义兄弟五人，从一个小包工队到泰山房地产公司，再到如今的坤德集团，四十多年里，公司一路做大做强，成了上市公司，人是有钱了，矛盾却越来越大，苏坤德用不光彩的手段，接连把自己的几个兄弟全部踢出了公司。据我们前期的走访调查得知，葛峰和三哥雷鸣、四哥褚德左长期厮混在一起，他们几人对苏坤德恨之入骨，并曾经扬言要对他进行报复。"

"这条线有没有挖到什么东西？"

"葛峰、雷鸣、褚德左，初步调查下来没有作案时间，但是否有雇凶杀人的嫌疑还没有排除，我们正在进一步侦查。"

"其他嫌疑人呢？"

"虞霖怀了苏坤德的孩子，如果是她下的毒手，很有可能跟遗产继承权有关。"陈强斟酌道，"钱秀玲嘛，人老色衰，失去了生育能力……她和虞霖一样，虽然都是苏坤德的心腹，但跟苏桐的关系都很紧张，嫌疑肯定也是有的。"

"还有，那个股东老边，满嘴跑火车。"惠俊豪想到那天武斗的场景，不自觉地攥着拳头道，"我看这货什么事都干得出来。"

"关键是证据，拿得出来吗？"金建民提醒道。

"这……"惠俊豪一脸无奈，挠头道，"请金支放心，我一定会查他个底儿掉。"

陈强看了一眼惠俊豪，恨铁不成钢地摇了摇头，被尚德路派出所控制的那三个保镖，一搭脉就知道不是什么好鸟，要想从他们嘴里得到点东西，难于登天。

"苏坤德人际关系复杂，和很多上层领导都有关系，牵扯利益较大。"韩玉朗深吸一口烟道，"去年的陆茵案和纵火案都与他们坤德集团有关，他们里面很多人身份特殊，尤其那个葛峰是市人大代表，没有确凿的证据，很难将他们刑事拘留。再说了，没有确切的证据，也很容易打草惊蛇。"

"这给我们侦破案件带来了很大难度。"金建民浓眉紧蹙道，"坤德集团的高管陆茵、杨君松，一年之内接连出事，继承人苏桐也离奇身亡，虽然前两个案件表面上看都是意外事件，但我总有一种不祥的预感，假作真时真亦假，无为有处还无，也许是我多想了。"

"现在房地产形势也不太好，坤德集团资金链紧张，欠了银行和投资机构很多钱，值钱的资产全都抵押出去了。"韩玉朗灭掉香烟道，"即使守着一些好的项目和地块，也未必能够开工，而这些好的项目和地块，却成了一些人眼中的唐僧肉。"

"韩总的意思是说，苏桐的死也可能是外部势力所为，这样既断送了他政治联姻的机会，对苏坤德本人是一个沉重的打击，又让原本和他一条心的股东、高管成了他的掘墓人，正好趁他病要他命，把这些'唐僧肉'一口吃掉。"

"不排除这样的可能性，所有的犯罪最后都指向利益和金钱。"韩玉朗高瞻远瞩道，"明珠案还有很多工作要做，犯罪嫌疑人郭槐在押，关于坤德集团内部的事情，我看也可以下下钩子，再榨一榨，说不定会有所收获。"

"陆茵案、纵火案和郭槐难逃干系，还有如今的'2·19'凶杀案，都与坤德集团争权夺利有关。"金建民撇了撇嘴，百感丛生道，"郭槐这货前段时间骨头是收得不错，只是一问到陆茵案、纵火案又成了闷罐子。"

"郭槐这张嘴可是真的难撬啊。"

"玻璃球上拴麻线，难缠得很。"

"那也比贸然把葛峰抓进来强，不行给他上上贴靠。"韩玉朗点上一根烟，斟酌良久，拍板道，"控辩交易也不是不行，我看可以给他申请多活一段时间嘛，如果郭槐有重大立功表现，到法院从轻减轻也可以商量。"

金建民闻言看向韩玉朗，表情复杂。

狱侦贴靠需要很高的技巧，有一定或然性，往往也会比较慢，可是有了从轻减轻这把尚方宝剑，也许会对原本只想一死的郭槐有所触动。但是对于已经退休在家养病且时日不多的刘卫国副局长而言，他未必会认可韩玉朗的做法。

案情分析会一直进行到了深夜。

韩玉朗对下一步的侦查工作进行了再部署、再动员，特别强调"2·10"凶杀案对黄欣和石军的抓捕工作依旧要处于高压状态，金建民建议要发挥群众联防联治工作机制的优势，调动全市刑侦条线和分局派出所，深度挖掘一切可疑人和事，让犯罪分子陷入人民群众正义的汪洋大海之中，一旦出现苗头，就地拿下。

陈强等人摩拳擦掌，只等明天黎明到来。

重案支队，备勤室。

一片漆黑之中，万子良躺在行军床上，双眼直勾勾地望着天花板。

他想离开这个残酷的世界，时空却已经不存在，他似乎被困在了这里，只有呼吸提醒着他活着的证据，最终只剩下不知所措的茫然，他想逃避这一切，却无处可藏。

他想起了陈强的寄语，想起了刘卫国、蔡坤还有苏桐……他鼓起勇气去面对现实，心中的光亮在罪恶的黑暗中挣扎，忽暗忽明……

东方既白，一轮红日从地平线徐徐升起。

第四章
天造草昧

■ ■ ■ ■ ■ 🎩 ■ ■ ■ ■

侥得侥失，自有天意

2月22日，大年初七。

东海市第一看守所。

郭槐被剃成了光头，穿着一身红色带黑白条纹的囚服，戴着沉重的手铐脚镣，双目微闭，面如死灰，斜靠在审讯铁椅上。在犯人的眼里，穿红色囚服意味着"与众不同"，比起穿蓝色囚服的罪行要重许多。

陈强和惠俊豪坐在郭槐对面，隔着一道铁栅栏，密切注视着他的一举一动。

"郭槐，你的案子走的是特殊通道，从严从快，几个月后，一枪崩了你，跟碾死个臭虫一样，顶多脏块地，能不能活过这个夏天，就看你自己的抉择了。"陈强目不转睛地盯着郭槐道，"你老家我们去过，你在郭家坳可是名人，做了不少好事，帮了不少乡亲，希望你能守住最后的体面……对了，你老家那条路，我们会帮你想办法修好的。"

郭槐别过头，眼神空洞地看向前方，仿佛郭家坳的山山水水就在眼前。恍惚中，山谷中有一条弯弯曲曲的小溪通向山下，溪水清澈见底，水底的鹅卵石历历可数，小鱼游来游去，自由地嬉戏，边上的槐树倒映在水中，碧波盈盈。

遍野的山花开得灿烂，落英缤纷，空气中弥漫着山野的芳香，郭槐信手摘下许多野菊花，把它们编成花环，戴在一脸娇羞的龚菊蛾头上，她就像山林里的花仙子。

忽然一声巨响，山洪咆哮着，像一群受惊的野马，夹杂着折断的树枝和石块从山谷里疯狂奔出来，势不可当，将郭槐眼前的一切美好撕扯得粉碎。

……

陈强刚才的一席话犹如一道闪电，劈醒了郭槐内心纠结的世界，让原本一心求死的他内心竟泛起了一丝波澜。他眼皮跳动，瞬间面临着无法回绝的抉择，生怕一个不小心，便会把自己心中最后的牵挂葬送在此。

"能不能给我一支烟？"

陈强点头，惠俊豪打开铁栅栏，给郭槐点上一根烟。

郭槐深吸了一口，缓缓呼出烟圈，眼中渐渐有了神采。

陈强密切关注着郭槐的微表情，发现他单次眨眼动作持续时间有延迟，眨眼的频率降到很低，甚至会闭眼一两秒，伴随着肩膀微微耸动……这一切证明，他的内心已经陷入巨大的矛盾冲突之中，正在尝试着接受陈强给他的暗示。

"我还能回郭家坳吗？"

"不是不可以。"陈强笃定道，"给你换身衣服，体体面面地回去。"

郭槐一声叹息，逐渐放下心中的执念，回到现实。

"郭槐，关于苏桐的离奇死亡，你有什么高见？"

"苏桐看似富贵，却生来命苦。"郭槐指节掐算着，惋惜道，"她的八字，乙亥丁亥癸亥己亥，本是木猪之命，奈何年月日时四柱皆为亥水，命中阴水过旺……壬戌癸亥，天门之地，气归闭塞，水历遍而不趋，势归乎于宁谧之位……如遇霹雳火，则海水汹涌，电闪雷鸣，替人牺牲，必然妖亡……"

"说点人能听懂的话。"惠俊豪听得一头雾水。

陈强不动声色，仔细观察着郭槐的一举一动。他的目光自然地看向左下方，代表大脑在回忆，所说的是真话，而谎言不需要这样的回忆过程。

"不愧是大师。"陈强顺着说道,"具体到案子和人物关系上,还请直言。"

"天机不可泄露。"郭槐闭目故作高深道,"平安寺是一古刹,阴气甚重,当年为镇压黄泉而建,亦是降魔的密宗寺院。早些年,我做殡葬的时候,经常联系和尚超度亡灵,对平安寺颇为熟悉。"

"说来看看。"

"中国所有的寺庙都是借助传统龙穴砂水向的布局原理建造,只是寺庙与一般的住宅不同,古人往往借助寺庙强大的气场来镇煞化煞。平安寺自然也不例外。三国时建造此寺,是为了镇住此处阴气极重的黄泉水,超度因战争死去的将士和百姓亡灵。"

"瞎说,平安寺周围很热闹,香火旺得很,除了'2·19'凶杀案,几乎没出过什么大案子,能有什么不好的地方?"惠俊豪质疑道。

"两回事,正是因为镇住了这黄泉大煞,才有如今的盛世太平。"郭槐清高道,"寺庙本是出家人在红尘修行的地方,真修行人图的是清净,而如今,有些寺庙变成了赚钱机器。坐北朝南的平安寺只要巽位高大饱满无破损,大殿前的离位置一高大香炉,位置不要太偏,肯定是财源广进,再遇到会经营的方丈,那简直就是日进斗金了。"

"怪不得平安寺门口水城路、水清路附近那么多卖香烛、算卦看相的店铺,生意好得不得了。"惠俊豪恍然道。

"平安寺附近也只有这样的店才能火爆,其他的店开一家黄一家,神前庙后都是属于孤煞之地,幽怨之气太重,会令附近的气场或能量受到干扰,从而影响人居环境。"

"这和'2·19'凶杀案有什么必然关系?"陈强将话题往案子上引。

"玄妙就在这个'水'字上。"郭槐思忖良久道,"苏桐的尸体,大年初四出现在平安寺放生池,应该是从平安寺地下的暗河流进,这地下的暗河网就是当年平安寺要镇住的黄泉水。"

"为什么叫黄泉水,和黄泉路是一回事吗?"惠俊豪好奇地问。

"据说当年这片水系水源丰沛,共有九口泉水,如煮沸一般向外滚涌,祸害乡邻。所谓天有九重天、地有九重地,此九处泉水颇深,源于阴曹地府，故有九泉之下之说，也称黄泉，如不建造挡煞之物，将其镇住，恐祸害人间。这就是平安寺的来由。"

"依照你的理论，苏桐和平安寺又有什么关系？"陈强追问。

"天机不可泄露，泄露则折阳寿。"

"折阳寿那是对一般人，对你而言是增阳寿。"惠俊豪快言快语。

一阵尴尬的沉默后，郭槐面容扭曲，突然发出了夜枭般的惨笑。

"苏桐，死于阴气最重的子时，一个跟三个'水'字有关的地方……"

"在平安寺附近？"

"应该说是在黄泉水系主脉之上，像瘤子一样，一个特殊的存在。"

"死因是什么？"

"人为财死，黄泉之水是来自阴间的礼物，以这种离奇的方式死于黄泉水中，必定是挡了恶人不义之财的路。"

"是葛峰吗？"

"咯咯咯……"

郭槐傻笑起来，笑声越来越大，似乎失去了神智。

老城区，平安寺。

王涛等人带着东海打捞队兵分三路，对放生池、谭家塘和彭越浦同时开展地毯式排查。

湍急浑浊的谭家塘里，东海打捞队劳队长穿着黑色连体潜水服，拖着"大禹之眼"的水下探头，一寸一寸向前稳步推进。出于好奇，有不少百姓围过来看热闹，他们拿着手机拍照，叽叽喳喳地议论纷纷。

王涛手持电台，眼神专注，坐在现场勘查车上，眼前三个屏幕分别实时呈现着探头扫描出来的水下地形地貌，这里成了他的临时指挥部。

突然，1号屏幕上显示，放生池东北角那个洞口内，原本堵在那里的圆形大石块，竟然缓缓地移动起来。

王涛眼睛死死地盯着1号屏幕，脑子里飞速旋转，大气也不敢喘……

通往郊区的高速公路上，一辆民用牌照的GL8别克商务车高速行驶。

车内气氛沉闷，这是万子良第一次和三探组一起出任务。探长宋立眯着眼睛半躺在中排的独立电动座椅上，座椅几乎放平，压得最后一排的万子良只能把腿将就放在过道上。宋立的三位得力助手庞隆、虎鹏、鲍青在前两排就座。

"大哥，这边防派出所的情报准吗？"鲍青手把方向盘道。

"准不准，去了才能知道。"宋立侧侧身子，打了个哈欠道，"他们业务能力是差了点，这回出息了，一口气抓了三对儿黄欣和石军。算了，毕竟态度很积极。"

"大哥，你也是抬举他们了，那叫差一点儿？"虎鹏瓮声瓮气道，"连基本的辨别能力都没有。"

"老三，你要求不要太高，边防派出所以巡逻为主，就没搞过案子。"庞隆打趣道，"说不定这次剑走偏锋，会有意外惊喜。"

"惊喜？没有惊吓就不错了。"虎鹏下意识地摸了摸后脑勺，心有余悸道，"上次和他们一起去抓人，差点没死在他们手里。"

"好了好了，那是意外。"宋立言归正传，"这次去也都小心着点，见到嫌疑人，仔细多洗几遍。"

"哼，金支真是偏心，两个凶杀案，把最出彩的活交给陈强，出力不讨好的破事全让我们包圆了，二手活难做，再出问题，和我们可没什么关系……大哥熬了这么多年，怎么就不能当这个副支队长，还有上次……"

"别胡说。"庞隆果断打断虎鹏，回头看了一眼万子良道，"'2·19'凶杀案，小万要回避，所以才跟我们一组。在陈副支队长的统一调配下，一探组和三探组都是一家人，抓黄皮子和石头，也很重要。"

"哎，小万，听说小凤凰送了你一只价值两百多万的劳力士金表，是真的假的？"虎鹏一脸八卦道，"让兄弟们开开眼。"

"你不去当厨师可惜了。"万子良调侃道。

"啥意思？"虎鹏一脸蒙地问。

"又会甩锅，又会添油加醋。"万子良朝虎鹏笑了笑，便不再言语。

老城区，平安寺。

正门口，两头汉白玉六牙白象，分居在平坦的青石路两旁，正面雕刻篆体字"正法久住"，脚踩莲花，背驮法轮，双眼炯炯有神地注视着前方。旁边白玉雕栏上，以及苍松翠柏上，都点缀着各色彩旗和鲜花，门口的屋檐下挂着五颜六色的彩带，为平安寺穿上了节日的盛装。"平安寺迎新敲钟祈福盛典"的巨型条幅在阳光下金光闪闪，与平安寺的金顶遥相辉映，不难想象出盛典时刻的人声鼎沸。

主干道水城路上，人流量很大，售卖各种祭祀物品的小店一家挨着一家，还有各种餐饮小店琳琅满目，更有甚者在青石路面上摆起了地摊，铺上一块儿写着"易经算命"的布就算开业了。虽然春节小长假已经结束，但正月十五以前，香客们依旧人头攒动，络绎不绝，据说这里很灵验，有求必应，还时常有隐士、高人在此出没，点化众生。

结束了对郭槐的审讯，陈强、惠俊豪和胡秋飞马不停蹄地来到平安寺，对该区域进行重点排摸，为了掩人耳目，三人装扮成烧香拜佛的香客。

"头儿，郭槐说的三个'水'是什么意思啊？"胡秋飞手里拿着一串糖葫芦问道，"还有那个黄泉水系的瘤子是什么鬼？"

"听他在那儿放屁。"惠俊豪一脸不屑道，"靠这些怪力乱神破案，要我们刑警干啥？"

"现在不是没招吗？这几条街，都捋了七八遍了，我腿都走细了。"

"你就权当减肥吧。"

"和郭槐聊聊，也不是完全没有收获，以前的走访流于表面。"陈强戴了一副具有夜视功能的墨镜，遮住了半边脸，"换个别的思路，说不定能找到破案的灵感。"

说话间，三人的目光不约而同地被不远处的一个算卦摊所吸引。一个戴着墨镜、装扮古怪的老头儿，坐在一把自带的小板凳上，脚边铺有一块麻布，上面画着八卦、面相、手相等图案，手里拿着一把纸扇，一副世外高人的形象。

"这老小子，真会装，这么晚了还戴着个墨镜，大冬天的，还拿着把扇子，搞笑。"

"这些都是跑江湖的惯用手段。"惠俊豪点破了关键道，"戴墨镜一来让别人看不到自己的表情，二来也是想故意装深沉，三来嘛，可以很好地观察来往的行人，更重要的是可以不动声色地观察来算命之人的脸色，投其所好，随机应变。"

"那拿扇子是怎么回事？"

"故作高深，拿来撑门面的。"陈强嗤之以鼻道，"这些街头骗子大都是姜太公钓鱼，愿者上钩，一旦几句话蒙上，就会狮子大开口。"

这时，一个身材高挑的美女，迈着大长腿从怪老头面前走过。怪老头见猎物上门，开始施展骗术，不消片刻就骗了美女几千块钱。胡秋飞在一旁早已通过分辨唇语，知道了怪老头和美女的对话内容，悄悄告知了陈强和惠俊豪。眼看怪老头这个骗子就要进一步得逞，陈强给胡秋飞和惠俊豪使了眼色，三人分工明确，雷霆出击。

"都散了散了，收摊了。"惠俊豪吆喝着，一把从地上揭起了怪老头的布招牌，卷起来在手中挥舞着，把看热闹的人驱散。

惠俊豪如炸雷般的声音，惊得怪老头一激灵，从美女身边一下弹开，站了起来。还没等他反应过来，陈强一把搂住怪老头，胡秋飞则把美女拉到了一边。

"把钱还给那位女士。"陈强露出手铐，面无表情道，"不想进局子，就快点。"

怪老头千算万算，没算到自己有今天这一劫，像霜打的茄子一样，只好低头认栽。胡秋飞将钱还给了美女，又教育一番，让她擦亮双眼，远离这种街头诈骗。

陈强三人把怪老头带到一个僻静处，将他围在中间，进行突击讯问。

"你刚才说谁吃干饭的？"惠俊豪瞪着双眼，凶神恶煞，如金刚护法。

"我，我……"怪老头"我"了半天，一个字也没说出来，即便见多识广，他也从未见过这样的警察，一时竟难以分辨是黑是白。

"骗人钱的事先不说，你怎么知道前两天的凶杀案，有很多人都听到了呼救？"陈强质问道。

"瞎，瞎说的。"

"睁着眼睛说瞎话。"惠俊豪抬起蒲扇大的手掌,吓唬道,"这把贱骨头,是想散架了。"

"莫打、莫打。"怪老头吓得连连求饶道,"我就住在这附近,初三晚上,很晚了,我起夜上厕所,是听到有点声音。"

"具体哪里?"

"福水街48弄6号。"

"水城路,福水街?"

陈强三人兴奋不已,提溜着怪老头,向庙后街走去。依据郭槐所说,也许他们找到了第二个"水"。

……

另一边,三探组早早地就结束了辨认,边防派出所抓到的三对黄欣和石军没有一个能对得上号,只好悻悻而归。回去的路上,宋立和"龙虎豹"三人组讨论许久,认为"2·10""2·19"两宗凶杀案有某种说不清道不明的必然联系,于是临时决定到平安寺附近碰碰运气,几人兜兜转转来到了水清路。

与水城路相比,水清路格调很高,街道看起来不算宽大,高大的梧桐树下,店铺林立,这里主打风水算命的店比比皆是,不乏一些在国外上市的风水公司在这里设点。

宋立、万子良等人仔细打量着,水清路上不管是店铺里的东西,还是路边摊位摆出来的物品,果然都与风水相关,八卦镜、罗盘、文昌塔等风水用品一应俱全。

"听说有一家在新加坡上市的风水公司,叫什么新纪年,就在水清路上,生意好到爆炸。"

"我一个大款朋友,就是这儿的常客。"

宋立等人你一言我一语,聊得好不热闹。

万子良依旧沉默,一言不发。忽然,一个熟悉的身影出现在他的眼前,但也只是一晃,便闪进了前方不远处新纪年文化咨询公司。

那张永远带着一抹笑的包子脸,安琪生!太巧了,他今天怎么会在这里？

"宋探长，有一个朋友在前面，我去跟他打个招呼。"万子良开口说道。

"好，快去快回，要是有黄皮子和石头的线索，立刻联系。"宋立看了看手表道，"要是没有，一个小时后，我们在停车场碰面。"

"OK！"

水清路中段，这里人流量大，生意兴隆。"新纪年"的金字招牌，由书法高手精心书写而成，龙飞凤舞，充满了贵气。

万子良站在店铺门口，只感觉里面蕴藏着很大的玄机，目光一阵迷离，心神为之惊叹。他咽了下口水，赶紧收敛心神，踏步走进了店铺。

与附近的香烛店不同，新纪年文化咨询公司不仅是店铺空间布局非同一般，连店里售卖的东西也更为精致。明亮的灯光下，各路财神、佛陀和菩萨造像，十二生肖、吉祥瑞兽等摆件，摆放在透明的玻璃罩中，泛出璀璨夺目的光华。

正对门口的大屏幕上，图文并茂地介绍着公司主要业务：八字分析、起名策划、流年运程、风水布局、墓地选址、风水培训等。

正当万子良愣神之际，一位身着旗袍的美女迎宾，主动打起了招呼："先生，请问有什么需要？"

"找人。"万子良放眼在店内扫视，一眼便看见了正在喝茶的安琪生，"小安子。"

安琪生转头看见万子良，又惊又喜，急忙迎了过来："你怎么在这里？"

"哎，说来话长。"

自从苏桐离奇去世后，两人一直未曾见面，此时互道平安后，相拥一抱。安琪生带着万子良坐在了店老板的茶桌旁，简单寒暄相互介绍一番，店主鲁登峰拿出了最好的茶叶。

"两位贵客，尝尝公司定制的碧螺春。"

小叶金丝楠的茶桌上摆放着各种泡茶的器具，鲁大师四十多岁，头发却早已花白，一身朴素的唐装和他温文尔雅的气质相得益彰，他熟稔地操作着茶具，反复用热水泡洗，忙碌了两三分钟，一壶清香四溢的茶水冲泡完成。

"请。"鲁大师满脸堆笑，将两杯香茗奉上。

"好喝。"安琪生喝了大半杯茶水，微微咋舌品味。

"很香，温度不烫，非常解渴。"万子良放下茶杯道，"你不会又是来买什么护身符吧？"

"我在鲁大师这里请了一副五帝钱，为公司刚刚买的一套凶宅化煞。"安琪生从茶桌上拿起一个木盒打开，取出一副用红丝绳编织而成的一串铜钱，侃侃而谈，"五帝钱，集清朝五代君王之气，得天、地、人之精气，故能镇宅、化煞，并兼具旺财功能，也可以随身挂戴，用以避邪。"

"五帝钱？"

"五帝钱，是指清代顺治、康熙、雍正、乾隆、嘉庆五位皇帝。这五位皇帝在位期间，也算是清代政治清明、国力比较昌盛的时代，钱币铸造精良，流通时久。"鲁大师补充道，"铜钱外圆内方，外圆代表天，内方代表地，中间的皇帝年号代表人，可谓是天、地、人三才具备，所以具有扭转乾坤的能量，能够旺运化煞，镇压百邪。"

"这些都是传统文化的范畴，我还从未听过。"

"不仅如此，五帝钱本身自有五行属性，顺治属北方水，康熙属东方木，雍正属中央土，乾隆属西方金，嘉庆属南方火，称得上是五行俱全。"安琪生如数家珍道。

万子良问道："为什么一定要清代的五帝，不可以是明代、宋代、唐代的五帝呢？"

"当然不行了。"鲁大师连连摇头道，"五帝钱之所以是五帝钱，自然有它的寓意，胡乱改动只会有害无益。"

"有害？口说无凭啊。"万子良不屑一顾道，"都是封建迷信的糟粕。"

"这位小兄弟，此言差矣。"鲁大师深不以为然道，"传承了几千年的学问，绝对不是随便一句糟粕就能全盘否决的，如果真是糟粕，就应该和缠足陋习一样，被扫到垃圾堆里无人问津，而不是时隔几十年后又重新火热起来。"

万子良无心辩驳，内心像打翻了五味瓶。他喝下一杯香茗，想起了自己的使命，翻开手机调出黄欣和石军的照片。

"鲁大师，有没有见过这两个人？"

"一个瘦瘦长长，一个矮矮胖胖。"鲁大师仔细辨认，摇头道，"不认识，不过一看面相就知道不是好人。"

"那初三晚上，特别是12点以后，在这附近有没有听到什么动静？"

"不好意思，没有发现什么异常。大年三十到初三我们都不营业，店里也不住人。"鲁大师警觉道，"万警官，是不是在问前两天平安寺命案的事？"

"对……"万子良低吟一声，默默地低下了头。

"万兄，人都已经过世了，要振作起来呀。"安琪生安慰道。

"你们和死者认识？"鲁大师诧异地问。

"何止是认识。大过年的，不谈了不谈了。"安琪生将五帝钱塞到万子良手中，振振有词道，"敬奉水神真武大帝，三清金容三星高照。这个你带在身上，保你平安。"

"谢了，不用。"万子良倔强地把五帝钱又塞了回去。

"万警官，你印堂发黑，精神不振，送你一瓶转运水。"鲁大师说着，从身后的博古架上取下了一个装满水的玻璃瓶，用黄绸布包着。

"转运水？"

"气乘风而散，界水则止。水的作用就是聚气，特别是有灵气的好水，称之为转运水。"

"这就是转运水啊？"安琪生解开黄绸布，将那瓶水放在手上仔细观察道，"鲁大师，没看出什么不一样啊。"

"刚才泡的茶是不是特别香甜？用的就是它。我现在的存货也不多了。"鲁大师自豪道，"这个水啊，原本是公司的最高商业机密，跟平安寺有缘，源于地下深泉，富含多种矿物质，抗氧化，可愈百病。不过，现在被一个有钱的神秘大佬买断了，也就不存在什么机密了。"

"是一口井吗？"万子良警觉道，"就在平安寺附近？"

"对。此井名曰沸水井，因常年井水翻腾，形似烧开的沸水而得名。这井在一栋清代的老宅内，几乎无人知晓，就在平安寺旁边的福水街上。"

"福水街？"万子良腾地从椅子上站起来，心急火燎道，"快带我过去看看。"

"你着急也没用。"鲁大师不慌不忙道，"那栋清代的老宅，被卖掉了。"

"什么？"

……

月朗星稀，三水现身

华灯初上，由青石铺就的福水街上，飘散着浓浓的烟火气，一排排老屋并列于两旁，简朴而宁静，斑驳的白墙上刻画着岁月的痕迹，石拱桥铺设在淙淙流水之上，仿佛素净点染的中国画。住在这里的大多是年迈的老人，他们悠然自得，仿佛早已把恍惚的记忆遗落在时光里。

怪老头带着陈强、惠俊豪和胡秋飞在福水街前前后后的老房子间兜兜转转，"哒哒哒——"皮鞋叩击青石板的声音，与周围的环境极为违和，让三人心中更加焦躁。

"老头，耍呢！"惠俊豪的耐心已经被消耗殆尽，"到底在哪里？"

"警官，你打死我，我也不敢呀。"怪老头抖抖索索道，"应该就在这附近。"

"就在这附近？"陈强耐着性子道，"刚才听你的话，进了一户人家，啥都没找到就不说了，那个老头老太，一个九十多，一个八十多，哆哆嗦嗦，差点摔倒，你小子是存心的吧？"

"警官，我小叮当可是良民啊。"怪老头眼珠滴溜乱转，一看就憋着一肚子坏水。

"你还敢叫'小叮当'，小毛驴还差不多。"

"良民，走走走，回总队说去。"惠俊豪一把揪起怪老头的领子，怒不可遏。

正在陈强等人一筹莫展之时，耳边响起了熟悉的声音。

"太巧了，你们在这里。"

王涛、小孟和一个手臂佩戴红箍的老年妇女迎面走了过来。

"王组长，你们不是在谭家塘和彭越浦吗，怎么会找到这里来了？"陈强看着眼前这位白发苍苍的陌生老妇人道，"这位是？"

"陈支，这位是福水街道居委会的高家慧，高大妈，帮我们来调查的。"王涛解释道，"谭家塘和彭越浦目前还在勘测，而放生池底部的那个洞，原本堵在那里的圆形大石块，今天却突然自己移开了。"

"怎么会自己移开？难道石头长腿了不成？"

"还真是石头长腿了。"王涛坦然道，"这一长还是四条。"

"别开玩笑了，到底是怎么回事？"

"那根本不是石头，是放生池里养的一只巨鳖。那个洞很有可能就是巨鳖一点一点挖出来的。"王涛一本正经道，"放进探测器，发现洞很深，应该和地下暗河连在了一起，顺着洞的延长线，在高大妈的指导下，就找到这里来了。"

"高大妈，谢谢你，这么晚了还没吃饭，辛苦了。"

"客气啦，我们在家的居士过午不食。再说了，能为公安出力，那是我的福气。"

"高大妈，你对这边熟悉吗？"

"嗨，小伙子，我从小在福水街上长大，对这儿再熟悉不过了。"高大妈和蔼可亲道，"福水街是后来按谐音改的名字，之前叫沸水街。"

"沸水？烧开的沸水吗？"

"说来话长了。之前沸水街上有一家名为济世堂的中药铺，坐堂的郎中姓孙，人送外号'药王再世'，是这一带有名的大善人，不但给穷人看病不要钱，而且很多外面看不好的疑难杂症，他都是药到病除。据说一来他的家传药方很灵，二来得益于他家中的一口井，这口井常年井水翻腾，形似烧开的沸水，我们这儿的老人都叫它沸水井，井水甘甜可口，用它煮出来的药更是功效加倍，救了很多人，这条街就是因这口井而得名。"

"福水街、济世堂、沸水井"，这难道就是郭槐所言的三"水"？陈强等人顿时来了精神。

"那这口井现在还在吗？"

"唉，说到这里我就难过，日本人打进来以后一切都变了。"高大妈一声叹息道，"淞沪会战以后，日本鬼子全面占领了东海市，我们这里也不能幸免于难。听我爷爷讲，汪伪政府时期，汉奸横行，就连这平安寺里的和尚也都变节了，甘为日本人当狗，不仅把寺里的七宝鎏金佛像献给了日本人，还将寺里隐匿的抗日爱国青年抓起来扭送给了日本宪兵，甚至还与那些日本军人饮酒作乐，大肆破坏佛门的声誉。"

"还出家人呢，认贼作父的畜生。"

"这才是刚开始。后来，日本人听说济世堂孙大夫医术高超，家里还有一口神奇的井，便把他抓了去，霸占了沸水井不说，还威逼利诱，让他交出所有药方。孙大夫不肯就范，日本人就将他打入大牢，寺里的大和尚多次劝说，都被孙大夫拒绝。日本人看无计可施，便准备将他秘密暗杀。就在临刑前，孙大夫被地下党的同志营救了出去，保住了性命和药方。"

"还真是惊险，那后来呢？"

"后来，听说孙大夫一家坐船去了美国，成了当地最有名的中医大师。直到改革开放以后，孙老带着后代儿孙们回过一次祖宅，拿出了当年的地契，政府也帮他们落实了政策，但现在他们都不住在这里。"

"那沸水井呢？"

"为了不让日本人得到，他们临走前就把这口井封死了，从此这口井再也没有被打开过，也只有街上的老人知道，现在的年轻人都不知道这些事了。"

"快带我们去孙家祖宅看看！"

与此同时，万子良和安琪生拿着鲁大师给的地址，已经来到了福水街50弄36号，孙家祖宅。

寻找孙家祖宅并不是很费劲，但让万子良感到万分吃惊的是，这一路上的青石板、石拱桥、幽暗的巷子以及白墙灰瓦的老屋，与他梦中的场景几乎完全吻合。更夸张的是，孙家祖宅前那扇厚重的大木门和门上那光滑的铜环，都和梦境里一模一样。

"小安子，我好像来过这里。"

"真的假的？你做梦吧。"

"对，就是在梦中。"

"你没事吧？"安琪生下意识地摸了摸万子良的额头，嗔怪道，"没发烧啊？"

"你才生病了呢，我很好。"

一阵晚风吹过，夹杂着悲伤与孤独，把万子良的心灌满，他似乎听到了苏桐在里面轻声地呜咽，他极力掩饰住惆怅和迷惘，但依旧手心出汗，心怦怦直跳。一种强烈的直觉告诉他，苏桐应该就在里面。他使劲推了推木门，可是那扇木门却纹丝不动。

万子良发了疯似的，使出全力用身体撞门，也不知道撞了多少下，手臂和肩膀都青紫了，大木门依旧岿然不动。

"别这样，别这样。"安琪生奋力将他拦住。

正当两人撕扯之时，陈强等人赶到孙家祖宅，看到眼前的一幕，蓦地怔住了。

"小万，你怎么在这里？"陈强将万子良按住道，"你干什么？"

万子良不予回答，双目紧闭，坐在祖宅前冰冷的台阶上。胡秋飞递上一瓶矿泉水，强行塞到了万子良的手中。他拧开瓶盖，将一整瓶水往自己头上倒去。

"别闹了。"陈强一把夺过万子良手中的矿泉水瓶，恨铁不成钢道，"法不容情，这一关你必须要过。"

"到底是咋回事啊？"胡秋飞怕万子良着凉，赶紧拿出纸巾帮他擦拭。

"苏桐，苏桐，她……"万子良泣不成声，"就在里面。"

"什么？你开玩笑吧？"王涛一头雾水道，"苏桐的尸体在刑技中心法医解剖室的冷柜里，怎么会在这儿？"

"不，他不是这个意思。"陈强立刻会意道，"这孙家祖宅里面一定有蹊跷。炮哥，是时候表演真正的技术了。"

"瞧好吧你。"惠俊豪说着，从随身的小包里取出一个牛皮小袋，从里

117

面选出两根细弱的探棒，熟稔地插进木门的锁芯，轻轻搅弄几下，只听"吧嗒"一声，门锁便被打开了。

"小安子，你在这里照顾小万。"陈强强调道，"你们两个都不方便进去。"

"遵命！"

"吱呀"一声，陈强等人迫不及待地推门而入，大木门发出绵长的声响，晃晃悠悠，仿佛拉开了百年的光阴，一股刺骨的阴寒之气从老屋中喷薄而出，直通脑门，众人不由得一颤。

老屋前，一口新修好的仿古水井静静地坐落在院子里，水井用上等青石砌成，井口呈八角形，周围布满了青苔，朝南的一块青石上用小篆体刻着"沸水井"三个大字。

皓月当空，一抹怪诞的银色镀上了整个祖宅，刹那间，一种难以言述的情感在众人心头潜滋暗长。

众人急忙换好了现场勘查三件套，王涛、小孟一马当先，手中拿着现场勘查灯，往井里探去。井口虽小，却装下了整个月亮，如深邃的目光。井底有一道泉眼，汩汩不断地冒着水，真如沸水一般，水源充足而清澈。井壁用一块块光亮的青石堆砌而成，井壁上的绿苔由于缺乏打理，长得很肥厚，青石的缝隙间冒出一棵棵绿草，不自量力地与水井争辉。

"陈支，井口和井壁都有新鲜的剐蹭痕迹。"王涛兴奋地说道。

"这些青苔立了大功了。"陈强双眼放光道，"这一片片、一道道的痕迹，像不像有人掉入井中形成的？"

"准确地讲，应该是被人扔进去的。"王涛眼神专注，用现场勘查灯从不同角度打光，综合分析道，"井口的这个受力点，还有井壁的碰撞点，结合苏桐的尸检报告，符合全身捆绑被人扔进去的痕迹特征。"

这么小的井口，在苏桐还清醒的时候，将她扔了进去，可以想象凶手是多么的残忍，而苏桐在死亡的那段时间，又经历了怎样的人间炼狱……

惨白浑圆的月亮，带着诡异的气息在乌云中穿行，众人沉默不语，心里不是个滋味。

"小孟，放好标示牌和标尺，将这些痕迹记录下来。"

"是。"

小孟取出随身带的照相机，在王涛的指挥下，摆好标示牌和标尺，将一处处指证罪恶的痕迹用照片记录下来。

突然，一个熟悉的声音从祖宅门外传了进来。

"陈强兄弟，发现一个这么重要的线索，你可不要吃独食啊。"宋立高门大嗓，带着"龙虎豹"三人组闯了进来。

"宋探长，瞧你说的，能发现这里，你们也是头功一件。"陈强强颜欢笑道，"小飞飞，回去写报告的时候，要重点说明啊。"

"明白。"

"我就说嘛，'2·10'、'2·19'两个凶杀案肯定有关系。"虎鹏咋咋呼呼道，"我们闻着味就过来了。"

"虎鹏，几天没见，你小子是越来越虎了，吹牛的本事看涨啊！"惠俊豪反唇相讥道，"这里是不是现场还不一定呢！"

"哎，炮哥……"

"宋探长，请你的兄弟们暂时都出去吧。"王涛毫不客气地打断了虎鹏，不苟言笑道，"现场需要进一步勘查，破坏了指纹、鞋印等关键性证据，谁也不好交代。"

"王组长说得对，我们都出去吧，走访的工作再做做扎实。"陈强附和道，"刑技中心增援的技术员马上也会赶到，这里也站不下这么多人。"

"好，都出去。"

大队人马离开了祖宅，清冷的月光下，王涛心里平静了许多，他俯下身来，一寸一寸在院子里仔细搜索。忽然，他瞳孔紧缩，墙角不起眼处，一个透明胶带芯子映入了他的眼帘。

2月23日，大年初八，凌晨3点。

重案支队会议室。

"'2·19'凶杀案有了重要进展，韩总已经向分管副局长胡新福作了简单的口头汇报，胡局长批示，抓住战机，攻坚破案。"金建民清了清嗓子道，"王组长，孙家祖宅的勘查情况，请简单介绍一下。"

"经勘查，兴工街是苏桐被绑架的第一现场，而孙家祖宅是该案的第二现场，也就是苏桐被溺死的地方。"王涛神情严肃道，"孙家祖宅始建于清嘉庆年间，整体坐北朝南，为一路两进宅院，整体占地面积约二百六十平方米，硬山顶砖木结构，一进为单层厅堂，通过回廊连接后院三间大瓦房。宅内房屋门窗大多已更换成新式的，在院子的西面还堆放着一些废弃的老式门窗和杂物。"

"讲重点，沸水井的位置在哪里？"

"沸水井在院子西北角，与杂物相邻。"王涛调出一组沸水井的照片，逐一汇报道，"沸水井是新修的仿古水井，井口最宽处为76厘米，以苏桐的身材，在竖直的情况下，正好可以塞进去。"

"宾果，各位领导，我补充一下。"徐家君兴奋道，"沸水井的发现，完美地解释了苏桐尸检时的两个疑点，一是尸体眼睛充血极为严重，是高水压所致，结合井口井壁青苔刮擦痕迹，苏桐应该是意识清醒的时候，头朝下被扔到了井里，在其自身重力的作用下，于狭小的空间内，瞬间产生了极高的水压，从而导致她的眼睛严重充血；二是尸体心脏颜色左浅右深，这种情况多出现在水质较清澈的淡水环境中溺亡，正好与井水甘冽清澈的情况吻合。综上，沸水井是苏桐溺亡的地点。"

"苏桐的尸体是怎么漂到平安寺放生池的？"

"沸水井距放生池东北角那个洞的直线距离约1314米，井高池低，落差约1.8米，两个点由地下暗河相连，苏桐的尸体应该是在地下暗河的潮汐作用下，经暗河漂进放生池的洞口，来到放生池的。"王涛继续说道。

韩玉朗深吸一口烟道："潮汐作用是个什么情况？"

"地下暗河的潮汐效应是自然界的一种常见现象，月亮和太阳都能导致潮汐，其中月亮的作用是太阳的两倍，而暗河水量也是夜晚大，尤其是半夜里水量最大。苏桐的入水溺亡时间正好是凌晨1点至2点之间，此时暗河水量大、水流急，所以，苏桐的尸体就被这股强劲的暗流带到了放生池。"徐家君仔细地解释道。

"孙家祖宅，房间里还有什么发现？"

"凶手有一定的反侦查意识，对犯罪现场进行了简单的处理，我们在祖宅前院子东侧墙根处，发现了一个印着彩虹牌的黄色透明胶带芯子，在后院中间的大瓦房内发现有一些透明胶带残渣，经检验，是捆绑苏桐的透明胶带，从这些遗留物可以看出凶手当时比较匆忙，遗憾的是未发现指纹和生物检材。"王涛调出一组现场照片，继续分析道，"其他两间瓦房，并未发现有进入的痕迹，苏桐应该是在中间瓦房内被透明胶带捆绑的，该瓦房内没有任何家具和摆设，地面为后铺的仿大理石瓷砖，因长期无人居住，瓷砖上灰尘较厚。然而，地面的痕迹较为凌乱，现场的灰尘足迹多有重叠，特征难以看清，除一个尺寸为38码的足迹，应是苏桐的足迹外，还发现了两个凶手的足迹。另外，凶手应该是全程戴着手套，所以没有发现指纹和掌纹。"

"这么说，当晚绑架苏桐的应该是两个人了。"

"从痕迹的角度可以这么讲。"王涛在大屏幕上调出两组鞋印，神情专注道，"两组鞋印均为成年男性，从步态特征和动力定型分析，第一组鞋印，尺寸为43码左右，脚弓较低，脚掌宽大丰满，步长较长，步角大，前掌压痕较重，后跟压痕稍轻，压力面大而均匀，部分脚印边缘明显完整，综合推断1号凶手身强体壮，年纪应该较轻，身高约在175到185厘米之间，体重约为100到120千克；第二组鞋印，尺寸为42码左右，落脚低，步长短，步角小，鞋印前段印迹比较模糊，中后段很清楚，此人的重心在后，右边足迹有拖拉的现象，综合推断2号凶手年纪应该较大，右脚有伤或残，身高约在170到180厘米之间，体重约为80到100千克。"

"两个壮汉，一高一矮，一大一小，一健一残。"陈强浓眉紧蹙，两个凶手的形象在他脑海里快速检索，不由疑惑道，"王组长，2号凶手到底是伤还是残？"

"瓷砖上的灰尘足迹，本来就不好分辨，再加上凌乱重叠，给我们的分析空间不大。"王涛一脸遗憾道，"目前根据已有的痕迹来分析，伤的可能性较大，也许是在对苏桐的加害中意外扭伤的。"

"意外？"陈强显然对这样的回答不是特别满意。

"走访的情况怎么样？"金建民及时询问起其他调查情况。

"金支，围绕孙家祖宅，对相关知情人进行了细致走访，尤其是新纪年的老板鲁登峰。"陈强翻开刑侦日志道，"鲁登峰，男，44岁，江苏如皋人，没有前科，原本是无业人员，后面加盟了新加坡上市的风水公司新纪年，成了平安寺店的店长，他所卖的转运水，就是从沸水井里打出来的。当鲁登峰知道'2·19'凶杀案与孙家祖宅有关以后，表现得尤为惊讶，应该不像是在说谎。现在已经限制他离开东海市，随叫随到，并会对他进行进一步的调查。"

"据鲁登峰讲，他的转运水一直卖得不错，是他店里的盈利法宝之一，也是他的最高商业机密。他现在卖的转运水，都是一般矿泉水勾兑的假货。"惠俊豪插话道，"从去年10月初开始，沸水井的实控人，也就是孙家祖宅的继承人孙耀东，停止了与他的合作。"

"这个孙耀东是什么背景？"

"孙耀东，男，39岁，美籍华人，是孙大夫的孙子。"胡秋飞调出一张光头男人的照片，"通过鲁登峰已经和他取得联系，孙耀东自幼学习中医，并对易经产生了浓厚的兴趣，成了美国旧金山当地最有名的国学大师之一。据他所说，去年9月份，他在网上以300个比特币的价格，折合人民币2400多万，将孙家祖宅连同沸水井一起，卖给了一个网名为'黑先生'的神秘人士。"

"'黑先生'！"韩玉朗如鲠在喉，半天合不拢嘴，他又续上一根香烟道，"去年的纵火案，和主犯钟诚在暗网上交易的就是这个'黑先生'，'黑先生'到底是不是郭槐？"

"郭槐确实有'黑先生'这个外号。"陈强面露难色道，"每次去提审，都在反复核实相关内容，可惜他嘴太紧，一提到'黑先生'就守口如瓶，像是有很大的顾虑。"

"刑技中心对暗网的调查工作，有没有什么进展？"

"暂时还没有。"

宋立远远地坐着，不酸不咸地暗自咕哝一句："哼，无能之辈……"

"不管是境外的孙耀东，还是境内的鲁登峰，或是其他什么人，只要跟沸水井有关，务必要挖地三尺查个清楚。"韩玉朗下了命令。

"是！"

会后，韩玉朗来到了金建民的办公室，两人关起门来，促膝长谈。

"老金，托你打听的事怎么样了？"

"韩总放心，您交代的事情我都给您问清楚了。"金建民泡了两杯浓茶，递给韩玉朗一杯道，"我的小兄弟秦刚，经侦总队的指挥处处长，是胡新福的身边人，据他讲，胡局就三大爱好。"

"哪三大？"

"火锅，雪茄，普洱茶。"

"嗯，人在屋檐下，怎能不低头……"

"韩总，下一阶段的工作有什么指示？"

韩玉朗喝了一口苦涩的浓茶，若有所思道："刑侦体制改革，现在进入到攻坚阶段，你们队里的小万是组织上重点培养的对象，他最近情绪怎么样啊？"

"虽然支队把他代理探长的职务撤掉了，暂时由惠俊豪同志担任，但也没有说死，今后还是要看他的表现。"

"告诉小万，要从儿女情长的阴影里走出来，毕竟，在公安系统内，没有作为就没有地位。"

"韩总放心，我找机会和他好好谈谈。"

说话间，天色渐亮，东方既白。

蹑影藏形，打抱不平

夜深人静，东海市某不知名处。

黑幕下，光怪陆离的霓虹灯让人目眩神迷。

石军穿着洁白的浴袍跷着脚，悠闲地躺在法兰绒沙发床上，周边摆满了饕餮盛宴，美女环伺。

突然，一身白衣的女优吉米牙，唱着幽怨的傀儡谣，瞪着猩红的双眼，张开满嘴獠牙，披头散发地从天上向他俯冲过来。

"哎哟。"正做美梦的石军从废纸箱上摔落，光秃秃的脑袋磕在冰冷的砖头上，一个大红包肿了起来。

这里并非天上人间，而是一处废弃的厂房。在充满煤烟和油臭的空气里，破旧的厂房在月光下显得阴冷而凝重，一扇满是锈迹的铁门在寒风中发出怪异的声响，满是灰尘和蛛网的墙壁上，隐约可见两排斑驳的标语："时间就是金钱，效率就是生命""严格工艺纪律，确保产品优质"。

"屎拉裆，又作什么妖？"黄欣裹着塑料袋和烂褥子，从纸箱床铺上爬起，警觉地向四周望去。

"我饿……"石军揉着自己的秃头，委屈道，"我不想躲了，我要去吃……"

"吃个屁！"黄欣一巴掌拍在石军的秃头上，恨铁不成钢道，"再忍两天，到处都贴着咱们两个的通缉令，你没看到啊？"

石军倔强道："就是枪毙了，也要吃顿饱饭再上路。"

"吃吃吃！就知道吃！瞧你那点出息。"一阵寒风吹来，黄欣裹紧了烂褥子，缩成一团道，"等天亮再说吧。"

"为啥不去找豹哥，让他们安排一下？"

"安排个鬼，他们老早就被警察盯住了，找他们不跟找死一样吗？"

"哇哇……呜……"石军号啕大哭起来，"不想做贼了，我想做个好人。"

"小声点、小声点。"黄欣从床上弹起来，赶紧上前捂住石军的嘴，恶狠狠道，"一次是贼，永远是贼。做好人，你下辈子也别想。"

"呜……"石军痛苦地挣扎着。

"这世道笑贫不笑娼，没钱才是一切的病根。"黄欣的手越捂越紧，"很多东西，你生出来有就有了，没有，你这辈子就难再有了。怪就怪你那个没本事的老爸，还生了你这个蹲监狱的烂屁眼儿子，要想有钱过好日子，你不做贼还能做啥？当作家出书吗？"

"扑哧……"一阵回肠荡气的响屁传开，石军目光呆滞，酱黄色的稀屎随之像喷泉一样，从裤子里涌了出来。

黄欣像触电一般弹开，用手捂住口鼻道："你还怕鬼，鬼都能被你脏死。"

一股恶臭在整个厂房里弥漫开来……

天色渐明。

晨曦渐渐淡下去了，由深红变成了浅红。

经过一夜的折腾，黄欣和石军整夜都没有合眼，眼圈黑得像只熊猫，黄欣脸色甚至比眼圈还要黑。

废旧工厂是不能栖身了，两人心一横，大不了一死，干脆出去赌一把，也许最危险的地方是最安全的。两个二货收拾一番，帽子加上口罩，将容貌与身形完全遮掩起来，快步离开。

街上，风冷冷地吹着。

二人一路走来，饥寒交迫，瑟瑟发抖。一辆警车飞驰而过，闪烁的警灯，让气氛变得越来越紧张。

"欣哥，还是回去吧。"

"妈的，出来也是你，回去也是你。"黄欣不耐烦道，"到处都是你的粑粑，那地方还能待吗？"

"早餐店！"石军看到远处有家早餐店，兴奋道，"豆浆、油条，还有钱吗？"

"别急别急，饿死鬼托生的。"黄欣警觉道，"先观察一下再说。"

早餐店非常简陋，几根房梁加上一大片铁皮围成了一个屋顶，屋顶上竖着白底红字的招牌"老马家营养早餐"，店里坐着几个工人模样的食客，闷着头果腹。一个白发苍苍的干瘪老头，五官拧在一起，戴着白帽子，一身油腻的蓝色工装，斜着肩膀，双眼无神地站在油锅前炸着油条，旁边的架子上，一排油条又老又软，一看就知道是昨天的存货，脏兮兮的蒸笼和肮脏的泔水桶，让人看了直恶心。唯一幸运的是这里比较偏僻，周围没有贴两个人的通缉令。

"呼呼呼……"一股冷风吹来，黄欣和石军不禁打了一个寒战，肚子更是饿得"咕噜咕噜"直叫，两人对视一眼确认安全，渐渐放松了警惕。

"一人放风，一人吃饭。"黄欣独断专行道，"你在门口这棵树这儿守着，我先进去吃。"

"凭啥？每次好事都是你先。"石军不服气道，"以前给你刷锅就算了，这次必须我先。"

"是不是傻？"黄欣连着几巴掌拍在石军头上，恨铁不成钢道，"你这一身屎味儿，还敢进店里吃，不怕人家报警啊！"

"活人不能叫尿憋死呀。"

"靠着树等着，眼睛放亮些，机灵点，吃完了带给你。"

黄欣说完快步走进早餐店，一股难以言喻的味道迎面而来，阳光斜斜地照在餐桌上，乌黑的油渍反着光，黏糊糊的，沾着不少的灰尘，一次性筷子居然长出了一片霉斑。黄欣看得直反胃，但此一时彼一时，目前填饱肚子最为关键。

"老板，两笼小笼包，四根油条，两碗豆浆。"黄欣一个人坐在墙角，点着手里的零散钞票，盘算着往后的日子，"同样的再来一套打包。"

"好嘞。"老马头儿瞟了一眼黄欣，面无表情地把油手在围裙上抹了抹，从旁边的铁桶里盛出了两碗豆浆。

老马头儿端着两碗豆浆，带上四根油条，一瘸一拐地向黄欣走去，豆浆左右摇晃着，满是污垢的大拇指甲浸润其中。

"小笼包，等一下。"老马头儿偷偷打量了一下黄欣，暗自嘀咕道，"这个像麻秆一样的男人，从来没见过。"

黄欣顾不了那么多，摘下口罩，狼吞虎咽起来。石军踮起脚，眼巴巴地向早餐店内张望，口水湿了一地。

石军的反常举动引起了老马头儿的注意，他似乎想起了什么，朝店内的黄欣又看了看，颤颤巍巍地从裤子口袋里摸出一张皱皱巴巴的纸，侧身偷偷地打开仔细观瞧……突然，老马头儿双眼放光，他似乎嗅到了金钱的味道，身边的蒸笼瞬间腾起高高的蒸汽，他按捺住窃喜，不动声色地拨通了高境派出所的电话。

恶人自有恶人磨，这个老马头儿虽有一个三蹦子的外表，却有一个法拉利的心眼，他把周围贴的七八张通缉令通通撕下来，揣进了自己的口袋，为的就是这一天。要知道十万块钱的悬赏费，可以抵得上他辛辛苦苦一年挣的血汗钱。

"老头儿，小笼包好了没有？"黄欣早已将眼前的豆浆、油条，风卷残云般一扫而光，也许是预感到什么，他有些不耐烦地起身道，"没有好就不要了，其他的现在打包带走。"

"好了、好了，都是现包的，急不来，夹生的小笼包，吃了要拉肚子的。"老马头儿看实在拖不下去，端起两笼热气腾腾的小笼包，向黄欣走去。

饿了好几天的黄欣，看着新鲜出炉的小笼包，咽了咽口水，饥饿最终还是战胜了理智，他心怀侥幸慢慢地坐了下来，浑然不知自己已被貌似人畜无害的老马头儿算计了。

老马头儿低着头，一瘸一拐地往前走，暗自盘算着，不能让到口的肥肉跑掉，忽然，他眼睛骨碌一转，计上心来。

"哎哟！"

"咣当！"

眼看老马头儿走到了黄欣身边，他一个趔趄绊倒在地，两笼小笼包滚了一地。

黄欣瞪大了眼睛咒骂道："眼瞎了啊！"

"不好意思啊，马上给你重做。"老马头儿哆哆嗦嗦地跪在地上，把小笼包一个一个捡了起来。

石军看到这一幕，急得抓耳挠腮，心中暗骂：怕是连翔也吃不上了。

"妈的，不要了，不要了。"黄欣骂骂咧咧地起身就走。

"小伙儿，钱。"老马头儿起身拦住了黄欣。

"多少？"

"连打包的，一共28元。"

"给你。"黄欣掏出30元零钱，塞到了老马头儿手里。

"没零钱找啊。"老马头儿不动声色，指了指墙上的二维码道，"扫码吧。"

只要黄欣一扫码，警方就会知道他的踪迹，这就是老马头儿的如意算盘。

"两块钱不要了。"黄欣转身就要走。

"小伙儿，稍等，外面风大，冷，坐一下，马上给你打包。"

老马头儿皮笑肉不笑地从上衣口袋里掏出一包香烟，抽出一根递给黄欣。

黄欣接过香烟，看了看店外，西北风飕飕的，他忍住火气又坐了回去，老马头儿帮黄欣点上香烟，转身走到店门口打包豆浆、油条。

片刻后，让黄欣出乎意料的是，老马头儿不仅带着打包好的豆浆、油条，还额外端了两笼小笼包，送到了黄欣桌前。

"小伙儿，刚才不好意思。"老马头儿满脸堆笑，一脸诚恳道，"这两笼算我送你的。"

黄欣吐出一口烟圈，瞟了老马头儿一眼。正当他犹豫之际，马老头儿迅速从桌上抽出一双一次性筷子，掰开放在了黄欣面前。

"刚蒸出来，蘸点醋和辣椒吃，香啊。"

失而复得，也许别有滋味。黄欣咽了一口口水，又看了一眼在寒风中瑟瑟发抖的石军，动了恻隐之心。

"再做两笼带走，快点儿。"

"好嘞。"老马头儿说着转身而去，嘴角露出一丝淡淡的得意，盘算着高境派出所的民警应该快到了。

不消片刻，高境派出所的精干警力神不知鬼不觉地悉数赶到，一张抓捕的大网已经将他们牢牢锁定。

黄欣正在闷头大快朵颐，忽闻店门口一阵嘈杂声，他抬眼看去，惊得下巴都快掉了，嘴里的半个小笼包也滚落下来，他的内心再一次崩溃，完了，这下又完犊子了。石军早已被派出所民警摁在了地上，而他也成了瓮中之鳖。

民警们不费吹灰之力便将黄欣和石军一举抓获，老马头儿一边收拾着碗筷，一边装得跟没事人一样，看着热闹，心里却春风得意地乐开了花：小样，跟我玩儿，还嫩了点儿。

"2·10"凶杀案嫌疑人终于落网，陈强第一时间得到了消息，一、三探组马不停蹄地赶到了事发地，将黄欣和石军验明正身后，从高境派出所带走。

下午4点。

刑侦总队，智能审讯室。

黄欣和石军被冲洗干净，换上了干净的衣服，二人分别由一、三探组单独审讯。审讯监控室内，金建民和陈强通过监控屏幕注视着一、二号智能审讯室。

一号智能审讯室。

石军戴着手铐坐在审讯椅上，耷拉着脑袋，惶惶如丧家之犬。万子良和惠俊豪端坐在他的正对面。

"石秃子，别来无恙啊。"惠俊豪发难道，"这段时间长脑子了，藏到哪个犄角旮旯去了？"

"政府，能不能给点吃的？"

"中午换衣服的时候，不是吃过饭了吗？"

"还是饿呀。"石军苦着个脸道，"以后再也不逃了，这辈子都没受过这种罪。"

惠俊豪冷哼一声，示意万子良拿一块面包给石军送过去。石军两眼放光，犹如看见山珍海味，接过面包大口大口往嘴里塞。

"有人指证你，案发当晚和吴阿萍发生过激烈的争吵。"惠俊豪趁其不备，突然发问，"为什么要杀吴阿萍？"

"没，没呀……咳咳咳……呕……"

石军瞳孔放大，张着嘴巴，活像一只癞蛤蟆，一口面包卡在喉咙里，上不上下不下，噎得直翻白眼。

"慢点吃。"万子良见状赶紧跑到石军旁边，一边帮他拍后背，一边递上一瓶矿泉水。

折腾了半天，石军终于缓过劲来，一张大脸涨得通红。

"现场的血指纹和血足迹都是你的。"惠俊豪逼问道，"为什么要杀吴阿萍？"

"政府，打死我，我也没有那个杀人的胆，是那个房子真的不干净。"

石军回忆道，"那天晚上我和欣哥约了去喝酒……"

2月7日晚，10点04分。

天宫苑小区，3号楼。

冬雨凛冽刺骨，伴随着几分雪的冷漠与淡然。

石军喝得醉醺醺的，打着酒嗝，摸着草包肚子从电梯里晃晃悠悠地走了出来，他像往常一样从口袋里摸出了钥匙，只是今天高兴喝得有点多，对了三次才把钥匙插了进去，"咔嗒"一声，803室的门打开了。

屋内漆黑一片，石军打了个哈欠，转身关门开灯。灯亮的一瞬间，石军看见躺在血泊中的吴阿萍，简直不敢相信自己的眼睛，好似晴天霹雳当头一击，浑身冷汗直下，又好像被人从头到脚浇了一盆凉水，瞬间酒醒了许多。

石军壮着胆子向吴阿萍一步步走去，他捡起了掉在地上的水果刀，又伸手摸了一下吴阿萍的鼻息，立刻吓傻了。一阵妖风吹来，石军感觉有什么东西拂过他的脸面，他下意识扫了窗帘一眼，奇怪，窗帘怎么在晃动！石军被吓得魂飞魄散，想起了803号房间曾是死过人的凶宅，一屁股瘫坐在了地上。

二号智能审讯室。

黄欣戴着手铐狼狈不堪，佝偻得像只大虾，回想起逃亡时受的这些苦，肠子都悔青了。

庞隆和虎鹏端坐在黄欣的正对面，宋立则拉了把椅子与黄欣间隔半米左右面对面而坐，瞪着一双虎眼，死死地盯着他，一副痛打落水狗的样子。

"黄皮子，没杀人，你跑什么跑？"宋立朝黄欣吼道，"你当我们都是吃干饭的！"

"不敢、不敢，我真的没杀人。"

黄欣被宋立的气势吓破了胆，原本佝偻的背瞬间直了起来，身体不由得向后靠去。

"没杀人跑什么？"

"吴阿萍欠我们钱。"

"吴阿萍怎么会欠你们的钱？"

"她是做夜场的小姐，交了一个男朋友，男朋友劝她去做美容，整成网红脸，好多赚点钱，就在我们这儿陆陆续续借了 50 万。"

"说清楚点，男朋友叫什么名字，去的哪家美容医院？"

"方利君，莎蔓萝莎。"

"你和方利君什么关系？"

"不认识他，不，跟他不熟。"

"莎蔓萝莎美容医院是怎么和你们合作的？"

"没，没合作……"

"黄皮子，你皮痒了是吧？"虎鹏怒气冲冲地朝黄欣奔过来，一把揪住黄欣的领子道，"前言不搭后语，直肠通大脑吧？"

"领导，不敢、不敢，我交代，我老实交代。"

秋风雨凉，流年无恙。

周末，晚上 10 点。

南城区，天地汇夜总会。

这里是东海市顶级的夜场之一，入目处尽显奢华，迈过天地汇夜总会的门槛，便能闻到"奢靡"的气息，今晚生意火爆，9 点一过，所有的包房全部订满。

偌大的小姐候场区内，一排排沙发上大多已空无一人，仅有七八个被挑剩下的落寞地坐在那里，等待最后上台的机会。黄欣和石军有说有笑，悠闲地在候场区门口抽着烟。

候场区的一角，吴阿萍垂头丧气地玩着手机，男朋友方利君穿着夜总会的保安制服，耐心地在旁边劝说着。

"阿萍，不是我说你，今天场子这么火爆，你都被妈咪带出去十几轮了，还没被选上。"方利君指了指不远处几个年龄偏大的小姐，惋惜道，"你才 20 多岁，又不是三四十岁的老阿姨，大好年华匆匆而过，你却心不在焉，真是可悲呀。"

"今天是运气不好，那几个不如我的都上台了。"吴阿萍玩着手机心不在焉道，"不着急，再等等，今天肯定有活。"

"阿萍啊，你有没有算过一笔账？人家整过容的，一晚上能上两到三次台，被哪个大佬看上了还能出台，一晚上就能搞个小一万，一个月二十万轻轻松松。"

"又是整容，没钱，不去。"

"阿萍啊，你怎么这么犟啊？"方利君怒其不争，哀其不幸道，"钱不是问题啊，我已经给欣哥说好了，让他先借一点儿，没有利息的，等有钱了再还他。"

"你说好了，那你去整。"吴阿萍放下手机，捏着方利君的小窄脸，嗔怪道，"把你眼睛割变大，再做个双眼皮儿，鼻子也变高一点……算了，你直接去泰国做个彻底的。"

"亲爱的，我要是变成人妖，你舍得吗？谁天天守着你呀。"方利君花言巧语道，"阿萍，我每天的动力就是见到你，我为你办事十拿九稳，你知道是为什么吗？"

"为什么？"

"因为少你一吻。"方利君说着嬉皮笑脸地亲了上去。

"讨厌，土味情话，肉麻死了。"

"你知道你和猴子的区别是什么吗？"

"什么？"

"猴子住在山洞里，而你住在我的心里。"

"讨厌。"

"亲爱的，你不就胸小点儿吗，去趟莎蔓萝莎，一个月就搞定，我是你男朋友，怎么会骗你呢？"

"那生活费怎么办？"

"有我呢，怕什么。"

……

吴阿萍架不住男友方利君的软磨硬泡，在他的撮合下，陆续借了黄欣和石军50万元，在莎蔓萝莎美容医院做了隆胸、垫鼻、胶原蛋白额部填充、注射肉毒素瘦脸等美容手术。没想到，后两种面部手术失败，导致她的面部皮肤因血管栓塞而大面积溃烂。

而吴阿萍的男友方利君在黄欣这里拿到3万块钱提成后，就果断地与她划清了界限，故技重施开始寻找新的目标。吴阿萍则一步一步沦为了黄欣和石军的挣钱工具。

重案支队经过连续几天的审讯与调查，基本排除了黄欣、石军以及方利君等人杀害吴阿萍的可能性，"2·10"凶杀案再次陷入僵局。此时，距苏桐被害已经过去将近两个星期，万子良依旧没能从悲伤中走出来，苏桐送给他的ZIPPO打火机，成了他的唯一念想，每次睹物思人，他都会责怪自己，如果当时自己没那么自卑，多抽时间陪陪她，也许事情会有转机，如果不是自己疏忽大意，事事又都依着她，又何至于此？

在打火机火苗明灭之间，万子良把自己灌醉，迷迷糊糊中睡了过去，梦不是什么好梦，除了离别还是离别，他在梦中痛哭，醒来的时候，枕头已经泪湿。

3月5日，惊蛰，上午9点15分。

重案支队，大会议室。

韩玉朗居中而坐，重案支队和刑技中心的干警们环坐四周，会场鸦雀无声，气氛有些沉闷。

"2·19"凶杀案在查到孙家祖宅后，一直没有进展，仿佛所有的线索就此断掉。经走访调查，孙耀东、鲁登峰等人都与苏桐和坤德集团毫无瓜葛，神秘的"黑先生"更是让刑警们头疼不已，天狗追踪系统好似一叶孤舟漂浮在信息的汪洋大海之中，依旧一无所获，"黑先生"已经成为万子良的一块心病。

"'2·19'凶杀案没有进展，'2·10'凶杀案不会也是一无所获吧？"韩玉朗忧郁地吐出一口烟圈，看向金建民道，"老金，你说说看。"

"韩总，'2·10'凶杀案初步看下来，黄欣没有作案时间，石军应该是在吴阿萍被杀后误闯现场，两人都靠她发财，缺乏作案动机。"

"今年开局不利，两个案子一个比一个妖。"韩玉朗深深地吸了一口香烟道，"'2·19'凶杀案的犯罪嫌疑人，虽然目前查不到踪迹，但毕竟还有机会，可'2·10'凶杀案，居然连嫌疑人的影子都没看到。"

"案子破不了，我们也急啊。"宋立虎眉紧蹙，搭话道，"我觉得'2·10'凶杀案下一步的工作重点，还是要深挖黄欣和石军的社会关系。"

"老宋，你有何高见？"

"我们探组认为，案件应该和借贷纠纷有关，根据近期的走访调查，吴阿萍应该是深陷升级版美容贷。"

"升级版？美容贷？"

"这是一种变种的套路贷，专门针对年轻的女孩子，其中不乏大学生、求职者，特别是从事服务行业的。"宋立唏嘘道，"升级版美容贷应该是经高人指点过，每一个环节都看似违法，但又不违法。"

"老宋，前段时间国家不是出台政策，对这种开展美容贷业务的互联网金融公司予以取缔了吗，怎么还有这种事情发生？"陈强有些疑惑地问。

"陈支，你太年轻，经侦的事情啊，你不懂。"宋立喝了一口茶，不疾不徐道，"传统的美容贷，为了逃避司法打击已经变种，他们化整为零，做得更加隐蔽，由公司贷款变成了个人贷款，再暗中勾结不法美容医院。以吴阿萍为例，黄欣和石军这两个穷光蛋是没有钱的，虽然与吴阿萍签署了借款协议，但这协议中的50万，应该全部来自小黑皮的保全信息咨询公司，黄欣和石军威逼利诱，通过去头息、故意逾期等方式，设下连环套，榨干吴阿萍，由此吴阿萍便落入债务陷阱，直至沦为他们长期赚钱的工具。"

"劝她去整容的男朋友方利君，就再也不管她了吗？"胡秋飞插话说。

"小飞飞，宁愿相信世上有鬼，也不能相信夜场男人那张破嘴。"虎鹏瓮声瓮气道，"方利君顶多画两张破油画哄哄她，一旦没了利用价值，就一脚把她蹬开，再也不联系。"

"真够狠心的，吴阿萍真是个不幸的女人，她的不幸多半来自于她的原生家庭。"胡秋飞分析道，"吴阿萍之所以会轻信她的男朋友方利君，是因为她从小缺乏家庭的关爱。吴阿萍从小在福建长大，家里重男轻女，他们家一共有四个女儿，她排行老三，不上不下，姥姥不疼舅舅不爱。从小缺乏原生家庭支持和关爱的女孩，碰上一个稍微对她好一点的男人，就很容易爱上他，而一旦陷入爱河，她就会失去分辨的能力，对方即使付出三分，甚至假心假意，她都会自动脑补出十分，义无反顾地付出全部的爱，这就是一切悲剧的开始。从被害人心理的角度分析，吴阿萍的死应该和她的心理缺陷有关。"

"小飞飞，你什么意思啊？"宋立质疑道，"难道你怀疑吴阿萍会喜欢上一个嫖客，是嫖客杀了她？"

"徐主任在现场避孕套中提取的 26 个 DNA，结合 3 号楼出入口的监控，三探组马不停蹄，不分昼夜，连续加班，确认了 26 个嫖客的身份，经走访核实，根本就没有作案的可能。"虎鹏跟着说道，"况且从黄欣和石军的口中，也没有发现吴阿萍再找男朋友的线索。"

"'2·10'凶杀案的突破口，还是黄欣和石军，你那套心理分析只能说明现象，没什么用，破不了案。"

胡秋飞的脸渐渐变了颜色，气呼呼地嘟着嘴巴，眉毛拧到了一起。惠俊豪环顾左右，一脸的不服气。宋立仗着自己资格老，怼天怼地怼空气，连陈强也不放在眼里。

会场气氛一时有些尴尬，宋立高高地昂起头，看大家沉默不语，不禁有些沾沾自喜，"龙虎豹"三人组也跟着得意忘形起来。这一年多来一直被陈强压着的恶气，终于找到机会当着领导的面释放出来。

"的确，犯罪心理分析不能直接破案，但可以为案件侦破提供合理的逻辑依据，从而去伪存真，发现案件的真相。"万子良仗义执言道，"胡秋飞刚才所言，未必就不是一个侦查方向。"

这句话如同炸雷，让所有人的目光向万子良凝聚。胡秋飞闻言，放下了手中的巧克力，原本拧到一起的眉头渐渐松开，眼里闪闪有光。而宋立等人立刻拉下脸来，虎鹏更是一马当先，正要出言不逊，却被宋立拦下。

"哦，小万兄弟，有何高见？"

"宋探长，高见谈不上，案件蹊跷的地方，肯定是侦破的突破点。"万子良翻开刑侦日志，整理思路道，"石军和安琪生都提过一个细节，这房子长久没人居住，家具上居然没有什么积灰，干干净净。"

"石军不会说是那个日本女鬼爱干净，每天晚上出来给他免费打扫房间吧？"

"小万，我觉得你的精神状态不好，是不是还没从上一个案子里走出来？"

"可惜那200万的手表了，眼光跟上了，实力没跟上。"

"哈哈哈。"

三探组庞隆、虎鹏、鲍青极具嘲讽之能事，万子良脸唰的一下红到了脖子根。苏桐的死永远是万子良心里的一个伤疤，可是在一些同事眼里，这乌鸦配凤凰的爱情故事，本身就是一个不靠谱的都市怪谈。

"虎鹏，你瞎说什么？"胡秋飞嗔怒道，"你们有没有同情心！嘴巴闲得慌，不如去公共厕所，挨个把马桶舔干净，做个人人夸赞的好人。"

"有什么好笑的，这可能就是突破口。"万子良鼓起勇气，笃定道，"我怀疑这房间里面，可能还有其他人。"

万子良一言激起千层浪，会议室里顿时炸开了锅。金建民的脸一下子拉得老长，陈强也暗自摇头，这个愣头青的毛病怎么还是没改？被人几句话一激，八字没一撇的事儿都敢往外兜，在韩总和金支面前，说大话、出风头，万一砸锅了，这不是飞机上扔相片——丢人不知深浅？更重要的是，还会给宋立他们留下口实，让他这个新上任的副支队长抬不起头。

"什么人？"

"两室一厅的房子，吴阿萍和石军各住一间，还有谁能在里面住呢？"

"笑话，如果有其他人进出，监控早就反映出来了。"

"就是，吴阿萍的手机、微信被季探长翻了个底儿掉，根本没有可疑的人。"

"吹牛皮都不打草稿，不会是个隐形人吧？"

……

"我的判断看似荒诞，可是并非空穴来风。吴阿萍背着黄欣和石军接了不少私活，她身边的现金可能会比较可观。"万子良顶住压力，分析道，

"这私房钱，石军和黄欣都说没有看到，现场也没有发现，我怀疑很可能就是被这个'隐形人'拿走了，案件属于典型的谋财害命。"

众人纷纷议论起来，韩玉朗与金建民也交换起了意见。

片刻后，韩玉朗不怒自威道："大家静一静，假设小万说的有道理，真有那个'隐形人'，那么其他同志有没有什么好补充的？"

"韩总，假设真有'隐形人'，那么他的年龄在25岁以上，身高在170厘米以上，体重在75—80千克之间。"王涛神助攻道，"而且对天宫苑小区环境熟悉，属于软进门，应该和死者吴阿萍认识，还有一定的反侦查能力，不仅打扫了现场，还穿着吴阿萍的鞋伪造现场。"

"根据犯罪行为学上 ab 互证公式，案件猝发时间与犯罪体态成正比。在此公式成立的基础上，犯罪分子的体态与受害者体态成正比。"胡秋飞顿了顿，分析道，"也就是说，在犯罪实施的过程当中，罪犯的体型越小，那么他实施的犯罪时间越短，反之也成立。具体到本案，吴阿萍的身高在1.68米，在女性当中算身高较高，俗话说体大力不亏，那么从她身上的抵抗伤来看，犯罪实施的过程较长，都是从正面发起的攻击，由此推断，犯罪嫌疑人应该身强体壮。"

"我再加一条，根据死者贯穿伤的形态、现场血液飞溅情况，凶手的身高在180—185厘米。"徐家君笃定道，"年龄嘛，我同意胡秋飞的观点，从吴阿萍的伤势来看，凶手年轻力壮，应该不会超过40岁。"

万子良在侦查日志上写写画画：谋财害命，有反侦查能力，熟悉环境，身强力壮，25—40岁，身高180—185厘米……逐渐刻画出"隐形人"的模样。

"韩总、金支，我认为该案是有一个'隐形人'。"万子良目光坚定道，"综合大家的分析，黄欣和石军的体态特征和本案的凶手有一定的差距，杀害吴阿萍的凶手，一定是另有他人。"

"凶手和死者吴阿萍认识，那死者的通信记录和小区监控为什么没有痕迹？"金建民回应道，"刑侦工作具有一定的特殊性，不可以感情用事，不可以用揣测代替真相，所有的结论必须建立在科学的证据和严密的逻辑之上。"

韩玉朗面无表情，对"隐形人"的说法不置可否，陈强看着万子良的眼神也逐渐变得复杂。

"老宋，你们三探组深挖黄欣和石军，有没有什么进展？"

"韩总，进展肯定是有的。"宋立不紧不慢道，"这两个货，是朱宝泉和李果良的马仔，他们放高利贷的钱，应该全部来自保全信息咨询公司。"

"应该？有实质性的证据吗？"

"嗯……都是现金来往，这帮老吃老做的东西，滑得很。"

"老宋，这条线要好好经营一下。"韩玉朗目光深邃，吐出一口香烟道，"保全信息咨询公司到底有多少黑灰产？涉案金额有多大规模？还牵扯到哪些公司和企业？"

"明白，只有彻底查清后，才能一网打尽。"

"小万，针对你所说的'隐形人'，还有什么进一步的侦查计划？"

"韩总，我申请再次复勘现场，总感觉哪里有点怪怪的，一时说不上来。"

"批准了。有想法是好的，很多推断无论看起来多有道理，都需要去伪存真，以后，时机成熟了再说出来。好了，今天的碰头会就到这儿。"韩玉朗看了看手表道，"中午我还要到市局开会，若有进展，随时联系。"

众人各自领命，分头行动。

万子良拉着王涛回到了一探组，商量下午再次复勘现场的事情。胡秋飞殷勤地拿出了自己的小零食，话梅、巧克力、烤鱼片等七八个品种，惠俊豪也大方地泡了一壶上好的龙井，与大家分享。

"小万，大胆假设你是做到了，下一步小心求证该怎么弄啊？"王涛吃下一颗话梅，调侃道。

"师兄，我本来不想说的，只是看到宋立他们欺负胡秋飞，我一个没忍住，就把心里不成熟的想法说出去了。"万子良如实说道。

"谢谢你啊，子良。"胡秋飞学着电视剧里面的情节，作揖道，"请受小女子一拜。"

"都是一个探组的，这么客气干啥，也谢谢你替我讲话。"

"冲动是魔鬼啊。"惠俊豪大口嚼着烤鱼片，直言道，"小万，韩总可是一线刑侦出来的，记忆力好得不得了，你要是经常喇叭腔，在你进步的关键时候，他会翻旧账的。"

"谢谢炮哥指点，'隐形人'的观点看似不可能，可我还是想试试。"万子良看向王涛道，"王师兄，出入口还有没有什么可能性？"

"唉，已经掘地三尺了。"

"小万，到我办公室来一下。"陈强推开一探组的门，面目不善。

万子良放下茶杯，心事重重地走了出去。

副支队长办公室。

办公室朝北，晒不着太阳，显得有些阴冷。室内整洁有序，朝东的一面墙上贴满了奖状。万子良站在办公桌前，显得有些局促。

"是不是对组织上撤你的职有想法，还是没有从前一个案子里走出来？"

"不是这样的，我是觉得宋探长他们……"

"老宋是老同志，说两句风凉话也正常。"

"可是他也不能倚老卖老，贬低我们吧，我……"

"打住，老宋不是你想的那样，他叱咤风云的时候，你、我还不知道在哪儿，金支都要让他三分，懂吗？"陈强恨铁不成钢道，"木秀于林，风必摧之。做人一定要低调，否则容易得罪很多人。忍一时风平浪静，高调做事，低调做人，懂不懂？"

"明白了。"

"一探组探长的位置，组织上目前还是会给你留着，至于什么时候官复原职，就看你的表现了。"

万子良深吸一口气，重重地点头。

第五章
履道坦坦

幽魂魅影，原形毕露

3月5日，下午3点35分。

天宫苑小区，3号楼。

803室贴着封条，门口走廊靠窗的位置，新城分局刑侦支队的刑警和武宁路派出所的民警，围站成一团，抽着烟，聊着闲嗑，显得有些心不在焉。这是万子良、王涛他们第三次来复勘现场，俗话说"一鼓作气，再而衰，三而竭"，勘查现场也是这样，万子良在韩玉朗面前夸下的海口能否实现，"隐形人"能否找到，在此一举。

"王组长，凶手有没有可能是从这里上来的？"万子良推开楼道最东边角落消防通道的木门，打开勘查灯仔细观察。

"这里是监控盲区，前几次勘查，也重点走过几遍，没有发现新鲜的足迹。"王涛俯下身，目光顺着勘查灯光仔细观察，"这里灰尘很厚，多为减层足迹，逐一分辨过，都是陈旧性的。"

"据物业杜经理讲，这里平时几乎没有人来，顶多派出所消防大检查的时候，小区保安会陪着过来走一下。"小孟补充道。

"来之前在季探长那儿反复看过案发当天的所有监控视频。"王涛分析道，"如果凶手是从消防通道出入，那么3号楼一楼的出入口、小区内的监控，以及地下车库的监控都应该记录下什么，可目前什么也没有看到。"

"王师兄，监控只有视觉一个维度，这个维度并不能够反映所有真实情况。换言之，通过其他维度造假，可以让视觉维度以假乱真。"

"你是说凶手在利用监控误导警方？"

"有这种可能，就好比我们做文检，伪造文书的手段。"

"搞痕迹这么多年，第一次听到这种说法。"

"伪造文书时，犯罪分子特别是一些高手，通过擦刮、消褪、填写、涂改、补接等障眼法，可在视觉维度上呈现出一份相对完美的假文书，从而达到不可告人的犯罪目的。以此类推，把视频监控也看作是一份文书，'2·10'凶杀案的凶手或许也是使用障眼法，骗过了监控，让自己变成了一个'隐形人'。"

"用什么障眼法？"

"如果凶手用拼补、涂改的办法处理监控视频，季探长一定会发现原始视频被篡改的破绽，那么很有可能就是隐藏、消褪的方法。"万子良眉头紧蹙道，"在伪造文件的手法上，有一种障眼法是与背景融为一体。"

"如果是这样，走的哪条路？"

万子良没有急于回答，他闭上眼睛开始冥想，时间仿佛一下回到2月7日晚上，天宫苑内，路灯明亮，监控探头密布，冬雨淅淅沥沥地下着，时而夹杂着些许轻柔的雪花。

一个鬼魅的身影，探头探脑……

"那天室外下雨，地面有积水，要与复杂的背景融为一体容易，但要是运动起来，就很容易露出破绽。"

"你的意思是凶手是从地下车库上来？"

"地下车库有车子作掩护，容易形成监控死角，只要与车库墙融为一体，这样就很容易骗过监控摄像头。"万子良兴奋道，"走，到地下车库去。"

地下车库在地下二层，面积巨大，像个地下迷宫。因为是工作日，里面停的车子并不是很多，视野显得非常开阔，地面和墙面都刷着绿色的防腐漆，一排排车位用白色的防腐漆分隔开来，整齐划一。

如果凶手是从地下车库上来，那么不论他从哪个方向过来，必然要从3号楼的入口上去，万子良、王涛等人以此为中心，开始侦查实验。

"3号楼的入口，在整个地下车库西南方向，周边一共有4个摄像头。"万子良在侦查日志上认真做着记录。

"离3号楼入口最近的摄像头，安装在朝东的立柱上，目测也有十来米的距离。"王涛分析道，"凶手要伪装自己，必定要伪装全身。"

"这里灯光很昏暗，停满车子……"万子良摸着绿色的墙面，灵光乍现道，"再来一块绿色的布或毯子，完全有可能与背景墙融为一体，从而在监控视频中消失。就好比现在影视中常用的绿幕抠像技术，其原理是利用色度的区别，绿色是RGB色彩系统中的原色，非常方便处理，可以将背景全部去掉，只留下需要的人物和前景。"

"有道理啊，凶手就是利用了这个原理，只留下了想让我们看到的东西，我怎么没想到。"王涛竖起了大拇指道，"为了验证你的猜测，谨慎起见，做一下侦查实验。"

三人说干就干，在离天宫苑不远处的轻纺市场，买来了一块加厚亚麻材质的绿色窗帘布，既能遮住全身，又与地下车库墙面颜色相近、反光率接近。由小孟假扮凶手，举着窗帘布遮盖全身，贴着地下车库的墙壁，以不同速度向前移动。万子良和王涛则来到了物业监控室，在物业赵经理和保安部汤队长的协助下，调出3号楼地下车库入口的4个监控，目不转睛地观察着。

天色渐暗，倦鸟归巢。忙碌了一天的人们陆续回来，地下车库的车子也渐渐多了起来。

果然如万子良所料，监控失效。

"2月7日晚上，凶手一定就是这么混进来的。"万子良像久旱的苗儿喝到了水，兴奋道，"再加上当晚停满车子所造成的监控盲区，凶手只要几块绿色的布就可以做到进出无痕。"

"布、进出无痕！"王涛似乎一下打开了脑洞，亢奋道，"听老主任'康神’说过，凶手可能是将较厚的布绑在鞋上进出消防通道的！”

"厉害呀。"

"惭愧、惭愧，我当时应该早点想到这一点。对了，还有一点值得注意，3号楼地下车库入口处有门禁，凶手要上去，不但要伪装好自己，还得有门禁卡。"

"两位警官，天宫苑是高档小区，门禁卡管得很严。"物业赵经理在一旁搭腔道，"每栋楼的门卡，都只能进自己楼的。"

"凶手应该是3号楼的业主了。"

"这是一个侦查方向，还有没有其他的可能？"

"门禁卡？"

"对，赵经理、汤队长，你们好好回忆一下，3号楼的门禁卡有没有业主报过丢失，或是在你这里补办？"

"近期好像没有。"汤队长回忆道，"小区都是全装修交付，也不可能是装修的工人，外面的人基本上进不来。"

"那你们物业自己的卡呢？"

"物业和保安倒是有万能卡，这也是为了工作方便，不过都是一人一张，没人报过丢失啊……"赵经理回过神来，惊讶道，"哎，两位警官，你们不是怀疑我们的人作案吧？"

"赵经理小声点，请你保持冷静。"王涛四下观察无人后，不苟言笑道，"如果凶手是从地下车库上来，必须具备两个要点，一是可以接触到监控，二是有万能卡，你们的人倒是最有可能。"

"前两次过来，把我们都排查过好几遍了。"汤队长愁眉苦脸道，"保安部带我一共十六个人，指纹、鞋印、DNA都采集过了。"

"物业上虽然没有采指纹、鞋印，但也就八个人，五个打扫卫生的阿姨都是临时工，绝对不可能干这种事情啊。"

赵经理和汤队长一时叫苦连连，万一要是他们的人干出了这种杀人越货的事情，那么今年物业合同到期，小区业委会一定会以此为借口，把他们阳光物业公司赶出去。

"赵经理、汤队长，先别急。"万子良看出了端倪，翻开刑侦日志，整理思路道，"你们这里有没有一个 25—40 岁，身高 180—185 厘米的工作人员？"

"身高 180—185 厘米……"汤队长看着赵经理犹豫道，"25—40岁……"

"打指纹的时候，我记得你们保安队有一个大高个，"王涛两眼放光，紧追不舍道，"人长得还挺帅，叫什么名字？"

"那立科？"汤队长瞪大了眼睛道，"怎么会是他，不可能，不可能。"

"那立科可是我们这里出了名的老实人啊。"

"对，就是他，东北口音，老家好像是锦州的。"

赵经理和汤队长面面相觑，一时竟不知如何回答。

"那立科，现在在哪里？"

"前两天请了探亲假，昨天刚刚回老家了。"

"他住在哪里？"

"保安宿舍，地下负一层。"

"汤队长，快走！"

一脸蒙的汤队长，拿下挂在胸前的保安电台，正要呼叫其他保安去开宿舍门，却被王涛一把摁住。

"先不要惊动其他人，悄悄地过去。"

万子良和王涛掩饰不住内心的兴奋，他们一边将重大发现向陈强汇报，一边向保安宿舍走去。

陈强得知"2·10"凶杀案有重大进展，犯罪嫌疑人那立科浮出水面，不禁喜出望外。那立科，男，35 岁，未婚，辽宁锦州人，身高 183 厘米，25 岁从事保安工作至今。陈强立刻组织人手对犯罪嫌疑人那立科开展抓捕工作。

不过，这个保安怎么会有如此的反侦查手段？吴阿萍的手机通信记录里为什么没有出现这个人？而且，前两次摸底调查时，为什么没有发现他的任何可疑之处？这让万子良的心里隐隐有一丝不安。

地下一层，保安宿舍。

昏暗的灯光下，走过长长的走廊，用钥匙拧开有点发锈的宿舍门，推开门的一瞬间，一股令人浑身不舒服的湿寒气息扑面而来，紧接着是刺鼻的潮霉气味，让人感觉仿佛全身长了白毛。

万子良拉开灯，看清室内，墙面发霉，有一些水痕，环境虽然不尽如人意，但房间内很整洁，特别是那立科的床铺，被子叠得整整齐齐，桌子收拾得干干净净，物品也摆放得井井有条，不像是要逃跑的样子。

"两位警官，这里条件还不错的，基本上两人一间。"汤队长搭腔道，"和那立科一起住的小窦处了女朋友，暂时住在外面，目前那立科一个人住着。"

"那立科有什么反常表现吗？"

"没有啊。"汤队长一脸无辜道，"这段时间我们几乎天天在一起，没看出他有什么问题。"

"你们第一次来的时候，他还帮你们的法医搬了尸体呢。"赵经理跟着附和道。

万子良心里一沉，忽然想起来2月10日那天晚上，是有一个高个子保安帮法医把尸体搬了下去。如果他真是凶手，那心理素质一定非常可怕，冷血无情到在杀人后不但不跑，还利用自己的身份，若无其事地帮警方做事，零距离观察刑警的一举一动。真是细思极恐。

翌日。

万子良、惠俊豪直飞辽宁省沈阳市桃仙机场，在辽宁省公安厅刑侦总队的配合下，很快便侦查到了在锦州市家中休假的那立科，摸清他的生活规律后，适时开展抓捕。

华灯初上，破败的工人小区里弥漫着浓浓的烟火气。

万子良、惠俊豪和锦州市刑警支队的刑警，没有遇到任何抵抗和突发事件，不费吹灰之力便进了那家的门。

狭小逼仄的房间内，那家人正在吃晚饭，看到突然出现在眼前的刑警，那立科先是一惊，碗筷随之掉落在地，但他似乎并不感到意外，坦然地伸出双手，配合地戴上了手铐，既不回避也不解释，在父母哭天抢地的送别声中，被抓捕组押进了警车。

从锦州市回到东海市已是凌晨时分，万子良、惠俊豪不敢耽误，马不停蹄地连夜对那立科展开突击审讯。

一号智能审讯室。

那立科戴着手铐坐在审讯椅上，好似什么事情都没有发生过，仿佛久经沙场重任在肩的老兵，万子良和惠俊豪端坐在他的正对面。审讯监控室内，金建民和陈强正通过监控屏幕注视着那立科的一举一动。

"那立科，一路上装聋作哑，收拾不了你。"惠俊豪率先发难道，"知道这是什么地方吗？"

"重案支队。"

"知道我们是搞什么案子的吗？"

"知道，杀人案。"

"你杀谁了？"

那立科闭上眼睛，沉默了良久，一字一句道："吴阿萍。"

这样的犯罪嫌疑人，万子良还是第一次碰到，没想到那立科竟会如此快速承认自己的罪行，他在庆幸少走弯路的同时，总感觉少了点什么。

"你和吴阿萍是怎么认识的？"

"她是我们小区的租客，进进出出的，就认识了。"

"知道她是干什么的吗？"

"应该是个小姐吧，正经人谁会住那个凶宅。"

"为什么要杀吴阿萍？"

"没有为什么。"那立科面无表情道，"小姐有钱呀。"

"有钱的人多了。"

那立科再次陷入了沉默。万子良和惠俊豪对视一眼，由万子良换2号审讯方案，从细节处突破。

"2月7日晚上，8点至10点之间，你在干什么？"

"不要废话了，人是我杀的，一人做事一人当。"

那立科紧闭双眼，陷入了痛苦的回忆中。有些伤口是花费再多的心力也治愈不了的，即便是结了痂，疼痛过的感觉依然会留在记忆里。

"你是怎么到803室的？"

"如何让吴阿萍开的门？"

"杀完人后为什么没有跑？"

……

然而，对于那立科而言，时间已经停止了，他根本听不到一连串如连珠炮似的提问。惠俊豪恼羞成怒，起身来到了那立科面前，这看似极具压迫感的做法，却似乎并没有什么用。

万子良翻开刑侦日志，上面明确记载了天宫苑小区保安岗位安排情况，一共三班，分为"日班、上夜班、下夜班"。日班：8时至16时；上夜班：16时至24时；下夜班：0时至次日8时。2月7日，那立科和窦庆在晚上11点38分交接下夜班，直至2月8日上午8时，人证物证都有。

那立科唯一无法证明的时间段，正是窦庆离开宿舍去和女朋友约会的时间，2月7日下午4点至晚上10点之间，而当天晚上8点至10点之间，也正是吴阿萍一个人在803室被杀害的时间段，那立科完全具备作案的时间和条件。

可任凭刑警们使出浑身解数，那立科不再作任何回答，他的微动作和微表情貌似毫无说谎的迹象。金建民和陈强在审讯监控室内，目不转睛地注视着监控屏幕，渐渐皱起了眉头。

……

对那立科的审讯一时陷入了僵局，他主动承认了一切，但拒绝说出所有作案细节，只是一心求死。针对这种情况，万子良申请对那立科进行测谎，以验证他们的判断。

然而，三天后，当万子良拿到那立科的测谎报告时，眼珠都快瞪出来了，好像被人从头到脚浇了一盆凉水。报告结论显示，那立科杀害吴阿萍的可能性不足20%，根本没有达到作案行凶的标准线，换句话说，那立科没有杀害吴阿萍。

怎么会这样？万子良好不容易通过侦查实验，参透了凶手的作案手法，顺藤摸瓜找到了那立科，那立科也主动承认了是他杀害的吴阿萍，一切都看似顺理成章的事情，突然发生了变故……这不可能啊，那立科肯定有问题，一定是哪里出了问题。

万子良越来越焦虑，时间一天天过去，如果再没有确切的证据，那立科就会被无罪释放。

一探组办公室。

自从遭受到测谎报告的重击，万子良变得沉默不语，将自己埋在厚厚的案卷当中，与那立科暗自较劲，他被自己破案的执念所牵引，一定要揭开那立科沉默背后的"罗生门"。

胡秋飞忙里偷闲，点外卖叫了四杯奶茶、几袋网红鸭脖，给陈强送了一份过去，便与惠俊豪、万子良分享起来。

"炮哥，新嫂子找得怎么样了？"胡秋飞津津有味地啃着鸭脖，问道。

"房子还没买好呢，到哪儿给你找去？"惠俊豪顺了一口奶茶，愤愤不平道，"最近不知道怎么了，一天一个价，抢都抢不到。"

"不是天天说房子只住不炒，要抑制房价吗？"

"抑制个鬼啊，也不知道东海哪来那么多有钱人，买房子跟买白菜一样，眼睛都不眨。"惠俊豪看了一眼坐在案卷堆里的万子良，调侃道，"小万，你眼看也要奔三的人了，不能老租住在宿舍里啊，搞个小房子先买起来，等有条件了再换大的，不然，你赶不上这趟车，房价越来越高，靠我们这点工资，这辈子都没戏。"

"谢谢炮哥的好意。"万子良抬起头道，"我租房子挺好的。"

"好啥呀，钱都让房东赚了。"惠俊豪深有感触道，"说让你搬走就搬走，一点尊严也没有。"

万子良尴尬地笑了笑，他知道惠俊豪说的都是事实，只是这个事实过于残酷，以他现在的实力，要想买得起动辄几百万的房产，还是一个遥不可及的神话。

"子良那是宁缺毋滥。"胡秋飞打圆场道，"美好的事物都会姗姗来迟，是吧。"

"希望是吧，所有姗姗来迟的，都是刚好的开始。"万子良乐观道，"东海是个好地方，也是个昂贵的地方，只要肯努力，都会实现自己的东海梦。"

嘴上虽然这么说，但万子良心里非常明白，"乐观"这两个字都是有故事的，一个正常人根本不需要乐观。

"好不好、贵不贵这都不重要，准确地说，东海是天堂也是地狱。"惠俊豪信誓旦旦道，"就好比那立科，月入四千的保安，想要在东海这个花花世界立足，比登天都难，更何况在天宫苑这种高档小区当保安，每天看惯了豪宅、豪车、奢侈品，难免心态会失衡。"

"炮哥，依你所见，那立科在为谁顶罪？"

"这就难说了，也许凶手就是嫖客或是黄欣和石军的上线，误杀了吴阿萍，花钱找人来顶包。"惠俊豪抓起一个鸭脖子，边啃边分析道，"如果是的话，那立科肯定受过高人指点，只要他闭口不说，形不成证据链的闭环，必定无罪释放，还能得到一大笔钱，何乐而不为？"

"可是，凶手并没有出现在监控里啊？还有，既然有钱到找人顶包，怎么还会看上吴阿萍的这点小钱？"

"小飞飞，你十万个为什么啊？"惠俊豪瞪大眼睛道，"现在不正在查吗，说不定老宋他们这两天就会捷足先登。"

"没有这么快吧，我看他们也是没头的苍蝇乱飞。"

"炮哥，你的话倒是提醒我了。"万子良灵光乍现道，"那立科的动机会不会是为了家人？"

"你是说他爸他妈，还是他那个高才生的弟弟？"惠俊豪不以为意道，"他爸他妈都是老实巴交的下岗工人，弟弟那立铭东海大学毕业，在东海一家国企上班，去他家抓捕的时候，情况都了解过了，没发现什么大问题。"

"弟弟那立铭，你们去抓捕的时候，我和头儿也去他单位走访过，单位领导对他的评价很高，说他是一个有想法、有行动、吃苦耐劳的好同志，和同事们处得都很融洽，在单位的业绩更是没说，年底还得了考评优秀，单位领导还准备提拔他呢。他们兄弟之间的感情也是很好的，当听说哥哥成了犯罪嫌疑人，他痛哭流涕，一直为他哥哥说好话。"胡秋飞补充道，"虽然他经常去天宫苑找他哥哥那立科，可 2 月 7 日晚上，有确切的不在场证明，季探长也查了他所有的通信记录，并未发现与吴阿萍有来往的情况。"

"开玩笑，一个名牌大学毕业的博士研究生，怎么会看上一个小姐？"惠俊豪嗤之以鼻道，"麻雀下了个鹅蛋，绝对不可能的事儿。"

"我觉得倒是有可能。"万子良翻开那立铭的走访材料，认真道，"那立铭的专业是东海大学计算机系最好的信息安全专业，他完全有能力规避现在所有的电子侦查手段，再加上他经常去天宫苑小区，对那里的环境很熟悉。"

"有能力不假，这世上有能力的人多了，他的动机是什么呢？"

"目前不清楚。"

"那不是白扯嘛。"惠俊豪无奈道，"我看，再拖下去，要么那立科无罪释放，要么被三探组捷足先登，反正我们是没戏了。"

"炮哥，先别绝望。从那家的走访材料分析，那家人比较传统，传宗接代的观念很重，而两个儿子，那立科 35 岁，那立铭 33 岁，一直单身未婚，哥哥甚至连女朋友也没有，兄弟两人又情同手足，只有高中学历的哥哥为博士生弟弟顶罪，这看似很荒诞，但对北方小地方的人而言，为了保住那家的香火，不是没有可能……"

"事到如今，只有死马当活马医了。"

"有了！"万子良突然心生一计，兴奋道，"再去看守所一次，提审那立科。"

万子良将他初步的计划与惠俊豪和胡秋飞商议，三人热烈地讨论起来，不断完善着计划的细节，脸上露出了一丝希望的光。不过，这是一步险棋，只能成功，不能失败。

经过精心准备，万子良、惠俊豪和胡秋飞，在陈强的全力支持下，来到了东海市第一看守所。

看守所，审讯室。

那立科被剃成了光头，耷拉着脑袋，双目深陷，眼窝乌青，像行尸走肉般坐在审讯铁椅上，不时的疼痛让他浑身肌肉痉挛，身后站着两名全副武装的看守所民警。

万子良、惠俊豪坐在那立科对面，隔着一道铁栅栏，胸有成竹地看着他。

"那立科，看守所的日子好过吗？"万子良目光幽幽道。

"还好吧……"

那立科表情僵硬，似乎不堪回首。这是他第一次进看守所，他没想到这里的环境比他居住的地下室还要恶劣一万倍。十几个人挤在一起不说，看守所里最底层、最遭人恨的就是奸杀妓女的人，在外面遭人唾弃，进去之后就只能睡在马桶边上。恶语相向、拳打脚踢都是轻的，几乎每天晚上都会有几个人故意尿到他的脸上，这种折磨不仅仅是肉体上的痛苦，更是精神上的羞辱……

"真的还好吗？"万子良坦然道，"那立科，恭喜你，明天，你就可以重获自由了。"

那立科惶恐地抬起头，不可思议地看着万子良。

"你的测谎报告已经出来了。"万子良说着将报告递给看守所民警，再转交到那立科手中，朗声道，"报告显示，你根本就不是杀害吴阿萍的凶手。"

那立科看着报告，似笑非笑，眼神中充满了苦涩。

"实话告诉你吧，杀害吴阿萍的真凶，已经主动投案了。"惠俊豪严肃道，"有些事情不是你想顶就能顶的。"

"你们说什么？我听不懂。"那立科故作镇定道。

"你弟弟那立铭，已经主动投案自首了！"

一瞬间，那立科全身紧张得像一块石头，心沉坠得像灌满了冷铅。但很快他便恢复了冷静。

"那立铭怎么会杀人，你们一定搞错了。"

"那立科，你不要心存侥幸，你以为你能担下一切吗？"

"一人做事一人当，吴阿萍是我杀的。"那立科一字一句道，他似乎听见了自己灵魂脱离躯体的声音，没有挣扎，没有呼喊。

"那立科，你是不见棺材不落泪啊。"惠俊豪示意看守所民警打开审讯室的大门，厉声道，"回头看看，那人是谁。"

那立科心里一颤，屏住呼吸，慢慢转身望去。只见幽暗的走廊内，在胡秋飞和两名看守所民警的押解下，一个熟悉的身影穿着和自己一样的囚服，戴着沉重的脚镣手铐，亦步亦趋地走过审讯室的大门口。

那立科不敢相信自己的眼睛，他那深陷的眼窝里出现了一片亮晶晶的东西，表情逐渐扭曲。

"哥……我对不起你……"

一口浓重的辽宁锦州口音，带着自责绝望的哭腔。

那立科不敢直视，瞬间破防，他双手捂着脸，猛烈地抽搐起来，泪水顺着指缝无声地流下，他哭得撕心裂肺，像一个在夜幕来临时在密林里迷路的孩子，他哭自己的放纵，哭自己的愚蠢，哭自己的茫然，哭这世上该死的一切。

对孑然一身的那立科而言，面对死亡并不可怕，如蚁噬骨的疼痛也不可怕，可怕的是灵魂和肉体的双重折磨，可怕的是内心极度的恐慌和不安，而如今在他看见弟弟的一刹那，他彻底崩溃了，把那不堪回首的往事，如竹筒倒豆一般说了出来。

道貌岸然，人为工具

万子良再立奇功，凭着扎实的刑事技术功底、敏锐的观察力、缜密的逻辑推理能力，精心布局、巧施计谋，一举洞穿了那立科原本坚不可摧的防线。

胡秋飞带来的那个囚犯，其实根本不是那立铭，而是根据那立铭的身材、长相，在东海市所有看守所和监狱系统内精挑细选出来的一名犯人，再请专业的美容化妆师，按照那立铭的面部细节，精心刻画，不露破绽。

那一声"哥……我对不起你"，之所以会瞬间让那立科破防，归功于万子良的煞费苦心，他使用了刑科院声纹鉴定的黑科技。声纹专家根据那立铭的讯问录音，精准刻画出那立铭的声音特征图谱，在声纹实验室的工作站上，完美复刻出那立铭"哥……我对不起你"的原声，再由犯人反复模仿练习，直至完全达到特征图谱标准。

万子良的这步险棋成功了，当时吹下的那个关于"隐形人"的牛，看来很快就会成为他的勋章，"2·10"凶杀案迎来了重大转机，陈强在兴奋之余，也终于松了一口气。

办完相关抓捕手续后，惠俊豪和万子良火速赶到那立铭所在的国企单位，给毫无防备的那立铭戴上了冰冷的手铐，当着他所有同事惊讶的目光，将他从办公桌前带走。至此，时隔一个月，"2·10"凶杀案犯罪嫌疑人终于被缉捕归案。

翌日。

刑侦总队，一号智能审讯室。

那立铭戴着手铐坐在审讯椅上，胡子拉碴，头发一夜之间白了大半，完全没有了白领精英的神采。

万子良翻开审讯方案，上面详细记录着哥哥那立科口中弟弟那立铭的过往。

那立铭，男，33岁，从小品学兼优，成绩优异，在他们老家厂子里很有名，是厂区家属院父母们口中别人家的孩子，是他们那家最有出息的人，有一个谈了多年快结婚的女朋友艾茜茜。

穷困的家庭支撑他念书已经耗尽了家底，他靠着自己的拼搏和努力一路念到了博士，而他的博士生导师，只知道把他当作工具人来压榨，导致他32岁都完成不了毕业论文。为了生活，他只能选择博士肄业。本想凭本事去私企、外企赚钱，可早已下岗多年的父母觉得不稳定，必须要有一个铁饭碗。考公务员时，因为面试没过，他被刷了下来，只好面试到一家半死不活的国企，拿着微薄的工资，一个人干着三个人的工作。

"那立铭，你们领导很看重你啊，还要提拔你做中层。"万子良唏嘘道，"先不聊案子，说说看，你对现在的工作、生活满意吗？"

"满意谈不上，勉强活着吧。"

"博士肄业，没看出来，你的导师是怎么压榨你的？"

"他没有压榨我，是我不努力。"

那立铭表情古怪，嘴上说着没有压榨，可脑海里挥之不去的阴影，至今让他难忘。一个令人抑郁的下午，那立铭忐忑不安地被他的博导明悦教授叫到了办公室，一阵劈头盖脸的训斥后，他的毕业论文被明悦教授扔出了窗外。看着满天散落的纸张，那立铭一个大老爷们儿，竟然哭得泣不成声。回想这些年，他天天为明教授起早贪黑如牛马一般做实验，已经超期读博一年，明教授的公司赚得盆满钵满，而他连基本的生存空间都没有。

"那立铭，你哥哥那立科已经交代了所有，你的犯罪事实我们已经完全掌握。"惠俊豪严肃道，"你毕竟是个研究生，'坦白从宽，抗拒从严'的政策，我也不再啰唆了。说说吧，和吴阿萍怎么认识的？"

那立铭沉默了良久，绝望地抬起了头。

"警官，能不能给我一支烟？"

万子良和惠俊豪默契地对视一眼，万子良缓步走了过去，给那立铭点起一根香烟，那立铭猛吸两口，剧烈地咳嗽起来，过了许久才慢慢平复。

"吴阿萍是个好姑娘，比那些道貌岸然的大家闺秀，强太多了。"那立铭因为咳嗽，脸憋得通红，他眼角抽动，懊悔道，"人生最好不相见，从此便可不相欠……"

两个月前，那立铭来到了天宫苑3号楼前，像往常一样，看四下无人后，正准备进去，却看见哥哥那立科慌慌张张地跑了出来，将他拉到了一边。

"立铭，别上去了，803室搞不好要租出去了。"

"哥，啥情况？"

"一个小胖子的中介，带着两男一女，在上面看房子。"

兄弟两个正在一旁交谈之际，安琪生带着黄欣、石军和吴阿萍从3号楼里面走了出来。那立铭只看了一眼，便被吴阿萍婀娜的身材和身上淡淡的香水味深深吸引，即便她戴着厚厚的口罩。

"立铭、立铭。"那立科拍了拍那立铭，不苟言笑道，"你也是快结婚的人了，别瞎搞了。"

"哥哥，放心，我心里有数。"那立铭收回目光，悠悠道，"房子首付凑不够，艾茜茜的父母是不会答应我们的婚事的，没准我还要在这个凶宅里再住个一两年。"

"立铭，装神弄鬼的事别再干了，你已经吓走了好几拨租客了，万一失手对你不好。不行你跟我住保安宿舍吧。"

"那个发霉的地下室？"那立铭一脸嫌弃道，"哥，你得这个病，就是在这个地下室住的，你知道吗？"

那立科沉默了，他目光黯淡，似乎失去了生的希望。就在三天前，那立科在小区执勤的时候遭遇汽车碰擦，送去医院检查时，被医院意外诊断出是骨癌晚期，医生告诉他最多只能再活半年。

"怪不得安琪生说803室几年没人住，还很干净，原来是你为了省钱住在里面。"万子良恍然大悟，追问道，"803室前几年的租客，你是怎么把他们吓走的？"

"一点光影声音的小科技而已，不足为奇。"那立铭苦笑道，"这世上本没有什么凶宅，都是人心里有鬼。"

"既然对吴阿萍一见钟情，你为什么要杀他？"

"能不能，再给我一支烟？"

万子良走过去，拿出一支香烟给那利铭点上。那立铭缓缓地呼出一口，一缕缕白烟在白炽灯下悠悠上腾。

"我知道她是小姐，是那种赚钱可以不要命的小姐。"

黄欣、石军和吴阿萍住进来没多久，那立铭就故技重施，玩起了夜半歌声的把戏。黄欣被吓破了胆，借口有其他的项目要做，暂时搬了出去，他为了省钱，依旧威逼利诱石军和吴阿萍住在这里。那立铭使尽浑身解数，甚至有一次深夜，把石军吓得拉了裤子。可是，吴阿萍却铁了心了，不为所动，因为这里是她赚钱的福地，没有了黄欣和石军的监视，她顺利地接到了不少私活。她心里清楚，白天的人比晚上的鬼可怕多了，她甚至每天晚上都会在卫生间里点起三根香，祈求女鬼吉米牙保佑自己不被坏人欺负。

那立铭眼看撵他们不走，索性放纵自己和吴阿萍玩起了暧昧，毕竟一个33岁的老光棍，不能光靠看片子解决问题。

然而，那立铭智商极高，他搞定吴阿萍的手法并不是靠钱。当然，他也没有什么钱，他所有的钱都要一点点存起来当首付。他另辟蹊径，时常用小恩小惠来讨好接近吴阿萍，给她买些最中意的零食，薯片、可乐、脏脏包，还有福建小姑娘最喜欢的传统小吃糯米糍……而吴阿萍也许是心里空虚，特别吃他这一套，没用多久，两个人便结下了孽缘。从此，那立铭偷偷住在了哥哥的宿舍里，为了不被人发现，他出入尽量避开熟人和监控，特别是他上8楼再也不走电梯，而是走消防通道。

一天，那立铭趁黄欣和石军不在，偷偷来到803室，和吴阿萍翻云覆雨之后，两人赤身裸体，躺在床上喘着粗气。

"阿萍，这是一部对讲机，我已经调好了频率。"那立铭将一部黑色的对讲机塞到了吴阿萍手中，暧昧道，"亲爱的，想我的时候，我们用对讲机联系，以后你再也不用担心黄皮子和石头乱翻你手机了，把它藏好，千万不要让这两个浑蛋发现。"

"放心吧，亲爱的。"

吴阿萍正要索吻，自己的手机微信响起，她赶紧拿起手机，来电显示是隔壁邻居洪召枫：看你的牲口走了吧，哥哥想你啦。

"那哥，你先走吧，黄皮子和石头可能要回来了。"吴阿萍说着，快速套上一件黄色的连衣裙。

那立铭知道吴阿萍在骗自己，不禁由爱生恨，他知道一定是隔壁那个色老头洪召枫，但是在金钱面前，任何人都是真实的。

"你就因为这个，杀了吴阿萍？"惠俊豪追问道。

"生气归生气，那倒不至于。她是个小姐，接客是她的本分，而我只不过是一个不给钱的嫖客而已。"

2月7日，晚上9点40分，风雨交加。

那立铭又一次用甜言蜜语，白嫖了吴阿萍。吴阿萍去洗澡了，而他则无力地躺在床上，看着沙发上LV的奢侈品女包，以及维密的内衣，觉得自己越来越没用，念了这么多年书，还不如一个妓女挣的多。

他不禁哀叹一声，想起了前天在利通广场和女友艾茜茜大吵了一架。艾茜茜对他越来越冷淡，连手都不让他摸一下，因为艾茜茜的父母早已给她找了一个有房有车的好人家，而他再怎么省吃俭用，连哥哥十年的存款也都借给了他，也凑不够买房的首付钱。眼看房价一天一个样，如果明天再不交买房的定金，他和艾茜茜的这门亲事一定会吹掉。

那立铭放不下这段感情，艾茜茜是他的大学同学，两人恩爱有加，眼看八年的爱情马拉松就要画上句号。那立铭感到深深的绝望，他是家里的骄傲，也是唯一的希望，而如今一分钱难倒英雄汉。

想到这里，那立铭一不做二不休，趁吴阿萍还没出来，打开她的衣柜，将她藏私房钱的鞋盒翻找出来。突然，吴阿萍擦着头发，从卫生间走了出来，看到眼前的一幕，顿时火冒三丈，破口大骂起来。

一个妓女的冷嘲热讽，让那立铭颜面扫地，深深地刺痛了他仅存的一点自尊心。两人在激烈的争吵中，行为不断升级。那立铭怒发冲冠，多年积攒的怨气喷涌而出，他随手拿起茶几上的水果刀，猛地向吴阿萍的腹部刺去……

"杀了吴阿萍，你就让你哥哥那立科顶罪？"

"是他自愿的……"那立铭揪着头发，目光呆滞道，"看着奄奄一息的吴阿萍，我当时慌极了，收拾好东西从消防通道去了哥哥那里。"

保安宿舍，昏暗的灯光下，那立科抓起一把止疼药，拿起雀巢咖啡暗黄的玻璃瓶，喝了一大口水顺了下去，冰凉的白开水刺激得他咳嗽不止。

"啪"的一声，宿舍门突然被推开，穿着血衣的那立铭突兀地站在那立科的面前。那立科倒吸一口冷气，强行忍住了咳嗽，赶紧把呆若木鸡的那立铭拉进房间，将宿舍门反锁。

"发生什么事了？"

"哥，我不是故意的……"

那立科猜到了大概，他一向心软，何况长兄如父，那立铭从小惹祸都是那立科帮他摆平，父母对他这个弟弟也是偏爱有加，而如今，自己又身患绝症，保住那家唯一的香火，他责无旁贷。

"那立铭，你也太自私了吧！"万子良愤愤不平道，"你哥哥为了你，忍住不吃止疼药，就是怕暴露你。"

"这都是命，没办法。"那立铭的自私与冷漠，让在场的所有刑警寒彻心扉。

"命？"万子良怒火中烧道，"说得轻巧，从小呵护你的哥哥，你把他当成工具人，一个替你受死的工具人！"

"谁不是工具人……"那立铭喃喃自语道。

"你小子看着斯斯文文，一肚子坏水。"惠俊豪出离愤怒道，"杀害吴阿萍就是蓄谋已久，什么一见钟情，她也只不过是你泄欲的工具人。"

那立铭尴尬一笑，在他的世界里，人无非就是有用和无用的工具……

由于万子良出色的表现，重案支队党支部决定恢复他的代理探长职位，支队的兄弟姐妹们起哄叫他请客，地方选在了"老谷重庆火锅"。

火锅店外冷风飕飕，店内则是另外一番光景，滚滚热浪扑面而来，夹杂着火锅底料浓郁的麻辣鲜香，里面依旧坐满了食客，推杯换盏间，无不满头大汗，喧闹非常。

万子良居中而坐，陈强、一探组、二探组的兄弟姐妹们一人脚下踩着一箱冰镇啤酒，围着一汪火红热辣的牛油火锅，大快朵颐，桌上堆满了一盘盘牛肉、羊肉、毛肚……

陈强拿起一瓶啤酒，朝大家举了举，满面春风道："兄弟们，万探长为支队再立新功，一起再敬他一瓶。"

"干！"

一瓶瓶冰凉爽口的啤酒下肚，一盘盘鲜嫩的羊肉、毛肚倒进了沸腾的火锅中，鲜美的食材和鲜红的辣椒在锅中上下翻舞，大家甩开腮帮子大嚼大咽，酣畅淋漓。

"子良，你这次给我们陈支和一探组可是长脸了。"惠俊豪拿起一瓶啤酒，佩服道，"总结大会上，把老宋他们几个人嘴都气歪了。来，兄弟，这瓶我敬你。"

"炮哥，'2·10'凶杀案能够顺利侦破，大家都帮了不少忙，特别是最后这一步险棋，如果没有陈支的全力支持，那立科抱着必死的心，这张嘴是撬不开的，这瓶我回敬大家。"

万子良说完，与大家碰瓶，仰头一饮而尽，办案时的艰辛与委屈也跟着烟消云散，众人跟上再干掉一瓶。

"宋探长他们的侦查方向虽然走偏了，但密切监控这帮孙子肯定没错。"

"陈支高屋建瓴，玉树临风，不愧是头儿，佩服、佩服，小女子敬你一杯。"

"你太会拍马屁了吧。"

"哈哈哈。"

"哪天把你男朋友带过来？"季亦萍不忘调侃胡秋飞。

"还早呢，再做两年单身贵族。"胡秋飞满脸红晕道，"听说季姐最近可是相亲成功，脸上天天挂着笑。"

"刚刚处了一个月，也是老家的，在一家外企上班，房子是租的，好在生活习惯相近。"季亦萍大大方方地介绍了自己男朋友的情况。

"生活习惯相近，不准确吧？应该叫一山不能容二虎，除非一公和一母。"

"还有个好消息和大家汇报一下啊。"惠俊豪自顾自喝了一瓶啤酒道，"我在北郊区看中了一套两室的房子，远是远了点，好在价格便宜又通地铁，已经交了定金，就等摇号选房了。"

"好事啊，恭喜恭喜。"季亦萍举瓶道，"炮哥，筑巢引凤，下次再聚就是和新嫂子见面了。"

"今天四喜临门，兄弟们不醉不归。"

……

从"老谷重庆火锅"出来，已是晚上10点，万子良与大家道别后，独自一人回到办公室，坐在电脑前，整理"2·10"凶杀案相关案卷材料，一个神秘凶宅的荒诞故事、一个痴情无悔的风尘女子、一个道貌岸然的白领精英，还有工具人的都市传说……

万子良的内心久久不能平复，刑警这份职业见惯了世态炎凉，更见惯了生死无常，他拿出 ZIPPO 打火机，火焰明灭间，眼前浮现出苏桐灿烂的笑容。苏桐生前是不是工具人呢？泪水慢慢模糊了视线……他发誓一定要找出苏桐死亡的真相，把深藏幕后的"黑先生"挖出来。

这一夜，万子良失眠了，他需要酒精的麻醉才能睡去，此时他终于理解了苏桐为什么会酗酒。

生死不明，迷雾重重

南城区，天宝华庭，36 号别墅。

苏桐去世后，苏坤德怕睹物思人，再也没有回过家。他在尚和私立医院安装了两个冠状动脉支架，出院后，就一直住在"神仙居"养病。虞霖不离其前后，照顾得体贴入微，堂弟虞青波在虞霖的授意下，更是抓紧机会接近苏坤德，和虞霖一起协助他暂时安抚住一帮各怀鬼胎的股东。

虞霖怀有苏坤德的孩子，母凭子贵，两人如胶似漆、形影不离；虞青波更是在集团公司里狐假虎威。这让黄脸婆钱秀玲妒火中烧，她和法务总监施仁正天天混在一起密谋，想尽一切办法也要在苏家的巨额资产里分一杯羹。

深夜，肃杀的"倒春寒"不期而至，把立春以来一个多月的暖意又一下子驱逐得无影无踪，咄咄逼人的架势，似乎这个世界将永久被寒冷吞没。

二楼卧室，身怀六甲的虞霖洗好澡，浑身散发着女人特有的香味，瓷白的肌肤，穿着宽松镂空的蕾丝睡衣，若隐若现间，玲珑有致的身材比以前更加丰腴，更有韵味，处处撩拨着男人的本能。

都说女人最大的武器是以柔克刚，能克尽天下最凌厉凶残的男人，虞霖的妩媚与挑逗，让大病初愈的苏坤德欲罢不能。

"天生尤物！"瞧着虞霖呼吸间那上下起伏颤抖的酥胸，苏坤德忍不住靠过去，嗅着空气里的幽香时，嘴往虞霖脖子里扎去，"勾魂的小妖精。"

"苏董，医生有医嘱，不能同房。"虞霖欲擒故纵，扭动胴体把苏坤德缓缓推了出去，"都是为了你和咱们的孩子好，再忍忍吧。"

"忍忍？"男人的自尊使然，他哑着嗓子审问道，"姓杨的也活不了几天了，怎么，你心里还有他？"

"我的心里只有你。"虞霖脸上泛着红晕，娇滴滴地钻进了苏坤德的怀中，故意娇喘连连，引得苏坤德更加血脉偾张。

苏坤德许久没有碰过女人了，他如野兽一般上下其手。虞霖全身无力地躺在床上，像极了任由男人摆布的布偶娃娃。

苏坤德习惯性地拿出两粒蓝色药丸，囫囵吞咽下去，粗鲁地霸王硬上弓，从身后将虞霖紧紧抱住，彻底陷入了欲望的泥沼中，全然忘记了今天要吃的冠心病药物。

楼下的司机吕阿忠早已沉睡过去，只是刚刚睡到酣处，却被楼上的浪语吵醒。吕阿忠无奈地用枕头把耳朵堵起来，心中暗骂。

"啊……"一声凄厉的尖叫从楼上传来，打破了春夜的寂静，吕阿忠惊出一身冷汗，抓起衣服套上赶紧向楼上跑去。

卧室内，苏坤德口吐白沫，全身赤裸地躺在床上一动不动，虞霖早已被吓傻，用床单裹住身体，哭成了泪人。

"喂，是120吗？"吕阿忠焦急地拨通了急救电话。

尚和私立医院。

ICU病房外传来虞霖撕心裂肺般的哭声，泪水如决堤的洪水般淌满了她潮红的脸颊，费医生和虞青波在一旁陪着悉心安慰。不远处，吕阿忠透过病房玻璃，看着脸色惨白的苏坤德浑身插满管子，鼻子上戴着吸氧管，脖子上白色纱布外接着一根细细的引流管，里面是鲜红的血，肿胀的眼睛微微眯开一条缝，心里五味杂陈。

"骚货！狐狸精！"

钱秀玲边走边骂，胸脯剧烈地起伏着，仿佛一个就要爆炸的气球，脖子上的筋脉抖抖地立起来，身后跟着西装革履的施仁正。

钱秀玲快步走到病房前，一把拽住虞霖的头发，破口骂道："你个挨千刀的，苏董要是有个好歹，我杀了你！"

虞青波见堂姐虞霖被打，赶紧上来拉偏架，一脚踹在钱秀玲腰上，三个人顿时扭打作一团。眼看怀孕的虞霖被拉扯在地，裙子里渗出一片殷红，她护着肚子里的孩子痛苦哀号。

关键时刻，吕阿忠一拳将搅屎棍虞青波打翻，这才强行将三人分开。他护住身后的虞霖，怒斥道："都什么时候了，还内讧！虞霖怀了老爷的孩子，谁再敢动她一根毫毛，跟你们拼命。"

费医生不敢怠慢，赶紧叫来妇产科的大夫将虞霖送去做各种检查，生怕出现任何一点意外。

施仁正在一旁冷眼观瞧，从随身的皮包里拿出一沓文件，将费医生拉到僻静处。

"费医生，情况怎么样？"

"不容乐观。"

"能不能让他清醒起来，这些亟待处理的文件，请他签署一下？或者，打指纹也可以……"

"你想啥呢？苏董现在根本没有自主意识！"

"这点小意思，不成敬意。"施仁正从包里取出一张银行卡，强行塞到费医生的手中，满脸堆笑道，"大七位数，密码六个8，事成之后……"

"请自重，再这样我报警了。"费医生强忍住怒火，将银行卡狠狠地甩了出去，转身走到明处，看向吕阿忠喊道，"阿忠，请把苏董看紧，寸步不离。"

吕阿忠瞬间明了，死死地盯住施仁正，眼中喷出一团火，仿佛要烧掉面前的一切敌人。

不知何时，墙头草余向东也来到了病房外，他拿出手机低声汇报："喂，葛总，老东西快完蛋了……"

电话另一边，天霞路日本风情街日式汤浴馆，葛峰得意地听着电话，丑陋的躯体泡在浑浊的黑色汤池中。

汤池旁的躺椅上，山本犬养裹着白色的浴巾，品了一口白龙泉清酒，脸上露出了诡异的微笑。

天如碧洗，旭日东升。

东海市公安局，刑侦总队。

刑侦大楼内整洁肃穆，庄严的警徽高悬在一楼大厅。

旧案未结，新案不断。

明珠案的被害人应该有 21 人，但实际只找到了 14 人的骨骸，还有 7 人的骨骸未被发现。

在总队长韩玉朗的要求下，重案支队成立了明珠案收尾工作攻坚专班，陈强分管的三个探组自然成了主力军，他向总队党委立下军令状，一定要在年底之前啃下这块硬骨头，向警察节献礼。

万子良主动挑起大梁，凭借自己扎实的刑事技术功底，与季亦萍的行动技术探组成立了攻坚小分队，对明珠案已经查明的 14 起现场特征逐一进行梳理，再结合案发时间和当时环境情况，找出规律和共性，从而对剩下的 7 起案件进行突破。

然而，说起来容易，做起来困难，没有了杨君松的协助，要在偌大的东海市找出深埋地下的骨骸，如同大海捞针。通过建模发现规律，在不同时空条件下的东海市找出埋藏尸骨的地点，不仅要参考大量的数据分析筛选，而且还要沉得下去到实地去印证真伪，百倍的信心加上天天加班还远远不够，没有敏锐的洞察力和扎实的功底，再怎么拼命也是白搭。就好比你什么武功也不会，哪怕你再能拼命，挨郭靖一招降龙十八掌，终究是死路一条。

凌晨 3 点。

万子良又失眠了，他一身酒气地躺在宿舍的床上，辗转难眠，看见旁边呼呼大睡的安琪生，不由得心生羡慕。他索性将小半瓶白酒一口灌下，辛辣的感觉冲击着他的味蕾，接着一阵烧心，热乎乎的难受，没过多久，他眼前一片漆黑，像摔进了万丈深渊，全身酥软地睡着了。

恍惚间，万子良又做了那个噩梦。无尽的黑暗中，他又梦见了那张诡异的"图画"，他站在黏稠的"图画"上，被无数冤魂的利爪扼住咽喉，令他难以喘息，被拉着往下拽。

忽然，无数冤魂当中，苏坤德怒目圆睁，咆哮着向他扑来，惊得万子良一个激灵，瞬间从床上坐了起来。

"啊……"

万子良摸了摸额头，满是冷汗，他急忙甩了甩头，瞬间酒醒。他强迫自己抛开杂念，看了看床头的闹钟：早上6点，安琪生睡得跟死猪一样。他强打起精神，舒展了一下酸痛僵直的身体，今天的攻坚工作要从总队健身房开始。

上午7点30分。

万子良用沙袋负重，给自己增加训练的重量和难度，在刑侦楼下跑了两圈热身，便来到了二楼健身房。此时，健身房里人渐渐多了起来，惠俊豪对着一个沙袋拳脚相加，沙袋左右摇摆，他额上汗水不停地滚落。陈强手里握着一根甩棍，站在一个皮人面前，重复不断地挥舞，早已经汗流浃背，浸透了衣衫。

万子良用眼神打过招呼，默默地来到自己练功的沙袋前，这半年来，在陈强、惠俊豪的悉心调教下，他的散打功夫大有长进，他渐渐领悟到，散打不仅是一项勇敢者的运动，而且可以让人更智慧，更冷静，还可以教会人如何鼓起勇气，直面所有困境。他集中精神，拉开架势，大喝一声，轻快地跳动着向前迈进，左右直拳虎虎生风。

"半年沙袋打下来，基本功大有长进啊。"胡秋飞穿着一身紧身运动装，紧身衣更把她笔直的长腿、圆翘的臀部衬托得淋漓尽致，她一边做着热身运动，一边俏皮地挑衅道，"敢不敢再打一场，一决雌雄？"

"男子汉大丈夫，有什么不敢的？"万子良说着拿来两套护具，穿戴好后，和胡秋飞一前一后走上了擂台。

见有人上了擂台，陈强、惠俊豪等人纷纷过来围观，更有看热闹不嫌事大的，"啪啪啪"鼓起掌来起哄叫好。

胡秋飞有意卖弄身法，使出"凌波微步"绝技，忽进忽退，凹凸有致的身材，潇洒至极。与胡秋飞花哨的动作不同，万子良稳扎稳打，他的技术更简练实用，体现了良好的基本功和稳定的心态。

十几秒对峙后，万子良率先发起进攻，瞄瞄胡秋飞俊俏的面庞，他没忍心下手，犹豫之间，连吃一个小摆拳和一个低边腿，被揍得龇牙咧嘴……

胡秋飞最近巧克力吃多了吧，力气怎么这么大啊！

"妇人之仁！上呀，上呀！"惠俊豪怒其不争。

"没被打倒，有进步。"陈强则在一旁鼓励道。

万子良调整身位，小心地发起反攻，左摆拳虚晃一枪，瞅准机会还以近身勾拳，万子良点到为止，两拳打在胡秋飞的小腹上。胡秋飞一惊，迅速靠近抱住万子良，遏制住攻势的同时，侧身扭腰，企图给他来一个过肩摔。

万子良看出端倪，身体向后一坐，使出千斤坠，胡秋飞涨红了脸硬是没有把他背过去，看来万子良的负重锻炼很有效果。

胡秋飞一下乱了阵脚，心脏扑通扑通狂跳，她双眼一闭，深吸一口气……

万子良没有乘人之危，脚下一个勾踢，使巧劲顺势将胡秋飞放倒。男女对战，女方本来在体力上面就不占优势，胡秋飞虽败犹荣。

"好样的，都不错。"

陈强、惠俊豪欣慰地鼓起掌来，没想到半年多的时间，万子良竟有如此神速的进步，与刚来时判若两人。

万子良心情不错，这是他入警以来第一次在擂台上大获全胜。虽然赢的是小飞飞，但对他而言也是一次重大的突破，那种克服困难的勇气，让他自信心爆棚。

他信心满满地来到行动技术探组综合大办公室，打开工作站的电脑，淡然地看着屏幕里弹出来的窗口，上面无数数据如同瀑布一般刷过，面对浩如烟海的公安、社会和企业数据信息，原本那种势单力薄、力不从心的感觉，被一扫而空。

虽然同在一个攻坚小组，但是万子良和季亦萍的建模思路发生了冲突，一个偏于空间，一个偏于时间，两人都试图说服对方。可万子良执拗地认为有"康神"奇书《犯罪与环境》的理论加持，会更胜一筹，季亦萍对这本书却不太感冒。经过三次商讨，最终没有达成共识，两人都暗自憋着一股劲，看谁才能啃下这一块硬骨头。

万子良双手放在键盘上，噼里啪啦快速敲打，身边放着相关的学习心得，他深刻认识到，只是明了建模的技术，这还远远不够，还得有扎实的理论来引导。明珠案和"黑先生"的秘密，或许会在一瞬间领悟出来，也许永远也领悟不到。

数据检索，影像狂飙直下……

这是一种奇妙的感觉，万子良很喜欢，他多么希望时间永久停留在这一刻，什么烦心的事都不去想，就这样一直狂飙下去。

季亦萍远远地看着万子良，双目中闪动着复杂的神情，她轻咬着下唇，低头叹息一声，用自己的方法开始了工作。季亦萍的方案很快有了进展，她申请刑技中心现场勘查小组，一起出现场寻找埋尸点，徐家君和王涛不敢怠慢，精锐尽出。

万子良慢人一拍，苏桐、"黑先生"、明珠案让他心力交瘁，他非常怀念以前那种无忧无虑的生活，内心压抑许久。

释放内心的压抑，却只能停留在那一瞬间。

现实往往是残酷的，当万子良沉浸于数据的海洋之中，就会暂时忘了这些烦恼。当逆流而上那一刻，明珠案所有14个埋尸现场全数在脑海中快速浏览一遍，山环水抱的幽闭条件，造就了不易被人发现的埋尸墓穴。猛然，根据他的模型匹配出的地理影像，停留在二十年前，南郊区东海大学新校区附近的一处荒坡。

随之，两个字跃入脑海。

杨芸！

这是明珠案中最奇特的一个受害者，之所以奇特，是因为杨君松十八年如一日地上访，寻找姐姐杨芸的下落，而此时，杨君松也遭遇车祸，生命垂危。

紧接着，一系列想法跳入万子良的脑海。这里是围海造田出来的地，周围没有村庄和人家，根据以往郭槐作案的规律，他必然要租下一处偏僻的农宅，事先选好墓地，和被害人发生关系后，再将其掐死埋尸，这里显然不是理想的作案地点。

万子良十指翻飞，宛如十只追踪的猎狗一般，在键盘上寻嗅着犯罪者的气息。他逐一调出了明珠案 14 起已查明的埋尸点，反复与荒坡环境进行细致的比对。

事实证明，这处荒坡和明珠案 14 起已查明的埋尸点，有着高度一致的埋尸环境……不对！这里缺乏郭槐作案的农宅，杨芸不可能会埋在这里。难道是郭槐的作案手法变了，还是有其他什么隐情？

万子良一时找不出答案，他犹豫再三，还是拨通了安琪生的电话："小安子，能不能带上罗盘，一起去一趟南郊区……"

南郊区，东海大学新校区。

万子良发现的荒坡，现在已变成了湿地公园，荒坡面积很大，植被丰茂，要想找到具体的埋尸地点，并非易事。

惠俊豪看了一眼以邓小南为首的非主流技术员，歪歪扭扭地戳在那里，心里不由得凉了一截，这些人别说勘查现场了，挖坑都费劲。

安琪生穿着一身劣质西服，学着师叔杨君松的样子分金定穴。他稳下心神，两脚与肩同宽，把"三合罗盘"平放在手掌上，一层一层地转动，根据附近的山川地理，校准罗盘上面的刻度，嘴里念念有词。

不远处，万子良等人只等安琪生找出埋尸地点，便立刻投入勘查行动。

"小万，安琪生水平可以吗？"惠俊豪不屑一顾道，"还不如把警犬队请过来搜山，说不定更靠谱。"

"炮哥，警犬只能搜索新鲜尸体，深埋地下的骨骸，估计够呛。"

"这都不重要，上次杨君松也搞了不少乌龙，小安子的水平远不如他，今天恐怕要空欢喜一场了。"惠俊豪伸了个懒腰道,"这地方就是个公园,从过年忙到现在,权当出来郊游了。"

"就是,就是。"邓小南觍着大脸,插话道,"牛棚里关猫——一阵瞎忙。"

"就是啥就是,你来了就更没戏了。"惠俊豪看着邓小南就气不打一处来。

"都能不能有点耐心?"胡秋飞白了邓小南一眼道,"我打赌今天肯定会有收获。"

"嘁,小马屁精。"

安琪生的水平真是不敢恭维,他一口气下了八个盘,技术员们只好分组开动,土坡的土质松软,里面布满了石头和砖块,给挖掘工作带来了不小的麻烦。技术员们干干停停,手中的铁锹时不时就会被隐藏在泥土中的石块碰得当当作响,邓小南偷奸耍滑,在一旁磨起了洋工。

万子良脱掉外衣,也加入其中,不一会儿便大汗淋漓,脸上汗水和着泥土,歪歪斜斜画出几道污线。

天色渐暗,大半天过去了,果然如惠俊豪所料,刑警们挖了八个大坑,累得气喘吁吁,东倒西歪,但依旧一无所获。

不知何时从海上刮来一阵浓雾,挖掘现场也因雾气沉淀,多了一分让人窒息的凝重。

"回去吧,这儿没戏。"惠俊豪焦虑道,"雾越来越大了,开车回去也不安全。"

"已经够辛苦了,都要累吐了。"邓小南上气不接下气道。

"是饿吐了吧?邓小胖。"

"再等等。"万子良看向灰头土脸的安琪生道,"小安子,你和杨教授师出同门,再想想这片区域,还有哪里适合埋尸。"

"万兄,你放过我吧。"安琪生生无可恋道,"这片区域以土坡为中心,植被茂盛,特别是一些长了近二十年的高大的乔木,根系非常发达,改变了当时原有的地形地貌,再加上这边靠海,台风最厉害,二十年的风吹雨打，以及公园改造，你让我现在下盘去找，无异于刻舟求剑。"

万子良沉默了，安琪生所言不无道理。可冥冥之中，他感觉这片区域一定有不为人知的秘密。

阴霾的天空下，潮湿浑浊的空气，雾湿了万子良的头发。脚下有硌脚的石子，耳边有嘈杂的声音，眼前有弥漫的浓雾，这一切像一个重重的牢笼将他套住……

浓雾中，万子良看见密林深处有一个身影似乎在向他张望，隐约能看见是个年轻女子的轮廓。这荒郊野外的怎么会有人？就算是围观的学生，怎么会一个人跑得这么深？更奇怪的是，大冬天的怎么还穿的是夏装？

正当万子良惊疑之时，那年轻女子在雾气的掩护下，如小鹿一般轻盈地向土坡西边遁去。

"一个年轻女子，你们有没有看见？"

"没呀。"

"你是不是累得眼花了？"

万子良揉了揉自己的眼睛，不对，明明刚才看到了人影，怎么现在什么也没看见？雾色渐浓，土坡西边一片影影绰绰，一只黄色的土狗朝人群警觉地吠叫两声。

"走，一起过去看看。"

"不会有不干净的东西吧？"

"小安子，别整这些封建迷信的东西。"

"你怕了？"

"瞎说，怕什么？"安琪生脸色阴沉道，"我，我害怕狗。"

"有什么好怕的，有打狗棍。"

万子良说着，从地上捡起一根长树枝，折去多余的部分，握在手中十分趁手，看安琪生还是裹足不前，他给惠俊豪使了一个眼色。惠俊豪狡黠一笑，一把搂住安琪生。

"走吧，就是鬼门关，咱兄弟们也得走一趟啊。"

"炮哥，那土坡西边隐约有一股暗黄色的妖气，去不得，去不得。"

"怪不得你小子要花样，西边一个坑都没看出来。"

"西边的植被还要茂盛，我是觉得没有下脚之地，才……"

惠俊豪不由分说，连拉带拽拖着安琪生向土坡西边走去。那只土狗看见一行人向它走来，不躲不闪，保持着原有的距离，向西边的密林处走去。

技术员们用铁铲在前面开道，距离虽然不远，但由于浓雾和复杂的地形，一行人走得很慢。安琪生一路苦着个脸，嘴里嘟嘟囔囔，约二十分钟后，终于来到了土坡西侧，而那只土狗却神不知鬼不觉地不见了踪迹。

万子良看了看手表，已是下午5点，不由得心里一沉："小安子，快下盘。"

"你不是坑我吧，这里到处都是树，怎么下盘啊？"

"死马当活马医吧，抓紧时间。"

不消片刻，安琪生又一下找出了五个可疑地点，搞得大家头疼不已，八个已经挖了大半天了，若是再挖五个，恐怕是要挖到半夜去了，惠俊豪更是没有了耐性，一把揪住了安琪生。

"炮哥，别急。"万子良解开惠俊豪的手，好言安抚安琪生道，"小安子，你好好想想，如果是五选一，哪个最有可能？"

"五选一……"安琪生面露愁色，一时犯起了难。

"选不出来啊？那我们走了，把你一个人留这儿。"

"别别别，炮哥。"

安琪生环顾四周，阴沉惨淡的阳光斜斜地照进密林，斑驳的光影静谧得如同一切都沉睡在死亡的恐惧中，粗壮参天的诡异植物，色泽妖娆的无名昆虫，怪骨嶙峋的大小石头，一切的一切看上去都是那么的不同寻常。

"就这儿了。"安琪生指着不远处一块大石头，笃定道，"俗话说，风水宝地有石头，石头是阴宅的屏障，所以坟地有石头的风水是很好的，我要是郭槐也会选这里，不过……"

"不过什么？"

"如果石头是用来遮挡煞气，形成案山环伺的布局，那就是极佳的风水阴宅之地。不过，要是压在阴宅上，那就是不得翻身的大凶之象了。"

"小安子，你到底要说啥？"惠俊豪不耐烦道，"你就简单说，埋尸点是在石头边上还是在石头下面？"

"不好说。"安琪生斟酌道，"石头的东北方靠土坡处，肯定是一个靠谱的选项。"

"时间紧迫，围着这个石头四周一起挖，重点是石头的东北和下方。"

"开干！"

随着挖掘的深入，密林里的雾气越来越浓，空气也变得浑浊不堪，万子良等人趁着最后一抹余晖，撸起袖子加油干。

然而，大石头四周挖来挖去，仍然不见任何与犯罪有关的物证和线索，特别是大石头东北方靠土坡处，一直挖到了1.6米，只出土了一些陈年的建筑垃圾。

"啥也别说了，就是在耍我们。"惠俊豪板着脸，将铁锹扔到了一边，"小万，走吧，别浪费时间了。"

"难道是在石头下面？"万子良嘀咕道，"炮哥，最后再试一次。"

"哎，你真是不见棺材不落泪，不到黄河不死心。安琪生不是杨君松，这水平差得不是一点两点，这地方要是能挖出来东西，我'惠'字倒着写，谁爱挖挖去，腰都快断了。"

惠俊豪果断撂了挑子，技术员们也都像泄了气的皮球，对今天的勘查任务完全失去了信心，邓小南更是带头说起了怪话。

万子良没有过多解释，他坚信自己的判断，打开勘查灯照亮，抡起铁铲挖了起来。在他的坚持和带领下，胡秋飞、安琪生赶紧过来帮忙，惠俊豪和技术员们虽然嘴上牢骚不断，还是纷纷打开勘查灯，加入了挖掘的工作，胡秋飞更是把自己仅剩的一些巧克力分给了大家，鼓舞士气。众人齐心协力将大石头推开，在推开的一瞬间，似有一道白光从地下冒出，向土坡上飘去。

土坡上，刚才消失的土狗，不知又从哪里钻了出来，眼睛闪烁着金黄色的荧光，目不转睛地盯着下面这群即将打开潘多拉魔盒的人。

50厘米下去了，不见任何痕迹……1米下去了，依然一无所获……

"轰隆隆——"远处传来一声闷雷，空气闷得让人喘不上气来。

"万探长，人骨……"突然，泥坑一角传出法医惊喜的叫声，如同炸雷。

万子良等人精神大振，一束束灯光向此处聚集，泥坑1.2米深处，露出了半截泛黄的骸骨。

"炮哥，你改姓了。"胡秋飞调侃道，"还有你，万小南。"

"巨石压穴！"安琪生瞪大了眼睛道，"必有妖异……"

与此同时。

西城区，海德堡医学康复中心。

601号病房内，病床上的杨君松头发蓬长、肤色暗黄，身上插满了管子，没有一点好转的迹象，他似乎感应到了什么，紧闭的双眼流下了一滴眼泪。

风谲云诡，遗产之争

刑技中心一楼，法医解剖室。

湿地公园挖出来一副完整的女性骸骨，经过现场初步尸检，死者较年轻，长发经过漂染，身上有牛仔裤、胸罩、凉鞋等残留衣物。万子良兴奋不已，如同中了双色球的头等大奖，他不敢耽误，连夜将骸骨送到了法医室。

看到明珠案有进展，徐家君也喜出望外，季亦萍那里倒是没什么发现，没想到不被看好的万子良竟有如此收获，他特意赶回单位，换好解剖服亲自上阵。无影灯下，他将所需的解剖工具依次摆放在身边的医用转轮架上，随后站在解剖台前，神情专注地看着解剖台上那具泛黄的骸骨，法医小肖负责记录，另一个法医小邱负责拍照。

尸检开始前，徐家君围着骸骨转了起来，仿佛虔诚的朝圣者，突然，徐家君走到骸骨头骨处，俯下身扶了扶眼镜，凝视着头骨黑洞洞的眼眶，目光幽幽。

徐家君小心翼翼地用镊子一片一片地揭下附着在骸骨上的衣物，小邱照相机的闪光灯，跟随着徐家君的节奏不断亮起。

"死者穿的是夏装，已经腐烂，但从附着在骨架的程度看，相当完整，上衣短袖 T 恤，颜色应该较浅。"徐家君一边将腐烂的碎衣片拼接起来，一边分析道，"紫色蕾丝胸罩和内裤，位置正常，死前应该未遭受性侵害。"

"徐主任，这和郭槐的行凶手法，不太一样啊。"负责记录的小肖一脸疑惑地看着徐家君。

"嗯，是不是郭槐所为，现在定论还为时过早。"徐家君从骨骸腰部的牛仔裤残片上取下一块腐蚀严重的金属标牌，接着分析道，"这种品牌的牛仔裤档次很低，死者生前经济拮据。"

徐家君思索着，俯身仔细观察盆骨以及耻骨联合面，片刻后，又向骨骸头部走去，拿起颅骨研究了起来。

"从尸骨的腐败程度来看，死亡时间超过十五年，通过耻骨联合面磨损情况判断，死者没有生育史，年龄在 22 岁左右；从牙齿磨耗情况来看，齿尖磨平、咬合面中央出现凹陷，平均年龄约 24 岁；再结合骨缝的愈合等情况，综合判断死者年龄应为 23 岁左右。"

"这和明珠案未查明的第 5 号被害人杨芸的死亡年龄很吻合啊！"

徐家君没有马上回答，转身拿来医用尺子，准确测量了两支股骨的长度，通过股骨公式：身高 =2.30× 股骨最大长度 +64.38+/-3.48cm，推算出了死者的身高。

"猜中了，身高约 168 厘米，和杨芸的身高信息也比较吻合。"徐家君目光炯炯道，"下面就看 DNA 的检测结果了。"

去年，明珠案在刘卫国副局长的主持下，搞过一次全面大筛查工作，在信访办提取过杨君松的 DNA。虽然白骨化的遗骸进行 DNA 鉴定难度较大，需要提取骨髓中的有效生物物质，但对于刑科院的 DNA 专家们来说，不过是小菜一碟，出结果只是时间问题。

徐家君找出死者头骨下方的一块呈弓形小骨，经过专业清洗后，拿起放大镜仔细观察。

"舌骨大角骨折了，骨折部分有骨荫形成。"徐家君笃定道，"骨质血斑的形成，说明舌骨大角骨折是生前形成的，死者是因为机械性窒息死亡，和郭槐的作案手法同一。"

骨荫亦称"骨质血斑"，是骨质生前受到暴力作用发生损伤时，骨膜血管或骨质内血管破裂出血，血液浸入骨组织内，形成暗红色晕斑。骨荫形成后不易消失，即便深埋地下，也可存在很长时间，是认定生前损伤的重要证据。

翌日，天刚蒙蒙亮，王涛便风风火火地带领现场勘查小组，与万子良一起赶到了南郊区湿地公园复勘现场，他对邓小南那帮人不放心，试图查漏补缺，防止遗漏一些关键性证据。

"小万，不好意思，当时应该陪你一起过来。"王涛有些不好意思地说。

"王师兄，千万不要这么讲。"万子良谦虚道，"季探长的思路也未必有问题，任何理论上的探索，都要通过实践去求真。"

"这片区域草木茂盛，乱石遍地。"王涛仔细打量道，"确实是杀人越货、埋尸藏尸的好地点。"

"这和郭槐以往的作案手法既有相同之处，又有明显的不同。"万子良谨慎道，"所以还请师兄再掌掌眼。"

"掌眼谈不上，再仔细勘查勘查。"王涛犹豫片刻道，"回去的路上，路过宛平路600号，还是请'康神'掌掌眼吧。"

"'康神'？东海市精神卫生中心？"

"听慕容医生讲，糜康主任的双相情感障碍的治疗进展不错，去年听说破获了明珠案，他很激动，跟我问东问西，今天刚好去看看他，一举两得。"

"双相情感障碍，就是昨天还抑郁，感觉生不如死，今天突然就高兴得不得了，兴奋得要飞起来。"

"冰火两重天的滋味可不好受啊！"

经过一上午的勘查，王涛团队并没有发现什么有价值的痕迹，毕竟是十八年前，如今已是沧海桑田。对现场进行拍照取证后，王涛和万子良带着明珠案资料，直奔宛平路 600 号。

东海市精神卫生中心。

万子良和王涛登记好个人信息，在慕容医生的带领下，缓缓地走进正常人类的禁区，一扇神秘的大门即将向他们展开。

春天的阳光，温暖而充满活力，从走廊的玻璃照射进来，柔和而美妙，似乎能唤醒世上沉睡的一切。穿着白大褂的医生们走在干净整洁的走道里巡查病房，每一间病房内都有四个病人，他们都是病情类同、程度接近的精神病人。

他们的行为异于常人，却能很好地形成一个个小的团体。这里有慷慨激昂的"演说家"、才华横溢的"小提琴家"、卓尔不群的"哲学家"、高深莫测的"科学家"……

"根据我数十年潜心研究，今晚就是世界末日，你们不用害怕，我已经在青藏高原地下找到最安全的地方，等没有外星人监视我的时候，我会偷偷地带你们去，都能活下来。"

"爱情才是一种严重的精神病，爱情是两个精神病人的相遇，不可能是其他样子，每个人都会遇到这样的人，这个人的精神病会与自己的完全吻合。"

"我已经研发出男人跟男人怀孕的药方，明年我就能获得诺贝尔生物大奖，荣登医学宝座，你们都是见证者。"

医生手里拿着病历，每进入一个房间就会聆听一会儿，简单记录，随后满意地点头。

都很不错。

他们的状态比昨天要好一点。

走道墙壁上镶嵌着电视机，画面里，一个秀气的短发女主播播报着最新的法治新闻。

"南郊区滨海湿地公园发现一处埋尸点，明珠案后续工作有重大进展，警方正在开展进一步调查工作……"

慕容医生很健谈，作为糜康的主治医生，她和万子良、王涛边走边聊，说了很多关于糜康这六年来不断康复的情况。

"糜康刚送进来的时候狂躁异常，一旦发病，四五个壮汉都摁他不住，经鉴定属于最高的一级精神残疾，危险程度评分为 5 星。"

"一级和 5 星是什么概念？"

"一级精神残疾，主要表现的症状是无法与他人进行交流，且几乎没有生理上或心理上自主生活的能力。当时送进来的时候，糜康神情呆滞，时而狂哭，时而狂笑，需要护工天天喂饭，伺候他上洗手间。可是没有一个护工能坚持三天，因为他的危险程度评分为 5 星，一方面会对自己用各种方式进行自残，另一方面也会对接近他的人拳打脚踢、又咬又啃，有几次要不是我们抢救及时，他已经……"

"慕容医生，糜康主任当年受了什么刺激？"

"起因是由于家人的突然离世而引发的情感重大波折。"

"这事说来话长，也和明珠案有关。"

"明珠案？"

七年前，盛夏。

通往欢乐谷的高速公路上，痕迹室主任糜康打着哈欠，心事重重地开着一辆红色的家用 SUV，老婆袁莉和女儿糜蕾茵坐在后排，有说有笑。

因为明珠案，糜康已经在单位连续加班两个月了，他那脆弱的婚姻也即将走向尽头。韩玉朗强行要求他暂时离开工作专班，回去休整两天，陪陪老婆孩子，毕竟他女儿的暑假就剩下最后一个星期了。

"爸爸，陪我坐云霄飞车。"

"蕾茵乖，坐过山车，爸爸心脏受不了。"

"糜康，你一天到晚不着家，孩子就这一点小小的要求你都满足不了，你和明珠案过去吧。"

"老婆大人，不是这个意思，其他的没问题，这过山车……"

突然，一阵急促的电话铃声响起，糜康不敢怠慢，赶紧接起了电话。

"糜主任，北郊区一个工地，发现一具白骨化的无名女尸……"

"什么？"

糜康一激动，心好像坐上了云霄飞车，电话从手中脱落，好巧不巧，落在了油门踏板后面，他没有多想，观察了车前方没有危险后，立刻低头俯身去捡手机。

"喂，小王，你刚才说什么？"

电话捡起的一瞬间，一辆黑色重型集卡突然出现在糜康的车前，暗红色的刹车灯突然亮起，紧接着"砰"的一声巨响。

……

等糜康再次睁开眼的时候，身上已经插满了管子，在医院的 ICU 病房内抢救，而老婆和女儿却早已躺在了太平间里，生死相隔。

听到这些，万子良的心情突然变得十分沉重，在对糜康不幸遭遇唏嘘感慨之余，更是对他一心为公的执着精神感到敬佩。不知不觉间，三人便来到了糜康的 803 号病房。

这间病房跟别的病房不一样，只有一老一少两人居住，窗户被一根根钢条焊死，墙壁被软包起来，室内的灯光也比其他房间要亮许多，房间里回荡着悠悠古琴的声音，还有一股淡淡的檀香味道。

年长者正是糜康，他穿着蓝白相间的病号服，梳着整齐的背头，目光深邃，脸上长长的疤痕隐约可见，微有胡楂，皮肤焦黄，看得出岁月的洗磨，干枯的指尖微黑，似被烟熏过一样，应该是长年抽烟所致。他的床边有一个书架，上边整齐地码放着一排排与传统文化有关的书籍。

"糜主任，别来无恙。"王涛上前去打招呼。

"小王，你怎么今天有空过来啊。"糜康从床上坐起来，热情招呼道，"快快快，坐下来说话。"

"糜主任，怎么喜欢听古琴了？"

"古典的东西好呀。"糜康神秘一笑道，"现代音乐只会伤害人的慧根，古琴是 432 赫兹音乐，不可同日而语。"

糜康果然是世外高人，他一开腔，王涛和万子良都搭不上话。

"糜主任，这是小万，重案支队一探组的代理探长。"王涛为了缓解尴尬，将万子良推到了前方。

"糜主任好，久闻大名，请多指教。"万子良显得有些拘束道，"您撰写的《犯罪与环境》我已经拜读过，对工作启发很大。"

糜康没有搭话，上下打量了一番万子良。

"糜主任，我和小万从湿地公园现场过来……"

"知道，刚才新闻已经说了。"糜康打断王涛道，"快让我看看现场照片。"

"好的，稍等。"

王涛不敢怠慢，赶紧将自己随身携带的笔记本电脑打开。此时，一张惨白无光的脸凑了过来。

"小宝，别凑热闹，和你没关系。"慕容医生提醒道，"出去转转，晒晒太阳好不好？"

"太阳有毒，太阳有毒。"小宝骨瘦如柴，流着口水，瞪着两只如蜡球般的眼睛，说着，"我要吃明珠，吃了明珠变金仙……"

"小宝，听话，晚上给你吃大白兔奶糖。"糜康说着，配合慕容医生将小宝送了出去。

王涛将 803 号病房门关好，问道："糜主任，人家都是四人一间，你们怎么两个人一间？"

"小宝的病情比较严重，别的病友爱好研究科学、哲学、天文学，顶多烧两本书，他的爱好真要命，如何逆天改命变神仙，天天换着法儿修仙。"糜康解释道，"上次差点把整个病房大楼点着，同寝室的三个病友也不同程度地被烧伤，自那以后，再也没人敢跟他住在一起。"

"糜主任，这也太危险了吧，你要多加小心啊。"

"没事，再怎么说我也还是人民警察，我不上谁上。"

三人说着，一起围在了电脑旁，王涛逐一播放现场勘查照片，糜康拿出了刑侦工作日志，目不转睛地研究了起来。只要一谈起工作，糜康就像换了一个人。

一下午的时间匆匆而过，在糜康的指点下，万子良和王涛收获颇多。

"糜主任，对于'黑先生'，您怎么看？"万子良虚心请教。

"案件中看到的任何疑点，都不是问题的根源。"糜康神秘一笑道，"问题的根源不是问题本身，而是问题背后的问题。"

"您的意思是说……"

万子良正要讨教，却听到病房外传来一阵吵闹声，隐约间，一股焦臭的味道从门缝里传了进来。

"不好啦，小宝又修仙了。"

"快叫慕容医生来。"

……

糜康神色一肃，立刻起身带着万子良和王涛，循着吵闹声和焦臭味奔了出去。

8楼走廊男厕所内，两名医生将口吐白沫的小宝抬到担架车上。小宝头发一根根翘起，身上焦黑一片，狂躁地抱着担架车，嗷嗷大叫。

"放我下去，放我下去……"

原来，小宝病号服下暗藏铜丝，趁没人注意，他在男厕所里将两根铜丝的头儿朝墙壁上的插座孔里伸去……

糜康见状，赶紧配合医生给小宝打了一针安定。

万子良和王涛的拜访，也以这种意外的方式结束了。

四天后，上午。

重案支队，大会议室。

得知明珠案又有新进展，胡新福副局长抽出宝贵时间专程到刑侦总队听取汇报。韩玉朗早早带着谢刚、金建民等人在大门口迎接，并准备好了现磨的咖啡，命令谢刚让指挥处安排食堂二楼中午准备小火锅。

"胡局，这次明珠案收尾攻坚阶段的重大突破，代理探长万子良立了大功一件。"韩玉朗向胡新福汇报道，"他根据自己研发的算法模型，找到了一处极为隐蔽的埋尸点。"

"噢，这么说剩下的六个埋尸点，也快有希望了。"

"胡局，这次发现埋尸点，有一定运气的成分。"金建民补充道，"但万子良的坚持也很关键。"

"审讯情况怎么样？郭槐承认了吗？"

"小万，向胡局汇报一下。"韩玉朗及时提点万子良。

"是，韩总。"万子良整理思路，一板一眼道，"报告胡局，根据现场勘查和尸检情况，昨天下午，我和惠俊豪一起对郭槐进行了提审。"

东海市第一看守所。

郭槐戴着沉重的手铐脚镣，双目微闭，斜靠在审讯铁椅上。

隔着一道铁栅栏，万子良和惠俊豪坐在郭槐对面，目光炯炯。

"东海大学新校区旁，湿地公园，二十年前，围海造田的新地。"万子良一边展示着现场勘查照片，一边提问，"郭槐，你应该不陌生吧？"

"哼。"郭槐冷哼一声，又进入了似醒非醒的状态，道，"有本事自己查。"

"郭槐，你老实点，你和杨芸是在哪里认识的？什么时候动的手？"

"杨君松的姐姐是吧？那就活该了，他泄露天机太多，害人害己。"

"为什么这次作案手法不一样？在埋尸点上压下大石又有何用意？"

郭槐看着一张张现场照片，脸上露出了诡异的笑容。

"郭槐，不要以为我拿你没办法，你杀害杨芸，铁证如山。"惠俊豪怒斥道，"一旦另外六个被害人被找到，就是你的死期。"

"死？二十年前，我就已经死了……"郭槐阴恻恻笑道，"不但我死，杨君松也要死，苏老虎也要死，那些蠢人都会死……"

郭槐越笑声音越大，近乎疯癫。

……

"这么说，郭槐什么都没有交代？"胡新福盯着万子良，有些不满道。

万子良被盯得有些尴尬，一时不知该如何回答。

"胡局，从郭槐的神态来看，并不像在否认，他深知自己罪恶滔天，交不交代都是一死，这样胡搅蛮缠，无非是想拖延点时间。"陈强出来解围道，"针对他这种死猪不怕开水烫的消极行为，我们一定会想办法攻克。"

"用兵之道，攻心为上。你们的水平啊，还要再提高。"胡新福黑着脸，对陈强的回答也并不是很满意。

"是是是，胡局高见。"韩玉朗赔笑应承着。

"胡局，攻心不如暖心。"万子良组织语言朗声道，"郭槐还有一个回老家的心结，如果能带他回去一次，也许对进一步的审讯有所帮助。"

万子良此言一出，整个会议室瞬间安静了。

前一段时间，陈强就提出过带郭槐回老家的申请，可是被韩玉朗果断拒绝，理由是郭槐是市里挂了号的重刑犯，郭家坞位置偏僻、民风彪悍，一旦出了什么意外，谁也担不起责任。

这次万子良不但旧事重提，而且还打破了一个新的纪录，居然敢公开顶撞胡局。

"暖心？我看你是昏头了！作为警察，你的立场何在？"胡新福显然被气得不轻。他扶着腰托，看着韩玉朗颇为不满："刑警总队的理想信念教育，还是要进一步加强。"

"胡局所言极是，胡局，要么我们先到旁边的小会议室先休息一下。"韩玉朗果断使出了缓兵之计，一是缓和会场的尴尬气氛，给自己一个台阶下；二是胡新福老腰病又犯了，需要到小会议室躺一段时间；三是趁这个空隙，让金建民和陈强好好修理一下万子良这个刺头。

韩玉朗和谢刚扶着胡新福亦步亦趋，心烦、负能量写满了他的脸。

金建民将万子良和陈强带到了自己的办公室。让万子良出乎意料的是，金建民和陈强并没有劈头盖脸地对他进行训斥，陈强将一份计划书和军令状放了万子良的面前。

"小万，拿下郭槐是明珠案攻坚的关键。"陈强解释道，"无论是攻心还是暖心，都要完成任务。"

"陈支，你写了军令状？"

"不但陈支写了军令状，我也准备用自己一生的荣誉担保。"金建民道。

"我和金支看望过刘卫国局长，他住进了 ICU 病房，时日不多了。"陈强道。

"也算我一个！"

……

十五分钟后，现场分析会下半场正式开始。

"现场、物证、尸检情况都怎么样，能不能认定是郭槐所为？"胡新福经过短暂的休息，恢复了不少。

韩玉朗看了看徐家君，示意他先汇报。

"胡局，我先将尸检情况汇报一下。"徐家君将电脑连接到大屏幕上，逐一调出尸检照片汇报。

"衣着完整？这和明珠案其他 14 名被害人的情况不一样啊。"

"关键是死者杨芸随身佩戴的玉佩，在郭槐的密室当中被发现，与其他 21 位被害人的随身物品放在一起。"万子良补充道，"据杨君松所说，他和他姐姐从小一人一块玉佩，一龙一凤，玉不离身。"

"那就奇怪了。"胡新福看着杨芸的照片，试着分析道，"死者杨芸的长相和身材，倒是很符合郭槐的胃口，生前也是失足女性，埋尸的环境相近，被害的方式也一致，若从此判断，应该是郭槐杀死了杨芸。"

"这个可能性很大，目前还有 6 位被害人的情况不明，也许会有不同形态的埋尸情况。"陈强附和道，"郭槐嘴很紧，他深陷坤德集团的内斗当中，从苏桐案就能看得出，他有很大的顾虑。"

听到苏桐的名字，万子良默默地低下了头，他涨红了脸，一股怒火在心里升腾。

"胡局，我有不同的意见。"王涛在大屏幕上调出几组典型的明珠案现场照片，"虽然埋尸的环境相近，但是具体的埋尸点却有很大差别。一是埋尸的地点被大石封住；二是埋尸坑的深度和宽度，均未达到郭槐以前的标准；三是埋尸点是围海造田所出的新地，周围没有村庄。因此，杀害杨芸的凶手，应该另有他人。"

一句"另有他人"，引起了所有人的激烈讨论。

"根据犯罪行为学来说，一旦犯罪行为反复强化，都会形成固定模式，一般情况下很少会发生改变。"

"从已发现的14起案件分析，郭槐挖的埋尸坑，都是给自己挖的双人墓穴。"万子良分析道，"既然是给自己挖的，就不会用大石封住，如果杨芸是郭槐所杀，那么必然另有隐情。"

"杨芸属于早期被害人，郭槐当时说不定是为了练手。"

……

半小时后，金建民维持起了会场纪律，朗声道："有成熟想法的，直接发言汇报，不要在下面窃窃私语。"

会场瞬间安静，韩玉朗掐灭香烟，看向陈强道："死者杨芸家属的走访情况如何？"

"韩总，杨芸的父母早在二十年前就相继因病过世，不但没留下什么遗产，还欠了一屁股债。杨芸高中没念完就到东海市打工，弟弟杨君松学习成绩优异，考上了东海大学，姐弟两人在东海市相依为命，感情一直不错。杨芸在电子厂打工，虽收入微薄，但基本够用，可为了能够挣到更多的钱，供弟弟杨君松上大学，她不得不去夜总会从事陪酒行业，从此走上了不归路。目前，杨君松在海德堡医学康复中心，我们昨天去看过，情况不太好，人一直处于昏迷状态。"

"这杨家算是绝后了。"韩玉朗呼出一口香烟道，"攻坚专班一定要将郭槐的所有罪恶深挖到底，争取在年底之前，将另外6起命案埋尸点全部找到，还老百姓一个公道。"

"是！"

春雨绵绵，潮意难平。

坤德大厦99层，苏坤德办公室。

葛峰肆无忌惮地斜坐在苏坤德的老板椅上，将腿跷到桌子上，得意忘形地抽着雪茄，三哥、四哥时隔多年，再一次走进了苏坤德的办公室，旁边，墙头草余向东和股东老边等人也都狗仗人势，面目不善。

钱秀玲和施仁正站在办公室中央，面容憔悴，据理力争，苦苦地做着无用的挣扎。自从葛峰等人知道苏坤德命不久矣，便多次到集团公司上门逼宫，要求钱秀玲和施仁正交出手中的大权，妄图对坤德集团的高层进行重新改组。

二级市场上，坤德集团的股票狂泻不止，一股不明力量的境外资金，正在暗中悄悄地低买。

而一贯泼辣能干的虞霖，也只能躺在医院妇产科保胎，纵使她有天大的本事，如今也无力回天。

"姓钱的，识时务者为俊杰，乖乖交出苏老虎的章子和你的财务权，把集团一号项目卖给九菊株式会社，你那点可怜的股份兴许还有用，否则让你鸡飞蛋打，什么都捞不到。"葛峰将烟灰弹在苏坤德的桌子上，横行无忌道，"还有你姓施的，不要给脸不要脸，苏老虎这一关看样子是过不去了，你要给他当炮灰，死得比谁都难看。"

"要当汉奸卖国贼，你去当！苏董还在抢救，请你放尊重点。"钱秀玲瞋目切齿道，"集团的重大事项，都要由董事会通过才能决定，但凡有良知的股东都不会支持你的，不是谁……"

钱秀玲话音未落，费医生的电话就打了过来。

"什么？"

"苏坤德已经确诊死亡了。"

手机从钱秀玲手中滑落，她双手捂着脸蹲下去，单薄的身体猛烈地抽搐起来，泪水顺着指缝无声地流下。

第六章
无妄之灾

披襟解带，泄露天机

春光明媚。

东海市通往浙江省宁海县的高速公路上，车辆穿梭如织，一辆陆地巡洋舰 5700 警车闪烁着警灯高速行驶。

车上，郭槐戴着手铐脚镣坐在后排，他换掉了红色囚服，取而代之的是一套他最得意的黑色中山装，身边坐着陈强和万子良。

"啊！春暖花开美如画，桃红柳绿换新颜。"惠俊豪扶着方向盘，诗兴大发道，"冬去春来阴霾散，什么、什么立新功……"

"披荆斩棘立新功。"胡秋飞调侃道，"呵呵，没看出来你还是一个诗人。"

"对对对，还是你文化水平高。"

"立新功哪么容易，三等功站着拿，二等功躺着拿，一等功家人拿。"陈强看着窗外的景色，提醒道，"今天去郭家坳，就是还老郭一个愿，见了老乡们，案子上的事可不要讲。"

郭槐惭愧一笑，似乎被陈强的诚意打动。

"放心吧头儿，权当去春游。"

"对了，头儿，上次去宁海赶上台风天，那家做小海鲜的网红餐厅没吃成，"胡秋飞叽叽喳喳道，"这次可不能再错过机会了。"

"好，找机会去一次，我和老郭喝两杯。"陈强看向郭槐道，"老郭，你酒量如何？"

"陈警官，我不胜酒力。"郭槐声音嘶哑道，"是断头酒吗？"

"怎么会是断头酒。"万子良坦言道，"这是你重新做人，洗心革面的酒啊！"

"小万说得对，任何人，即便是死刑犯，也有弃暗投明重新做人的机会。"

"重新做人，还来得及吗？"

"当然！只要你愿意。"万子良诚恳道，"命运掌握在你自己的手中。"

"对我一个快死的人来讲，呵呵。"

"人生的意义不在于活得长短。当人活着，就要做生命的主宰，而不是做它的奴隶。"

郭槐眼睛直勾勾地看着前方，要做奴隶还是要做主人，这是一个棘手的问题。

"谁愿意做奴隶？谁愿意被人踩在脚下？"郭槐意味深长道，"你知道，人没有钱有多可怜吗？当着心爱的人，被打得半死是什么滋味？有些事情不是你能主宰的。"

万子良沉默了，他何尝不是这样。

这个世界有太多的不平，他要做一名真正的刑警，用自己的双手去维护正义。

翌日。

人间最美四月天，梁皇山区堪称人间仙境。

清晨有些清冷，偶尔穿破云层的暖阳，更让人期待竹林中的盛春，将自己融入这清新的绿色，悄悄地释放，做一片叶，或一根竹，自在逍遥。

郭槐从没有这么轻松过，他一路欣赏着熟悉又陌生的竹海，这才是他的家，郭家坳美丽的景色能够荡涤罪恶的灵魂。

为了不引起村民的注意，陈强特意在宁海县公安局换了一辆民用牌照的面包车，悄悄地进村。此时，村民们大都在田间劳作，见到有陌生人进来，纷纷投去了好奇的目光。

"去祠堂见老村长？"

"再围着村子转一圈吧。"

面包车再次路过郭家廊桥，停了许久，郭槐在车上一言不发，眼睛里充满了不舍与留恋。又经过希望小学，里面传出学生们琅琅的读书声，那稚嫩的带着乡土气息的声音，让郭槐的思绪回到了自己无忧无虑的童年时代……

将近中午，车子才开到了郭家祠堂。

老村委会主任郭洪全早已发现端倪，他带着一帮乡亲们等在祠堂门口。面包车上，万子良打开了郭槐的脚镣，陈强将一件事先准备好的衣服，搭在了郭槐的手铐上。郭槐在万子良和陈强的搀扶下，缓缓走下面包车，当他看见双鬓斑白越发苍老的郭洪全，不禁泪目。

"回来就好，回来就好。"郭洪全已然老泪纵横。

郭槐相顾无语，像受尽委屈的小孩，失魂落魄地穿过天井，在万子良、陈强等人的陪同下，走进祠堂正厅。

未被表达的情绪永远不会消失，它们只是被活埋了，有朝一日，一定会以更丑恶的方式爆发出来。郭槐就是这样沉沦的。他的境遇让万子良五味杂陈，一个人在生命的最后时期，总是在做减法，期望能在生命的最后时刻，找到生命中最宝贵的东西。

郭洪全带着郭槐等人，沿着龙头溪逆流而上，来到了一片山环水抱风水极佳之地，这是郭槐父母的坟。在此之前，每年清明节，郭槐会来父母的坟前一次，和郭洪全一起为他们烧纸和清理坟墓。令他惊讶的是，这一天，当他走近父母的坟头时，印象中原本长满了青草的坟头，如今却荒芜衰败，寸草不生。

郭槐跪在坟前，哭着对郭洪全说，自己是一个杀人不眨眼的恶魔，愿下辈子做一棵守护龙头溪的槐树。郭洪全抚摸着郭槐的头，一句话也说不出来。

临走时，郭槐对郭洪全反复交代，一定要密切注意进村子的陌生人，

24 小时找人看守，保护好龙头溪水坝，防止有人故意破坏水坝，危害全村人的生命财产安全。

郭槐回头看了一眼翠绿的郭家坳，一切邪念随风而去，今生将是永别……

月上柳梢头。

宁海县城，网红餐厅包间。

当地的各种特色美食、小海鲜摆满了一桌子。陈强更是拿出了他珍藏多年的美酒与大家一起分享。郭槐虽然戴着手铐，但并不拘束，该见的人见了，该了的心愿了了，酒过三巡，菜过五味，他似乎超然世外，不再受任何世俗的羁绊。

"陈警官，这杯酒，敬你。"郭槐端起酒杯诚恳道，"为了能还我一个心愿，你担了不少责任。"

"一个人为钱犯罪，这个人有罪；一个人为面包犯罪，这个社会有罪；一个人为尊严犯罪，世人都有罪。不说了，一切都在酒里。"

郭槐愣愣地看着陈强，半天说不出话来。

为了能让郭槐这个重刑犯出来，陈强早已使尽了浑身解数，金建民更是拿自己的位置担保，终于说服韩玉朗，以指认现场的名义出来，才走出这一步险棋。为了防止犯人脱逃、村民暴动等意外发生，宁海县公安局特警大队一直远远地跟在陈强他们身后。

万子良和惠俊豪以开车为由拒绝饮酒，看似是闷头吃菜，其实心里的那根弦也紧紧地绷着。这一切都只为了能够让郭槐打开心结。

"老郭，敬你一杯。"胡秋飞端起酒杯道，"没想到，你在老家还做了这么多公益事业。"

"呵，不值一提，走到今天这一步，都是他们逼我的。"郭槐眯起眼睛，细细品味着这白酒的滋味，漫不经心道，"心愿已了，世上再无牵挂，剩下的六处埋尸点，也没什么好藏着掖着的。"

陈强等人立刻精神起来，整个包间瞬间鸦雀无声。

万子良又给郭槐斟满酒，郭槐依旧眯着眼自顾自品味。

"陆茵案和纵火案，和我一毛钱关系也没有。"郭槐又喝下一杯酒，"杨芸也不是我杀的。"

郭槐的一席话，如同晴天霹雳。

还没等他们反应过来，郭槐低声幽幽道："如果我没算错的话，坤德集团还要死人。"

"什么？"

"你怎么知道的？"

"五行运化是一个局。"

"什么局？"

"一个个都将走向死亡的不归路……"

郭槐拿起白酒瓶，灌下一大口酒，疯疯癫癫，仰天长笑。

郭槐喝得酩酊大醉，明珠案、纵火案等系列案件有了重大推进，陈强等人不敢怠慢，草草结束了酒局，连夜赶回东海市。

警车闪烁着警灯，刚刚驶出宁海收费站，陈强就接到了金建民的电话。

"强子，钱秀玲在百惠购物中心坠亡。"

……

"对，对了，全对上了。"郭槐闭着眼睛喃喃自语道。

"你说什么？"

万子良试图将郭槐摇醒，但却无济于事。

深夜。

东宝兴殡仪馆，法医工作站。

因为不能确定他杀，法医在司法程序上做不了解剖，徐家君只能将钱秀玲的遗体从案发现场送到这里进行尸表检验。

法医工作站相比解剖室条件简陋许多，昏黄的灯光下，刺鼻的血腥味混合着福尔马林的味道。

徐家君穿好蓝色的一次性无纺布解剖服，戴好橡胶手套，走到钱秀玲头部，俯下身扶了扶眼镜，凝视着她变形塌陷的面部，目光幽幽。

"告诉我，钱秀玲，到底发生了什么？"

徐家君颇有仪式感地陈述一番后，一件一件将钱秀玲的衣服脱下，开始常规的尸表检查。

"受力的震荡作用，衣服沿衣缝处崩裂，腰带断裂，手表表盘粉碎，手表停走，胸罩带纵向两根断裂……"徐家君逐一将衣物摆在旁边的台子上，吩咐道，"小邱，放好标尺，将这些特征记录下来。"

话音未落，小邱照相机的闪光灯便"咔咔"作响，小肖也跟着一件一件记录下来。

"头部损伤严重，颅骨崩裂，口腔内见凝血块，耳、鼻、口等处流出血液和脑脊液。"

"从百惠购物中心七楼内部平台，掉到一楼的大理石地面上，"小肖唏嘘道，"地板都砸裂了，不摔得粉身碎骨才怪了。"

"周边的老百姓都说百惠购物中心不干净，这地方以前是个育婴堂，死了不少小孩。"小邱手举相机，跟着说道，"这儿几乎每年都有人自杀或意外坠亡。"

"是呀，我都来过好几次了。"

"私情往往会妨碍推理，让人远离事实的真相。这里的物业安全防范做得有问题，加上新闻报道和舆论不断添油加醋，才会经常有人在这跳楼，以后不要再瞎说了。"徐家君给了小肖、小邱一个眼刀，继续向下查看道，"左侧肱骨下段骨折，左上臂背侧见一处长约 4 厘米的创口，创腔内可见骨折断端。右侧肱骨中段骨折，情况和左边类似，两侧肋骨多发性骨折，骨盆骨折……"

"徐主任，是生前坠楼，还是死后坠楼？"

"是高坠引起严重且广泛的骨折，从形态上看应该是一次性暴力所形成。"

"是生前坠楼喽？"

"还有疑点，不能完全这么说。"徐家君深思熟虑道，"死者如果是清醒状态，那么从七楼的高度下坠，会出现抵抗地面反作用力的本能反应，例如本能地用双手去支撑，便会让骨骼的大处关节出现骨折现象，而死者并没有出现这样的情况。另外，一般清醒的人是不会以仰卧的姿势着地的。"

"难道是死后坠楼？"小肖惊恐道，"那可就是刑事案件了。"

"如果是死后坠楼的情况，人体已经完全没有了生理反应，重力会直接撞击尸体，会导致骨折的位置有不规则的分布，可死者上肢的状态又并非这样。"

"见鬼了，非生非死。"小肖不由得打了一个冷战道，"难道真的是……"

"先别着急下结论，她会告诉我们一切。"

徐家君说着，拿出一根带细长针头的玻璃管，摸准心脏的位置，集中精神猛地扎下去，随即将一管鲜红的血液抽了出来。

上午。

重案支队，大会议室。

韩玉朗居中而坐，重案支队和刑技中心的干警们环坐四周，陈强已经将郭槐安全地送进了东海市第一看守所，并将最新进展进行了汇报。

"这么说，杀害杨芸的凶手另有他人，陆茵案和纵火案也与郭槐无关。"韩玉朗吐出一口香烟，深思熟虑道，"郭槐的话还要进一步证实，以剩下的六个埋尸点为突破口，逐一查证。"

"自从陆茵离奇死亡之后，坤德集团内忧外患不断，苏桐被害，苏坤德病逝，"金建民补充道，"他们手中最值钱的南城区一号项目，由于资不抵债，也要被迫转手，钱秀玲作为集团的临时负责人，前天晚上又高坠身亡，真是一波未平，一波又起。宋探长，把案发情况简单介绍一下。"

"明白。"宋立清清嗓子，虎目圆睁道，"4月10日，晚6点，坤德集团股东老边组了一个饭局，请来了钱秀玲、施仁正、葛峰，还有九菊株式会社的山本犬养……"

百惠购物中心七楼，江南官府菜。

这家饭店是老边开的，在西城区很有名气，每天晚上都高朋满座。

复古厚重的亭台楼阁，呈现出浓浓的国风，江南丝竹之声悠悠而来，透着古典优雅，身着宋服的女服务员殷勤地倒水添茶，还有那玉盘珍馐色味俱佳，每一处细节都显示着身份与地位。

金华厅内，老边坐在主位，左手边坐着葛峰和山本犬养，右手边则是钱秀玲和施仁正，红木圆桌上山珍海味应有尽有。老边为了这个饭局，特意开了两瓶1988年的铁盖茅台。

"各位，苏董的追悼会已落幕，人死不能复生。"老边端起一杯白酒，惺惺作态道，"我再提一杯，这杯酒敬苏董。"老边说着将一杯白酒倒在了地上。

葛峰也跟着装腔作势，挤出了两滴鳄鱼的眼泪："二哥，一路走好。"

"人还是要向前看，集团这艘巨轮不能沉。"

"老边，谁说集团这艘船要沉了？"钱秀玲嗔怒道，"做好一号项目，集团肯定会翻身。"

"钱总啊，你咋就执迷不悟呢？现在集团哪有钱开发？"

"老边，你也是集团的老人，我叫你一声边总。"钱秀玲怒其不争道，"只要股东们放下成见，齐心协力，难关一定会渡过去。"

"说得轻巧，怎么渡啊？"

"今天有外人在，不便多说。"钱秀玲瞟了一眼山本犬养道，"先表个态，我个人拿出2000万，支持集团的一号项目。"

"我也拿出1800万。"施仁正决绝道。

"哟西，钱桑、施桑，有骨气，大大的。"山本犬养拍着手，一脸坏笑道，"九菊株式会社，没有机会了。"

"你们从哪来回哪去吧。"钱秀玲铁骨铮铮道，"一号项目我们是不会松手的。"

"姓钱的，不要敬酒不吃吃罚酒。"葛峰阴阳怪气道，"跟九菊株式会社作对，哼，杨君松就是你的下场。"

"怎么？光天化日之下，也想撞死我不成？"钱秀玲满带鄙夷地说。

"钱总，有话慢慢说，别着急呀。"

"有什么好说的，不就是想把一号项目贱卖给日本人嘛，门都没有！"

钱秀玲说着起身，拂袖而去。

老边随即起身想拦，却没有拦住。他拉住一旁的施仁正，苦口婆心道："施总，你要多开导开导她呀，识时务者为俊杰。"

"老边，不是我说你，"施仁正勉为其难道，"今天你实在不应该组这个局，要是早知道山本犬养在，我们就不来了。"

"哎，施总，我可都是为了你们好呀。"

"我的眼睛不是染缸，装不下你的各种脸色。"

……

施仁正和老边啰唆了几句，也赶紧收拾东西，果断离开。然而，当他走出江南官府菜的大门时，正好看见钱秀玲失足从七楼坠下，他惊得如满月小儿听见霹雳，骨头都要震碎了。

"坤德集团的一号项目只是个开始，山本的野心可能不止于此。"韩玉朗吐出一口烟道，"钱秀玲的坠亡和葛峰、山本关系密切。"

"韩总高见，您一眼便看透了本质。"宋立接着汇报道，"我们探组第一时间对山本、葛峰进行了询问，只是两人过于狡猾，和杨君松意外车祸一样，两人依旧矢口否认，24小时一过，没有证据，只好将他们放了。"

"当时的监控情况如何？"

"百惠购物中心是西郊区的地标性建筑，监控非常完备。"季亦萍将整理好的监控视频投射到大屏幕，汇报道，"钱秀玲从地下车库坐电梯到江南官府菜，直至坠亡的全过程，监控都有记录。"

监控视频1：4月10日，17点50分，百惠购物中心地下车库。钱秀玲开着一辆白色的保时捷帕拉梅拉，停在了离电梯口最近的27号车位。她身着一套灰色的职业套装，收拾好东西从车里下来，看了一眼手机，径直向电梯间走去。

监控视频2：4月10日，18点01分，百惠购物中心七楼江南官府菜。钱秀玲从直达电梯走出来，在迎宾小姐殷勤的带领下，昂首挺胸走进了金华厅。

监控视频3：4月10日，19点57分，江南官府菜门口。钱秀玲从金华厅快步走出来，看了一下手表，瞥了一眼直达电梯门口等候的人群，稍作停顿，便向七楼的扶手电梯走去。刚站上扶手电梯的瞬间，她突然晕厥失去重心，从扶手电梯左侧围栏翻落下去。此时，施仁正提着公文包，刚刚走到江南官府菜门口，目睹了这一切，被吓得呆若木鸡。

"从江南官府菜门口出来还好好的，怎么突然一下就昏厥了？"韩玉朗掐灭香烟，看向徐家君道，"徐主任，尸检看下来，有没有发现什么异常？"

"韩总，各位领导，尸检情况我简单汇报一下。"徐家君将电脑连接到大屏幕上，调出尸检照片道，"由于不能确定他杀，只能在殡仪馆法医工作站进行尸表检验。"

"钱秀玲的家属情绪很激动，尤其是她哥，这两天一直在总队上访。"金建民插话道，"一方面要求给他一个说法，另一方面又不允许解剖尸体，搞得信访办的老於高血压都犯了。"

"钱秀玲突然坠亡，确实很奇怪，可以肯定的是钱秀玲在高坠过程中意识模糊，基本丧失求生本能。"徐家君分析道，"从监控录像分析，应该是突然一下失去意识。她没有吸毒史和慢性病史，经过对心血的毒理化检验，多种单抗免疫板测试均为阴性，也就是未发现吸食毒品和中毒物的情况，心血中还检出乙醇成分，微量的阿托品、氯苯那敏、利多卡因、斯匹布隆、硫喷妥钠、戊巴比妥钠、奈尼唑等药物成分。"

"这些化学成分都是什么药？"

"应该是常见的消炎、镇静一类的药物，剂量都在正常范围内，不至于会发生中毒晕厥，甚至致死的情况。"徐家君遗憾道，"由于没有立案，4月10日当天包间内的所有食物已经倒掉，其他四位就餐人因为没有什么反应，所以当天也没有进行毒理化检验。"

"如果现在检验还来得及吗？"

"经过两天的代谢，应该是看不到了。"

"如果是食物中毒导致的意外事件，那么就餐的另外四个人，当天应该都会有反应。"韩玉朗又点上了一根香烟道，"如果是故意投毒，一般不会只针对一个人，施仁正应该也会有所反应。"

"百惠购物中心人多眼杂，全是监控，也不是投毒害命的好场所。"金建民分析道，"再说了，江南官府菜是老边的场子，他再傻也不会在自己的店里下毒，坏了自己的生意。"

"那就奇怪了，既没有中毒，也没有得病，钱秀玲怎么会突然失去意识高坠而亡呢？"韩玉朗眉头紧锁，深深地吸了一口香烟。

"利高者疑之！"宋立高声道，"如果钱秀玲死了，葛峰和山本就有机会低价得到一号项目，他们是最大受益者，嫌疑最大。"

"特别是这个山本犬养，是日本九菊一派擅长邪术的法师，惯用一些见不得人的下三烂手段，钱秀玲的死，一定和他脱不开干系。"万子良提醒道。

听到九菊一派，刑警们纷纷议论起来。

眼看大家越说越没边儿，金建明果断将话题引回正轨："好了好了，不要开小会了。钱秀玲的意外离世确实很蹊跷，特别是在坤德集团生死存亡的关键节点上，这肯定和怪力乱神没关系。钱秀玲的尸体一时半会儿还火化不了，要抓紧这个时间窗口，深入……"

金建民话还没说完，就听到会议室外面传来一阵嘈杂的吵闹声。

"不要拦着我，让我进去，让我进去。"

"我可怜的女儿啊，死得好惨啊。"

"别拦我，我要找韩玉朗，讨个说法。"

……

陈强和万子良等人赶紧出去查看，只见钱秀玲的哥哥带着年迈的父母，在走廊里和信访办的於跃撕扯起来。於跃脸色通红，跛着脚吃力地劝说着，衣服扣子还被扯掉了两颗。

"我是重案支队的副支队长陈强，有什么事情跟我说。"陈强挺身挡在了於跃的面前，钱家人暂时停止了哭闹。

"你级别太低，不主事儿，闪开，我要见韩玉朗。"

"韩总在主持案情分析会，有什么事小会议室说。"万子良伸手拦住了钱家哥哥。

钱家人闻听韩玉朗在会议室，顿时躁动起来。老头老太太一把鼻涕一把眼，拖住了陈强和万子良。钱家哥哥则趁於跃不备，一把将他推开。於跃年老迟暮、疾病缠身，不再身手矫健，竟摔了一个大马趴。

"你敢推扫黑英雄！"陈强扶起於跃，厉声道，"再胡闹，就是犯罪！"

万子良眼疾手快，一把揪住了钱家哥哥："你已经涉嫌袭警，扰乱秩序。"

钱家哥哥看着躺在地上哀号的於跃，一时愣在了原地。万子良乘胜追击道："请进小会议室，有什么事先向我们反映，等会议结束了，我们会向韩总反映。"

钱家人自知理亏，灰溜溜地走进了小会议室。然而，他们家长里短啰里啰唆说了一大堆，反映的情况基本上毫无线索价值。唯一反常的一点是，钱秀玲在临死前一个月，经常会去探望自己的父母，性格也变化了很多，原来会因为几百块钱赡养费的问题就和哥哥闹得不可开交，现在反而舍得给家人花钱了。谈话中，万子良也发现钱家哥哥平时和钱秀玲关系紧张，几乎不怎么来往，之所以现在会这么上心，多半是为了钱秀玲的巨额遗产，毕竟她没有子嗣，也没有成家。

月落屋梁。

万子良关闭了实验室的工作站，追查"黑先生"的工作是他每天的必修课，虽然今天没有实质性的进展，不过他对"黑先生"的认知却越来越广，有一些奇怪的想法正在他的脑海中一步步得到印证。他拖着疲惫的身躯回到了宿舍，躺在架子床上，努力让自己睡去，然而，烦恼就像一条忠实的狗，即使释放出去也会回来，这让他辗转难眠。旁边，安琪生逍遥自在地翻看着手机上的短视频，傻笑个不停。

"小安子啊，差不多了，让不让人睡觉了。"

"你心里有事，睡不着吧。拉不出屎，怪地球没吸引力。"

"小安子，怎么说话呢？影响别人休息，你还有理了。"

安琪生从床上坐起来，放下手机："万兄，你不是遇到什么事了吧？你要是睡不着，我教你一招，舌头顶上腭，一顶上腭，人的任督二脉就通了，加强内循环，能够让你忘掉烦恼，恢复元气。"

原来这段时间，安琪生下班了就会去海德堡医学康复中心，为昏迷状态的杨君松擦拭身体，端屎端尿，连外籍的医生护士都被他感动了。患难见真情，虞霖从此将安琪生视为自己人，不但将他从底层调到了坤德集团总部，还将悦仙阁杨君松的书房托付给他，因此他功力大涨。

万子良没有多想，试了试安琪生的方法，说来也奇怪，没过多久便昏昏沉沉地睡着了。

艳照毁誉，男女通吃

走在阳光下，施仁正却感觉不到温暖，钱秀玲的离世让他的精神几近崩溃，可箭在弦上，不得不发，他是苏派最后一位关键人物，利益的巨大诱惑如同飞蛾扑火。这段时间他一直躲在秘密住宅，如惊弓之鸟，只敢用电话遥控着时局的走向，但今天突然要开股东大会，他不得不硬着头皮来到坤德集团，他猜出这一定是葛峰等人的诡计，要趁着苏家无后之时，对他们一网打尽，但现实比想象中的还要恶劣。

当施仁正走进坤德集团一楼大厅，他发现员工们看他的眼神都很怪异，虽然也问候了一句"施总好"，但他感觉出来了其中的不对劲。

"施总，您这些天干吗去了？"漂亮的行政前台小姐姐殷勤地帮他摁电梯。

"最近身体不好，休养两天。"施仁正有些尴尬道。

小姐姐点了点头，不过眼神还是打量着施仁正，一副若有所思的样子。施仁正没有多加理会，径直坐电梯来到了自己的办公室。

施仁正走后，一楼的大厅炸开了锅。

"真羡慕施总啊！"一个男员工嬉皮笑脸地道，"男女通吃的人，连自己干爹的女人也不放过。"

"口味太重了，老菜皮都不放过。"

"哈哈哈……"

施仁正的右眼皮跳了起来，他感到自己身边即将发生不好的事了。他将心一横，该来的总归要来。

"施总，施总！你快看！"施仁正的秘书小雯火急火燎地推门闯入办公室，一点没有往日的稳重。

施仁正转头过去，有点愠怒地瞪着小雯，只见她拿着手机对着自己，手机里面应该是图片，可是隔得太远看不清。

"你最好说一些有意义的事情。"施仁正沉声道，开始低头批阅下午开会用的文件。

"施总，你快看公司网页，不知道是谁吃了熊心豹子胆做的。"小雯径直将自己的手机递给施仁正。

施仁正有些不悦，见小雯递了手机过来，没有继续纠结她的冒失，立刻将自己的注意力转移到了手机内容上。

手机上的图片竟然是自己和一个很年轻的男人的亲密照，两人什么都没有穿，动作极其私密，只有两人关系亲密到一定程度，才可以毫无违和感地做出来。

而这个男人正是东城区全岛酒店唯爱俱乐部的头牌阿萍，施仁正此时此刻简直不敢相信自己的眼睛……

施仁正往上一翻，看见了几个显眼的大字："坤德集团法务总监施仁正私生活糜烂，人品堪忧！"紧接着是小标题："望集团各大股东合作时三思！"

施仁正顿时心慌气短，葛峰这个王八蛋终于还是对自己下手了，集团监事会提议的股东大会，必定是他在后面兴风作浪。

看来集团官网的负责人黄柳卿，一定是被葛峰买通了，竟然会让这种图片流到官网上，影响自己的声誉，他可是施仁正一手培养出来的徒弟。待股东大会结束后，黄柳卿这个数典忘祖的狗东西，必须卷铺盖走人。

施仁正左思右想，怒火中烧，往下翻依旧是他和阿萍的亲密照，各种尺度都有，但凡能想到的都在照片上。真是贼喊捉贼，葛峰把自己的特殊癖好居然安排到了他头上。当年苏坤德正是揪着葛峰这个小辫子，让很多原本支持他的股东反水。

正当施仁正出离愤怒时，他突然在照片上看见了一个熟悉的身影，这不是钱秀玲吗？

接下来都是他和钱秀玲的亲密照，也不知道是谁那么八卦，竟然捕捉到了自己都未曾注意到的细节，更有一些照片尺度之大，令人发指。

就在施仁正暗自嘀咕之时，办公室外响起了一阵嘈杂声。秘书小雯匆匆打开门查看情况，门外站了不少集团的苏派股东，都吵嚷着要见施仁正，大家你一句我一句，十分杂乱。

这些股东突发的情绪就是源于网上施仁正的风流图片，小雯并不能安抚好他们的情绪。施仁正知道接下来迎接他的是什么，在还没有查清这件事之前，他无论怎么说，股东们几乎都不会相信，言多必失，最好的办法就是缄默不语。

施仁正很清楚，言论氛围经常可以左右人的思想和选择。伊丽莎白·诺依曼早在 1974 年就有了一个非常有意思的发现，即使投票者想要投票 A，但如果他们认为 B 会赢，便很有可能将票投给 B。

集团内，苏派本来就损失惨重，如今他作为苏派的新话事人，又深陷负面新闻，看来下午的股东大会凶多吉少……施仁正越想越慌乱，他必须要集中精神，在最短的时间内想出解决问题的办法。

坤德大厦 99 层，董事长办公室。

葛峰肆无忌惮地斜坐在老板椅上，得意忘形地抽着雪茄。他通过监控系统，冷眼旁观着股东们对施仁正的刁难，旁边三哥、四哥、余向东手里拿着香槟，已经开始庆祝。

葛峰吐出一口烟圈，拨通了山本犬养的电话。

坤德集团董事会原本都是苏派的人，一年多下来死伤过半，新一届的董事人选、监事人选正在按照章程，由有权提名的大股东进行提名，再由股东大会选举产生，任期四年。至于董事长，通常来讲，其任命和罢免需要经过半数以上董事同意。

这是一件大事，关乎坤德集团未来。

另一边，尚和私立医院。

虞霖挺着肚子在 VIP 病房内间悠闲地散步，突然她的脸色变得铁青，整个脸扭曲起来，牙齿咯吱咯吱作响，她捧着肚子瘫坐在地上，痛得直抽冷气，身下一片殷红。

"青波，快、快叫费医生。"

病房外间，虞青波喝得迷迷瞪瞪，虞霖微弱的呼叫声，他根本没有听见。他扭头看了一眼内间病房，打了一个酒嗝，伸手抓起一把猪头肉塞到了嘴里，拿起半瓶茅台使劲嘬了起来。

虞霖气若游丝，渐渐失去了意识。

一幕幕往事，如电影般在她眼前飞闪而过。

十四年前，夏夜，东海市歌舞团。

团长李谦光色眯眯地看着虞霖，她身穿朴素的练功服，虽稚气未脱，但身材凹凸有致，一颦一笑动人心魄。李谦光将她摁在了椅子上，快步走到团长办公室门口，将门关上，随手"吧嗒"一声关上门锁保险。虞霖心里"咯噔"一下，从椅子上站了起来，瞬间明白了他的用意。

"虞霖，组织上要重点培养你，"李谦光拉住虞霖滑嫩雪白的胳膊，"你可要珍惜机会啊！"

"李团长，我……"

李谦光目露淫光，顺势将半推半就的虞霖搂到了怀里，急吼吼地就要扒掉她的练功服。最后一丝耻辱感，让虞霖用力推开了李谦光，谁知李谦光精虫上脑，又向虞霖扑了过来，虞霖抬腿就是一脚，踢到了李谦光的要害……

十二年前，被雪藏的虞霖不顾父母家人的反对，终于下定决心，辞去了歌舞团的铁饭碗。她不能忍受业务上处处不如自己的师妹侯丽娟被李谦光捧成了新的台柱子，而自己只配给她当绿叶打下手，拿着微薄的基本工资，过得灰头土脸。

每当夜幕降临，虞霖便混迹于东海市各大高级会所，参加所谓的名媛酒局。在社会上找钱谈何容易，她必须在人老色衰之前，钓上一条大鱼。

会所里坐满了各种各样穿着靓丽的名媛"白富美"，目光所及之处，都是精致的脸蛋、傲人的身材、雪白的肌肤和白花花的大长腿，而虞霖无疑是这些名媛里面最出挑的一个，她不但有心机，而且有手段。

"虞小姐，你迟到了，要罚酒三杯。"苏坤德晃着红酒杯，向虞霖走来。

"谢谢苏董抬爱。"虞霖举起红酒杯，扭着风骚的走位，目光暧昧，欲擒故纵。

一旁钱秀玲横眉冷对，心里暗暗骂了一声：骚货！

十年前，夜，W 酒店豪华总统套房。

伴随着挑逗刺激的音乐，虞霖变换着优美撩人的舞姿，衣服一件又一件褪去，最后只留下一身黑色蕾丝内衣和性感丝袜，她才没有那么傻，把自己脱得一丝不挂，音乐结束，舞蹈才能结束，靠下半身思考的男人才能被她牢牢地捏在手心里。

虞霖偷偷瞄了一眼苏坤德，看到他炽热的眼神从未移开过自己妖娆的身体，她缓缓俯下身，将性感的黑丝袜脱下，扔到苏坤德脸上。苏坤德接过丝袜，狠狠地吸了一口，立刻沉迷在虞霖迷人的体香之中。

"快来，小宝贝。"苏坤德急不可耐地脱掉了浴袍。

"苏董。"虞霖嗲嗲地叫一声，绵软无力地倒在了苏坤德怀里。

14 点整。

坤德集团 99 层一号会议室，岛形会议桌前方是一面大型电子屏幕，上面显示着"坤德集团股东大会"，集团的大股东们纷纷落座，一个个心怀鬼胎。

"现在，我以集团第一大股东的身份宣布，股东大会正式开始！"葛峰站在发言台上，居高临下地扫视台下众人，声音嘎嘎刺耳，"废话不多说，直接进入本次股东大会的第一个议程。余总，来，主持一下。"

余向东满面春风，快步走上发言台，向葛峰深鞠一躬，伸手请他归位，拿过话筒，意气风发。

"各位股东，下午好，由于集团股东、股权结构发生重大变动，且现任董事苏坤德、苏桐、杨君松、钱秀玲非死即伤，还有私生活不检点对集团造成恶劣影响的施仁正，他们未履行职责、未尽应尽义务，严重影响了集团的正常运营，使公司股东权益严重受损。因此，根据《公司法》和《坤德集团股份有限公司章程》有关规定，我受第一大股东葛峰委托，提议采取累积投票制罢免前述董事的董事职务。"

余向东话音刚落，在场众人尽皆色变。

震惊者有之，疑惑者有之，若有所思者有之……

尚和私立医院。

钱秀玲的案子依然没有进展，万子良决定今天上午和惠俊豪、胡秋飞来医院，走访一下钱秀玲生前的死对头虞霖，说不定会发现一些线索。

三人刚一上楼就看见吕阿忠站在虞霖的 VIP 病房门口，像门神一样忠诚守卫，寸步不离。

万子良道明来意，吕阿忠心不甘情不愿地推开了病房外间房门，万子良等人鱼贯而入。房间内一股浓浓的酒气扑面而来，虞青波半躺在沙发上，双眼迷离，抱着茅台酒瓶，似睡非睡，嘴里嘟嘟囔囔。

除了呛人的酒味、蒜味，万子良隐约闻到一股血腥的味道，心里突然咯噔一下，不好！出事了！

"阿忠，虞霖在里间吗？是否有人陪伴？"

一句话点醒了吕阿忠，本来内间半开的门，被虞青波关上了。

"有呀，就是这个酒囊饭袋。"吕阿忠见状气不打一处来，一把抢过虞青波手中的茅台酒瓶，咒骂道，"猪狗不如的东西，你姐要是出点意外，把你淹死在茅台酒缸里。"

"好呀，淹死在茅台酒缸里，一等一的富贵命。"

"让你喝茅台！"吕阿忠剜了虞青波一眼，把茅台酒瓶甩到了他的脸上。

"哎哟，你个挨千刀的。"虞青波被砸了个乌眼青，瞬间疼醒，起身捂着流血的鼻子道，"狗阿忠，老子跟你拼了！哎哟，哎哟……"

惠俊豪和胡秋飞赶紧控制住虞青波，查看他的伤情。万子良则挡在吕阿忠面前，防止再发生意外。

"阿忠，别闹了，快看看虞霖怎么样。"

吕阿忠冷哼一声，敲响了内间的门："虞助理，虞助理……"

吕阿忠敲了一阵门，里面没有任何动静。万子良心怦怦直跳，感觉不妙，他推开吕阿忠打开病房门，只见虞霖早已躺在血泊之中。

"医生、医生，快来人啊……"

坤德集团，一号会议室。

"股东们，首先我向大家道歉，网上的一些传言和照片让大家心里产生了一些不安，认为我施仁正是个品行很差的人，我向大家保证，无论发生什么，对于我们之间的合作，我会精诚所至，不会让大家的利益受损。"施仁正诚恳道，"我施仁正绝不是那种下流之人，网上那些照片一定是今天在座的某位'断背'爱好者在捣鬼，相信我，一定尽快给大家一个答复。"

说话间，股东们又开始吵了起来。"断背"爱好者无非指的就是葛峰，可是空口无凭，要让他们相信，必须拿出证据来。

仓促之间，施仁正当然没有证据。一个年纪稍长的女股东，义正词严地与施仁正划清界线，口头解除了合作关系，甚至提议取消施仁正的董事身份，其他的股东也纷纷效仿，一时间施仁正陷入了劣势。

"各位股东，时间不早了，开始投票吧。"

余向东因势利导，不愧是集团内部第一墙头草，这次新董事的候选人，是以葛峰为代表的小团体，余向东自然也位列其中。

"趁苏家没人，冒充第一大股东召集股东们开会，葛峰，你也配？"施仁正毫不掩饰眼里的鄙夷。

"是呀，苏家绝后了，呵呵，"葛峰得意扬扬道，"怎么能说我是冒充第一大股东呢？"

"虞霖怀有苏董的孩子，苏家还没绝后呢。"施仁正极力辩解。

"且不说虞霖怀的是不是苏董的种，没出生的孩子，不是法律意义上的继承人，姓施的，你是学法律的，这点不懂吗？"

"人渣！"

"再说了，虞霖能不能把孩子生出来，还是一回事儿。"

众股东纷纷议论起来，会场秩序有些失控。

尚和私立医院。

"阴道大出血！准备急诊手术！"产科医生对虞霖全面检查后，迅速做出指示，"孕34+周、重型胎盘早剥、合并大出血，胎心缓慢，并有妊娠期高血压，赶紧做好术前准备，送手术室剖宫产！"

话音未落，"叮叮叮——"手术室换车间的门铃骤然响起，红灯闪烁下，虞霖躺在平车上被一群医生、护士送了进去，只见她脸色煞白，呼吸急促，转运车上、白大褂上、塑胶地板上，一路血迹斑斑。

万子良等人紧跟其后，吕阿忠、虞青波试图跟进去，被面色凝重的医生挡了出来。

"孩子要是有事，我宰了你！"吕阿忠一把揪起虞青波的衣领，将整个人拎到面前，死死卡住他的脖子道。

"我、我也不希望我姐死呀！"虞青波脚尖离地，早已被吓得魂飞魄散。

"阿忠，别乱来。"万子良厉声制止道，"虞霖到底怎么回事？"

"唉！"吕阿忠闻言，懊恼地将虞青波甩在了地上，自己则蹲在地上，不断用手拍打着脑袋。

惠俊豪一把抓住吕阿忠的手，呵斥道："现在不是自残的时候，有什么情况跟我们说。"

万子良不慌不忙，分别对吕阿忠和虞青波进行询问，了解虞霖以及他们两人的近况。

手术室的红灯久久地亮着，红得让人心惊胆战。

开放多条静脉通道，加压输液，颈内静脉穿刺，输血加温……一项项抢救措施有条不紊地迅速展开。

然而，虞霖的情况不容乐观，大量的出血让所有的生命体征都亮起了红灯，下体只要稍微松手，鲜血便喷涌而出，得一直用手死死堵着，情况十分危险，一场与死神的赛跑正在上演。

"谁是病人的家属？"手术室的大门突然被打开，抢救中的红灯也一下子灭了，身着白大褂的医生神情凝重地走了出来。

"我。"吕阿忠急忙跑上前道。

"病人情况不容乐观，保大人还是保孩子，要请病人家属决定一下。"医生的眼神中充满责备。

"两个都要保！"虞青波瞪着熊猫眼道，"我是她弟弟，花多少钱都可以！"

"病人现在体内大出血，对不起，只能保一个。请家属尽快做决定，时间拖得越久，病人的手术风险就越大。"医生的脸色也随之一沉，口气有些不善。

"保小孩，保小孩……"吕阿忠见医生要离去，他伸手拦住医生，果断道，"没有孩子，一切都没意义了。"

……

一小时后，一个护士满身是血，慌慌张张地从手术室跑了出来，对着万子良等人大喊道："谁是 O 型血？"

众人面面相觑，只有干着急的份。

"我是。"万子良挽起袖子，焦急地向护士走去。

坤德集团，一号会议室。

任凭背叛与指责，施仁正沉默不语，他就像塞了满口辣椒，刚开始很难受，到了这时却是已经没了知觉。商场如战场，企业家们看似光鲜，其实每天都在发愁。

坤德集团一共有十三个董事，其中苏派的董事，包括施仁正在内，一共五个，剩下有四个是亲苏派，另外四个则是中立派。而如今苏派中的四个非死即伤，还有一个声名狼藉，这四个的空缺，看来非葛派人士莫属，而原本的亲苏派也在动摇。

"股东们，讨论得差不多了吧？"余向东觍着脸，大言不惭道，"适者生存，发展才是硬道理，九菊株式会社为东海的发展提供了大量资金，在我们集团最危难之际，有国际资本倾囊相助，这是何等的境界，是国际主义精神……"

余向东黑白颠倒，大放厥词，这刺耳的噪声让施仁正心烦意乱，眼看大势已去，他却无力回天。他深刻地领悟到了一句话：你若风光万人陪，一无所有还有谁。

突然，施仁正的电话响起，来电人正是吕阿忠。福无双至，祸不单行。施仁正强打起精神，接通了电话。

狡猾的葛峰也接到了线报，眉飞色舞，大摇大摆地走了过来。

"小施，无计可施了吧？"葛峰大言不惭道，"出来混，有错要承认，挨打要立正，呵呵呵。"

"各位股东，苏家最后的希望也破灭了。"余向东见风使舵道，"抓紧时间投票吧，在葛董事长的带领下，集团的未来将会一片光明。"

股东们停止了探讨，纷纷摁下了手中的投票器。

负责选举唱票的监票人黄柳卿，看着葛派候选人票数激增，露出了奸邪的笑容。他的背信弃义，换来的将是前程万里。

尚和私立医院。

"哇……哇……哇……"

一阵嘹亮的婴儿啼哭声从手术室中传出来，守候在手术室外的万子良等人都忍不住欢呼起来，吕阿忠更是老泪纵横。

坤德集团。

那一声声嘹亮的啼哭就像是为苏派吹响了反攻的号角，施仁正兴奋得手舞足蹈，他将产房的视频直播在了会议室的大屏幕上，股东们也都放下了手中的投票器。

"苏家有后啦！"

血脉的力量果然是强大的。施仁正拿出了苏坤德让他精心保管的司法亲子鉴定证书，与股东们精诚沟通，得到了大部分股东的支持，并与现任的董事们达成一致。

三小时后，施仁正整理好思路，信步走上发言台："各位股东，作为集团的法务总监、董事，我郑重宣布，今天的股东大会无效。"

眼看煮熟的鸭子飞了，葛峰像吃了苍蝇一样难受……

波谲云诡，风云变幻

老城区，樱酱屋。

邦乐弥漫的空间里，充斥着经典的日风，优雅而不失别致，食客来来往往，彬彬有礼。

身着华丽和服的服务员，端着顶级白龙泉清酒、名贵的蓝鳍金枪鱼刺身，来到一处最隐蔽的包间，刚打开拉门，就听见包间内传来乌鸦一般刺耳的咒骂声。

"妈的，苏老虎阴魂不散，关键时候就出来捣乱。"葛峰闷下一杯清酒，嘎嘎道，"余向东，情报有误啊！你他妈的还是个博士，智商连狗都不如！"

"葛总，虞霖的预产期真的没到呀。"余向东抖抖豁豁道，"尚和私立医院的几个医生、护士都买通了，谁知道她提前……"

"胡扯！"葛峰抓起清酒杯朝余向东的脸上砸去。

余向东避闪不及，被砸了个乌眼青！

"葛桑，少安毋躁，要相信九菊一派布的局。"山本犬养穿着黑色纹付羽织袴，摁下躁狂的葛峰，"中国有一句古话，量小非君子，无毒不丈夫。"

"山本君的意思是……"三哥看了一眼四哥和葛峰，伸出手做出了斩草除根的动作。

西城区，海德堡医学康复中心。

杨君松躺在病床上，身上插满了管子，蜡黄的脸上长满了青色的胡须。一个金发碧眼的女护士正在帮他换药，突然，她扔掉了手中的护士盘，惊叫连连。

"Oh my god！"

"It's impossible！"

杨君松缓缓地睁开了眼睛……

电子物证实验室。

"问题背后的问题。"糜康这句话一直萦绕在万子良的脑海中，陆茵案、纵火案、杨君松被撞、苏桐被杀、钱秀玲坠亡……这背后无不和坤德集团的利益斗争有关，那像幽灵一般的"黑先生"一定是这利益斗争的参与者，从作案的轨迹来看，"黑先生"的野心很大，而且越来越大。

万子良顶着浓重的黑眼圈，畅游在数据的海洋之中，神秘莫测的图画、数额巨大的比特币、莫名其妙的车祸、深藏古宅的沸水井、诡异无痕的坠亡……他试图从中找出规律，摸清凶手的动机，发现凶手的蛛丝马迹，然而，这并非一件易事。

万子良在支队长金建民的安排下，向经侦的反洗钱专家讨教过，跟技侦的情报学专才请教过，也跟交警的事故科老法师交流过，甚至走访了社科院的民俗专家，万子良的业务知识有了全面的突飞猛进，可是这些疑案依旧进展缓慢。

另一边，虞霖也渐渐脱离了危险，在做完几次笔录后，为了防止意外发生，万子良派胡秋飞经常光顾尚和私立医院，暗中保护虞霖和她的儿子。

唯一值得庆幸的是，明珠案进展十分顺利，刑警们根据郭槐给出的六个埋尸点，经过一个月的努力，终于将被害人的尸骸逐一挖了出来。这些埋尸点都是郭槐根据祖传的半部《青囊经》中所绘的风水峦头学理想布局图，结合他在博山公墓工作多年的经验，反复勘查，精心挑选出来的绝佳之地。

每个埋尸点都是山环水抱，隐蔽性极强，而每个被害人，经过 DNA 检测和颅像复原，都有着非常相似的长相，被害时也只穿着简单的内衣，甚至是裸体。

郭槐已了却最后的心愿，自然彻底坦白。看来郭槐的作案手法始终如一，没有什么变化。那么杨芸案到底怎么界定，是一起模仿作案，或是另有其他隐情？

为了搞清这一切，万子良带领一探组，再次来到了东海市第一看守所提审郭槐。

郭槐戴着沉重的手铐脚镣，双目微闭，斜靠在审讯铁椅上。万子良上前帮郭槐解开了脚镣，这让他瞬间睁大了眼睛，显得有些不自在。惠俊豪则隔着不锈钢栅栏，冷冷地看着。

"脚镣太重，暂时放松一下。"万子良回到了座位上，心平气和道，"等审讯结束，再给你戴上。"

"不要来这些虚情假意的东西。"郭槐似乎并不太买账，他缓缓地闭上眼睛道，"无功不受禄，该交代的都已经交代了，准确地讲，我已经没有利用价值了。"

"郭槐，压根没有想讨好你的意思，更不是什么虚情假意。"万子良莞尔一笑道，"只是想相对平等地和你交谈，请教一下杨芸的案子你怎么看。"

"我不认识杨芸，她也不是我杀的。"

"会不会是有人在模仿你作案？"

"有这个可能性。"郭槐大言不惭道，"我的作案手法可是一等一的高明，要不是碰上刘卫国这个孽种，你们不可能会发现我。"

当年，刘卫国在分局做支队长的时候，就一直紧盯此案，并没有因为官职升迁而松过手，反而越抓越紧。另一方面，通过媒体的报道，此案引起了不小的社会恐慌，而一些别有用心的犯罪分子，反而似乎是从中找到了一条杀人越货的好路子。

"不只刘卫国吧？还有你的死对头杨君松。"

"哼，所以他出车祸了。"郭槐幸灾乐祸道，"泄露天机者不祥。"

"你指他破了你的局？"

"呵呵，你们也太低看我了，这根本称不上局。"

万子良继续问道："上次从你老家回来的路上，你喝得酩酊大醉，车上你一直说的什么都要走向死亡的五行局是什么？"

"法不轻传，道不贱卖。"郭槐思量许久，长出一口气，缓缓道来，"点上一支最好的中华烟，3字头的，329。"

给烟抽就很不错了，还要3字头的329，惠俊豪很是恼火，认为郭槐在耍他们。万子良倒是颇有耐心，翻遍了整个看守所，终于在所长办公室找到了一包329的软中华。

万子良帮郭槐点上了："这烟口感怎么样？"

郭槐贪婪地猛吸一口，半天没有说话。

"舒服，活着没什么意义，就是用自己喜欢的方式等死。"郭槐神秘一笑道，"你可知道，香烟也是有五行的。"

"愿闻其详。"

"烟是草本植物，在五行中为木，在阴阳中为少阳，性温。点燃之后为老阳，性热。"这支极品的329软中华香烟，打开了郭槐的话匣子，他一边吞云吐雾，一边滔滔不绝道，"天地未分之时，被称为混沌状态。天地乾坤混在一起，日月星辰没有生成，昼夜寒暑没有交替出现，没有风雨雷电，没有草木山川。这时，一股灵气在里面盘结运行，于是从太易之中生出水，从太初之中生出火，从太始之中生出木，从太素之中生出金，从太极之中生出土。"

"你所谓的五行局是什么呢？"

"万警官，你可听说过'打生桩'？在日本被称为'人柱力'。"

"听我室友曾经说过，应该是一种用活人祭祀的陋习吧。"

"'打生桩'又分为镇鬼神、活人祭、龙上栅三种类型，而其最高境界，就是用人祭做出五行之局，还原出上古之灵气，掌握了这灵气，便可以达成不可告人之秘密。"

"此话怎讲？"

"苏桐的生辰我已经知道，把其他伤亡之人的生辰一并给我。"

万子良将信将疑，转念一想，郭槐已是将死之人，帮助警方破案，知道一些涉嫌的情况也不算过分，于是他帮郭槐又点上了一支香烟，随后分别将陆茵、娄家三口、杨君松、钱秀玲的生辰，以及案件的细节和盘托出。郭槐口中念念有词，手中掐着指诀，一阵精推细算，露出了然于胸的神情。

"哼，果不其然。"郭槐深吸一口香烟道，"陆茵生辰属木，被吓死于东郊区瑞公馆旁边的森林公园，东方为木，此为木局；娄家三口生辰属火，被烧死于南城区董家渡，南方为火，此为火局；杨君松生辰属土，在丰庄镇五垚村被车差点撞死，地名为土，此为土局；苏桐生辰属水，溺死于老城区福水街沸水井，地名为水，此为水局；钱秀玲生辰属金，坠亡于西城区百惠购物中心，西方为金，此为金局。"

"那杨芸呢？"

"杨芸就比较奇怪了，她生辰属金，死于南郊区湿地公园，以土局论颇为勉强，而且时隔多年，不太像。还有一点颇为蹊跷，按照五行局的推演，钱秀玲应该死在苏桐前面。"郭槐掐指冥想道，"这五行局本应该是相生关系，才能达到最佳效果，也就是说疑案的发生顺序应为木生火，火生土，土生金，金再生水。然而，到了苏桐案就改变了方向，钱秀玲的死法也不只高坠这么简单。"

"钱秀玲案还藏有什么玄机？"

"我功力有受限，所以苏桐溺亡、钱秀玲坠亡，还有些看不懂。"

"限于何处？"

"就差那半部《青囊经》。"郭槐叹息道，"我本一心向死，本该再无牵挂，如果能在有生之时读到后半部，此生足矣。"

"我会想办法，希望你能全力配合警方，将功补过。"

将死之人，其言亦善。留给郭槐的时间已经不多，在这个时候他没有必要撒谎。他的一席话点醒了万子良，这些疑案是有规律可循的，应该是为了同一个不可告人的目的，在两年内进行的系列案件，环环相扣，目的性极强。而杨芸案，应该和这些系列案件无关，也许是另有他人所为。

经过二十多年坚持不懈的追查，明珠案终于可以画上完美的句号，受害人家属纷纷给重案支队送来锦旗，"业务精专匡扶正义，打击犯罪沉冤昭雪""一身正气在人间，除暴安良恩如山""彰显为民情怀，诠释刑警担当"，以此表达对刑警们的感激之情。市局专门召开了新闻发布会，各大媒体也是争相报道，这让韩玉朗扬眉吐气，刑侦的气势如虹终于压过了经侦一贯的风头正劲。

在万子良等人的提议下，陈强终于大方一回，包下了整个"老谷重庆火锅"，邀请了重案支队和刑技中心的兄弟姐妹们，一同庆祝这神圣的时刻。

这晚，刑警们把酒言欢，纵情欢畅，大汗淋漓间，仿佛早已放落了千斤重担，一箱箱爽口怡人的冰镇啤酒，一汪汪火红热辣的牛油火锅，伴随着欣慰和喜悦，让大家的心好似荡漾在春水里。

"兄弟们，静一静。"陈强起身举起一瓶啤酒，眼含热泪道，"明珠案顺利告破，支队收到的锦旗都是这些年兄弟们的血汗，啥也不说了，敬兄弟们，全在酒里了。"

陈强仰脖干掉了一瓶啤酒，其他人也纷纷跟上。

"让逝者安息，给生者慰藉，是最值得欣慰的事情。"胡秋飞提议道，"我也回敬一下陈支，在你的带领下，我们无往而不利。"

"对，火车跑得快，全凭车头带。"惠俊豪用牙齿咬开一瓶啤酒，打着酒嗝跟着道，"来来来，一起敬一下陈支，我先打个样。"

惠俊豪解开衬衣的纽扣，胸前的疤痕若隐若现，他深吸一口气，在一片叫好声中，又吹下一瓶，将现场的气氛推向了高潮。

众人喝到兴头上，三探组"龙虎豹"三人组鼓掌起哄，让宋立来一段他最拿手的京剧《智取威虎山》选段。

宋立今天格外开心，他清了清嗓，起身亮相，一板一眼，精神抖擞："今日痛饮庆功酒，壮志未酬誓不休，来日方长显身手，甘洒热血写春秋……"

万子良听得入迷，没想到平日里不苟言笑的宋立，竟有如此好才艺，不禁跟着叫好鼓起掌来，对宋立的负面印象竟瞬间烟消云散。

"小万，听说杨君松醒过来了？"王涛拿了杯啤酒凑了过来。

"涛哥，敬你。"万子良小酌一口道，"听小安子说，他现在还很虚弱，等他好点了去看看他。"

"是呀，植物人能苏醒，简直是医学奇迹。"

"涛哥，钱秀玲的案子你怎么看？"

"妖是蛮妖的。"王涛自斟自饮道，"明天周末，我正准备去看看师傅。"

"好呀，算我一个。"万子良兴奋道，"上次太仓促，还有好多问题要请教。"

两人心照不宣，碰杯一饮而尽。

翌日，下午。

万子良和王涛再次来到了东海市精神卫生中心糜康的803号病房。

"来就来嘛，这么客气干什么？"糜康接过王涛手中的水果道，"别杵着啦，坐下聊。"

"坐下聊，坐下聊。"瘦骨嶙峋的小宝躺在床上机械地搭话，状态看上去不错，看来他已经从上次修仙之旅中缓了过来。

王涛说着将笔记本支了起来，万子良不仅说了钱秀玲坠亡案，而且将和坤德集团相关的四起案件一起一五一十地讲述了一遍。糜康摩挲着下巴，翻看着资料，陷入了沉思。

"糜主任，郭槐说这些案子是一个五行局，很有可能是九菊一派所为，而'黑先生'就是那个幕后操控的恶人。"

"恶人？"糜康目光深邃道，"恶人的诞生是因为善人的出现。"

"此话怎讲？"

"善恶都是相对的，只是人们主观的评判标准，跳不出善恶的表象，就找不到案件的真相。"

"糜主任，您的意思是，我们可能一直在被牵着鼻子走，被误导？"

"好人比坏人更坏，哈哈哈。"小宝亢奋地在床上跳来跳去，手舞足蹈。

"小宝，别闹了，该吃药了。"

糜康上前企图拉住小宝，谁知看似瘦弱的小宝，像灵活的猿猴一般，疯狂地上蹿下跳起来，房间内的瓶瓶罐罐被打翻一地。万子良和王涛赶紧上前帮忙，费了九牛二虎之力，终于将小宝摁下。一阵折腾后，糜康已是气喘吁吁，他拿来药片给小宝服下，小宝很快昏昏欲睡，安静地躺在了床上。

"小万，凡有接触，必留痕迹，真相永远在现场。我累了，回去吧。"

……

万子良和王涛告别了糜康，天色已渐暗。他决定一个人去趟百惠购物中心，按照钱秀玲坠亡当天的时间和路线，放下一切善与恶的成见，重新感悟。

西郊区，百惠购物中心。

万子良从地下车库坐电梯来到了七楼。琳琅满目的商品，让他眼花缭乱，商场里依旧循环播放着那首经典的《宝贝对不起》，音量比以往似乎还要大一些。江南官府菜门口人头攒动，排队等位的椅子上坐得满满的，万子良抢到了一张椅子，他坐在椅子上，静静地观察着周围的一切。与此同时，一只浑身雪白的野猫，正透过楼顶的玻璃，用它深邃的蓝眼睛，静静地观察着万子良。

"先生，您几位？"穿着红色旗袍的女迎宾化着浓妆，热情地向万子良打着招呼。

"休息一下。"

女迎宾看万子良毫无消费之意，立刻收起了笑容，咧着大嘴，尖酸刻薄道："不好意思，这里是高端饭店，位子是留给有消费能力的顾客用的，不提供给路人休息。"

万子良冷哼一声，不愧是坤德集团股东开的饭店，保持了他们一贯狗眼看人低的毛病。他仔细看了一下女服务员的胸牌，上书"姚霞平"，果然是钱秀玲出事那天当班的女迎宾。

"不用餐，别占着茅坑不拉屎。"

"姚霞平，你是厕所门口等着吃屎的狗吗？"万子良无情地嘲讽道，"脸上的粉都裂了，你应该多吃一点化妆品，增加一下内在美。"

"你……"

"你什么你，你的眼看谁都比你低，别跟我说话，我有洁癖。"

万子良妙语连珠，惹得周围群众哈哈大笑。他见好就收，潇洒地起身离开，留下尴尬的姚霞平在风中凌乱。

万子良走向七楼的扶手电梯，这里就是钱秀玲坠亡的地方。电梯旁边的必经之路上，有一家卖儿童玩具的商铺。为了能多挣点钱，店铺门口摆了一排排儿童游乐设备，但似乎生意不怎么好，反倒是旁边儿童捞鱼的摊位上，一位难求。

大大小小的孩子们手里拿着渔网，兴奋地在鱼池里捞来捞去，将捞上来的小红鱼放进自己的小盆内，可怜的小红鱼奄奄一息，甚至有的已经死掉，家长们则麻木地坐在旁边的小凳子上，无聊地翻看着手机。

脑满肠肥的捞鱼摊主，不断地往池子里补充着小红鱼，笑得合不拢嘴。同样让摊主开心的是，他的泡泡枪卖得也不错，蓝色的大塑料盆里装满了肥皂水，小伙计用泡泡枪吸满了肥皂水，随着灯光闪烁和音乐响起，一串串梦幻般的泡泡漫天飞舞，孩子们在泡泡中追逐嬉戏，仿佛进入了童话般的世界。

看来还是小孩的钱好挣，人们并不关心这里是否曾经死过多少人，只沉浸在自己的梦幻泡影中。

随着手扶电梯越来越近，一串串泡泡碰到了万子良身上，冰冷的触感让他瞬间从童话世界里走了出来。看着眼前捞鱼的孩子们，他们的欢声笑语瞬间变得狰狞可怖，这样以生命取乐的游戏，毫无教育意义，只会让践踏生命的潜意识，污染孩子们纯真的心。

万子良驻足看着眼前的这一切，钱秀玲应该是从这里走过，那天也是周末，不知道当时她是否也会这么想。不过，可以肯定的是这漫天的泡泡一定会让她放慢脚步，甚至触景生情。

对了，泡泡！

万子良突然眼前一亮，想起了糜康的话"凡有接触，必留痕迹"，搞不好问题就出在了这些泡泡上！当天晚上吃饭的五个人当中，只有钱秀玲接触过泡泡，而当她坠亡以后，所有的人都在看热闹，泡泡自然就停止了。

218

万子良不敢怠慢，拨通了徐家君的电话。

通过协商赔偿，刑技中心的现场勘查人员将大塑料盆和一整盆泡泡水带回了毒理化室。经过一晚上的分析化验，毒理化报告终于出来，除了泡泡水的正常成分以外，泡泡水里还发现了大量的乙夫利成分，这种物质无色无味，易溶于水，是一种人工合成的植物生长调节剂，虽然没有什么毒性，但是出现在泡泡水里却非同寻常。

万子良的重大发现，让徐家君如获至宝，他立刻组织人手对钱秀玲的尸体和衣服进行再化验，果然，在她的面部、颈部皮肤以及上衣外套上，发现了微量的乙夫利成分。

徐家君果然是经验老到的法医，他结合钱秀玲心血检测出来的奈尼唑、斯匹布隆等化学成分，在查阅大量资料之后，终于找到了钱秀玲坠亡的真正原因。

乙夫利、奈尼唑和斯匹布隆，这三种化学物质都是无色无味，人体摄入其中的任意一种或两种都不会产生任何毒副作用，但是只要三种物质一结合，人就会产生中毒反应。

万子良和徐家君一起分析了多种可能性，还原了当时钱秀玲中毒坠亡的可能性。第一步，有人故意给江南官府菜金华厅的食物中下了奈尼唑和斯匹布隆，所以钱秀玲的血液当中会含有这两种物质的成分；第二步，在钱秀玲下楼的必经之路上设置障碍，因为无论是乘扶手电梯还是直达电梯，都要经过这个地方，通过给卖泡泡枪的塑料盆内倒入大量的乙夫利，从而让含有乙夫利的泡泡与她的皮肤接触。

这样三种本来对人体无毒的物质，巧妙地聚合在了一起，让钱秀玲瞬间产生了致命的毒副作用，从而在七楼的扶手电梯上，因中毒而失去知觉后坠亡，这也正好解释了钱秀玲为什么会以"非生非死"的奇怪方式坠地。而这三种物质混合并使人中毒以后的代谢产物，由于毒理化室没有标准样本，所以警方根本无法从死者的心血内检测出来。

由此可以推断，钱秀玲不是意外坠亡，而是有人故意谋杀。

这一套行云流水、杀人于无形的谋杀方式，让人不寒而栗。

重案支队迅速出击，着重对江南官府菜和捞鱼摊主进行了调查，最重要的一项侦查工作就是查看监控。根据《中华人民共和国治安管理处罚法》等相关法律规定，公共场所的监控视频应保存至少30天。而购物中心这样的公共场所，面对的客户一般都是相对弱势的老百姓，业主方往往不会将视频多保存一天。但一些酒吧和KTV，是治安复杂场所，客户往往比较强势，业主方为了保护自己的利益，往往会将视频保存3个月左右。

然而，具体到该案，由于时间过去一月有余，百惠购物中心的内外部监控都已经不复存在，具体当事人也都对下药的情况毫不知情。唯一的疑点是江南官府菜的配菜小工朱慧霏，在钱秀玲坠亡三个星期后辞职，目前人已经失联。万子良只好将他的表姐，也是他的工作介绍人，江南官府菜的前台女迎宾姚霞平带到了重案支队进行询问。

一探组办公室。

姚霞平拘谨地坐在木椅子上，满脸通红，手心冒着冷汗，她没有想到会以这种方式和"熟人"再次相见。因为在猪眼中，世上最愚蠢的动物也许是人。

"姚霞平，你表弟朱慧霏是什么时候到江南官府菜上班的？"胡秋飞板着脸质问道。

"去年春天过来的。"姚霞平手足无措道，"警官，我真的不知道他在哪里，我……"

"姚霞平，老实点！"万子良观察姚霞平眼神飘忽，知道她一定有所隐瞒，果断打断道，"你表弟涉嫌命案，如果你胆敢隐瞒事实，以包庇罪论处。顺便告诉你，我这里的椅子不会赶人走。"

"领导，不敢，不敢。"姚霞头摇得跟拨浪鼓似的，咧着大嘴道，"朱慧霏以前，在浙江老家……"

姚霞平在万子良面前再也不敢撒谎，没想到"投桃报李"来得这么快，前两天被她从椅子上赶走的人，今天搞不好会让她一直坐在椅子上，只是这椅子如坐针毡。她懊悔地低下头，如竹筒倒豆一般，将朱慧霏的情况和盘托出。

朱慧霏原本在老家县城开出租车，日子还算过得去，自从迷恋上网络赌博后，不但花光了自己的积蓄和父母的棺材本，而且还欠下了高利贷，气得父母一病不起，他只好投奔曾经衣锦还乡、号称在东海市开大饭店、混得风生水起的大表姐姚霞平。

然而，朱慧霏来了以后才知道，大表姐姚霞平并非像她吹的那样光鲜亮丽，她也只不过是江南官府菜的女迎宾，无非是做了饭店老板老边的情妇，而且还是之一。老边这个糟老头子坏得很，对自己的情妇抠抠搜搜，更不会待见情妇的表弟，只会在他们这些年轻人身上找感觉，仅仅在后厨给他安排了一个配菜小工的角色。

微薄的薪水并不能满足朱慧霏日益膨胀的胃口，更不要说还高利贷和支撑他赌博的癖好，他越来越债台高筑。有好几次，要账的打手追到了江南官府菜，要不是姚霞平解囊相助，朱慧霏早被人砍断了手脚。

说来奇怪，近几个月来，再也没有人找朱慧霏要过赌账，他的手头也突然阔绰了起来，原本蹭别人香烟的人，现在自己也抽起了大中华。辞职前，他还在姚霞平面前吹牛，说自己要到缅北去挣大钱。

朱慧霏一系列的反常行为，引起了高度重视，刑侦总队发出了B级通缉令。季亦萍根据姚霞平的口供，很快便找到了朱慧霏在云南临沧市活动的蛛丝马迹，然而遗憾的是，临沧市公安局的情报显示，朱慧霏已经偷渡成功，目前混迹于缅北果敢、木姐一带的赌场内。缅北长期处于军阀割据的局面，社会情况复杂，只遵循丛林法则，法律法规鞭长莫及，取而代之的是军阀私刑，毫无人性可言。

对于朱慧霏的抓捕工作，一时陷入了僵局，钱秀玲坠亡案的线索就此中断。万子良并不甘心止步于此，他一方面费了好大的劲，终于说服安琪生，偷偷地将下半部《青囊经》复印后给到了郭槐，并在看守所给他专门安排了单间，让他专心研习，从此万子良欠下安琪生一个巨大的人情；另一方面，万子良根据对陆茜案、纵火案、苏桐案等的推理，认为"黑先生"一定是钱秀玲案的幕后黑手，他通过天狗AI追踪系统，试图在暗网中发现"黑先生"与朱慧霏的联系。然而，"黑先生"这次似乎并没有给万子良机会，居然销声匿迹了。

第七章
震惊百里

■ ■ ■ ■ ■ ■ ■ ■ ■ ■

出征缅北，虎穴狼巢

初夏，石榴花渐渐开放了，绿叶衬着红花，美极了。

西城区，海德堡医学康复中心后花园。

杨君松在两名护士的搀扶下，从轮椅上艰难地站了起来，他原本身高
1.78 米，体重 140 多斤，昏迷后大部分时间都是在靠营养液维持，身子已
经瘦得干瘪，只有不到 100 斤了……汉斯医生说，现在这个阶段瘦点挺
好，复健的负担会小，很容易进步。不过，对于杨君松这种刚刚从鬼门关
回来的人，虽然目标非常明确，听起来也都很容易，但是他的复健之路依
旧困难重重。

今天，杨君松的目标是 800 多米的康复训练，其实距离并不远，下午
走了快两个小时，他的力量明显不足。在两名护士的搀扶下，他靠着支架
支撑着双腿，每一步都要伴随着腰腹借力，走走停停，非常辛苦。

不远处的凉亭内，虞霖看着杨君松暗自为他加油，又看着怀中的大
胖小子，正虎头虎脑地贪婪地吮吸着乳头。儿子小名曦曦，代表着光明磊
落、光辉希望、旭日东升之意，大名苏曦，是杨君松帮忙起的名字。这孩
子从小就不哭不闹，一双灵动的凤眼，似乎洞穿了世间的一切。母凭子
贵，苏曦的 DNA 检测报告和公证处的公证函是虞霖重出江湖、继承苏家

巨额财产的根基。未来可期，这美好的景象，让她暂时忘却了眼前的烦恼。

凉亭外，吕阿忠如铁塔一般站在虞霖身后，带着两名经验丰富的保姆，尽心尽职地守护着。杨君松累得满头大汗，他驻足回头看向苏曦时，眼里满是希望和怜爱。

安琪生手捧鲜花，带着万子良和胡秋飞缓步走进了医院，除了看望病人惯常带的水果和营养品外，万子良还特意带了一个针对康复病人的具有理疗功能的洗脚盆。

经过和汉斯医生的交流，万子良得知杨君松已经苏醒一段时间，幸亏了德国的干细胞疗法，让他身体各个方面都恢复神速。在汉斯医生的允许下，万子良等人来到了后花园。

"师叔，今天气色不错。"安琪生满脸堆笑地迎了上去。

杨君松坐在轮椅上，看着安琪生身后的万子良和胡秋飞，笑而不语。虞霖见状赶紧收拾好衣服，将孩子交给保姆，和阿忠快步走了过来。

"小安子，什么情况？"虞霖警觉道。

"虞助理，他们主要是来看望师叔，顺便再了解一下当时的案发情况。"

"你师叔刚刚苏醒，受不了刺激。"虞霖一脸不悦道，"都回去吧，东西以后就不要带了。"

"不识好人心。"胡秋飞将水果放在花坛上，暗自嘀咕道，"装什么大尾巴狼，真是好了伤疤忘了疼。"

"东西不好，不成敬意。"万子良不卑不亢道，"我们简单问两句话就走，不会耽误杨教授休息。"

"虞霖，没事。"杨君松虚弱道，"咳、咳……配合警方工作，是公民的义务。"

"阿松，你看你咳的。"虞霖心疼地轻拍杨君松的后背。

"杨教授，我们问，你简单回答就行。"

"好。"

"1月28日下午，北郊区回城区的高速公路上，为什么突然在丰庄镇下高速？"

……

杨君松虽然苏醒不久，但是思路清晰，他将那天发生车祸的所有细节原原本本地讲述出来，包括山本犬养打过恐吓电话，以及派人到悦仙阁的事情也都简单述说了一遍。

"你昏迷的这段时间，发生了一系列的案件，你怎么看？"

"天下熙熙，皆为利来。"

"有没有可能是九菊一派布的五行局？"

"九菊一派，阴毒无比，亡我之心不死。"

"那'黑先生'呢？"

杨君松缓缓摇头，一脸茫然地看着万子良，不知他在说些什么。

……

为杨君松解释"黑先生"需要大量的时间，他的体力有些明显不支，今天的走访只能到此结束。

临走时，杨君松只将万子良单独叫到身边，悄悄地嘱咐了一句，说他印堂发黑，近期有血光之灾，一定要多加小心。

翌日，上午。

万子良刚刚做完晨练，就被陈强叫到了办公室。

"头儿，今天早上你怎么没去啊？炮哥不得了，把缉毒处的老魏干翻了。"

万子良用毛巾擦着汗，快步迈进了副支队长办公室，发现陈强坐在茶台前，对面坐着一个戴着眼镜、文质彬彬的中年人。

"小万，来，一起喝茶。"陈强招呼道，"这位是经侦总队追逃支队的副支队长孟拓，我警校同班同学。"

"孟支好，我是一探组万子良。"万子良与孟拓握手，感觉会有大动作，赶紧围坐在茶台边，一边大口喝茶，一边静待指示。

"昨天胡局组织刑侦、经侦相关支队以及国合处，召开了一个紧急会议，从下午一直开到晚上。"陈强一边沏茶，一边陈述道，"鉴于缅北地区犯罪猖獗，是电信诈骗团伙聚集的重灾区，东海市大量罪犯也逃亡于此地，市局在公安部的统一协调下，在缅北开展代号为'捕狼'的秘密清网行动，我们一探组的任务是抓捕朱慧霏。"

"太好了！"万子良兴奋道，"钱秀玲坠亡案，终于有希望了。"

"不过，缅北情况复杂，危险重重，稍有不慎就会有生命危险。"陈强眉头紧锁道，"中国警察在那里没有执法权，行动处处受限，你第一次出国行动，务必多和孟支沟通，他对缅北很熟悉。"

"是！"

"果敢最大的百胜赌场发生了内讧，赌场大哥沙坤被杀，临时负责人白狼想借助中国警方的力量清除异己，有了白狼这个内应，才能有机会在当地军阀的眼皮子底下开展抓捕行动，我们的目标是八名经济案通缉犯。"孟拓一板一眼道，"昨晚和陈支沟通后发现，其中两名通缉犯朱宝泉和李果良，正是你们支队重点监控的涉黑人员。"

"他们两个犯了什么事？"

"经侦食药环支队侦办的假冒高档化妆品案，涉案金额10亿元，这是我们盯了多年的案子，没想到刚刚收集好证据，正准备收网，涉案主犯朱宝泉和李果良就潜逃到了缅北，而且把将近2亿元的赃款，也转移到了那边。"

"明白！"

"对了，那边正值雨季，带些清凉油、藿香正气水，还有，多带几瓶六神花露水，缅甸的蚊子，只有你去到那儿了，才知道什么叫作多。"

"谢谢孟支关心。"

"小万，通知一探组，现在准备好行李，中午出发。"

"是！"

艳阳高照。

陈强开了一部警车，准备送万子良、惠俊豪、胡秋飞去机场，三人往车上搬着行李。

"缅北这鬼地方，蛇蝎横行，医疗条件又差，很多抗蛇毒血清都没有。"陈强叮嘱道。

"知道了，会小心的，头儿。"胡秋飞道。

"办案时多长几个心眼，那里枪支泛滥，能智取就不要武斗，切记，很多情况下是没有后援的。"陈强一反常态，像个老妈子似的，唠唠叨叨个不停。

"放心，头儿，缅北的小鬼，还有三头六臂不成，我一枪一个。"惠俊豪大大咧咧道。

"炮哥，就担心你这个态度。你是在办案，他们是在拼命！"陈强高声道，"特警总队的几个兄弟身手怎么样？三年前配合分局去缅北抓捕，被一个十几岁的孩子偷袭了，三死两伤，教训还不够惨痛吗？"

"特警没搞过案子，怎么能和老侦查员比呀。"

"炮哥，陈支都是肺腑之言。"万子良善意提醒道，"我们都是第一次出国办案，难免水土不服，当地人一看就知道我们是外来户，必然会提高警惕。谋定而后动，才能百战不殆。"

"对对对，你们说的都对，我不说了。"

陈强又不厌其烦地说起了各种注意事项，特别强调跟他们对接的当地刑警龙云，久经沙场，是警界的传奇人物，有事多向他请教。

……

警车刚刚驶出刑侦总队大门，万子良的手机就响个不停，车子更是被惊慌失措的姚霞平拦了下来。

"万警官、万警官，大事不好了！"

"什么情况？"

"朱慧霏被赌场绑架了。"姚霞平拿出装在塑料袋内的半截手指，带着哭腔道，"赌场说三天内不给100万就撕票。"

"什么时候接到的电话？"

"今天上午。万警官，你们一定要救救他呀，他可是我姑妈家的独苗啊！"姚霞平急得声泪俱下。

"先别急，到旁边的接待信访办找於警官，他会妥善安排。"万子良安抚道。

"好的，万警官，一定要救救他呀，救救他……"

万子良点头应下，随即上车出发。随着车子疾驰，他的心情越来越沉重，仿佛心头压了一块巨石，还没到缅北，抓捕对象就已经危在旦夕，留给他们的时间已经不多。

几千千米之外，缅甸苗瓦迪。

朱慧霏在果敢的百胜赌场欠下 100 万赌债，早已被赌场当猪仔卖到了苗瓦迪 KK 园区。这里属于缅甸东部的克伦邦地区，以湄公河为界，毗邻泰国，是缅甸叛军的地盘，如果有人敢造次，就直接枪毙，连缅甸正规军也要避让三分。KK 园区的围墙高四米多，安装有高压电网，进去的人插翅难飞，这里唯一的信仰是暴力和金钱。

用天堂和地狱来形容苗瓦迪再确切不过，曾经这里有美丽的热带风光、淳朴的人民、丰富的建筑文化，如今这里却变电信诈骗、赌博绑架、虐待杀人、走私毒品、器官买卖等笼罩上一层迷雾。而苗瓦迪的 KK 园区，更是号称人体器官贩卖的"天堂"，如果关在这里的人没有利用价值了，就会被割取器官，直接买卖到。这里是缅甸人体器官买卖的交易点，同时，这里还是人体血清、血浆的出售地。如果说在缅北还有一线希望的话，那么被骗到这里剩下的就只是绝望。

月光凄冷。

在几个持枪的缅人监视下，遍体鳞伤的朱慧霏和十几个奄奄一息的人，被关进 KK 园区的水牢，在水牢里虽然不会短时间内窒息而死，但面对齐胸的污水，人根本无法坐下休息，更无法睡觉，不出几天，身体便会支撑不住，倒入水中溺毙。钻心的疼痛和刺鼻的恶臭让朱慧霏意识模糊，他被困在牢里已经两天了，水里面全是屎尿血、细菌和污染物，他的精神已经到了崩溃的边缘。

突然，几个持枪的缅甸人呜里哇啦地叫嚷着，要将水牢中一个年轻女人拽出来。那女人像是听懂了什么，拼命抓住水牢的栏杆，绝望地尖叫着，但这都是徒劳。只见一个持枪的缅甸人对着女人的手臂"砰"地开了一枪，黑暗中一道火光闪过，手臂瞬间被打断，女人对生的希望迅速被扑灭……

朱慧霏又一次被吓尿了，这里不断刷新着他对地狱认知的底线，他幻想着如果人生能重来，打死也不会沾这个"赌"字。

云南昆明长水机场开往临沧机场的 MU5959 航班上，万子良独自一人靠窗而坐，他透过飞机上的舷窗，俯瞰着这片神奇的红土地。

也许是因为连续奔波转机的劳顿，万子良竟然昏昏沉沉地睡去。

旅途并不无聊，睡醒的万子良观察着飞机上的人，总觉得个个都有可能会被骗去缅北做苦力。

"哎，兄弟们，这次可是发大财了啊，人家给开五万一个月的工资呢。"万子良身边一个十七八岁的黄毛小年轻得意扬扬道。

看到对方涉世未深的模样，万子良忍不住搭讪道："小兄弟，你这么好运气？找到了啥工作？"

"哟呵，大哥，你这可就问对人了。"小黄毛拍着胸脯，自豪道，"我去缅北是做跨国公司业务对接人的，这个身份很牛吧！"

"缅北还有跨国公司呢？"万子良附和道，"真的能发财吗？"

"大哥，看你也是实在，明人不说暗话，介绍你过去还有四千块提成呢，到时候钱咱们 AA 了，怎么样？"

"小兄弟，我听说那边很多骗子，你看飞机上现在都在循环播放反诈宣传视频。"

"那有啥好看的？"小黄毛不屑一顾道，"抖音上缅北美女跳舞，那身材简直绝了。缅北男少女多，可以娶好几个老婆，是男人的天堂，回头我给你推几个美女的微信。"

万子良一阵无语，怪不得小黄毛会上当受骗。不学无术，精虫上脑，平日里大把的时间都拿来看美女了，哪还有时间看反诈宣传。

"我听说缅北很恐怖，去了以后是会被割腰子的。"万子良慢条斯理地说着。

"别听网上瞎说，眼见为实，耳听为虚。"小黄毛的脸上闪过一丝不屑，指着飞机上播放的反诈视频道，"都是这些穷鬼警察，妒忌缅北的发财机会，所以才会造谣。"

"警察怎么会造谣？"万子良有点哭笑不得地说。

"嘁，你见过哪个警察有钱？"小黄毛嗤之以鼻道，"又穷又危险，这种穷忙族的话怎么能信，以他们的思维是赚不到钱的。"

万子良愣住了，作为怼人高手，他此时竟无言以对。他做梦都没有想到公安全力推广的反诈视频，竟被身边的小年轻说成了穷鬼造谣。现实证明，缅北这些犯罪团伙的洗脑手段，比自己想象中的要高超得多。

出于职业操守，万子良掏出手机调出几个经典的反诈小视频，努力劝说小黄毛，希望他能回心转意。小黄毛却王八吃秤砣——铁了心，直接起身，不愿再听他唠叨。

"行了，行了，我去上厕所。"小黄毛回头瞟了万子良一眼，哼着小曲儿，优哉游哉道，"没眼光，活该你受穷！"

飞机冒雨降落在临沧机场。

机场出口处，一个精明强干的中年男人开着一辆墨绿色越野车，春风满面地迎接万子良等人。此人高眉深目、皮肤黝黑，正是陈强所说的龙云，彝族人，云南省公安厅常驻此地开展秘密工作的刑警。副驾驶上是他的搭档齐麟，外号小胖，长得圆咕隆咚，笑容可掬，他话不多，殷勤地帮着大家搬运行李。

简单寒暄几句后，大家也没有继续客气，直接上车奔赴镇康县南伞口岸。

"各位，这辆车破了点，好在不招眼，皮实耐造，下雨不打滑，越野性能也不错，就先给你们开，这一路去缅北，没有车可不行。"

"谢谢龙哥，这次来时间紧、任务重，抓捕对象处境危险，如果这两天见不到人，可能就会有生命危险。"

"材料我都看过了。"龙云单手扶着方向盘，不慌不忙道，"朱慧霏在不在果敢还是个问题。"

"龙云兄弟，这都不重要。"惠俊豪搭腔道，"缅北是你的地盘，侦查情报全靠你了，抓人的事我来。"

"明白。天色不早了，口岸已关闭，今天只能先住在南伞，我和小胖代表云南刑警，给各位接个风，明天一大早就去果敢的秘密指挥部。"龙云简单说了下安排，就没再多说其他的。

雨越下越大。

翻过最后一座山，车子停在了临都大酒店，这是南伞口岸最好的酒店，号称四星级。

南伞，傣语音译汉字地名，意为送公主的地方，是傣族的重要发源地。路边种植的棕榈树修剪精致，笔直地指向天空，充满异域风情，到处可见"党的光辉照边疆，边疆人民心向党"的标语。

傣族风味小竹楼，是小胖子的最爱。

客人不是坐在餐桌前点菜，而是在进门大厅的橱柜里看菜点菜，厨房则按桌做菜，一桌菜做齐全了，才做下一桌的菜。龙云叼着烟卷和小胖一起，轻车熟路地点了一些当地的特色菜，大红菌火腿鸡、泡椒鸡杂、干锅牛肉、酸扒菜、舂干巴……辛辣爽口的傣味、特色的东南亚风味都让人赞不绝口。主食是密蒙花，当地人称"染饭花"，白色的小碎花散发出阵阵香气，加工后用天然的植物汁水把糯米饭染成姜黄色，饭香和花香混在一起让人垂涎。胡秋飞更是如老鼠掉进米缸里，心里乐开了花。

这里最好的啤酒自然是雪花勇闯天涯，此时，这个啤酒的宣传语特别应景。

"天下刑警是一家，干了这杯酒，就是生死兄弟。"龙云豪气地说道。

一杯清凉的啤酒下肚，消散了一路的疲乏。大家纷纷动筷，品尝着独特的乡间美味。小胖的容貌和安琪生还有几分相似，这让万子良少了一分拘束，多了一分坦然。

"这里气候不比东海，一年就两季，雨季和旱季。"龙云一边给大家夹菜，一边畅谈道，"现在是雨季，空气湿度大，好多刚来的兄弟都水土不服，容易生毛病，所以一定要吃本地的土菜，这个地方是小胖选的，他可是我们队里有名的吃货。"

"谢谢啦，想得真周到，再敬你们一杯。"

"尤其是这道大红菌火腿鸡，可是最有名的特色菜，里面有本地独有的大红菌、上等火腿、酸木瓜。"小胖兴致勃勃介绍道，"重点是鸡，用的本地山鸡，号称'健身鸡'，这鸡全身乌黑，善于奔跑，是云南长跑队的常用食材，这道菜讲究取材和火候，做好后汤呈白色，不稠不腻，极富营养。"

听小胖这么一介绍，菜的滋味更胜一筹。胡秋飞顾不得淑女的形象，大快朵颐起来。两个吃货相遇真是一件幸福的事情。

"兄弟们多吃点，到了缅北可没有这么多好吃的东西了。"小胖善意提醒道，"那边吃饭的时候，还要多加点小心，小摊上的东西千万别碰，特别是这大红菌，咱们今天吃的大红菌都是厨师亲自尝过的，到了缅北可就是另外一回事了。"

"小胖兄弟，我们又不是三岁小孩，知道了。来，干杯，再敬你一个。"惠俊豪来了兴致，举起一瓶啤酒就要吹，万子良伸手将他拦下，帮他换成了小杯。

酒足饭饱之后，小胖向老板要了几个打包盒，将几盘没吃完的土菜打包带走。

"胖哥，没想到还这么节约。"胡秋飞打趣道。

"老婆快生了，天天吐得不行。"小胖腼腆道，"就想吃点酸辣的。"

"哎哟，恭喜恭喜。"惠俊豪拍着小胖的肩膀道，"男孩女孩？"

"不知道。"小胖洋溢着幸福的笑容道，"不管男孩女孩，长大了上警校，还是干刑警。"

"厉害，子承父业。"

翌日清晨，细雨蒙蒙。

万子良等人整装待发，龙云开车接到大家，在小胖的安排下，吃了一顿当地的特色米线，满满一大碗，加牛肉才10元，味道真是绝了，各种配菜自取，还有免费的稀饭和豆浆。

早饭后，万子良、龙云等人与小胖暂时告别，小胖还要继续留守，有其他接待任务。万子良四人精神抖擞地一起前往不远处的南伞口岸。口岸大楼巍然而立，挂满了严打涉毒涉赌和非法出入境的横幅，出境的车辆排成长龙，入境的车辆非常稀少。

"龙哥，怎么这么多人出去？"万子良问道。

"无非两种。"龙云扶着方向盘，车子缓慢前行，见怪不怪道，"一种是被骗到电诈园区的小白和去赌场赌博的赌棍；另外一种嘛，就是帮助电诈园区和赌场做事的黑灰产人员。"

"怎么也没人管管呢？"胡秋飞有些不解地问。

"怎么管？在国内，他们没有犯罪；在缅北，我们没有执法权。公民自由出入，没法拦。"龙云无奈道，"当地武装割据政权，就靠扶持电诈园区和赌场赚钱。就这，缅北所有的电信系统、电网以及银行系统还都是中国提供的。"

"这不是助纣为虐吗？"胡秋飞很是诧异。

"不提供不行啊。"龙云摇头道，"中国不提供，美国就会提供，用这些基础设施收买当地武装割据政权。"

"嗯，地缘政治安全也很重要。"惠俊豪插话道。

"龙哥，电信网络和银行系统是我们提供的，所有的数据我们就能掌握。"万子良试着分析道，"这样就方便监控和打击犯罪，是这个道理吧？"

"对喽，还是万兄弟看到了本质。"龙云点上一根烟道，"缅北的电网也是我们控制的，如果需要，随时可以给他们停电。"

……

说话间，车子已慢慢通过口岸，宽敞的柏油大道也渐渐变成了崎岖难行的山路。山路边，漫山雪白、淡紫、嫣红的罂粟花，摇曳在亚热带的熏风中，奔放而妖冶。万子良远远地看到了那个在飞机上碰见的小黄毛，他带着一帮人坐在简陋的中巴车上，说说笑笑好不自在，仿佛到达了天堂。

一路上万子良都在观察着周围，这地方确实够破的，就算是我国条件最差的农村，也比这里好上太多。坑坑洼洼的公路两边，一座座工业园区拔地而起，这里将会成为电诈和博彩的乐园，肮脏的交易将会在这里反复上演。这些依附在我国边境线上的毒瘤，像癌细胞一样疯狂扩散，消耗着正常社会的一切养分，而万子良他们就是打击这些毒瘤的靶向药。

不多时，万子良等人就来到了果敢老街，这里是犯罪的天堂，除了电诈、博彩、毒品、割腰子等之外，还有各种骇人听闻的种族灭绝和内部战争。

陈旧的基础设施、破落的民宅与金碧辉煌的赌场和现代感十足的电诈园区形成了鲜明对比，这里的人以果敢族为主，还有十几个少数民族，通用汉语和人民币。

龙云确定后方没有尾巴以后，便绕路来到了一处不起眼的破旧宾馆，宾馆一共六层，名为红星。一个白发苍苍、其貌不扬的缅甸老人守在宾馆门口收银，他看见龙云，立刻露出喜悦的表情，用果敢语热情地打起了招呼。

龙云递上一支香烟，给老人点上，叽里咕噜地说了一阵。老人看了一眼万子良等人，用生硬的中文道："你们的，房卡。"

老人上前一人给分发了一张房卡，笑得很是慈祥。万子良看了一眼这张乳白色的房卡，觉得有些疑惑。他一眼望去，所有的宾馆房间都是用钥匙开门的，这房卡有什么作用？

"这边来。"

老人带着万子良等人来到了宾馆后院，四下查看无人后，掀开了一处隐蔽地窖的铁盖，径直走了下去。

万子良和龙云对视一眼，确认这里果然是警方在果敢的秘密指挥部，四人便一同跟了下去。到达底部后，老人示意万子良将乳白色的房卡贴在一块隐蔽的石头上。

万子良照做，下一刻，一个清脆的女声响起："身份核实成功。"随后，眼前的一块巨石迅速裂开。

一道白光炸出，万子良等人都惊讶地瞪大了眼睛，不约而同发出一声惊叹。

始料不及,暗波汹涌

　　秘密指挥部里别有洞天,面积至少有 100 平方米,居中的大屏幕上是一份电子地图,标注着整个缅北军阀武装割据的动态分布,以及主要的赌场和电诈园区的位置。八名刑警围坐在居中的会议桌前讨论着什么,周围是一台台处理情报的工作站和便携式监听设备。

　　万子良一眼就认出了经侦总队的孟拓,热情地跟他打了招呼。

　　四人坐定,简单地相互介绍后,指挥部的指挥长殷丽华手里拿着指挥棒,走到大屏幕前,她身材高挑,齐耳短发,英姿飒爽。

　　"同志们,缅北的武装势力众多,可以说缅北是一个山头一个王。他们实力强大,即使有绝对优势的政府军也不敢轻易招惹它。而我们所在地的果敢同盟军有将近万人的规模,老街上的赌场和电诈园区都是供养同盟军的摇钱树,除了日常训练和巡逻,同盟军会派大量的军人守护这些地方。"

　　"缅北赌场和电诈园区大概是个什么规模?"万子良问道。

　　"赌场从业人员、电诈园区从业人员,以及帮助他们提供各种便利条件的黑灰产从业人员,仅在缅北就高达数十万人。"殷丽华在大屏幕上调出一组数据道,"从事电诈的人员最多,他们的流动性也很强,诈骗团伙在网络上为我国的年轻人们勾勒出了一个发财的美梦,而等这些年轻人到了缅北,才发现广告与现实存在着很大的出入。"

　　"这地方来了,可没那么容易走吧?"惠俊豪快言快语道。

　　"如果后悔了想要离开,那需要交至少 3 万元的赎身费。如果交不起,男性会被要求去贩毒,女性会被要求去卖淫。最惨的就是被送去做人体器官的买卖,这就是一个深渊,只要踏入了第一步,就像启动了死亡程序,很难再脱身了。"

　　朱慧霏就是这样一步步被骗过来的……万子良想到此处,不敢怠慢,果断提出了疑问:"殷指挥长,朱慧霏还在果敢吗?"

　　"据老街百胜赌场白狼的情报,朱慧霏三天前已被日本人卖到了苗瓦迪 KK 园区，应该凶多吉少了。"

"日本人？！"万子良警觉道，"是九菊一派吗？"

"目前还讲不清楚。"

"有没有发现'黑先生'这个称号的人？"

"对了，一个在缅甸的日本黑社会大哥叫黑明泽，也许是你要找的'黑先生'，其他的目前还不明确。"

万子良闻言睁大了眼睛，顿时来了精神。

"这都不重要，我现在就去苗瓦迪，把朱慧霏抓回来就得了。"

"那边有重兵把守，贸然过去，无异于去送死。"

殷丽华滑动手指，在大屏幕上调出一组照片，KK 园区周围兵力部署情况一览无余。显然，在没有正规部队重火力支持下，想对付这些叛军势力，毫无胜算。

"去也不能去，救也不能救，那我们来干什么？"

此行的目标眼看就要化为泡影，惠俊豪急得直拍大腿，万子良等人的心情也一下跌落到了谷底。

"别着急，我们在苗瓦迪的线人，也许能帮上忙。"

殷丽华在大屏幕上调出了苗瓦迪的地形图，万子良等人针对朱慧霏的情况，各抒己见，开始论证营救方案。

暴雨如注。

四百千米外，苗瓦迪 KK 园区。

无影灯下，浑身赤裸的朱慧霏意识模糊，斜躺在手术床上，胡言乱语："啊，又输了……大哥……事给你办好了……尾款……我的尾款……"

手术床边，一名医生模样的人拨通了电话："黑先生，血型 OK，准备好保温箱和冰块。"

话音未落，一个壮汉给朱慧霏打了一针，不久，他便不再呻吟，慢慢昏睡过去。

半小时后，四名西装革履的日本人推开了手术室的门，将一个保温箱放在了手术床旁边。

医生模样的人向为首的中年日本人点头示意，奴颜媚相："黑先生，献丑了。"

"哟西。"

医生怪笑一声，拿起手术刀，在朱慧霏后腰处用酒精棒简单擦了擦，"刺刺啦啦"，随着手术刀切割皮肤发出的声音，壮汉用扩张钳粗暴地把刚切开的伤口一下扩张开。医生又连续切开了肌肉内部多层组织，一颗血红的肾脏呈现在众人面前，似在展示一件合格的产品。

黑先生拍手称赞。温热的肾脏被取了出来，放置在有冰块的冷藏箱内。

天色渐暗。

黑漆漆的雨幕里，一朵朵烟花相继升空。

缅北已经形成了一种奇特的风俗，电诈园区每成功诈骗 50 万元以上，他们就会放一束烟花庆祝。这里天空绽放的每一朵烟花，可能就意味着一个生命的凋谢，一个家庭的破灭。

不知是不是下雨的缘故，那烟火没有往常飞得高，未及远处高楼的顶层便匆匆绽开。接连几发都是黄颜色，如大把碎金在黑暗中抛洒，然后是红的、蓝的、绿的……

万子良捧着泡面，站在红星宾馆的露台上，看着眼前这魔幻的一幕，心里五味杂陈。

喧嚣扰人的雨夜，因为烟火的闯入，突然变得沉寂。

百胜赌场。

金碧辉煌的西式建筑，粉红色的"CASINO"霓虹闪烁，豪华的门头上有几处枪眼，细长的电子屏黑了一部分，墙角隐约还能看到斑斑血迹。

赌场里人声鼎沸，老虎机、德州扑克、骰盅……只要澳门有的，这里也全都有。

赌场中心的大台子不常开，但一开就惊天动地，输赢都在几百上千万。

突然，最大的一处百家乐台面前掌声雷动，操着各地口音的赌客们围聚成堆，欢呼惊叫、鬼哭狼嚎之声此起彼伏。朱宝泉和李果良身穿夏威夷装，唉声叹气，傈如丧狗。他们身后一个贼眉鼠眼的叠码仔，露出了狞笑。

"两位大哥，要不再冲冲喜，'见见红'？"

朱宝泉和李果良面面相觑，不置可否。

"宝爷，咱哥儿们也太背了，一直输。"李果良小声嘀咕道，"来缅北都快一个月了，钱还没转过来，不会是让狗日的给骗了吧？"

"再等等。"朱宝泉脸色阴沉道，"那么大数字，没这么快。"

"没钱，假护照怎么办？"

"浮躁！'黑先生'什么时候骗过咱们？"

"可……"

"少废话，再等等。"朱宝泉斩钉截铁地打断道。

朱宝泉说着，将手腕上限量款的金劳力士手表摘下来，交给了身后的叠码仔。

"去，到对面当了，我和兄弟冲冲喜，今晚死磕到底，不信翻不了身。"

"好嘞！"

不多时，叠码仔安排妥当，皮笑肉不笑地领着朱宝泉和李果良走出赌场，一路上极尽谄媚之能事，他们沿着"冲喜"招牌的指引，来到一处肮脏简陋的屋子里。屋子用木板隔成两小间，里面准备好了用砖头垫起的木板床、劣质的毒品和黑瘦的女孩。

缅北连续三天大暴雨，山洪从周边村落冲下，致使果敢老街附近的河水暴涨，街区被淹成了"汪洋大海"，出行的公路被洪水淹没，交通彻底中断，电信基站被洪水冲毁，通信大面积中断，大量车辆人员因此被困，生死不明。

营救朱慧霏的计划就此胎死腹中，红星旅馆停水停电，同时也面临着断粮的危险，万子良、惠俊豪、胡秋飞被困在宾馆顶楼的房间里。

"妈的，遭瘟的天气。"惠俊豪一边抓着胳膊上的湿疹，一边埋怨道，"啥也干不成，整天窝在这里，头上都快长出蘑菇了。"

胡秋飞浑身上下被蚊子咬得体无完肤，她打开电蚊拍，竟不用挥舞，"噼噼啪啪"像是放鞭炮一样热闹。

"小飞飞，省着点用。"万子良善意提醒道。他也好不到哪里去，除了蚊子包，浑身上下起满了红疹子。

"子良，雨再不停，朱慧霏估计就死了好几次了。"胡秋飞焦虑地说。

"这里到苗瓦迪，来回800千米山路，光开车就得两天，如果两天前冒雨行动，即便安全到达、营救成功，现在我们大概率也是被洪水冲走了。"

"哎哟！"

一声惨叫，万子良从椅子上倒在了地上，捂着左小腿，表情痛苦，冷汗涔涔直下。

惠俊豪、胡秋飞目光惊惧，赶紧围过来查看情况。

"我，我的小腿，被蛇给咬到了……"万子良咝咝地倒抽凉气，表情痛苦万分。

"快闪！"电光石火间，惠俊豪一把拉开胡秋飞。只见一只头呈三角形的黑底黄花大蛇，从床底下钻出来偷袭胡秋飞。偷袭未成，大蛇扬起半截身子，张开血盆大口，"嘶嘶"地吐着红芯子。

惠俊豪眼疾手快，抄起身边的电蚊拍，与大蛇对峙起来。

胡秋飞趁机将受伤的万子良拉到了一边，他的身体开始不住地抽搐，口吐白沫，脸色发黑。

惠俊豪闪转腾挪，机智地将大蛇引到了阳台上，突然发力，如打棒球般，用电蚊拍将它打到楼下去。

胡秋飞用毛巾紧紧扎住了万子良的左腿，他的脸色越来越黑，眼看着只有进的气，没有出的气。

惠俊豪如蒙大赦，脸涨得通红，瘫坐在地上，张大嘴巴喘着粗气。

"炮哥，快叫人，万子良不行了。"胡秋飞一边使劲帮万子良挤压腿上的毒液，一边高声呼救道。

惠俊豪看了一眼万子良，不由得倒吸了口气，赶紧跑到门外大声呼救："龙云兄弟，快来人啊！"

龙云等人迅速从各个楼层赶来，将受伤的万子良合力抬到了床上。情况比所有人想象的还要严重，根据惠俊豪对大蛇的描述，龙云判断是果敢当地的剧毒五步蛇，因躲避洪水来到了红星宾馆。五步蛇又称"尖吻蝮"，人被咬之后走不了几步，便会立即毒发毙命。

而此时，屋外电闪雷鸣，暴雨倾盆，楼下更是洪水滔天，即便用船将人送到最近的医院，也没有毒蛇血清用于治疗。

时间一分一秒地过去，万子良被五步蛇咬伤的地方已经有黑色的血水渗出，他的气息越来越弱。

"轰隆隆——"一阵闷雷袭来，房间内阴沉得可怕。

惠俊豪唉声叹气，焦灼地踱来踱去。胡秋飞心里笼上一层愁云，继而袭过一阵揪心的疼痛。

猛然间，龙云想起了楼下看门的果敢老人，他懂传统的缅医针灸和草药，平常治个头疼脑热的都没问题，虽然从来没见他治过蛇毒，但现在只能死马当活马医了。龙云不敢怠慢，三步并作两步跑到楼下，将老人请上了六楼。

老人查看了万子良的伤情，不慌不忙地打开随身带的土布包，用打火机点燃了几个艾灸，放在了万子良的穴位上，又取出两根银针，在火上燎烤之后，几乎连片刻犹豫都没有，就猛地刺向了万子良伤口上的一个穴位。老人落针既快又准，没有几十年磨炼，肯定是做不出来的。

"嗯……"

昏迷中的万子良，轻轻地呻吟一声。

老人目光变得冷峻无比，一股淡淡的暖流顺着他的经脉流淌到手中，这是常年练习气功的人才会拥有。

老人口中念念有词，双手轻轻地摩擦，使得灵气充沛均匀地附着在手上，然后开始帮万子良按摩起来，每一次捏揉，手掌的灵气就会渗透到万子良的体内，帮助他清除五步蛇毒液的毒性。

老人眼神专注，动作娴熟有序，使得众人内心升腾起一丝生的希望。龙云点起一根烟抽着，缓解内心的焦虑。

大约过了二十分钟，万子良呼吸开始平稳，伤口处流出来的血液，从暗黑色变成了鲜红色，证明他已经脱离了生命危险。

老人从土布包里翻出几味草药，在口中嚼了嚼，敷在了万子良的伤口上，用土布包扎好后，向龙云点了点头。

万子良脸色逐渐恢复正常，但依旧处于昏迷之中。

"怎么样了？啥时候醒啊？"胡秋飞焦急道，"万一出点事情，回去可怎么交代呀？"

"这都不重要，不会有什么后遗症吧？"惠俊豪担心地说。

老人听懂了胡秋飞和惠俊豪的话，但语言不通，只好对着龙云叽里呱啦说了一阵。龙云听罢，握手向老人致谢。

"老师傅说，小万运气好，再晚一会儿，毒液就攻心了。现在没什么大碍了，蛇毒已经清除干净，需要调养两天，身体才会恢复功能。"龙云欣慰道，"他回去拿几服草药来，一天三次，早中晚煎给小万服下，应该彻底能好。"

惠俊豪伸出大拇指，赞叹道："缅医，太牛了！"

"不牛，中医牛，和你们，学的。"老人微笑着摇摇头，伸出小拇指谦虚道，"我懂，一点点。"

两天后，雨过天晴。

在大家的悉心照料下，万子良的身体逐渐康复。随着洪水渐渐退去，果敢的基础设施也慢慢恢复正常，只是物资仍然短缺。

秘密指挥部得到情报，朱慧霏早已死亡，他有利用价值的内脏、眼角膜已经全部被一帮日本人买走，就连血液也被全部抽干，剩下的尸体被当作垃圾扔到了湄公河里。这些日本人的头子就叫黑明泽。黑明泽神出鬼没，他的交易大多在暗网上完成。通过出入境信息分析，他早已飞到了迪拜，不出意外的话，应该是把朱慧霏的器官卖了个好价钱。

"黑先生"难道就是黑明泽？钱秀玲案就是他雇用朱慧霏作的案？可他们之间的关联又是什么？涉及坤德集团的系列案件、奇怪的图画、神秘的死亡程序，还有苏桐的死……这些问题让万子良彻夜难眠。

毒辣的太阳炙烤着大地，天气闷热得要命，一丝风也没有，稠乎乎的空气好像凝住了。

万子良站在阳台上，捧着最后一碗方便面，呆呆地看着远方的地平线上不断升起的水蒸气。

突然，不远处的庄园里奇怪的一幕，让万子良瞬间瞪大了眼睛。

一队队穿着绿色军装的人，捧着一捆捆花花绿绿的钞票，整齐有序地来到庄园中央，将一捆捆钞票摆在事先铺好的塑料布上，不一会儿，偌大的庄园空地上摆满了各式各样的钞票。

"天天吃方便面，嘴里淡出个鸟了。"惠俊豪吸溜着方便面走出来，猛然抬头看到这一幕，惊得下巴都快掉下来，惊呼道，"啥情况？"

胡秋飞和龙云闻声也走了过来。

"我的天哪，从来没有见过这么多钱！"胡秋飞震惊至极。

"又在晒钱了。"龙云见惯不怪道，"雨季，太阳一出来，他们都会忙着晒钱，这是他们的常规操作，否则钱一长毛，粘在一起就没用了。"

"怎么不存在银行里啊？"胡秋飞纳闷地问。

"呵呵，这些不义之财，不管存在哪个国家的银行里，最后都会被冻结。"龙云有些嘲讽地说。

胡秋飞喃喃道，"这有多少钱啊？"

孟拓不知道什么时候也走了进来，插话道："初步目测估算，也有几个亿。"

"孟支，什么时候来的？"万子良放下方便面，迎上去道，"什么时候抓捕？"

"小万，别急。"孟拓打开工作日志道，"除了朱宝泉和李果良，还有六个犯罪嫌疑人要抓捕。他们两个，我们安排在后天伺机抓捕，到时候大家一起行动。切记，注意安全。"

"太好了！"

洪水刚退，人祸又来。

果敢物价飙升，这里本来物价就不便宜，现在更是一物千金。生活用品、食物、药品尤为紧张，这些资源都集中在军阀、赌场和电诈园区手里，一般老百姓很难企及。

警方的物资一时还运不进来，为了不暴露身份，尽快完成抓捕工作，万子良等人选择了隐忍。缺食少药的恶劣环境，对警方的抓捕工作提出了严峻的考验。

夜幕降临。

百胜赌场依旧灯红酒绿。朱宝泉和李果良大快朵颐，又是牛排又是烤羊腿，万子良等人乔装打扮，在赌场盯梢，饿得前胸贴后背，看得直眼馋，心里跟猫抓似的。

惠俊豪换岗出来，被一股奇特的香味所吸引，赌场外一棵大榕树下摆出了一个烧烤摊，一个黑瘦如猴的缅甸人在火炉旁烤着乌龟蛋，摊位上摆着竹签串好的蚂蚱、蜈蚣、蝎子等奇奇怪怪的荤菜，很多东西惠俊豪从未见过。

蛋白质被加热的味道勾起了惠俊豪的馋虫，龙云的忠告也被他抛之脑后。他选了一把貌似牛肉的串串烤了烤，就着几个烤焦的乌龟蛋，狼吞虎咽起来。

两小时后，又到换岗之时。

不出意外，惠俊豪吃坏了肚子，一个劲不停地往茅厕跑。几趟下来，整个人都虚脱了，他脸色苍白，迈着虚浮的脚步，刚踏出茅厕房门，没走两步，又捂着肚子跑了进去。

万子良站在茅厕外老远，都能听见惠俊豪一泻千里的声响和痛彻心扉的咒骂，他无奈地扶额走向茅厕，默默地拿出了此时异常珍贵的几片止泻药和一瓶矿泉水。

百胜赌场，贵宾休息厅。

赌徒上了赌桌，就不再是他自己了，赢了钱，还想继续赢下去，输了钱，就想翻盘回本。反复"冲喜"并未给朱宝泉和李果良带来丝毫好运，反而掏空了他们的身体，让他们染上了毒瘾。在叠码仔的种种套路下，他俩从刚开始的小玩玩，直到深深陷入赌博的泥潭。当所谓的最后一把结束之后，他俩还会说，再玩一把就收手，然而，一把又一把，一局又一局，如此往复，两人在赌桌上输得一无所有，并且背负上巨额的赌债。

这时，一向顺从的叠码仔露出了獠牙："两位大哥，钱不能再借给你们了。"

"怕什么？"李果良红着眼睛道，"'黑先生'是我们大哥，老子有的是钱。"

"哼，'黑先生'。"叠码仔阴险地笑了笑，欲言又止。他打了个响指，两名凶神恶煞的赌场保安持枪走了过来。

"小兔崽子，什么意思？"

"小黑皮，这儿不是东海，别给老子装大尾巴狼。"叠码仔撇着嘴道，"八千多万的债，怎么还？"

朱宝泉心里咯噔一下，这么多年，道上的人一直称他为"宝爷"，"小黑皮"是他当年在东海闯码头时候的外号，很多年没人再敢叫了。

"我们有两个亿，马上就到缅北。"朱宝泉试图拖延一下时间。

"放你妈的狗屁，你把老子当三岁小孩哄啊，'黑先生'的电话根本打不通。"叠码仔手一挥，赌场保安子弹上膛，枪口对准了朱宝泉和李果良。

李果良暴跳如雷，站起身来企图反抗，却被赌场保安一枪托狠狠砸倒在地，顿时血流如注。

朱宝泉气得干瞪眼，他的身体大不如前，何况功夫再高也怕枪啊，保安有 AK-47，要是反抗，怕是会被打成筛子，这段时间他们在果敢可是没少见。朱宝泉只好打碎牙齿往肚里咽，扶起李果良，如待宰羔羊一般，心不甘情不愿地向赌场外走去。

这一幕被盯梢的胡秋飞看到，她瞬间瞪大了眼睛，心怦怦直跳，往嘴里塞了一块特意带过来的巧克力，赶紧联系万子良。

"子良，1号和2号被赌场保安用枪押出来了，2号受伤了。"

"看来凶多吉少。"万子良思忖几秒，笃定道，"情况有变，抓捕计划提前，你和龙哥跟在后面，我和炮哥马上过来支援。切记，注意安全。"

胡秋飞不敢怠慢，立刻通知了赌场另一边的龙云，两人子弹上膛，悄悄地跟在朱宝泉等人后面。

朱宝泉和李果良被一群持枪的保安押着，强行赶上了一辆由厢式货车改装而成的囚车。囚车内还有七八名男女，都是一同送往苗瓦迪 KK 园区的"猪仔"。

不多时，囚车发动，旁边一辆满载持枪"军人"装束的武装人员的面包车，也跟着囚车一起，沿着老街缓缓开去。

在果敢老街动手，容易招来当地军阀的大量援军，万子良和龙云商量后，决定尾随车队，在去苗瓦迪的山路上伺机行动，并将情况紧急上报给了孟拓，让他组织人手准备接应。

一场生死博弈，在所难免。

弹雨硝云，庐山真面

月朗星稀。

为了不打草惊蛇，艺高人胆大的龙云关掉了车灯，借着皎洁的月光，在崎岖湿滑的盘山路上，悄悄尾随着前方的车队。

"兄弟，能不能停一下？"

龙云看了眼身边直冒冷汗的惠俊豪，无奈地摇了摇头，他将车子靠崖壁隐蔽处停好，拉下手刹。惠俊豪如脱缰的野马，解开皮带跳下车蹲在路边，动作一气呵成。

"啊……舒坦……"

万子良和龙云下了车，警觉地关注着山坡下的车队。突然，不远处的车队也靠边停下了车。

"注意隐蔽！"万子良立刻卧倒，掏出手枪，躲在一块巨石后，低声道，"龙哥，不会是暴露了吧？"

"应该不是，再看看。"

龙云将子弹上膛,他十七岁就当过侦察兵,再加上多年的刑侦经验,可谓有勇有谋,很有山地作战的经验。他匍匐在地,从巨石间的缝隙悄悄地探出头,仔细观察。

四五个背着AK-47的"军人"从面包车上嘻嘻哈哈地下来,对着草丛小解起来,其中一人蹲起了大号,囚车上的两名保安也下来方便。

"小万,下手吧。"龙云果断道,"我们跟了一路了,这片地形我熟,现在居高临下,是个好机会。"

"嗯……"

正当万子良犹豫之时,惠俊豪和胡秋飞也拿着枪跟了过来。

"小万,机不可失。"惠俊豪两眼放光,精神抖擞道,"我和龙云从两边摸下去,抄他们的后路,你和小飞飞以巨石为掩体,在上面吸引他们的火力。"

"这个方案可行。"龙云笃定道,"面包车上六个武装人员,囚车上两个保安,以我的经验,只要枪一响,死伤几个人,这些人就会溃散。"

"小飞飞,孟支增援的队伍还有多久到?"

"刚刚联系过,还有二十分钟左右。"

时间仿佛静止了,万子良早已汗透衣背,他深知他们的人数、火力与对方相比实在差距太大,稍有不慎就会全军覆没。他深吸一口气,再次向车队望去。

两名保安掏出香烟,叽里呱啦说着缅语,给"军人"们递过去点上,一票人似乎在等那个上大号的军人。忽然,囚车里传出朱宝泉和李果良的吵闹声。

"放老子下去,老子要上厕所。"

"孙子快点,憋死爷爷了。"

李果良从囚车的通风口探出半个脑袋,拼命地咒骂着。朱宝泉势大力沉,将囚车摇得咣咣作响。两名保安骂骂咧咧地用枪托砸向李果良,试图恐吓他们,然而并没有什么用。这惹怒了旁边一个黑瘦的"军人",他举枪"叭叭叭"打出一个三连发,火光迸射,恐怖的枪声在幽静的山谷里回响。

万子良的心突突直跳,他从口袋里摸出苏桐送给他的打火机,放在了胸口，一股力量油然而生，他似乎听到了苏桐的呼唤："子良，你行的，一定要平安回来……"

"小万，别犹豫了，机会难得。"惠俊豪紧紧地握着手枪道。

万子良回过神来，他看了看手表，将心一横："行动!"

龙云和惠俊豪动如脱兔，一左一右沿着山坡不声不响地摸了下去，绕到了车队前方，各自找好掩体，示意万子良已经就位。

万子良和胡秋飞隐蔽在巨石后，各自瞄准一人。此时，"军人"和保安抽完了烟，正准备上车，只听"砰砰"两声枪响，子弹在黑暗中划出优美的火线，两名保安惨叫一声，应声倒地。

突然遇到了伏击，那几人立刻乱作一团，"叭叭叭……突突突……"发出一连串密集的枪声，杀气腾腾。随后，他们一反常态，并没有像龙云预判的那样逃跑，而是慌乱了一会儿，马上就有组织地反击，纷纷寻找掩体，躲在乱石堆和大树后面、茅草丛里，一时间，子弹雨点般朝万子良和胡秋飞打来，两人被逼在巨石后动弹不得，只能见缝插针地予以还击。

埋伏在车队前方的龙云和惠俊豪，一左一右如猎豹般锁定各自目标，两人目光交汇，用手语交流，开始猎杀行动。

龙云猫着身子穿行在茅草中，突然猛地扑出，对隐蔽在大树后面射击的一个落单军人，飞起一脚，紧接着"嘎巴"一声扭断了一名武装人员的脖子，一套动作如行云流水，一气呵成，他捡起军人的枪就地十八滚又躲进了茅草中。

惠俊豪肚子一阵绞痛，他勒紧了裤腰带，屏气凝神地瞄准乱石堆后面的军人，"砰"的就是一枪，一名武装人员被击倒，未发出一声。

剩下的四名"军人"打红了眼，发现情况不妙，快速聚拢起来，围成一圈龟缩在一堆乱石坑当中，向四周疯狂地扫射。龙云和惠俊豪一时也没有更好的办法，只能你来我往予以还击。突然，一枚流弹擦过万子良的左肩，顿时鲜血染红了他的上衣。

朱宝泉和李果良借着混战的机会，猛撞囚车大门，坚固的铁门居然被朱宝泉硬生生地撞开了，有这两人带头，囚车内的"猪仔"们跟着纷纷跳车逃生，四散而去。谁知，他们贸然地行动，却成了军人的活靶子，"叭叭叭——"一阵密集的枪声扫过,"猪仔"们非死即伤,躺在地上哀号不已。

听到枪声,朱宝泉只感到腹部一阵钻心的疼,双腿像灌了铅一样动弹不得,他索性将身体一横,"啪啪啪",为李果良挡住三枪。

中弹的朱宝泉拼尽全力,一把将李果良推开。他跪倒在地,口吐鲜血,放弃了求生,只是扯着嗓子拼命地惨叫:"替我弄死黑先生……"

凄惨的声音,在沉沉的夜色中回荡,令人毛骨悚然。

李果良早就被吓破了胆,一失足从悬崖上滚落下去,生死不明。

一道道强光射来,孟拓的增援警力已经赶到,四名负隅顽抗的军人见大势已去,只好缴械投降,控制住现场后,警员们清理尸体,救护队对负伤的人员进行救治。万子良只是简单包扎了下,顾不得肩膀的疼痛,便和龙云、惠俊豪一起爬下悬崖,在乱石堆里找到了重伤昏迷的李果良。众人不敢耽误,冒着泥石流塌方的危险,急忙连夜将李果良送往边境最好的部队医院。

临沧市武警边防医院,急诊抢救室。

李果良头部和脊椎严重受伤,全身包括颅脑、胸椎、骨盆、肋骨多达十三处骨折,多处脏器严重受损……

在万子良等人的全力协调下,医院"一键启动"全院协作,多科室无缝协作,争分夺秒,竭尽全力展开生死营救。

经过二十多个小时的抢救,李果良全身换了两遍血,切除了脾脏以及一颗肾脏,浑身插满了管子,躺在 ICU 重症病床上昏迷不醒。

连续两天高强度工作,万子良竟在抢救室外的长椅上睡着了。

在临沧市休整了几日,李果良一时半会儿还醒不了,万子良和孟拓商议后,决定让龙云暗中保护李果良,防止"黑先生"灭口,毕竟武警边防医院比其他医院要安全许多,他们则先行回到东海市。

飞机刚刚抵达东海市,万子良就接到了第一看守所的电话,通知他郭槐明天下午就要执行死刑，郭槐希望见他最后一面。

翌日，下午。

东宝兴殡仪馆。

当万子良等人赶到时，火化车间小广场上已经停满了法院、检察院、公安局的车。郭槐选择了注射死刑，并自愿将自己所有的器官捐献给有需要的人。

法院的死刑执行车上，郭槐穿着简单的囚服，虽然手脚脖颈被固定在冰冷的刑执床上，但他的神情却格外安详。指挥执行的法官已经核验过他的身份，取器官的医生们已经做好了准备，检察院的检察官面容严肃，全程监督执行过程。

万子良在得到许可后，走进了执行车，虽然见惯了生死，但这里肃杀的气氛还是让他有些不自在，他静静地坐在郭槐身边。

"万警官，书看完了，谢了。"

"不足挂齿。"

"有件事，我想清楚了。"

"什么事？"

"人生如活牛剥皮，死如滚油浇心。"郭槐缓缓闭上眼睛，流下一滴眼泪道，"下辈子，我想做个好人。"

"恭喜你。"

"顺便告诉你，'黑先生'就是杨君松。"

"什么？"万子良惊讶地瞪大了眼睛，仿佛受到电击一般。蓦地，他怔了一下，短促而痉挛地呼了一口气，像生根似的站住。

"万警官，执行时间已到，请回避吧。"

万子良大脑一片空白，麻木地走下执行车。随着车门关闭，死刑执行官按下了注射棒启动开关，天蓝色的药水慢慢注射进郭槐的左肘静脉，他的身体不由自主地开始抖动。

约一分钟后，执行车里飘散出一股血腥的味道。

与此同时，新加坡。

龚丽丽开着敞篷跑车在海边兜风，怡人的热带风光，让人心旷神怡。突然，一辆失控的油罐车从侧后方呼啸着向她撞来，随着"轰隆轰隆"的震天巨响，一阵连环爆炸，火光、黑烟腾至几十米的高空。龚丽丽还没来得及发出惨叫，就连人带车葬身火海。

说来也奇怪，瑞公馆内那两棵原本异常繁茂的槐树，今年不知怎的，入春后就一直病恹恹的，树皮尽落，露出大面积腐烂的黄斑，新叶上长满了白色的蚜虫，一片坏死的症状。

重案支队，一探组办公室。

万子良将郭槐的遗言一五一十地讲述给陈强等人。刑警们也都觉得匪夷所思，在他们眼中一向"温良恭俭让"的杨教授，怎么会和杀人不眨眼的"黑先生"联系在一起？而万子良却显得异常平静，因为从纵火案开始，他就一直不遗余力地追查"黑先生"，随着诸多案件的纵深发展，他通过暗网的追查，对杨君松也有了一些怀疑。只是到目前为止，没有任何直接证据指向杨君松，他也一直昏迷在医院，有完美的不在场证明。

秘密调查杨君松的计划开始执行。

惠俊豪和胡秋飞负责在海德堡医学康复中心外蹲点守候，时刻观察杨君松以及虞霖等人的活动情况。陈强和万子良则来到东海大学私下走访。经过对杨君松生平履历的缜密调查，万子良发现，十八年前，杨芸失踪的时候，正是品学兼优的杨君松被大学建筑系考查是否能留校当老师的关键时刻，而他的有力竞争对手王海，如今在东海大学建筑设计院做高级工程师。

午后，慵懒的阳光洒进建筑设计院的走廊。

陈强和万子良坐在王海的办公室，聊起了十八年前的故事。

"我们是一个宿舍的，阿松是一个很要强的人，"王海坦言道，"要不是他把我顶掉，在大学里面当教授的应该是我。"

"他姐姐杨芸，你认识吗？"

"哼，杨芸。"

王海挠了挠自己稀疏的头顶，眼眸低垂……

十八年前，夏天。

一头秀发的王海提着暖水瓶，走在回宿舍的林荫小路上，他远远地看见杨君松和一个年轻女子并肩而行，此人正是杨芸。杨君松父母早亡，是姐姐杨芸一直在供养他上大学，可是他这个姐姐一眼看上去，总是有些怪怪的，即便她已经从穿着、言语等方面努力在掩饰自己了。也许是为了遮挡熬夜的黑眼圈而涂的眼影过重，也许是不经意间掏出的香烟和印有夜总会名字的打火机，总之看着就不像个从事正经行业的人。

王海和杨君松号称铁哥们，但在是否能留校任教这样的绝对利益面前，王海选择了在暗地里捅刀子，一个诡计在他脑海里暗戳戳地成形。

王海暗中跟踪杨芸，发现她昼伏夜出，在老城区的温莎KTV当小姐，他如实记录并给建筑系党委写了匿名举报信，这样一来，杨君松家属的政审就没法通过。

可惜他的如意算盘失算了，当建筑系党委对杨君松的姐姐进行政审的时候，杨芸突然人间蒸发了。

"我当时也没多想，毕竟自己做的也不是很光彩。"王海有些惭愧地说。

"当时，杨君松是什么状态？"陈强继续问道。

"他很沮丧，到公安局去报了警，说姐姐失踪了。"

万子良放下笔，和陈强对视一眼，看来十八年前的那个夏天，确实疑点重重。

海德堡医学康复中心，601号病房。

杨君松坐在轮椅上，透过玻璃窗看着在街边买咖啡的胡秋飞，渐渐皱起了眉头，他从轮椅上站起来，缓缓走到虞霖身边坐下。

杨君松将虞霖轻轻搂入怀中，一切似乎都在他的掌握之中。

是夜，风高月黑。

临沧市武警边防医院。

一道黑影行如迅雷，身法轻盈巧妙，速度奇快，几乎没有发出半点响声，眨眼之间就隐于一棵大树之上，那黑衣人眼中杀气弥漫，他将身上的强弩摘下，抽出一支锋利的毒箭搭在弓弦上，透过瞄准镜望向ICU病房里昏迷不醒的李果良，只等一个机会，他就会神不知鬼不觉地将李果良干掉。

一股凌厉的杀意从病房外面弥漫而来，龙云眉头微蹙，他叫醒身边打瞌睡的搭档小胖。

"精神点。"龙云小声提醒道，"我去买瓶水。"

"龙哥，给我带瓶冰红茶。"

"好嘞。"

龙云有些心神不宁，他一边快速下楼，一边掏出手枪，将子弹上膛，刚刚走到楼下小卖部门口时，就听头顶上"咻咻、咻咻"声响，一支支锋利无比的毒箭，散发着恐怖气息破窗而入。楼上小胖在拉窗帘的同时，发现了端倪，可惜为时已晚，小胖身中两箭，临倒下之前，下意识地向后一躺，护在了李果良身上，为他挡住了另外两支毒箭。

一瞬间，龙云明白了一切，他果断举枪循着声音朝大树上瞄去，黑衣人还没来得及反应，就被龙云一枪射杀，殷红的鲜血喷洒溅射，黑衣人瞪着眼睛从树上掉落下来，殒命当场。

小胖救了李果良一命，病床上的李果良长出一口气，竟缓缓地睁开了眼睛。

小胖牺牲了，最后也没能够喝上他要的冰红茶，他刚刚出生一周的儿子从此没有了爸爸。李果良却在医生们的全力治疗下，渐渐恢复了意识。龙云忍住悲痛，第一时间通知了万子良。陈强和万子良赶头班飞机，马不停蹄地来到了临沧市。

武警边防医院，特需病房。

李果良眼睛半睁半闭，虚弱地躺在病床上，陈强和万子良坐在他的身边进行审讯。经历了一番生死轮回，李果良碰见昔日"老友"，不免格外亲切。

"两位警官，我知道你们想要什么。"李果良痛彻心扉道，"妈的，挨千刀的杨君松，他就是你们要找的'黑先生'。"

李果良毫无隐瞒地将他和朱宝泉如何被杨君松陷害，以及他们同流合污的那些事情，如竹筒倒豆般全部抖搂出来，一切的真相终于浮出水面。

朱宝泉和李果良在东海纠集了一帮地痞无赖，主要从事套路贷和假货生意，早些年他们跟着苏坤德发了点小财，苏坤德洗白后就对他们爱搭不理，从此两人就跟了风头日盛的虞霖，后来又认识了杨君松。有杨君松在背后指导，他们的黑色产业越做越强，两人也逐渐沦为杨君松的狗腿子，成了杨君松一盘大棋上的棋子。其实，杨君松根本看不上他们那些下三烂的生意，他的野心更甚，是要一口一口吃掉整个坤德集团，因此，跟坤德集团有关的系列案件，也正是在杨君松的谋划下，由他们一步步动手实施的。例如，朱慧霏就是李果良单线和他联系，从而教他如何投毒，再诱骗他来到缅北赌场。所有案件的谜团都是杨君松使的障眼法，还有那起车祸也是他自导自演的杰作。

然而，狡兔死，走狗烹。心狠手辣的杨君松并没有打算放过朱宝泉和李果良，他暗中向经侦总队举报了两人卖假货的事情，又出面做话事大哥，诱骗两人逃往缅北，将巨额赃款通过暗网变成比特币，号称在那里可以用比特币帮他们办理缅甸人的假身份，以缅甸人的护照逃往摩洛哥，再用比特币买成摩洛哥人的身份，这样就可以逃往法国，三年之内就可成为正式的法国公民，从此就可以隐姓埋名，逃避国内法律的打击，过上人上人的幸福生活。这也是唯一适合他们逃亡的方式。

可谁知，到了缅北，一切就向另外一个方向发展了。杨君松渐渐露出了獠牙，不仅黑了朱宝泉和李果良的巨额不义之财，而且还利用暗网和比特币勾结当地赌场叠码仔，用温水煮青蛙的方式，消磨他们的意志，让他们沉迷于赌博不能自拔，最后再将他们送进KK园区当猪仔，计划毁尸灭迹。

万子良和陈强震惊之余，不免陷入深思。

看来，抓捕杨君松迫在眉睫。

海德堡医学康复中心，601 号病房。

惠俊豪、胡秋飞等人带着拘留证，站在了杨君松、虞霖面前。

"杨教授，起来自己走吧。"惠俊豪亮出拘留证，开门见山道。

"你们这是干什么？他是病人呀！"虞霖还想阻拦。

"虞霖，别演戏了，你也跑不了。"胡秋飞毫不客气地戳穿虞霖的假面。

"你们疯了吗？我们是阿猫阿狗就能动的人吗？我要给你们局长打电话……"虞霖妄图以势压人。

"Elisa，别闹了。"杨君松从轮椅上缓缓站起来，闭上双眼，伸出了罪恶的双手。

三天后。

东海市第一看守所。

杨君松被剃成了光头，穿着红色囚服，戴着手铐和脚镣，一副释然超脱的样子，淡定地坐在审讯铁椅上。无论万子良和陈强如何提问，他都是面带微笑，沉默不语，行为堪比当时的郭槐。即便在看守所上了两名狱侦贴靠，他的嘴依旧很牢。智商极高的人，是不会轻易相信任何人的，他似乎在等待一个机会。

虞霖的口风也是紧得可怕，她作为杨君松的身边人，本该被逮捕，但由于她还在哺乳期，只能采取取保候审措施。她花重金聘请了东海市最有名的刑辩律师团队，并上下疏通各种关系，以空间换时间，跟警方展开了全方位强有力的对抗。这让万子良等人头疼不已，即便有李果良做污点证人，但要形成证据链的闭环，顺利推进侦查进程，并非易事。海德堡医学康复中心的汉斯博士和几名外籍护士，也都早早地回到了德国，不见踪迹，这给警方的取证工作更增加了难度。

万子良以李果良为突破口，从他的口中找到相关线索，不放过任何一个细节，利用天狗系统追查各种非法聊天软件和交易平台，在暗网中一步一步证实杨君松就是"黑先生"。杨君松是国内最早一批玩比特币的职业炒客，从一分钱不到开始玩起，涉及的账户非常之多，他在暗网上的资产规模远超过纵火案中的钟诚。

经过一个多月的攻坚，万子良带领一探组，对多起涉及杨君松的案件重新进行了勘查，许多真相被逐渐揭露了出来。在瑞公馆直播的那天晚上，陆茵之所以没有按照常理，从正门口逃往最近的福政路，是因为当晚李果良和朱宝泉按杨君松的指示，戴着鬼头面具拦住了陆茵的去路，并在暴风雨中一路驱赶，从而导致陆茵坠堤而亡。两人事先还对陆茵的房间做了手脚，用指纹嫁祸于郭槐，只是出于对凶宅的忌讳，来之前两人喝了一瓶茅台壮胆，而那根树枝正是李果良搞断的。

李果良还帮杨君松推荐了重型集卡司机陈凯，他一直帮李果良和朱宝泉偷偷运输假冒伪劣商品，为了逃避打击，他们平时接头非常诡秘，杨君松自然也不例外，只是在暗网上跟陈凯联系。陈凯在丰庄镇五垚村公路路口，造成一死一伤的交通事故，虽然案发当日他的活动轨迹、酒精毒品检验都没有问题，但万子良在暗网上发现了他的蛛丝马迹，原来他是一名藏得很深的瘾君子，通过暗网秘密购买毒品。万子良对陈凯展开突击审讯，他交代了"黑先生"支付给他不少比特币用于购买毒品，作为回报他伪造了交通事故。

明悦酒店门口兴工街上，李果良戴着手铐指认，2月18日大年初三晚上，是他和朱宝泉在杨君松的授意下，破坏了街道的变压器导致街道停电。随后他们开着一辆黑色的帕萨特轿车，对苏桐实施了绑架，并用胶带将她全身缠裹后，投进了孙家老宅的沸水井中，只是人算不如天算，那井底早已被鳖王打通。

万子良继续深挖，案件逐渐明朗，在临沧市武警边防医院，用毒箭误杀小胖的黑衣人，是"黑先生"在暗网上用比特币雇佣的泰国籍金牌杀手卡细伟，目的就是要置李果良于死地，以绝后患。

东海市第一看守所，会见室。

东海市排名第一的刑辩大律师宋雷西装革履地坐在杨君松对面。万子良和陈强通过内部监控视频，对此次见面进行暗中监控。

令人奇怪的是，宋雷并没有像往常那样询问杨君松在看守所内的任何情况，甚至放弃了一贯的职业操守，对案件本身的任何细节不闻不问，也不提任何建设性意见。

"虞霖和曦曦，还好吧？"

"都不错。"宋雷拿出笔记本道，"有什么要对她说的吗？"

"没有。"

……

两个人就这样面对面，说着简单而无聊的话，硬撑到了四十分钟，然后相视一笑，结束了诡异的会见。

万子良和陈强反复观看会见视频，没有发现任何破绽，但经过讨论分析，他们心里明白，两人一定是以某种秘密的方式，进行了充分的沟通与交流。

说来也奇怪，自从见过宋雷以后，杨君松立刻像变了一个人，主动要求见万子良，对自己的一切罪行供认不讳。

东海市第一看守所。

陈强和万子良坐在杨君松对面，隔着一道铁栅栏，密切注视着他的一举一动。

"杨教授，没看出来，你在暗网上也是亿万富翁。"万子良胸有成竹道，"还有一个响亮的名字，黑先生。"

"看来已经瞒不住你了，这些都是虚拟的，不值一提。"

"为什么起'黑先生'这个网名？"

"暗网见不得光。"

"郭槐曾经也叫'黑先生'。"

"利用这个巧合，嫁祸于他而已。"

"黑先生，你姐姐对你那么好，你为什么要杀她？"

"情绪黑洞，知道吗？"杨君松轻描淡写道，"姐姐是个好人，只是她脾气不好，我也不想被别人控制……"

十八年前，夏天。

杨芸坐上了开往南郊区的长途公交车，提着杨君松最爱吃的零食，大包小包满满当当的，来东海大学新校区看望弟弟，顺便带给他一些生活费。

一路的颠簸和酷热，并没有打消她的热情。因为是周末，校园里很多本地的学生都回家了，显得格外冷清。

杨君松把姐姐接到了宿舍里，室友们都出去了，只剩下杨君松一人在房间里看书。

"松仔，这是你最喜欢吃的果丹皮，还有蛋卷……"

"姐，你以后别来找我了。"

"啥？"杨芸点起一根香烟，疑惑道，"松仔，姐姐怎么你啦？"

"姐，你不知道，我现在很关键。"杨君松祈求道，"姐，你能不能离开东海一段时间？电话最好也不要接……"

"为什么？"

"你、你别问了。"

"松仔，你翅膀硬了？"

杨芸从杨君松的眼神里猜到了大概，多年的辛酸和夜场中的委屈化作一团怒火，彻底喷发出来，她发疯一般，将桌上的瓶瓶罐罐全部摔到了地上。

两个人你一言我一语，最后竟然动起手来。杨君松从小是挨着姐姐的打长大的，可如今杨芸岂是他的对手。冲动是魔鬼，往日的恩怨夹杂着对命运的不甘，杨君松双手死死地掐住杨芸的脖子，双眼冒出狠厉……

十分钟后，杨君松逐渐恢复了理智，他伸出食指，浑身颤抖地试了试杨芸的鼻息，顿时冷汗直下。他定了定神，毫不犹豫地从床下拿出旅行箱，将杨芸的尸体塞了进去，然后装作若无其事的样子，拉着旅行箱，向学校旁边正在建设的滨海湿地公园走去。

"她可是你唯一的亲人啊！"万子良怒斥道，"你怎么忍心下得去手？"

"你知道为什么穷人家庭大多不和睦，父子矛盾、夫妻矛盾、兄弟姐

256

妹矛盾等层出不穷吗？"杨君松不答反问道。

"为什么？"

"因为每个人都是情绪黑洞，他们个个资源匮乏，只知道向外索求，但每个人都看上去很无辜。表面上看，穷人家里头最缺的是钱，但其实不仅是钱，爱占便宜，死要面子，无限贬低、打压对方，见不得别人好，一点小事就暴怒，上纲上线……"

"仅仅因为这些，你就要杀死亲姐姐？"

"姐姐总说我脾气差，说话难听，性格刻薄，她希望无论她怎么对待我，我都应该笑脸相迎，春风化雨。"杨君松咆哮道，"其实我也很苦，也有很多负面情绪，我也有一肚子的气要撒，凭什么要包容她？"

万子良沉默良久，他能够深切理解杨君松的所言所想，毕竟他也是穷人家的孩子，也曾被暴躁的父亲数落，还好有母亲在，可杨君松父母早亡，这也许是一切祸根的元凶之一。

"我跟姐姐之间就像是一面镜子，无论怎么照，镜里镜外都是一对丑陋的人。"

"说了半天都是借口。"陈强不屑一顾道，"到底是为什么？"

"哼，就知道问为什么，怎么不问问自己，凭什么。"杨君松目光幽幽地望着陈强，"人性不可直视，因为大部分的人都接受不了。"

"歪理邪说！"

"哈哈哈哈哈……"杨君松一阵冷笑道，"不觉得吗，这个社会越来越割裂，底层的穷人永远是穷人，即便念了书，学习再好，也只不过是给有钱人当狗，我不要做狗。"

"这就是你不断杀人的理由？"陈强鄙夷道。

"杨君松，你不觉得你太自私了吗？"万子良道。

"自私？"杨君松蔑视道，"一将功成万骨枯，要想成事，就要不择手段。"

"所以，你就借用郭槐的外号'黑先生'，出来兴风作浪，利用各种矛盾，借刀杀人，让他替你背锅？"万子良质问道。

"没办法，谁让郭槐太狭隘，他坏得不够彻底，也不够聪明。"杨君松不屑一顾道。

"纵火案佛龛里面的图画，也是你模仿郭槐的笔迹？"

"除了我，还有谁有这个本事。"杨君松傲然道，"要不是我跟踪模仿郭槐，故意露出破绽，你们也不可能碰到那个拾荒的老头，那么快抓住他，哈哈哈。"

"你为什么要杀陆茵？"陈强又挑起一个话题。

"苏老虎善于玩弄权术，把陆茵从葛峰那里策反过来，委以重用，抢了我的位置，明摆着就是来平衡我的，还故意冷落我。本来我耗时多年调研规划的凶宅项目，却成了陆茵的发财良机。他还故意搞出很多摩擦，让我和陆茵相互争斗，他好坐收渔翁之利。呵呵，不借机给陆茵一个教训，他只会挡了我的财路。"

"你还真是心狠手辣。"

"我只想给陆茵一个教训，没想到他还真的死了。陆茵死后，苏坤德虽然表面上提拔了我，但在我身边安插了不少眼线，秘书小苗就是一个，苏老虎的手段不过如此。"杨君松惋惜道，"小苗是个老实孩子，天天给我端茶倒水，可惜了。"

"你用苦肉计制造车祸，另外一个目的就是要害死小苗！"万子良敏锐道，"一石二鸟，借此机会把自己隐藏起来，同时，将盯着自己的小苗彻底斩草除根。"

"呵呵，小苗不能活着。"杨君松冷笑道，"不过，他五行和我倒是很搭，也属土。"

"什么？"

万子良瞪大了眼睛，终于明白郭槐在临死前说的那句话，原来五行局献祭的不是杨君松，而是枉死的小苗。

"小苗死得也算有点价值。"杨君松叹息道，"钟诚这孩子可惜了，我本来想好好培养他的……"

"说得好听，是你借助暗网，利用钟诚的弱点帮你杀人放火，让他变成了彻头彻尾的恶人。"万子良有点出离愤怒地说。

"恶人的诞生是因为善人的出现，并不是因为我的教唆。"杨君松一副理所应当的语气道。

"荒谬至极。"

"不管怎么说，钟诚还是没能逃过你们的法眼，杨芸的案子总有一天也会纸包不住火，这让我不得不改变了原有的计划。"杨君松怅然若失道，"暗网才是真正自由的地方，我喜欢这里。"

"暗网是罪恶之源。"万子良截然反对道。

"错，欲望才是。不像现实世界，表面上一套仁义道德，而背地里依旧是丛林法则，人们无非是穿上了道德的伪装。丛林还是那片丛林，只是狩猎的食物变成了金钱……"杨君松停了一下，又对万子良说，"不得不承认，你在暗网追踪这方面，还真是个天才。"

"你在暗网上做的所有坏事，我都会查得一清二楚，包括你用比特币买下的福水街孙家祖宅。"万子良双眼冒火道，"你为什么一定要杀掉苏桐？"

"按照我的五行大阵，她确实不应该死在钱秀玲的前面，这个也许就是我失败的原因。"杨君松似有些无奈道，"不过，她早晚是要死的，我是在解救她。"

"你这么好心，是不是要给你送一面助人为乐的锦旗？"万子良嘲讽道。

"那倒不必。其实，苏桐早已经死了，你见到的只不过是行尸走肉罢了。"

"什么意思？"

杨君松一阵狂笑，他将苏坤德是如何把苏桐送到精神矫治中心的原委，彻彻底底地讲了一遍。

万子良脑袋"嗡"的一声，愤怒在胸中燃烧，可以想象是多么邪恶的力量，才能让性格倔强的苏桐低头，他不禁流下了悔恨的泪水。

"可你为什么要提前杀害苏桐？"陈强插话问道。

杨君松目视远方道："海德堡医学康复中心上上下下早已被我买通，可苏桐没事就往这里跑，都是虞霖把她引来的，我怀疑她已经看出了破绽。"

"畜生！我废了你！"万子良怒不可遏，起身就朝着铁栅栏冲过去，却被陈强一把死死地拉住。铁栅栏被撞得哐哐作响，陈强费了九牛二虎之力，才把万子良拉到了审讯室外一处僻静的地方。

万子良不知道该说些什么，竟无声地恸哭起来……

"工作是工作，不要带入个人情绪。"陈强劝慰道，"小万，作为一名合格的刑警，这一关你必须要过。"

……

不知过了多久，万子良平复好情绪，和陈强再次走进了审讯室。

"万警官，气大伤肝，不值得。商场如战场，根本就没有什么操守可言。"

"杨君松，你少在这儿说风凉话。"陈强怒斥道，"老实交代你的问题。"

"不择手段，肮脏卑鄙，肆意践踏生命，你就没有一点愧疚吗？"万子良压抑着内心的愤怒，责问道。

"苏坤德就没有践踏生命吗？苏桐奢侈的生活就干净吗？娄煊一家就不卑鄙吗？钱秀玲就没有不择手段吗？"杨君松一席话，竟让陈强、万子良无言以对。

"你的所作所为，虞霖参与了多少？"陈强停了一下，转移了询问的方向。

"她是苏坤德的人，胆小怕事又爱钱，精明得很，我们只是互相利用的关系，我在做什么，绝对不能让她这个大嘴巴知道。"

"你们长期厮混在一起，未必如此吧？"陈强对他的话持怀疑态度。

"她连我住院是生是死都搞不清楚，怎么可能是我的人？"杨君松不屑道。

万子良和陈强心知肚明，杨君松所言无法得到印证，汉斯博士回到德国后一直失联，根本就联系不上，而医院的内部监控硬盘早被他们替换过了。

"这个世界的本质，你们根本就不懂。"杨君松很有表达的欲望，就好像他是在课堂上讲课一样。

"何为本质？"

"呵呵，这个世界由一群中老年男人统治，他们都有三个特点。"杨君松滔滔不绝道，"第一，他们试图永远维护自己和后代的财富与地位；第二，他们惧怕死亡和衰老，喜欢享乐，喜欢一切彰显自己地位和财富的东西；第三，他们对普通人和弱者有一种发自内心的蔑视，但他们表面伪装得很好。当然了，也不是所有的人都这样，这样的人只占99%。"

"所以，你就要想方设法干掉与你竞争的人，再弄死苏坤德，取而代之成为他这样的'统治者'？"万子良一语戳破。

"万警官，你的悟性越来越高了。"

"杨君松，你悟性再高有何用？你根本没有看懂《青囊经》，真正看懂的是郭槐！你所作所为跟禽兽有何区别？你对得起供养你的姐姐、对得起生养你的父母还有那些受害人的家庭吗？等待你的将是法律的审判！"

……

七个月后，经最高人民法院核准，杨君松因故意杀人罪、投放危险物质罪等数罪并罚，被东海市高级人民法院判处死刑，立即执行，剥夺政治权利终身，并处没收个人全部财产。

乌云密布。

坤德大厦99层，董事长办公室。

虞霖一身紫色行政套装，坐在曾经苏坤德坐的位子上，身后左边，虞青波面带骄横，狐假虎威，右边安琪生身着唐装，手持罗盘。不远处的沙发上，吕阿忠面无表情，带着两个保姆尽职尽责地守着坤德集团未来的继承人苏曦。

法务总监施仁正带着一帮集团高管，毕恭毕敬地向虞霖逐一汇报工作，但这样的汇报也只是泛泛而谈，更多的意义在于表忠心。

虞霖面带倦色，打了个哈欠，向身后使了个眼色，虞青波秒懂。

"好了好了，都出去吧。"虞青波盛气凌人道，"今后，就看你们的表现了。"

众人纷纷鞠躬，面带职业微笑地退了出去。

"青波，你也出去吧。"

"啊？"

"还要我再说一遍吗？"虞霖起身向窗外望去，"都出去吧，曦曦和保姆留下。"

落地窗外，黑云翻墨，波谲云诡。

两千千米外，东京都。

九菊株式会社大厦，总裁办公室。

山本犬养赤裸着上身，跪在一个光头男人背后，男人身着黑色纹付羽织袴和服，抚摸着一套影印版的《青囊经》，面向东海，看着落地窗外黑云压城，目光悠悠。

"切腹而死，也算是一件光荣的事情。"

山本犬养高高举起了短刀，面目狰狞，泪流满面。他绝望地闭上眼睛，如困兽般嘶吼一声，猛地将短刀朝着腹部插去。

"叮！"

山本犬养的短刀突然被打飞了出去，他一脸茫然地看着光头男人："总裁……"

"跟葛峰的合作还要继续。"

"我们的《青囊经》不能白白拍卖！"

中国刑警学院大礼堂。

万子良因为在非接触性犯罪方面独树一帜的见解，被母校聘为客座教授，回来为全校师生作名为《新时代猎罪者——非接触性犯罪初探》的报告。

报告开始前，学弟学妹们喊着口号，整齐划一地走进大礼堂，一张张年轻的脸上洋溢着无限的青春。当校歌唱起，"童年的偶像，是除暴安良的好汉。少年的迷恋，是英雄虎胆的神探……"这让万子良的心也跟着共振起来，他的思绪一下子飘回到那熟悉的校园中，那发生在每一个角落的故事，也跟随着开始舞动起来。

面对着台下几百位师生代表，万子良感慨万千，他并没有按原计划的PPT照本宣科，而是慷慨激昂地讲出自己这些年在东海市公安局刑侦总队坎坷而曲折的成长经历，通过自己亲身经历的经典案例，深入剖析了非接触性犯罪隐蔽性、全球性、高效性、规模性、可复制性等八大特点，以及对社会的严重危害，并深入浅出地讲解了如何利用现代刑侦科技深挖非接触性犯罪的手段。

报告非常成功，赢得了全校师生的喝彩。

秋意澄明。

西郊区，博山公墓。

阳光斜射在仿古牌楼上，影子在石板路上静静地伸展，如同一位沉默的守护者。

万子良带着几分昨晚的醉意，手捧鲜花走在公墓的小道上。

昨天晚上他们还是在老谷重庆火锅搞了一场盛大的庆功宴，庆祝重案支队荣获集体一等功，龙云也远道而来，万子良生平第一次连吹了三瓶啤酒。

第一瓶为了纪念逝去的同事仇志明，第二瓶为了纪念逝去的战友齐麟，而第三瓶他没有说话，只是默默地喝下。

万子良喝得酩酊大醉，被惠俊豪扛回了寝室。这一晚他睡得很好，再也没有做那个怪梦。

来到了苏桐的墓前，万子良眼泪不停流下。他默默地放下鲜花，抚摸着苏桐的遗像，不禁想起曾经与她共同度过的那段时光……风好大，刮在脸颊上，吹得人全身麻木。原来誓言像阵风，呼啸而过，从此爱人阴阳两隔。

"丁零零……"

一阵急促的电话铃声，打乱了万子良的思绪。

"小万，西郊区发生一起灭门惨案。"电话那头是陈强沉重的声音。

"马上赶到现场。"万子良挂掉电话，迅速向墓园外冲去。

图书在版编目（CIP）数据

猎罪者: 我在重案队的日子 : 全三册 / 万安著.

上海 : 上海文化出版社, 2025. 4. -- ISBN 978-7-5535-
3166-3

Ⅰ. I247.5

中国国家版本馆CIP数据核字第2025PX2461号

出 版 人：姜逸青

责任编辑：顾杏娣

装帧设计：华　婵

书　　名：猎罪者——我在重案队的日子（全三册）

作　　者：万 安

出　　版：上海世纪出版集团 上海文化出版社

地　　址：上海市闵行区号景路159弄A座3楼 201101

发　　行：上海文艺出版社发行中心

　　　　　上海市闵行区号景路159弄A座206室 201101

印　　刷：苏州市越洋印刷有限公司

开　　本：890×1240　1/32

印　　张：24.125

版　　次：2025年5月第一版 2025年5月第一次印刷

书　　号：ISBN 978-7-5535-3166-3/I.1219

定　　价：89.00元（全三册）

告 读 者：如发现本书有质量问题请与印刷厂质量科联系 T：0512-68180628